De soie et de cendres

Mireille Pluchard

De soie et de cendres

Roman

Édition du Club France Loisirs
avec l'autorisation des Éditions Presses de la Cité

Éditions France Loisirs,
31 rue du Val de Marne, Paris
www.franceloisirs.com

Le Code de la propriété intellectuelle n'autorisant, aux termes des paragraphes 2 et 3 de l'article L. 122-5, d'une part, que les « copies ou reproductions strictement réservées à l'usage privé du copiste et non destinées à une utilisation collective » et, d'autre part, sous réserve du nom de l'auteur et de la source, que les « analyses et les courtes citations justifiées par le caractère critique, polémique, pédagogique, scientifique ou d'information », toute représentation ou reproduction intégrale ou partielle, faite sans le consentement de l'auteur ou de ses ayants droit ou ayants cause, est illicite (article L. 122-4). Cette représentation ou reproduction, par quelque procédé que ce soit, constituerait donc une contrefaçon sanctionnée par les articles L. 335-2 et suivants du Code de la propriété intellectuelle.

© Presses de la Cité, 2018

ISBN : 978-2-298-14503-8

Les larmes coulent aussi à travers l'or.

Léon Tolstoï, *La Puissance des ténèbres*

Prologue

Février – Juillet 1926

Auguste-César Roustan de Fontanilles en avait décidé ainsi : il ne lutterait plus. À son âge, à quoi bon ? Quatre-vingt-huit ans aux ides de mars, comme il se plaisait à préciser pour les initiés, laissant dans le vague ceux qu'il toisait de sa suffisance.

— Quatre-vingt-huit ans, marmonna-t-il en remuant ses lèvres sans que le moindre son sorte de sa bouche. La vie n'a pas été chiche avec moi. Pas comme avec...

Évoquer tous ceux qui, dans son entourage proche, avaient disparu, les dénombrer et prononcer leur nom lui était désormais impossible. La force lui manquait, l'envie aussi, car la douleur était toujours vive à énumérer les deuils qui avaient jalonné son existence. Ceux qui étaient partis dans une logique générationnelle et ceux dont la mort, injuste, révoltante, lui avait fait baisser la tête et courber l'échine sans toutefois l'anéantir totalement.

Combien de fois s'était-il demandé comment il pouvait tenir ? Ce qui le faisait se redresser et porter son regard couronné d'épais sourcils sur l'avenir ? La réponse lui venait naturellement :

— La Bâtie Neuve! Les Fontanilles! Un héritage se doit d'être transmis. Je ne suis qu'un maillon de cette longue chaîne qui...

Qui allait s'interrompre? Non, il refusait de l'envisager! Et pourtant, la dérangeante interrogation s'imposait plus que jamais: qui lui succéderait? Qui en serait capable et surtout à qui cela revenait-il de droit?

Auguste-César Roustan des Fontanilles allait mourir et il ne savait à qui transmettre ce qui avait été le moteur de sa vie: sa filature de soie, la plus cotée dans le milieu, encore huppé quoique fortement rétréci, des filateurs de Saint-Ambroix; celle qui avait encore le vent en poupe, qui se targuait de fournir des soyeux fiables et solvables, ce qui n'était pas le cas d'autres qui peinaient à résister en ce premier quart du xxᵉ siècle. Alors qui, dans son propre entourage, serait capable de lui succéder? Qui en était digne et qui en avait la légitimité?

Bérangère? Sa fille qui avait toujours détesté l'atmosphère de La Bâtie Neuve au point de n'y avoir jamais mis un pied, qui avait fui Les Fontanilles, qui n'avait pas été capable de lui donner un petit-fils? Jamais de la vie! À soixante-trois ans, elle gardait la gracieuse fragilité physique de sa jeunesse, mais s'était forgé une carapace d'acier – plus coriace que celui que l'on travaillait dans sa fonderie – pour s'opposer en toute occasion à son père. Certes, bien qu'elle n'en eût pas besoin, Bérangère aurait sa part du gâteau, il avait depuis longtemps fait le nécessaire. Jamais un Roustan n'aurait déshérité même le plus ingrat de ses rejetons. Mais pas Les Fontanilles, ni La Bâtie Neuve.

Ah non ! Trop d'incompréhensions, trop de rancœurs avaient entaché leur relation.

Maximilian ? Ce filleul échu par alliance à Bérangère et qu'elle avait choyé comme un fils ? Il avait de nombreuses qualités, un sens inné de la famille, tout en évitant les privautés dont Auguste-César n'était pas friand, oui mais voilà, il n'était pas de son sang. Dommage ! Il aurait pu envisager une alliance qui aurait respecté la lignée, mais le sort en avait décidé autrement.

Le beau Victor ? Un qualificatif qu'il jugeait galvaudé : Victor avait une belle prestance, mais il sonnait creux. Le fils de sa bru, né d'un premier mariage, qui lui donnait du grand-père malgré les rebuffades d'Auguste-César ? C'est sûr, il était de la race des opiniâtres et des rusés en affaires. Héritier d'un atelier de moulinage qu'Auguste-César, en son temps, avait porté à bout de bras, il ne se cachait pas de posséder une ambition démesurée et plagiait à sa façon Sully en clamant haut et fort que «filage et moulinage, quand ils allaient de pair, assuraient la fortune de trois générations». Ce à quoi Auguste-César négligeait de répondre. La filature lui était cependant redevable, même si son rigorisme tenace et son goût de flirter avec l'illégalité l'avaient mise en danger. Ce qui lui avait valu un exil dans les terres qui lui venaient de son père, exil dont il était revenu en quatrième vitesse au volant de sa vrombissante torpédo Renault suppléer Auguste-César victime d'une attaque cérébrale. En cela, le vieux filateur paralysé lui était reconnaissant. Là aussi, l'idée d'en faire un petit-fils par alliance n'avait pas manqué de germer quand grandissaient sous ses yeux Eugénie et

Victor. Désormais, cela ne se pouvait plus, il n'était donc, à son sens, qu'un usurpateur. Un efficace usurpateur, mais un usurpateur !

Eugénie, eh oui, cette écervelée qui ne répondait plus qu'au prénom de Genny ? La fille de feu son fils Antoine qui, pour avoir séjourné à Philadelphie, ne jurait que par le Nouveau Monde et n'avait eu de cesse de retourner aux «States» ? Sa façon à elle de tirer un trait sur un passé trop douloureux. À la mort de son père, l'envie lui avait pris de se griser de toutes les façons. Elle était devenue l'égérie des Années folles et méritait bien son qualificatif de «garçonne» telle que la décrivait l'écrivain Victor Margueritte, avec ses cheveux courts et ses yeux charbonneux. Elle ne s'intéressait à la soie que pour s'en vêtir, et de quelle façon ! Des jupes déstructurées, des chemisiers d'une transparence indécente et des écharpes fluides comme en portait Louise Brooks, dont elle se plaisait à copier les attitudes à la désinvolture sophistiquée. Sa dernière réapparition à Saint-Ambroix, un an plus tôt, s'était soldée par une mise à la porte quand elle avait, mâchouillant un chewing-gum, défié son grand-père en lui demandant s'il s'était enfin décidé à vendre.

— À votre âge, il serait temps !

Interloqué, il n'avait su que répondre. L'impertinente avait alors maladroitement insisté :

— Moi, à votre place, c'est ce que je ferais. Mais je n'y suis pas… enfin… pas encore.

Chassée des Fontanilles, mais son compte en banque toujours alimenté, elle n'avait donné signe de vie que pour annoncer son mariage avec Harvey Richardson, un publicitaire new-yorkais très coté déjà pour ses affiches et qui, humant le vent de ce nouveau média qu'était la radio, lançait avec succès ses premiers « spots » – il fallait sacrifier au snobisme des mots – de publicité. Auguste-César avait vécu comme un nouveau deuil ce qu'il appelait la trahison d'Eugénie et s'était fait une raison : la Genny qu'elle était devenue n'aimait pas les Fontanilles, pas plus que La Bâtie Neuve, et ces deux-là ne l'aimeraient jamais. Pour autant, elle aussi aurait sa part. Il n'était pas un oublieux et avait des principes.

Ainsi avait-il fait le tour de ses héritiers potentiels. Pas un qui fût à sa convenance. Le domaine de ses ancêtres, son œuvre à lui depuis plus de soixante ans, serait vendu, livré à des mains étrangères, à des ambitions utopiques, à des avidités outrancières, tout ce à quoi il avait toujours résisté.

Toujours ? À peu de temps de paraître devant l'Éternel, il se devait d'être honnête. Les sirènes du pouvoir l'avaient souvent grisé, les profits lui avaient procuré une certaine folie des grandeurs, mais jamais, même au cours des plus grandes crises, non jamais il n'avait songé à se dessaisir du patrimoine familial. Et aujourd'hui, faute de pouvoir trancher, passer outre aux défauts, à l'indifférence ou au mépris dans lequel il tenait ses éventuels successeurs, tout irait dans d'autres mains et le nom des Fontanilles tomberait dans l'oubli.

À moins que… Souvent, il avait été troublé par cette solution ; toujours il l'avait repoussée en se traitant d'insensé. Et là, en cet instant de si profonde introspection, devant ce désastreux bilan, elle revenait en force, en puissance de persuasion, en évidence aussi pour une rédemption. Tout son corps, depuis une semaine en akinésie, se mit à trembler, à s'agiter ; sa main raidie se tendit, malhabile, vers le cordon qui n'avait plus été tiré depuis des jours, s'en saisit au prix de gros efforts et mit toutes ses forces dans son appel.

Le grelot retentit dans le vaste hall, dans les cuisines et jusqu'aux écuries, si bien qu'en la minute trois personnes accouraient à l'injonction du maître des Fontanilles.

Bredouillant, crachotant, domptant son aphasie par sa volonté, il articula d'une voix de gorge :

— À La Bâtie Neuve !

Le valet d'écurie fit un pas en avant.

— Monsieur Auguste veut aller… mais ce n'est pas possible. Le docteur a dit…

Auguste-César frappa rageusement le sol de sa canne et réitéra son ordre impérieux :

— À La Bâtie Neuve ! Je veux !

Quand le maître ponctuait ses fins de phrases par un régalien «Je veux», il n'y avait plus qu'à obtempérer, tous ceux qui étaient à son service le savaient.

Aussi, tout ce petit monde se hâta, qui à couvrir les épaules du vieil impotent de son macfarlane brun et à poser son Homburg noir sur sa tête chenue, qui à rouler son fauteuil de rotin jusque sur le perron où quatre bras forts se saisirent de l'homme et du siège, déposèrent l'un dans l'habitacle et attachèrent l'autre sur la plate-forme avant du brougham, son attelage de luxe qui ne passait pas inaperçu quand il traversait le boulevard du Portalet, artère principale de la ville de Saint-Ambroix. Il en avait fait l'acquisition, un demi-siècle plus tôt, pour le mariage de Bérangère, avec, en arrière-pensée, le désir d'éblouir la riche famille lyonnaise de son gendre. Aujourd'hui, la couleur lie-de-vin de sa caisse fermée, celle champagne de sa banquette de cuir capitonnée, suscitaient toujours l'admiration des petites gens et l'envie des notables provinciaux. Parfois on riait simplement sous cape à cet anachronisme, n'était-on pas à l'heure de l'automobile?

— La folie qui prend l'homme à la quarantaine, avait-il concédé, en ces temps-là, à ses commensaux.

Puis il avait ajouté en lançant quelques œillades affidées:

— Comme d'autres cèdent au démon de midi!

Bien installé, calé par des coussins, ses jambes inertes recouvertes d'un plaid, Auguste-César eut une pensée émue pour ce vieux compagnon de ses déplacements:

— Tu vieillis mieux que moi, vieille caisse! Moi qui suis resté fidèle à la traction hippomobile, refusant ces engins de malheur qui pétaradent et crèvent les tympans de leurs coups de klaxon!

Pierrot, le cocher-valet d'écurie, au service de monsieur Auguste depuis plus de quarante ans, s'installa sur le siège extérieur, caressa d'une vague des rênes le dos du cheval qui, de son pas précautionneux, prit le chemin de La Bâtie Neuve. Bien qu'à deux pas des Fontanilles, le maître y venait toujours en grand équipage et n'y dérogeait pas.

Parvenu en quelques minutes à destination et à nouveau installé dans son fauteuil roulant que poussait Pierrot, Auguste-César usa de sa canne pour désigner l'atelier de filature, alors que son cocher se dirigeait vers les bureaux d'où se précipitait pour l'accueillir Victor Vésombre.

— Grand-père, vous ici? Ce n'est pas raisonnable!

Le subrogé grand-père le regarda, non plus de son regard acéré, mais de ses yeux chassieux et las où néanmoins perçait une pointe d'agacement. Les deux hommes n'avaient jamais cessé de se défier par des coups d'œil assassins, encore que chacun se forçât à des civilités réciproques, faute d'une affection réelle ou d'une simple estime naturelle entre deux entités aussi divergentes, attelées au même timon.

D'autorité, Victor prit la place de Pierrot en se résignant:

— Enfin… puisque vous êtes là, entrons dans mon bureau, vous pourriez prendre froid.

Nouvelle agitation du vieux monsieur qui pointa sa canne en direction de l'atelier, une volonté bien déterminée que confirma Pierrot à l'oreille de son remplaçant:

— Monsieur Auguste veut encore s'imprégner de l'atmosphère de La Bâtie Neuve. Vrai, c'était sa vie, au pauvre monsieur.

— Il n'est pas mort, que je sache! le rabroua vertement Victor Vésombre.

Tout humble de condition et si peu instruit qu'il fût, plus souvent amené à obéir qu'à réfléchir, le cocher-valet d'écurie décela dans cette semonce comme un regret de cet état de fait. Il s'en étonna à peine: le beau Victor ne piaffait-il pas, tel un yearling dans la grille de départ, d'avoir enfin en main et en totale indépendance l'avenir de La Bâtie Neuve? Encore qu'à presque trente-cinq ans et de belles années passées à jeter son bonnet par-dessus les moulins, on ne pouvait le considérer comme un perdreau de l'année.

Quoi qu'il en soit, Victor obtempéra et, impulsant un quart de tour au fauteuil du patriarche, il le roula jusqu'au plan incliné, ordinairement destiné aux brouettes, chariots et diables qui faisaient le va-et-vient entre la filature et l'entrepôt en sous-sol.

L'odeur prégnante, à la fois fade et puissante, écœurante pour un odorat non initié, fétide et tiède, qui flottait dans l'air surchauffé et humide titilla les narines d'Auguste-César, fit frémir son épaisse moustache à la Clemenceau. Il esquissa un sourire satisfait: il n'avait rien perdu de ce qui dénote un vrai filateur, comme la terre fraîchement retournée flatte le nez du laboureur. Ce n'était pas le cas de ce bellâtre de Victor qui y portait un mouchoir fortement parfumé chaque fois qu'il devait pénétrer dans la filature, ce qu'il ne manqua pas de faire, le cuistre! Et d'arrêter de pousser le fauteuil!

Auguste-César n'entendait pas rester sur le seuil de l'atelier, il le fit comprendre du mieux qu'il put, balançant son buste raide d'avant en arrière, tendant sa canne et marmonnant:

— Avance! Mais avance donc, gredin!

Victor Vésombre saisit les mots bafouillés, serra les dents sous l'insulte; par chance, le bruit des aspes tournant sur eux-mêmes, puis coulissant sur les tringles horizontales dans un ballet infernal, étouffait les paroles du vieil homme.

Devant leur cuvier fumant, sans cesser leur habile dévidage dans un halo de vapeur empuantie, les fileuses semblaient s'être mises tout naturellement au garde-à-vous à l'entrée du patron et de son bras droit.

Leur tête, comme leur buste, hiératique, faisait penser aux altières figures de proue des navires antiques prêtes à affronter stoïquement la tempête.

Il n'avait pas failli une seule journée à ce rendez-vous qu'il s'imposait, sinon quand un à un les malheurs le frappèrent. Il fuyait alors quelque temps ce temple de la soie pour y revenir, plus motivé encore, respirer le même éther que ses fileuses. D'ailleurs, elles l'attendaient, repéraient son pas et jouaient à prendre la pose qui anoblissait leur humble travail.

Quelle jubilation que d'arpenter encore une fois cet antre de la soie! Arpenter? Dérisoire illusion quand on est assujetti au bon vouloir d'un quidam qui manie un fauteuil d'osier à grandes roues de fer!

À travers les hautes et larges baies vitrées, la clarté du jour inondait le vaste espace jusque dans ses moindres renfoncements. Quelques rayons de soleil échappés des brumes hivernales jouaient, facétieux, sur les fichus qui enserraient étroitement la chevelure des filles. Le vieil homme apprécia cette exigence de propreté et de sécurité qu'il s'était attaché à imposer toute sa vie durant, de même que les enveloppants sarraus de toile ceinturés à la taille et dont les manches longues moulaient les bras. Taillés dans une indienne d'Avignon d'un rouge pourpré, soutachés au col rond et le long du boutonnage d'un liseré écru, ils se voulaient la marque déposée de La Bâtie Neuve. La fierté des Fontanilles. Et cela datait de 1872!

Auguste-César, depuis déjà huit ans seul maître à bord de la filature ancestrale, avait eu cette idée d'un uniforme qui démarquerait les fileuses de La Bâtie Neuve, leur conférant belle allure tout en lissant entre elles des différences. S'il ne pouvait influer sur leur tenue en dehors du travail, du moins cette rigueur agirait-elle comme un certificat de bonnes mœurs ; c'est ce qu'il était en droit d'espérer. Car la légèreté de conduite chez certaines défrayait la chronique… pas plus ni moins, cependant, que les placières des mines de Molières, de Meyrannes ou d'ailleurs. Une similitude dans leur mode de vie et une animosité dans leurs relations alimentaient les ragots des villes et villages de soie et de charbon.

Pour ce faire, monsieur Roustan des Fontanilles avait traité avec l'indienneur Antoine Foulc ; ce fabricant de toiles peintes, nîmois d'origine, s'était installé en Avignon, rue du Cheval-Blanc. Au fil des ans, les liens commerciaux s'étaient mués en liens d'amitié. Il suffisait à Auguste d'évoquer leur entente complice pour que lui viennent en mémoire leurs soirées avignonnaises dans les meilleurs restaurants, repas d'affaires mais aussi de détente pour ces hommes aux lourdes responsabilités de gestionnaires qui s'accordaient un peu de bon temps. Ils exigeaient qu'on leur servît uniquement du Rasteau, un vin rouge aux puissants arômes d'épices chaudes. Flottant alors sur un nuage de liberté, ils s'adonnaient à la langue de Mistral. Se joignait à eux un jeune félibre avignonnais follement épris de la Camargue. Le marquis Folco de Baroncelli, lou Marquès, ne disait s'exprimer qu'en la langue de Mistral.

— *La lenga nostra !* précisait-il.

— La vraie ! renchérissait Auguste-César. Pas cet occitan cévenol qui n'a rien à voir avec la pureté du félibrige.

— Vous ne vous sentez donc pas cévenol ? le titillait Foulc.

— Eh eh, ricanait le filateur. Cévenol en affaires et provençal de cœur! Cela vous convient-il, Foulc?

— Un *estrampala*, en quelque sorte! concluait lou Marquès.

Et tous trois riaient de bon cœur à cette inconfortable et cependant rusée position d'un pied dans chaque camp.

Quand le vieux Foulc vendit sa fabrique, son successeur, le sieur Véran, originaire de Tarascon, continua à fournir La Bâtie Neuve, mais c'en était fini des repas fins et de la langue de Mistral.

Le fauteuil, sans bruit et sans précipitation, remontait la première des travées, descendait la deuxième et ainsi jusqu'à la quatrième. Trente cuviers par travée, cent vingt fileuses et pas une qui aurait osé caqueter sur le passage de monsieur Auguste! Si cela avait été le cas, les surveillantes et la contremaîtresse y auraient mis bon ordre, perchées en bout de chaîne sur une étroite estrade à deux marches, l'œil à l'affut, le déplacement prompt, le geste sûr et surtout le visage marmoréen.

Tout près de l'une d'elles, le vieux filateur fit signe à Victor d'immobiliser son fauteuil en même temps qu'il lui faisait comprendre qu'il n'avait plus besoin de lui. Ce qu'il lui confirma d'un ordre perçu de lui seul:

— Ouste! Du balai!

Le plus discrètement qu'il pût – mais peut-on l'être quand on est Auguste-César Roustan des Fontanilles –, il scruta, du petit interstice que lui laissaient ses paupières lourdes et à travers le store blanc de ses sourcils broussailleux, une jeune fille d'environ vingt printemps, au visage sérieux, un peu trop pour son âge, aux yeux à la fois vifs et veloutés qui lui en rappelaient d'autres, depuis longtemps fermés. Sous la même tenue que les fileuses, on devinait son corps harmonieux, encore un peu dans les rigidités de la jeunesse. Tout son être mobilisé révélait, outre une conscience professionnelle hors du commun, l'ascendant exercé sur l'atelier qu'elle supervisait. L'impassibilité de sa jeune personne lui conférait sagesse et grandeur.

Auguste-César se racla la gorge. La jeune fille vint à lui.

— Voulez-vous, monsieur, que nous appelions monsieur Victor? demanda-t-elle en se penchant un peu, bien qu'elle ne fût pas d'une taille très haute.

Sa question et son attitude, empreintes de respect et de politesse, n'avaient rien de servile, encore moins d'obséquieux.

Il fit non, des lèvres, de la tête, de la canne peut-être, il ne savait, mais la jeune et perspicace personne avait compris son désir de respirer encore le même air que ses fileuses comme il l'avait fait chaque jour de sa vie, ne serait-ce que l'espace d'un court instant distrait à ses occupations de gestionnaire.

Et pour la première fois, l'homme qu'elle redoutait dans sa petite enfance, qui lui avait certes donné sa chance à la filature mais sans la ménager, sans concession, celui dont elle avait parfois osé soutenir le regard, lui inspira une onde de pitié affectueuse dont, le connaissant, il n'avait certainement rien à faire. Elle n'en laissa rien paraître et reprit son observation scrupuleuse des travées.

Bien lui en prit. Sous la vibration des aspes qui tournaient, coulissaient, parfois se heurtaient violemment, la barre horizontale, seulement retenue à ses deux bouts et en son centre, sortit de son axe à une des extrémités et commença à fléchir au-dessus de la tête des filles, menaçant de les assommer. La jeune contremaîtresse, objet de l'intérêt du vieux filateur, celle que toutes les fileuses appelaient avec déférence Mademoiselle Félicia, bien que certaines se fussent assises à côté d'elle sur les bancs de l'école communale, se saisit d'une sorte de trident prévu à cet effet, et le brandit adroitement afin qu'il soutienne la tringle métallique. Sans affolement ni précipitation, elle lança :

— Madame Germaine, qu'attendez-vous pour aller chercher monsieur Joseph ! Qu'il vienne aussi avec un aide, ils ne seront pas trop de deux. Vite !

L'urgence ne faisait pas de doute. Les deux bras tendus, tout le corps en extension, les mollets raidis de se tenir sur la pointe des pieds, elle économisait son souffle pour le transformer en force et sauver le travail effectué. Ses pommettes se coloraient de rose, son cou également où saillaient des veines sollicitées. Les deux hommes arrivèrent à la rescousse, suivis de madame Germaine, qu'Auguste-César jugea mollassonne, trottinant sur leurs talons.

Tout rentra dans l'ordre et le travail reprit comme si de rien n'était. Le vieux filateur en avait assez vu, il fit jouer à sa canne superflue un petit tambourinement puis la pointa vers la porte.

— Je vais appeler Pierrot, lui dit tout simplement Félicia, et elle partit, droite et légère, chercher le cocher-valet d'écurie.

Réinstallé dans le brougham, Auguste-César articula de ses lèvres muettes :

— J'ai fait le bon choix.

Ramené aux Fontanilles, confortablement assis et calé dans la bibliothèque qu'il affectionnait, là où il avait pris les plus importantes décisions de sa vie, savouré ses réalisations, déploré ses échecs, là aussi où sa conscience lui parlait le mieux, il exprima par gestes, regards appuyés et bredouillements, deux désirs, celui qu'on le laisse seul et celui d'aller quérir séance tenante Aristide Constant, son notaire et ami. Ce qui n'aurait pas manqué de faire friser la moustache brune du beau Victor.

Il y avait de nombreuses années qu'Aristide Constant avait cédé son étude notariale à son fils ; néanmoins, il y gardait un pied pour des personnes, comme son ami Auguste, pour qui il n'était pas question de traiter avec un jeunot de cinquante-deux ans. Il arriva séance tenante et les portes de la bibliothèque se refermèrent sur les deux hommes.

Quiconque aurait collé son oreille à la porte aurait pu entendre quelques exclamations étouffées du genre :

— C'est de la folie, Auguste !

— Impensable ! Qui prendra ton choix au sérieux ?

— De ton sang ! De ta race ! Tu en as de belles ! Perdrais-tu l'entendement, Auguste ?

À tous ces étonnements, ces exclamations en forme de reproche, une voix qui mettait toute sa volonté à être forte et résolue lui opposait un :

— C'est ainsi. Je le veux !

Après le départ du notaire, Auguste-César fit comprendre à son domestique son désir de se mettre au lit. Désormais, il ne craignait plus de dormir. Longtemps, cette peur ancestrale de ne pas se réveiller l'avait taraudé. Aujourd'hui, s'il n'avait aucune impatience à l'affronter, la mort ne lui faisait plus peur, il n'éprouvait pour elle aucune appréhension. En fait, il n'aspirait pas à dormir, mais à s'endormir d'un sommeil qu'il espérait être celui du juste.

Cinq mois après cette volonté irrévocable, exactement aux nones de juillet, Auguste-César Roustan des Fontanilles, né aux ides de mars, tirait sa révérence.

1

Juin 1880

Nichée dans un écrin de verdure surplombant un méandre alangui de la Cèze, la majestueuse bastide de pierre ocre, imposant quadrilatère flanqué de deux ailes qui formaient un U, aux nombreuses ouvertures dont les volets rabattus étaient autant de sourires qu'elle semblait envoyer à la population de Saint-Ambroix, avait revêtu pour la circonstance des habits de fête. Cela faisait si longtemps qu'on ne l'avait vue ainsi parée ! Des colliers de girandoles couraient sur sa façade principale, une forêt de parasols envahissait sa terrasse où seraient dressées les tables du banquet, jusqu'à cet air parfumé que diffusaient à profusion les jasmins dans leurs caisses de bois et les lilas en fleur plantés dans les parterres de part et d'autre de la majestueuse volée d'escalier à double révolution qui menait à la non moins monumentale porte d'entrée à deux battants.

En ce printemps de 1880, Auguste-César avait voulu, pour le mariage de sa fille, un décor digne de son domaine des Fontanilles, et rien ni personne n'avait été en mesure de l'en dissuader. Ni les aménagements qu'il fallait prévoir pour accueillir tous les invités, ni la passivité de la future mariée, pas plus que le début de grossesse perturbé, la troisième, d'Alexandrine son épouse.

Là où le filateur, de quatre ans plus jeune qu'elle, voyait une marque évidente du sang vif des Roustan, la pudibonde Alexandrine aurait voulu cacher la preuve d'une activité charnelle dont elle se serait bien passée à presque friser la cinquantaine. Déjà en sa jeunesse, elle y avait mis si peu d'ardeur !

— Convier tout ce monde ? Vous n'y songez pas, Auguste ! Je vois d'ici les jeunes femmes rire sous cape à mon état, et celles de mon âge arborer une moue de réprobation.

La tentative échoua.

— Il ferait beau voir que Bérangère Roustan des Fontanilles convole en catimini ! Là, oui, pour le coup on clabauderait dans toute la ville. Quant à votre état, ma chère Alexandrine, rendons-en grâce à l'Éternel, quoique je ne renie en rien mon agréable participation.

Dieu ! Que de telles réflexions gênaient le puritanisme – bien de son temps, au demeurant – de cette huguenote unie depuis vingt ans au filateur ! Elle insista cependant, invoquant non plus ses craintes d'être le sujet de conversations à mots couverts, mais un mal-être bien réel que lui procurait cette grossesse tardive.

— C'est faire peu de cas de mes nausées, de mes malaises, de tous les désagréments qui m'indisposent. Repos et ménagement, me recommande le docteur Bastide.

— Ne pouvez-vous faire un effort pour notre fille ? On ne vous demande pas la lune, tout de même ! Seulement d'assurer votre rôle de maîtresse en ces lieux, exercice dont vous vous acquittez d'ordinaire avec maestria, à mon entière satisfaction. Après, vous aurez tout loisir de vous reposer quand la maison, désertée par Bérangère et son frère, sera rendue au calme qui vous convient.

— Antoine ? Qu'a-t-il à voir dans le départ de sœur ?

— J'ai décidé de l'envoyer en Ardèche, à Lamastre où mes confrères Courtial et Giraud viennent de doter leur filature d'une importante force motrice. Antoine va s'imprégner d'idées nouvelles pour enfin montrer quelque intérêt à La Bâtie Neuve. Ce sera bientôt à lui d'impulser un sang nouveau dans nos ateliers.

— Mais notre fils n'a que treize ans ! Laissez-lui passer un peu de bon temps !

— M'en a-t-on laissé à moi ? Et est-ce que j'en suis mort ? C'est à lui que reviendra de poursuivre la lignée des filateurs Roustan des Fontanilles.

Alexandrine exhala un impuissant soupir :

— Comme d'habitude, vous décidez de tout et pour tous. Croyez-vous que Bérangère saute de joie à la veille de devenir la femme de ce pauvre Ulysse Méchein ?

— Pauvre ? On voit bien, ma chère, que vous n'avez pas assisté à l'élaboration du contrat de mariage ! Je doute que vous connaissiez beaucoup d'unions où la famille du marié, non seulement n'exige pas de dot, mais dépose elle-même dans la corbeille, et sans exiger un droit de retour, un beau magot dont La Bâtie Neuve a bien besoin. De plus, notre fille n'aura pas à supporter très longtemps cet avorton souffreteux. Son œil vitreux ne me dit rien qui vaille.

— Vous êtes d'un cynisme révoltant, Auguste ! J'ai honte pour vous. Prenez garde à votre âme !

Sur ces derniers mots, Alexandrine planta là son époux et ne perçut pas la repartie du filateur, pour le moins vexé.

— Mon âme est à Dieu, madame, et mon cœur aux Fontanilles, donna-t-il pour excuse. La Bâtie Neuve et le domaine tout entier méritent de chacun de ses membres un sacrifice comme ont su le faire, à leur époque, les générations précédentes.

Néanmoins tarabusté par la pertinente réplique de son épouse, Auguste-César fut tenté de se réfugier dans sa bibliothèque, lieu de ses cogitations, de ses ruminations et de l'élaboration de ses projets.

Or, il possédait depuis toujours un autre refuge, sans décorum celui-là, beaucoup plus bucolique et surtout propice à l'introspection, qu'il nommait avec dérision son gîte, où il se retirait dans les cas de troubles extrêmes.

Son gîte. Une capitelle en pierres sèches au dôme parfaitement arrondi dont la clé de voûte était surmontée d'une colombe de granit. Un de ces multiples abris de berger qui ponctuaient le paysage des plaines et des petites éminences, que ses prédécesseurs avaient construit, entretenu, restauré au fil des siècles et qui lui offrait, à ses heures, un havre de paix.

Celle-ci s'abritait au pied de La Roque, une colline incluse dans son domaine, où s'étageaient des bandes de terre cultivable qu'on appelle *acols* ou *bancels*. Certainement l'ouvrage du premier des Roustan à s'être sédentarisé en ces lieux hospitaliers pour y faire paître son troupeau de moutons et y installer sa famille. D'autres, qui lui avaient succédé, ajoutèrent à ce lopin une vigne de coteaux baignée de soleil et à l'abri du vent, puis dans la plaine alluviale bordée par la rivière Cèze une pièce de céréales. De ces aïeux-là, Auguste-César ignorait les prénoms et même des bribes d'histoire et cela le désolait un peu de ne pouvoir remonter «à l'origine de ses origines», comme il disait.

Il se satisfaisait cependant, et tirait une grande fierté, d'un majestueux arbre généalogique ascendant qui tenait presque un pan de mur dans la bibliothèque des Fontanilles. La souche initiale – 1579/1638 – en revenait au dénommé Horace Roustan, fermier dans le vrai sens du terme, à savoir humble cultivateur qui payait un fermage. Ce huguenot de la première heure convola en justes noces avec une demoiselle Francette Masson, de même confession cela va sans dire, fille unique d'un couple d'aubergistes qui eurent la bonne idée de ne pas faire de vieux os.

En homme de la terre qui n'aurait pu s'enfermer une seule journée dans une taverne, Horace se voulut de bon conseil en poussant son épouse à la vente. L'auberge était bien placée, à l'entrée sud de la ville, en dehors des remparts.

— L'argent de l'auberge de la Vivaraise adroitement investi, je te couvrirai de soie, ma Francette.

En plus d'une adhésion plénière à la religion réformée, celle de son roi bien-aimé et d'un grand nombre – pour ne pas dire la totalité – de Saint-Ambroisiens, Horace Roustan se voulait un farouche partisan de cette «agronomie moderne» préconisée par Olivier de Serres, agronome avisé qui avait à la fois l'oreille de Sully et celle d'Henri IV. En huguenot fier de son érudition, Horace avait lu son *Théâtre d'Agriculture et Mesnage des Champs*. Mieux, il en avait fait son livre de chevet à égalité avec la Bible qu'il prenait garde de ne pas négliger.

Alors, avec l'argent de la vente à laquelle Francette avait consenti, Horace Roustan devint propriétaire. En captant soigneusement quelques petites sources, des *fontanilhas* dévalant du serre de Gajac, il draina et irrigua ses *bancels* sur lesquels il planta les indispensables *Morus alba*, ces arbres trapus qui donnent au printemps la nourriture exclusive des vers à soie. Mais de soie, pour autant, Francette n'en était pas couverte ! En revanche, pour ceux qui avoisinaient son domaine et petit à petit pour toute la contrée, Horace Roustan vit, sans l'avoir souhaité, son patronyme rallongé des Fontanilles. Que diable, il fallait bien le différencier de tous ces Roustan, un nom très usité dans la région !

— Horace Roustan des Fontanilles ! Ventre-saint-gris, ça vous classe dans la catégorie des gens importants ! se réjouit-il en s'entendant nommé ainsi.

Et sa barbichette, taillée en pointe, en frémissait d'orgueil.

— Et la soie ? grinçait Francette, peu sensible à ces fanfaronnades.

— Elle vient, femme de peu de patience !

Il lui en fallut en fait une sacrée dose car la construction de la magnanerie telle que son époux l'avait envisagée demanda encore quelques années. Enfin elle s'imposa dans le paysage, long bâtiment implanté un peu en contre-haut de la rivière dont les caprices pouvaient se montrer désastreux, point trop cependant pour qu'elle soit d'accès facile et qu'on puisse la cerner de toutes parts de ces fameux mûriers.

— La Masson, elle est belle, reconnut Francette.

Horace crut à une prononciation approximative et rectifia :

— Dans ce cas, on ne dit pas maison, mais magnanerie, ma chère Francette !

— C'est bien ce que je dis ! La magnanerie Masson va faire des envieux.

— La magnanerie Roustan, tu veux dire ? Ou mieux, la magnanerie des Fontanilles ?

— La magnanerie Masson, parce que payée avec l'argent des Masson au cas où monsieur Horace Roustan des Fontanilles aurait la mémoire courte.

Horace ne discuta pas. Résigné, il se dit qu'il ne pouvait gagner sur tous les tableaux et, l'optimisme chevillé au corps, il espéra qu'un Roustan, un jour, réparerait cette injustice.

Pour revenir à ce fameux arbre généalogique qui débutait en 1579 et s'étalait en ramures, branches et ramilles constellées de noms, de prénoms et de dates artistiquement calligraphiés, enluminés, colorés, il mettait en évidence, siècle après siècle et les soulignant de rouge, ceux des Roustan des Fontanilles qui méritaient, plus que d'autres, d'être honorés.

Ainsi dans la deuxième moitié du xviie siècle, un certain Charles-Maurice, dont il était inélégant de souligner qu'il avait abjuré opportunément le protestantisme, répondit à l'impulsion que Colbert, ministre de Louis XIV, voulait donner à la sériciculture. Il avait agrandi le domaine, faisant l'acquisition d'une pièce à pâture afin d'y planter encore des mûriers. Il reçut pour chacun des nouveaux pieds une prime de vingt-quatre sols… et la main d'une demoiselle Sibylle de Guénard. Tout près de la magnanerie Masson, on vit alors s'élever un bâtiment à usage d'habitation plus en rapport avec une famille qui s'alliait enfin à la petite noblesse campagnarde. Castelet pour les uns, gentilhommière pour d'autres, Les Fontanilles, première version, virent le jour, quadrilatère majestueux qui masquait la magnanerie, coiffé d'une toiture à quatre pentes, se composant d'un entresol pour la cuisine et les communs, un rez-de-chaussée avec salle à manger et pièces de réception, un étage où étaient distribuées, par un couloir aveugle, les chambres et alcôves, et sous la toiture, des mansardes pour loger le personnel. On ne sait, à ce propos, si la demoiselle Guénard s'assombrit que son nom fût oublié dans le baptême de l'imposante demeure.

Suivent alors Antoine et Jean, des presque anonymes qui avaient, bon an mal an, pérennisé l'affaire, le plus malchanceux ou le moins capable l'avait vue péricliter et l'autre, sans éclats tonitruants mais grâce à une gestion saine, lui avait fait retrouver, après plusieurs décennies de mise en veille, une place enviée chez les magnaniers des Cévennes.

Le premier des Auguste avait marqué son époque, celle des Lumières mais aussi celle de l'élégance qui se manifestait sur les robes, vestes et gilets et dans l'ameublement. Fils de gantiers grenoblois, un certain Jacques Vaucanson, inspecteur des manufactures de soie, avait été mandaté par Louis XV pour une inspection générale des magnaneries, filatures, ateliers de moulinage et de tissage, bref du ver à soie au tissu. Ce qu'il fit au cours de l'année 1742. Favorablement impressionné par ce qu'il vit à La Masson, il envisagea fortement d'en faire une magnanerie pilote et si ce projet avorta – l'Histoire n'en a pas retenu la raison – la gloire qu'en tira Auguste Roustan des Fontanilles rayonna longtemps dans le microcosme des producteurs de cocons cévenols.

Une mention spéciale était décernée, par deux traits rouges, à son héritier Joseph-Melchior qui, fort de toute impunité grâce à l'édit de Tolérance promulgué en 1787, ramena courageusement la famille dans le droit chemin de son obédience réformée. Il manqua seulement d'un brin de reconnaissance envers ce même Louis XVI qui le rétablissait dans sa liberté à choisir sa religion et qui prenait la peine, par le biais de la réunion des États généraux, d'interroger son peuple pour le mieux servir. Ne retrouve-t-on pas la signature prérévolutionnaire de ce Joseph-Melchior Roustan des Fontanilles sur le vindicatif cahier de doléances des représentants de Saint-Ambroix ? Vraiment, un rechigneux que ce Joseph-Melchior ! Et une belle façon de faire oublier sa dangereuse particule !

Auguste-César, quand il était enfant, pointait souvent son doigt sur l'un de ses prédécesseurs pour qui il avait indéniablement un faible. Cet aïeul, Georges-Louis, avait été un fervent partisan de Napoléon Ier. Si sa sympathie spontanée envers l'Empereur relevait de l'intime, son admiration s'expliquait aisément par les honneurs faits à son fils puîné, engagé dans le régiment des chevau-légers de Berg rattaché, en 1808, à la garde impériale. Enfin sa reconnaissance lui était acquise par l'impulsion qu'il avait donnée aux métiers de la soie dans tous ses états grâce à la restauration des palais impériaux de Fontainebleau et de Versailles, à l'incitation faite à l'élite de se vêtir de soie et surtout pour sa dotation de deux millions de francs en faveur des fabriques lyonnaises.

Georges-Louis Roustan des Fontanilles défendait son idole contre les nostalgiques de la monarchie avec pugnacité.

— Les métiers de la soie, disait-il, pour être nombreux et variés, sont indissociables. À quoi bon produire de plus en plus de cocons si les filatures n'en veulent plus ? Et pourquoi s'en prendre aux filateurs si les soyeux boudent leur marchandise ? Une chaîne, nous faisons partie d'une chaîne, en or certes et dont nous sommes les maillons.

Une évidence que se gardait bien de lui contester son arrière-petit-fils, Auguste-César.

Le fils de ce Georges-Louis, non pas le glorieux chevau-léger, mais l'aîné, César, grand-père donc du dernier de la lignée, méritait l'attribut qui était accolé à son nom : fondateur de La Bâtie Neuve, éclipsant le fait qu'on lui devait également l'agrandissement des Fontanilles. Il n'avait fait, en réalité, qu'épouser la filature Chastaing. Enfin, c'est ainsi que les envieux considéraient l'union d'un fils de magnanier avec une fille de filateur, en l'occurrence César Roustan des Fontanilles, héritier de La Masson à Saint-Ambroix avec Stéphanie-Rose Chastaing, héritière de la filature éponyme à Rochegude.

— Je ne comprends pas, grand-père, par quel coup de baguette magique la filature Chastaing a pris le nom de Bâtie Neuve, s'était étonné le jeune Auguste-César à qui César narrait l'histoire de la famille.

— Par un de ces coups du destin, mon garçon, que personne ne peut prévoir. La filature des parents de ma chère épouse, plantée à la confluence de la rivière

Cèze et du ruisseau de la Claysse, fut emportée par les grandes crues de 1815, tout juste un an après notre mariage. Les pertes furent énormes, humaines et matérielles. Mon beau-père devint fou, en voyant englouties par les eaux plusieurs de ses fileuses et s'effondrer sa filature comme un château de cartes. Mon père proposa alors de la rebâtir ici, grâce à des fonds d'indemnisation accordés aux sinistrés.

— Mais son nom, grand-père? Cela n'explique pas son nom? avait insisté le petit-fils.

— C'est à ton père qu'on le doit, il avait à peine quatre ans. «On l'a bâtie toute neuve!» s'exclama-t-il devant la filature aux belles arches vitrées. La Bâtie Neuve était née d'une colère de l'eau et d'un naïf étonnement d'enfant.

La naissance d'Auguste-César, en 1838, fut accueillie comme un quasi-miracle. Le bébé arrivait seulement sept mois après le mariage de ses parents et ne se présentait pas comme un enfant chétif. Il fut déclaré don du ciel par ses familles paternelle et maternelle car il fallait bien sauver l'honneur de ses parents. Un clin d'œil du destin dont se gaussaient à mots couverts les employés de La Bâtie Neuve.

— Il n'y a pas que chez le petit peuple qu'on fête Pâques avant les Rameaux, raillaient les uns.

— Les jupons de soie ne sont pas plus solides que ceux de cotonnade! riaient les filles en découvrant leurs mollets.

Bref, un fils était né qu'on espérait suivi d'une ribambelle de frères et de sœurs. Ce qui ne fut pas le cas. Auguste-César comprit très tôt qu'il lui incomberait de reprendre un jour le flambeau dans un pays qui connaissait enfin la paix, autant à ses frontières que celle, sociale, que les Français appelaient de leurs vœux. Et si une révolution s'amorçait, pour être industrielle, elle ne pouvait aller que dans le sens des entrepreneurs comme les Roustan des Fontanilles, et Auguste-César, l'héritier, ne pouvant que devenir un capitaine d'industrie, à l'égal des grands noms déjà prépondérants en Cévennes.

C'était compter sans un impondérable dont la sériciculture se serait bien passée. En plus d'une magnanerie qui produisait chaque année trois tonnes de cocons, d'une filature d'où sortaient dans un même temps neuf cents kilos de soie grège et de fil de trame dans lequel La Bâtie Neuve était spécialisée, Auguste-César Roustan des Fontanilles hérita de la pébrine, qu'il combattit avec acharnement ! Et pour cela, il méritait bien que son nom fût souligné de trois traits vermillon !

La première attaque de cette maladie dans les magnaneries cévenoles apparut en 1845 et ne concerna guère le gamin tout juste parvenu à l'âge de raison qu'était alors Auguste-César. Tout au plus, le front soucieux de son père quand il sortait de La Masson, ses longs conciliabules avec d'autres éducateurs de vers à soie confrontés au même avatar, son irritabilité notoire qui les contraignait, lui et sa mère, au silence quand ils étaient à table, confortaient le garçonnet à se complaire dans l'enfance. Mais personne n'est à même d'arrêter les horloges du temps, ni seulement de les retarder comme il en prit brusquement conscience.

Son père présageait-il d'une mort prochaine ? Rien cependant ne donnait à penser qu'un mal le taraudait, il se livrait si peu ! Pas même à son épouse qu'on disait délaissée par un mari volage! Écourtant la jeunesse de son fils, coqueluche des mères qui avaient une fille à caser, le père entama des pourparlers fructueux avec François Couderc, plus communément appelé le Duc, lequel possédait un imposant vignoble sur le duché d'Uzès. En patriarche qui coupait et tranchait comme bon lui semblait, il dotait sa fille d'importance en bon et bel argent, la déboutant, en conséquence, de tout autre terre ou vignoble revenant à son frère aîné.

Alors, quand bien même l'élue accuserait quatre ans de plus que son promis, il est des propositions qu'on ne refuse pas. En sus, on est en droit d'attendre l'heureuse influence de la sagesse de l'une sur la fougue de l'autre.

Bien malin celui qui saurait dire l'effet que fit Auguste à sa future épouse. Réservée, pieuse, semblant planer au-dessus de la vie ordinaire, non par un mépris affiché, mais par un détachement résigné, Alexandrine était une énigme, mais une énigme tout en grâce et raffinement. Ses yeux pâles, insondables, attiraient magnétiquement le regard, de même que son corps, bien qu'il fût emprisonné, corseté, baleiné, raidi comme la justice.

Auguste-César n'atteignit jamais l'âme d'Alexandrine, mais il sut, en faisant voler les jupons empesés, les chemisiers collet monté, les corsets et autres chemises, s'enivrer chaque nuit du corps de son épouse. Et tant pis si au petit matin celle-ci se drapait pudiquement, telle une reine offusquée, dans une ample robe de chambre avant d'enfiler ses carcans de dame patronnesse.

Alexandrine et Auguste-César étaient mariés depuis cinq ans, leur fille Bérangère en avait deux lorsque la pébrine atteignit son paroxysme. On était en 1865, vingt ans déjà qu'elle s'invitait dans les magnaneries, y faisait au mieux quelque ravage, au pire les anéantissait, et chacun se débrouillait dans son coin pour faire face à la maladie. Enfin, ce qu'on supposait être une maladie parmi tant d'autres comme en développe le ver à soie tout au long de sa lente métamorphose. De raisonnement trop pragmatique pour accorder quelque crédit aux superstitions farfelues, Auguste-César fermait néanmoins les yeux sur les pratiques de ses magnanarelles pour qui toute personne étrangère était suspectée d'être l'*enfachineur*, le jeteur de mauvais sort.

— Tu l'as vu l'*enfachineur* avec son œil jaune ! pouvait-on entendre dans La Masson.

— Le mauvais œil, il est pas le seul à le porter ! Té, la Marie qui a perdu son homme et qui a voulu reprendre son poste tout habillée de deuil ! Comme on dit : «Cœur en peine dans la magnanerie sans le vouloir y porte la mort.»

— En attendant, je vais jeter un peu de gros sel sur le chemin où j'ai vu le type aux yeux jaunes.

— Et moi partout où a piétiné cette veuve noire de Marie.

D'ordinaire, le filateur souriait à ces croyances candides, mais au mois de mai 1865, il reçut un coup de massue.

Trop ! C'en était trop ! Une fois de plus, alors que tout avait bien commencé et que les vers étaient à leur quatrième âge, d'une belle longueur annelée et dodus à souhait, le premier et spécifique semis de grains de poivre était apparu sur leur peau lisse et de teinte laiteuse. Une claie, deux claies et puis trois, en fait tout le rez-de-chaussée et sur les trois hauteurs du sol au plafond. Auguste-César redoutait de monter aux étages. Il n'eut pas à le faire, les magnanarelles vinrent à lui affolées, catastrophées et même penaudes, comme si un reproche allait leur être fait.

— Ils sont foutus ! Ils sont tous foutus cette fois ! Que faire, monsieur Auguste ?

Que faire ? Si seulement il le savait ! Son père n'était plus là pour le conseiller, il était parti l'année précédente, suivi de peu par son épouse accablée de chagrin.

Que leur fallait-il de plus à ces satanés bombyx ! Chaque année, au terme d'une éducation, la magnanerie était assainie par un lent brûlage de soufre ; les murs blanchis à la chaux, les claies démontées, les planches traitées à la sulfateuse à dos qui propulsait un produit désinfectant du nom barbare d'aldéhyde formique, tandis que le sol recevait un traitement fongicide à base de sulfate de cuivre.

La question revenait, appuyée. Mais que leur fallait-il de plus, bon sang ? Une aération suffisante ? Ils l'avaient par les multiples petites ouvertures percées judicieusement décalées afin de ne pas provoquer de courants d'air. Une chaleur constante ? C'était le cas depuis qu'Auguste-César avait fait démolir les cheminées d'angle dont il était malaisé de moduler la puissance de chauffe et les avait remplacées par des poêles Baudin. La mise de fonds avait été heureusement compensée par une économie de bois et par le satisfecit des magnanarelles qui, après avoir vilipendé ces « forges du diable », louaient le modernisme de la filature.

— La même chaleur dans les angles ! Ah ça, on peut dire qu'il les soigne, ses vers à soie, monsieur Auguste !

— Et c'est pareil pour la feuille, y a pas plus chatouilleux que lui sur sa qualité. *Vaï*, il mérite pas cette foutue pébrine !

Cette année encore, il dut se démener pour trouver du cocon, afin que sa filature ne souffre pas de la défaillance de sa magnanerie. C'est qu'elle était vorace, La Bâtie Neuve, et ce n'étaient certes pas les cinq cents kilos de cocons qu'il supputait de mener à terme qui pourraient calmer son féroce appétit. Et comme ses confrères accusaient le même déficit, ce fut la course aux cocons. Toujours plus loin ! Toujours plus chers ! Il était temps de s'unir plutôt que de se faire des entourloupes.

Et de convoquer le ban et l'arrière-ban de la sériciculture cévenole et du bas-Vivarais pour une veillée d'armes avant qu'elle ne se transforme en veillée mortuaire du ver à soie.

Sous l'impulsion d'Auguste-César Roustan des Fontanilles, il fut décidé de faire équipe avec le réseau de chemin de fer qui quadrillait maintenant les Cévennes pour affréter un ou deux wagons réservés au transport des cocons. Apportés en gares par les producteurs, centralisés à Alais, il serait aisé aux filateurs de les récupérer. Leur coût serait moindre, qu'il soit d'achat en grande quantité ou de transport en commun. Les filatures étaient sauvées une nouvelle fois, mais qu'en serait-il demain ?

— Paris doit nous entendre !

Ce cri de révolte avait fusé de l'assistance. Le cri de la dernière chance que poussa, désespéré, un filateur d'Anduze.

— L'Empereur doit nous entendre ! reprirent alors deux ou trois d'entre eux qui affinaient leur auditoire.

— Et pourquoi pas nos élus, c'est leur rôle de nous représenter et de relayer nos soucis.

— Au Sénat ! Au Sénat ! Au Sénat !

Les filateurs s'excitaient. Auguste-César se fit la remarque qu'il en fallait peu pour galvaniser des hommes et dans un même temps ces cris faisaient jaillir des idées.

— Vous avez raison, mes amis. Nous devons nous adresser à ceux qui nous gouvernent.

Le filateur Blanchet, homme d'un certain âge au fluet filet de voix, tentait de se faire entendre. Auguste-César vint à la rescousse avec la sienne qui portait :

— Écoutez, mes amis ! Écoutez donc ce que propose monsieur Blanchet. Une lettre au Sénat et moi j'ajouterai une lettre nominative à notre sénateur du Gard, monsieur Jean-Baptiste Dumas. C'est un Cévenol, un homme de chez nous, il nous comprendra. Un homme de science, un chimiste peut être à même de trouver des solutions.

L'idée était géniale d'impliquer le scientifique de renom dans l'avenir du berceau de ses origines et elle fit mouche au-delà des espérances de ses instigateurs car à quelque temps de là, Louis Pasteur, le fameux biologiste, arrivait en Cévennes pour se pencher sur le sort des vers à soie. Quatre longues années d'études, d'observation, de tâtonnements, d'expériences et de preuves furent nécessaires à ce pionnier de la microbiologie pour isoler la cause de la pébrine et y porter remède en préconisant le grainage cellulaire, garant d'une éclosion saine et d'une éducation portée à son terme.

L'attente avait été longue, trop longue pour certains magnaniers qui durent plier boutique. La Masson s'en sortit et, bien que ne générant pas des bénéfices, elle ne creusait pas un déficit au détriment de La Bâtie Neuve. L'embellie hélas fut de courte durée quand fut inauguré, en novembre 1869 et en grande pompe, le canal de Suez, une porte ouverte sur l'Asie, une porte plus largement ouverte à la concurrence, une porte béante à de nouveaux soucis qu'empoigna courageusement Auguste-César durant six longues années avant de prendre une grande décision.

— Je ne vois qu'une solution, il faut réduire la voilure ! lâcha-t-il alors qu'ils étaient à table.

L'impassible Alexandrine leva un sourcil. Son époux évoquait-il son travail, lui qui se faisait un devoir d'épargner à sa femme ses soucis de manufacturier ?

— Vous parlez par énigme, mon ami. De quelle voilure s'agit-il ? demanda-t-elle d'une voix posée, une tessiture harmonieuse et involontairement sensuelle qui donnait des frissons à Auguste.

— En fait, je parle tout simplement de sauver l'héritage de notre fils, ma chère Ally.

— Des problèmes de trésorerie vous obligent à vendre La Romance ?

— Jamais de la vie ! Je ne toucherai jamais à La Romance qui reviendra à Bérangère, je le veux ainsi. C'est l'avenir d'Antoine que je dois assurer.

Antoine était né en 1867, en pleine débâcle causée par la pébrine, et la naissance d'un fils avait été un baume aux tourments d'Auguste-César. Quant à La

Romance, une superbe maison de ville sur le boulevard du Portalet, il l'avait fait construire par fierté, pour asseoir sa notoriété et l'afficher aux Saint-Ambroisiens obligés de s'extasier devant la façade de cette belle demeure aristocratique. Sa construction avait suivi de peu son mariage avec Alexandrine... et avait englouti une belle partie de sa dot. Mais l'intention était louable, comme il avait eu plaisir à l'expliquer :

— La Romance, c'est la vie que je veux vous donner, Ally, une vie de conte de fées que nous partagerons avec Les Fontanilles. Ici, nous serons à la parade et là-bas en famille.

En épouse soumise, Alexandrine avait approuvé, et La Romance s'enivra de soupers fins, de soirées aristocratiques tandis que Les Fontanilles résonnaient de cris et rires d'enfants, de lectures ânonnées, de leçons rabâchées.

— Qu'allez-vous vendre, alors, qui paraît tant vous porter peine ?

— Rien ! Jamais un Roustan ne s'est défait d'un bien acquis par ses aïeux.

— Mais alors ?

— Je ferme la Masson ! Elle servira de coconnière pour des achats massifs et à bas coût. J'économise ainsi du personnel et je me consacre entièrement à la Bâtie Neuve dont je double la cheminée de briques, ce qui me permettra d'augmenter les bassines.

— Tous ces mûriers ne serviront donc plus à rien, fit platement remarquer Alexandrine.

— Qui m'empêcherait de vendre la feuille au plus offrant ? Encore que Ramón me faisait remarquer récemment que certains étaient attaqués par le pourridié. Il a l'œil, ce jeune Espagnol aux allures de caballero.

— Vous n'allez tout de même pas les faire arracher ?

Alexandrine avait mis plus de véhémence à cette question. Rien ne la troublait plus que les changements, de quelque ordre qu'ils fussent. Les mûriers balayés du paysage familier qui était le sien depuis maintenant quinze ans, elle peinait à l'envisager.

Auguste-César tarda à lui répondre et quand elle fusa, sa réponse tomba comme un constat d'impuissance :

— Que voulez-vous, ma chère, les choses sont ainsi faites qu'elles ne sont pas éternelles. Nous nous acheminons vers la fin d'un siècle d'or que ne renieraient pas mon père ni mon grand-père. Demain sera différent pour ceux qui sauront faire des choix, même douloureux, et il ne sera pas pour les nostalgiques d'un passé révolu.

— Dommage ! Toute cette verdure me manquera ! conclut Alexandrine.

— Nous planterons de la vigne… pour le plaisir de vos beaux yeux… et celui de produire du bon vin !

2

Juin – Octobre 1880

Auguste-César frissonna. Il glissa son regard à l'extérieur de la capitelle. « Pas étonnant ! » admit-il. L'ombre envahissait peu à peu ce pan de coteau de son domaine tandis qu'à travers les frondaisons de la colline qui supportait la tour Guisquet le soleil faisait un dernier clin d'œil en direction des Fontanilles qu'il habillait d'or par le prisme de ses rayons jouant sur ses murs de pierre ocre.

Il s'ébroua comme pour chasser cette vision merveilleuse d'une bâtisse changée en corne d'abondance. Rêve flatteur dans lequel l'avait aidé à plonger sa longue évocation d'une dynastie dont il devait préparer la suite.

L'heure était au présent, un présent qu'il assumait avec ses grandes satisfactions et ses immenses frustrations. Du geste de celui qui chasse une mouche importune, il balaya la dernière phrase de son épouse qui résonnait encore à son oreille. Il décidait de tout et pour tous ? N'était-ce pas son rôle de père de famille, son rôle de filateur soucieux de pérenniser l'affaire familiale, son rôle de patron veillant à assurer un lendemain à ceux dont la soupe quotidienne dépendait de lui ? C'était bien une idée de femme un peu trop romanesque, cette propension à ne jurer que par le prince charmant. Si l'époux qu'il destinait à Bérangère n'en avait pas l'apparence, son royaume était celui de la finance et La Bâtie Neuve méritait un petit sacrifice.

Rasséréné dans ses doutes et confiant dans son choix, Auguste-César marcha d'un pas décidé vers la maison parée pour la fête.

Bérangère disparaissait sous la profusion de crêpe de soie, pas moins de cinq mètres, qui composait la jupe à longue traîne de sa robe de mariée. Le reste de la toilette relevait d'une folie qui flattait l'orgueil paternel, à savoir un corsage, une merveille de dentelle de soie aux fuseaux, production dont l'île de Malte, cliente de la filature, avait l'exclusivité[1], enserrait étroitement son buste menu, gainait ses bras d'adolescente à peine nubile. Elle allait avoir dix-sept ans et on lui en aurait donné quinze. D'un petit tambourin de perles cerclant une masse de cheveux châtains séparés par une raie médiane et ramassés sur son crâne, partait un bouillonné de tulle qui, pour le moment, était en partie rabattu sur son visage d'une extrême pâleur.

Alexandrine, qui avait souhaité assister à l'habillage de sa fille, redoutait qu'elle ne tombe en pâmoison et demanda qu'on lui apporte un sucre imbibé d'alcool de menthe.

— Croque, ma chérie ! encouragea-t-elle la future mariée qui hésitait à porter le remontant à sa bouche.

---

1. La dentelle en fils de soie aux fuseaux fut introduite à Malte, alors anglaise, par Lady Hamilton en 1833.

Bérangère s'exécuta, et bien qu'elle ne suçotât le sucre que du bout des lèvres, elle s'enroua, toussa d'irritation et enfin s'abattit dans les bras de sa mère en sanglotant.

— Oh, maman, si vous saviez combien je suis désespérée ! Je ne veux pas vous quitter. Je ne suis pas prête...

— Maintenant ou plus tard, est-on jamais prêt à quitter ses parents ? soupira Alexandrine en la baisant aux tempes.

Puis elle se raidit, repoussa avec douceur mais fermeté Bérangère encore toute tremblante, et lui dit :

— Allons, ma fille, souris. Songe à la fierté de ton père quand il entrera dans le temple escortant une si belle mariée et ensuite à sa douleur de la voir partir au bras de son mari.

Une bouffée de révolte s'empara de la jeune fille. Sa mère qu'elle croyait résolument de son côté s'émouvait de la douleur d'un père et restait insensible aux affres de sa fille ? Un comble ! Avait-elle seulement posé son regard sur le mari qu'on lui imposait ? Un visage en lame de couteau, le cheveu rare, le corps d'un ascète, une toux qui le secouait de façon spasmodique, était-ce de cela que rêve une mère attentive au bonheur de sa fille ?

Alexandrine comprit le désarroi de Bérangère, elle avança la main pour caresser sa joue, mais la jeune fille se déroba vivement comme sous l'effet d'une gifle. Son sort était scellé, elle l'avait compris et désirait rester seule dans sa chambre qui avait abrité ses rêves les plus doux.

Le *oui* qu'elle prononça, appuyé, percutant, lancé comme un défi à ses parents, combla les espérances d'Ulysse Méchein ; l'heureux époux y vit un cri d'amour, lui qui n'en attendait pas autant. Il n'avait eu que peu d'occasions de rencontrer sa promise, encore moins de croiser son regard toujours baissé, et l'avait jugée secrète, timide, une nature délicate et pure, presque un peu trop fade à son goût. Et voilà que le feu qui couvait sous la cendre se révélait dans ce oui jeté au monde entier ! La vie valait la peine d'être vécue, elle lui réservait un beau cadeau.

Rien n'échappait à Alexandrine Roustan des Fontanilles, parfaite dans son rôle d'hôtesse. Surtout pas ces imperceptibles taches de sang sur la grande serviette de table que son gendre portait à sa bouche chaque fois qu'il toussait. Elle frissonna. Du sang sur un carré de tissu blanc, quel présage funeste ! Ainsi Auguste-César aurait vu juste, le mari de Bérangère ne ferait pas de vieux os ?

Les vendanges battaient leur plein et c'est cette période d'intense activité dans la plaine viticole des Cévennes que monsieur Auguste avait mise à profit pour des travaux d'envergure dans la filature.

Il avait, pour cela, donné congé à ses fileuses, un congé non rémunéré bien entendu, les avancées sociales n'en étant restées qu'au repos dominical, même si une loi récente venait de l'abroger. Lui était fidèle au dogme d'un certain Daniel Legrand, fervent huguenot et auteur en 1848 d'un projet[1] de loi internationale sur le travail manufacturier visant à «assurer aux populations, après six jours de peine, un jour de repos». Auguste-César avait pérennisé

1. Ce projet aboutira et sera généralisé en 1906.

cette largesse, au mépris des prises de position de ses confrères. Patron exigeant certes, mais patron juste, du moins le croyait-il, versé dans un paternalisme si grandement en vogue dans le tissu industriel de ce siècle, il ne se voulait ni sourd ni aveugle au besoin qu'avaient ces hommes, ces femmes, ces filles d'un revenu régulier. Il les avait donc fait embaucher pour la cueillette des raisins.

Bien que novatrice sur la place de Saint-Ambroix où le père d'Auguste fut le premier à en doter sa filature dans les années 1830, la chaudière Gensoul et son labyrinthe de tuyauterie – les pompes à feu, disaient les fileuses – avaient fait leur temps. Ces mêmes fileuses n'en pouvaient plus quand, n'en faisant qu'à sa tête, la Gensoul grimpait l'eau à 80 degrés. Mains brûlées et cocons déchirés criaient grâce. De même lorsque la fainéante affichait péniblement 60 degrés ; là, c'était la gomme qui s'agglomérait et les brins qui s'emmêlaient. Auguste-César avait donc prévu d'équiper La Bâtie Neuve du nouveau système Bouchet-Pauquet de fabrication nîmoise. Rien de moins qu'une machine à vapeur d'une force de deux chevaux alimentée par une chaudière Duresme que le filateur fit venir de Paris. Le fabricant garantissait une chaleur constante de l'eau, entre 68 et 72 degrés. L'ensemble chaudière-machine à vapeur servait au maximum quarante-six bassines, il fallut en acquérir trois. Merci, mon gendre !

La physionomie de La Bâtie Neuve en fut quelque peu changée car la machine à vapeur devait être installée sur une terrasse découverte, conformément aux normes de sécurité exigées. En cours de construction, le filateur vit une autre utilité à cette terrasse.

— Je suis en possession d'une force motrice capable de chauffer cent-trente-huit bassines. Aménagez-moi une salle supplémentaire sous la terrasse, demanda-t-il à son maçon, je pourrai installer dix-huit bassines supplémentaires.

Ainsi, alors qu'à La Bâtie Neuve l'on creusait, bâtissait, carrelait, boulonnait, aux Fontanilles planait un silence aussi pesant que l'angoisse qui gagnait Alexandrine au fur et à mesure de l'avancement de son terme. Les désagréments de sa grossesse tardive autant qu'inattendue étaient allés crescendo en dépit des assertions du docteur Bastide qui lui promettait, de mois en mois, un mieux-être qui se dérobait à ses vœux.

— Quand aurai-je un peu de répit à mes malaises ? Je désespère de retrouver un peu d'allant, se plaignait-elle.

— Le temps que votre organisme accepte ces bouleversements. Une grossesse alors que vous vous acheminiez vers un tournant important de votre vie de femme, ce n'est pas étonnant qu'il soit bouleversé.

— L'enfant n'en pâtit pas, au moins ?

— En aucun cas, rassurez-vous. Je vous prédis un vigoureux garçon, à la façon dont il tarabuste sa mère.

Le docteur avait promis de revenir la visiter dans une dizaine de jours et il n'avait pas passé la porte de quarante-huit heures que déjà Alexandrine songeait à le faire quérir. Des palpitations, disait-elle, renforçaient son anxiété et la rendaient fébrile. Au point qu'à sa toilette elle laissa choir, ce matin-là, un face-à-main en argent dans lequel elle traquait une ride, un cerne, un cheveu blanc.

— *Siete desgracias*[1] ! s'exclama Milagro en esquissant un bref signe de croix avant de s'accroupir pour ramasser les éclats.

Venue en Cévennes l'année précédente pour les vendanges, la petite Espagnole n'était pas repartie ; elle avait fait la connaissance de Ramón, jardinier aux Fontanilles en attente d'assurer l'entretien des nouvelles chaudières, qui l'avait courtisée et lui avait même promis le mariage, pourvu qu'elle ne retournât pas au pays. Poussée par ce même Ramón, elle frappa à la porte des Fontanilles pour un emploi au ménage. Elle ne pouvait mieux tomber, une place allait se libérer après le mariage de Bérangère qui avait souhaité emmener Mélanie à Lyon.

— Que dites-vous, Milagro ?

— *Nada ! Nada*, señora Roustan ! Rien, rien !

— Je vous ai demandé de parler français, ma fille ! Vous marmonnez entre vos dents, c'est désagréable à la fin !

Milagro tremblait de tous ses membres. Elle croyait dur comme fer à ces prémonitions fortement ancrées dans son pays, dans sa famille. Ne sachant si, à une variante près, elle avait son pendant français, elle se refusait à traduire, tant bien que mal, sa phrase. Sa patronne était si pétrie d'angoisses indéfinies. Sans hésiter, elle saisit un bris de glace à main nue et le pressa fort ; madame Alexandrine méritait bien ce petit geste d'abnégation. Le sang jaillit à point nommé pour faire diversion.

---

1. Espagnol : « Sept malheurs ».

— Mon Dieu, Milagro, vous êtes blessée ! Tenez, prenez mon mouchoir et compressez la plaie. Vous êtes toute pâle.

— *Gracias, señora*. Merci, Madame. *Ye* vais mettre la *mano* sous *el agua fresca*.

L'espace d'un moment, Alexandrine avait oublié ses propres tourments pour se soucier de cette petite Milagro victime de sa maladresse. Ils l'assaillirent en force quand la jeune fille, une poupée de gaze au pouce et à l'index, vint la rassurer sur ses blessures.

— *Mañana*, ça sera guéri. Demain ! *Muchas gracias, Señora*.

Alors, la langueur d'Alexandrine la reprit de plus belle. Tout lui était prétexte à voir la vie en gris : cet enfant qui arrivait sur le tard, sa fille qui donnait si peu de ses nouvelles, preuve de la rancœur encore vive qu'elle nourrissait à leur égard, jusqu'à ces travaux entrepris à la filature, une folie d'Auguste, pensait-elle.

Du bout des lèvres, elle le lui fit d'ailleurs comprendre à la fin du repas :

— Vous avez donc une confiance inouïe en une embellie de la sériciculture, Auguste, que vous y injectiez sans compter l'argent de votre gendre ?

Cet intérêt inattendu porté aux affaires de la filature alors qu'elle s'en était toujours tenue à bonne distance ne manqua pas de surprendre Auguste-César. Rendu enjoué par la belle avancée des travaux, il s'en expliqua de bonne grâce :

— La confiance fait partie de l'humain, ma chère Ally. Qui en est dépourvu ne trouve aucune raison de vivre, et moi, des raisons, j'en ai plus d'une. Vous en premier : partager votre vie le plus longtemps possible, notre enfant à naître dont je dois préparer l'avenir, Antoine qui sera mon héritier. Et s'il vous en faut une supplémentaire, ma chérie, je vous dirai que l'idée de petits-enfants jouant autour de moi m'émeut au plus haut point. Dans quelques années, s'entend : je veux être encore et pour longtemps un jeune papa, comblé par une délicieuse épouse.

— Vous visez loin, mon cher, alors que moi, je ne sais de quoi demain sera fait. Un fossé, vous le voyez, nous sépare.

Auguste-César cessa d'argumenter. « Mélancolie de future parturiente », songea-t-il, désabusé. Il quitta la table.

Dix jours plus tard, lorsque le docteur Bastide vint la visiter, Alexandrine n'était plus la future maman dolente de sa dernière visite ; tout au contraire, elle semblait gagnée par une fébrilité qui donnait à ses yeux une brillance et une fixité qui intriguèrent le praticien. Il appliqua son stéthoscope sur l'artère brachiale droite et écouta longuement, le front barré d'un pli soucieux. Au terme d'une patiente écoute des « bruits de Poiseuille[1] », il lui parut évident que sa patiente présentait une tension artérielle élevée. L'aveu de violents maux de tête confirma ce premier diagnostic.

— On dirait que mon crâne est pris dans un étau. Mes tempes répercutent des battements comme si j'avais un tambour dans la tête. Vous allez me soulager, docteur ?

---

1. Auxquels ont succédé les bruits de Korotkoff en 1905, méthode d'évaluation de la pression artérielle.

— À condition que vous ne craigniez pas les piqûres! plaisanta le docteur pour détendre sa malade.

En même temps qu'il préparait une injection intra-veineuse à base de sulfate de magnésium, il fit signe à Milagro, la jeune servante, d'approcher.

— Il faut aller chercher Marguerite Martin, la sage-femme. Qu'elle vienne de toute urgence, lui murmura-t-il.

Alexandrine grimaça quand l'aiguille pénétra ses chairs, puis son visage de détendit, ses muscles jusqu'alors crispés s'amollirent, elle parut s'assoupir légèrement.

Le docteur Bastide consultait sa montre de gousset en prenant le pouls d'Alexandrine et jetait de temps en temps des regards d'impatience vers la porte. Celle que tout Saint-Ambroix appelait familièrement la Margot se faisait attendre. Pourtant, il n'était pas question de laisser la dame des Fontanilles sans une personne du métier à ses côtés. Le risque était trop grand.

Elle arriva enfin et il lui expliqua en quelques mots ce qu'il attendait d'elle.

— Madame Roustan est à un mois environ de son terme et présente une tension artérielle très élevée qui fait craindre une éclampsie. Je lui ai fait une injection de magnésium et je souhaiterais que vous restiez auprès d'elle et m'appeliez à la moindre alerte.

Le phaéton du médecin, puis l'arrivée de la sage-femme avaient fait accourir Auguste-César de son bureau à La Bâtie Neuve.

— Que se passe-t-il? L'enfant arrive? Seigneur! Alexandrine, qu'avez-vous à vous raidir ainsi? s'écria-t-il.

Son ton affolé fit se tourner le docteur et la sage-femme vers son épouse en pleine convulsion. Ses yeux roulaient, ses bras se tendaient tels des arcs, ses reins s'arcboutaient tandis que des cris rauques s'étouffaient dans sa gorge.

— Ne restez pas là, monsieur! pria le docteur Bastide qui ne perdait pas son sang-froid.

Puis, courant dans l'entrée, il appréhenda la première personne qu'il vit; c'était la jeune Milagro.

— Petite, ta patronne va accoucher, il me faut des draps, des serviettes, de l'eau bouillie. Vite, apporte tout ici, sur cette table, et veille à ce que personne n'entre dans la pièce sans en être prié. Quel est ton nom, petite?

Milagro déclina son prénom et sortit exécuter les ordres du docteur. La porte se referma sur elle.

— Marguerite, je vais pratiquer une césarienne, l'enfant est en souffrance, vous allez m'aider.

— Mais je n'ai jamais...

— De grâce, ne tournez pas de l'œil, j'ai besoin de vous!

En un temps record, Alexandrine fut chloroformée, son abdomen frotté à la teinture d'iode incisé sur trente centimètres et son enfant, un garçon, extrait manu militari du nid douillet où il aurait dû séjourner encore un mois. Pas de cri perçant pour annoncer sa venue, un faible vagissement pour prouver qu'il vivait, mais pour combien de temps?

— Milagro! appela le docteur Bastide.

La petite servante entrebâilla la porte, elle se sentit tirée à l'intérieur et ne regarda rien de ce qui l'entourait, l'odeur fade du sang lui parlait sans image. Elle reçut dans ses bras un ballot de serviettes, certainement pour être lavées. La voix du docteur Bastide l'éclaira sur ce précieux paquet :

— Va près des fourneaux aux cuisines réchauffer cet enfant. Marguerite et moi nous viendrons plus tard nous occuper de lui.

Un bébé ! Milagro tenait un bébé dans ses bras ! Le bébé de madame Alexandrine ! S'il lui fallait une seule minute pour justifier son bonheur d'être restée en France, c'était bien celle-là !

— Courage, Marguerite, nous, on va suturer !

Recoudre et attendre le réveil. Certes la tension artérielle de l'opérée avait chuté lors de l'anesthésie, mais se stabiliserait-elle ou son cœur s'emballerait-il au réveil ? C'était le risque.

À la porte, Auguste-César tambourinait. Or il n'était pas question qu'il entre et voie son épouse en partie éventrée, livide, en vérité plus morte que vive. Ce n'était pas un spectacle supportable pour un non-initié ! Non que le docteur Bastide doutât de sa décision ou des gestes qu'il avait pratiqués dans l'urgence. Simplement parce que, dans ces circonstances, il jugeait bon que chacun reste à sa place.

— Allez voir votre fils aux cuisines, monsieur. Une petite servante le réchauffe, lui enjoignit-il à travers la porte.

Pour une fois, ce n'était pas le filateur qui donnait des ordres, c'était à lui d'obtempérer. Aux cuisines où ronflait un feu d'enfer, le plus attendrissant tableau de la Nativité l'attendait. La jeune Milagro, d'instinct, avait dégrafé largement son corsage et plaqué contre sa peau tiède le petit bout de chair sanguinolent. De sa main gauche, elle le soutenait sans peine, et de la droite, elle frictionnait le dos, les flancs puis les bras et jambes du bébé, soufflait doucement sur les petites narines frémissantes et concentrait son attention sur l'ouverture improbable de ses paupières translucides.

Auguste-César, ému, hésitait à se manifester. Il se contenta de contempler, du seuil de la porte, cette lutte paisible pour la vie et ne sut combien avait duré cette pause magique interrompue par le docteur Bastide.

— Parfait! Où as-tu appris ces gestes, petite?

Le charme était rompu, Milagro porta sa main à son corsage pour masquer sa nudité et répondit, rougissante :

— *No sé...*

Alors qu'Auguste-César, repris par son angoisse, demandait :

— Comment va mon épouse?

— Madame Martin termine le travail, vous pourrez bientôt la voir. Voyons comment se porte ce petit Roustan. Au fait, comment s'appelle-t-il?

— Je ne me souviens plus des prénoms proposés par Alexandrine. On verra plus tard. Comment va-t-elle, docteur?

Le désarroi du filateur était palpable. Cette phrase du médecin le plongeait dans des affres de doute. Marguerite terminait le travail, s'agissait-il de la toilette mortuaire? Il pourrait bientôt la voir, mais que verrait-il? Un cadavre? Une accouchée en grande détresse?

— Chaque chose en son temps, monsieur Roustan. J'ai fait ce que j'avais à faire pour votre épouse, maintenant je me consacre à votre fils. Nous nous verrons plus tard.

Une façon de le congédier comme un valet. Auguste-César se retrouva à nouveau à faire le pied de grue devant la porte de sa femme.

Aux cuisines, le docteur Bastide expliquait chacun de ses gestes à la jeune Milagro qui comprenait un mot sur deux.

— Voilà, tu vois, je dégage sa gorge des glaires qui l'encombrent. Maintenant tu vas l'entendre.

À la place de faibles couinements enroués, le bébé se mit à pleurer et ses cris montaient en puissance pour le plaisir de celui qui l'avait mis au monde et de celle qui lui avait communiqué sa chaleur.

— Il me semble… *vigoroso*, se réjouit-elle.

— Pas si vigoureux que tu crois ! la défrisa le médecin. Je ne sais si madame Roustan s'était assurée d'une nourrice…

— *Si, si !*

— Pas la peine de la déranger, il n'aura pas la force de tirer sur le sein. Elle n'aura qu'à fournir son lait chaque jour et toi, tu le feras couler dans sa bouche en faible quantité, toutes les heures du jour et de la nuit. De plus, le bébé doit être toujours au chaud et toujours propre, très propre. Tu m'as bien compris ?

— *Claro que si ! Si ! Si !*

— Bon, je retourne au chevet de sa mère.

Marguerite Martin avait fait du bon travail, du moins pour ce qu'il en voyait. Madame Alexandrine étendue sur une couche propre, la pièce débarrassée de tout ce qui pourrait choquer l'œil, instruments, serviettes tachées de sang, seringues et médications remisées dans sa trousse. Bastide gratifia la sage-femme d'un coup d'œil satisfait. Il contourna le lit pour être à l'opposé d'Auguste qui, enfin invité à entrer, approchait une chaise et s'emparait de la main de son épouse. Le docteur souleva les draps, un énorme pansement couvrait le ventre d'Alexandrine, un peu rougi certes, mais rien qui puisse faire redouter une hémorragie. Il hocha la tête, rassuré. Son stéthoscope autour du cou, il chercha le meilleur point de compression et, l'ayant trouvé, écouta longuement.

— On est en droit d'espérer...

— Espérer ! s'écria Auguste, bondissant de sa chaise. Espérer seulement ? Mais je ne veux pas la perdre, docteur ! Et puis elle a un fils qui a besoin de sa mère.

Son cri de révolte brisa les derniers verrous de l'anesthésie. Alexandrine eut un hoquet suivi de vomissements qui souillèrent le travail de Marguerite. Bastide ne se formalisa pas et dit brièvement :

— Un des effets du chloroforme.

Enfin débarrassée de ce poison, Alexandrine porta les mains à son ventre douloureux des efforts fournis.

— Mon enfant ! balbutia-t-elle. Où est-il ? Je l'ai perdu ! C'et ma punition pour avoir eu honte de cette grossesse.

— Notre fils est né, Ally, et il est bien vivant ! Voulez-vous le voir ? Au fait, quel prénom lui aviez-vous choisi ?

— Félix ! Je voudrais tant qu'il porte toute la joie du monde...

Alexandrine ne put poursuivre, le souffle lui manquait. Le docteur Bastide glissa un oreiller dans son dos au mépris de sa plaie abdominale et reprit son stéthoscope. L'examen long et minutieux se passait de commentaire, le sang exerçait dans les artères une pression néfaste, le cœur trop sollicité battait la chamade et noyait les poumons. Il était face à un œdème pulmonaire aigu, une complication fatale des crises d'éclampsie qui laissait le corps médical dans une impuissance révoltante.

La pauvre femme se débattait, cherchait désespérément sa respiration, son époux était au désespoir, Marguerite Martin attendait un ordre du médecin lequel, sur des charbons ardents, cherchait une inspiration miraculeuse pour venir en aide à madame Roustan.

— Il faut mettre madame Roustan sous une tente d'oxygène! décida-t-il, inspiré. Je vais en trouver une coûte que coûte.

Il partit, laissant Auguste-César désemparé et la Margot bien embarrassée. Il revint, toujours à brides abattues, avec ce fameux engin. Il était urgent de soulager Alexandrine dont les doigts bleuis faisaient pitié. Son râle devenait crépitant, il fallait faire vite.

Ramón fut mandé d'urgence pour aider le docteur à installer la tente et le soulagement parut immédiat. Ce n'était que reculer afin de mieux sauter. Les poumons enfin oxygénés, c'est le cœur qui céda de s'être trop longtemps emballé. Comment allez expliquer cela à l'homme effondré qu'était le mari d'Alexandrine?

Lorsqu'on lui apprit la mort de sa patronne, Milagro, la jeune Espagnole, se signa et murmura, saisie d'effroi:

— *La primera desgracia*[1].

1. Espagnol: «Le premier malheur».

Depuis, elle se consacrait entièrement au bébé, étonnée de la régularité avec laquelle il réclamait ses quelques gouttes de lait, du profond sommeil qu'il mettait à profit pour reprendre des forces et demander à nouveau qu'elle l'alimentât. Elle s'assoupissait quand il dormait, anticipait son réveil, instillait goutte à goutte le lait de la nourrice entre les petites lèvres roses, sans oublier de le changer souvent afin de respecter les ordres du docteur qui venait un jour sur deux examiner l'enfant et repartait satisfait.

— Continue, jeune fille. Cet enfançon s'accroche à la vie et tu n'es pas étrangère à cela.

Après la démente journée qui avait vu la naissance d'un héritier aussitôt suivie de la mort de sa mère, les jours s'étaient enchaînés, épuisants et réconfortants à la fois, à recevoir des visites de condoléances, individuellement ou en délégation. Auguste-César, raidi dans sa douleur, avait fait face avec noblesse à cette obligation.

Au jour fixé pour la cérémonie et la séparation définitive, alors qu'un chapitre du livre de sa vie se terminait, il donna congé à la filature. Un regard circulaire autour de la tombe lui confirma que pas une des fileuses ne manquait, pas un des employés de maison hormis la jeune Milagro, et pour cause !

Et malgré tout, Auguste-César Roustan des Fontanilles était seul ! Seul à mener le deuil. Seul à mettre un pas devant l'autre au rythme lent imposé au cheval qui tirait le corbillard à baldaquin. Seul au premier rang du temple, il serait seul encore dans quelques instants devant la tombe construite sur un *bancel* de la propriété familiale, à la mode huguenote. Seul physiquement et moralement, mais dans ce dernier cas, n'était-ce pas normal ? Les plus grandes douleurs comme les joies intenses ne se partagent pas. Elles se portent et se vivent en parallèle, le fardeau de l'un n'allégeant pas celui de l'autre.

Quant à sa solitude physique, nonobstant confrères, amis et connaissances en plus de toute une ville pleurant la belle dame de La Romance, il ne pouvait s'en prendre qu'à lui, ayant refusé à Antoine d'accompagner sa mère, au prétexte de sa jeunesse, ce que l'adolescent, dans sa grande douleur, lui avait véhémentement reproché.

— Je suis un petit garçon lorsque ça vous arrange, père !

— Tu me remercieras plus tard de t'avoir évité cette épreuve.

— Croyez-vous que ma souffrance sera moindre dans mon pensionnat alaisien ? Vous m'avez séparé tout l'été de ma mère, je ne suis rentré de mon séjour en Ardèche que pour partir au collège où vous me cantonnez aujourd'hui. Vous n'avez pas de cœur, père !

Pas de cœur ? Et si Antoine disait vrai ? Son cœur n'avait-il pas explosé dans sa poitrine quand celui d'Alexandrine avait cessé de battre ? Indifférent à la prière de son fils, il toisa le gamin :

— Va voir ta mère une dernière fois et retourne à tes études. C'est ainsi, je le veux !

Antoine s'était exécuté et son père était seul. Seul avec son grand chagrin doublé d'une grande déception, Bérangère sa fille chérie brillait par son absence. Il lui avait pourtant écrit une longue lettre mouillée de ses larmes, lui disant son dilemme : se réjouir d'avoir

62

un autre fils dont la naissance avait coûté la vie à sa chère épouse.

La lettre arrivée par retour du courrier le déçut au point de douter qu'elle fût écrite par cette douce enfant.

J'aurais accouru, père, en sœur aimante et dévouée, pour partager la peine d'Antoine, ce cher garçon si sensible et si proche de notre mère, pour apporter une présence que je me serais efforcée de rendre maternelle à ce petit nouveau-né que vous me dites si chétif. Hélas, je ne le puis, la santé de mon époux s'étant dégradée au point qu'il a été admis depuis une semaine à l'hôpital de la Croix-Rousse. Je sais ce que vous me diriez, père, si j'étais devant vous. « Fais ton devoir, ma fille. » Je vous obéis donc et reste au chevet d'un époux que vous m'avez choisi, car c'est mon devoir, n'est-ce pas ?

Embrassez Antoine pour moi, je le porte dans mes prières, ainsi que vous, père, afin que Dieu vous donne le courage de faire encore et toujours votre devoir. Votre fille Bérangère.

Il était donc bien seul et se prit à penser à un autre petit être qui n'ouvrirait jamais les yeux sur une maman. Il se promit d'être à la fois sa mère et son père, il lui devait cela.

Oui, malgré tout ce monde, venu pour lui ou pour Ally, peu importe, Auguste-César était seul devant cette tombe, il était seul encore pour rentrer aux Fontanilles. Il serait seul désormais.

Le veuf organisa alors sa nouvelle existence. Lui qui n'avait jamais fréquenté les cuisines, on l'y vit chaque matin et chaque soir avec une surprenante assiduité. Avant de partir à La Bâtie Neuve, il venait voir son fils et faisait de même avant d'aller au lit. À la mi-journée, retenu à la filature, il dépêchait Ramón afin qu'il lui rapporte un bulletin de santé. Le nouvel agent d'entretien de la filature ne se faisait pas prier, Milagro lui avait volé son cœur et il ne doutait pas que son amour fût payé de retour… jusqu'à l'irruption, dans la vie de sa dulcinée, de ce petit Félix. Reçu comme un paquet sans vie, elle l'avait réchauffé de son souffle et fait renaître, c'était un peu son enfant. Doublement maintenant qu'il n'avait plus de mère. Une évidence dont Ramón, désormais sûr de ses sentiments et la pressant de l'épouser, fit les frais.

— On verra plus tard, Ramón, je dois m'occuper de Feliz.

Elle mettait une telle douceur à prononcer, avec l'accent espagnol, le *z* qu'elle substituait au *x*, qu'il en fut désarmé et promit de l'attendre tout le temps nécessaire.

Auguste-César l'avait, lui aussi, surprise à user de ce tendre prénom prononcé comme une caresse. Il lui en était secrètement reconnaissant.

Chaque soir, dans sa chambre au premier étage, le filateur à la belle prestance, celui que ses concurrents respectaient et que ses employés redoutaient, se délestait de sa carapace. Il ressassait les derniers mots de son épouse et, en homme brisé par l'affliction, il noyait de larmes son oreiller en sanglotant :

— Je n'aurais jamais cru que tu tenais une telle place dans ma vie. Si tu savais combien tu me manques, Ally !

3

Mai – Juillet 1884

Le télégramme – cette invention qu'Auguste-César disait n'avoir été conçue que pour annoncer des mauvaises nouvelles – fit froncer les sourcils du propriétaire des Fontanilles. Il ravivait un si douloureux souvenir ! D'un laconisme impersonnel, pondu par un secrétaire du consortium Méchein et destiné à être massivement diffusé, il invitait son destinataire à venir accompagner vers l'Éternel, le très regretté fils, petit-fils, neveu des grands pontes de la finance lyonnaise.

La nouvelle courut de la maison à l'atelier où les fileuses la faisaient circuler d'une bassine à l'autre.

— Le mari de mademoiselle Bérangère est mort !

Et chacune d'y aller de son commentaire, sarcastique, compatissant ou tout bonnement teinté d'un grand mépris.

— Preuve que l'argent n'achète pas tout ! pouvait-on entendre, autant dire « tant pis pour lui ! ».

Ramón s'empressa de venir commenter la nouvelle avec Milagro. L'occasion était trop belle pour le fougueux Espagnol d'entretenir la cour impatiente mais non désespérée qu'il faisait à la jeune fille, laquelle se retranchait toujours derrière sa mission :

65

s'occuper du petit Félix qui courait plus qu'il ne marchait sur ses quatre ans.

— *La segunda desgracia! No se puede!*[1] s'écria-t-elle.

Du regard elle chercha son petit protégé, elle craignait toujours qu'il lui arrive malheur. Jamais bien loin de sa petite mère, il jouait sous la table dont il avait fait une grotte qu'il appelait sa *cueva*, plus à l'aise dans cette langue qui berçait sa vie depuis sa naissance.

En d'autres temps, Auguste-César aurait jugé cela inconcevable, mais il était l'indulgence personnifiée avec le bambin comme avec cette petite bonne totalement dévouée.

« Pourquoi ne pas le laisser jouir de ce temps d'insouciance qui s'éloigne trop vite ? » songeait-il.

Cette étonnante souplesse dans l'éducation du petit dernier différait totalement du rigorisme qui avait accompagné les jeunes années de ses aînés. De là à ce que ce petit diablotin de Félix oblige tout son monde à faire ses quatre volontés, on n'en était pas loin, ni à ce qu'il fasse un jour les quatre cents coups…

Si elle n'avait été avertie par le majordome de la famille Méchein que son père venait d'arriver, Bérangère aurait eu de la peine à le reconnaître.

L'homme qu'elle avait quitté quatre ans plus tôt était resté dans son souvenir le fougueux quadragénaire aux cheveux noirs, au menton volontaire, affichant un port de capitaine d'industrie prêt à dévorer la terre entière. Celui qui venait de faire

---

1. Espagnol : « Un deuxième malheur. Ce n'est pas possible ».

le trajet depuis Saint-Ambroix jusqu'à cet immeuble cossu de la rue du Bât-d'Argent dans le 1er arrondissement de Lyon pour saluer la dépouille mortelle de son gendre, accusait dix années de plus. Il lui parut aussi d'une taille inférieure à l'image qu'elle gardait de ce père inflexible.

«Ses épaules affaissées, certainement, contribuent à cette impression, de même qu'il n'a plus l'allure altière que je lui connaissais», se dit-elle, ressentant une certaine empathie qui n'allait pas cependant jusqu'à la précipiter dans ses bras.

Bien au contraire. Elle s'obligea à ralentir son pas pour s'avancer vers lui, s'arrêta à bonne distance et tendit ses deux mains gantées de noir. Auguste-César les esquiva et ouvrit les bras à sa fille. La jeune veuve qu'il enserra arborait la même impassibilité que lors de son mariage, à la différence qu'une stricte robe noire remplaçait sa somptueuse toilette de mariée. La fixité de son regard était tout aussi semblable, jusqu'à sa bouche pincée qui affichait la même réprobation, le même refus de lier sa vie à Ulysse Méchein.

— Quel cruel destin, mon enfant, que de se retrouver tous deux, et à si peu d'intervalle, dans le chagrin d'un veuvage !

Bérangère serra les poings, ses yeux s'assombrirent et sa poitrine exhala un soupir agacé. Que pouvait-il savoir des origines de son chagrin ? La mort de son époux ou l'union imposée ? Elle brima sa rancœur et mit un peu de miel dans son intonation pour demander :

— Donnez-moi des nouvelles d'Antoine, père. Mon frère chéri doit être un beau...

— Tes frères vont bien ! la coupa sèchement Auguste-César. Antoine justement m'a prié de te remettre cette lettre.

— Il n'a donc pas pu venir ?

— Ce n'est pas la place d'un garçon de son âge !

Bérangère grinça des dents. L'âge, la place n'étaient que des diktats de leur père, elle était bien placée pour le savoir.

— Je la lirai plus tard, dit-elle en enfouissant la lettre dans sa poche.

Elle évitait de regarder son père et fut sauvée par un vieux parent de son défunt époux qui vint au-devant de monsieur Roustan des Fontanilles pour le saluer.

— Excusez-moi, père. Des obligations. Je vous laisse en compagnie du grand-oncle d'Ulysse.

Elle n'eut cependant pas loisir de s'éloigner pour lire la lettre d'Antoine ; aux ordres de son père subis en sa jeunesse avaient succédé les « obligations » de sa belle-famille.

— Bérangère, ma chère petite, venez saluer monsieur Untel !

— Vous vous devez, ma chère, aux relations de votre époux, quand bien même elles vous paraîtraient ennuyeuses. Des obligations qu'ont respectées scrupuleusement toutes les femmes de notre famille.

Quatre ans qu'elle se pliait à cela : faire bonne figure aux obligations de la famille Méchein. Quatre années de mariage, quarante-huit mois – elle aurait pu dire combien de jours – d'obligations entrecoupés de « devoirs » car il fallait un autre mot pour faire le distinguo entre la vie publique et la vie privée.

Les devoirs sous-entendaient à demi-mot ce que l'on attendait d'une épouse et d'un mois à l'autre, elle subissait un constat réprobateur.

— On ne demande pas aux femmes de la famille Méchein de se comporter comme des poulinières du peuple. Mais toutes ont eu à cœur de donner un héritier à leur mari.

— Ne venez pas me dire, ma chère, que vous vous en remettez au Seigneur pour nous donner ou non un héritier. Dois-je vous rappeler cette phrase à méditer : ce que femme veut, Dieu le veut ?

Le discours différait quand Ulysse subissait les assauts de sa maladie des poumons.

— Quelle mine vous affichez, Bérangère ! De la fatigue, dites-vous ? Qu'est-ce en comparaison des souffrances endurées par ce pauvre Ulysse ? Un peu de compassion, tout de même !

Quatre années d'obligations remplies, de devoirs accomplis et tout cela pourquoi ? Pour rien ! La reconnaissance de sa belle-famille ? Elle n'y comptait pas et s'en moquait royalement. L'enfant, l'héritier que l'on attendait d'elle et qui n'était jamais venu ? Elle était, en cela, partagée dans ses sentiments. Chagrin ou soulagement. Bien sûr, la vie aurait eu un autre attrait avec un bébé à cajoler. Mais son géniteur ne lui aurait-il pas transmis cette tuberculose tellement redoutée qu'on ne la nommait jamais ? Dans ce cas, mieux valait qu'il n'ait pas vu le jour.

— Eh bien, ma fille, vous rêvez ?

Bérangère sursauta, tirée de sa méditation par cette voix cassante et cette main non moins sèche qui la prenait par le coude et la poussait sans ménagement.

Son regard un peu perdu, loin d'amadouer sa belle-mère, lui valut une nouvelle semonce.

— La mise en bière d'Ulysse, vous l'avez oubliée ? Il est de votre devoir d'y assister pour un dernier adieu. Allons, ne vous faites pas attendre.

Un devoir. Encore un. Elle pria pour qu'il fût le dernier et se laissa guider dans la chambre mortuaire. Déjà la dépouille mortelle de ce pauvre Ulysse – Bérangère se prit à penser qu'elle n'avait jamais entendu parler de son époux autrement qu'avec ce qualificatif – était allongée dans un cercueil capitonné de satin parme. N'émergeaient que sa tête et ses mains sur lesquelles un spécialiste de l'embaumement avait si bien travaillé que, par-delà la mort, Ulysse Méchein semblait enfin avoir recouvré la santé. Impression qui faillit provoquer une grimace sardonique de Bérangère si elle n'était passée maîtresse, depuis son mariage, dans l'art consommé de l'indifférence. Lorsque le couvercle fut rabattu sur un pan de sa vie qu'elle voulait enterrer avec ce cercueil, l'hôtel particulier des Méchein se vida de toutes les capelines à voilettes et de tous les hauts-de-forme, de toutes ces ombres noires qui chuchotaient, se déplaçaient en glissant sur le parquet, sanglotaient pour être à l'unisson d'une famille qui enterrait un brillant financier dans la fleur de l'âge.

– Trente et un ans, murmurait-on. Quelle injustice !

Un imposant cortège de calèches s'ébranla derrière le corbillard dont les quatre plumets aux angles du dais de passementerie frémissaient dans l'air printanier, jusqu'au grand temple du 3e arrondissement tout récemment inauguré.

La cérémonie qui se déroula sous sa haute verrière fut une interminable succession de prières et d'éloges, monologues de pasteurs et de notables que Bérangère écoutait sans entendre. Elle aspirait au repos, au silence et à la solitude, la solitude du corps s'entend car quant à celle de l'âme, il y avait quatre ans qu'elle l'avait apprivoisée.

Cela ne la surprit pas qu'un grand dîner soit organisé, ainsi allait la vie à Lyon et dans la famille Méchein où toutes les occasions, malheureuses ou réjouissantes, étaient bonnes pour côtoyer gens de finance ou d'influence.

Choix délibéré, délicate attention ou pur hasard, Bérangère se trouva assise à côté de son père. Un tel état d'esprit l'habitait qu'elle ne savait ni s'en réjouir, ni s'en trouver gênée.

— Tu n'auras plus d'excuses, ma fille, pour nous refuser un petit séjour aux Fontanilles.

La grande main d'Auguste-César s'était posée, possessive, sur celle de sa fille, son regard insistant attendait une réponse.

— J'avoue que j'aurais plaisir à revoir Antoine, mais le reconnaîtrais-je seulement ? Cela lui fait dix-sept ans, l'âge que j'avais lorsque je dus partir.

Quelle mélancolie dans ce constat ! Auguste-César le reçut comme un reproche, il tenta une justification :

— Les décisions qui s'imposent dans les familles comme les nôtres ne prennent en compte ni l'âge ni l'inclination.

Ah, combien elle aurait aimé affronter son père, lui tenir tête pour une fois et lui dire sa façon de penser ! Mais ce n'était ni le jour ni le lieu, et puis elle se sentait si lasse. Ostensiblement, elle pivota vers son voisin de gauche afin de signifier à son père la fin de leur conversation.

Abel, le grand-oncle de ce pauvre Ulysse, encore lui ! Quel soin avait-on pris à la cerner de chaperons !

— Je me réjouis, ma chère nièce, de votre décision, elle est empreinte de sagesse.

Sa décision ? Depuis quand lui était-il donné d'en prendre ? De quoi donc parlait l'oncle Abel ? Ses fins sourcils s'arquèrent de surprise et son regard interrogateur parla à sa place. L'oncle reprit :

— Eh oui, pour nous huguenots, abbayes et couvents n'ont pas été prévus pour y faire retraite. Vous retirer en Cévennes confirme votre bon sens. Vous y ferez figure de veuve exemplaire.

— Que... que dites-vous, oncle Abel ? bredouilla-t-elle, un peu désemparée.

— Le conseil de famille, réuni ce matin, a fait annonce de votre souhait de retourner chez monsieur votre père sitôt après l'ouverture du testament de ce pauvre Ulysse.

Ainsi ils avaient décidé d'un « retour à l'envoyeur » ! Les Méchein ne voyaient plus en elle qu'un colis désormais encombrant dont il valait mieux se débarrasser. Elle imaginait déjà le regard dédaigneux de son père acceptant sous son toit sa fille congédiée telle une servante qui a mal fait son travail. Non, elle n'y voulait pas penser.

Elle ne sut que balbutier :

— Je caresse en effet ce projet, non pour y trouver l'oubli, mais la paix du cœur. Je ne me déroberai cependant pas à mes obligations. L'ai-je jamais fait, mon oncle ?

— Jamais, ma nièce ! Et je sais que ce pauvre Ulysse reconnaissant n'a pas fait montre d'ingratitude à votre égard.

La nausée augmenta l'épuisement de la jeune veuve ; Ulysse encore tiède, on avait discouru d'avenir parce que le consortium Méchein, lui, ne pouvait en aucun cas mourir. Elle en avait assez entendu pour comprendre que, dans le monde des affaires, celui de feu son époux ou celui de son père, elle ne trouverait jamais sa place. C'est néanmoins vers lui qu'impulsivement elle se tourna, posa une main aérienne sur son avant-bras et s'entendit dire à mi-voix :

— J'ai réfléchi à votre proposition, père. Elle me touche, vous me verrez bientôt à Saint-Ambroix.

— À la bonne heure, Bérangère ! Tu y reprendras au moins des couleurs et tu illumineras Les Fontanilles. Sans une présence féminine, le domaine est assoupi.

— Je préférerais, si vous le permettez, m'installer à La Romance.

Un pavé dans la mare ! La Romance, où flottait encore le parfum de néroli d'Alexandrine, n'avait pas été habitée depuis l'été 1880 où la belle dame des lieux avait vécu ses derniers mois de grossesse.

Auguste-César grimaça :

— La Romance pour un retour en famille ? Tu t'y sentiras bien seule, ma fille.

— C'est ce à quoi j'aspire, père. Du moins pour le moment.

Bérangère avait pris le parti de laisser à Lyon tout ce qui pouvait faire référence à son ancienne vie.

«On ne fait jamais du neuf avec du vieux», se réconfortait-elle, pour pleinement assumer sa décision, la première qu'elle avait l'impression de prendre. Quant à se projeter dans un avenir, une autre vie, elle en était incapable. Effacer les mauvais souvenirs serait déjà un grand soulagement dont elle saurait se contenter.

Aussi débarqua-t-elle un matin de juillet dans la cour des Fontanilles baignée d'une moite chaleur orageuse. Les roues de la calèche de louage crissant sur le gravier firent surgir de la maison un petit lutin blond au minois d'angelot, aussitôt suivi d'une jeune servante affolée.

— Feliz, *querido mío,* où vas-tu ?

— C'est ma sœur, Milagro ! *Mi hermana !*

L'enfant ne doutait pas une seconde que ce fût cette grande sœur dont son père lui avait annoncé la proche venue. Il se jeta dans la jupe soyeuse de la jeune veuve ; surpris de ce contact qui lui était inconnu, il leva des yeux ébahis vers Bérangère et s'écria voluptueusement :

— Tu es toute *dolce*… euh… douce !

Par ces simples mots, il avait fait la conquête de sa sœur qui le souleva, fit claquer deux baisers sur ses joues sucrées et lui renvoya le compliment :

— Et toi, tu es le plus joli petit garçon de la terre !

— Tu entends, Milagro ? Je suis le plus joli enfant du monde !

— Sois la bienvenue, ma fille ! héla Auguste-César, gravissant à grandes enjambées la côte pierreuse et incurvée qui séparait Les Fontanilles de La Bâtie Neuve.

La voiture, passant obligatoirement devant la filature, n'avait pas échappé à son regard d'aigle. Ramón le suivait, puis le précéda, dépêché pour débarrasser les bagages de la jeune madame Méchein qui se résumaient, en fait, à une panière d'osier, une valise et un sac de voyage.

— Tu ne comptes pas rester bien longtemps ! fit remarquer son père, déçu.

— Plus que vous ne pensez, père, si vous le voulez bien. Mais nous en reparlerons ce soir. Laissez-moi me familiariser avec tous ces changements que je vois et ceux que je devine.

Donnant le bras à son père et sa main gauche se fermant spontanément sur la menotte de Félix, Bérangère se laissa guider dans le jardin où Auguste-César lui montrait avec fierté la serre exotique de la Masson tandis que le gamin n'avait de cesse de lui faire découvrir son aire de jeu.

— Regarde, Bérangère ! *Mi columpio…* euh, je veux dire, ma balançoire !

— Comment allons-nous faire, petit lutin, pour nous entendre, toi qui parles quasiment espagnol et moi qui ne comprends pas un traître mot de cette langue ?

— Tu m'apprendras à parler *francés*, Bérangère ! répliqua le gamin, pris d'une affection spontanée pour cette grande sœur, si belle dans ses habits de tristesse.

Un peu en retrait, Milagro attendait le retour de l'enfant. Cette osmose spontanée d'un frère et d'une sœur qui se découvraient la poignardait en plein cœur.

Si le petit frère qu'elle avait pris le parti d'ignorer à sa naissance faisait vibrer en elle l'instinct maternel inassouvi, Bérangère n'oubliait pas pour autant Antoine.

— Mon frère est encore enfermé dans un bureau par ce beau temps ? Quel courage ! Vous allez en faire un ministre, père !

— Plaise à Dieu qu'il ne se fourvoie pas en politique comme nombre de ces benêts qui ne brassent que du vent ! Figure-toi, ma fille, que ton frère n'a pas rechigné quand je lui ai proposé de parfaire son bilinguisme en immersion chez les Courtney, une famille de Philadelphie. J'ai même vu son regard s'éclairer et ses narines frémir.

— Antoine en Amérique ? Mais pour y faire quoi ?

— Je viens de te le dire. De plus, je suis en affaires avec la firme textile Courtney & Co. Une façon comme une autre de consolider des liens. Je crois même que Lee Courtney Jr a une fille sensiblement de l'âge de ton frère. Eh, eh, sait-on jamais !

Incorrigible ! Auguste-César démontrait une nouvelle fois qu'en aucun cas il ne perdait son sens inné des affaires.

« Pauvre Antoine ! songea Bérangère. Pauvre cher Antoine qui parvient à donner le change et se réjouir d'un voyage imposé ! »

Félix enfin rendu aux soins de Milagro pour lui donner son bain, le faire souper et le mettre au lit, Bérangère reprit possession de sa chambre de jeune fille où Ramón avait déposé ses bagages tandis qu'Auguste-César retournait à La Bâtie Neuve.

— Prends un peu de repos, ma fille, nous nous retrouverons ce soir pour le repas.

En avait-elle fait, des rêves roses en ces lieux ! En avait-elle versé, des larmes, ici même, nouvelle Iphigénie sacrifiée non sur l'autel de Nérée mais sur celui de la finance ! Et pourtant, elle y revenait avec plaisir, se voulant neuve de ses espoirs comme de ses désillusions. Hélas, parfum, meubles et papier peint, tout la ramenait des années en arrière. Décidément, ce n'était pas aux Fontanilles qu'elle retrouverait la sérénité. Elle ambitionnait de se retirer à La Romance et n'en démordrait pas. Quitte à ce que ce soit de haute lutte, elle parviendrait à convaincre son père.

Malgré cet impérieux besoin, le tour que prit leur conversation, le soir, lui échappa.

— Comme tu as pu le voir, ma fille, ta mère nous a laissé un beau cadeau en partant. Félix est, ainsi qu'elle le souhaitait, la joie de vivre. Mais le vide qu'a laissé ma chère Alexandrine ne sera jamais comblé en aucune façon. Tout a été si brutal, si pitoyable…

Avec des sanglots dans la voix, Auguste-César partit dans une douloureuse rétrospective de la rapide escalade des complications gravissimes qui avaient emporté son épouse, la sourde colère qu'il avait eu de la peine à maîtriser devant l'impuissance du corps médical et les jours horribles qui avaient suivi sa mort.

— J'aurais voulu pouvoir m'effondrer au vrai sens du terme, suivre Alexandrine dans la tombe, ne jamais la quitter et je ne le pouvais pas. Ah, me laisser engloutir…

Bérangère étouffa un bâillement, son père en faisait trop. Elle lui fit simplement remarquer :

— Il y avait votre fils... enfin, vos fils. Deux raisons de vivre.

— Antoine avait son destin tout tracé et Félix donnait si peu d'espoir de vivre bien longtemps... Mais il y avait surtout La Bâtie Neuve. Pour elle, je devais enfouir mon chagrin, relever la tête, continuer la lignée des filateurs Roustan afin de la remettre un jour en d'autres mains. Je te l'avoue, ma fille, la filature m'a sauvé, m'a permis de tourner une page !

— Il est des gens à qui la page blanche ne fait pas peur. Moi, vous l'avouerais-je, elle me terrifie !

Pour la première fois depuis la mort de ce pauvre Ulysse, Bérangère dévoilait un tout petit coin de son âme. Et certainement pour la première – et peut-être unique – fois de sa vie, Auguste-César se sentit proche de sa fille. Au point de lui tendre une main et l'inviter à rejoindre un moelleux canapé où tous deux s'installèrent.

— Les derniers mois de ta vie d'épouse ont été éprouvants, n'est-ce pas, fillette ?

— Les premiers ne sont pas non plus à verser au compte des jours heureux. Qu'est-ce, en fait, qu'un jour heureux au sein de la famille Méchein ? Je crois ce mot-là banni de leur vocabulaire.

— Ulysse a été un bon mari, tout de même ? s'irrita Auguste.

— Un bon mari ? Comment le saurais-je ? Il faudrait pour cela établir une comparaison qui n'aura jamais lieu, père, je vous jure !

— On ne jure pas sur un tel sujet lorsque l'on a vingt ans, ma fille ! Nous en reparlerons. Chaque chose en son temps.

Bérangère n'entendait pas, ou ne voulait pas entendre ; elle était maintenant secouée de sanglots, lançait des phrases hachées dans lesquelles sourdait le dégoût que lui avait inspiré, dès le premier jour de leur union, celui qui resterait toujours dans son souvenir ce pauvre Ulysse.

Pas méchant garçon au demeurant, mais porté aux nues par une mère qui savait d'instinct survivre à son fils, il se complaisait dans des exigences d'enfant gâté à qui l'on doit tout céder. Si l'on avait voulu résumer Ulysse Méchein en un mot, c'est celui de superlatif qu'il aurait fallu employer. Doté d'une très grande intelligence paradoxalement doublée d'un total manque de confiance en soi, excessif dans ses exaltations comme dans ses abattements, imbu de sa personne et jaloux, la liste n'étant pas exhaustive.

Avec la maladie, qui lui laissait de rares périodes de rémission, il se comportait différemment selon qu'il était en famille ou en représentation. Dans le second cas, il prenait sur lui, donnait le change, minimisait ses quintes de toux, ses suées, ses malaises alors qu'en privé, il forçait le trait, tantôt implorant, tantôt exigeant, sans se soucier des affres dans lesquelles il plongeait son entourage.

— Il aurait eu raison de ma propre santé, je vous assure, père, si Dieu en sa grande mansuétude n'avait pas mis fin à son calvaire et au mien.

Incapable d'apaiser la révolte qui s'exacerbait, Auguste-César caressait du plat de la main le dos de Bérangère. Un long silence s'installa qu'il crut de bon augure jusqu'à ce que la jeune femme laisse tomber, désabusée :

— Et tout cela pour rien…

— Un enfant souffreteux comme son père ? Ne regrette pas, ma fille, se méprit Auguste.

— Tout cela pour m'entendre dire que je n'avais plus rien à faire en l'hôtel particulier de la rue du Bât-d'Argent !

— On t'a mise à la porte, toi, Bérangère Roustan des Fontanilles ?

— Oui, père, moi votre fille ! insista la jeune veuve, rejoignant son père dans l'honneur bafoué de sa famille.

Puis, craignant que ce dernier monte sur les grands chevaux, elle ajouta :

— Avec les formes, certes. Le résultat néanmoins est le même, il m'a été signifié par la famille Méchein et confirmé la semaine dernière à la lecture du testament de mon époux.

Bérangère se souvenait de chaque phrase, de chaque mot, de sa gêne évidente et de la coloration anormale de ses joues en feu, ainsi que de l'air arrogant de sa belle-famille au grand complet entassée dans l'étude du notaire. Lequel, dûment chapitré, avait insisté sur les conditions du mariage d'Ulysse et de Bérangère, à savoir une somme importante versée en deux échéances au père de la mariée, et les attentes déçues d'assurer la lignée des Méchein et gagner sa place dans la coterie des « pièces rapportées prolifiques ». Mais ce pauvre Ulysse s'était montré grand prince en octroyant un douaire à sa veuve afin *qu'elle s'installât en tout lieu de sa convenance, probablement dans ses Cévennes natales qu'elle prisait tant… un legs qui cesserait en cas de nouvelle union, cela va sans dire.*

— Combien ? demanda abruptement Auguste-César.

— Cinq pour cent des revenus de la société.

— Les cuistres ! Et vous perdez tout si vous vous remariez ? On vous a roulée, ma fille !

Auguste-César avait enfilé sa tenue d'homme d'affaires et tout ce qui allait avec, jusqu'au voussoiement, ce qui eut pour effet de replonger sa fille dans ses craintes d'antan quand il coupait et tranchait les décisions à son endroit. Pourtant, un sursaut pioché dans cette révolte latente qui faisait d'elle une blessée de la vie, la fit se redresser et affronter son père.

— Qui oserait affirmer que les dés n'étaient pas pipés depuis le début ? Pas vous, mon père, dont j'ai surpris une phrase révélatrice adressée à ma mère.

— De quoi parles-tu ? bougonna Auguste.

— D'un certain «avorton souffreteux» que, prétendument je n'aurais pas à supporter très longtemps. Vos propres mots, mon père, jetés me sembla-t-il alors avec désinvolture.

— Tu écoutais aux portes ?

— Celles du jardin, en l'occurrence, qui offrent d'édifiants enseignements.

— C'est loin, tout cela, n'en parlons plus.

— Le temps se mesure autant à sa valeur qu'à sa durée. Le mien me parut une éternité.

Les mains dans le dos, en grande réflexion, Auguste-César arpentait la pièce.

— Cinq pour cent, dis-tu ? Ne peux-tu dénoncer ce testament odieux ? Et surtout faire supprimer cette clause de non-remariage ?

Bérangère se leva et vint se planter en face de lui.

— Je ne sais ce que je peux, mais je suis sûre de ce que je veux, à savoir ne pas mendier auprès de la famille Méchein qui a jugé ma prestation à cinq pour cent ; tant pis pour moi si elle n'a pas été à la hauteur de leurs espérances. À vous, père, je vous renouvelle mon espoir de m'installer à La Romance avec votre bénédiction, c'est tout ce que je vous demande. Et surtout, ne pas entendre parler d'un autre époux, ni demain ni jamais !

Une onde de fierté parcourut l'échine d'Auguste, il y avait du sang des Roustan dans cette détermination à prendre en main sa destinée. Autant enterrer les armes et se montrer compréhensif. Quand le temps aurait fait son œuvre, à lui alors d'ouvrir d'autres perspectives à Bérangère.

Il sourit, satisfait de la contenter :

— Tu m'en avais parlé à Lyon et j'ai devancé ton désir. Il te faudra cependant faire preuve d'un peu de patience. Les ouvriers sont à pied d'œuvre et s'activent à La Romance pour des travaux de fond, viendront ensuite peintres et tapissiers qui ont ordre de te satisfaire. Donneras-tu, en échange, le baiser de la paix à ton vieux père ?

— Père, comment vous remercier ?

Les joues de Bérangère s'étaient empourprées de reconnaissance en posant un baiser sur chacune des joues de son père. La réponse de celui-ci lui fit presque regretter cet élan sincère de gratitude.

— En me rendant un petit service. Et même un grand. L'idée, je pense, va te séduire.

Bérangère n'en était pas si sûre ; avec son père qui avait le don de souffler le chaud puis le froid, elle s'attendait à tout.

— Tu as pu en juger par toi-même malgré le peu de temps passé avec Félix : cet enfant baragouine plus qu'il ne parle, il vit en sauvageon, bref il a besoin d'être policé. Pourras-tu t'en charger? Votre premier contact augure favorablement de la suite.

Le soulagement illumina le regard de Bérangère, d'autant plus qu'elle se voyait déjà invitant le gamin le dimanche à La Romance, et lui faisant la lecture.

— L'enlever à cette petite bonne espagnole à laquelle il fait référence à chaque mot…

— Qui parle d'enlèvement? En octobre, j'ai prévu qu'il fréquente l'école enfantine et je voudrais bien qu'on ne se moque pas du petit dernier des Fontanilles.

— Eh bien, c'est dit, père, je prends Félix sous mon aile et le jeudi ainsi que les vacances, il rentrera aux Fontanilles pour renouer avec son environnement.

— Autre chose, Bérangère.

— Quoi donc, père?

— Félix n'est pas encore baptisé, il attendait une marraine selon son cœur et je crois bien qu'il l'a trouvée.

— Le parrain?

La méfiance était toujours là. Et si son père prenait prétexte de choisir un parrain dans ses relations qui ferait à sa fille un compère idéal, et plus si affinités?

— Antoine, voyons! Qui veux-tu que ce soit?

Le lendemain, quand son père mit le petit Félix au courant des changements le concernant à brève échéance, l'enfant à l'heureux caractère, si fortement demandeur de tendresse, apporta la plus évidente et la plus touchante des conclusions:

— Une maman française et une autre espagnole, quel bonheur, je serai aimé deux fois plus!

4

Avril 1885 – Juillet 1893

Félix revêtait pour sa seconde fois ce qu'il appelait son habit de matelot et, s'il en croyait sa sœur, il se pourrait bien que ce fût la dernière.

— *Porqué?* demanda-t-il boudeur.

— Pardon? le reprit Bérangère en fronçant les sourcils, ce qui suscita l'hilarité de l'espiègle gamin.

— Tu as très bien compris. Pourquoi je ne pourrais plus jamais le mettre?

— Parce que tu as grandi depuis ton baptême, petit monstre! Regarde, j'ai défait l'ourlet du pantalon et ceux des manches de ta marinière.

Quelle belle image d'unité familiale les Roustan des Fontanilles avaient-ils donnée ce jour-là! Un quadragénaire dans un costume d'alpaga, une jeune femme tout en dentelle de soie noire, un jeune homme au hâle viril, dû à une traversée paradisiaque sur un transatlantique de la Cunard et un adorable petit garçon dans un costume de marin ne pouvaient que susciter un intérêt ému pour qui savait qu'il manquait la maman.

— Ah, comme je le dis toujours, l'argent ne fait pas le bonheur!

— Quand le malheur s'acharne sur une famille... car c'est bien du malheur pour ce pauvre monsieur Auguste et cette pauvre demoiselle Bérangère de se retrouver dans un même état de veuvage en si peu de temps.

— Et ce marmouset qu'on disait élevé à la va-comme-je-te-pousse par cette Espagnole, qu'est-ce qu'il est mignon !

— Une chance pour lui que sa sœur soit revenue.

— Pardi, le mari mort, on n'avait plus besoin d'elle !

Les langues étaient allées bon train, capables d'égratigner ce qu'elles venaient d'encenser. Et c'est ce qui convenait au filateur. Quoi que l'on dise sur sa famille, l'essentiel était qu'on en parle et qu'elle soit en vue.

Après le costume de marin choisi par Bérangère et que Félix avait enfilé avec enthousiasme, il lui fallut revêtir la blouse noire à boutons rouges des écoliers, et cela lui sembla moins réjouissant.

— On est tous habillés pareils, c'est pas drôle ! bougonna-t-il une fois rentré à La Romance.

Se pouvait-il qu'il aimât jouer les gommeux à son âge ? Bérangère prit le parti d'en rire. Comment expliquer au gamin que de l'uniformité naissait l'égalité, ainsi l'avait voulu l'école de la République, une notion à laquelle n'adhérait pas entièrement Auguste-César, on s'en doute. Mais comme il l'avait fait pour son fils aîné, il avait sans hésiter préféré l'école sans Dieu à celle des frères maristes aux commandes de la vénérable institution privée en bordure du Graveirol, peu prisée des familles huguenotes.

Assimilé le désagrément de porter la même blouse que tous ses camarades, le petit Félix apprécia cette nouvelle aire de jeu que lui procurait l'école enfantine. Peu de contraintes et une foule d'admirateurs qui, pour certains, avaient la chance de devenir ses amis, la nouvelle vie de Félix avait tout pour lui plaire.

Bérangère eut l'occasion de le faire remarquer à son père :

— Ce petit garçon est surprenant, tout lui est bonheur.

— Ah si le bonheur peut s'emmagasiner, qu'il en fasse provision ! La vie est semée de tant de revers.

— Moi, je dirais que Félix a le don de tout transformer en bonheur ! renforça Antoine.

Il y avait du vrai dans ce constat, tout particulièrement en ce beau dimanche d'avril qui voyait Félix tout réjoui d'enfiler – et pour la dernière fois, prédisait ce mauvais aruspice de Bérangère – le costume de marin. Transformer en bonheur ce qui aurait pu paraître une corvée, il n'y avait que Félix pour réussir ce tour de passe-passe.

Car enfin, un gamin de son âge ne préfère-t-il pas jouer au cerceau dans le jardin des Fontanilles ou au croquet dans les bosquets de La Romance plutôt que de porter, comme un trophée, deux anneaux de métal placés dans une coupe en verre ?

Cela n'avait pas été une mince affaire d'obtenir l'autorisation d'Auguste-César qui avait d'abord opposé un net refus :

— Ce n'est pas ta place, on ne mélange pas les torchons avec les serviettes !

La comparaison n'avait eu que peu d'effet sur l'enfant qui avait insisté :

— Milagro compte sur moi, elle dit que je suis *un niño de buena suerte.*

— Un quoi ? Parle français, voyons !

— Un enfant porte-bonheur !

— Porte-bonheur ou porte-alliances ? Il faudrait savoir.

— Un enfant porte-bonheur qui portera les alliances à l'église, expliqua le gamin, agacé.

— À l'église ? Jamais de la vie !

On ne sait si ce furent les larmes de Félix et ses supplications ou tout simplement ses petits bras autour du cou de son père et son baiser mouillé, ou plus sûrement ses yeux de velours noir qui firent que l'on céda à toutes ses demandes. Toujours est-il qu'en ce beau jour d'avril 1885, un petit garçon en costume de marin avançait solennellement dans la nef de l'église, ses deux mains crispées sur le Graal de Ramón, deux anneaux de métal qui avaient englouti les trois quarts de sa paye.

Milagro avait enfin dit oui, flattée par la constance de Ramón, mais à la condition expresse qu'il ne quitte jamais son emploi à La Bâtie Neuve.

— Si ça paye mieux de travailler à la mine, pourquoi je n'irais pas ? avait-il temporisé, moitié en français qu'il maîtrisait parfaitement, moitié en espagnol pour l'amadouer.

Peine perdue ! La douce jeune fille s'était emballée dans une réponse virulente, presque hystérique : il n'était pas question qu'elle quitte les Fontanilles où elle venait d'être nommée lingère et surtout elle n'envisageait pas une seconde de ne plus voir son petit Feliz au quotidien !

Que répondre à ce débordement d'amour pour un enfant mis dans ses bras à sa première minute d'existence ? Ramón dit amen à tout pourvu que Milagro retrouve le sourire et qu'elle unisse en confiance sa vie à la sienne. D'autant qu'en arrière-pensée, il avait celle de lui faire un enfant pour lequel, sans chasser Félix de son cœur, elle déborderait d'amour.

Pour faire honneur au costume de l'enfant porte-bonheur, Milagro avait soigné sa toilette sans toutefois en bannir les couleurs vives tant prisées dans son Andalousie natale. Sur son jupon rouge, le seul qui ne soit pas ravaudé, les basques d'un caraco jaune d'or ondulaient sur ses hanches osseuses et leur conféraient un peu de volume pour le plaisir des yeux. Bérangère, avec la permission de son père, avait fouillé dans les affaires d'Alexandrine à ce jour intouchées et en avait retiré un châle d'indienne rose poudré au décor de fleurettes en guirlandes. Elle l'avait empaqueté afin que Félix apporte fièrement son cadeau de mariage.

— Qu'est-ce que c'est, *niño mío* ?

— Ton cadeau, Milagro ! *Perdón, tu regalo !*

Milagro serra Félix dans ses bras à l'étouffer et promit de porter le cadeau pour son mariage et seulement les jours de fête. On aurait pu s'attendre à ce que la jeune fille en drapât ses épaules, un châle est fait pour ça, mais c'était bien vite oublier la tradition andalouse. Milagro avait rassemblé son opulente chevelure tout en tire-bouchons sur le haut de son crâne avec force épingles à cheveux, elle avait acheté un peigne aux effets nacrés et l'avait planté dans la masse noire de son chignon. Puis, elle avait posé le châle de madame Alexandrine sur le tout, ce qui lui conférait, outre dix à douze centimètres de plus, une allure impériale.

Lui donnant le bras, Ramón Echeverria, le Basque de Navarre, avait pour une fois fait une infidélité à son béret, indispensable complément de sa mise ordinaire et adopté la tenue classique du marié cévenol, pantalon de coutil à larges rayures, chemise blanche et gilet noir. Ramón aimait son pays d'adoption comme il avait aimé, auparavant, son pays natal, sans passion mais avec sincérité ; respectueux des us et coutumes de l'un et de l'autre, il n'avait pas oublié la tradition ibère qui consistait à déposer *las arra*s dans les mains de sa future, petite bourse avec treize pièces de monnaie, gage que l'argent ne manquerait jamais dans le ménage.

— *El bolsín de la suerte !* s'était écriée Milagro qui, pétrie de superstition, accommodait les signes de chance jusque dans cette bourse de treize pièces et frémissait aux mauvais augures.

Quant à la coutume française concrétisée par deux anneaux de doigt, que Ramón se garda bien de négliger, elle ne lui parut pas d'un grand intérêt sinon d'impliquer son Feliz dans cette journée particulière.

Une joyeuse envolée de cloches ponctua la sortie d'église du jeune couple tandis que, sur le parvis, le personnel des Fontanilles et quelques grappes de fileuses des environs étaient venus féliciter les mariés. Il s'en trouva quelques-unes, expertes à dévider la soie comme à glisser quelques œillades coquines, pour écraser une larme de dépit : le bel hidalgo n'avait eu d'yeux que pour sa dulcinée !

Curieuse installation que celle de ce ménage puisqu'il n'y en eut pas ! Ramón s'était aménagé une sorte de chambre dans les dépendances de La Bâtie Neuve, au plus près de la machinerie de la filature et n'entendait pas la quitter, Milagro était logée aux Fontanilles ; s'ils prenaient ensemble leurs repas aux cuisines, la nuit les séparait. Leur mariage ne changea rien aux habitudes, sinon que certains soirs, la jeune femme allait rejoindre discrètement son époux – jamais l'inverse – mais personne ne s'émut de cette situation.

Personne, à part un petit garçon futé dont les oreilles captaient les conversations, surtout celles ne le concernant pas. Son père et son frère en eurent la révélation alors qu'il dînait à la table des Fontanilles.

— Le bébé que vont avoir Milagro et Ramón, dit-il tout à trac, s'octroyant la parole sans permission, il sera un peu comme moi, il aura deux maisons.

— Qu'est-ce que c'est que cette histoire de bébé et de maisons ?

Auguste-César avait posé son regard admiratif sur Félix, prêt à s'extasier devant l'imagination débordante de son petit dernier. Ce gamin plein de fantaisie l'enchantait alors qu'il avait refusé toute évasion chimérique à ses deux aînés.

— Eh bien, oui, mon papa. Regarde, moi j'ai ma chambre dans deux maisons, une à La Romance pour la semaine, l'autre aux Fontanilles pour le dimanche et les vacances.

— J'espère que cela te convient ? lâcha le père avec désinvolture, pensant clore ainsi le sujet.

Le petit Félix resta un moment pensif, puis revint à la charge :

— Comment savoir si cela conviendra au bébé de Milagro de dormir un peu dans la chambre de sa maman et un peu dans celle de son papa ?

Le pavé était lancé et s'il eut une résonance dans la réflexion du filateur, c'est Antoine le premier qui prit la balle au bond.

— C'est vrai, père, que l'occasion ne s'était jamais présentée qu'une de nos employées de maison épouse un de nos ouvriers de la filature. De plus, je suppose que nous avons besoin de l'un comme de l'autre à demeure ?

— Mes fils se liguent contre moi pour me faire passer pour un mauvais employeur ? Ils se posent en donneurs de leçons ? On te verra à l'œuvre, Antoine !

D'un geste rageur, Auguste-César jeta sa serviette sur la table et foudroya son fils aîné d'un regard noir alors qu'il ajoutait, sardonique :

— Les jeunes couples attirent ta sympathie ? Soit ! Il est temps de te trouver une bonne épouse.

Antoine piqua du nez dans son assiette.

De cause à effet, le résultat ne se fit pas attendre, du moins en ce qui touchait le logement du ménage Etcheverría. Dans la semaine, on vit deux tâcherons investir La Masson et plus particulièrement la partie de la coconnière qui n'avait pas été transformée en serre, y monter des cloisons, ouvrir dans un pan de mur aveugle une fenêtre et une porte vitrée, carreler le sol et chauler les murs.

La première pièce se voulait une cuisine, sobrement meublée ; la seconde, une grande chambre garnie d'un lit que Milagro s'empressa d'habiller d'une courtepointe de satinette verte à rayures corail. Pour permettre le rangement des vêtements, le mur porteur offrait une niche munie d'étagères, qu'elle dissimula à la vue par un pan de tissu brun-rouge. Leur nid d'amour : un vrai repaire d'almée ! Ramón s'en accommoda, l'essentiel n'était-il pas que sa Milagro danse pour lui ? Elle dansa plus que la danse des sept voiles dans ce décor explosif, puisqu'au bout d'une danse du ventre plus douloureuse que voluptueuse, un bébé en ces lieux poussa son premier cri. On était au mois de juin 1886. À quelques jours de l'été, c'est dans un logement de fonction né de la volonté d'un garçonnet de six ans, véritable *niño de suerte*, comme ne cessait de le répéter Milagro, que la petite Niévès Etcheverría ouvrit les yeux dans un décor de bayadère tranchant sur les murs blancs de la chambre.

Les premiers mois de vie de Niévès ne passionnèrent que modérément Félix. Une enfant qui dort des heures durant et qui s'accroche au sein de sa mère au risque de la dévorer présentait peu d'intérêt. Mais quand, à douze mois révolus, l'enfant se mit à trottiner, à applaudir de joie dès qu'il passait son visage dans l'entrebâillement de la porte, à rire aux éclats à ses facéties, Félix se prit à regretter de ne pas loger définitivement aux Fontanilles.

Si la lallation de la mignonne eut des modulations ibériques, ses premières vraies phrases fleuraient bon la cour de récréation de l'école primaire que fréquentait maintenant Félix.

— Il vient demain, mon copain Félix ?

— Si, si, Nievitas.

— Alors on pourra *zouer* au ballon ou aux billes.

— Les filles jouent à la poupée ! la reprenait en bougonnant son père pour qui on ne transgressait pas l'ordre établi. De plus, Félix n'est pas ton copain, c'est le fils du patron. Il n'y a pas loin qu'on te demande de l'appeler monsieur Félix !

Puis se tournant vers son épouse :

— C'est valable pour toi, Milagro.

— Monsieur Feliz ? *Dices tonterías, Ramón Etcheverría*[1] !

— Et toi tu vas au-devant de déconvenues dont tu ne te doutes pas. Tu sais, chacun doit rester à sa place si on veut que le monde tourne rond.

Milagro ne l'entendait pas de cette oreille et, bien décidée à n'en faire qu'à sa tête, elle répondait par un haussement d'épaules au déraisonnement de Ramón.

Favorablement considérés par Milagro, méjugés par Ramón, les jeux de Niévès et de Félix ne prirent fin qu'au départ du garçonnet pour le lycée d'Alais.

On était alors en 1892 et Félix, désespéré, partait en pension. Son visage d'ordinaire rond et lumineux accusait six pans de long ; lui répondant, une moue proche des larmes déformait le visage anguleux de la brune Niévès. Fini les jeudis à s'enivrer de folles escapades jusqu'à la tour de Guisquet, de descentes encore plus périlleuses quand, se tenant par la main, ils sautaient de rocher en rocher, pareils à des bouquetins méprisant le danger !

— Nous nous verrons aux vacances, avança Félix qui sentait poindre les larmes de la fillette.

— Aux vacances ! C'est vrai ? Tu ne m'auras pas oubliée ?

---

1. Espagnol : « Monsieur Félix ? Tu dis des bêtises, Ramón Etcheverría ».

— Et toi, tu n'auras pas donné ton amitié à d'autres enfants de ta classe ? Tu vas rentrer à la grande école, tu sais.

— Si c'était que de moi, j'irais pas ! bougonna Niévès que la perspective de journées entières enfermée dans une salle de classe navrait au plus haut point.

Il arrivait parfois que Bérangère, venue chercher son petit frère aux Fontanilles, surprît leurs conversations enfantines ; la profondeur de leur attachement lui procurait une angoisse prémonitoire. Ces deux-là n'auraient-ils pas à souffrir, un jour ou l'autre, de décisions que leur père pourrait prendre quant à l'avenir de Félix ?

À son cœur défendant, Bérangère s'était prise d'une grande tendresse, doublée d'une indulgence que d'aucuns auraient taxée de faiblesse, à l'égard de son petit frère. De fait, il lui était impossible de résister au regard de velours noir qu'il coulait vers elle, si vrai, si pur. Impossible aussi de ne pas craquer à cette bouche rose et charnue si douée pour esquisser de mutines mimiques. Le seul ascendant qu'elle avait sur lui fonctionnait à l'affectif. Avait-il chagriné sa sœur ? Deux fossettes se creusaient aux commissures de ses lèvres et voilà les yeux de Bérangère qui s'illuminaient.

Dieu, qu'elle redoutait par avance l'instant inévitable où s'affronteraient deux caractères aussi antinomiques, celui impérieux et rigide du père et celui, tout en rusés faux-fuyants et manœuvres de séduction, du fiston !

Par chance, à moins qu'il ne s'agisse que de reculer pour mieux sauter, les pensées d'Auguste-César se focalisaient, en cette fin de siècle, sur l'avenir d'Antoine, étroitement lié à celui de La Bâtie Neuve.

C'était indéniable, la filature motivait tous les actes, mobilisait toutes les ambitions d'Auguste Roustan. Sa vie était une portée musicale avec La Bâtie Neuve à la clé, chaque décision ou pensée en était les notes, rondes, noires ou croches, selon leur priorité.

Un temps, il avait caressé le rêve américain, celui de s'unir à une importante firme textile de Pennsylvanie. Or la récession était passée par là, le Sud contraint à l'abolition de l'esclavage digérait avec difficulté le coût de la production cotonnière et le Nord, par ricochet, peinait à s'approvisionner à bon compte. Non, vraiment non, Gladys Courtney n'avait plus la cote auprès du filateur et l'affaire américaine n'était plus qu'un soupir sur la partition de sa vie.

Lorraine Lefebvre, en revanche, présentait de nombreux attraits. Plus juste serait de dire que la position de son papa en faisait un parti non négligeable. Henri Lefebvre, directeur de la Banque de France à Alais, actionnaire privilégié des fonderies et aciéries de Tamaris, promoteur zélé de l'alléchant emprunt russe – que le filateur n'avait pas boudé à sa première émission en 1888 et qu'il ne manquera pas de pérenniser en 1897 quand le rouble impérial se rattachera à l'or – avait suffisamment d'entregent dans le milieu de la finance pour qu'Auguste-César Roustan des Fontanilles prête un regard complaisant à une union qu'il subodorait porteuse de beaux fruits, de toutes les façons.

Une curiosité, désormais, dans la vie d'Auguste-César, l'amenait à s'épancher, encore que le mot soit fort, auprès de Bérangère. Complicité de deux êtres dans le veuvage ou bien rapprochement calculateur?

Nul ne saurait le dire, sinon l'intéressé lui-même. Encore qu'il s'agît en l'occurrence, d'un soutien.

— Je compte sur toi, Bérangère, pour inviter cette jeune fille, et ainsi provoquer une rencontre avec ton frère.

— Antoine a rompu avec son Américaine?

D'un geste insouciant, Auguste-César chassa l'Américaine, tout en s'enquérant:

— La demoiselle Courtney... T'avait-il fait des confidences à son sujet?

— Antoine est un secret, mais son empressement à partir chaque année donnait à penser que...

— Cela fait deux ans, je te le rappelle, qu'il n'est pas retourné à Philadelphie.

— C'est vrai, et j'avoue que cela m'a étonnée.

— En fait, je lui ai fait comprendre que la récréation était terminée. Il n'a pas rechigné, et je constate qu'il s'implique chaque jour davantage dans la gestion de la filature. Quoique encore un peu trop frileusement à mon goût. Le mariage achèvera d'en faire un homme.

Ainsi son père s'était une fois de plus immiscé dans le destin de ses enfants! Bérangère eut une pensée émue pour son frère et l'exhala dans un soupir:

— Pauvre Antoine, comme il doit souffrir!

— Il s'en remettra! répliqua Auguste-César.

Antoine Roustan des Fontanilles était le portrait de sa mère dont il avait le regard clair qui se dérobait à toute intrusion et surtout cette façon d'être absent, évanescence enchanteresse chez Alexandrine, alors que chez le fils, cette attitude de retrait agaçait prodigieusement Auguste-César. Son implication quasi transparente dans le développement de la filature ne donnait pas la dimension du travail fourni, pas plus qu'elle n'incitait son père à lui céder plus de responsabilités.

Mais là s'arrêtaient les points de ressemblance d'Antoine avec sa chère maman. Alors qu'Alexandrine cédait à la volonté de son seigneur et maître, Antoine en donnait seulement l'apparence. Il avait bien compris qu'affronter son père ne faisait que le braquer dans ses positions, aussi s'arrangeait-il pour toujours acquiescer et, par des moyens détournés, n'en faire qu'à sa tête.

Sa plus belle réussite en la matière était incontestablement « les vacances américaines ». Ainsi nommait-il ses séjours répétés à Philadelphie qui le jetaient avec la bénédiction d'Auguste-César dans la famille Courtney à des fins linguistiques, une ruse grossière pour traiter une alliance commerciale passant par une union familiale.

Si le premier séjour l'avait pris par surprise, le suivant lui permit de faire la connaissance d'une jeune fille, Cévenole comme lui et comme lui propulsée chez des gens en relation d'affaires avec ses parents. Cette jeune Alaisienne trompait un incommensurable ennui à flâner dans Rittenhouse Square qu'Antoine, pressé, traversait à grandes enjambées. Ils se heurtèrent de l'épaule et échangèrent un *sorry* avec un si terrible accent méridional qu'ils en pouffèrent tous deux… et ne se quittèrent plus de tout le temps que dura leur séjour américain et pour autant que leurs familles d'accueil respectives leur en laissaient loisir. Ensemble, ils allèrent caresser Liberty Bell, la célèbre cloche de la liberté qui sonna un certain 4 juillet 1776 pour annoncer l'indépendance des États-Unis ; la maison de Betsy Ross, où cette dernière aurait cousu le premier drapeau de la nation, n'eut plus de secret pour eux ; mais c'est surtout à la brasserie Ortlieb's, dans la vieille ville, que se concrétisèrent leurs projets.

— Reviendrez-vous l'année prochaine ? avait demandé Antoine au cours de la traversée qu'ils firent de concert.

Et sans attendre la réponse, il avait ajouté :

— Si c'est le cas, je suis partant. Père ne pourra qu'approuver mon intérêt pour la langue anglo-saxonne.

— Voulez-vous dire que nous ne nous reverrons pas avant l'été prochain ?

Le mignon minois de Lorraine Lefebvre avait esquissé une moue pathétique, il n'en fallait pas plus pour chiffonner le cœur de l'adolescent dont le cerveau se mit à fonctionner à toute vitesse.

— Toute la semaine, je suis pensionnaire au collège d'Alais, mais je peux demander un droit de sortie le jeudi après-midi... pourvu que père le valide.

— Et moi, je pourrais emmener ma petite sœur au jardin du Pèlerin, ou en tout autre lieu dont nous serions convenus.

Deux visages radieux débarquèrent à Marseille, précaution prise de faire comme si l'on ne se connaissait point. Dieu, que la vie promettait d'être belle, désormais !

Elle le fut, sans que jamais Auguste-César soupçonnât ce bonheur simple et peu exigeant. Une prouesse ! Une demi-journée par semaine et des vacances à s'imprégner de la culture américaine, et cela quatre années durant, Lorraine et Antoine cultivaient l'amour raisonnable. Et quand, sans se consulter, le père de l'une mit fin aux séjours linguistiques de son aînée afin que la cadette profite à son tour de cette manne culturelle, et le père de l'autre jugea qu'il était temps d'immerger son fils dans les voyages d'affaires, l'amour toujours intact des deux jeunes gens les obligea à des escapades toujours secrètes mais beaucoup moins sages.

— Cinq jours à Lyon, toi et moi, qu'en dis-tu, Lorraine?

— À Lyon? Pour quoi faire?

— Moi pour rencontrer des soyeux, toi pour un peu de tourisme et la nuit à nous deux pour s'aimer!

— Je prends!

S'inventer une amie rencontrée aux Amériques qui l'invitait chez elle ne fut qu'un jeu d'enfant. Ah, l'approche d'un nouveau siècle donnait toutes les audaces aux jeunes filles!

C'est au cours d'une de ces échappées belles qu'Antoine prit la décision d'épouser Lorraine. Or, pour obtenir le consentement de son père, il devait œuvrer avec diplomatie. Il savait, sans en avoir parlé avec lui, l'union Courtney oubliée, Auguste-César avait été explicite... au cas où.

— Je ne prédis pas un avenir brillant aux manufactures Courtney, ni au textile américain en général. Notre bonne vieille Europe a son mot à dire à l'international et la France marche en tête des puissances mondiales.

Autrement dit: marions-nous français! Ce qui allait dans le sens d'Antoine. Et notre bel amoureux de se saisir de la perche:

— Seriez-vous disposé, père, à ce que je vous présente...

— Ta sœur m'a fait part d'une invitation...

Les deux hommes avaient parlé en même temps et, dépité, Antoine se sentit obligé de céder la préséance.

— Vous disiez, père ?

— Je disais que, à ma demande, Bérangère a invité la banque, enchaîna Auguste dans son jargon affairiste. La Banque de France, s'entend. Monsieur Lefebvre suit de près les intérêts de ta sœur quant aux cinq pour cent des parts que lui a royalement accordées feu son époux. Madame Lefebvre l'accompagne et pour faire bonne mesure leur fille aînée aussi. Une jeunette qui n'a certainement que faire de nos conciliabules financiers. Pourrais-tu lui tenir compagnie ? Bérangère te le demande comme un service.

— Co... comment se prénomme cette jeune fille ? ne sut que bredouiller Antoine.

— Enfin, Antoine, comment le saurais-je ? Cela est de peu d'importance. Donne-lui du « mademoiselle Lefebvre » dans un premier temps.

Parce qu'il y aurait un second temps ? Antoine n'en revenait pas. C'était un rêve éveillé. Des rencontres fortuites pour construire une vie ! Plus de doute, Lorraine lui était de tout temps destinée, elle était sa moitié de pomme, à la fois croquante, un brin acide et surtout voluptueuse au palais. Or, il fallait donner le change, ne pas s'emballer, aussi répondit-il dans un soupir :

— J'avais prévu un billard avec des amis, mais je ne peux rien refuser à Bérangère. La vie n'a pas été tendre avec elle.

— C'est donc une affaire entendue, conclut Auguste-César en se frottant les mains. Au fait, fils, tu avais quelqu'un ou quelque chose à me présenter?

— Non! Oui! s'embrouilla Antoine. Un projet pour la filature que je dois retravailler, il présente quelques lacunes qui ne vous échapperaient pas. J'envie, père, la pertinence de votre jugement!

Le jeune homme craignit d'en avoir fait un peu trop et d'avoir ainsi éveillé les soupçons de son père. Il n'y avait rien de caustique, cependant, dans la réplique de monsieur Roustan:

— L'image de la pertinence, fils, seulement l'image! En toute cause, savoir sauver la face.

Personne ne s'étonna du coloris champagne de la robe de mariée que Lorraine avait souhaitée d'une simplicité monacale. Toute la richesse était dans la soie, une grège doupion[1] filée à La Bâtie Neuve un cadeau princier d'Auguste-César. Champagne aussi une sorte de surcot de tulle extrêmement fluide qui partait en s'évasant des épaules et s'arrêtait à mi-mollet.

Ce choix de teinte et de forme se comprenait aisément. Lorraine espérait dissimuler son ventre légèrement bombé qui se perdait dans les ondulations du tulle brodé afin de ne pas choquer, en remontant l'allée centrale du temple d'Alais, les nombreux invités. Antoine l'attendait au pied de la chaire, tout

---

1. La grège doupion est obtenue par le tirage de cocons doubles, c'est-à-dire construits par deux vers se renfermant dans le même cocon. Elle donne un tissage irrégulier mais très lourd et à même de supporter l'impression.

vibrant d'émotion. Il ne savait ce qui le réjouissait le plus de cet amour enfin affiché ou du rôle de papa qui allait lui échoir.

Devançant la mariée au bras de son père, et désormais rompu à cet exercice, Félix portait fièrement les alliances, chacune dans un écrin entrouvert. Plus question du costume de marin, le lycéen avait fêté ses treize ans et arborait pour la première fois un pantalon long et une cravate. Plus question d'avancer seul, non plus, il n'avait pas voulu être sans cavalière et avait plaidé sa cause, comme à son habitude, énergiquement.

— Désespérément! lui avait prédit Bérangère.

— Que tu crois! Père entendra mes raisons.

Et père avait cédé. Du bout des lèvres.

— À condition que ta sœur police un peu cette... gitane!

— Niévès n'est pas une gitane et puis elle est mon amie.

Bérangère avait été parfaite. La fillette portait une robe rose en broderie anglaise, largement ceinturée à la taille par un ruban de velours bordeaux; un gros nœud de même couleur était planté dans ses cheveux fous pour une fois sagement disciplinés par des nattes enroulées en macarons. Elle riait de sa bouche partiellement édentée, joyeuse que ses premières dents de lait se soient enfin fait la malle, comme elle l'avait expliqué à la dame de La Romance.

— On ne parle pas ainsi, voyons! l'avait gourmandée Bérangère, chargée de la «policer».

Milagro avait regardé d'un œil humide sa fille et son Feliz quitter les Fontanilles dans le brougham de monsieur Auguste. Elle planait à cet instant dans un nuage de délices que Ramón lui fit quitter sans ménagement.

— À quoi nous mènera tout ce cirque ? Misère !

Sur le parvis du temple, une foule majoritairement féminine était venue se remplir les yeux des toilettes de toute cette coterie huppée. Elle ne fut pas déçue. Madame Lefebvre au bras de son époux et Bérangère à celui de son père avaient toutes deux opté pour le gris mais pour des raisons et avec des concepts différents. La belle-mère d'Antoine portait encore la demi-tournure dans un élégant taffetas aux reflets moirés qui s'accordaient avec ses cheveux grisonnants que ceignait un bandeau surmonté d'une volumineuse aigrette. La jeune veuve, elle, s'était enfin dépouillée de ses voiles de deuil et, si elle portait encore le corset, sous-vêtement sur le déclin, au moins avait-elle abandonné coussinets et faux-cul, et choisi une jupe à plis et un boléro rebrodé de fils d'argent. La sœur de Lorraine assumait son rôle de demoiselle d'honneur avec l'arrogance de ses dix-sept ans, d'autant qu'elle donnait le bras à un de ces dandys à faire se retourner dans sa tombe le beau Brummell lui-même. Enfin, après s'être longuement extasiés sur le couple si bien assorti d'Antoine et de Lorraine, les regards se portèrent, sans connaître l'identité de la fillette, sur celui qu'elle formait avec le dernier-né des Roustan.

— Dans dix ans, je vous fiche mon billet qu'on les reverra, ces deux-là, bras dessus bras dessous.

— C'est qui, cette jolie brunette ?

— Une riche héritière, pardi ! A-t-on vu jamais un Roustan des Fontanilles se mésallier ?

5

Printemps 1894 – Janvier 1897

Curieusement, l'union d'Antoine et de Lorraine marqua le pas d'une nouvelle vie pour Bérangère.

Ce ne fut pourtant pas sans réticence que la jeune veuve céda, la première fois, à l'insistance de sa belle-sœur.

— Maman serait terriblement déçue si vous ne vous joigniez pas à nous pour cette unique représentation de *La Vie parisienne* au théâtre d'Alais, argumenta Lorraine.

Et d'ajouter :

— Il serait dommage, de plus, que la place soit perdue.

— Votre sœur...

— Valentine ? Elle est bien trop jeune pour cette opérette un peu... légère.

— Légère, en effet. Ce n'est pas ma place. Que penserait-on d'une veuve qui...

— Qu'avez-vous à faire de ce que pensent les gens ? Personne n'a été à votre place au cours des années passées à assister le malade que fut votre époux.

Lorraine avait eu les mots justes pour décider sa belle-sœur.

— Eh bien, soit! lança Bérangère comme un défi au qu'en-dira-t-on.

Cette soirée-là marqua le début d'une renaissance qui ne laissa pas Auguste-César indifférent. Sans lui dénier une légitime satisfaction de père, il n'était pas exclu que s'élaborassent, dès ce jour, dans sa tête aux ingénieuses ressources, des scénarios pour une nouvelle union qui comblerait sa fille et irait de pair avec ses propres affaires. Mais il se garda bien d'en faire état. L'âge avait cela de bon qu'il lui apprenait la patience.

De même que Bérangère s'ouvrait au monde, La Romance retrouvait un peu du faste qu'elle avait connu aux belles heures d'Alexandrine. Les Fontanilles n'étaient pas en reste, le jeune couple s'y étant bien évidemment installé et Lorraine voulant profiter du temps béni où sa grossesse, pas encore officiellement révélée, lui permettait de gambiller au cours de sauteries dans le parc, tout ébaubi d'être le théâtre de garden-parties si glamour. Jusqu'au maître filateur qui donnait sa bénédiction aux distractions mondaines de sa bru, pourvu qu'elles ne détournent pas Antoine de ses obligations à la filature.

— Bah, il faut bien que jeunesse se passe, c'est un temps si court, concédait-il à la jeune femme, tout en lorgnant son ventre avec une impatience fébrile.

S'il y avait quelqu'un, et en l'occurrence quelqu'une, aussi pressé que lui, c'était bien Eugénie, qui fit une entrée fracassante dans la vie des Roustan. À peine ses parents avaient-ils annoncé sa prochaine venue et tout juste Lorraine s'accordait-elle le droit d'exhiber une silhouette un peu plus généreuse, l'enfant manifestait sa volonté de quitter les entrailles maternelles.

Une planification s'imposait, qui faisait tordre le nez au filateur.

— Comment cela, un Roustan des Fontanilles qui naîtrait ailleurs qu'aux Fontanilles ? Impensable ! s'était-il insurgé à l'annonce que lui fit Lorraine d'accoucher chez ses parents.

— Ne montez pas sur vos grands chevaux, tenta-t-elle de l'apaiser. Mon enfant n'en sera pas moins votre petit-fils ou votre petite-fille…

— Un petit-fils, voyons ! la reprit Auguste-César, prêt à capituler pourvu qu'un héritier pointât son nez.

Et voilà qu'il fut exaucé sur un point et fort dépité sur l'autre. Eugénie ne laissa pas à sa mère le temps de faire ses valises ni de s'installer à Alais. Si les heures qui précédèrent son arrivée furent rudes pour Lorraine qui ne maîtrisait plus son corps torturé, elles parurent sans fin à Antoine que les gémissements de son épouse plongeaient dans l'angoisse et la culpabilité. Ils firent revivre au futur grand-père une scène vieille de quinze ans, restée gravée dans sa mémoire.

Au bout d'une journée et d'une nuit marquées d'allées et venues, de cris et de plaintes, de conciliabules et de muettes prières, un écrasant silence s'abattit sur Les Fontanilles durant d'interminables minutes avant que n'éclatent les hurlements d'un bébé vigoureux.

Antoine força la porte de la chambre.

— Lorraine ?

Il ne savait qui regarder, de son épouse épuisée ou du docteur triomphant qui lui tendait un petit paquet rougeaud.

— Vous avez un enfant parfaitement constitué !

— Et pourquoi ne le serait-il pas ? Jamais un Fontanilles n'est arrivé tors ou bancal.

Auguste-César avait emboîté le pas à son fils, pressé de voir son héritier. Piqué au vif, le docteur répliqua :

— Je n'en doute pas, monsieur. C'est seulement que j'ai dû employer la pince à Simpson[1], et son utilisation n'est pas sans risque. Dieu merci, tout va bien.

— Ma femme, comment va-t-elle ? insista Antoine en s'approchant du lit où Lorraine gisait, les yeux clos.

— Dormir est la meilleure chose qu'elle ait à faire. Elle a été vaillante, au-delà de ses forces, on peut dire que sa fille lui a donné du fil à retordre et…

— Sa fille ! le coupa Auguste-César. C'est une fille ?

— Une jolie poupée. Regardez-la, père.

Antoine, un peu rassuré sur l'état de son épouse, s'intéressait maintenant à l'enfant, aux mains d'une sage-femme qui l'emmaillotait et enserrait sa tête d'un bonnet brodé. Éclatant d'une légitime fierté qu'il voulait partager avec son père, il insista :

— On dirait qu'elle sourit. Venez voir, père !

— Je viendrai la prochaine fois, quand on m'annoncera un garçon ! répliqua-t-il sans se retourner.

Les paroles qui suivirent le firent s'enfuir comme poursuivi par le diable.

— Il n'y aura pas de prochaine fois, monsieur, déplorait le médecin. D'ailleurs, ce ne serait pas souhaitable, la mère y laisserait sa vie. Une mère et son enfant sauvés, il faut savoir se réjouir et remercier le ciel.

« Cause toujours », semblait dire le dos voûté du filateur qui s'en allait, quittant la chambre, vers une

---

1. Les forceps, du nom d'un médecin écossais qui améliora le principe de Tarnier.

autre partie essentielle de sa vie, et qui lui donnait, elle, entière satisfaction : La Bâtie Neuve.

Antoine écoutait et opinait au raisonnement du docteur ; il adhérait entièrement à la sagesse de ses conseils, son regard plein d'amour ne cessant de fixer Lorraine qui dormait et Eugénie qu'on avait glissée tout contre sa mère. Au lendemain de la venue au monde d'Eugénie, résigné à ce que les relevailles de Lorraine soient longues, il courait annoncer l'heureux événement à La Romance.

— Antoine ? Que se passe-t-il ?

— Je suis l'heureux papa d'une petite Eugénie. Un peu de fatigue, beaucoup d'émotion et quelques contrariétés.

— Des contrariétés ? De quel ordre ?

— Père d'abord qui ne m'adresse plus la parole, il refuse de couler un œil au bébé et, vexé qu'elle ne lui ait pas donné le petit-fils attendu, il feint d'ignorer la grande faiblesse de Lorraine, ne la visite pas, ne prend pas de ses nouvelles. Bah, ça lui passera. Moi, c'est ma femme qui m'inquiète par son apathie et son désintérêt de notre enfant. Il faut que tu viennes aux Fontanilles, Bérangère, Lorraine a besoin de toi, notre petite Eugénie a besoin de toi.

Bérangère sourit mélancoliquement, faisant un amer constat. Elle avait donné quatre ans de sa vie à soigner son époux, neuf autres à élever son petit frère et maintenant, alors qu'elle affichait une trentaine resplendissante, qu'enfin elle appréciait les plaisirs d'une vie à la fois divertissante et un brin futile, le devoir la réclamait, celui qu'elle devait à sa petite nièce dont la mère, empêchée, s'en remettait à elle. Pourtant, elle leva vers son frère un regard illuminé, éclaira son visage d'un désarmant sourire et gazouilla :

— Moi à qui la maternité a été refusée, j'aurais mauvaise grâce à me plaindre d'être à nouveau sollicitée. Le temps de préparer quelques affaires et je te suis, Antoine.

La présence de Bérangère aux Fontanilles n'eut aucune influence sur l'humeur chagrine de son père. Auguste-César avait tant misé sur un petit-fils, un nouveau maillon de la belle chaîne des Roustan ; la pilule était amère à avaler et l'espoir si mince qu'un autre enfant voie le jour. Vraiment, ce timoré d'Antoine n'avait pas la conception dynastique de son père. Du coup, le filateur se mit à envisager d'un autre œil le déroulement des études de Félix, son cadet, lequel coulait des jours heureux à jouer les dilettantes au lycée Jean-Baptiste-Dumas. Pourquoi, après tout, le salut ne viendrait-il pas de ce farfadet qui promettait de devenir un séduisant jeune homme ?

Et d'éplucher avec plus d'attention ses bulletins scolaires et les appréciations mitigées de ses professeurs. En d'autres temps – celui de la scolarité d'Antoine, par exemple –, il aurait grimacé, tempêté, menacé et même puni. Mais l'indulgence, si proche de la faiblesse, qui accompagnait son petit dernier depuis le jour de sa naissance, le rendait bienveillant à son égard.

« Bah, il n'a pas encore quinze ans après tout. Je lui laisse une paire d'années et puis nous passerons aux choses sérieuses ! » se dit Auguste-César, ce qui, bien qu'il ne l'entendît pas, conforta Félix dans son comportement de fumiste, comme le notait sur son bulletin scolaire monsieur Combescure, son éminent professeur de français-latin :

« Une scolarité transparente alors que les capacités sont là. Je nomme cela de la fumisterie ! »

Auguste-César haussa les épaules à sa lecture et marmonna :

— Encore heureux que ce fâcheux ne ferme pas les yeux sur les capacités d'un Roustan !

Les Fontanilles, jusqu'alors animées de tout ce que Alais, Saint-Ambroix et les proches environs comptaient de fréquentable selon les critères des Roustan et des Lefebvre réunis, s'endormirent pour une année, tout au long de laquelle Bérangère s'évertua à faire vibrer la fibre maternelle de Lorraine.

Ce fut peine perdue jusqu'aux premiers pas, gracieux autant qu'hésitants, de sa fille, qui éveillèrent chez la jeune maman un soupçon d'intérêt ; encore éprouva-t-elle plus de fierté que d'amour à voir se dandiner le petit bout de chou que Bérangère avait paré d'une robe en organdi et d'un chapeau à bords relevés. La jeune femme, qui se retranchait derrière l'opportun paravent de sa santé fragilisée pour esquiver sorties et réceptions, fit alors volte-face. Mettant sa fille sur le devant de la scène, elle se mit à convier amies et relations, au grand déplaisir d'Antoine qui voyait d'un mauvais œil sa petite Eugénie si tôt précipitée dans un monde seulement concerné par la mode et le potinage.

Après d'infructueuses tentatives dans l'intimité de leur chambre pour raisonner Lorraine, il se tourna vers sa sœur.

— Enfin, Bérangère, dis-moi que tu es de mon avis ? La place d'une si jeune enfant n'est pas dans un salon à se laisser cajoler, admirer : c'est tout juste si on ne lui demande pas de faire la roue comme un paon.

— Tu exagères, Antoine ! Bien que j'entende ton inquiétude, je ne serais pas si alarmiste que toi. Eugénie se prête au jeu... pour l'instant. Attends un peu, le jour n'est pas loin où elle aura son mot à dire. Un sacré petit bout de femme, ta fille ! Elle ne s'en laissera pas conter.

— Pour ça, je te l'accorde. Elle tiendrait son caractère de notre père que ça ne m'étonnerait pas. Quand elle fronce ses fins sourcils, je redoute de les voir s'embroussailler et blanchir comme les siens.

Ils pouffèrent tous deux. Puis Antoine revint à la charge :

— Essaie de convaincre Lorraine, veux-tu ?

— La convaincre de quoi, Antoine ? plaida pitoyablement Bérangère. C'est sa façon à elle de créer un lien avec sa fille, ce dont je désespérais. Si cela passe par ce besoin d'en faire une poupée de salon et de se réjouir des suffrages qu'elle remporte, je trouve que c'est mieux que rien. Souviens-toi de son refus de seulement la regarder, il a duré au moins deux mois. Et je ne te parle pas quand il s'agit de la tenir, ne serait-ce qu'une minute, dans ses bras.

— Tu as certainement raison, consentit Antoine. Alors, reste encore un peu aux Fontanilles, je t'en supplie.

Une fois encore, Bérangère brima son impatience à retrouver La Romance, l'ombrage des charmilles de son jardin et son intérieur qu'elle avait voulu à son image, sobre et chic. Là où les Fontanilles étalaient dorures et velours, meubles cossus et imposants, profusion de tableaux et de bibelots, l'ameublement épuré de La Romance, ses voilages délicats, ses fauteuils, sofas et canapés recouverts de shantung, en faisaient une demeure propice à la sérénité, à quoi disait aspirer son occupante.

En vérité, Bérangère était partagée. Certes, sa retraite dorée à La Romance avait comblé ses attentes de jeune veuve désireuse de mener une vie à sa convenance. Mais depuis que la pétulante Lorraine était entrée dans la vie de son frère et par ricochet dans la sienne, elle prenait goût à partager ses fréquentations, tout en se démarquant par une réserve qui seyait à sa personne comme à sa condition de veuve. Une attitude qui ne pouvait qu'attirer l'attention d'un nouveau familier du banquier Lefebvre et faire mentir l'adage affirmant que seuls les extrêmes s'attirent. Au contraire, Bérangère Méchein et Martial Keller se ressemblaient dans l'image qu'ils donnaient d'un homme et d'une femme à l'élégance racée, discrète et sans affectation.

Lorraine fut la première à déceler l'attraction que Bérangère exerçait à son insu sur l'invité de son père. Elle alla le quérir à l'autre bout de la pièce et l'amena à sa belle-sœur en jouant l'étourdie :

— Dieu, que je suis sotte ! Je manque à tous mes devoirs, je ne vous ai pas présenté à ma belle-sœur. Bérangère, ma chère, permets-moi de te présenter monsieur Keller. La sœur de mon époux, madame Méchein. Oh, excusez-moi, une amie me fait signe.

Dans quel embarras laissa-t-elle le couple formé par ses soins! Et dans quelle conversation animée les retrouva-t-elle quelques heures plus tard! Martial Keller savait tout de Bérangère Roustan des Fontanilles, veuve Méchein, et Bérangère n'ignorait rien des raisons pour lesquelles ce maître de forges avait été amené à fuir son Alsace natale.

Comment deux êtres si réservés, tout en nuances, avaient-ils pu se livrer, sinon par un de ces tours de magie du destin qui peut, à bon escient, abolir les frontières? Trouver les mots vrais pour se raconter, l'intonation propice, et se mettre à l'écoute quand l'autre se dévoilait. Une parfaite alchimie.

— Mon union avec Ulysse était un vœu de mes parents, je dus me soumettre, soupira Bérangère au terme d'une confession voilée qui avait accentué la pâleur de son visage.

Ses mains, croisées sagement sur ses genoux, frissonnèrent sous celles de Martial qui les emprison-naient, compatissantes, alors qu'à son tour il confiait:

— La mienne ne fut que virtuelle, un doux rêve, une illusion. Les parents de Martha, des aristocrates de Colmar, nourrissaient d'autres ambitions pour leur fille. Les résistances de la rebelle, tout comme mes assiduités d'amoureux pressé, la conduisirent direc-tement au couvent pour qu'elle y réfléchisse et puis qu'elle fléchisse.

— Elle vous aimait, susurra Bérangère, rêveuse.

— Elle mourut d'une pneumonie contractée dans ce couvent glacial au cours du terrible hiver 1879-1880 pour lequel *Le Petit Parisien* titrait: «En France, on se croirait dans quelque pays de la Baltique». Elle n'avait pas encore vingt ans, j'en avais vingt-trois et je croyais ma vie brisée à jamais. Une raison de plus pour me jeter à *cœur* perdu, dans la société métallurgique de mon père.

— Une expression qui en dit long sur votre désenchantement, mais qui n'explique pas les ambitions professionnelles qui vous ont conduit à vous installer dans la vallée de l'Auzonnet! Un exil amer, je suppose? osa Bérangère.

— Moins qu'il n'y paraît quand on en vient à perdre ses repères dans sa ville natale.

Suivit alors, à la demande de son interlocutrice tout ouïe, une pertinente et méticuleuse peinture du fleuron de l'Alsace depuis l'hégémonie allemande. D'essentiellement commerçante qu'elle était, Strasbourg s'industrialisait, devenait ville portuaire, brillait de tous les feux que lui fournissaient gaz et électricité. En matière de population et de société, la transformation aussi était notoire qui avait vu, dès 1872, un exode massif des Strasbourgeois de souche peu enclins à opter pour le régime germanique, contrebalancé par d'importantes arrivées d'Allemands, qu'ils soient civils ou militaires.

— À l'heure où je vous parle, chère madame, quarante pour cent de la population nous viennent d'Allemagne et cela n'est pas près de s'arrêter!

Durant ses années de réclusion à La Romance, Bérangère avait comblé son instruction lacunaire par de nombreuses lectures et affiné ses jugements en se tenant au fait de l'actualité; aussi se permit-elle de demander avec tact:

— Sont-ce donc mensonges de folliculaire que votre ville prévoit de se doter d'une nouvelle et prestigieuse université? Qu'elle se veut au premier rang des villes qui peuvent s'honorer de leur salubrité ? Que l'Alsace connaît un essor économique considérable ?

— Je ne conteste pas, ma chère, ce tableau enchanteur, mais toute médaille a son revers. La construction de quatorze forts sur la rive gauche du Rhin, trois sur la rive droite et toute la soldatesque qui va avec ; l'essor économique, en l'occurrence, dû aux capitaux venus d'autres états de l'Empire. Des exemples à citer à la pelle. Mais je vous ennuie, madame, avec mes états d'âme d'exilé.

— Pas le moins du monde, monsieur. J'ai vécu une situation analogue dans la famille de mon défunt époux. Chez les Méchein, à Lyon, je me sentais une étrangère. Une greffe ne dépend pas, pour prendre, d'une seule volonté, mais d'une communion de pensée.

— L'illustration est parfaite, Bérangère ! Pardon ! Vous permettez que je vous appelle par votre prénom ? Il chante à mon oreille comme l'accent de votre région. Eh oui, en Alsace non plus, la greffe n'a pas pris. Trop d'empressement à vouloir nous germaniser, à couper nos industries du marché français et surtout, je le répète et le redoute, cette volonté désormais affichée de faire de notre ville une place militaire hautement stratégique.

— Vous ne songez tout de même pas à la guerre, Martial ?

Tout en usant avec naturel de son prénom, Bérangère avait plongé son regard limpide dans celui de l'Alsacien. Tous deux s'étaient arrêtés, un instant, de respirer. Et pour toute réponse, il se contenta de lui sourire.

En fin de journée, Martial Keller ne savait s'il avait touché le cœur de la jeune veuve, à peine imaginait-il pouvoir éveiller en elle un attrait purement physique, mais il était certain d'avoir atteint son âme, ce que nul autre n'avait fait avant lui.

Cette première rencontre informelle allait être suivie de bien d'autres, établies, souhaitées, attendues, le plus souvent en soirée, un temps de loisir que le maître de forges pouvait distraire à son quotidien affairé, et toujours chez des relations communes jusqu'au jour où Martial Keller ouvrit à ses hôtes les portes de La Térébinthe, une bastide rénovée, typiquement cévenole s'il n'y avait fait ajouter, sur sa façade principale, deux bow-windows. Du moins est-ce en ces termes que Lorraine, pendue au bras de son époux, s'extasia :

— Antoine, c'est exactement ce qu'il manque aux Fontanilles. Ces bow-windows sont du plus bel effet.

Martial, qui semblait n'avoir convié que Bérangère, lui faisait les honneurs de cette récente acquisition et des travaux de rénovation qu'il avait dû entreprendre.

— J'ai voulu ces deux oriels qui me rappellent l'architecture alsacienne. Trouvez-vous cela déplacé ici ?

— Moi, je dirais attendrissant et respectable. Emporter avec soi, autant que faire se peut, l'héritage de notre terre natale, c'est lui dire qu'on ne l'oublie pas et que seules les circonstances ont fait qu'on a dû la quitter.

— Merci, Bérangère ! Vous me comprenez si bien !

Martial Keller lui avait raconté comment ses propres difficultés à s'adapter aux marchés allemands si différents des pratiques françaises lui barraient le concours des banques privées. Les échanges, contrôlés par l'État comme l'était le secteur ferroviaire, devenaient impossibles avec l'Europe. Aussi, à l'instar de nombreux industriels et groupes commerciaux, avait-il préféré vendre une affaire encore saine, mais qui courait à la banqueroute par le seul fait de l'hostilité de son patron au Reich. Sans plus d'hésitation, il avait opté pour la fuite salvatrice. Sa volonté de changer de vie à l'approche de la quarantaine révélait l'audace de ce patron d'industrie.

Ce soir-là, alors que les oriels, éclairés à outrance, jetaient des rais de lumière crue sur le jardin encore en friche, hormis le splendide mélèze à qui la demeure devait son nom, Bérangère et Martial échangèrent leur premier baiser dans un boudoir désert.

On ne peut jurer qu'Auguste-César Roustan des Fontanilles eût la subtilité de humer l'air nouveau que respirait sa fille. Ces finesses-là sont pures intuitions féminines. Néanmoins flaira-t-il que Bérangère était prête à entendre un discours qu'il peaufinait depuis longtemps.

— Enfin je te vois, ma fille, tu te fais rare comme les beaux jours aux Fontanilles. Ma foi, tu as bonne mine.

— Je vis, père ! exulta-t-elle sans retenue.

— Tu m'en vois heureux. Ce que j'ai à te dire va renforcer, j'espère, cette vitalité qui me comble.

Il n'en fallait pas plus pour assombrir le regard de la jeune femme. Elle avait beau voguer sur un petit nuage, elle veillait à ne pas retomber sous le joug paternel.

— De quoi s'agit-il ? demanda-t-elle, s'efforçant de garder un calme apparent alors que tout son être, mis en alerte par un sombre pressentiment, bouillonnait.

— De qui, veux-tu dire ? D'une personne qui s'inté-resse à toi ; mieux, qui envisage de bâtir un avenir avec toi.

Bérangère, tel un hérisson, s'était mise en boule, tous piquants dehors qu'elle replia, rougissante et fébrile. L'idée lui avait soudain traversé l'esprit que Martial était venu faire sa demande en mariage. Si cela pouvait être ! Son cœur sautait dans sa poitrine. Elle fit l'étonnée.

— Avec moi ? parvint-elle à bredouiller.

— Tu ne m'abuses pas en jouant l'ingénue, s'amusa Auguste-César. Ne me dis pas que tu es restée insen-sible aux œillades du baron René, un fervent adepte de la langue de Mistral et membre éminent du féli-brige alaisien. Chez lui, la *lenga nostra* est une affaire de famille, son père était un ami de Roumanille. Ah, quel bonheur : ma fille, baronne Servière ! Un choix que j'approuve.

La douche froide avait fait perdre contenance à Bérangère.

— Je ne connais pas ce monsieur, ni ne souhaite le connaître, bredouilla-t-elle avant de fuir la pièce, laissant son père pour une fois déconcerté.

Il ne s'écoula pas une semaine sans qu'il revienne à la charge, s'invitant à La Romance pour un entre-tien plus élaboré. Entre-temps, Bérangère avait revu Martial Keller et, pour le plus grand émoi de la jeune femme, il avait précipité sa demande.

— Je ne suis plus un jeune premier, Bérangère, et le temps me presse pour être heureux. La Térébinthe n'est qu'une belle endormie sans vous, et moi qu'un exilé à la dérive si vous me répondez par la négative.

— Vous n'avez pas encore posé la question, Martial! murmura-t-elle, palpitante.

— Voulez-vous, très chère, m'épouser? Quelques commérages soulignent que nous formons un très beau couple.

— L'avis des autres m'importe peu. Seul l'amour a du prix.

— Mais vous ne m'aimez pas?

L'air dépité de Martial l'incita à pousser la plaisanterie.

— Vous ne me l'avez pas demandé, ni même avoué votre sentiment.

— J'ai tout faux, je l'avoue. Je vous aime, je vous aime, et vous, m'aimez-vous un peu?

— Un peu? Beaucoup! À la folie! Je vous aime.

Forte de ce mutuel aveu, Bérangère s'apprêta à affronter son père, tout en priant pour trouver le courage de résister à ses inflexibles volontés.

— Dites-moi ce qui me vaut cette visite, père? Rien de grave aux Fontanilles, j'espère?

— Le regret d'une conversation inachevée.

— Vraiment?

— Je conçois qu'à l'idée de devenir baronne tu fus un brin bouleversée, aussi t'ai-je laissé le temps de savourer le bel avenir qui t'attend…

— Mon avenir, tel que je le souhaite, ne fera pas de moi une baronne. Désolée, père, pour vous et pour ce monsieur Servière qui a été pris de vitesse par un autre de mes soupirants. Monsieur Keller va faire de moi sa femme.

— Le ferrailleur? Vous délirez, Bérangère!

C'était bien dans les manières d'Auguste-César de marquer son mépris en rabaissant les gens à travers leur métier ou leurs particularités physiques. De maître des forges à la tête d'un atelier de plus de trente fondeurs, mouleurs, ouvriers de tirerie et de laminage, Martial Keller devenait ferrailleur dans la bouche du filateur, crachant son dépit.

Bérangère préféra ignorer l'insulte et se consacrer à la sauvegarde de son libre arbitre, rejetant toutes les avancées paternelles.

— Vous renonceriez aux cinq pour cent du consortium Méchein pour épouser votre… votre… votre Prussien? éructa encore le filateur.

— Tout comme il me faudrait y renoncer pour devenir baronne de… de… de votre félibre, le contra-t-elle avec détermination.

Le fragile lien se délitait aux belliqueuses insistances de l'un butant sur la farouche résistance de l'autre. Antoine, Lorraine et Félix ne pouvaient que déplorer le navrant constat: entre père et fille, l'entente cordiale était consommée, à entendre Auguste-César ricaner:

— Je lui avais trouvé un baron, elle préfère le chocolat aux noisettes[1]. Grand bien lui fasse!

Douloureuse ironie qui faisait grimacer le filateur. Puis, tapant du poing sur la table, il ordonnait, péremptoire:

— Cette entêtée n'est plus admise aux Fontanilles, et il ne saurait être question que mes fils aillent visiter leur sœur à La Romance ou ailleurs! À bon entendeur…

---

1. L'humour grinçant d'Auguste-César l'amène à déformer le patronyme Keller en Köhler, du nom du chocolatier suisse qui se distingua en créant les premières plaques de chocolat aux éclats de noisettes.

Lorraine n'était pas comprise dans cette interdiction. Un oubli ? Peu probable de la part du filateur ! Une façon bien à lui de faire comprendre à sa bru qu'elle n'était qu'une pièce rapportée chez les Roustan des Fontanilles et qu'à ce titre elle n'avait pas voix au chapitre. Aussi, Lorraine eut-elle à cœur de rester en relation avec Bérangère, ne serait-ce que pour ne pas priver la petite Eugénie de sa chère tatie ; peut-être aussi pour couver d'un regard curieux puis attendri le couple en gestation.

Un très beau couple, disait-on, et en totale osmose, dont l'union fut célébrée aux premiers jours de l'année 1897 avec, pour seule présence familiale, Lorraine et celle, clandestine, de Félix, fier de sa bravade, qui avait quitté sans autorisation son lycée.

— Tu enfreins une fois de plus les interdits, lui fit remarquer sa sœur, des larmes d'émotion dans les yeux.

Effectivement, il n'avait jamais cessé d'aller la voir à La Romance. Leurs liens de cœur et de sang se passaient de permission alors qu'avec Antoine, ils n'avaient pas résisté à la domination paternelle. Un constat qui, aux yeux de Lorraine, creusait le fossé qui la séparait de son mari.

— Antoine n'est qu'une chiffe molle, déplorait-elle.

Leur mariage battait de l'aile.

6

Mars 1898 – Janvier 1899

Félix portait parfaitement son prénom – qui signifiait «heureux» – et cultivait cette aptitude à se réjouir de tout.

Il aurait tout aussi bien fait honneur au prénom de Fidèle s'il en avait été doté. En habitué de La Térébinthe où il trouvait chaleur et compréhension, il appréciait ce nouveau cocon familial. Et au diable son désaccord avec Auguste-César! Il allait tout de même sur ses dix-huit printemps.

La fidélité que pratiquait Félix, il la partageait avec Milagro, la première à l'avoir serré sur son cœur. Être fidèle en affection à sa première nounou qui avait érigé autour du bébé qu'il avait été des remparts d'amour et de protection lui était naturel, et même indispensable, tout comme l'air qu'il respirait. L'adoration qu'elle lui portait confortait le jeune homme dans son besoin éperdu d'être aimé.

Quand il rentrait aux Fontanilles, le samedi dans l'après-midi, il se dirigeait en priorité vers le petit appartement de fonction des époux Etcheverría qui se contentaient de ce modeste logis.

Il arrivait le plus souvent en catimini, poussait la porte sans bruit et se saisissait à pleins bras de l'Andalouse toujours aussi petite, toujours aussi menue, toujours curieusement accoutrée et surtout toujours aux anges que son Feliz ne l'ait pas oubliée.

— *Feliz, guapo mío,* tu m'as surprise! Tu veux me faire mourir de peur?

— Tu ne veux plus que je vienne t'embrasser? J'ai trop grandi, c'est ça?

— Tu seras toujours *mi querido Feliz*!

Ce rituel hebdomadaire devenait quotidien durant les vacances et, s'il n'englobait pas tous les membres de la famille Etcheverría, Niévès sa compagne de jeu était incluse dans l'affection fidèle qui le liait aux occupants de cette petite enclave ibérique dans la serre de La Masson. De grand frère veillant sur les premiers pas de la fillette, à la camaraderie d'enfance qui avait vu le fils du filateur et la fille de sa lingère courir main dans la main, leur relation avait évolué vers une sorte de tutorat affectueux, toujours empressé, parfois pesant pour la gamine qui nourrissait depuis son premier jour de classe une aversion pour l'école.

— Niévès, tu peux me montrer ton cahier de devoirs?

— Je l'ai oublié à l'école!

Milagro, alors, faisait les gros yeux. Non qu'elle se souciât de l'école, mais tenir tête aussi farouchement à son Feliz? Quelle effrontée!

Sans se départir de son sourire enjôleur, Félix caressait de ses yeux noirs le visage buté de Niévès et insistait:

— Regarde bien dans ton cartable. L'autre poche! Là, tu vois qu'il suffit d'un peu de bonne volonté.

Un sacré toupet, tout de même, l'élève Roustan! Lampiste en son lycée, il se voulait cicérone pour une enfant qui avait encore moins de goût que lui pour les études. Un comble ! Mais Niévès n'avait jamais eu en mains le bulletin de Félix et, comme sa mère, admirait son héros.

Or, les rassurantes habitudes, tout comme les bonnes choses, ont souvent une fin, au mieux une petite interruption. C'est du moins dans ce sens que Félix annonça un jour son départ en pension, et cette fois en terre inconnue.

Atermoyant de semestre en semestre jusqu'à voir ce fils nonchalant, malgrè ses ultimatums répétés, cumuler deux années d'amateurisme, Auguste-César se trouva soudain dans une impasse : les notes de Félix n'étant pas à la hauteur des exigences du lycée, celui-ci ne le présenterait pas à la première partie du baccalauréat. Il autorisait, à la prochaine rentrée, un ultime redoublement sous condition, à savoir un renvoi sec à la fin du premier trimestre si le jeune homme persistait dans la médiocrité.

Après s'être nourrie sur le coupable, la colère du filateur se tourna vers l'établissement alaisien qui, pour vénérable qu'il soit, se permettait de menacer son fils d'exclusion.

— Mettre un Roustan des Fontanilles à la porte comme un faquin ? Ah, mais ils ne me connaissent pas, tous ces messieurs les professeurs. Félix, nous allons anticiper. Tu pars le 12 avril.

— Je ne finis pas l'année ?

— Non ! Les menaces, je les devance.

C'est ainsi qu'un Félix tout déconfit vint se faire consoler par la chère Milagro et la non moins chère Niévès.

— Tu vas devoir me préparer une grosse valise, Milagro. Père m'envoie à Grenoble dans une école pratique de commerce et industrie.

Si Milagro resta sans voix, Niévès l'accabla de questions.

— C'est loin, dis, Grenoble? Tu pourras revenir aux vacances? Comment vas-tu y aller?

— Assez loin pour que je ne rentre qu'aux grandes vacances! soupira Félix. Encore que pour cet été, c'est râpé, mon père veut que je suive les cours de remise à niveau.

La mère et la fille ne disaient rien, mais leur visage crispé dénonçait l'effort qu'elles faisaient pour retenir leurs larmes. Alors que son menton pointu accusait quelques tremblements annonciateurs de grand trouble, Niévès se ressaisit et s'empressa d'annoncer:

— Toi et moi, y a pas à dire, Félix, on se ressemble sacrément. La maîtresse refuse de me présenter au certif. «On a sa fierté», qu'elle a dit. Sûr que j'aurais pas glané la médaille. Et moi aussi, je vais respirer un autre air.

Les yeux arrondis de Milagro posaient la question qui fusa de la bouche de Félix.

— Où vas-tu, Niévès? Tu n'as pas encore treize ans.

— Dans quelques mois, tu vas pas chipoter, dis? Et puis, je ne pars pas aussi loin que toi. Seulement à La Bâtie Neuve!

Elle avait un peu ménagé son effet, et maintenant elle savourait les mines ahuries qui la dévisageaient.

— Toi, t'enfermer toute la journée dans les ateliers de la filature? Je ne te donne pas une semaine pour tirer ta révérence! railla Félix sans méchanceté.

Milagro, elle, la foudroya:

125

— C'est pas à *la chica* de décider !

— Je sais, mais papa a donné son accord. Il va parler de moi à monsieur Auguste. Sois contente, maman, je vais gagner des sous.

— *Porqué ?* Tu ne manques de rien, *no* ?

— De chaussures peut-être ? s'esclaffa Niévès en agitant ses gros orteils qui sortaient de ses sandales de corde.

La maligne avait réussi son effet : Milagro et Félix l'accompagnaient dans son éclat de rire.

Les premiers frimas avaient eu raison du bel enthousiasme de Niévès. Pourtant, ses débuts à la filature Roustan avaient été plus que prometteurs. L'adolescente, toute en vivacité et bonne volonté, dotée d'un tempérament rieur, inapte à la bouderie, promettait un apprentissage rapide ; rien ne la rebutait ni ne la faisait se rebiffer aux ordres des inflexibles surveillantes. Il faut dire que Ramón Etcheverría y était allé d'une mise en garde formelle.

— Si à l'école communale tu t'es distinguée par ton mauvais vouloir, il n'est pas question qu'à l'école de la discipline tu te démarques de la même manière. On a l'honneur chatouilleux chez les Etcheverría. Un seul blâme et ma ceinture te caressera le bas du dos, tu peux me croire.

Niévès se le tint pour dit et Milagro ne broncha pas à la menace ; son Ramón n'était pas un violent, il n'avait jamais levé la main sur la petite, ce n'était pas maintenant qu'il allait commencer. Elle abonda dans son sens, déversant dans son charabia franco-espagnol des recommandations frappées au coin du bon sens… mais dont l'adolescente se moquait comme d'une guigne. Il y avait belle lurette que les remontrances de sa mère glissaient sur elle sans la toucher. La référence à l'honneur des Etcheverría trouvait plus de résonance en elle et la crainte du père n'était pas sans effet, mais ce qui lui importait par-dessus tout était de susciter l'estime et si possible l'admiration de son ami Félix. Elle aurait tant de choses à lui raconter la prochaine fois qu'il reviendrait aux Fontanilles !

Tout un mois à se familiariser avec les différentes étapes qui, partant d'un cocon d'apparence fragile, arrivaient à un fil de soie à la fois ténu et bizarrement résistant, réunir tous ces brins en un écheveau qu'on appelait plus souvent une flotte, et enfin apprendre le mécanisme des gestes pour une plus grande optimisation du temps de travail, lequel était étroitement lié à la production, pour arriver enfin, le destin aidant, devant une bassine. La récompense !

— Etcheverría ! Bassine 48 ! Tu remplaceras Rose Combette qui a donné sa démission, tâche de ne pas décevoir ma confiance ! aboya un beau matin madame Georges, la contremaîtresse.

Une chevrette bondissant de rochers en pitons n'aurait eu plus de grâce que la brune Niévès sautillant allègrement jusqu'à la troisième rangée et s'installant à côté d'Ernestine, une forte fille avachie qui lui tendit une main mollassonne.

— Quel âge que t'as ? Même pas douze ans, je parie. On t'a pistonnée parce que t'es la gosse à Ramón.

— Mal compté, un de plus ! la moucha la petiote, ignorant la main de Judas qui lui était tendue.

Niévès se tourna alors délibérément sur sa gauche et rencontra le regard amène, quoique empreint de morosité d'une jeunette pâlichonne, maigrelette, le visage hâve aux yeux ombrés de cernes gris.

— Je m'appelle Jeanne Forestier et je viens du quartier de Graveirol. Si ton fil casse ou qu'il s'emmêle, ou même si tu ne trouves pas le maître-brin, n'appelle pas les surveillantes. Demande-moi.

— Pourquoi ? Ce sont des peaux de vache ?

— De vraies ! Avec madame Georges, c'est pire.

La dénommée madame Georges donna alors de la voix pour corroborer les dires de Jeanne :

— Jeanne ! Et toi, la nouvelle ! On n'est pas sur le marché à tailler des bavettes. Un mot de plus, et c'est la retenue sur salaire.

Déjà des vapeurs chaudes s'élevaient des bassines, les apprenties dévolues à leur remplissage, camarades de Niévès jusqu'à ce jour, y versaient les couffins de cocons débarrassés de leur fil protecteur duveteux et cassant, la *blaze*, et les brassaient délicatement. Niévès aperçut les maîtres-brins qui s'en dégageaient, elle plongea la main dans l'eau, son index et son pouce s'en saisirent avec précision, elle les tira vers elle sur une longueur de bonne aiguillée, puis elle se hissa sur la pointe des pieds, tout son corps étiré tendant vers le tambour de bois qu'on appelait *guindre* ou aspe, placé au-dessus de sa tête et dans lequel allait s'enrouler le fil. Elle trouva l'encoche sans faillir ce qui lui valut un clin d'œil appréciateur de Jeanne et un autre, plus mitigé, d'Ernestine.

Il était 6 h 10, la journée des fileuses venait de commencer et déjà s'élevaient, vers la haute voûte de l'atelier, les effluves méphitiques des chrysalides ébouillantées. Les fileuses avaient cinq heures à tenir dans cette puanteur avant qu'une pause de deux heures leur permette de s'aérer et de manger, si elles n'étaient pas prises de nausée. À 1 heure de l'après-midi, il faudrait être impérativement devant sa bassine pour accomplir l'autre moitié de leur journée.

Et cependant, quelle énergie animait ces filles, pour la plupart célibataires! Onze heures sonnantes voyaient les unes s'envoler vers le boulevard du Portalet pour quelques tours de gambille au son plaintif de la viole dans l'arrière-salle du Café de la Mairie; d'autres qui avaient galant allaient le retrouver sous le tunnel de la Montagnette en cas de mauvais temps, dans les roseaux des bords de Cèze aux beaux jours revenus.

Niévès n'en était pas là. Ni l'envie ni le loisir ne l'habitaient. Elle courait au logis où Milagro avait préparé le déjeuner, mis le couvert pour sa fille, parfois pour son mari; rares étaient les repas qu'ils pouvaient prendre tous trois ensemble, l'épouse d'Antoine, exigeante et sans égard pour ceux qui la servaient, avait toujours un travail urgent à demander à la lingère!

L'adolescente au regard perspicace ne tarda pas à s'apercevoir que Jeanne ne s'alimentait que très rarement durant la pause, au mieux tirait-elle de sa poche un quignon de pain dur qu'elle mâchonnait lentement. Niévès prit l'habitude de ramener une pomme et de soupirer:

— Zut! Ma mère a vu que je n'avais pas mangé mon fruit et l'a fourré dans ma poche. Tu ne la veux pas, Jeanne?

La première fois, la jeune fille eut un temps d'hésitation, puis sous le regard insistant de sa nouvelle amie, elle se jeta sur le fruit tandis que Niévès la sauvait d'une situation humiliante en jouant la redevable :

— Merci ! Merci, Jeanne. C'est drôlement gentil à toi de te dévouer.

Dès lors, ce fut un rituel. Il arriva même qu'à force de rusés subterfuges elle la convainquît de venir jusqu'à La Masson partager la *tortilla* aux pommes de terre et aux oignons que sa mère avait faite beaucoup trop généreuse. Bien sûr, elle avait pris soin auparavant de sensibiliser Milagro aux privations de Jeanne, dont le statut d'orpheline exploitée par un oncle et une tante qui se vantaient de l'avoir recueillie était criant. Ainsi, après la *tortilla*, elle eut droit au *cocido*, une sorte de pot-au-feu plus riche en légumes qu'en viande que les deux fileuses dégustaient sous l'œil attendri de Ramón, un homme bon comme le pain, à en croire les employées de la filature.

Pour ménager l'orgueil de Jeanne, Niévès, en accord avec ses parents, n'avait pas institué une régularité dans ses invitations qui restaient ponctuelles et que parfois la jeune fille refusait poliment, affabulant un repas de la veille, si riche qu'il lui pesait encore sur l'estomac. Niévès, dans ces cas-là, n'insistait pas et faisait mine de gober ces allégations, ainsi l'honneur de Jeanne était sauf ! Mais quand elle lui annonçait : « Ma mère s'est mise en cuisine hier et nous a fait un *ajo blanco*, il y en a pour un régiment. Tu viens nous aider à lui faire un sort ? » Jeanne roulait des yeux gourmands et se plaisait à répéter :

— Un régal, cette soupe froide à l'ail et l'huile d'olive. Pourtant je ne me rappelle jamais le nom. Comment dis-tu ?

— Un *ajo blanco*.

Niévès, en fille du Sud et du soleil, aimait l'été. Elle ne souffrait pas de la chaleur torride qui brûlait la terre et dorait les raisins. Elle y trouvait une constante à l'atmosphère surchauffée de la filature, et cela lui plaisait.

L'automne ne fut qu'un doux prolongement de ce climat qui lui convenait ; seules les journées raccourcies préparaient aux périodes de vent, de pluie et peut-être de neige, ce qu'elle exécrait par-dessus tout.

Ce n'était qu'une impression, mais elle était commune à de nombreuses fileuses : les premiers jours d'hiver venus, l'eau des bassines leur paraissait plus chaude, presque bouillante, en tout cas insupportable. Comme tant d'autres, Niévès y fut sensible au point de se résoudre à une astuce tolérée par les surveillantes. Il s'agissait d'avoir, à côté de son cuvier fumant, un bol d'eau fraîche où elle trempait, l'espace d'une seconde, sa main cruellement maltraitée par l'eau putréfiée de la macération des chrysalides. L'arme était à double tranchant et les effets douloureux ne tardèrent pas à apparaître. De gerçures en engelures que Milagro soignait en enduisant les mains de sa fille d'huile d'olive, le jour n'était pas loin où les larmes coulèrent des yeux chiffonnés de Niévès.

— T'as chopé le mal de bassine, toi !

La remarque d'Ernestine, dépourvue d'empathie, sous-entendait un « c'est bien fait pour toi ! » vengeur. La relation des deux fileuses, frelatée au départ par la jalousie d'une ancienne envers une jeune recrue mignonne et pétulante, entachée ensuite par l'ignorance dans laquelle la tenait Niévès seulement attirée par son amitié pour Jeanne, s'était irrémédiablement dégradée au fil du savoir-faire inné de la jeune Etcheverría et des compliments qui tombaient de la bouche pourtant avare de compliments de madame Georges.

Il était d'usage, à La Bâtie Neuve comme dans d'autres filatures ayant opté pour l'émulation, que la contremaîtresse annonce, en fin de semaine, la production de chacune des ouvrières, seulement désignée par le numéro de sa bassine et souvent accompagnée d'un commentaire qui se déclinait en quatre catégories : l'excellence, le bon travail, le passable et le tant redouté médiocre, généralement escorté d'une retenue sur salaire.

— Bassine 47 ! Les mille huit cents grammes requis, mais trop de nœuds ! Soixante-quinze centimes de retenue.

Ernestine grinçait des dents et bridait sa révolte.

— Bassine 48 ! Mille huit cents grammes ! Bon travail, soigné et régulier.

Les yeux noirs de Niévès pétillaient de satisfaction, elle anticipait la fierté de son père.

Confortée dans sa découverte des mains terriblement envenimées de sa rivale, Ernestine enfonçait le clou :

— C'est bien ce que je dis, c'est tout fendillé entre tes doigts. Je te donne pas trois jours pour que s'y forment des pustules. C'en est fini pour toi que madame Georges t'ait à la bonne !

— Et pourquoi ça, mademoiselle Je-sais-tout ? C'est pas contagieux, que je sache !

— Pour ça, non ! Ton mal, tu l'as, tu te le gardes, mais adieu les compliments pour ton travail soigné, régulier, productif et bonjour les retenues sur salaire !

Il y avait de la jubilation dans le ton d'Ernestine à rabaisser la fille de Ramón et une malveillance dans ses yeux qui se délectaient du gonflement des mains de Niévès. Cette dernière, titillée dans son orgueil, ne lui laissa pas le plaisir de la voir grimacer de douleur ; plongeant bravement ses mains à la recherche des maîtres-brins et ravalant ses larmes, elle entonna une des nombreuses chansons du répertoire des fileuses, triées sur le volet à La Bâtie Neuve.

Vive les fileuses,
Abeilles travailleuses,
Dévidant leurs cocons
En chantant des chansons.
Tout en filant, filles au front vermeil,
Dans votre soie, tremble un rayon de soleil.

Une façon de reléguer soucis, petits ennuis et grandes misères que ces chansons reprises en chœur ! Pour autant, elles n'ôtaient pas la souffrance physique occasionnée par cette dermatose, ordinairement nommée « mal de bassine » qui avait néanmoins interpellé un Lyonnais, le docteur Potton, affecté à l'hôpital de l'Antiquaille. Encore n'avait-il su que constater son évolution, les dégâts qu'elle occasionnait, ses complications handicapantes, et lui avait-il donné un nom plus… médical : l'herpès digital.

Ainsi donc, Niévès Etcheverría ne fut pas épargnée par cette éruption sensible à tout contact qui trouva son apogée au cinquième jour, après l'apparition des fameuses pustules. Une fièvre terrible la terrassa, lui occasionnant frissons et migraine tandis que des ganglions douloureux se formaient sous les aisselles, ce qui procurait une intense douleur à chacun de ses mouvements de bras.

Le mal de bassine valut un arrêt de travail à la jeune fileuse. Ernestine, épargnée par cette affection récurrente, se posa en donneuse de leçons et alla même jusqu'à prédire :

— Elle n'en faisait qu'à sa tête, la fille à Ramón, on voit le résultat ! Elle ne reviendra pas de si tôt faire sa mijaurée. Elle ferait mieux d'aller s'embaucher placière pour trier le charbon.

Oui, mais voilà, la *gimèrre,* comme la surnommaient en aparté Jeanne et Niévès pour son air hargneux, avait mal évalué la volonté qui animait la petite Etcheverría et la confiance aveugle de sa mère dans la médication incantatoire. Alors que la fièvre de Niévès était à son paroxysme, Milagro la tira de son lit et la conduisit – elle la porta presque – jusqu'à la Gaïno, une guérisseuse-rebouteuse qui conjurait le feu et pratiquait le désenvoûtement, car toute maladie pour elle était l'œuvre du Malin.

— *Defóra ! Defóra !* fit la Gaïno, ordonnant au mal de sortir du corps de Niévès.

Elle accompagnait ses injonctions de gestes désordonnés, entrant dans une sorte de transe qui la fit transpirer à grosses gouttes malgré le froid glacial de sa cabane ouverte aux quatre vents. Au bout de longues minutes, enfin revenue au silence et à une torpeur de tout son corps, elle resta un long moment prostrée et la mère et la fille affirmèrent avoir vu des larmes de sang se perdre dans les sillons de ses joues creuses.

— Du sang noir ! jura Niévès à son père.

— C'est vrai ! appuya Milagro.

— Crédules que vous êtes ! se moqua Ramón. Des larmes de crocodile qui roulent sur des joues crasseuses, tout simplement. Et vous, bêtasses, vous appelez ça des larmes de sang ?

Milagro réfutait toute naïveté : pour preuve la fièvre de Niévès était tombée, sa douleur sous les bras s'était atténuée.

— La crise est passée, voilà tout ! conclut Ramón. Demain, tu pourras reprendre le travail et faire mentir l'Ernestine qui te fait passer pour une mauviette.

— Pas avant que tu aies trouvé, Ramón Etcheverría, *una* fiole d'*houile* de cade et *un poco* d'oxyde de zinc, le contra Milagro, tel un petit coq perché sur ses ergots.

— Pour quoi faire ?

— Une pommade à laquelle il faudra ajouter cette racine finement râpée que nous a donnée la Gaïno. Je devrai en enduire mes mains chaque soir, expliqua calmement Niévès, soucieuse de ménager la chèvre et le chou.

Il était courant que l'adolescente adopte cette attitude d'apaisement quand s'affrontaient le caractère cartésien de son père et celui, insaisissable, de sa mère. N'était-elle pas faite de l'un et de l'autre, à la fois sérieuse et pragmatique dans son travail et terriblement fantasque, sujette à des emballements auxquels nul ne pouvait résister ?

Ramón le savait, il n'avait pas le choix, il devait trouver l'huile de cade et l'oxyde de zinc qu'exigeait Milagro, elle ne le laisserait en paix qu'à cette condition. Amoureux comme au premier jour de sa petite Andalouse, il ne savait rien lui refuser. L'ouvrier respecté par les fileuses pour qui il était monsieur Ramón, le père à l'éducation rigoureuse devant qui pliait Niévès, redevenait tout dévoué à sa dame de cœur.

Ne dit-on pas que la foi sauve l'âme? En tout état de cause, la foi en la Gaïno sauva les mains de la jeune Niévès et Ramón se garda bien d'épiloguer sur ces misères passagères auxquelles peu de fileuses échappaient, particulièrement en cette période de l'année où le temps froid et humide favorisait les banales engelures.

Il n'empêche, la lotion faite des deux ingrédients préconisés par la guérisseuse, augmentée de la mystérieuse racine, s'ajouta désormais au seul produit de toilette utilisé par Niévès, la rugueuse pierre de savon noir de Marseille.

L'Eau Admirable, de Farina[1], viendra plus tard, au mois de mai de l'année suivante exactement, quand madame Georges annoncera triomphalement les résultats de la semaine:

— Bassine 48. Deux mille deux cent trente-deux grammes! Bravo, Etcheverría, vous entrez dans l'excellence! Continuez, ne me décevez pas.

L'excellence! C'est Ramón qui sera fier alors et qui ne pourra refuser la dépense somptuaire que représentait l'eau parfumée tant convoitée. De cette dernière, elle promettra d'user avec parcimonie, une goutte derrière les oreilles, une autre au creux des poignets, le petit flacon au bouchon de liège lui coûtant une journée de travail. Mais, que diable! il fallait bien masquer l'odeur putride des cocons ébouillantés qui vous collait au corps comme une seconde peau!

---

1. Devenue depuis eau de toilette du Mont-Saint-Michel.

— Et seulement *el domingo* pour aller à la messe ! la limitera Milagro qui ne manquera pas de réprouver cet achat.

Pour l'heure, abordant une nouvelle année, avec la fierté de ses mains redevenues saines et bien décidée à ne plus jamais souffrir du mal de bassine, Niévès Etcheverría se complaisait encore un peu dans des étonnements d'enfant qui s'éblouit d'un rien.

Depuis son inauguration, en 1889, la tour Eiffel était devenue le sujet incontournable de ces boules de verre dans lesquelles une multitude d'infimes cristaux blancs simulaient des flocons de neige. Incontournable certes, mais pas inimitable et chaque contrée de France avait fait sienne la promotion d'un de ses sites ou monuments les plus représentatifs. La région grenobloise ne faisait pas exception à la règle, dont avait été reproduit en miniature le monastère de la Grande-Chartreuse dans son écrin de montagnes qui se pailletaient de neige quand Niévès l'agitait. Ce dont elle ne se privait pas depuis que Félix leur avait envoyé ses vœux de nouvel an accompagnés de ce cadeau surprenant. Au grand désespoir de sa mère.

— Pose ça, *chica* ! s'irritait quotidiennement Milagro de peur que le cadeau-souvenir de Félix se brise en mille éclats.

— Pourquoi ? s'entêtait l'adolescente.

— *Porqué ? Porqué ?* Pose ça, je te dis !

— Regarde, maman, on dirait que c'est Félix qui nous fait bonjour du haut de ces montagnes.

Ah, elles ne l'oubliaient pas, leur Félix ! Au contraire de Ramón Etcheverría qui disait respirer un meilleur air depuis que ce « turlupin avait vidé les lieux ». Une expression qui faisait sortir Milagro et Niévès de leurs gonds.

— Il te gênait tant que ça, *el mío Feliz*? s'insurgeait la première, toutes griffes dehors.

— Tu ne peux pas parler ainsi de mon ami d'enfance, papa ! D'ailleurs, je sais que tu n'en penses pas un mot.

— Détrompe-toi, fillette, soupirait Ramón en se défilant pour échapper aux noms d'oiseaux dont ne manquerait pas de l'accabler son épouse.

La vie allait ainsi, dans ce couple soudé par un si grand amour que les chamailleries ne parvenaient pas à miner.

Elle n'allait pas trop mal non plus pour les affaires des Roustan qui mettaient à profit l'approche d'un siècle béni, prometteur de paix et de prospérité. Du moins était-ce ainsi que voyaient l'avenir, et dans un bel ensemble, Auguste-César et Antoine. Deux hommes unis non seulement par le sang, par cette même dévotion à l'entreprise familiale, mais aussi dans le vide sidéral de leur vie amoureuse.

Peu enclin à élever sa fille chérie dans le cadre d'un foyer désuni, Antoine avait pris le parti de fermer les yeux sur les frasques de son épouse, encore qu'il fût parfois contraint à poser des limites aux libertés que prenait Lorraine. Tout ce qu'il avait aimé chez l'impulsive étudiante lui apparaissait défauts rédhibitoires et attitudes condamnables pour une épouse, mère de surcroît.

Le veuf digne et inconsolé qu'incarnait Auguste-César savait gré à son fils de brimer quelque peu cette bru exécrée. Il en allait, tout de même, de l'honneur des Roustan des Fontanilles ! En ce qui concernait la petite Eugénie, objet de l'amour protecteur de son père et de la tendre affection de sa tante Bérangère, elle vivait dans le tourbillon d'une mère insouciante et frivole, prenant chez les premiers la sécurité que donne le sentiment d'être aimé, chez la seconde l'inconséquence qui marquerait sa vie, et ne se désolait nullement du désintérêt de son grand-père à son égard.

La vie du nouveau couple de La Térébinthe était tout autre. Ainsi que Martial l'avait promis à Bérangère en en faisant sa femme, leur existence sous le signe de l'adulation et d'une totale osmose des cœurs et des corps coulait comme du miel, et les esprits chagrins qui voyaient la stérilité du couple comme une punition à cette mésalliance y étaient pour leur fer et pour leur charbon. En parfaits égoïstes follement amoureux, Martial et Bérangère se suffisaient dans un bonheur à deux, seulement écorné, en ce qui concernait la jeune femme, par la longue absence de Félix, et pour le maître des forges par les lettres de Mathilde, une cousine et sa seule parente, restée en Alsace et qui déplorait l'entêtement de son époux à poursuivre la fabrication des draps noirs de Bischwiller, une industrie textile naguère florissante mais qui vivait, malgré sa réimplantation à Saverne, ville en pleine expansion, ses ultimes beaux jours.

Sa dernière missive, sans susciter une once de jalousie chez le couple Keller, leur avait empli le cœur de joie.

Je ne sais qui de monsieur Lorentz ou de moi exulta le plus à l'annonce de ma grossesse. Mon mari consent à toutes mes demandes, il passe ses journées à bâtir un empire, celui du drap bien sûr pour l'enfant à venir dont toi, mon cher Martial, et vous, Bérangère, serez les parrain et marraine, si vous le voulez bien.

Martial et Bérangère Keller se réjouissaient déjà d'un voyage en Alsace où tous deux se pencheraient sur le berceau de l'héritier des époux Lorentz.

7

Juillet 1899 – Août 1901

Ainsi donc, une seule année avait suffi pour que Niévès Etcheverría devienne l'une des plus habiles fileuses de La Bâtie Neuve, sinon la meilleure ! Et plus que cela. N'était-elle pas en passe de devenir aussi la plus jolie d'entres elles ! Encore faudrait-il s'entendre sur les critères de beauté qui varient d'une appréciation à l'autre.

Niévès ne possédait pas la démarche aguichante ni la tignasse incendiaire de la pulpeuse Olga surnommée le Vésuve, ni la poitrine opulente et haut perchée d'une certaine Philomène qui lui valait la triviale apostrophe de la Loche, encore moins le mollet dodu et la cuisse généreuse de Louise Barbusse qui revendiquait de se faire appeler la Goulue. Comme son modèle parisien, en plus de posséder le prénom, elle n'avait pas d'égale pour danser le cancan sur un guéridon dans un estaminet de la rue Bertone.

Niévès avait mieux que tout cela, débarrassée en peu de temps des carcans qui la tenaient dans les ingratitudes de l'adolescence : la brusquerie du geste et de la voix, le peu de cas porté à l'artifice dans sa toilette comme dans sa coiffure, son air affiché de sauvageonne libre de toute contrainte.

Or, plutôt que de se façonner une image opposée, la nouvelle Niévès n'avait fait que raboter ses élans tout en gardant leur spontanéité et leur fraîcheur primesautière ; ses robes, d'une grande simplicité, appuyaient les délicieux contours de son buste, marquaient sa taille gracile d'où partait le délicat encorbellement de ses hanches, se plaquaient sur ses cuisses qu'on devinait fuselées et permettaient parfois, grâce à une mode moins stricte, d'apercevoir ses mollets ronds et nerveux. Ses longs cheveux, noirs et bouclés, lui conféraient un côté félin et, loin d'être son souci, leur artistique indiscipline lui tenait lieu de parure à nulle autre semblable que son amie Jeanne lui enviait gentiment.

— Par quel miracle, Niévès, tes cheveux sont si volumineux dès que tu ôtes ton foulard ? Les miens restent ternes et plats, comme s'ils étaient collés à mon crâne.

— Qu'est-ce que j'en sais, moi ! lui répondait-elle avec désinvolture.

Puis, dans sa grande générosité de cœur, elle lui assurait qu'elle changerait volontiers sa toison rebelle avec la sienne, si sage et si disciplinée.

— Tout ce que me valent mes cheveux, c'est d'être traitée de gitane quand ce n'est pas de bohémienne !

Encore que Niévès Etcheverría ne se troublât nullement d'être raillée ainsi par tout un atelier d'envieuses !

D'ailleurs, qu'aurait-il fallu pour chiffonner l'heureux caractère de la jeune fileuse ? Tout lui était matière à rire, l'insouciance faisant partie intégrante de son être. Tout lui était plaisir, rien ne la chagrinait. Rien ? Vraiment ? Les silences de son ami Félix, sa longue, si longue absence assombrissaient quelquefois ses pensées, mais bien vite elle se faisait une raison.

« J'aurai tellement grandi qu'il ne me reconnaîtra pas. Ah, j'imagine sa surprise ! »

Les réflexions sombres et fugaces de sa fille devenaient noires agitations dans le cœur de Milagro. Il y avait longtemps, si longtemps, qu'elle n'avait vu son presque fils, son Feliz ! Si longtemps qu'elle ne l'avait pas serré sur son cœur ! Si longtemps qu'il n'avait pas donné signe de vie ! Depuis la boule de neige qu'elle regardait avec mélancolie. Et voilà qu'elle avait saisi des bribes de conversations pendant son travail aux Fontanilles : le cadet d'Auguste-César avait fait savoir qu'il ne rentrerait pas à Saint-Ambroix aux vacances d'été, invité par un camarade de pension à séjourner dans sa famille sur les bords du lac d'Annecy.

De là à en conclure qu'il l'avait oubliée :

— *Me ha olvidado !* se lamentait-elle, la mort dans l'âme.

La même moue boudeuse chiffonna le minois d'ordinaire souriant de Niévès quand sa mère lui fit partager les nouvelles du cher Félix glanées aux Fontanilles. Mais le même bonheur éclata dans leur cœur et orna leur visage de ravissement quand arriva un paquet à elles destiné.

— Il vient d'Annecy, maman ! trépignait de joie la fougueuse Niévès, impatiente comme sa mère de le déballer.

— Ouvre, Niévèta. *Atención*, c'est peut-être *frágil*.

— Pour sûr que c'est fragile, c'est une pendule ! Oh, mon Dieu, qu'elle est belle ! Et puis il y a une carte. Écoute, maman :

À ma chère Milagro et à ma petite Niévès, pour me faire pardonner mon absence. C'est un coucou que j'ai acheté lors d'une virée à Genève, pour vous qui m'êtes si précieuses et que je n'oublie pas. Votre affectueux Félix.

Tout en essuyant d'un coin de son tablier les larmes qu'elle ne pouvait retenir, Milagro ne quittait pas des yeux l'objet de toutes les attentions de sa fille. Il le méritait bien! Une maisonnette de bois par endroits vernie et à d'autres décorée de touches de peinture représentant des fleurs, au toit ouvragé comme de la dentelle et puis, par contraste avec la fragilité de l'ensemble, deux chaînes en métal auxquelles étaient suspendus deux lourds poids en forme de pomme de pin.

Il fallut attendre le retour de Ramón pour que le coucou suisse soit fixé solidement au mur et surtout qu'il assure sa fonction. Ce fut alors, une heure plus tard, l'apothéose lorsque le volet central du chalet s'ouvrit comme par miracle sur un oiselet rendu à une brève liberté et s'égosillant dans un silence religieux. Mère et fille se couchèrent très tard, guettant chaque sortie du bruyant volatile.

— Je l'ai toujours dit, *el mío Feliz es un niño de suerte.*

Un enfant du bonheur, un enfant de la chance! Fallait-il qu'elle l'aime malgré tout! En fait, Félix n'avait pas besoin d'envoyer des cadeaux pour faire pardonner son absence, la mère et la fille nourrissaient le même espoir:

— Pour Noël, c'est sûr qu'il viendra!

Pleine de conviction, Niévès entraînait sa mère dans cette perspective quand, à la fin de l'été, la pauvre

Milagro rentra effondrée des Fontanilles. Ramón et sa fille, suspendus à sa narration, poussèrent de concert un soupir de soulagement.

— Tu nous as fait peur, maman. J'ai cru qu'un malheur…

— Ça n'en est pas un ? Mon Feliz soldat et pour trois ans !

— L'armée en fera un homme, c'est pas trop tôt ! grogna Ramón en se rencognant à l'écart sur sa chaise.

— Méchant ! l'apostropha sa femme.

Murée dans un silence réprobateur et jugeant sa douleur incomprise, Milagro tardait à fournir les explications que Niévès, impatiente, attendait en se trémoussant sur sa chaise. Elles vinrent enfin, confiées à mi-voix comme pour exclure son mari d'une histoire qu'il prenait à la légère.

Milagro Etcheverría n'avait pas été obligée de tendre l'oreille pour capter les éclats tonitruants d'Auguste-César des Fontanilles. Sa colère, explosant au rez-de-chaussée, montait sans peine à l'étage où la lingère repassait.

— Ton frère est un cuistre !

Il y avait une sorte d'accusation dans cette phrase lancée au fils aîné, et c'est ainsi qu'Antoine la prenait et se taisait, penaud. Sacré Auguste-César qui, jamais, ne se remettait en cause ! Pourtant, il le savait, tout venait de lui, de cet amour inconditionnel qu'il vouait à son dernier-né, de sa trop grande indulgence à son égard, de sa réticence à contraindre ce si charmant électron libre qu'il avait décidé, à la mort de sa mère, d'aimer pour deux.

Le regard interrogateur d'Antoine suscita la suite.

— Ton frère est un cuistre, ses professeurs des incapables et l'armée, une opportuniste qui en profite pour lui refuser un sursis.

Le service militaire, ramené certes à trois ans depuis 1889, rattrapait le cadet des Roustan admis à redoubler – il en avait l'habitude – dans son école pratique grenobloise. Arrivé à l'âge du passage au conseil, seule une scolarité honorable lui aurait permis d'être sursitaire. Or, elle s'avérait déplorable, son père en était conscient, quoique remonté contre la terre entière.

Si, en son for intérieur, il reconnaissait son laxisme et sa mauvaise tactique face à cet écervelé, en aucun cas il n'admettait sa culpabilité ni celle de son rejeton. Ah, l'orgueil des Fontanilles ! Allait-il, avec Félix, en prendre un sacré coup ? Eh bien non, car pour clore sa conversation avec Antoine, Auguste-César changea de ton !

— Félix part pour la base navale de Cherbourg. La France a besoin de cette jeunesse brillante, issue de bonne famille, pour en faire des officiers de marine remarquables. Peut-être une carrière prodigieuse s'ouvre-t-elle devant lui !

Il en oubliait presque La Bâtie Neuve et son devenir.

Milagro, elle, n'avait retenu que Cherbourg.

— Niévès, c'est où Cherbourg ? demanda-t-elle, le visage dans son tablier pour essuyer ses larmes.

Vive comme l'éclair, Niévès s'empara de l'almanach des Postes et Télégrammes, une fantaisie que s'offrait Ramón, pourtant illettré, tout comme Milagro qui critiquait la production des imprimeries Oberthur, laquelle ne présentait à ses yeux aucun intérêt… jusqu'à ce jour. Niévès l'ouvrit à la page centrale où la carte de France s'étalait en son entier et chercha de l'index cette ville-mystère sans jamais la trouver. Dans son coin, Ramón, narquois, observait la scène, il trépignait de proposer son aide à ses «femmes» mais ce serait capituler. Niévès le délivra de cette impatience.

— Impossible de trouver Cherbourg, ce doit être un tout petit village. Tu peux m'aider, papa?

— Quel village dis-tu?

Cela lui plaisait de jouer l'indifférent.

— Cherbourg.

— Cherbourg, un village? Tu n'as donc rien appris à l'école. C'est une ville, une grande ville portuaire, et pour ta gouverne, un port se situe en bord de mer ou d'océan.

Il se fendit d'un rire caustique. Sa fille avait certes des qualités, mais tant d'ignorance et de naïveté lui donnaient la chair de poule. Quand enfin il pointa un doigt en bordure de la Manche et que Milagro se fit préciser la localisation, aussi aléatoire, de Saint-Ambroix, les larmes de la mère et de la fille redoublèrent.

— Mais c'est le bout du monde! Il ne va pas pouvoir revenir tous les dimanches, déplora Niévès.

Puis, fantasque, la jeune fileuse battit des mains.

— Félix va obligatoirement revenir aux Fontanilles pour nous dire au revoir et saluer son père…

— Et prendre son bagage, enchaîna Milagro. Monsieur Auguste m'a demandé de le lui préparer.

La soirée se termina sur cette note lumineuse, elles allaient voir Félix.

Une seule eut cette joie. Milagro tournait le dos à la porte vitrée quand elle se sentit prisonnière de deux bras vigoureux, une voix enjôleuse soufflait à son oreille :

— Tu m'as manqué, tu sais. Oh oui, tu m'as manqué, *querida* Milagro ! *Mi pequeñita madre !*

Petite mère ! Il l'appelait petite mère et le cœur de Milagro bondissait de joie.

Elle se délivra de son étreinte pour se remplir de son image. Il était beau, encore plus beau que dans son souvenir, il avait forci, son teint hâlé attestait de sa bonne santé et lui, en retour, se repaissait de la voir toujours si semblable, femme-enfant aux noirs cheveux, aux yeux de charbon si brillants de bonheur. Pourtant, très vite, il la rendit chagrine.

— Tu as préparé ma valise, Milagro ? Je pars dans une heure, juste le temps d'aller chez ma sœur et père me mène à la gare d'Alais où je prends le train direct pour Paris.

Il eut peur qu'elle ne se brise comme du cristal, qu'elle ne pleure comme une fontaine, il détestait faire souffrir ceux qu'il aimait. Un ton de reproche altérait la voix de Milagro quand elle lui répondit après s'être raclé la gorge :

— J'ai préparé ton bagage, *Feliz mío*, comme me l'a demandé *tu padre*. Niévès va être triste, elle se faisait une telle joie de te voir. C'est une bonne fileuse, tu sais. La *mejor hilandera* de La Bâtie Neuve, *creo*.

— Dis-lui que je suis toujours son ami, son grand ami, et que je la félicite. Embrasse-la pour moi, Milagrita. Tiens, pour la peine, je te fais trois bises de plus.

Milagro pouvait se laisser aller à son chagrin, déjà *su mozo rubio*, son beau jeune homme blond, courait dans le giron de Bérangère.

Le boulevard du Portalet attendait fébrilement la parade. Ses façades, décorées pour l'occasion, avaient sorti le grand jeu. Là, c'étaient les armoiries de la ville, un castelet à deux tours sur fond d'azur ; ici, sur la façade de la mairie, le toujours présent drapeau tricolore ; là-bas, depuis le pont du chemin de fer jusqu'à celui jeté sur la Cèze, les bannières des groupes et confréries ; et partout des banderoles aux couleurs vives qui couraient d'un côté à l'autre du boulevard, s'ancrant à chaque réverbère.

Pas une fenêtre sans son petit fanion qu'on aurait soin d'agiter au lent passage du défilé. Pas un balcon qu'on n'aurait habillé d'un calicot en l'honneur des Volo-Biou ou louant les Duganel.

Toutes les villes ont leurs petits travers ; Saint-Ambroix ne faisait pas exception où s'affrontaient dans les cours d'école, puis dans les bistrots, au marché, dans les rues et jusque sur les bancs où se retrouvaient les anciens, la population de la vieille cité au pied du rocher de Dugas et celle à l'abri du Ranc d'Usège, une colline d'où s'envola, selon la légende, un bœuf ailé.

Purs produits occitans, les surnoms de Duganel et de Volo-Biou s'échangeaient dans la ville au mieux avec une pointe d'ironie, au pire comme la plus infamante des insultes. Par chance, pour le grand corso du 15 août, la population s'obligeait à faire bon ménage jusqu'à ce que les libations produisent leur effet. Toute la nuit, alors, on en décousait dans des bagarres épiques.

Pour l'heure, le calme régnait. La chaleur écrasait la ville de cette touffeur lourde, prélude aux orages de la mi-août, attendus et cependant redoutés. L'air, si tant est qu'une impalpable brise se manifestât, vibrait du craquettement agaçant des cigales hébergées par les arbres de l'Esplanade et du foirail où s'abritaient manèges et stands agglutinés dans un joyeux désordre. On aurait dit qu'elles mettaient toute leur énergie à occuper le silence de la ville assoupie avant qu'elle ne se livre à son tapage annuel.

La fébrilité était ailleurs, précisément autour de la gare où avaient convergé, tôt le matin et dissimulés au mieux, les chars fabriqués au fil des mois dans le plus grand secret et qui composeraient le défilé. Un sacré casse-tête, pour le jury qui aurait à les primer, que de trancher dans cette avalanche de savoir-faire, d'harmonie et de bonne volonté ! Un char sorti des mains créatrices des Duganel déclenchait invariablement un tollé du côté des Volo-Biou et vice-versa, on s'en doute. Fort heureusement, il y avait les neutres dont se moquaient dans un même élan, partisans de la vieille ville et ceux des faubourgs.

Celui de la fanfare municipale appelée pompeusement l'Harmonique et celui de la clique, une bande de lurons débridés donnant du tambour et du clairon dans une guillerette cacophonie, ouvraient et fermaient le défilé. Deux autres revendiquaient cette neutralité et célébraient les deux fleurons du terroir saint-ambroisien, le vignoble et la soie. Ainsi venait en pénultième position celui qui honorait Bacchus tandis que caracolait juste après l'Harmonique le très attendu char de la reine. Pas seulement la reine d'un jour de Saint-Ambroix, mais pour un an la reine des fileuses, de toutes les filatures de la vallée de Cèze confondues et dont l'élection, en petit comité, gardait jusqu'au dernier instant son mystère, hormis l'élue, bien sûr, avertie et priée de faire durer le suspense.

— Ça y est! Ils arrivent!

Par leurs cris de joie, une bande de gamins déboulant du tunnel de la gare jetèrent les habitants dans la rue, sur les balcons, aux fenêtres, en tous lieux où l'on trouvait une place.

La tête du défilé, en effet, montrait son nez et en un instant, une foule compacte, massée de part et d'autre du boulevard, formait une haie d'honneur.

Sans surprise, le char de l'Harmonique ouvrait la marche, alourdi d'une flopée de musiciens sanglés dans leur costume de parade. Les cuivres, de loin les plus nombreux, rutilaient aux rayons du soleil tandis que le piano du pauvre étirait son soufflet couleur or. L'ambiance était donnée pour accueillir le char royal.

Il arriva enfin au milieu du boulevard, tiré par un bidet que l'on avait pris soin de caparaçonner d'un morceau de drap blanc comme le char à banc débarrassé de ses ridelles et totalement recouvert de fleurs en crépon blanc. Sur le plateau, une sorte de gloriette à laquelle on accédait par un petit escalier, abritait la plus ravissante des fileuses de cette année 1901, qu'escortaient, assises sur les marches, sa première et sa seconde dauphine.

— *Mira!* Regarde, Ramón! Notre fille!

Milagro sautillait comme une gamine pour ne rien perdre du spectacle. Son époux répondit par un grognement qui en disait long sur l'intérêt qu'il portait à ce genre de distraction. Il fondait pourtant de fierté bien légitime : sa petite Niévès éclipsait en rayonnement toutes les jeunes personnes de sa connaissance, ce qui n'était pas pour le rassurer. D'autres yeux que les siens se repaissaient de cette belle reine, d'autres cœurs que le sien battraient un jour pour cette chère enfant. D'ailleurs, n'entendait-il pas fuser à ses oreilles des cris admiratifs, des hourras, des bravos et même quelques audacieuses propositions ?

— Je suis ton roi quand tu veux, Niévès Etcheverría !

Ramón en avait assez entendu.

— Viens, Milagro, nous rentrons.

— Rentre si tu veux, Ramón Etcheverría. Moi j'attends la fin du défilé !

Milagro n'avait pas l'intention de perdre une seule minute du triomphe de sa fille, elle le savait éphémère, le supposait grisant et prétendait ramener Niévès à la maison dès les chars remisés. Alors, tandis que son époux fendait la foule pour en finir avec ce brouhaha, l'Andalouse suivait le défilé, ne quittait pas des yeux le fruit de ses entrailles, si majestueuse dans la traditionnelle robe de satin blanc à trois volants superposés et son petit tablier noir, le tout fourni par le comité des fêtes. Toutefois, trouvant les épaules de sa fille trop dénudées et avec l'approbation de Ramón, elle lui avait imposé le châle rose de sa patronne, cadeau de mariage de Félix.

Niévès n'avait que mollement résisté à cet accoutrement peu réglementaire, reconnaissante du sacrifice financier consenti par ses parents pour l'achat de Charles IX à brides en cuir verni noir.

— *Son zapatos de cortesana*[1], avait grommelé Milagro, tout en cédant au caprice de sa fille.

Là s'arrêtait le côté seyant du costume porté chaque année par celle qui avait l'honneur d'être élue reine des fileuses. Les attributs qui l'accompagnaient valaient le coup d'œil, à commencer par la quenouille enrubannée de soie qu'elle devait tenir tel un sceptre. Mais le fin du fin était incontestablement la coiffure, un diadème porté bas sur le front et fait de cocons que l'on retrouvait tombant en grappes sur les oreilles. Une anthologie de la coiffure allégorique !

Ses demoiselles d'honneur étaient en blanc de la tête aux pieds, chaussures, bas, robe et gants, jusqu'à ce comique bandeau qui barrait leur front d'où partaient deux sortes d'antennes de hanneton du plus ridicule aspect, ce qui ne les empêchait pas d'afficher une attitude suffisante, au contraire de la souriante Niévès qui saluait gracieusement la foule.

Un point commun, cependant, à ces trois demoiselles : l'écrasante chaleur qui les accablait. Niévès sentait la sueur ruisseler dans son dos ; ses joues, enflammées de cette gloire qui lui échoyait, viraient au cramoisi ; un début de migraine vrillait sournoisement ses tempes, mais elle ne cessait pour autant de sourire, de saluer d'un léger mouvement de tête et de brandir bien haut sa quenouille.

— Tu n'es pas fatiguée ? lui cria sa mère qui, à trottiner près du char, à être bousculée, compressée par la foule, désespérait de voir se terminer le défilé.

Une dénégation imperceptible de la tête couronnée accabla plus encore Milagro. Se pouvait-il que sa fille

1. Espagnol : « Ce sont des chaussures de courtisane. »

prisât cette cohue, certes bonne enfant, mais excitée et bruyante! Elle s'en serait retournée sur-le-champ aux Fontanilles si elle n'avait promis à Ramón de ramener la petite qui, il l'avait bien souligné, n'avait pas à traîner une fois le défilé fini.

Soudain, elle se sentit tapotée sur l'épaule, elle tourna vivement la tête, ne vit d'abord qu'une main dépassant d'une manche immaculée ornée d'une paire de chevrons de grenadine rouge bordés de cannetille, qu'elle s'apprêtait à repousser d'une pichenette. Levant son regard vers la haute silhouette à qui appartenait cette main importune, Milagro crut chavirer d'un indicible bonheur.

— Feliz! C'est toi, Feliz?

— Tu m'as manqué, Milagro, dit simplement le beau marin en ouvrant les bras à sa petite mère.

Elle s'y lova, indifférente à tout ce qui l'entourait, à tout ce qui n'était pas son Félix parti depuis si longtemps, et se laissa bercer longuement avant de porter enfin son regard sur le char de la reine, en partie dissimulé par celui qui le suivait et qui présentait un énorme paquet de cigarettes caporal ordinaire Les Hongroises, décoré d'un casque ailé, qui deviendraient neuf ans plus tard Les Gauloises.

Milagro pointa un index et crut épater Félix.

— C'est Niévès, là-bas! C'est ma fille la reine des fileuses!

— Je ne risquais pas de l'ignorer, tous les gens crient son nom. Parole, Milagro, pour une fois, je suis d'accord avec le choix du jury. Qu'est-ce qu'elle est belle, la petite Niévès! Comme dans mon souvenir. Laisse-moi réfléchir… Elle doit avoir…

— Quinze ans, Feliz!

— Quinze ans ? Dieu que le temps passe ! Viens, Milagro, allons la rejoindre. Je parie qu'avec tous ses admirateurs elle ne pense plus à son vieux copain Félix.

Arrivé à hauteur du char de la reine, il agita son *bachi* blanc à pompon rouge pour attirer le regard de Niévès qu'un voile douloureux rendait moins affûté. Elle le repéra enfin et le sourire qu'elle affichait illumina tout son visage. Sa main qui saluait mécaniquement s'adressa à la seule personne qu'elle voyait désormais, son ami Félix, ce grand et beau matelot tout de blanc vêtu.

Un petit regard en coin vers sa mère lui renvoya l'air radieux qu'elle arborait. Plus que le corso attendu chaque année, plus que son élection au titre envié de reine des fileuses, le retour du «fils prodigue» mettait leur cœur en joie. Dès lors, toute migraine, toute lassitude, toute notion du temps se dissipa.

Le corso terminait enfin son dernier passage, les chars regagnaient la place de la gare. Dans l'entrepôt d'un limonadier, transformé en double vestiaire hommes-femmes, vibrait une intense frénésie. Les acteurs d'un jour se délestaient de leur costume de parade et, rendus à leur état de spectateur, allaient enfin profiter des plaisirs de la fête.

Milagro, le regard levé avec adoration sur son beau matelot, attendait le retour de Niévès. Elle arriva, dépouillée de sa tenue royale et de ses attributs. Elle avait libéré ses longs cheveux d'ébène qui croulaient sur sa robe d'un superbe rouge d'Andrinople, coloris qui seyait si bien à sa carnation de brune. Sur son bras, elle avait jeté le châle de sa mère et avançait vers eux, chaloupant de ses hanches étroites et délicatement arrondies.

— Ce n'est pas possible ! Comme tu as grandi, Niévès ! l'accueillit Félix, médusé par la métamorphose de sa jeune amie.

Niévès se fendit d'un grand rire sonore en désignant ses chaussures à talons.

— Grâce à mes Charles IX ! gazouilla-t-elle sans la moindre affectation.

Puis, dans une grimace désespérée, elle confessa :

— J'ai une de ces soifs ! Parole, je boirais toute l'eau de la Cèze sans pour autant être désaltérée !

— Alors, venez toutes deux, je vous offre une limonade.

Familièrement, Félix entoura de ses bras les épaules de Niévès et celles de Milagro afin de les entraîner à la terrasse du Café du Kiosque. Bien que glacée, la boisson renouvelée à la demande de Félix ne fit pas un pli dans le gosier de Niévès qui, maintenant, se trémoussait sur sa chaise.

— Ne me dis pas que tes jambes te démangent d'aller gambiller ? fit mine de s'offusquer Félix, peu crédible dans son rôle de grand frère abusivement sérieux.

Avant que Milagro réponde qu'il ne saurait en être question, que son Ramón n'était pas à la veille de laisser la petite s'encanailler au bal, la petite en question répliqua :

— Ce ne sont pas mes jambes qui me démangent, mais ma langue ! Et pour te dire ton fait, toi qui nous as laissées deux longues années à nous languir, sans autres nouvelles que celles que maman parvenait à ramener des Fontanilles. Ah, elle est belle l'amitié de monsieur Félix Roustan…

— Niévès ! Vilaine fille !

La colère et la confusion empourpraient le visage de Milagro, elle aurait volontiers giflé sa fille pour son impudence. La longanimité naturelle de Félix, son indulgence aux faiblesses féminines, qu'elles soient de parole ou d'action, calmèrent instantanément le jeu.

— Niévès a raison, Milagro, je suis impardonnable… mais je sais que déjà, dans vos cœurs, je suis absous. Vous m'avez tant manqué dans cette longue solitude que je m'imposais dans le seul but de punir mon père.

— Punir monsieur Auguste ? Mais de quoi ? s'insurgèrent d'un même élan la mère et la fille.

— De quoi ? Mais de son inertie à me laisser croupir dans ce port humide et glacial ! S'il s'était agi d'Antoine, il n'aurait eu de cesse qu'il ne l'ait ramené dare-dare à La Bâtie Neuve alors qu'il ne songe qu'à m'en éloigner. Après Grenoble où je me suis morfondu pendant deux ans dans cette maudite école, il a fallu que je perde deux autres années de ma vie, les plus belles, à jouer au troufion.

À l'inverse de Milagro, si facilement rosissante, la colère froide blêmissait les joues de Félix, crispait ses mâchoires et plantait des éclairs de feu dans ses yeux noirs.

Et les deux femmes, dont il était l'idole, la référence, la vérité, frémissaient aux tourments de l'exilé, compatissaient à sa longue solitude, prenaient au sérieux les manquements de monsieur Auguste et ne savaient que répéter :

— Ah bien ça, si on avait su !

157

Félix comprit qu'il fallait en finir et si possible s'en sortir honorablement. Il retrouva un ton enjoué et enveloppa ses mots de malice pour alléger l'atmosphère.

— Enfin, tout cela est derrière moi. Alors que père me faisait savoir que ses démarches allaient aboutir, des bruits couraient qu'une partie de notre unité serait basée désormais à Toulon. Huit jours plus tard, je lisais mon nom dans la liste des partants. Et en prime dix jours de perm !

— C'est monsieur Auguste qui va être content ! Monsieur Antoine aussi ! Et madame Bérangère ! Tu les as vus, dis, Félix ?

— Pas encore ! C'est toi Milagro que j'étais pressé de voir, et toi aussi, Niévès !

— Eh bien, maintenant, rentrons !

— Déjà, maman ? Je… plaida Niévès.

— Si ! *Soy* fatiguée ! la coupa sèchement Milagro.

— Moi je ne le suis pas ! jeta la jeune reine, bravache.

Plus de lassitude dans son œil enflammé, plus une goutte de sueur en cette fin de journée attiédie, envolée la migraine, dissipée la soif, Niévès ne voulait pas rentrer de sitôt.

Félix lui sauva la mise.

— Tu peux partir tranquille, Milagro, et rassurer Ramón, je ramènerai Niévès avant minuit, comme Cendrillon.

L'Andalouse hésitait encore. Ne pas faire confiance à Félix ou affronter la rogne de Ramón. Cruel dilemme… vite tranché.

— Avant minuit. Tu me promets, Feliz ?

158

8

Août – Automne 1901

De son épaule qu'il enserrait étroitement, le bras de Félix avait glissé jusqu'à la taille de Niévès qu'il emprisonnait.

— Allons au stand de tir, je décrocherai pour te l'offrir le plus beau des plumets.

Niévès se laissa guider sans résistance, son rêve éveillé se prolongeait au-delà de toute espérance, la foule maintenant se fendait pour laisser passer le fils Roustan des Fontanilles, chevalier-servant de la reine du jour.

— On nous regarde drôlement, s'étonna-t-elle, dardant des yeux interrogateurs sur Félix.

— C'est parce qu'on m'envie, tout simplement.

La réponse de Félix lui parut évidente. On ne pouvait, en effet, qu'envier monsieur Félix, dernier fils de la famille la plus huppée du canton, beau jeune homme que sa tenue militaire immaculée couronnait d'une aura magnétique. Or, elle s'était méprise, Félix n'était pas un fat ; il poursuivait d'un air rêveur :

— Combien voudraient être à ma place ? Escorter une aussi plaisante demoiselle ! Crois-moi, Niévès, pour mon retour à Saint-Ambroix, je suis le plus comblé des hommes.

Ce n'était plus l'ami d'enfance qui distillait ces compliments et la jeune fille n'y prenait garde, perchée sur un petit nuage de félicité. Le bang d'une carabine fit chuter un cœur de plumes roses que le forain vaporisa abondamment d'un infâme parfum bon marché avant de le tendre à Félix qui, sans hésiter, le colla sous le nez de sa compagne.

— Pour la reine ! dit-il avec emphase.

Une salve d'éternuements fit voleter quelques plumettes et Niévès s'excusa :

— Je m'enrhume !

Félix se saisit du châle rose qu'elle tenait sur son bras, en couvrit les épaules de la jeune fileuse et demanda :

— Veux-tu que nous allions manger un beignet et prendre une boisson chaude au Café de Paris ?

— Pas en terrasse alors, parce que je grelotte. C'est d'un cocasse après avoir tant transpiré tout l'après-midi.

En effet, le dos parcouru de frissons, Niévès sentait se réinstaller sa migraine envolée à la vue de Félix. Ce dernier acheta deux beignets dégoulinants d'huile et de sucre à la baraque du confiseur Laupies avant de pousser sa cavalière au fond de la salle en criant au serveur :

— Deux cafés, s'il vous plaît !

Le beignet, communément appelé chichi, écœura Niévès, elle le grignota de toutes parts avant de l'abandonner sur la table, puis elle cala son dos douloureux contre la banquette.

— Fatiguée, fillette ? s'enquit tendrement Félix.

Comme piquée d'un aiguillon à ce rappel d'une enfance assurément pas très lointaine, Niévès se rebiffa.

— Et qu'est-ce que tu crois, Félix ? J'ai quinze ans, ne t'en déplaise. J'ai passé l'âge des paysages miniatures en boules de neige et des coucous suisses.

Chagrin et reproches se glissaient dans ce rétablissement de la vérité. Félix lui prit la main solennellement et, plantant son regard dans le sien brillant de mille étoiles, il murmura :

— Veux-tu devenir ma reine, fillette ?

Il insistait, l'outrecuidant !

— Et moi, naïve, qui croyais l'être depuis le jour de ma naissance ! le provoqua-t-elle, majestueusement comique.

— Je t'ai toujours portée dans mon cœur, Niévès, et tu le sais. Mais aujourd'hui, il me semble que tu en occupes toute la place et c'est une sensation toute nouvelle pour moi. Que dis-tu de cela, petite ensorceleuse ?

Niévès se troubla et ne sut que murmurer :

— On dit qu'une reine est toujours en attente de son prince charmant. Il semblerait que moi, je l'aie trouvé.

Ils passèrent la soirée, blottis au fond de cette salle enfumée, à se caresser du regard, à se tenir les mains, se dire des choses tendres, à se raconter des banalités idéalisées par la magie de l'instant. Onze coups égrenés par le cartel de la mairie les ramenèrent brusquement à la réalité.

— Il va falloir que je rentre, regretta Niévès sans pour autant faire mine de se lever.

— Restons encore un peu, les Fontanilles ne sont pas loin.

Un éclair zébrant le ciel sans étoiles lui coupa la parole, suivi à peu d'intervalle d'un long roulement de tonnerre.

— En fait, c'est toi qui as raison, il ne faut plus traîner, l'orage peut crever d'un instant à l'autre.

— Vite, je ne tiens pas à prendre la saucée !

Félix acquiesça à la sagesse de son amoureuse, à qui il tendit galamment la main ; la jeune fille s'extirpa de la banquette et les voilà tous deux marchant à pas pressés.

L'orage éclata alors qu'ils étaient en vue d'un porche accueillant sous lequel ils se ruèrent. Conscient de la précarité de leur refuge, Félix proposa :

— Cela ne sert à rien d'attendre ici une accalmie incertaine. Courons, si tu le veux, sous le pont où nous serons à l'abri.

Soudés l'un à l'autre, s'élevant en même temps au-dessus des flaques traîtresses jalonnant leur parcours, glissant sur les herbes couchées par la pluie, ils parvinrent enfin sous la première arche du pont qui enjambait la Cèze.

Ils auraient inspiré pitié dans leurs habits trempés qui leur collaient à la peau s'ils n'étaient illuminés de cette fabuleuse découverte : ils s'aimaient ! Ils s'aimaient d'amour, se le disaient, se le répétaient, se faisaient des serments qu'ils entrecoupaient de longs baisers fougueux, cette révélation leur faisant oublier tout ce qui se jouait autour d'eux ; ils échafaudaient avec audace des rêves ambitieux, ensoleillés et chauds comme le font les amoureux du monde entier.

La migraine de Niévès, réveillée par une fièvre qui allait de pair avec ses frissons, s'apparentait à cette fièvre d'amour que racontaient parfois certaines fileuses délurées et sans complexe. Ses Charles IX prenaient l'eau et elle ne s'en souciait pas. Ce n'est que lorsque la Cèze, débordant de son lit, s'invita dans les demi-bottes du matelot Roustan que ce dernier prit conscience du danger.

— Nous ne pouvons rester ici, Niévès chérie, au risque d'être pris au piège de la rivière en crue. Tant pis pour la pluie, courons jusqu'aux Fontanilles !

Ce qu'ils firent en se tenant la main comme naguère quand ils étaient enfants et sautaient de rocher en rocher, dévalant les flancs de la Montagnette.

Dans l'obscurité de sa cuisine, Milagro attendait sa fille. Allongé sur le lit, dans la pièce à côté, Ramón faisait de même. Bien que commune, leur angoisse prenait des formes différentes et excluait tout dialogue.

Pour Milagro, l'attente avait cependant bien commencé en dépit du courroux de Ramón qui lui reprochait sa négligence.

— Niévès n'a rien à faire à la fête ! s'entêtait-il à répéter.

Et de poursuivre, buté, en se ruant sur la porte :

— Compte sur moi pour la ramener sans tarder !

Milagro se jeta alors sur lui, comme une furie.

— Tu n'en feras rien, Ramón Etcheverría ! Ce serait la honte pour la petite et l'offense pour *el mío Feliz* !

Ramón avait renoncé à son projet, à la fois frustré dans son autorité et rasséréné de voir son épouse apaisée revivre, en soliloquant, cette belle journée.

— Ma fille, la reine des fileuses, ah *que suerte* ! Et puis, *el Feliz mío, el mozo rubio de mi corazón*. On peut dire que c'est un beau jour.

Enfin la journée s'achevait, la nuit tombait et avec elle la pluie diluvienne déversée par un ciel trop longtemps resté bleu, le tout ravivant l'impatience de Ramón et les angoisses de Milagro, l'un ne songeant qu'à aller chercher sa fille, l'autre temporisant, grignotant une minute de plus.

Des bruits furtifs autour de La Masson firent exhaler, aux deux parents dans les affres de l'attente, le même soupir de soulagement. Leur fille arrivait enfin. Machinalement, Milagro porta son regard sur le coucou suisse et s'apprêtait à triompher. Il n'était pas minuit, mais déjà Ramón donnait libre cours à sa fureur, se précipitait sur la porte, l'ouvrait à demi et, se saisissant d'un bras, attirait violemment Niévès à l'intérieur alors que d'un brutal coup de pied, il claquait l'huis au nez de Félix.

Passif, le jeune homme se félicita d'avoir eu le temps, entre deux baisers, de glisser à l'oreille de la reine des fileuses :

— Demain, je t'attendrai sur la route de Saint-Sauveur, ma reine.

— Je viendrai, mon Félix !

Fort de cette promesse, le jeune Roustan jugea qu'il était temps de rentrer se mettre au sec et regagna les Fontanilles.

Dans l'étroit logement de La Masson, l'orage familial rattrapait celui, météorologique, qui s'abattait sur la région ; la tension nerveuse accumulée depuis des heures avait raison du pacifique Ramón ; pour la première fois, il souffleta sa fille tout en éructant :

— Qui t'a permis de… de…

— Maman ! lui rétorqua l'effrontée, accusant la gifle sans broncher ni s'effondrer et soutenant le regard courroucé de son père.

De plus, son attitude était teintée d'une telle innocence qu'elle le désarçonna, dépourvu d'arguments. Triomphante, la donzelle en rajoutait :

— Tu sais, de plus, que je n'étais pas seule : Félix m'a raccompagnée et avant minuit, comme il l'avait promis.

L'oiseau jaillit opportunément du coucou et s'égosilla douze fois. La scène aurait prêté à rire, Ramón le comprit qui essaya de s'en tirer dignement en désignant son lit d'un mouvement péremptoire du menton :

— Va te coucher ! Demain, la reine va replonger ses mains dans la bassine.

Niévès glissa un regard vers sa mère. Milagro ne bronchait pas. Son attitude figée, son visage fermé annonçait la tempête tandis que dans ses yeux dansait une petite flamme de bonheur, celui, double, qui lui avait été donné ce jour.

La jeune fileuse avait obtempéré à l'ordre paternel et tentait de juguler l'atroce et lancinante migraine doublée d'un état fiévreux, ainsi qu'en témoignaient son corps brûlant secoué de frissons et ses dents qu'elle ne pouvait empêcher de s'entrechoquer fébrilement. En bruit de fond, à travers une cotonneuse acoustique, lui parvenait le débit profus de sa mère qui laissait enfin parler sa colère. De bribes de phrases en mots appuyés, le tout dans un mélange franco-espagnol, il lui était aisé de reconstituer la diatribe. Tout y passait, la joie, la fierté, l'indicible bonheur de toute une journée balayés par un *tirano* qui était son mari.

Bien que le sommeil enfin la gagnât, la dernière admonestation de Milagro tomba comme une menace :

— *No se te ocurra más, Ramón Etcheverría, levantar la mano sobre mi hija*[1] !

Comme lavée de toute faute, Niévès plongea enfin dans les bras de Morphée.

*　*

*

— Félix ! Pas possible, c'est toi ?

Le heurtoir de la porte avait longuement résonné dans la demeure endormie. Seul Antoine Roustan des Fontanilles se penchait encore sur les paperasses et courriers afférant à la filature ; il retardait, soir après soir, le moment de retrouver sa chambre d'adolescent où Lorraine, refusant de partager le lit conjugal, l'obligeait à se cantonner.

— Hé, frérot ! J'ai tant changé ? Tu ne me reconnais pas ?

Les deux frères se donnèrent une chaleureuse accolade avant qu'Antoine ne s'étonne :

— Il y avait un train à cette heure ? Si j'avais su, je serais venu te chercher à la gare, tu es tout trempé.

— Et j'aurais raté le corso et la fête foraine ? Dieu m'en préserve, il y a bien longtemps que l'occasion ne m'a été donnée de m'amuser un peu. Et je peux t'assurer que je ne regrette pas un instant de m'y être attardé plus que prévu.

Puis, faisant mine de chercher quelqu'un dans la pièce, il demanda :

— Père est déjà couché ?

---

1. Espagnol : « Ne t'avise plus, Ramón Etcheverría, de lever la main sur ma fille ! »

— Il est plus de minuit, tout de même. Mais non, père est parti en Ardèche aux obsèques de son confrère et ami Vésombre.

La moue de Félix percuta l'étonnement d'Antoine.

— Père a certainement dû prolonger son déplacement pour épauler la jeune veuve. Se retrouver à la tête d'un atelier de moulinage n'est pas une sinécure quand on n'a jamais mis le nez dans les affaires.

— Pour ça, je fais confiance à notre père ; lui ne se contente pas de fourrer son nez dans la soie, il vit soie, il rêve soie, il est soie ! Sauf en ce qui me concerne.

— Plains-toi ! Jamais père n'a fait preuve d'une once d'indulgence à mon égard.

— Un mot dont le sens lui échappe, il faut croire. Était-ce indulgence de m'expédier en pension à Grenoble ? A-t-il seulement remué le petit doigt pour m'éviter Cherbourg ?

Sans souci de l'heure, des vêtements dégoulinants de Félix, ni de la fatigue qui les gagnait, les deux frères parlaient sans retenue de la rudesse dans laquelle leur père se drapait ; Antoine ressassait les griefs du patriarche déçu dans ses espoirs de petits Roustan s'ébattant dans le parc des Fontanilles, Félix en revenait à son éloignement forcé loin de ses chères Cévennes.

— Pas une seule permission en deux ans ? demanda Antoine goguenard.

— Des perms, en veux-tu, en voilà ! La Normandie n'a plus de secret pour moi.

— Et pas une à nous consacrer ! Tu nous as manqué. À père aussi, tu sais.

— Il fallait bien le punir de son inertie quand d'autres, autour de moi, voyaient leur père remuer ciel et terre pour rapprocher leur rejeton. Moi, seuls mes états de service me valent cette affectation à Toulon pour le temps qu'il me reste à faire.

Antoine reconnaissait bien là son petit frère : s'arroger le beau rôle afin de s'en sortir avec les honneurs.

— Que tu crois, murmura Antoine du bout des lèvres, peu désireux d'envenimer la conversation.

Il savait bien, lui, les tourments de son père et combien il avait multiplié les requêtes auprès de ses relations. Las et désabusé, il ne chercha pas à dissuader son frère. Auguste-César, à son retour, saurait remettre les choses à leur place.

— Allons dormir, veux-tu ? dit-il en quittant la pièce.

Le réveil de Niévès avait été douloureux, la fièvre ne cédant pas d'un pouce, un tam-tam martelant atrocement ses tempes. Elle avait cependant obéi à l'injonction paternelle et répondu un « J'arrive » enroué.

C'était un rituel. Ramón partait à La Bâtie Neuve bien avant l'arrivée des fileuses pour une mise en route et une inspection méthodique qui lui valait la reconnaissance de monsieur Auguste : jamais à ce jour une minute de travail n'avait été perdue en raison d'une négligence de son agent d'entretien. Ensuite, sachant son épouse déjà partie aux Fontanilles, il revenait réveiller sa fille d'une courte phrase :

— C'est l'heure !

Il lui avait toujours paru capital que sa fille donnât l'exemple de la ponctualité, qu'elle ne bénéficiât d'aucun passe-droit.

La journée de la reine des fileuses s'était étirée, interminable. Tout d'abord en raison de son état fébrile qui semblait aller s'amplifiant, ensuite parce qu'elle avait été la cible des bons mots comme des mauvais et de ceux, hypocrites, qui l'ulcéraient. Elle leur préférait de beaucoup une belle empoignade comme il en éclatait souvent dans le dos des surveillantes et de la contremaîtresse.

Il y avait surtout, ajoutant à sa fièvre, l'attente du rendez-vous que lui avait fixé Félix et tout un questionnement qui tournait dans sa tête douloureuse.

L'attendrait-il vraiment sur la route de Saint-Sauveur ? L'aimait-il comme il le lui avait dit et répété ? N'avait-elle pas rêvé ses mots doux, ses caresses, ses baisers ?

— Ton fil, Niévès !

— Attention, tu as un doupion !

Combien de fois Jeanne l'alerta-t-elle, en catimini, sur ces instants de distraction qui lui ressemblaient si peu ! Précieuse amie dénuée de convoitise qui se réjouissait de la gloire éphémère de Niévès. L'absoudrait-elle de ce péché d'amour qu'elle pensait avoir commis, oiselle innocente, en livrant ses lèvres aux baisers de Félix ? Car, si son rêve se muait en réalité, Jeanne à coup sûr, serait sa première confidente.

Dix-huit heures, enfin ! Le son familier de la sirène vida en un éclair La Bâtie Neuve et c'est en prenant ses jambes à son cou que Niévès Etcheverría courut vers le bonheur… ou la désillusion.

À peine reprit-elle son souffle, après avoir contourné le cimetière et avant d'attaquer le petit raidillon ; elle avait reconnu la silhouette élancée de

Félix, son Félix, en vêtements civils, adossé noncha-
lamment à un platane. Elle vola littéralement jusqu'à
lui qui, l'apercevant, ouvrait grands ses bras tandis
qu'un joyeux sourire éclairait son visage. Plus d'une
heure durant, ils marchèrent sur la route de Saint-
Sauveur, s'arrêtant pour se contempler, s'embrasser,
se cajoler sans jamais se lasser de ce qui ne paraissait
au fringant Félix, initié depuis longtemps au plaisir
de la chair, qu'une chaste attitude, alors que Niévès
pensait plonger avec volupté dans le plus délicieux
des péchés.

Pour la première fois de sa vie, Niévès dut mentir
effrontément au regard noir de ses parents.

— Jeanne m'a demandé de la raccompagner, elle
voulait tout savoir du corso où elle n'était pas autorisée à aller. Des gens peu aimables, son oncle et sa
tante.

Si cette grande première lui coûta, les mensonges
suivants furent des formalités; Félix, en coutumier du
fait, contribua à l'élaboration de prétextes plausibles,
d'autant qu'il servait les mêmes à son père, à son tour
chagriné de le voir si peu en dehors des repas.

Auguste-César Roustan des Fontanilles s'était
attardé à Largentière jusqu'au mardi, emportant les
documents comptables de la filature avec la permission de la jeune veuve totalement démunie devant ses
nouvelles responsabilités.

— Je reviendrai très bientôt, lui promit-il.

Loin de s'assoupir au bercement du confortable
brougham, il n'avait cessé d'évoquer la veuve, vingt-
sept ans à peine, un garçonnet qui courait sur ses
huit ans et une manufacture de moulinage à gérer.

Sacré Vésombre ! Il n'avait pas été surpris de son remariage une année seulement après le décès de sa première épouse. Vésombre avait une bonne excuse :

— Tu me comprends, Roustan, il me faut un héritier !

L'élue, une jeunette de dix-huit printemps, l'avait assez ragaillardi pour que naisse Victor et peut-être assez surmené pour qu'une crise cardiaque l'emporte en un éclair.

« Et si cela arrivait à Antoine quand je ne serai plus là ? » s'était pris à redouter Auguste, imaginant cette belle potiche – ainsi nommait-il Lorraine en aparté – en charge de La Bâtie Neuve. Une bribe d'optimisme l'avait réconforté en pensant à Félix, tout espoir n'était pas perdu. Et voilà qu'en poussant la porte, il reçut dans ses bras le fils chéri dont il était privé par deux longues années d'absence et de silence boudeur.

— Félix ! Si je m'attendais...

— Et moi alors, si je m'attendais à ce que mon père m'oublie aussi facilement ! Enfin, je ne suis pas rancunier, désormais on me verra plus souvent à Saint-Ambroix.

— Je l'espère bien ! Toulon est moins éloigné que Cherbourg.

— Ah, tu savais ? Antoine t'a averti ?

— Je me suis assez démené pour obtenir un rapprochement. Alors, fais-moi voir un peu tes galons.

— Des galons ? Quartier-maître deuxième classe. Un biffin, quoi, et ça me suffit.

Le filateur tut sa déconvenue. Félix ne ferait pas carrière. Après tout, il y avait pire comme malheur et surtout pas de quoi entacher leurs retrouvailles.

Tout le temps que dura sa permission, Auguste-César ferma les yeux sur l'emploi du temps de son fils, conscient, néanmoins de la muette désapprobation d'Antoine.

Il faut dire que Félix en prenait à son aise, traînait toute la matinée des Fontanilles à La Masson, partout où les pas de Milagro la menaient, heureux de partager le quotidien de sa petite mère; à midi pile, il arrivait à table sapé comme un milord. À la fin du repas, il mignotait sans réel intérêt la petite Eugénie et réservait ses après-midi à sa sœur Bérangère de chez qui il partait pour être ponctuel à son rendez-vous avec Niévès. Il rentrait pour le repas aux Fontanilles et repartait aussitôt.

Retrouver à nouveau sa petite reine dont il était vraiment épris? Pas exactement. Il prenait la direction du quartier de la gare, poussait une lourde porte surmontée d'une lanterne rouge. Là, dans les bras d'une des accortes pensionnaires du Globe, il calmait ses ardeurs émoustillées par les baisers échangés avec sa belle amoureuse qu'il jugeait – et c'était tout à son honneur – trop jeune encore pour être déflorée.

Le jour de son départ, Niévès ravala son chagrin; une longue étreinte, des baisers fous courant sur son visage, dans son cou, sur sa nuque et la promesse de revenir bientôt dissipèrent les larmes qui noyaient ses grands yeux noirs. Elle laissa partir son amoureux en lui offrant son sourire qu'il disait être le plus charmant du monde.

Félix céda à son père qui tenait à le mener jusqu'à la gare d'Alais.

— Alors, fils, plus qu'une petite année et tu seras rendu à la vie civile. As-tu des projets pour orienter ta vie?

— À mon âge, ce serait malheureux de n'en point avoir!

— À la bonne heure, mon garçon! J'ai plaisir à t'entendre. Tu sais que je serai toujours là pour toi, s'il faut mettre ton pied à l'étrier. La soie, je parie que tu l'as dans le sang, comme moi.

— Ne vous emballez pas, père! J'ai du temps pour réfléchir.

Le train entrait en gare; il arrivait à point nommé pour clore une conversation embarrassante. Félix grimpa en deux enjambées sur la plateforme et s'engouffra dans un compartiment. Là, sans hâte, il hissa son sac polochon sur le filet aux bagages et se décida enfin à faire coulisser la vitre de la portière derrière laquelle son père lui faisait de grands gestes et l'abreuvait d'ultimes recommandations.

— Ne nous laisse pas sans nouvelles, Félix. Et surtout, fais en sorte de satisfaire tes supérieurs. Un livret militaire est aussi parlant qu'un livret ouvrier qui en dit long sur le comportem...

Le reste de sa phrase fut couvert par le sifflet strident du chef de gare et par la lourde et lente mise en mouvement des bielles qui ahanaient, alors que s'exhalaient des pistons de puissants jets de vapeur. La longue et bruyante chenille disparut enfin dans la courbe de la Gibertine.

Ce qui pourrait s'apparenter à une insolation, et qui se doublait, pour avoir bu une limonade glacée, d'une forte angine, céda enfin au bout d'une semaine

– encore qu'une petite toux sèche perdurât anormale-
ment – juste pour ouvrir la porte à une sorte de vague
à l'âme si peu compatible avec le caractère enjoué de
Niévès. La chère amie Jeanne fut la première à lui en
faire la remarque, désemparée devant la transformation de son amie.

— Je ne te reconnais plus, Niévès, toi qui riais
à tout propos. Que cache maintenant cette mine
morose?

Pour une fois, Niévès se trouva en peine de réponse.
Le trouble s'emparait d'elle. Allait-elle mentir aussi
à son amie, elle qui lui servait, à son insu, d'alibi? Ou
bien allait-elle tout simplement éluder la question?
Elle ne s'en sentait pas le droit, d'autant que confier
son doux secret, n'était-ce pas revivre en le narrant
son état de béatitude si proche de la mélancolie?

— J'ai un galant! lui murmura-t-elle à l'oreille.

Jeanne accusa le coup. Elle allait perdre son amie,
l'amour et l'amitié ne faisant pas, à son sens, bon
ménage. Fini leur belle complicité, leur si parfaite
entente!

À cet aveu, le visage de Jeanne se décomposa tandis
que celui de Niévès se détendait, apaisé. Comme il
était bienfaisant de partager son bonheur tout neuf
avec la seule personne susceptible de la comprendre!
Rêveuse, elle ne releva pas l'acidité du ton dans la
question abrupte que lui posait Jeanne:

— Ton père est au courant?

Niévès tétanisée interrompit le geste récurrent de
son bras tendu vers la *guindre*, vrilla deux yeux noirs
affolés sur son amie et lança un peu trop fort:

— Tu es folle!

La bouche des deux jeunes filles alors s'arrondit, madame Georges fonçait sur elles et glapissait :

— Bassines 48 et 49, pénalité pour bavardage !

Il n'était plus question de parlottes. Et, visiblement, les deux fileuses en avaient gros sur le cœur. Le reste de la matinée s'écoula dans un silence boudeur des deux amies concentrées sur leur travail. La sonnerie de 11 heures annonçant leur libération les vit se joindre spontanément au troupeau de jeunes filles, pressées par le besoin de dégourdir leurs jambes et leur dos soumis à une position statique des plus éprouvantes, ainsi que de humer un autre air que celui des *babos* ébouillantés.

Or, Niévès se sentit ralentie dans sa fuite, saisie par la manche de sa blouse et retenue sans autre explication que la face sévère de madame Georges ; la contremaîtresse attendit que l'atelier se vide pour l'apostropher :

— Reine des fileuses peut-être, mais pas encore la bru du patron, Etcheverría ! Jusqu'à nouvel ordre, c'est moi qui commande ici.

Niévès sentit un frisson lui parcourir le dos ; elle blêmit puis aussitôt s'empourpra. Ainsi, madame Georges savait ! Peut-être l'avait-elle surprise dans les bras de Félix, ou bien cela lui avait-il été rapporté. Un vent de panique l'électrisait tout entière et elle eut peine à en croire ses oreilles lorsque madame Georges, se radoucissant, lui tapota maternellement le dos et lui glissa :

— N'aie crainte, Niévès, je ne suis pas une délatrice, pourtant si j'ai un conseil à te donner, c'est bien celui de rester à ta place, en amour comme dans ton travail. Va maintenant et médite mes paroles.

Indifférente à ces conseils, Niévès s'enfuit à toutes jambes retrouver Jeanne.

— Tu es mon amie la plus chère et je t'ai fait écoper d'une pénalité. Tu me pardonnes, dis, Jeanne ?

Jeanne haussa les épaules et se livra à un petit chantage :

— Faut voir... peut-être si tu me dis qui est ton amoureux.

Un silence embarrassé s'installa, Niévès se sentant confuse de s'être livrée à ce demi-aveu, Jeanne à la fois fière d'être l'unique confidente et gênée de partager l'encombrant secret de son amie. Elle regrettait presque son insistance dénuée de curiosité malsaine, regret renforcé quand la jeune amoureuse, éludant sa demande, la pria du bout des lèvres :

— Tu continueras à me couvrir, dis, Jeanne ?

— Comment ça, te couvrir ?

— Je prends prétexte, le samedi, de te raccompagner et le dimanche de venir te rejoindre chez ta tante où je suis censée t'aider à broder ton trousseau.

Jeanne, hésitant entre fou rire et exaspération, explosa :

— Tu ne manques pas de toupet, Niévès Etcheverría ! Broder mon trousseau ! Ha, ha, c'est bien le dernier souci de ma tante ! Trop près de ses sous, cette maritorne. Et toi, tu en prends à ton aise de te servir de moi pour tes... tes... tes turpitudes.

La reine des fileuses prit un air de reine outragée. Eh quoi ? Traiter de turpitudes ses amours pures et sincères, elle ne s'attendait pas à cela de celle qui se prétendait son amie. Les griefs de Jeanne n'étaient pas moindres qui avait du mal à digérer une retenue sur salaire aussi inique et voyait se profiler une belle philippique de la tante honnie.

Or, la véritable amitié se passe de fastidieuses explications, mieux, elle s'épanouit après l'orage.

— Excuse-moi, Niévès. Bien sûr que tu peux te fier à moi. Et même que ça me fait sacrément plaisir de partager ton bonheur d'avoir un galant.

Niévès lui sauta au cou en disant :

— Tu sais quoi, Jeanne ? Je viendrai, s'il le faut, faire amende honorable auprès de ta tante...

— Laisse tomber !

La mélancolie de Niévès Etcheverría céda à l'aveu de ses amours secrètes, à la promesse de Jeanne... et surtout au retour, trois semaines plus tard, de son bel amoureux, doté d'une permission en bonne et due forme.

Toutes les autres, qui allaient se succéder jusqu'à sa permission libérable, auraient seulement l'apparence de l'authenticité. Ce sacré Félix, affecté au secrétariat des Affaires maritimes, avait toute latitude de les valider pour autant qu'il s'assure de l'approvisionnement en carnets à souche, indispensable support de ses friponneries.

9

1902.

L'année qui suivit, Milagro la résumait ainsi : « *El sol ha vuelto* » ! C'était vrai, le soleil était revenu dans son cœur de mère suppléante ; il irradiait dans celui de Niévès pour qui la semaine n'était qu'une paren- thèse obligatoire entre ces guillemets de bonheur que représentaient les permissions de Félix.

Il luisait aussi à La Térébinthe tout autant qu'aux Fontanilles, en tous lieux où le jeune homme s'in- vitait. Il leur devait bien cette nouvelle assiduité, à toutes ces personnes sevrées de lui depuis deux ans : des permissions toutes les quinzaines ! Les patientes démarches d'Auguste-César avaient enfin porté leurs fruits, à savoir la mutation de son fils à la base mili- taire de Toulon où le quartier-maître Roustan, fidèle à son principe de vie, cultivait l'art où il excellait : le dilettantisme doublé d'une jovialité qui n'était pas pour déplaire à sa chambrée. Seul changement et pas des moindres, ce bourreau des cœurs était désormais amoureux fou de la seule à ses yeux qui méritait son amour, sa belle fileuse.

Le plus souvent le samedi soir, le chemin qui menait de Saint-Sauveur, si peu fréquenté, attirait les pas des deux amoureux, quand ce n'étaient pas les sentes non moins désertiques de la Catharinette, sur la pente nord du Dugas, ou encore la garrigue des Espillarts, parsemée de cades et d'arbousiers. Les jours d'hiver, brumeux et doux, leur offraient la précoce tombée du jour pour une promenade furtive entrecoupée de fréquents arrêts, prétextes à de grisants baisers et à de troublantes caresses.

Si Félix se dédouanait de rendre des comptes ou de trouver des excuses à ses escapades, Niévès puisait dans son imagination fertile afin d'expliquer ses retards. Elle spéculait aussi sur la mise en veille des chaudières de La Bâtie Neuve qui requérait les soins de son père ainsi que sur les exigences de Lorraine ; madame Antoine, comme la nommait le personnel, accablait Milagro d'une multitude de tâches urgentes.

Les dimanches, en revanche, s'ils tenaient toujours Milagro loin des siens, donnaient à Ramón plus de latitude pour surveiller sa fille. La messe dominicale où ses parents la pressaient d'aller se présenta comme une opportune diversion. Négliger le jour du Seigneur ne troublait pas l'insouciance de la jeune amoureuse qui courait roucouler sous un porche de la rue des Bourgades pour s'abriter du vent. Dans ce lieu dit « le couloir de la mort » pour le vent qui le balayait d'une gifle glaciale, ils avaient peu de chance de rencontrer âme qui vive.

Les après-midi se révélaient plus délicats à gérer, non pour Félix à qui La Térébinthe, en plus de narguer son père, servait d'alibi, mais pour Niévès qui épuisait tous les subterfuges, toutes les bonnes et les mauvaises raisons de fausser compagnie à son père.

—Jeanne n'a pas d'autre amie que moi pour la tirer, quelques heures, des griffes de sa tante. Une mégère, cette bonne femme, tu la verrais...

Eux qui avaient exposé sans complexe leur amitié d'enfance, puis affiché sans difficulté leur complicité d'adolescents, cachaient maintenant leur amour comme un trésor précieux que l'on soustrait à la convoitise. Mais combien de temps encore y parviendraient-ils?

La démobilisation de Félix donna lieu – une volonté d'Auguste-César – à une petite fête sous les frondaisons du parc des Fontanilles. Une nouvelle corvée pour Milagro que la demi-douzaine de tables rondes à recouvrir de longues nappes blanches qu'il lui fallut empeser, repasser sans laisser apparaître aucun pli en plus des quelque cinquante serviettes au chiffre des Roustan pliées en éventail sur l'assiette! Mais pourquoi se serait-elle plainte puisque tout cela était en l'honneur de son Feliz?

Sans parler des chambres d'hôtes qu'il fallut apprêter.

—J'ai réussi à convaincre cette pauvre Gabrielle, trop longtemps à mon sens confite dans son veuvage. Une année s'est écoulée depuis le départ de mon ami Vésombre. Enfin, elle m'a promis de rester quelques jours aux Fontanilles et j'espère qu'elle ne renoncera pas au dernier moment.

L'annonce d'Auguste-César aurait pu se dissoudre dans les conversations ordinaires autour de la mise en place d'une garden-party s'il n'avait ajouté:

— Son petit Victor sera du voyage, cet enfant est tout pour elle. Après tout, c'est bien compréhensible, un héritier comme le souhaitait tant Vésombre !

Il n'en fallut pas plus pour que Lorraine, se sentant visée, quitte la table dans le grand fracas de sa chaise renversée et que la petite Eugénie se réfugie en pleurant sur les genoux de son père ; lui seul comprenait la réaction de sa fille, sensible malgré son jeune âge à la mésentente de ses parents et au peu d'attention que lui accordait son grand-père. Penaud, juste comme peut l'être un Roustan des Fontanilles toujours dans son bon droit, Auguste-César adoucit le ton de sa voix en s'adressant à l'enfant qu'il feignait d'ignorer :

— Pourquoi ce chagrin, fillette ? Tu vas avoir pour quelques jours un petit camarade de jeu, n'est-ce pas une bonne nouvelle ?

Puis il grinça à l'adresse non déguisée d'Antoine :

— Les Fontanilles manquent si cruellement de petits garçons qu'il faut les importer d'Ardèche !

Félix avait essayé de poser un regard indifférent sur cette échauffourée qui en disait long sur l'unité familiale au sein du clan Roustan. La rupture avec Bérangère était bien consommée, celle avec Lorraine ne prêtait pas à conséquence, elle n'était, comme se plaisait à le rappeler le patriarche, qu'une pièce rapportée ! Antoine prenait sur lui pour fermer les yeux sur les attaques de son père tout comme sur les transgressions de son épouse.

Par son esprit léger, une certaine tendance à l'égoïsme, Félix se contentait d'une observation mutique. Surtout ne pas être dans le collimateur des colères paternelles, ne pas se mettre à dos Antoine qu'il jugeait arbitrairement sournois. Quant à sa belle-sœur, avec son anticonformisme, ne serait-elle pas utile, un jour, quand il s'agirait d'imposer Niévès aux Fontanilles ? Il se promit de lui glisser quelques mots de compassion quand elle croiserait son chemin. Restait Eugénie. Les pleurs le rendaient triste. Ceux d'un enfant plus encore, aussi lui promit-il, en tonton complice :

— Je demanderai à Ramón d'installer ma vieille balançoire, vous ferez de belles envolées avec ton copain.

Ce même jour, Niévès remettait son titre et ses attributs de reine des fileuses 1901 à son épigone. C'est du moins ce mot incongru que lui souffla Félix à l'oreille.

— Mon épi... quoi ? demanda-t-elle, ses beaux et grands yeux noirs écarquillés d'ignorance.

— Ta remplaçante, celle qui te succède à ce titre envié de reine et qui ne t'arrive pas même à la cheville. Tiens, je dirai que c'est une reine au rabais.

Le mot déclencha le fou rire de Niévès.

— Pardi ! Elles sont toutes moches et gourdasses, les fileuses de La Fabrique ! Tu sais ce qu'on chante à l'atelier ?

— Pas encore, mais je sens que ça ne saurait tarder. Allez, chante, ma belle Andalouse.

Niévès ne se fit pas prier.

Les filles de La Bâtie Neuve
Sont gentes demoiselles.
Qu'il fasse beau, qu'il pleuve,
Leur allure ensorcelle.
Dommage pour ces bourriques,

Celles de La Fabrique,
Les galants leur tournent le dos
Elles sentent trop le babo !

— Une chanson qui te vaudra la gratitude de mon père quand sera venu le temps de révéler nos projets !

Évoquer son père le rembrunit. En avait-il fait des simagrées pour fausser compagnie à ses invités sans encourir son ire ! Une parfaite connaissance du chatouilleux orgueil paternel avait fait merveille.

— Peut-être serai-je le premier Roustan des Fontanilles à m'inviter à la fête de ma ville, mais il en sera désormais ainsi. Je ne sais, père, si la mairie t'a un jour tentée ; moi, ça fait quelque temps que j'y pense. Le vieux Chambourdon n'est pas indétrônable.

— Eh, pas mal raisonné, fiston ! Saint-Ambroix a besoin de sang neuf afin de la faire avancer dans ce xxᵉ siècle prometteur. Allez, va donc faire ta campagne électorale et reviens-nous vite, la fête n'est pas terminée.

Briguer la mairie de Saint-Ambroix ! En courant retrouver Niévès, il se demandait encore comment cette coquecigrue avait pu germer dans sa tête et, passant devant cette vénérable maison commune au pignon si peu représentatif de l'habitat cévenol, il lui adressa un malicieux clin d'œil.

Il avait hâte de retrouver sa belle brune pour quelques heures de vertige amoureux qui les menait tous deux au bord du précipice.

— Ne restons pas ici, ma douce, il y a trop de monde.

— Où qu'on aille, il y a foule. Il fait si beau.

— Je sais ! Viens, suis-moi.

La direction qu'il prit intrigua sa compagne.

— Tu me ramènes à la maison alors que j'ai monnayé deux heures de liberté à mon père?

— Eh, ne prends pas la mouche, fillette!

— Mais tu ne me dis pas où nous allons.

— À la capitelle, au pied de la colline de La Roque. Tu te souviens, nous y faisions notre réserve de trésors glanés çà et là…

— Mais il faut passer devant La Masson!

— Nous descendrons par-derrière depuis le cimetière.

Ils étaient essoufflés quand ils franchirent, lui en pliant l'échine et elle toute droite, l'embrasure sans porte de l'antédiluvienne construction. La tête échauffée par la masse drue de ses boucles brunes, Niévès retira l'épingle qui maintenait en équilibre son petit chapeau, une mignonne galette de paille blonde dont elle s'éventa nerveusement, troublée soudain de se retrouver seule avec Félix.

— C'est drôle, j'ai l'impression d'avoir huit ans et une robe courte, énonça-t-elle naïvement.

— J'aimerais te voir en robe courte, ou pas de robe du tout.

La voix de Félix, gorgée de désir, s'était faite rauque, son souffle était court, ses lèvres humides, plus rouges qu'à l'ordinaire, s'entrouvraient sur une dentition carnassière; le nouveau Félix qu'elle découvrait décontenançait la jeune fille. Elle voulut sortir, prendre une grande bouffée d'air et tout redeviendrait normal. Mais Félix la retint dans ses bras, se pencha sur sa bouche qu'il lui prit voluptueusement, goulûment, de façon si délicieusement lascive qu'elle répondit à ce baiser et toutes ses craintes furent balayées.

Les mains de Félix, desserrant leur étreinte pour empoigner ses seins ronds et raidis, semblaient jouer en virtuose de ces doux instruments. Dans sa totale innocence des comportements sensuels, elle glissa une main hésitante sous la chemise de son amoureux et rencontra la chair virile tendue sur un abdomen musculeux qu'elle se mit à pétrir de ses doigts agiles, pensant rendre caresse pour caresse. Abandonnant un sein frustré, une des mains de Félix s'empara de la sienne et la fit glisser dans son pantalon. Là, elle rencontra, émergeant d'une dense toison, le plus impatient des mystères masculins qu'elle se plut à caresser tandis que son Félix fouillait à son tour dans son intimité.

— Tu veux bien, ma petite adorée.

Ce n'était pas une question, pas même une prière. Une exigence !

— Quoi ? demanda-t-elle mollement.

— T'allonger et te donner à moi.

Elle plia les jambes, le sol pierreux qui la reçut ne la rebuta pas. Elle accueillit sur elle le corps puissant du jeune Roustan des Fontanilles qui, les yeux chavirés, la posséda avec fougue.

* *
*

Gabrielle Vésombre et son fils s'incrustaient aux Fontanilles. Du moins était-ce le sentiment que partageaient Antoine et Félix à voir durer le séjour de la jeune veuve.

Gabrielle n'engendrait cependant pas la mélancolie, hormis ses voiles de deuil que lui imposait le code rigide de la bourgeoisie. Elle découvrait en Lorraine la jeune femme qu'elle avait toujours rêvé d'être. Libre dans ses actes comme dans ses paroles, un projet de vie entrevu par le mariage, mais qui, hélas, n'était resté qu'à l'état de projet. De même que Gabrielle Lemonnier avait subi la coupe paternelle, Gabrielle Vésombre n'avait pu s'affranchir d'un époux rétrograde. D'ailleurs, en matière de bourgade vieille France, Largentière se posait en championne des bourgeoises qui trimbalaient leur spleen sous des airs bien-pensants.

La jeune veuve était loin de se douter, en acceptant l'invitation pressante d'Auguste-César, le vieil ami de son époux lui rappelant si grandement ce dernier, qu'une tout autre atmosphère pouvait régner aux Fontanilles et, vraisemblablement, elle y prenait goût.

— Avez-vous feuilleté ce magazine, Gabrielle? Vous permettez que j'use de votre prénom, n'est-ce pas?

Lorraine déployait ses charmes, bien décidée à se faire, de cette inconnue d'hier, une amie chère et, pourquoi pas, demain, une complice de sa vie débridée.

—J'allais vous en prier, gazouilla Gabrielle. Ne sommes-nous pas quasiment du même âge?

Voilà qui ne pouvait que combler madame Antoine la coquette, laquelle accusait au moins six années de plus que la veuve.

— Vous possédez une bicyclette ? demanda Gabrielle, prête à s'extasier devant l'audace de sa nouvelle amie.

— Pas encore. Difficile de bousculer certaines mentalités, grinça Lorraine avec acidité. J'attends beaucoup de mon jeune beau-frère pour dépoussiérer la vie aux Fontanilles.

— Un jeune homme en tout point charmant et qui ne restera pas longtemps célibataire, prédit Gabrielle.

Il s'en fallut de peu qu'Auguste-César lui coupât la parole. Il maîtrisa au mieux sa fougue et s'efforça à un sourire crispé :

— Ah, ma chère, vous piquez douloureusement mon cœur de père ! Je ne suis pas prêt à voir s'envoler Félix.

— M'accompagnerez-vous demain à Alais ? Je vais passer la journée chez mes parents, nous pourrions faire les boutiques, le coupa Lorraine pour ramener la conversation entre femmes.

— Je dois penser sérieusement à rentrer à Largentière, et puis mon petit Victor nous serait d'un embarras...

— Laissez-le ici avec Eugénie, ils s'entendent comme larrons en foire, intervint à nouveau le maître-filateur.

Puis il ajouta, comme pour réparer un oubli :

— Je vous raccompagnerai à Largentière, Gabrielle, votre jour sera le mien. Quelques conseils à votre régisseur.

— Vous vous donnez beaucoup trop de peine, monsieur Roustan. Comment pourrai-je vous remercier ?

— En cessant de m'appeler monsieur Roustan, par exemple, proposa-t-il, un brin taquin.

Alors que les deux femmes, bras dessus, bras dessous, sortaient dans le jardin, Antoine méditait sur l'attitude de son père. Auguste-César Roustan des Fontanilles était-il taraudé par le démon de midi et réservait-il à sa famille la surprise d'un remariage insensé?

*   *
*

Du bureau que son père lui avait fait installer à La Bâtie Neuve, Félix comptait les minutes où la sonnerie de l'atelier affranchirait les fileuses de leur longue journée de travail et lui rendrait par la même occasion sa liberté.

Cela faisait trois mois maintenant que son père l'avait attelé à la tâche sans lui donner le loisir de louvoyer. Pas de travail, pas d'argent de poche.

— Tu seras payé à la quinzaine, comme les ouvrières.

— Je pourrai tout de même avoir une petite avance?

— Qu'en ferais-tu? Logé, nourri, blanchi, il y en a de plus mal lotis que toi, mon garçon!

Pour la première fois, Auguste-César Roustan des Fontanilles tenait bon aux yeux de velours noir qui se faisaient tantôt suppliants, tantôt courroucés, tantôt enjôleurs. Autour de lui, tous en restaient perplexes. Antoine engageait mentalement des paris: «Père ne

188

tiendra pas deux jours, huit jours, un mois. » Lorraine tenait pour Félix et le lui faisait savoir sans ambages.

— Tu es bien bon de te laisser mener comme un gamin. Moi, à ta place...

Oui mais voilà, elle n'y était pas, à sa place ! Pas plus que Bérangère qui lui prêchait la patience.

Que pouvaient-elles comprendre de ce frère, de ce beau-frère amoureux, amoureux fou de la belle Niévès qui, après un don de soi qui parlait plus à son cœur qu'à son corps, menait maintenant la danse de leurs jeux amoureux avec passion, demandait sa part de plaisir, lui en donnait jusqu'à l'extase ? Un Olympe qui n'avait rien de commun avec celui dispensé par les pensionnaires du *Globe*, un lieu qu'il voulait effacer de sa mémoire.

Gagné par l'impatience, Félix referma un grand livre de comptes qu'il avait mis à jour avec application. Rien ne manquait, les factures honorées y étaient consignées, celles soumises à la signature de son père étaient notées au crayon gris, bref le registre était noirci de sa fine écriture – des pattes de mouche ! grognait Auguste-César – et le long buvard inséré entre les pages remplies de chiffres et d'annotations. Il pouvait se laisser aller à la satisfaction du devoir accompli... mais ne l'éprouvait pas !

Un pli soucieux barrait son front. Niévès n'avait-elle pas, après avoir grelotté de froid hier dans la capitelle, éternué en salves furieuses ? Encore avaient-ils rendu leur petit coin secret plus confortable, plus approprié à leur folie d'amour. D'épaisses couvertures, bien sûr, mais aussi une lampe-tempête accrochée à une pierre en saillie qui jetait des flammes jaunes sur leurs corps embrasés, irradiait leurs visages extatiques, illuminait de lueurs de feu le plus intime de leur anatomie. Une grande toile goudronnée qui leur servait de portière les protégeait des vents coulis et cependant, l'hiver se profilait, il savait son amoureuse si sensible au froid, si souvent enrhumée ! Il avait remarqué ses accès de toux précédant ses mouvements de buste, qu'elle jetait en arrière, et qu'il avait pris au début pour une posture de séduction propre à mettre en valeur son profil aquilin. En fait, Félix avait compris qu'il n'en était rien, elle ne faisait que puiser, dans cette position, un souffle qui lui faisait défaut, aussi se devaient-ils de trouver un autre nid d'amour. Cette obsédante quête occupait ses pensées.

Son regard, perdu dans le vague, fixait par-delà la fenêtre la Cèze aux eaux grises sur lesquelles roulaient les premiers lambeaux de brume crépusculaire ; la nuit allait tomber, froide, inhospitalière, et Niévès ne cesserait de trembler dans ses bras, parcourue de frissons qui ne devraient rien au plaisir. Elle était si frileuse, sa torride gitane ! Soudain, le fruit de ses cogitations s'inscrivit en lettres d'or à la place de la bucolique vision du ruisseau familier. Il prit une feuille de papier et écrivit :

J'attends la plus belle des belles en un lieu de délices qui lui rappellera nos jeunes années. Rejoins-moi à La Romance en passant par le jardin. Je t'aime. Ton Félix.

Dès qu'il put s'éclipser, il courut à la capitelle, plaça la feuille en évidence, posa une pierre dessus de crainte qu'elle ne s'envole et partit d'un pas décidé chercher les clés de La Romance qu'il savait dénicher dans un tiroir de la bibliothèque.

Au sortir de la filature, Niévès avait couru directement à La Masson; elle avait toussé tout le jour et sa gorge irritée réclamait une boisson chaude. Ce fut un peu de lait trouvé au fond d'une casserole qu'elle mit à chauffer et sucra fortement. Un délice que cette sirupeuse brûlure tapissant son gosier! Elle se promit, ce soir avant d'aller au lit, de renouveler ce divin traitement, puis pensa à ses mains qui, comme chaque année à la même époque, se rappelaient douloureusement à son souvenir. Le «mal de bassine» pointait son nez aux premiers frimas, il faudrait, pour l'enrayer en deux jours, ressortir l'onguent de la guérisseuse que sa mère conservait dans la serre.

Ramón Etcheverría rentrait du travail alors que Niévès, tournant le dos, jetait une épaisse pèlerine sur ses épaules.

— Où vas-tu encore? gronda le père.

Surprise, elle porta ses mains à sa bouche pour étouffer un cri, ce qui lui sauva la mise.

— Mes mains. J'ai terriblement mal, il me faut de la pommade, alors je vais chez la Gaïno en chercher.

— Il va faire nuit, tu ne vas pas y aller seule, je t'accompagne.

— Non! J'y vais avec une fille qui souffre du même mal.

Quelle promptitude à repousser le père qui se contenta de mettre la main à sa poche et de demander:

— Tu as des sous, petite?

Encore un mensonge proféré aisément:

— La Gaïno ne demande jamais d'argent, tu le sais bien.

— Tiens, tu lui donneras quand même cette pièce.

191

Et s'envola le papillon amoureux, faisant fi du gros rhume qui se préparait et des douloureuses ulcérations de sa peau soumise à rude épreuve ! Que de temps perdu à louvoyer jusqu'à la capitelle, à déchiffrer le petit mot de Félix et rebrousser chemin jusqu'à pousser enfin la porte du jardin, la seule entrée qu'elle connaisse, de La Romance.

Niévès, dans son jeune âge, n'avait pas été sensible au somptueux raffinement des lieux, ni à la riche sobriété de sa décoration voulue en son temps par Bérangère. Des lumières indirectes, judicieusement orientées, participaient à l'impression de délicate intimité qui laissa la jeune fille pantoise, quoiqu'elle l'exprimât d'un :

— Mazette ! J'en suis baba !

— De quoi ? De mon idée ? Du décor ?

— C'est rupin ici ! Je vais me prendre pour une cocotte entretenue par un prince.

— Ne dis pas de bêtises, Niévès. Tu es mieux que cela. En fait, si nous sommes aujourd'hui en cachette à La Romance, qui te dit que nous ne viendrons pas un jour y vivre officiellement ?

À nouveau, depuis que leur relation s'était faite intime, Félix évoquait l'avenir. D'autres que Niévès s'en seraient réjouies, auraient poussé plus loin le futur évoqué. Elle, au contraire, ne voulait pas se projeter, semblait se contenter d'un présent merveilleux qui correspondait à ses rêves. Peut-être redoutait-elle inconsciemment les obstacles qui ne manqueraient de se dresser et dont Félix réfutait, semblait-il, l'éventualité. Pousser le portillon du jardin, y entrer en catimini ou bien franchir la grande porte donnant sur le boulevard du Portalet,

192

elle ne voyait pas la différence, son but étant le même : retrouver son Félix.

— Tu sens bon ! dit Niévès pour briser le silence.

Elle humait, ce disant, le cou de son amant aux subtils effluves de vétiver, sautillait autour de lui, posait ses lèvres au hasard sur son menton, sur sa bouche ou ses joues, à la fois primesautière et chatte, sauvageonne et soumise. Il l'aimait ainsi, naturelle, simple et sincère. Il lui saisit les mains, la voulant prisonnière ; elle poussa un cri :

— Aïe ! Tu me fais mal, Félix !

Il regarda, penaud, les causes de sa souffrance et, devant ces boursoufflures irritées, demanda sottement :

— Qu'as-tu fait à tes mains ? On les dirait brûlées ?

— Pardi qu'elles le sont !

Elle riait comme à une belle farce dont il serait le dindon. Puis elle redevint sérieuse et lui expliqua la raison ; il en fut tout déconfit, à mille lieues de se douter que c'était le lot des fileuses, des jeunes femmes qui travaillaient pour son père, pour sa famille, pour lui. Il enveloppa Niévès de ses bras et décréta :

— Demain, ma petite chérie n'ira pas travailler, elle soignera ses menottes. C'est un ordre !

— Eh, tu rêves, Félix ! Descends de ton nuage ! Pourquoi moi et pas les autres ? Qu'est-ce que tu crois, toutes les fileuses passent par là et jamais personne ne leur a dit de rester chez elle à flemmarder, monsieur Auguste pas plus que les autres. Les trois flottes, minimum imposé, ne se filent pas seules.

Le raisonnement logique de son amie, d'ordinaire étourdie, tout en surprenant Félix, le ramena effectivement sur terre. Un fossé les séparait qu'il faudrait un jour combler pas à pas.

Il murmura, resserrant son étreinte :

— Je songe souvent au mariage, et toi, mon adorée ?

— Moi aussi, bien sûr ! Qu'est-ce que tu crois, mon Félix, je ne veux pas rester *togne* !

— Vieille fille, toi ? Jamais !

Il emprisonna ses lèvres. Ce temps dérobé était à eux.

* *

*

Bien calé contre le dossier capitonné de son brougham, Auguste-César Roustan des Fontanilles ruminait. Les arcs de ses sourcils, fournis et hérissés, ne formaient plus qu'un trait soucieux, une barre de mécontentement.

Il était pourtant en droit de se réjouir au sortir d'une de ces réunions de filateurs où chacun dévoilait, avec plus ou moins de sincérité, le bilan de ses affaires, ses projets, parfois ses craintes qu'une si prometteuse embellie ne soit que feu de paille. Lui s'était contenté de sourire aux peurs irraisonnées d'une guerre évoquée, d'un marasme improbable, jusqu'à ces revendications indécentes des fileuses d'Anduze. Une augmentation de cinquante centimes par jour ! Par chance, les réclamations de ces utopistes avaient été étouffées dans l'œuf par une petite vague de licenciements propre à décourager d'autres velléités de ce genre.

Bien qu'il ait applaudi à l'unisson au sage comportement des filateurs anduziens, Auguste-César avait prié le ciel de ne pas être un jour obligé à cela. Les fileuses de La Bâtie Neuve n'étaient pas «ces» filles, mais «ses» filles dont il assurait, disait-il, le pain quotidien.

Mais alors, si tout allait bien dans ses affaires, pourquoi ce visage fermé, ce regard fixe, cette bouche crispée?

Les ragots, qu'en général il traitait par l'ignorance et le mépris, avaient troublé ce jour le plaisir mensuel des rencontres amicales. D'ailleurs, comment traiter d'amis ceux qui, ce soir, en grande discussion, étaient devenus muets à son approche? Tout juste avait-il saisi des bribes de conversations bonnes à semer le doute.

«... pas de chance avec ses filles, notre banquier. Sa seconde marche sur les traces de son aînée...»

«... un comportement scandaleux, mon cher, je vous le dis. Si ce pauvre Antoine savait...»

«... son frère, lui, entretient une midinette qu'il loge à La Romance...»

L'idée avait traversé Auguste-César de faire demi-tour, de fausser compagnie à ces mauvaises langues, puis il s'était ravisé. Ne pas prêter le flanc aux critiques, se tenir au-dessus d'elles, en toutes circonstances.

Maintenant, dans la caisse fermée de son coupé, lentement cahoté – il avait donné l'ordre à Pierrot de ne pas pousser son cheval –, il prenait le temps d'étudier les problèmes familiaux auxquels il devait mettre un terme.

Bien sûr qu'il connaissait l'inconduite de sa bru, de même que la liaison de son fils cadet. Mais que ses commensaux se gaussent de sa famille lui était insupportable au point d'avoir à trancher dans le vif. Et cela sans délai.

Il n'avait cependant pas encore, arrivé aux Fontanilles, établi un plan précis pour mettre de l'ordre. Cela lui prit une longue semaine à élaborer de solides stratégies. Antoine fut le premier convoqué avec lequel il s'enferma dans son bureau-bibliothèque.

— Je n'irai pas par quatre chemins, Antoine. Je te prie d'éloigner ton épouse pour quelque temps, celui justement de faire oublier ses frasques. S'il te plaît à toi d'être cocu, moi il ne me sied guère que mon nom soit sali.

— L'éloigner ? Mais où ? Elle ne consentira jamais... sinon pour aller prendre les eaux à Biarritz ou Vichy...

— Et s'encanailler de plus belle ! Griller l'argent qu'elle n'a jamais pris la peine de gagner ! Non, sa place est en maison de repos.

— Elle refusera !

— La scène qu'elle te fera à cette annonce lui vaudra un certificat médical qui l'expédiera tout droit à Montfavet[1].

— Père, ce n'est pas possible, voyons ! Pour Eugénie...

— Réfuté ! Elle ne s'occupe pas de sa fille ! Ou si mal !

— Ses parents vont me maudire...

---

1. La maison de santé de Montdevergues (Vaucluse) qui accueillera en 1915 et jusqu'à sa mort Camille Claudel.

— Ou te remercier. Elle entraîne sa sœur dans ses délires frivoles. Demain soir je veux entendre du verre brisé, des cris et puis des pleurs quand le docteur Salles, venu constater ses nerfs malades, aura signé un internement immédiat. Après-demain, nous en serons débarrassés. Va, et demande à Félix de venir me trouver, lui aussi va m'entendre et enfin m'obéir.

Auguste-César savait la partie autrement plus coriace avec cet oiseau-là qu'il ne devait pas, au contraire d'Antoine, attaquer bille en tête. Pourtant, bien décidé à ne céder en rien, il se renfonça dans son fauteuil et attendit.

— Il paraît que vous me convoquez, père. Des soucis, au sujet de mon travail ? Vous auriez pu m'en parler à la filature.

— Problème personnel, fils.

Un peu désarçonné par ce ton, Félix se balançait d'un pied sur l'autre si bien qu'Auguste-César lui désigna un siège.

— Assieds-toi, j'ai un grand service à te demander. Comme tu me vois, Félix, je suis un homme fatigué.

— Vous êtes malade, père ?

— N'enterre pas encore ton vieux père, je te prie ! Fatigué seulement, une mauvaise passe qui pourrait m'obliger à différer l'assistance que j'ai promise à la veuve de mon ami Vésombre. Or, la trésorerie de fin d'exercice du second semestre impose à ses côtés une présence avisée. Tu es le mieux placé pour assurer cet intérim, Félix. J'ai pu apprécier, ces derniers mois, combien tu t'investis à La Bâtie Neuve, j'en suis agréablement surpris.

— De là à vous remplacer, père, ce me semble hasardeux. Antoine est plus à même de...

— Ce n'est pas Antoine que j'ai choisi !

Auguste-César avait haussé le ton, il voulait couper court aux échappatoires de Félix. Il désigna d'un index impérieux une pile de dossiers en évidence sur son bureau en disant :

— Plonge-toi dès ce soir dans ces dossiers, demande à Milagro de te préparer un bagage assez important...

— Un bagage pour une petite journée ?

— Je sais combien tu peux être véloce. Pour autant, quinze jours ne suffiront pas, la gestion du moulinage diverge quelque peu de celle d'une filature dans ses rapports à la commercialisation. Pierrot te conduira à Largentière demain matin.

— Ce ne sera pas possible, père. J'avais prévu de...

— Décommande-toi ! C'est un ordre.

Désemparé, Félix joua sa dernière carte :

— J'avais aussi à vous entretenir de quelque chose d'important, père. Je sais que vous ne voulez que mon bonheur...

— Et moi, je sais que tu es un bon fils qui ne laisserait pas son père présumer de ses forces. Voilà qui est le plus important.

Déjà, Auguste-César raccompagnait son fils jusqu'à la porte et Félix, pour la première fois, se trouvait dans l'impossibilité d'éviter la corvée qui se profilait. Encore avait-il toute la nuit pour imaginer un subterfuge. D'une phrase, son père allait briser ses illusions.

La facilité avec laquelle il envoyait Félix sous d'autres cieux, tout en l'étonnant, donna du cran au filateur pour asséner le dernier coup. Il retint le bras de son fils en disant :

— Rends-moi, je te prie, les clefs de La Romance !

10

Décembre 1902

Félix n'avait rien vu des champs recouverts de gelée blanche que partageait la route en lacets, ni des squelettes d'arbres figés par la froidure. Un ciel plombé, préfigurant les premières chutes de neige, se voulait en harmonie avec son regard plus noir que l'anthracite.

« *Qué ojos tan tristes!* » s'était désolée Milagro, observant son cher Feliz à la dérobée.

Des yeux tristes, certes, mais aussi des yeux en colère, en révolte contre la décision paternelle. Quelle mouche avait piqué son père avec qui, lui avait-il semblé, s'installait jour après jour une relation de confiance? La Romance, bien sûr!

Il entendait encore, sonnant à ses oreilles comme une condamnation, la phrase sèche:

«Rends-moi, je te prie, les clés de La Romance!»

Aussi surprenant que cela puisse paraître chez ce garçon si sûr de lui, il en avait été désarçonné et sa belle résolution d'élaborer une échappatoire à ce qu'il considérait comme une corvée se délita dans un obsédant questionnement: comment Auguste-César s'était-il aperçu de l'absence des clés de La Romance? Y avait-il discerné, arpentant le boulevard, des rais de lumière? Que pouvait-il s'imaginer qu'il y fît? L'aube pointant, il n'avait pas de réponse, pas plus que de prétexte valable pour se dérober au pensum.

Alors il était là, dans ce matin frileux, à subir les cahots d'une route qui n'en finissait pas de s'enfoncer dans un inextricable fouillis de vallées encaissées et de crêtes étroites, à imaginer la déception de Niévès qu'il n'avait pu embrasser avant de partir. Heureusement qu'en toute innocence Milagro lui ferait un rapport de son départ précipité.

— Y serons-nous à 10 heures, Pierrot?

Une bouffée d'air glacial s'engouffra dans le brougham lorsqu'il fit coulisser la vitre pour s'adresser au cocher.

—Je l'espère, monsieur Félix, mais ça grimpe, et ma bête a l'air de boitiller. Un fer, peut-être.

Ils suivaient depuis un long moment un cours d'eau tumultueux qui, bien qu'en contrebas de la route, faisait monter ses grondements furieux, lorsque enfin émergèrent d'une végétation fantomatique les murailles de Largentière. Un corset de pierres mauve et noir dissimulait la ville d'où s'échappaient des panaches de fumée grise.

Pierrot cria de son siège :

—Je vous dépose chez madame Vésombre ou bien vous y allez à pied? C'est toujours encombré dans la ville et avec ma bête panarde…

À l'évidence, Pierrot renâclait plus encore que son cheval à se glisser dans la cité ardéchoise.

Félix grimaça un sourire :

— Ni l'un ni l'autre, mon pauvre ami. Tu m'amènes jusqu'à l'atelier du pont de Grès, mon lieu de travail et de séjour afin d'épargner à la veuve Vésombre une présence susceptible de provoquer d'inévitables médisances. Un souhait de mon père et, tu es bien placé pour le savoir, ses désirs sont des ordres. Bah, tu sais comment sont ces bourgs de province en matière de ragots.

Le cocher étouffa un rire, monsieur Félix avait beau jeu d'ironiser sur les cancans de Largentière sans se douter de ce qui se clabaudait à Saint-Ambroix.

Poursuivant le cours sinueux de la Ligne, la voiture parvint enfin, cahin-caha, au pont de Grès.

Le bout du monde ! faillit s'exclamer Félix, insensible à la beauté austère du lieu, un couloir minéral au fond duquel bondissait la rivière que longeait étroitement une route en lacet. Un pont, dans une de ses courbes, enjambait la Ligne et menait à La Grèse, l'atelier de moulinage Vésombre, planté dans l'étroit défilé qu'on aurait dit oublié de toute vie humaine. Une œuvre conjuguée de l'homme et de la nature.

Félix ne se décidait pas à sortir du douillet habitacle dont Pierrot lui avait ouvert la porte avant d'aller extirper du coffre, sous son siège, les bagages du jeune Roustan.

— Il est 10 heures passées, monsieur Félix ! insista-t-il devant la mauvaise volonté du jeune homme.

— Et alors ? grogna Félix.

— C'est que je dois retourner aux Fontanilles, monsieur. Auparavant, il est urgent que je trouve un maréchal-ferrant.

Alors qu'il s'arrachait enfin à la moelleuse banquette, deux silhouettes émergeant de La Grèse s'avancèrent vers lui. Un homme entre deux âges et une jeune femme vêtue de sombre qu'il reconnut le regardaient, étonnés.

— Comme ça, monsieur Félix, c'est donc vous qui venez à mon secours ? s'exclama Gabrielle Vésombre. Monsieur votre père n'est pas souffrant, j'espère ?

— Un peu de surmenage, père en fait toujours trop, maugréa Félix en s'inclinant néanmoins avec politesse devant la main tendue.

Pris d'un espoir soudain, il lui demanda :

— Si cela vous contrarie, chère madame, nous pouvons remettre à plus tard...

— Et me priver d'une présence amicale, moi qui en suis si grandement dépourvue ? Vous êtes le très bienvenu, monsieur Félix. Je vous présente monsieur Pradal, le bras droit de mon pauvre époux ; son efficacité m'est précieuse.

Les deux hommes se saluèrent et Pradal, lorgnant sur les bagages de Félix déposés à leurs pieds par un Pierrot qui n'avait pas demandé son reste pour faire demi-tour, proposa :

— Je vous montre le logement qui vous a été préparé ?

Gabrielle s'interposa avec véhémence :

— Il ne saurait être question que monsieur Roustan demeure en ce lieu un peu... comment dirais-je... austère. Mettez donc les affaires de ce jeune homme dans ma voiture, nous redescendrons ensemble à Largentière.

Félix fut soulagé. Au diable les ordres paternels, la veuve en avait décidé ainsi !

Pradal ne releva pas le mépris que madame Vésombre et monsieur Roustan portaient à l'implantation pourtant idéale de La Grèse qui produisait un moulinage d'une qualité exceptionnelle grâce aux eaux douces de la Ligne glissant entre les roches granitiques du massif du Tanargue.

Il y vivait bien, lui, ainsi que sa famille, sans parler des moulineuses descendues des villages limitrophes de ce même massif, poussées par la misère. Elles y travaillaient douze heures par jour et six jours sur sept, logeaient dans les combles de l'atelier et ne rentraient chez elles qu'une fois par mois où leur semaine alors n'était que de cinq jours.

« Ah ! se dit une nouvelle fois Pradal, nous avons bien perdu en perdant monsieur Vésombre. »

Indifférents aux regrets de Pradal, Gabrielle et Félix devisaient tout en gagnant La Grèse, une énorme bâtisse carrée de plusieurs niveaux prenant racine dans l'eau de la Ligne et pointant sa toiture à quatre pentes vers les nuages.

Une grande pièce de plain-pied à usage de bureau, confortablement chauffée, leur permit de se débarrasser l'une de sa pelisse grise doublée de martre, l'autre de son confortable *riding coat* taillé dans un lainage à carreaux. Madame Vésombre proposa une tasse de café qu'ils sirotèrent voluptueusement en attendant le retour de Pradal.

— Je vous ferai visiter l'atelier à la pause de midi pendant que les filles seront au réfectoire. C'est tellement plus supportable quand les machines sont à l'arrêt. Sinon, on en ressort avec une migraine assurée, se plaignit Gabrielle.

Félix levait un sourcil étonné. Certes, l'atelier principal de La Bâtie Neuve était bruyant lorsque les cent vingt *guindres* menaient leur infernal carrousel, néanmoins les chansons des fileuses couvraient largement leur bruit. Et jamais son amante ne s'était plainte d'un tumulte invivable. Évoquer Niévès dérida son visage. Qu'elle était belle et ardente, si merveilleuse dans l'amour, si naturelle quand elle se donnait, si canaille quand elle demandait sa part de plaisir! Douée pour la vie, pour l'amour, pour la volupté. Il n'en connaissait pas d'autres réunissant ces trois aptitudes. Niévès était unique.

Gabrielle intercepta cette évocation. Elle le ramena à la réalité d'une voix compatissante:

— Pour me rendre service, vous avez délaissé une amoureuse à Saint-Ambroix.

— Oui!… Euh non… bredouilla-t-il.

— Plusieurs alors! Cela ne me surprend pas.

— Non, ne croyez pas cela, madame…

— Tss tss tss, bannissez ce madame. J'ai l'impression d'être une douairière! Ne sommes-nous pas sensiblement du même âge?

Un sacré toupet, cette Gabrielle! Ou bien une ingénue? Elle avait flatté Lorraine de cette même phrase et rééditait la comparaison avec Félix, mais le galant de Niévès ne prit pas garde à ces roueries de coquette. Il promit de bannir entre eux le «madame» un peu trop pompeux au profit d'un prénom qu'il dit être charmant, mais précisa:

— En aparté seulement. Mon père est intraitable en présence du personnel devant lequel nous devons garder nos distances, c'est aussi une sorte de respect à l'égard de nos employés que j'approuve.

— Je reconnais bien là monsieur Roustan des Fontanilles. Un homme d'une dignité exemplaire qui…

La porte s'ouvrit sur Pradal qui avait rangé les affaires de Félix dans le tilbury à capote de sa patronne; place était donnée au travail car d'un geste synchronisé les trois occupants de la pièce étalèrent chemises et dossiers. On entendit, dès lors, une mouche voler... quoiqu'un bourdonnement sourd montant de la rivière se mêlât à un cliquetis métallique, puissant et continu, qui leur parvenait, étouffé, de l'étage supérieur et du même palier.

La stridente sonnerie annonciatrice de la pause méridienne de l'atelier permit à Pradal de faire ses courbettes d'usage à sa patronne.

— J'espère que le repas, préparé avec soin par mon épouse, vous conviendra, madame Vésombre.

— Allez lui dire de mettre le couvert, nous viendrons après que j'aurai montré nos ateliers à monsieur Roustan.

Pradal comprit qu'il n'était qu'un gêneur et disparut aussitôt. Gabrielle, alors, invita Félix à la suivre dans un étroit et long corridor fermé tout au bout d'une porte pleine donnant dans un immense quadrilatère, le premier atelier. Là, le jeune homme fut saisi par l'atmosphère particulière qui transformait ce lieu en véritable étuve.

— La température ne doit pas descendre au-dessous de 25 degrés et le taux d'humidité avoir une constance de 85 %, crut bon d'expliquer Gabrielle qui, en une année de veuvage, avait tenté de rattraper ses lacunes en matière de moulinage.

Une vue de l'ensemble permit à Félix d'apprécier les hautes baies vitrées qui diffusaient pertinemment un jour latéral, d'évaluer les différentes étapes du moulinage, au nombre de quatre, grâce à leurs postes correspondants et leur équipement spécifique.

— Du bon matériel, apprécia-t-il, caressant comme s'il était connaisseur tavelles et roquets.

Puis, levant les yeux sur la circonvolution d'un escalier de bois, il demanda :

— Et là-haut ?

— Une seconde salle quasiment identique, précisa Gabrielle qui ne crut pas utile d'en proposer la visite.

En revanche, elle prit la peine de lui expliquer la configuration de La Grèse, ce gros cube rébarbatif de quatre niveaux, le sous-sol où se trouvaient la cuisine et la cantine du personnel, flanquées de la salle des turbines, en sorte que les moulineuses ne jouissaient jamais d'un reposant silence, hormis la nuit dans leur dortoir sous les toits.

Puis, revenant à son bureau, la veuve Vésombre s'enroula dans sa pelisse et recommanda à Félix de se couvrir tout en expliquant :

— Derrière La Grèse, se trouve la maison natale de mon défunt époux. Pour tout vous dire, un tombeau, mon cher ! Austère, sans confort, glaciale hiver comme été, je garde un souvenir horrible des deux premières années de mon mariage où j'ai cru mourir de froid. Dieu merci, à la naissance de Victor, Vésombre céda à mes prières et fit l'acquisition d'une maison en ville.

L'objet haï se dévoila enfin, en partie dissimulé par La Grèse et un fouillis de frondaisons à l'évidence hostiles à l'art topiaire si cher à Auguste-César, tant pour Les Fontanilles qu'à La Romance. La Romance ! L'évoquer seulement, c'était revoir Niévès et cela rendit Félix rêveur, un sourire béat transforma son visage.

— Ne me dites pas, Félix, qu'un esthète comme vous trouve une once de charme à ce mausolée de pierre? se méprit Gabrielle.

— Des fleurs… peut-être… embelliraient cette vénérable demeure, bredouilla-t-il, pris au dépourvu.

— Les fleurs privées de soleil s'y étioleraient comme les jeunes femmes… Enfin, l'épouse de Pradal consent à y vivre, soupira Gabrielle, puis elle ajouta : Ne vous attendez pas, mon ami, à des mets raffinés, ni à un service de qualité. Ces gens-là sont des rustres mais ils me sont restés fidèles dans mon malheur et pour cela, ils méritent ma considération.

— Et pour autant que j'ai pu en juger ce matin, ce monsieur Pradal manie le chiffre avec rigueur de la même manière qu'il dirige le personnel, semble-t-il. Ne manque-t-il pas… disons, de souplesse?

Gabrielle pinça les lèvres avec dédain :

— Il est des leurs et son autorité fait loi. Ce qui ne serait pas le cas s'il avait pour interlocuteurs nos soyeux du Rhône ou de la Loire, comme me l'avait fait remarquer monsieur votre père. C'est ainsi que je m'en remets à lui pour nos transactions commerciales… et maintenant à vous qui venez si aimablement à mon secours.

Félix se fendit d'un sourire ambigu. La jeune femme en faisait un peu trop à son goût dans ses assauts d'amabilité, mais à tout prendre, il préférait cela à un comportement hostile. Il se prit à penser que son séjour ne serait peut-être pas aussi insipide qu'il le redoutait !

Le soir même, dans la chambre que lui avait dévolue Gabrielle – sa pièce préférée, lui avait-elle avoué en minaudant–, une bonbonnière tapissée de cretonne fleurie sur un fond raspberry, tout comme les rideaux, le jeté de lit, les sièges et dossiers des fauteuils, Félix tentait de cerner la véritable personnalité de la veuve Vésombre.

Dans sa maison de la place du Maréchal-Suchet qu'on devinait agencée par son goût délicat, Gabrielle était enfin à sa place. Il la trouvait parfois précieusement surannée et à d'autres moments la légèreté de ses vingt-huit printemps l'emportait vers une juvénilité primesautière.

*   *
*

Félix ne se doutait pas qu'à l'heure où il devisait galamment avec son hôtesse, Lorraine, tombant à son tour dans le piège élaboré par Auguste-César, poussait de hauts cris, saccageait le salon et enfin s'endormait, terrassée par l'injection du docteur Salles, à savoir un puissant alcaloïde. Il fut aisé ensuite, au regard des dégâts causés par sa furie dévastatrice, de soutirer au médecin une demande d'admission en hôpital psychiatrique. Sans aucun état d'âme, Auguste-César Roustan des Fontanilles s'abandonna aux bras de Morphée tandis qu'Antoine battait sa coulpe, torturé par la question lancinante de sa responsabilité:

«Qu'ai-je fait, mon Dieu, pour que nous en soyons arrivés là? Lorraine ne me le pardonnera pas! Ses parents non plus.»

En fait, ce qu'il redoutait par-dessus tout c'était la réaction de sa fille. Quel regard Eugénie porterait-elle sur cette navrante situation?

Une autre jeune personne, dans un logement retiré du domaine des Fontanilles, cherchait en vain un sommeil qui la fuyait inexorablement. Niévès frissonnait dans son lit, les bras de son Félix qui lui donnaient la fièvre avant de l'apaiser lui manquaient déjà. La veille, elle s'était retenue de questionner sa mère quand Milagro était revenue des Fontanilles les yeux humides et avait marmotté:

— *Pobrecito!* J'ai bien vu que ça ne lui faisait pas plaisir de partir au diable.

— Tu exagères un peu, Milagro, Largentière n'est pas si loin. Et ce ne serait pas juste que monsieur Auguste porte seul le souci de l'atelier du pauvre monsieur Vésombre.

— Monsieur Auguste a le souci et c'est mon Feliz qui est à la peine! *Dices tonterías*, Ramón!

Niévès avait espéré qu'avant de partir Félix trouverait le moyen de lui dérober un baiser, de lui adresser un clin d'œil, un petit geste discret de la main. Rien de cela n'avait pu avoir lieu et la journée lui avait paru interminable. Ce qui avait été propice à la réflexion et l'avait poussée à en déduire qu'elle devait continuer, le soir venu, de faire comme s'il était là, à l'attendre. Ses pas l'avaient alors menée tout naturellement à La Romance dont elle put pousser le portillon grinçant et s'asseoir sur un banc de pierre sous la charmille. Elle y grelotta tout le temps que durait, habituellement, leur rendez-vous. Pour oublier ce froid auquel elle était si sensible, il lui avait suffi de fermer les yeux et de s'imaginer lovée dans le sofa de shantung jaune paille, de sentir le souffle haletant de Félix si proche de son cou, d'accompagner ce songe de mouvements lascifs de tout son corps pour une communion parfaite avec l'être aimé.

Le charme rompu par des bruits familiers qui rythmaient la vie à Saint-Ambroix – la cloche de l'église, le dernier train des métallos descendant de la vallée de l'Auzonnet, les grincements du charreton de Téléma, le chiffonnier qui ne sortait qu'à la nuit tombée – lui avait fait prendre ses jambes à son cou et rejoindre le logis familial, une minute avant que son père n'arrive à son tour.

Et elle était là, comme amputée d'une partie d'elle-même, désemparée, fiévreuse et veillant à dissimuler à ses parents les quintes de toux d'une bronchite qui réapparaissait chaque année, comme le « mal de bassine ».

Au lendemain d'une nuit qui l'avait vue alternativement grelotter et transpirer, Niévès avait pris la sage décision de ne plus s'exposer inutilement au froid dans le jardin de La Romance, sans pour autant couper avec cette liberté accordée du bout des lèvres, certes, mais pour laquelle son père ne posait plus ou peu de questions. Jeanne devait, coûte que coûte, rester son alibi.

— Je t'accompagnerai un bout de chemin ce soir et si tu veux nous pourrons lorgner les boutiques de la place aux Herbes, chuchota-t-elle pour être entendue d'elle seule.

— Toi, ton galant t'a quittée !

Il y avait comme un « je te l'avais bien dit » sous-entendu dans l'intonation que prit Jeanne.

— Tu es bête ! répliqua Niévès, déçue par son amie.

Ses yeux noirs soudain embués confortèrent Jeanne dans sa déduction, elle ne songea alors qu'à la consoler.

— C'est d'accord, on se remplira les yeux de belles choses. Promis. Je m'arrangerai avec les Thénardier.

C'était dire la considération qu'elle portait à ses oncle et tante, et au passage, l'intérêt qu'elle nourrissait pour la littérature, un plaisir hélas si parcimonieusement satisfait.

En dépit des efforts que Jeanne déployait à la distraire de ce qui semblait une rupture consommée, Niévès perdait chaque jour un peu plus son entrain ; elle n'avait aucune nouvelle de Félix. D'ailleurs, comment lui en aurait-il donné, sinon en lui écrivant, ce qui n'aurait pas manqué d'intriguer ses parents ? Déjà qu'elle leur causait du souci avec ses rhumes, ses catarrhes et son peu d'appétit.

— Tu ne tiendras pas longtemps le rythme à la filature si tu ne manges pas plus que ça ! l'avertit son père, aussitôt contré par Milagro qui trouvait des excuses à sa fille.

— Tant que son influenza ne sera pas guérie, elle n'aura guère faim, c'est ainsi, mais toi tu y connais *nada*, Ramón.

— Pas d'appétit, un caractère de cochon, ça fait beaucoup pour une grippe, beaucoup trop, voilà ce que je dis !

Niévès soupirait. Dieu, qu'ils étaient pénibles à toujours s'asticoter ! Son père et sa mère s'aimaient comme au premier jour, elle l'aurait juré, et ils passaient leur temps à de futiles chamailleries comme si elles étaient le ciment de leur couple. Elle savait qu'elle était une enfant de l'amour, de leur amour et qu'elle était la prunelle de leurs yeux. Ils aimaient leur fille comme un peintre aime son œuvre, mais de manière différente, Ramón le silencieux l'idolâtrait et pensait tout savoir d'elle. L'amour que Milagro portait à Niévès prenait racine dans l'instinctif, dans le charnel.

Mais qu'importait à Niévès cet amour dispensé sans restriction quand elle était privée de celui de Félix.

Non seulement la jeune fille ne se déridait pas en famille, et guère davantage en la compagnie de Jeanne, mais de plus elle traînait sa mélancolie à La Bâtie Neuve et les fileuses n'étaient pas les dernières à avoir remarqué son air renfrogné et sa susceptibilité à fleur de peau. Elle d'ordinaire d'agréable nature, quoiqu'il n'eût pas fallu la provoquer, se révélait particulièrement irritable.

Son insolence gouailleuse lui avait fait plus d'enne-mies que d'amies, excepté Jeanne. Normal, elle leur était supérieure en tout. En charme exotique, en dextérité, à quoi s'ajoutait une sorte de protection occulte de ses parents, eux-mêmes fidèles employés de monsieur Auguste. La coquine en jouait, en abusait peut-être, depuis que ses amours secrètes lui faisaient comme une sorte de bouclier. De cela, madame Georges était au fait, elle le lui avait fait comprendre, l'avait mise en garde et n'avait plus jamais abordé le sujet. Le changement de Niévès parut explicite à la contremaîtresse en chef qui se réjouit : le batifolage était terminé, les choses rentraient enfin dans l'ordre.

La discorde éclata la semaine précédant Noël, à la fin d'une harassante journée, imprévisible et violente tel un orage d'été. Madame Georges maintenait un rythme soutenu pour produire un nombre supérieur de flottes, afin de compenser le jour férié de la Nativité. Pour autant, il n'était pas question que le travail soit bâclé. Aussi l'excitation était-elle à son comble, que certaines fileuses évacuaient en plaisanteries grivoises allant jusqu'à la provocation pitoyable.

— Bouh, quel air chiffon ! Tu en fais une trogne, Etcheverría ! Tu ne digères pas d'avoir perdu ta couronne de reine des fileuses ?

La remarque railleuse était partie d'une travée à laquelle Niévès tournait le dos. La voix ne prêtait pas au doute, il s'agissait de la Goulue et la jeune fille se contenta de hausser dédaigneusement les épaules.

— C'est pas sa couronne qu'elle a perdue, mais son roi !

En écho à la précédente, l'allusion avait fusé d'une extrémité de rangée proche du petit podium où se tenait en sentinelle madame Georges. Vésuve, la rousse incendiaire, avait mis le doigt là où ça faisait mal et la riposte de Niévès, pour malvenue qu'elle fût, n'en exprima pas moins son exaspération. Elle se saisit de l'*escoubette*, l'indispensable petit balai qui servait à manier délicatement les cocons, et la lança de toutes ses forces en direction de Vésuve. Mal visé ! Ce fut madame Georges qui la reçut… par chance pour elle, sur l'épaule. Mais par malchance pour Niévès, l'*escoubette* traînait avec elle, comme une comète de Haley, un paquet de cocons enchevêtrés de fils, le tout mouillé, gluant, nauséabond. Un silence religieux

figea l'atelier jusqu'à ce que la contremaîtresse le
déchire en hurlant :

— Qui a osé faire ça ?

Tous les regards convergèrent vers Niévès. Bien
que tétanisée par son geste malencontreux, la jeune
fille ne cherchait pas à esquiver. Elle restait le regard
fixe, la bouche arrondie sur un *oh* terrifié et le bras
tendu. Madame Georges fonça vers elle, toute vindicte
dehors. Arrivée devant sa bassine, il sembla à Niévès
qu'elle avait grandi de vingt centimètres tant elle la
toisait de sa réprobation.

— C'est donc vous, Etcheverría, qui m'avez
empuantie de si odieuse façon ? Si l'odeur du cocon
vous plaît autant, alors ne vous en privez pas !

N'écoutant que son orgueil blessé et son exaspération, madame Georges se laissa aller à un geste
qui n'avait pas cours à La Bâtie Neuve et qu'aurait réprimé monsieur Auguste avec virulence.
Or, monsieur Auguste n'était pas là et la colère de
la contremaîtresse demandait un exutoire. Elle
empoigna avec force la tête de Niévès pour lui faire
plier l'échine et lui plongea le visage dans la bassine.
La jeune fileuse se dégagea prestement, s'arracha à la
poigne de sa tortionnaire à qui elle asséna une gifle
retentissante avant de s'enfuir de l'atelier pour rafraî-
chir son nez rouge et l'érubescence de ses joues au
contact de l'eau du cuvier.

Elle courut, courut à perdre haleine, droit devant
elle, en apparence sans but précis, tout le haut du
corps ruisselant et fétide. Elle courait dans l'air glacé,
cheveux défaits, mouillés, sans le moindre lainage qui
l'aurait protégée des bourrasques furieuses du vent
d'hiver déchaîné. La nuit était noire, elle trébucha

plusieurs fois, mais poursuivit sa course désordonnée jusqu'au but que seul son inconscient lui dictait, la capitelle où elle s'était donnée à l'amour.

— Félix ! Félix ! gémit-elle en s'affalant à même les pierres, s'écorchant mains et genoux.

Combien de temps resta-t-elle là à gémir, pleurer, trembler de tous ses membres, l'esprit confus ? Elle en avait perdu la notion, elle ne sentait plus le froid, sa douleur était devenue une litanie qui se résumait à un nom :

— Félix ! Félix ! Félix !

Elle n'entendit pas crisser les pierres sous un pas pressé, ne perçut pas la lueur faible et intermittente d'un briquet, pas plus qu'elle ne reconnut la voix sourde s'étonner :

— Il y a quelqu'un ici ? Montrez-vous !

Elle se releva faiblement sur un coude pour retomber aussitôt en geignant et crut alors être transportée aux cieux.

— Niévès ! C'est toi Niévès, mon amour ? Tu veux attraper la mort, ma folle chérie, ou bien sont-ce les grands esprits qui se rencontrent ? Je venais à tout hasard poser un courrier pour toi. Il n'y a pas deux heures que nous sommes rentrés et j'avais tant de hâte à te serrer dans mes bras.

Il l'avait en partie relevée et la réchauffait contre lui quand il sentit son corps s'amollir ; il chercha son souffle et ne le trouva pas. Non, ce n'était pas possible, Niévès n'allait pas mourir dans ses bras ! Sa courageuse fileuse, sa merveilleuse amante, sa rieuse Niévès ne pouvait lui faire cela, bien qu'il le méritât, il avait si peu pensé à elle durant son séjour en Vivarais ! N'avait-il pas, il voulait bien l'avouer, été conquis par le charme de son hôtesse ? Le temps que dura leur promiscuité, il était redevenu un séducteur redoutable qui n'avait pas rebuté Gabrielle Vésombre, sans que jamais l'un ou l'autre ne succombât à des élans tentateurs.

— Niévès, réveille-toi, je t'en prie, mon amour !

Il emprisonna ses lèvres, elles étaient brûlantes. Il devait la ramener à La Masson, puis il irait chercher le docteur Salles et le conduirait au chevet de sa petite perle.

L'étroit logement des Etcheverría était chaud et c'était une bonne chose. Félix hésitait à déposer son précieux fardeau encore inanimé sur le lit de ses parents quand la porte s'ouvrit à la volée.

— Te voilà enfin, misérable ! Où étais-tu allée te cacher après tes exploits, hein, mauvaise fille ?

L'incident de la filature s'était répandu comme une traînée de poudre et Ramón en avait glané des miettes, le nom d'Etcheverría courant sur toutes les lèvres. Il avait cherché sa fille qu'il devinait peu pressée de rentrer au bercail et se serait laissé aller à une nouvelle semonce si Félix ne l'avait retenu.

— Je viens de trouver Niévès inanimée derrière La Masson, elle a dû faire une chute et ne reprend pas connaissance. Je vais chercher le docteur…

— Ne vous donnez pas cette peine, monsieur Félix. Si vous voulez nous rendre service, rentrez aux Fontanilles et demandez à Milagro d'accourir.

Le ton était empreint de déférence, celle due au fils du patron, mais nullement de sympathie. Tout juste masquait-il l'aversion que Ramón Etcheverría nourrissait pour l'enfant gâté, pour le petit mignon autrefois confié à son épouse. Félix ne put qu'obtempérer, mais il se permit de réitérer à Milagro la nécessité d'un avis médical.

Il n'y avait pas une once de condescendance, ni l'ébauche d'une aumône quand il lui glissa à l'oreille :

— Ne te mets pas en peine, Milagrita, je réglerai les honoraires du docteur. Il faut soigner notre chère Niévès.

* *
*

Auguste-César rentra tard aux Fontanilles. Il arborait sa tête des mauvais jours car, bien qu'absent de La Bâtie Neuve depuis le matin, il était déjà, quoique vaguement, au fait d'un pugilat qui avait troublé le travail des fileuses.

Il n'en savait pas plus et se doutait qu'il n'en saurait pas mieux, les filles, pour être jalouses, mesquines et malveillantes entre elles, n'en étaient pas moins solidaires. Seule madame Georges lui servirait sa version qu'il devinait à l'avance édulcorée, certainement tronquée et surtout à son avantage.

Il aurait à statuer sur le sort d'une de ses employées et sans en connaître le nom, il savait que ce serait pour lui un désagrément que de sévir. En tout cas, il éviterait le renvoi pur et simple, ce n'était pas dans ses pratiques.

Des conversations animées venues du salon, un babillage nourri fusant du corridor et le couvert dressé pour six personnes déridèrent le maître-filateur. Ainsi, son invitation était suivie d'effet. Il se félicita d'avoir eu cette fameuse idée de convier Gabrielle

Vésombre à venir passer les fêtes de fin d'année aux Fontanilles.

Faites le voyage avec Félix, je serai plus tranquille de vous savoir chaperonnée durant ce long trajet. Votre petit Victor est très attendu de ma petite-fille et mes fils vous sauront gré d'illuminer de votre jeunesse et de votre charme inné notre vieille bâtisse un peu trop en sommeil.

Ils étaient donc arrivés à trois, Gabrielle, Félix et le petit Victor, en plus de l'impressionnant bagage de la jeune veuve qui se dépouillait, jour après jour, des voiles, voilettes, guimpes, berthes et autres châles noirs ou gris.

Derrière les fenêtres des maisons s'ouvrant sur la place du Maréchal-Suchet, des dizaines de paires d'yeux avaient lorgné tout le temps que dura le chargement du tilbury. Le soir même, les ragots allaient bon train. L'action ne se fit pas attendre.

Au lendemain du départ de la veuve Vésombre, la place du Maréchal-Suchet s'éveilla sur d'odieux graffitis dégradant la façade de sa bonbonnière.

« Vicieuse ! Roulure ! » pouvait-on lire avant que la petite bonne ne s'escrime à faire disparaître ces infamantes épithètes.

11

Hiver 1903

« La tuberculose ! La tuberculose ! » se chuchotaient-ils, une main prudente sur la bouche.

Certes la prudence était de mise face à cette maladie qui véhiculait la peur et la honte. Peur de la contagion, c'était une sournoise. Sentiment de honte à prononcer son nom tant on la disait liée à « des êtres brûlants de passion ».

Les uns en parlaient avec des airs entendus, d'autres à qui elle était inconnue, avouaient leur incompréhension.

— La tuberculose, c'est quoi ?

— La phtisie, pardi !

— Oh pauvrette ! À peine vingt printemps…

— Foutaise ! Elle n'en a pas encore dix-sept.

— Respirer l'air fétide des *babos* ébouillantés, voilà ce que ça rapporte. Moi j'ai préféré que ma fille se fasse embaucher placière.

— Les vers à soie n'y sont pour rien, il paraît qu'elle a attrapé ça sur le char de la reine des fileuses. Le soleil, ça pardonne pas !

La place du marché bruissait de ces conversations qui, pour être morbides, se teintaient d'optimisme, rassuraient tout un chacun sur sa propre santé, permettaient d'y aller d'un conseil imparable :

— Moi, je sors jamais tête nue par grand cagnard !

— Surtout ne pas boire trop frais quand on est en sueur, c'est traître !

— Et puis, y a pas que ça ! Elles ont le sang chaud, ces filles de là-bas, y a qu'à voir leurs yeux de braise.

— C'est vrai, ça ! Une fieffée aguicheuse, cette Niévès !

Le sang chaud, le soleil, l'eau glacée, l'atmosphère pernicieuse de la filature... Tort ou raison, il y avait un peu de tout cela dans la maladie de Niévès Etcheverría, en plus des rhumes et bronchites à répétition peu ou pas soignés, des imprudences amoureuses dans la capitelle. Mais il y avait aussi et surtout le destin, *la mala suerte*, le mauvais sort, comme le déplorait Milagro, inconsolable depuis qu'elle avait dû laisser partir la chair de sa chair à l'hôpital-hospice de Saint-Ambroix.

Ramón avait serré les poings de colère quand le docteur Salles, amené par Félix en dépit de son refus, se pencha sur Niévès. Puis, suspendu au diagnostic du médecin, il pria pour que l'intervention de monsieur Félix vienne au secours de son enfant chérie.

Il ne quitta pas du regard le visage hermétique du médecin tout le temps qu'il ausculta, palpa, fit jouer un à un les membres de la jeune fille toujours inerte. Rien ne transparaissait, ni l'espoir ni le doute. Ni l'irrémédiable. Dieu merci !

Milagro, quant à elle, avait d'abord tourné autour du lit comme un taon, battant l'air de ses bras désolés d'impuissance, implorant la clémence de Dieu par l'intercession des saints du paradis espagnol :

— Santa Maria, santa Clara, santa Lucia, san José...

Sur une injonction muette du médecin, Ramón l'avait obligée à s'asseoir et à se taire ; elle avait obtempéré, résignée, ce qui ne lui était pas coutumier.

— Elle ne respire plus, fit remarquer Ramón que l'attente menait au bord du découragement.

— Si c'était le cas, je n'aurais plus rien à faire ici ! laissa tomber sèchement le docteur.

Puis, conscient du tourment des parents, il se radoucit :

— Certes, le souffle est faible, la pression artérielle à peine perceptible, mais le cœur ne présente pas d'arythmie, encore que l'obturation des poumons soit manifeste.

Ramón et Milagro ne comprenaient rien à ce galimatias. Et puis, ô miracle ! Niévès, émergeant de sa profonde léthargie, prit une profonde inspiration qui se transforma en quinte de toux et la fit suffoquer.

— Donnez-lui un mouchoir ! ordonna le médecin. Il faut qu'elle expectore.

Devant le regard vide et l'inertie du couple, il gronda :

— Vous n'avez pas compris ? Un mouchoir ! Il faut qu'elle crache !

D'un même geste prompt, Ramón et Milagro tendirent un mouchoir, l'un à carreaux et chiffonné, l'autre tout blanc et soigneusement plié. Le docteur Salles se saisit de celui de Milagro, le plaça devant la bouche de Niévès pliée en deux et de l'autre main tapota, par touches sèches, le dos en sueur de la jeune fille. Elle expectora, comme le prévoyait le docteur, et s'abattit enfin sur son oreiller, suante, épuisée mais enfin libérée de ses encombrements.

Le mouchoir blanc de Milagro, maintenant strié de filaments rouges, révélait un diagnostic dont l'annonce était difficile. D'ailleurs, le médecin se contenta de décréter :

— Je vais devoir hospitaliser votre fille…

Un complément d'explication, des mots en vrac. Milagro, crucifiée, ne les perçut qu'à travers du coton.

— Contagion… Mal du siècle… Radioscopie pulmonaire…

* *

*

Les Fontanilles ne montraient pas le visage que Gabrielle Vésombre leur avait connu lors de son précédent séjour au mois d'août. Les raisons étaient nombreuses à l'atmosphère plombée qui les faisait ressembler au château assoupi de la Belle au bois dormant.

La plus criante en était l'absence de Lorraine, la belle orchidée qu'on avait plongée en hibernation, en marge d'une société qu'elle scandalisait par un anticonformisme jugé de mauvais goût.

— Un retrait volontaire. Ma belle-fille était allée au-delà de ses forces en menant une vie… disons… un peu trop mondaine, confia Auguste-César à la jeune veuve qui s'étonnait de cette éclipse.

À Félix, il servit une version qui ressemblait à une mise en garde :

— Ère nouvelle. Modernisme. Liberté. De jolis mots, mais de moins beaux effets. Ta belle-sœur en oubliait le sens de la famille, du respect et de la bonne éducation. Je dirais même qu'elle perdait la raison. C'était plus que je pouvais tolérer sous mon toit, beaucoup plus qu'un nom comme le nôtre est à même d'endurer.

Mise en garde qui se noya au fond du puits d'angoisse et de remords qui tenaillaient le jeune homme.

Ainsi donc, le séjour enchanteur que Gabrielle avait espéré allait se résumer à quelques jours d'ennui en compagnie de trois âmes tourmentées ? Quatre avec Milagro si l'on s'autorisait à mélanger les torchons avec les serviettes. Et ce n'était certes pas la moins chagrine. Pour autant, elle assurait son service aux Fontanilles, malgré les souhaits de son époux qui la priait de prendre un peu de repos.

— Rester ici *porqué* ? Me lamenter ? Si encore on me permettait de voir ma fille !

— Tu le sais, pour le moment les visites sont interdites. C'est mieux pour elle, elle se repose.

— Pas avoir sa mère pour veiller sur son sommeil, c'est mieux pour elle ? *Dices tonterías, Ramón !*

Les discussions finissaient toujours ainsi avec Milagro, alors Ramón se conformait à sa décision et, à dire vrai, la comprenait. N'était-il pas dans le même cas, à préférer son travail à La Bâtie Neuve plutôt que se morfondre à la maison ? Ressasser les événements qui avaient conduit sa fille à l'hôpital ? Car il savait ! Il savait tout ! Ou presque.

Pour cela, il ne s'était pas contenté de quelques allusions glanées ici et là. Le mieux n'était-il pas de cuisiner Jeanne ? Ce qu'il avait fait, attirant l'amie de sa fille à l'écart des fileuses et la priant, puis la pressant et enfin exigeant un rapport exact des faits. Au terme d'un récit entrecoupé de sanglots, il lui sembla que Jeanne s'était libérée et son soulagement allait de pair avec le sien. Certes le geste de Niévès n'était pas glorieux, mais il en aurait ri si elle avait réglé ses comptes en dehors de la filature ; sa maladresse aussi était malencontreuse, encore qu'en son for intérieur il criât « Bien fait pour cette vieille bique de madame Georges », qui se prenait parfois pour la patronne. Là où le bât blessait, là où son amour attentif de père accusait un sacré coup, c'était bien la cause. Un galant ! De plus, un galant qui en prenait à son aise avec les sentiments de sa fille !

— Qui est ce petit merdeux qui lui a brisé le cœur ?

Ramón avait pris Jeanne aux épaules et la secouait d'importance. Pauvre Jeanne qui répondait, désolée :

— Je vous le jure, monsieur Ramón, je n'en sais rien !

— Mais tu as bien dû la voir en sa compagnie ?

— Jamais, je vous le jure !

— Arrête de jurer !

Les pleurs de Jeanne redoublaient et Ramón cessa de la secouer, la jeune fille avait de tels accents de sincérité ! Il s'en voulut de l'avoir malmenée.

— Je te crois, petite, je sais que tu me le dirais…

— Je vous le ju…. Euh, je vous promets, non seulement je ne l'ai jamais vu mais Niévès n'a jamais prononcé son nom. C'est son secret et je le respecte.

Ramón avait laissé partir la fille. Après mûre réflexion, il décida de ne rien dire à Milagro. C'était à lui, maintenant, d'être le gardien du secret de sa fille. Quant à la sanction qui, inévitablement, tombe-rait, il disait « s'en foutre royalement » pourvu que Niévès guérisse.

En ce sens, ses pensées rejoignaient celles de son patron. Auguste-César n'avait pas jugé bon de statuer sur le sort d'une de ses employées alors qu'elle était entre la vie et la mort. Il le devait à Milagro pour le souffle de vie qu'elle avait insufflé à son fils, il le devait à Ramón son lieutenant de l'ombre, cheville ouvrière de La Bâtie Neuve et horticulteur émérite..

Ne le devait-il pas aussi à Félix dont la mine soucieuse le peinait ? Il aurait tant voulu qu'il fût à nouveau joyeux, plus particulièrement grâce à la présence de cette jeune veuve, une épouse idéale pour lui. Toutefois, il se promit de ne rien brusquer, afin que ces deux-là apprennent à mieux se connaître et à s'apprécier.

En attendant, celle qu'Auguste-César considérait déjà comme la bru parfaite, encore que l'atelier de moulinage Vésombre ne fût pas pour rien dans ce choix, se sentait importune dans cette maison où tous traînaient leurs soucis ou leur peine.

Antoine offrait malgré lui une mine de déterré. Depuis l'internement de Lorraine à Montfavet, il avait pu la visiter une fois. On lui avait assuré que son comportement était devenu paisible. Ce fut un cauchemar.

— Misérable, tu oses venir me voir ! s'était-elle écriée en se jetant sur lui et en tambourinant sur son torse de ses poings.

Il avait tenté de la calmer, de lui parler de leur fille, d'évoquer un prochain retour aux Fontanilles, elle rejetait en bloc tout ce qu'il lui faisait entrevoir.

— Me calmer ! hurlait-elle. Me calmer ! Jamais ! Plutôt mourir que revenir à ces maudites Fontanilles où ton père me toise de son dédain, moi une fille de banquier ! Les Roustan, je vous hais, je vous hais tous ! Surtout, ne reviens plus me voir !

— Tu ne veux plus des nouvelles d'Eugénie ?

— Eugénie ? Qu'a-t-elle à faire d'une mère folle ? Parce que pour vous je suis folle, hein ? Folle à lier !

Il était reparti, démoralisé, de la maison de soins : il l'aimait encore, sa déraisonnable Lorraine, et depuis, il s'abrutissait de travail quand il ne se penchait pas sur les premiers cahiers de sa fille. La petite-fille d'Auguste-César Roustan des Fontanilles faisait honneur au clan avec les bonnes notes qu'elle rapportait de la communale où elle avait mis les pieds, pour la première fois, au mois d'octobre.

Encore un sujet de discorde, Lorraine ne jurant que par l'école du Palais à Alais où l'on instruisait les filles de bonne famille, Auguste-César affirmant que lui vivant, tout ce qui portait le nom de Roustan des Fontanilles fréquenterait l'école communale de sa cité.

En fait, ne restaient que deux joyeux lurons pour détendre l'atmosphère : Eugénie et Victor jouant à cache-cache dans toute la maison, courant au beau du jour dans le parc et le soir s'endormant, recrus, devant la cheminée.

Un soir, Auguste-César rentra aux Fontanilles le visage détendu et s'enquit de Milagro.

— Je suis là, monsieur !

Quatre à quatre, elle descendit les marches de l'escalier et courut au-devant du filateur, persuadée qu'il était porteur de nouvelles concernant Niévès.

— Demain tu pourras aller voir ta fille, lui annonça-t-il, en souriant et en posant sur son bras une main bienveillante.

— *Es verdad?* Monsieur dit vrai? Oh quel bonheur! Alors Niévès *está muy bien*?

— Oh là là! Tu n'imagines pas la ramener chez toi, j'espère? C'est trop tôt, bien trop tôt pour y penser. Je dois t'avertir que tu ne pourras pas l'approcher, pas encore.

— Pas même l'embrasser?

— Tu veux attraper sa maladie et nous contaminer tous?

Milagro baissa la tête. Elle retenait ses larmes, déçue, et parvint à demander:

— Ramón pourra venir avec moi?

— Bien sûr, je lui ai donné congé pour demain.

Félix, toujours à l'écoute dès qu'il était question de Niévès, buvait comme du petit-lait la nouvelle annoncée à Milagro. Demain, il lui confierait un bouquet de fleurs pour sa belle, dans lequel il glisserait un petit mot d'amour. C'était tout ce qu'il pouvait faire et il s'en désolait.

Gabrielle Vésombre rongeait son frein. Son séjour aux Fontanilles ne comblait pas ses attentes et Auguste-César, en dépit de ses efforts, ne parvenait pas à susciter une ambiance joviale.

Elle voulait bien admettre que l'absence de Lorraine plombât sérieusement l'atmosphère, mais que la maladie d'une petite employée de la filature, fût-elle la fille de fidèles domestiques, tourneboulât à ce point père et fils Roustan lui était incompréhensible. Était-elle la cause, cette insignifiante ouvrière, de sa complicité perdue avec le beau Félix? Elle ne pouvait y croire un seul instant, tout en regrettant leurs savoureuses soirées dans sa douillette bonbonnière de Largentière.

Aussi songeait-elle de plus en plus à retourner chez elle pour en mieux repartir. En effet, Auguste-César lui avait donné à comprendre la nécessité d'une rencontre informelle, en début d'année, avec ses comptoirs lyonnais.

— Une visite de courtoisie évoluant vers des perspectives commerciales n'est pas à négliger, lui avait-il suggéré.

Puis il lui avait tendu un dossier en expliquant :

— À ma demande, Félix vous a préparé un argumentaire destiné à chacun de vos clients.

Le feuilletant distraitement, Gabrielle avait maîtrisé à grand-peine un soupir.

— Eh oui, des chiffres, toujours des chiffres! Je sais que tout cela n'a rien de romantique. Que voulez-vous, ma chère Gabrielle, c'est notre lot à nous qui ployons sous d'écrasantes responsabilités.

La jeune femme avait acquiescé, monsieur Auguste était toujours de bon conseil. Elle en était là de ses réflexions quand elle entendit Félix lui proposer :

— Que diriez-vous, Gabrielle, si je vous présentais Bérangère?

— Mais je croyais que… bredouilla la veuve, parfaitement au fait de la brouille familiale.

— Mon père et mon frère ne savent pas ce qu'ils perdent à tourner le dos au couple que ma sœur forme avec Martial Keller; moi, je laisse parler mon cœur et en cela je suis imité par Eugénie. Ma jeune nièce adore sa tante, de même qu'elle s'est entichée de votre fils ; ce serait bien s'il nous accompagnait à La Térébinthe.

— Eh bien, allons-y tous de concert en espérant que monsieur Auguste n'en prenne pas ombrage.

Le sourire entendu de Félix aurait pu la rassurer, l'idée venait en fait de son père, conscient de l'ennui de la jeune veuve. De plus, le couple Keller avait bonne presse, les affaires de ce gendre non agréé avaient le vent en poupe et la vie généreuse et discrète de sa fille en avait fait la « bonne dame de l'Auzonnet ». À certains moments, le filateur détestait son incommensurable orgueil qui l'empêchait de faire le premier pas vers une réconciliation.

Félix avait obéi de bonne grâce, une fois n'est pas coutume, d'autant que l'idée germait de fausser compagnie aux jeunes femmes et de courir à l'hôpital afin d'obtenir le droit de visiter sa chère malade. Ce qu'il fit au beau milieu de l'après-midi, en pure perte, hélas, un aréopage de médecins et infirmières ayant envahi sa chambre.

— Ne restez pas ici, monsieur ! le pria-t-on fermement. Vous ne pourrez pas voir mademoiselle Etcheverría aujourd'hui, elle a été prise d'étouffements subits. Revenez une autre fois.

Comme si c'était facile avec un père omniscient ! Il retourna, déçu, auprès de ces dames qui papotaient chiffons. La réserve empressée de Bérangère avait répondu à l'alacrité de la jeune veuve, le raffinement de l'une trouvant un écho dans l'afféterie désuète de l'autre.

Les deux femmes s'étaient découvert, dans la confidence, plusieurs points communs, toutes deux mariées sans amour, veuves sans regret et si l'une s'épanouissait dans une nouvelle vie maritale basée sur les élans du cœur, il était aisé d'imaginer que l'autre n'aspirait qu'à cela.

— Félix, ramène-moi cette charmante jeune femme au plus tôt, ainsi que ces enfants qui sont des anges.

— Dès demain si tu le veux, et si Gabrielle le souhaite ! s'empressa Félix.

Le lendemain, avec le brougham et la bénédiction de son père, Félix conduisit Gabrielle à La Térébinthe pour s'éclipser au milieu de l'après-midi. Hélas, une affichette punaisée sur la porte de Niévès l'attrista. « Visites interdites ». Elle allait donc plus mal, sa gironde fileuse, sa passionnée fleur d'amour ! Il ne se résolvait pas à partir sans entendre des paroles de réconfort. À rôdailler autour de la porte, il la vit enfin s'ouvrir sur une infirmière qui sortait de la chambre ; il s'y immisça promptement et fut saisi d'effroi. Sous une sorte de cloche transparente gisait sa petite fée qu'on aurait dite fossilisée. La peau de son visage pas plus gros qu'un poing fermé, aussi blanche que les draps, épousait l'ossature de ses mâchoires, de ses pommettes, de ses orbites. Tout le reste du corps disparaissait, sans relief, sous l'épaisse couverture que soulevait imperceptiblement sa respiration malaisée.

Tétanisé, Félix n'entendit pas l'infirmière qui revenait au chevet de la malade et l'exhortait à sortir de la chambre.

— Vous ne savez pas lire, monsieur ? Sortez d'ici, vous n'avez rien à y faire !

Il obéit, tout d'abord à pas hésitants, puis détala à toutes jambes, fuyant la mort qui emportait sa si jolie Niévès. Déjà il ne restait plus rien de son affriolante beauté, plus rien de son exubérante vivacité, plus rien de ses éclats de rire, presque plus rien de sa vie.

Il était sonné en arrivant à La Térébinthe et, sans explication, pressa Gabrielle et Victor de rentrer aux Fontanilles. Il fallait qu'il voie Milagro, une même douleur serait plus supportable à deux. Tôt le matin avant de prendre leur service, elle ou Ramón courait à l'hôpital pour savoir comment leur fille avait passé la nuit. L'espoir d'un recul de la maladie, qui leur avait permis de la visiter, n'avait été qu'un feu de paille avant une plus virulente offensive.

Milagro pleura dans les bras de Félix tandis que le jeune homme laissait couler ses larmes silencieuses dans sa chevelure prématurément blanchie. Il était incapable de prêcher l'espérance, d'inciter à la confiance ; lui-même ne croyait plus, n'espérait plus. Il avait vu la mort planer au-dessus du lit de Niévès.

Il fallait en finir, Auguste-César ne reconnaissait plus son fils dans ce garçon amorphe qui errait comme une âme en peine. Son Félix fait pour la joie se désolait sur un amour perdu qui, de toute façon, était un amour impossible. L'héritier présomptif épouser une fileuse, on n'avait jamais vu cela et, foi d'Auguste-César, quand bien même la donzelle réchapperait de la tuberculose, on n'était pas près de le voir !

Au terme d'un mois de janvier on ne peut plus maussade, Auguste-César crut avoir trouvé la parade.

— Je vais te demander un très grand service, Félix. Le sens des affaires échappe à Gabrielle, ce qui n'augure rien de positif de sa tournée lyonnaise. Je te confie la tâche de la chaperonner.

— Moi, père ? demanda mollement Félix, ballotté comme une feuille au vent.

— Oui, toi ! Elle ne se sentira pas surveillée avec un jeune homme de sa génération. Va, fils, fais du bon travail et prends du bon temps, tu en as besoin autant que Gabrielle. Je t'ouvre un crédit… disons, illimité.

— Quand voulez-vous que je parte ?

Auguste-César leva un sourcil étonné, une telle passivité de la part de Félix, cela lui ressemblait si peu. Le jeune homme avait vraiment besoin d'être galvanisé.

— Demain, après-demain, c'est à toi de voir. Tu prendras le train et à Lyon tu te déplaceras en coche.

— Pourquoi pas en fiacre automobile ? J'ai bien envie d'essayer. La Licorne Corre de mon beau-frère a vraiment de la gueule, bien que ma sœur refuse d'y monter.

Félix se troubla, il n'était pas bon de parler de sa sœur devant le patriarche et il s'étonna de son demi-sourire. Auguste-César se réjouissait qu'un sujet, enfin, intéresse Félix, fût-il celui de l'automobile, une modernité qui n'avait pas ses faveurs. D'ailleurs, le jeune homme poursuivait :

— Cela m'étonne qu'Antoine n'ait pas cédé à la nouveauté. C'est vrai que lui et la mode…

— Détrompe-toi. Ton frère ne tourne pas le dos au progrès, il est seulement plus prudent que d'autres et préfère attendre que ces pétaradants engins aient fait leurs preuves.

*   *

*

Après «la colline qui travaille» qu'ils n'avaient pas négligée, «la colline qui prie» avait suscité leur intérêt. Bien que tous deux de confession réformée, c'est avec respect que Gabrielle et Félix avaient remonté la nef de style rayonnant éclairée des hautes verrières de la cathédrale-primatiale Saint-Jean jusqu'à la monumentale horloge astronomique, l'horloge aux petites cloches, qui se manifestait par un jeu d'automates réglé au millimètre.

Ils avaient pris, non sans l'appréhension de Gabrielle, *la ficelle,* un funiculaire qui les avait hissés jusqu'à la basilique de Fourvière, et traboulé[1] comme le faisaient les gones depuis le Moyen Âge. Puis la ville commerçante les happa, les prit dans ses rets avec une telle puissance de tentation que Gabrielle en oublia d'être raisonnable et que Félix oublia... tout court!

— Avez-vous vu, Félix, cette robe vert Nil de style Empire? Elle est sublime! Regardez! Elle est signée Jeanne Paquin, une créatrice d'avant-garde. Nous en parlions naguère avec votre sœur. N'est-ce pas magique?

— Voulez-vous l'enfiler, Gabrielle?

Déjà conquise, elle battait des mains, certaine que l'essayage tournerait à son avantage.

— Je prends! s'exclama-t-elle en sortant de la cabine où une vendeuse n'avait eu qu'à marquer l'ourlet.

— Si l'on y ajoutait cette étole d'inspiration japonaise? Un cadeau, Gabrielle. Acceptez, je vous prie.

---

1. Aller d'une rue à l'autre via des passages dissimulés. Verbe créé au XIXᵉ siècle par un certain Nizier de Puitspelu.

— À quel titre le ferais-je?

— En gage de ma tendre affection. Vous m'avez redonné le goût de vivre.

— Alors je l'étrennerai pour vous si vous m'emmenez danser au Lyon Vert. Vous savez, le casino de Charbonnières?

Le Lyon Vert les vit à plusieurs reprises et donna à Félix le plaisir d'enlacer, le temps d'une valse voluptueuse ou d'un tango lascif, le galbe parfait de sa cavalière. Gabrielle incarnait la vie et Félix aimait la vie, par-dessus tout! La mort n'avait jamais fait partie de son existence, ni de ses préoccupations, il ne l'avait jamais côtoyée avant de la recevoir en plein visage, en plein cœur, pour avoir franchi le seuil de la chambre de Niévès. Elle avait occupé toutes ses pensées, éveillé des peurs inconnues, fait planer l'évidence qu'on était tous mortels, un truisme terrifiant jusqu'à ce qu'une décision bienvenue de son père balaie ses idées noires. Il lui en savait gré et ne manquait pas de le lui faire savoir en concluant ses lettres par un très sincère: «Je suis parti en fils obéissant, je te reviendrai en fils reconnaissant.»

— L'un n'empêche pas l'autre, se disait le maître-filateur en lisant les courriers de Félix.

Ils le rassuraient sur cet état de mélancolie qu'il avait vu s'emparer sournoisement de son fils chéri au gré des bulletins de santé de sa midinette.

Auguste-César n'avait aucun scrupule à jouer le marionnettiste avec Gabrielle et Félix, qu'il manipulait dans un but bien précis. Car, s'il caressait des projets matrimoniaux, ils ne le concernaient nullement comme l'avait supputé Antoine. L'amourette que son fils avait entretenue avec Niévès l'avait amusé un temps, puis, devant la tournure qu'elle prenait, il avait tranché dans le vif. Maintenant, en accord avec sa conscience, il veillait à ce que la fille de Milagro et de Ramón reçût les meilleurs soins, qu'il prenait à sa charge, et souhaitait qu'elle retrouvât un jour sa place à La Bâtie Neuve, la seule qui lui convînt.

Pour le moment, Niévès Etcheverría déconcertait le personnel de l'hôpital qui pourtant n'était pas confronté pour la première fois à cette maladie dévastatrice. Il arrivait qu'un jour Niévès s'étouffât comme s'il était le dernier de sa jeune vie et que le lendemain elle reprît pied dans le monde des vivants. La fièvre, elle aussi, jouait les montagnes russes ; elle atteignait des pics faramineux puis reculait jusqu'à répondre à la normale et les espoirs de ses parents subissaient les mêmes ondulations, tantôt réduits à néant, tantôt portés à la confiance : leur fille était faite pour la vie, c'était une battante ! Vaillants soldats, ils assumaient tous deux leur tâche, elle aux Fontanilles, lui à La Bâtie Neuve, sans faillir une journée, vouant à leur patron une reconnaissance éternelle pour l'intérêt qu'il portait à Niévès.

* *
*

Ils avaient sacrifié aux incontournables rendez-vous d'affaires, mais surtout avaient usé sans jamais se lasser des plaisirs dispensés par la grande ville ouverte au modernisme qu'impulsait le siècle nouveau.

Parce que Gabrielle redoutait que ses chapeaux s'envolent sur la plate-forme des cars Ripert, de nouveaux omnibus tirés par deux chevaux, Félix avait hélé plusieurs fois les voitures de louage que leur automédon lançait à près de vingt kilomètres à l'heure sur les quais de Saône.

— L'avenir, c'est l'automobile! C'est la vitesse! prônait Félix, enthousiasmé par la maniabilité de ces engins.

Toujours prête à le suivre en dépit du danger que représentaient ces bolides, Gabrielle ne s'était jamais dérobée jusqu'au jour où, comme émergeant d'un rêve, elle se souvint d'avoir un fils tandis qu'en écho Félix réalisait combien il avait été excessif sur la récréation accordée... autant que prodigue des deniers de son père.

— Ce soir, je vous fais défaut, Félix, je dois préparer mes bagages car je rentre demain à Largentière. Mon petit Victor me réclame et j'avoue qu'il me manque.

— Vous permettez que je vous accompagne, Gabrielle? Vous serez si chargée!

— Ce n'est pas de refus. Cela ne contrarie pas vos projets?

— En rien, en rien, je vous assure!

La veuve Vésombre ne risquait pas de passer inaperçue quand elle posa un pied sur le quai en gare de Largentière. Tout d'abord en raison de son incroyable chapeau, une profusion de plumes dans un camaïeu mordoré, piquées sur une sorte de cloche s'évasant sur les côtés à la manière d'un bicorne, le tout enveloppé d'une écharpe-voile qui lui emprisonnait la tête et le visage.

— Une excellente parade à ces maudites escarbilles qui font du plus agréable des trajets une véritable corvée, avait-elle donné comme explication à Félix qui, toujours taquin, s'étonnait de voyager avec une mouquère enturbannée.

Ensuite, par l'abondance de ses valises, panières et autres cartons à chapeau qu'un préposé du PLM n'en finissait pas de charger sur un chariot qu'il roulerait jusqu'à la place du Maréchal-Suchet. Enfin et surtout, en raison de ce chevalier servant que tout le petit peuple de Largentière reconnaissait pour être le fils Roustan des Fontanilles, celui que l'inconséquente avait hébergé quelques mois plus tôt.

De la gare à la ville, ce ne fut qu'un murmure qui allait s'enflant : la veuve est de retour avec son sigisbée !

En fait, les cancans auraient pu s'arrêter là si un courrier émanant d'Auguste-César n'avait contraint son fils à prolonger d'un jour ou deux son passage en Vivarais.

Assure-toi, mon garçon, du courrier relatif à l'atelier Vésombre. Pradal est digne de confiance, certes, mais cela n'empêche pas d'être circonspect avec ceux à qui l'on laisse, par trop, la bride sur le cou.

Professionnalisme d'un capitaine d'industrie ou machiavélique calcul d'un faiseur de ménages, qui le sait ? Mais astucieux briseur d'amourette, assurément !

Alors que Félix regagnait Saint-Ambroix après deux jours passés à Largentière, la veuve découvrit avec horreur la façade de sa maison de la place Suchet peinturlurée de graffitis nauséabonds dans ce qu'ils suggéraient. Et les calomniateurs n'en étaient pas restés là, l'atelier du pont de Grès se parait des mêmes outrageantes suppositions dont se gaussait le personnel amusé.

— Une chance que les filles ne se mettent pas en grève !

D'une phrase assénée sur un ton goguenard, Pradal, le fondé de pouvoir des ateliers Vésombre, voulait asseoir son emprise sur le personnel. Et pourquoi pas sur la veuve.

12

Avril, juillet et août 1903

— En somme, vous me demandez, père, de sauver l'honneur d'une femme et d'en plonger une autre dans le plus noir désespoir?

Félix résumait d'une phrase la proposition d'Auguste-César, qui n'avait d'autre but que la nécessité d'une union avec Gabrielle Vésombre.

Le filateur y avait mis les formes, ne désirant pas braquer le fougueux garçon qu'il savait encore épris de sa midinette. Laquelle filait, si l'on écoutait les ragots qui se colportaient, non plus la soie, mais du mauvais coton.

— Les gens de notre monde doivent se soutenir si nous voulons conserver notre place dans la bonne société, avait-il avancé comme premier argument, sitôt suivi d'un deuxième, non négligeable : un sauvetage qui ne manquerait pas de panache, ni d'agréments. Cette jeune personne est d'agréable tournure, d'esprit vif. Eh eh, tu ne t'ennuieras pas, fils !

Fort d'une reddition à brève échéance, le futur, déjà, remplaçait le conditionnel !

Félix résistait. En fait, il cherchait dans sa mémoire l'image rayonnante de Niévès à laquelle se substituait celle d'une presque morte sans formes ni couleurs gisant sur un lit. Il la chassait d'un clignement d'œil et enfin s'imposait le visage rose et poupin de Gabrielle, son buste appétissant sous ses caracos de soie.

Dans un sursaut de loyauté, il se livra à une confession qu'il n'avait pas préméditée.

— Celle que j'aime, père, lutte contre la mort. Ce serait lui donner le coup de grâce que de l'abandonner.

— Celle que tu aimes ou que tu croyais aimer?

— Je ne sais plus. Celle que j'ai aimée, en tout cas, et qui me le rendait bien. Je peux vous le dire, il s'agit de…

— Ne dis rien, Félix, dont tu aurais à rougir un jour.

— Rougir de mon amour de jeunesse? Jamais!

Félix s'emballait, il fallait calmer le jeu en douceur.

— Un amour de jeunesse, c'est bien de le reconnaître. Par définition, un amour de jeunesse n'est-il pas fait pour être supplanté par une inclination plus réfléchie qui ne demande qu'à se concrétiser dans les liens du mariage?

— J'avais promis le mariage à N…

— Une promesse inconséquente et tu le sais très bien! s'irrita le père devant l'obstination du fils.

Puis, à nouveau, il se radoucit pour lui porter l'estocade:

— Là où le décalage de niveau social creusait un fossé, la maladie érige un mur infranchissable.

— Pourtant Milagro m'a parlé d'une amélioration…

— Tout ce qu'on a pu lui dire n'est que pieux mensonge pour ne pas l'accabler. Sa fille, par mon intermédiaire, a une place dans un sanatorium à Briançon dès que le docteur Salles la jugera apte à supporter le voyage. Sa dernière chance, mais l'espoir est faible.

Félix restait abasourdi, les yeux perdus dans le vide ; un pli amer crispait sa bouche faite pour sourire.

— Sers-nous un peu de porto, Félix, les souvenirs laissent parfois trop d'amertume en bouche. L'avenir, lui, se dessine au fond du verre.

Des papillons sirupeux voletèrent toute la nuit devant les yeux clos de Félix ; s'il les scrutait intensément, ils prenaient forme et visage. À son réveil, celui qui ressemblait à Gabrielle était posé sur son cœur, les autres s'étaient dilués dans l'éther.

— Trois mois de fiançailles, c'est plus qu'il n'en faut pour organiser de belles épousailles, disons dans la première quinzaine de juillet.

— Vous allez vite en besogne, père ! Il faut tout de même l'assentiment de Gabrielle.

— Béjaune, va ! Tu n'as donc pas compris qu'elle en pinçait pour toi ? Au fait, pas de charivari[1] le soir des noces, qu'on laisse mon vieil ami Vésombre reposer en paix, la belle Gabrielle ne sera plus sa veuve, mais madame Félix Roustan des Fontanilles.

*   *

*

Une amélioration passagère, comme en connaissait l'état de Niévès depuis son hospitalisation et qui

1. En refusant le charivari, Auguste-César ne faisait que remettre en vigueur un arrêté du préfet d'Alphonse, du 7 fructidor an XII (25 août 1804) rarement respecté.

semblait s'installer dans la durée, permit d'envisager son départ à la maison de santé pour tuberculeuses tapie dans une sapinière de demi-montagne où l'air, disait-on, était pur.

Pour cela, un dossier médical complet – examens et soins à ce jour, autres pathologies, état général… – devait accompagner la malade, si bien que le corps amaigri de la jeune fileuse fut examiné point par point. Aucune évolution, en ce qui concernait les poumons, n'était à signaler, ni en bien ni en mal. Perte de poids stabilisée depuis un mois, en fait depuis qu'elle ne vomissait plus systématiquement tout ce qu'on la forçait à manger en plus de l'œuf frais que Milagro lui apportait à gober chaque matin.

La palpation de son abdomen creusa des plis soucieux au front du docteur Salles. Il avait bien une petite idée de ce qui lui avait échappé à ce jour et n'ignorait pas comment confirmer son doute. Il hésitait encore. Une toute jeune fille, presque une enfant, était-ce possible? Et s'il se trompait, n'allait-il pas la déflorer par un examen adéquat? Pris de scrupules, il fit venir une sage-femme qui, à son tour, palpa longuement Niévès.

Le regard qu'elle leva vers le médecin quémandait une autorisation qu'il accorda d'un imperceptible mouvement de tête. Objet d'investigations inhabituelles, le corps de Niévès se raidit à la main qui écartait délicatement ses jambes, aux doigts qui fouillaient son intimité. Les yeux fermés, elle gémit en murmurant:

— Quand donc me laissera-t-on tranquille?

Les mains indiscrètes enfin la libéraient. Le docteur Salles prit le bras de la sage-femme et la fit sortir de la chambre ; ensemble, ils gagnèrent son bureau.

— Alors ? demanda-t-il.

— Je dirais quatre mois, quatre et demi tout au plus, et je me trompe rarement, chuchota la sage-femme au médecin. Qu'allez-vous faire, docteur ? ajouta-t-elle.

Après une longue réflexion, il accompagna sa réponse d'un haussement d'épaules fataliste :

— Rien. Son état ne lui permettra pas de mener une grossesse à terme. À quoi bon lui donner de faux espoirs ?

— Elle n'a pas l'air de savoir qu'elle porte un enfant.

— Cela viendra bien assez tôt... si Dieu lui prête vie.

— À supposer que sa grossesse aboutisse, se pourrait-il qu'elle accouche d'un bébé tuberculeux ?

— D'après ce que dit la science à ce sujet, on ne peut être affirmatif, d'autant que le bacille est aérobie, il ne se transmet pas par le sang.

— Alors, pas un mot à la fille ? Ni à ses parents ?

— Pas un mot ! Le secret médical nous est parfois de grande utilité, cependant je suis tenu de noter ce « détail » sur le dossier qui va la suivre à Briançon.

Le surlendemain, après de longs adieux humides échangés avec ses parents, Niévès Etcheverría partit vers son destin, allongée dans un confortable coche de louage affrété par le maître-filateur, sous la bienveillante attention d'une religieuse en cornette, rompue à l'accompagnement des grands malades.

*   *

*

En ce samedi 11 juillet 1903, la chaleur n'avait pas rebuté les curieux, nombreux, qui avaient envahi la place du temple pour être au premier rang de ce qui représentait pour certains le mariage de raison de la filature Roustan avec le moulinage Vésombre, et pour les plus romantiques, l'embarquement pour Cythère de Félix et de Gabrielle.

Et comment ne pas croire à un mariage d'amour à voir les yeux émerillonnés des jeunes époux, éblouis de soleil autant que de cet amour qui avait mis si peu de temps à se révéler?

Afin que la noce soit parfaite, du moins dans son esprit, Auguste-César avait demandé à ce qu'Antoine sortît, comme un lapin de son chapeau, Lorraine de ce qu'il nommait pudiquement son établissement de cure. Avec force calmants à la clé, l'épouse d'Antoine avait certes l'air absent, la démarche flottante et le phrasé pâteux des gens pris de boisson, mais elle avait promis de ne pas faire d'esclandre et restait sagement dans le sillage de son mari.

Parce qu'il fallait compléter le tableau idyllique de l'unité familiale et que la présence de sa fille s'imposait pour donner le bras à Félix, Auguste-César avait joué le magnanime et prié Bérangère de rejoindre le giron des Roustan. Or, il lui avait précisé que son ferrailleur d'époux n'avait pas sa place à un mariage de soie; à quoi sa fille lui répondit que le maître des forges et elle déclinaient son invitation. Alors, un nouveau bristol arriva à La Térébinthe priant *Monsieur Martial Keller et Madame d'assister à la célébration du mariage de Félix Roustan des Fontanilles et Gabrielle Vésombre, ainsi qu'à la collation qui suivra dans le parc de la demeure familiale.*

Pour l'amour de son frère, ce petit Félix tombé à point nommé dans sa vie pour lui faire oublier les mauvais jours d'une union détestable, Bérangère avait fait allégeance. Elle avait d'ailleurs proposé d'accueillir Gabrielle à La Térébinthe afin que les futurs époux ne dorment pas sous le même toit et qu'ainsi la morale soit sauve. En ce jour de fête, elle n'avait d'yeux que pour Félix, partageait son bonheur tout neuf et lui souhaitait sans arrière-pensée une belle progéniture.

— Tu es beau, mon Félix, lui murmura-t-elle à l'oreille au moment des congratulations.

Il lui sourit avec tendresse, c'était bien une remarque de petite mère en adoration devant son fils. N'avait-il pas, le matin même, entendu une phrase identique de Milagro tout émue en lui présentant ses gants blancs et son gibus de soie ?

— Tu es beau, *Feliz mío* !

Il y avait une telle admiration dans sa voix, une telle douceur qu'il ne put s'empêcher de serrer longuement la menue lingère en la couvrant de baisers et lui susurrant :

— Milagro, ma petite maman, jamais je ne t'oublierai.

Milagro essaya de sécher ses larmes mais elles redoublèrent quand elle lui dit :

— C'est ma Niévès qui serait heureuse de pouvoir souhaiter tous les bonheurs *del mundo* à son *amigo Feliz* ! *Pobrecita*, elle est si loin de nous dans la montagne.

— Mais si proche dans nos pensées, Milagro ! Oui, très proche.

— Es-tu prêt, Félix ? Ne faisons pas attendre le pasteur !

L'appel pressant d'Auguste-César vint à point nommé pour dissiper le malaise du futur marié dont la conscience venait d'être involontairement tarabustée par Milagro.

— Je dois y aller, Milagro ! s'excusa-t-il en effleurant des lèvres la chevelure de la lingère.

— *Vete, hijo mío, y buena suerte !*

En aucune façon, Auguste-César Roustan des Fontanilles n'aurait opté pour le mariage sans grand tralala qui aurait convenu à la seconde union d'une veuve. Non, pas question ! Il fallait clouer le bec des médisants de Largentière et tenir son rang dans sa propre ville.

Aussi rien ne manquait pour éblouir le peuple avec un défilé en landaus découverts de la mairie au temple et force jets de dragées tout au long du parcours. Les invités, eux, découvrirent un parc fraîchement réaménagé par Ramón, à qui le filateur avait donné quartier libre. Plus de bosquets touffus où régnaient en maîtres ces buis rustiques et malodorants à la moindre rosée ; à la place, des parterres de fleurs qui recevaient les rayons du soleil à travers le filtre de la feuillée, des vases d'Anduze débordant de plantes retombantes. Si le parc des Fontanilles avait perdu de sa solennité, il avait gagné en raffinement.

Dans la lingerie dont la fenêtre ouverte faisait entrer l'air, mais aussi les conversations, les rires et la musique, Milagro pleurait sur sa fille partie pour soigner ses poumons et sur son presque fils qui s'embarquait dans la grande aventure du mariage. En son appartement, tout proche, à La Masson, l'état d'âme de Ramón divergeait quelque peu de celui de son épouse. Il n'aurait su dire pourquoi tout en Félix l'ulcérait, ni pourquoi il se réjouissait de son prochain départ en Vivarais. Monsieur Auguste et monsieur Antoine pouvaient lui demander tout ce qu'ils voulaient, mais obéir à monsieur Félix, non, il ne s'y serait jamais résolu !

Un petit garçon n'était pas tout à fait à l'unisson de cette liesse familiale. Pourtant, sa mère lui avait expliqué :

— En devenant mon mari, Félix sera ton nouveau papa.

Cette phrase qu'il ruminait depuis le matin lui devint lumineuse face à Auguste-César.

— Mais alors, monsieur, si Félix est mon nouveau papa, vous êtes mon grand-père ! s'enthousiasma-t-il en même temps qu'une autre question le tarabustait : Pourquoi, alors, ne puis-je m'appeler Roustan des Fontanilles, comme ma maman ?

— Parce que tu es un Vésombre ! le rabroua le filateur en le renvoyant à ses jeux.

D'une phrase empruntée au langage maternel, Eugénie, si mûre malgré ses apparences de fillette espiègle, enseigna son camarade de jeu :

— Grand-père, c'est un vieil ours bougon, dit ma maman.

*   *

*

Ils avaient pris le Grand Central dont l'intrépide tracé qui défiait la nature témoignait du génie de ses concepteurs et de la vaillance de ses bâtisseurs.

Depuis Alais, les gares défilaient, sensiblement identiques, certaines désertes quand d'autres voyaient un afflux de voyageurs, espacées de longs et nombreux tunnels, de vertigineux viaducs, de grimpettes poussives et d'ensellements audacieux, du moins jusqu'à Clermont-Ferrand. Le reste du trajet, s'il manquait de pittoresque, permettait de forcer l'allure en direction de la Ville lumière qui servirait de décor à la lune de miel des tourtereaux.

Arrivés en gare de Lyon, ils s'engouffrèrent dans un fiacre à qui Félix cria l'adresse :

— Hôtel Meurice, rue de Rivoli !

Aussi à l'aise en ces murs à la décoration luxueuse que des poissons dans l'eau, Gabrielle et Félix posèrent leurs bagages et prirent un peu de repos avant de s'apprêter, intrépides Rastignac, à conquérir Paris.

La tour Eiffel, les musées, les grands magasins occupaient leur quotidien, l'opéra, le théâtre du Châtelet ou le cabaret du Moulin-Rouge enchantaient leurs soirées, d'ardentes étreintes comblaient leurs nuits trop courtes, préludes à une nouvelle journée où les billets de banque voltigeraient comme des feuilles d'automne.

Snobisme ambiant ou véritable coup de cœur ? Ils s'entichèrent, au point d'y retourner plusieurs fois, de la Butte montmartroise qui leur faisait l'effet d'un petit village, îlot décalé émergeant de la ville tentaculaire. Cette impression, d'ailleurs, fut confirmée quand Félix rencontra un camarade de la communale.

— Armand. Armand Coussens, c'est bien toi ?

— Roustan ? Si je m'attendais ! Quel bon vent ?

— Le vent du bonheur, mon cher. Je te présente Gabrielle mon épouse depuis… vingt-trois jours exactement.

— En voyage de noces, alors ? Et moi qui croyais que tu venais de Saint-Ambroix exprès pour mon premier vernissage d'eaux-fortes !

— Mais alors je dois t'appeler maître ! plaisanta Félix avec une bourrade amicale sur l'épaule de l'aquafortiste. Dis-moi tout, ce vernissage, c'est quand et où ?

— La semaine prochaine, répondit vivement Coussens en fouillant dans son portefeuille pour en tirer un carton.

— Quel dommage, nous serons partis ! déplora Gabrielle.

— Dommage en effet, Saint-Ambroix aurait été représenté de fort belle façon, galantisa l'artiste dépité.

— Il le sera ! trancha Félix. Nous prolongerons notre séjour pour toi. Je veux être le premier acheteur d'une de tes œuvres pour l'offrir à l'élue de mon cœur.

Ils étaient à la veille de leur départ, différé pour l'ami Armand et, comme tous les matins, Félix, premier levé malgré une nuit dédiée à Vénus et Cupidon, était descendu chercher le courrier ; celui de Gabrielle et le sien. Rien que de très routinier : un rapport des activités de l'atelier de moulinage, une lettre d'Auguste-César disant son impatience de les voir revenir, une autre de Bérangère qui, elle, donnait des nouvelles du petit Victor ; le fils de Gabrielle avait trouvé à La Térébinthe un nouveau foyer et surtout sa camarade de jeu préférée, elle aussi confiée à sa tante durant les vacances. Et puis une enveloppe bise d'un très vilain papier qui l'avait intrigué. Le tampon de la poste éclaira sa lanterne. Il enfouit prestement la lettre dans sa poche et attendit, pour en prendre connaissance, que Gabrielle accapare la salle de bains pour une toilette qui n'en finirait pas. S'il s'en irritait parfois gentiment, aujourd'hui il bénissait cette coquetterie qui lui laissait le loisir de lire le courrier de Niévès. Une lettre porteuse de ressentiment, sans doute échappée à la vigilance d'Auguste-César. Il se détestait de faire souffrir la pauvrette malade.

Tu sais quoi, mon Félix ? Tu vas être papa et moi je vais guérir pour mettre au monde notre enfant ! Tu sais, je vais mieux, tu pourras venir me voir et nous choisirons le nom du bébé. En fait, j'ai déjà choisi. Quelle affaire pour me procurer l'enveloppe, le timbre et le papier ! J'ai dû avaler deux bols de koumys ce matin, le mien et celui de ma voisine de lit qui ne veut plus de ce lait écœurant. En échange, elle m'a donné son nécessaire d'écriture du mois. J'aurais dû te l'annoncer plus tôt, mais j'étais trop mal en point et je n'avais pas de forces. Depuis que j'ai senti l'enfant bouger, je veux vivre. Si c'est un fils on l'appellera Félix, et une fille, Félicienne, je le veux ! Tu me manques tant, mon Félix, tes baisers, tes mains sur mon corps, ah que de temps perdu à cause d'une bronchite ! Des fois, je me demande si les infirmières ne me mentent pas, il y en a qui sont très malades ici, heureusement que moi, ce n'est pas grave parce que je t'ai, je t'aurai toujours et que je te prépare un bébé. Ta Niévès pour la vie.

Félix aurait voulu jeter cette lettre à la corbeille, ou plutôt aurait souhaité ne pas la recevoir. Or, elle était entre ses mains et appelait une décision qu'il prendrait soin de mûrir. Il la glissa dans la poche intérieure de son veston.

Ils n'avaient pas vu passer l'heure, à musarder tout l'après-midi le long des quais de la Seine, errant de bouquiniste en bouquiniste, lorsqu'un petit coup d'œil à sa Longines de poignet, un cadeau de Gabrielle, renseigna Félix sur le retard qu'ils avaient pris pour se rendre au vernissage d'Armand Coussens. Héler un fiacre électrique ou un de ces nouveaux taxis à compteur fut son premier réflexe mais à cette heure de grand trafic, il n'y en eut pas un qui daignât répondre à ses gestes de sémaphore.

— Te sens-tu d'aller à pied, Gaby?

— Si ce n'est pas très loin, certes, répondit-elle en avançant vaillamment malgré ses pieds soumis à rude épreuve dans des chaussures à talons bobine.

C'était mal évaluer la distance qui les séparait du quartier où se trouvait la galerie; Félix avoua même qu'ils s'étaient égarés et proposa, du bout des lèvres, le métro.

— Allons jouer les taupes! concéda sa femme, fourbue.

La station Nation leur tendait les bras – c'est dire s'ils avaient marché à l'opposé de leur destination – et en un clin d'œil ils se trouvèrent entassés comme du bétail dans des voitures en bois qui s'ébranlèrent avec un fracas dont les Parisiens, habitués, ne faisaient pas cas. La chaleur de l'extérieur s'était engouffrée dans les profondeurs où grouillait tout un peuple affairé.

— Descendons-nous à la prochaine? s'enquit Gabrielle d'une voix oppressée.

— Tu ne te sens pas bien, ma chérie?

— Pas très bien, en effet. Une sorte d'étouffement. J'ai… oui, j'ai peur.

— De quoi, mon amour?

— Je ne sais. De me trouver mal, peut-être… ou d'être séparée de toi. Tiens-moi bien la main, Félix.

Félix consulta à nouveau sa montre, il était 19 h 30, trop tard pour le vernissage de l'ami Armand.

— Nous descendrons à Ménilmontant, décida-t-il. Tu es si pâle!

Ils descendirent, en effet, à Ménilmontant, de leur plein gré mais aussi de force comme tous les passagers de la rame pressés par les agents de sécurité de s'éloigner du quai, ce qui donna lieu à une incroyable pagaille, les uns réclamant une explication, d'autres refusant qu'on décide pour eux, les plus rechigneux enfin exigeant que le billet leur soit remboursé. Si bien que la foule, divisée, allant dans un sens, dans l'autre et restant sur place, il en résulta une obstruction complète dans un tohu-bohu d'invectives et de cris désordonnés. La panique fut totale lorsque l'éclairage électrique s'interrompit. Les uns y allaient du briquet, d'allumettes qui s'éteignaient faute d'oxygène. Un nuage nocif, échappé du tunnel en amont, où la rame 48 venant en sens inverse était en feu, envahissait les narines.

Dans l'obscurité quasi absolue, la colonne de fumée se faisait de plus en plus épaisse et la bousculade tournait à l'hallali. Les habitués de la ligne tentèrent de gagner avec toutes les peines du monde les escaliers de l'unique sortie située côté Ménilmontant. Les autres, par méconnaissance des lieux et désorientés dans la pénombre – Félix et Gabrielle étaient de ceux-là – se dirigèrent sans le savoir vers l'extrémité nord de la station dépourvue d'issue, hormis le tunnel de Belleville en contrebas du quai, au bout duquel les gens s'agglutinaient, pressant leur corps contre la paroi de céramique dans l'espoir chimérique d'un passage miraculeux qui s'ouvrirait pour eux.

Gabrielle ne lâchait pas la main de Félix, à moins que ce ne fût l'inverse. L'un et l'autre prenaient garde à ne pas se trouver séparés. Et pourtant, Félix prit une autre décision.

— Tu vas faire exactement ce que je te dis, Gabrielle.

— Tout ce que tu veux pourvu qu'on ne se quitte pas.

— Sois raisonnable. Écoute-moi. Sur le quai nous sommes pris dans une nasse et allons mourir étouffés. Il faut descendre sur la voie, emprunter le tunnel en se plaquant au mur et marcher, marcher jusqu'aux secours qui doivent arriver vers nous par le même chemin.

— Je ne vois rien, Félix, mais je sais que c'est haut.

— Donne-moi tes deux mains, je vais t'aider.

Gabrielle obéit, elle s'assit sur le bord du quai, les jambes dans le vide et, confiante, se laissa descendre retenue par la force des bras de Félix qui, à plat ventre pour que la chute de son épouse soit moindre, lui cria :

— Je vais te lâcher, Gaby. Plie les genoux pour amortir ta réception sur le ballast.

Gabrielle crut tomber du troisième étage. Sur la voie, on respirait mieux, mais le vacarme était autre, celui des rails vibrant sous la puissance des rames toutes proches. Elle eut seulement le temps d'appeler «Félix!», d'entendre qu'il lui criait «J'arrive!» et puis le bruit se fit choc qui la jeta à nouveau sur la pierraille. Vint alors la nuit de l'oubli.

Une nuit dans laquelle Félix s'enfonçait inexorablement. Son corps allongé sur le quai devenait carpette que des dizaines de pieds piétinaient, ses poumons compressés peinaient à avaler l'air vicié qui venait du tunnel. Il suffoquait et sa dernière pensée lucide fut pour la petite fileuse qui portait son enfant.

— Attends-moi! cria-t-il. Attends-moi, Niévès!

Mais aucun son ne sortit de sa bouche.

La une des quotidiens se disputait la plus grosse manchette pour faire état de l'accident de métro du 10 août 1903 qui avait fait quatre-vingt-quatre morts, des dizaines de brûlés, d'intoxiqués, de blessés.

En lettres grasses, hommage était rendu à monsieur Lépine, préfet de police, pour avoir bravé, dès 2 heures du matin, les dernières flammes et fumées qui, jusque-là, avaient fait barrage aux secours. Commença alors, dans un assourdissant silence, une noria de cadavres qu'on dirigeait vers les casernes les plus proches aux fins d'identification tandis que les blessés recevaient sur place les premiers soins avant d'être orientés vers les hôpitaux.

Loin de Paris, dans ce gros bourg cévenol qui avait applaudi au mariage du dernier fils du plus important de ses filateurs en ce début de siècle, l'horrible accident était sur toutes les lèvres et, aux Fontanilles comme à La Bâtie Neuve, le silence était de règle, seulement entrecoupé par les sanglots qui s'échappaient des poitrines oppressées.

Celle de Milagro avait cru éclater au terrible destin de son *niño de suerte*. Elle s'était effondrée dans les bras de son mari en sanglotant:

— *Tercera desgracia*[1]!

Et Ramón, délicat, ne l'avait pas rabrouée sur ses croyances irrationnelles; au contraire, il l'accompagnait sans réticence dans son immense chagrin car ce destin-là était par trop tragique.

Depuis, elle errait dans les pièces des Fontanilles, peut-être à la recherche d'un souvenir, d'une ombre, un petit rien qui ferait revivre *su Feliz*.

Auguste-César était parti dès la réception du télégramme, brisé, anéanti, mais désireux d'assumer son rôle de père jusqu'au bout. Antoine l'accompagnait, les deux hommes auraient bien besoin l'un de l'autre pour se soutenir. Bérangère était accourue, désemparée, suffocante et cependant sans larmes, comme pétrifiée dans un malheur inéluctable. Combien de fois avait-elle pensé, ou même entendu dire, que Félix et ses yeux de velours, son visage d'ange, son corps d'esthète, son allure de dandy, était porteur de vie, semeur de joie, dispensateur de tendresse? Or, Félix n'était plus, et elle n'avait pas hésité à se jeter dans les bras de son père. Le bonheur les avait séparés, le malheur les réunissait.

La chape de plomb qui s'était abattue sur les Fontanilles étendait en fait son lourd manteau de

1. Espagnol: «troisième malheur!».

peine bien au-delà de la demeure familiale. Sur la ville tout entière où les conversations tournaient autour de ce drame, sur La Bâtie Neuve ensuite où le cœur n'y était plus pour faire tourner les aspes au même rythme que les chansons allègres qui impulsaient du dynamisme aux fileuses.

— C'est quand même pas un âge pour mourir ! pouvait-on entendre soliloquer entre deux reniflements.

— Pour ça, non, et surtout pas de cette façon tragique. Ce pauvre monsieur Félix piétiné comme un moins que rien...

Madame Georges, à elle seule, semblait porter le deuil de toute la filature, avec sa mine compassée, son menton qui tremblait et ses yeux embués ; ce qui ne l'empêchait pas d'avoir l'œil à tout et de gourmander de la voix ou du regard l'ouvrière prise en défaut. À la suite de son affrontement avec la petite Etcheverría et son geste blâmable, il lui avait fallu rasseoir son autorité et ce n'avait pas été mince affaire. Les filles dans leur versatilité prenaient fait et cause pour Niévès lorsqu'on la disait au plus mal, quitte à la vilipender quand un léger mieux faisait espérer une rémission et, à terme, son retour devant la bassine 48. À ce jour, la contremaîtresse pensait avoir rétabli son tremplin hiérarchique.

— Mesdemoiselles, l'excellence de votre travail sera un vibrant hommage rendu à monsieur Félix. Néanmoins, nous ne pouvons nous contenter de cela. Demain je ferai une quête parmi vous pour une couronne. Je vous le demande avec insistance, soyez généreuses !

Les boiseries, les ors, les cuivres et les marbres de l'hôtel Meurice n'étaient certes pas faits pour accueillir l'immense désespoir d'un père et le réel chagrin d'un frère aîné. C'est pourtant en ces lieux que les deux hommes s'installèrent le temps, qu'ils espéraient réduit, d'obtenir l'autorisation de ramener le corps de Félix en terre cévenole.

Trop jeune à la mort de sa mère pour avoir perçu la violence du désespoir de son père, Antoine en prenait conscience aujourd'hui. Le chagrin du maître-filateur était à la mesure de ses excès – dominateur, écrasant, impitoyable – mais aussi de ses faiblesses – vulnérable, absolu dans ses affections comme dans ses inimitiés, en un mot misérable.

Oubliant un peu sa propre souffrance, Antoine s'inquiétait pour son père :

— Prenez un peu de repos, père. Si vous le voulez, j'irai seul assister à l'hommage officiel rendu aux victimes.

— Du repos ! Mon cœur en prendra-t-il jamais quand bien même mon corps ne m'appartiendrait plus ? s'insurgea Auguste-César, en redressant ses épaules accablées.

Antoine comprit qu'il ne le contraindrait en rien, qu'il irait au bout de ses forces, jusqu'au dernier adieu à son fils chéri. Ce qu'il fit avec dignité, toujours couvé par l'œil soucieux de son aîné qui reléguait son chagrin afin d'aider son père à porter le sien.

Une corvée les attendait au Meurice où les deux hommes furent priés, avec les formes requises, de libérer la chambre qu'occupaient, outre les nombreuses valises de Gabrielle et Félix, une profusion de cadeaux à ramener.

— Nous nous devrons d'en faire la distribution, énonça doctement Auguste-César.

Le chemin de croix parisien des deux hommes n'était cependant pas terminé. Vint un soir où on leur fit savoir qu'ils pouvaient enfin rendre visite à madame Roustan, si fortement commotionnée que son pronostic vital s'en trouvait engagé.

— Surtout ne pas lui annoncer la mort de son époux, leur fut-il recommandé.

— Que répondre alors si elle nous demande…?

— Éludez. Soyez évasifs.

Le pieux mensonge auquel ils redoutaient d'être contraints leur fut épargné. Gabrielle n'ouvrit pas les yeux, fermés sur une souffrance de tout son corps percuté par une rame. Elle ne posa aucune question, gémit fortement au point qu'on lui administra un sédatif et qu'Auguste et Antoine furent priés de quitter la chambre… mais pas l'hôpital. Une infirmière les accompagna dans le bureau d'un professeur en médecine qui s'adressa à eux sans ambages :

— Entre hommes, on peut parler franchement, n'est-ce pas? Cette jeune personne revient de loin, de très loin, mais je crains qu'un jour elle nous maudisse.

— Quelle faute peut-elle vous imputer?

— Celle d'avoir empêché de mourir une infirme à vie. Je m'explique. Madame Roustan présente de nombreuses fractures, et surtout un traumatisme au niveau du rachis lombaire qui la privera à jamais de l'usage de ses jambes.

— Gabrielle? Paralysée?

— Mais vivante, messieurs! Il faut savoir s'en contenter. Nous vous avertirons dès qu'elle sera en état de quitter l'hôpital.

Gabrielle reçut encore deux fois leur visite avant que le corps de Félix ne leur soit enfin rendu dans une bière plombée et tout ce qu'il avait sur lui, vêtements, argent, papiers, montre, alliance, chevalière, dans une boîte scellée à la cire. Milagro s'abattit, terrassée de chagrin, sur le cercueil de *son niño de suerte* tandis que le cocher déposait le coffre ciré dans la bibliothèque.

— Mets-le sur mon bureau, lui avait demandé Auguste-César, en caressant d'une main tremblante tout ce qu'il lui restait du dernier jour de vie de son malheureux enfant.

Une foule dense, silencieuse et résignée avait tenu à accompagner Félix Roustan des Fontanilles au temple puis au caveau familial sur la terre huguenote du premier des Roustan. Auguste-César menait le deuil, suivi de très près par Antoine qui craignait à chaque instant l'écroulement de ce mur de douleur, touchant et digne dans son inébranlable fragilité. Pauvre Antoine que personne ne soutenait, qui redoutait les lendemains car, il le savait, plus rien ne serait pareil après la mort de ce jeune frère qui fermait les yeux sur la vie de la même manière qu'il les avait ouverts à sa naissance, dans le chagrin de toute une famille.

Bérangère avait ressorti ses voiles de deuil, un souvenir qu'elle croyait enfoui dans sa mémoire comme dans une malle au grenier de La Romance et, portant des regards anxieux sur son père, se demandait si elle ne les avait pas exhumés définitivement, tant il était vrai que la même question était sur toutes les lèvres : monsieur Auguste s'en remettrait-il jamais ?

Qui, alors, songeait à la petite mère éplorée qu'était Milagro, portée plus que soutenue par Ramón ? Une jeune personne, au moins, qui n'ignorait pas la puissance de ses sentiments : Jeanne. L'amie de Niévès était au fait de la place qu'occupait monsieur Félix dans le cœur de la mère et aussi de la fille.

— Cela va faire un choc à ma pauvre et chère amie, c'est un peu comme si elle perdait un grand frère !

Humer voluptueusement l'odeur de son eau de toilette favorite sur les vêtements de son fils, c'était, pour Auguste-César, le faire vivre encore un peu. Fermer les yeux et caresser la chemise au plastron de soie encore imprégnée de la fumée d'une Chesterfield, ses cigarettes préférées, c'était le retenir encore dans cette pièce. Écouter le tic-tac de sa montre – intacte, elle ! –, n'était-ce pas son cœur qui battait ses dernières minutes ? Et puis, glisser une main tremblante dans le veston lacéré, sali, toujours pénétré de l'âcreté toxique du nuage asphyxiant, en retirer une lettre glissée tout au fond d'une poche intérieure et la lire, pour partager peut-être ses ultimes pensées et s'abattre, effondré sur son bureau en murmurant :

— Ce n'est pas possible ! Mon Dieu, dites-moi que ce n'est pas vrai !

Dans la solitude de sa bibliothèque où il était redescendu au milieu de la nuit, Auguste-César Roustan des Fontanilles venait de découvrir, dans les affaires de feu son fils, qu'il allait être grand-père, et ce qui l'aurait fait exulter en d'autres occurrences en cet instant le terrorisait.

13

Août 1903

Niévès Etcheverría n'en finissait pas d'étonner le personnel soignant du sanatorium de Briançon. Celle qui ici n'était plus qu'un numéro, celui de sa chambre, alimentait ce jour la conversation entre le docteur Tréville et son éminence grise, sœur Marie de la Providence, l'infirmière en chef de l'établissement.

— Confirmez-moi, ma sœur, ce que je crois voir. Est-ce bien la chambre 12 dont on a roulé la chaise longue sur le solarium?

— Et à sa demande, docteur! J'en suis la première épatée.

— La raison?

— L'enfant qu'elle aurait senti bouger, paraît-il. N'est-ce pas miraculeux après cette véritable descente aux enfers?

— Pardonnez mon scepticisme, ma sœur, mais je ne crois guère aux miracles.

— Taisez-vous, mécréant! À son arrivée, il y a de cela… voyons… quatre mois, si ma mémoire est bonne, je ne lui prédisais pas longue vie. Souvenez-vous…

Du coche de louage jusqu'au wagon sanitaire où elle rejoignit en gare de Nîmes des malades comme elle, Niévès avait gémi, son corps endolori au moindre cahot. Le long voyage en train lui fut comme un répit, à somnoler et ne se réveiller que pour les prises de médicaments prescrits par l'hôpital de Saint-Ambroix, un mélange d'antipyrétiques et d'antalgiques déglutis à grand renfort de tisane tenue au chaud dans des vases de Dewar[1].

En gare de Briançon les attendait, outre un convoi de voitures-ambulances, un froid vif et piquant qui fit grelotter les plus réceptives aux sensations. Niévès n'était pas de celles-là ; de loin, elle paraissait la plus mal en point, pour ne pas dire à ses derniers instants. Une respiration sifflante où elle épuisait ses dernières forces, un teint cireux et des cernes gris ravageaient son visage, plus pâle encore par le contraste de ses cheveux noirs étalés sur son oreiller, et sa maigreur cadavérique n'augurait rien de bon.

— Une chance qu'elle n'ait pas rendu l'âme en chemin, murmura sœur Marie de la Providence à l'oreille de la religieuse qui s'était occupée de Niévès tout au long du trajet.

— Pour autant, dans quel sens dois-je informer de notre voyage l'hôpital et monsieur Roustan ? C'est que j'ai un rapport à rendre, moi !

— Vous avez tout le trajet de retour pour y songer. Bon voyage, ma sœur !

Allait-elle raconter la préparation imprévue de la chambre 12 afin d'y isoler Niévès qu'il n'était pas question d'installer dans le dortoir ? Faire état du

---

1. Ancêtres des bouteilles Thermos commercialisées dès 1907, dont James Dewar, leur inventeur, avait oublié de déposer le brevet.

ballon d'oxygène qui palliait ses poumons défaillants? De la garde de nuit diligentée à son chevet? Et surtout de l'aumônier du sanatorium tiré de son premier sommeil pour venir lui administrer, à toutes fins utiles, les derniers sacrements?

Non, elle ne s'en sentait pas le courage, pas plus d'ailleurs que de proférer le pieux mensonge qu'elle aurait à confesser. Alors que travestir quelque peu l'exactitude des faits ne prêterait pas à conséquence.

— Tout s'est très bien passé, monsieur, assurat-elle à Auguste-César en le regardant droit dans les yeux. Un voyage fatigant, certes, mais la jeune fille a dormi tout le long du trajet.

«Si elle est bien installée? Vous pourrez rassurer ses parents, elle bénéficie d'une chambre seule.

«Les soins? Oui, oh oui, un personnel aux petits soins.

«Ah, le traitement, voulez-vous dire, monsieur? Tout d'abord, une adaptation progressive à l'air des montagnes. Viendront ensuite de longues expositions au soleil, un suivi médical exemplaire. Votre protégée est en de bonnes mains, monsieur, soyez-en assuré et confortez ses parents.

Ce que fit le soir même le filateur, édulcorant encore ce que sous-entendait le rapport de l'aide-soignante.

— Soyez confiants, mes bons amis, votre fille était toute contente de prendre le train pour la première fois. Pas de promiscuité qui ralentirait son rétablissement, elle est seule dans une chambre confortable et bien chauffée.

C'est tout juste si Milagro ne lui embrassait pas les mains de reconnaissance, quoiqu'elle poursuivît son idée:

— Et son coco frais, *cada mañana*, on le lui donne au moins ?

— Chaque matin, Milagro, j'ai donné des ordres pour ça.

— Comment aurons-nous de ses nouvelles ? demanda Ramón, anxieux.

— Je recevrai un bulletin régulièrement dont je vous ferai part et puis, dès qu'elle s'en sentira la force, votre fille pourra vous écrire.

— Mais nous ne pourrons pas la lire, encore moins lui répondre, se désolèrent en chœur les deux parents illettrés.

— Tu demanderas à madame Georges...

Auguste-César se troubla, conscient de sa bévue. La surveillante en chef n'était pas en odeur de sainteté auprès de Ramón Etcheverría. Et c'était compréhensible.

— Enfin, je veux dire, une des fileuses se fera un plaisir de te rendre service. Tiens, la bassine 39, Jeanne, je crois que c'est une amie de ta fille. Allez, braves gens, vous pouvez dormir sur vos deux oreilles.

Les pauvres, ils n'en étaient pas encore là ! Et ne vivaient que pour le retour de leur fille tout en bénissant, pour sa grande bienveillance envers Niévès, monsieur Auguste-César qu'ils s'appliquaient à servir sans restriction.

Aussi, les bulletins de santé émanant du sanatorium de Briançon étaient autant d'embarras que le filateur aurait volontiers passés sous silence si les époux Etcheverría n'avaient été pendus à ses basques pour avoir des nouvelles.

Les longues semaines qui avaient suivi son arrivée dans les fraîches montagnes alpines n'avaient été pour Niévès qu'une succession de jours et de nuits de combats, une lutte inégale avec la maladie, aidée en cela par tous les moyens – et ils étaient à la mesure des progrès médicaux de ce début de siècle – dont disposait l'équipe médicale dans le *Manuel des hospitaliers*.

Fumigations aqueuses, sirop de sucre d'escargot ou l'huile de foie de morue qui donnait des haut-le-cœur pitoyables à la jeune fille, cela pour ne parler que des traitements dits de confort.

Plus détestables étaient les inhalations de créosote*[1] ou celles de gaïacol* dont l'odeur émétique s'imprimait à jamais dans les murs, le plafond et les rideaux de la chambre. Et si l'on ajoutait, pour faire bonne mesure et surtout mettre tous les atouts du côté de la guérison, des potions immondes à base d'ergotine* pour juguler les crachements de sang, d'autres de codéine* afin de calmer la toux, on était en droit d'espérer un recul de la maladie.

Et tout cela pour rien ; en un mot comme en cent, le corps de Niévès Etcheverría se consumait à petit feu. Romantique, cette maladie que certains qualifiaient encore ainsi ? Non, il n'y avait rien de romantique dans cet épuisement à chercher un souffle de vie !

Or, le mieux attendu n'intervint qu'à la fin du mois de mai, peut-être dans un sursaut d'énergie de la malade qui, bien qu'engluée dans un

---

1. Cet astérisque et les suivants concernent les soins mentionnés dans *L'Histoire du traitement curatif de la tuberculose au début du XXᵉ siècle*, thèse soutenue par Pierre Pradalié, en mars 2000 à l'université de Nancy.

affaiblissement pathologique, avait entendu le projet du docteur Tréville.

— Nous ne pouvons persister dans ces traitements inefficaces. Je pense qu'il va falloir la faire admettre à l'hôpital de Briançon afin d'envisager l'ablation de trois ou quatre côtes*, ce qui donnera plus d'amplitude à la plèvre.

— Une opération alors qu'elle est si faible… et dans son état? s'affola sœur Marie de la Providence.

— Si on peut lui donner une chance d'aller jusqu'à son terme, d'avoir assez de forces pour la délivrance… soupira le docteur, fataliste.

Puis, en fureur contre l'hôpital de Saint-Ambroix:

— Ah, le beau cadeau qu'ils nous ont fait!

Le cadeau, en l'occurrence, se révéla pochette-surprise quand enfin la fièvre recula et que la malade sembla reprendre pied dans le monde des vivants. Des mots avaient traversé son subconscient, «terme, délivrance», auxquels elle n'avait donné aucun sens alors que «opération, hôpital, ablation des côtes» – pour obscurs qu'ils soient, ils n'en étaient pas moins terrifiants – avaient mis son esprit en éveil.

Moins de quinze jours après cet épisode, deux religieuses aidaient la jeune fille à s'asseoir dans son lit et à prendre enfin un petit déjeuner somptueux, un bol de koumys* et une tartine de pain beurrée. La semaine suivante, elle faisait ses premiers pas dans sa chambre et le lendemain, toujours soutenue, elle alla jusqu'à l'infirmerie pour satisfaire à la pesée du matin, baromètre parlant de l'évolution du mal.

Niévès faisait pitié, ses jambes maigrelettes dépassant de sa chemise blanche; une gamine impubère sans autres formes qu'un petit ventre qu'elle remarqua et dont elle rit amèrement.

— Voilà le résultat de votre tartine de pain, ma sœur.

— Crois-tu vraiment que seul le pain en soit la cause, petite? Permets-moi d'en douter.

Cette gamine se moquait-elle? Être à ce point naïve dépassait son entendement. Mais elle n'insista pas, laissant au docteur Tréville les effets de l'annonce. Ce que fit le médecin après un minutieux examen qui lui permit de mettre en place «le jour médical*» à savoir, pour ce qui concernait Niévès, sept heures d'exposition journalière, couverte jusqu'au menton, à l'air et au soleil dans la galerie orientée sud-ouest.

— Et l'on n'échange pas des parlottes. Le silence est impératif*! Par contre, si tu as quelque chose à dire, à confier, c'est vers moi ou vers la sœur que tu dois te tourner. Et je sais que tu as un lourd secret. Allez, vide ton sac!

Les manières brusques du docteur Tréville ne troublèrent pas Niévès; son secret, parce qu'elle voulait bien admettre en avoir un, ne concernait pas le corps médical, c'était un secret de cœur, non de corps, ce corps défaillant qui l'éloignait de son Félix. Parce qu'il fallait briser le silence, elle demanda sur le même ton incisif que le médecin:

— J'ai reçu du courrier?

— Ce n'est pas autorisé pour l'instant. Ni en envoyer, ni en recevoir. Plus tard. Tu attendais une lettre de tes parents?

— Non! répondit-elle spontanément.

Puis elle tenta de se rattraper:

— Enfin, oui… peut-être…

— À moins que ce ne soit de ton amoureux !

L'aplomb de Niévès en fut désarçonné. Ce satané toubib lirait-il dans les pensées ? Pas devin, le docteur Tréville, mais pressé, il avait d'autres malades à examiner et tourner autour du pot n'était pas dans ses habitudes.

— Tu sais bien, celui qui t'a fait un enfant !

Niévès ne pouvait pas blêmir, elle était déjà si pâle. Ses épaules s'affaissèrent, sa tête tomba en avant comme une condamnée et là, ses yeux rencontrèrent ce petit ventre qui l'avait fait gloser sur les tartines de pain. Alors elle se transforma, son regard s'illumina d'un flamboiement intérieur, on aurait dit une petite fille en chemise de nuit au matin de Noël, découvrant son cadeau au pied du sapin.

— Pourquoi n'avoir rien dit ? lui reprocha le docteur.

— Je ne savais pas ! répliqua-t-elle.

Du coup, le docteur Tréville se dit qu'il avait tout son temps, il fit appeler sœur Marie de la Providence et son bureau resta fermé une heure durant sur un trio qui, en se séparant, n'avait d'autre devise que celle des Mousquetaires : un pour tous, tous pour un ! Tous ensemble pour l'enfant à naître.

En plus du « jour médical », de la cure de silence et des six repas réglementaires à 8 heures, 10 heures, midi, 4 heures, 7 heures et 9 heures où s'intercalaient pain, beurre, koumys, viande, bouillon, poisson, purées, riz et compotes*, Niévès retrouva la promiscuité de la filature dans le dortoir et la galerie, à la différence près que le silence, ici, était la règle d'or. Et, ou grâce à tout cela, l'enfant de Niévès et de Félix se développa dans les meilleures conditions, prenant à sa

268

mère les forces qu'elle emmagasinait, la place qu'elle lui concédait volontiers et, on pouvait l'espérer, la santé qu'elle n'avait pas.

Car la volonté de la jeune fille, son observance scrupuleuse des recommandations et la surveillance dont elle faisait l'objet ne suffisaient pas à la tirer d'une maladie où elle s'enfonçait inexorablement.

Le docteur Tréville avait renoncé à intervenir sur ses côtes, une anesthésie pouvant mettre en péril la mère et le fœtus. Il s'orienta, à la fin du mois de juin, vers un pneumothorax artificiel* comme il en fit part à sœur Marie de la Providence.

— Une collapsothérapie[1] ? Je crains que sa résistance…

— Je suis démuni, ma sœur ! se désespéra le docteur.

Retour donc à la case départ, en l'occurrence la chambre 12, dûment stérilisée aux vapeurs irritantes de formaldéhyde* et maintenue à une température de seulement dix degrés* comme le préconisait la règle de salubrité du sanatorium.

Niévès, courageusement, serra les dents et repartit en guerre, vaillant petit soldat en lutte contre une armée invisible et dévastatrice. Couchée sur le côté, un coussin soulevant son torse afin que son corps fît un pont des pieds jusqu'à la tête, elle endura la fièvre, l'agression de la sonde intercostale qui insufflait l'air, celle de l'aiguille qui injectait simultanément le

---

1. Méthode mise au point par Forlanini en 1880. Elle consiste en la mise au repos du poumon par une insufflation artificielle d'air conjointe à l'injection d'un liquide huileux afin de permettre la cicatrisation de la plèvre et des cavernes tuberculeuses.

produit huileux. La douleur l'empêchait de trouver le sommeil et quand le calvaire prenait fin, l'appréhension d'une nouvelle séance, à quelques jours d'intervalle, la tenait en éveil.

Un éveil béni qui lui permit de percevoir les premiers signes que lui envoyait son enfant. Nuit de rêve qui la transporta dans les satins de La Romance, dans la douceur lénifiante de ce lieu de plaisir, sous le regard attendri et amoureux de Félix dans les bras duquel elle exultait :

— Il a bougé ! Félix, il a bougé ! Oh mon Dieu !

— Sœur Marie ! Sœur Marie ! Elle est en plein délire !

La garde de nuit avait couru, affolée, jusqu'à l'infirmerie, ramené dare-dare sœur Marie de la Providence qui reçut le premier sourire de Niévès depuis de longues semaines.

— Mon enfant a bougé, ma sœur. Je suis guérie. Je voudrais me lever, avoir de quoi écrire, il faut qu'il sache…

— Chaque chose en son temps, petite, l'apaisa la sœur.

C'est ainsi qu'en ce début du mois d'août 1903, le docteur Tréville et sœur Marie de la Providence n'en finissaient pas de s'émerveiller sur la résurrection de la chambre 12, une malade qu'ils n'oublieraient pas.

— Savez-vous à qui elle voulait écrire ? L'a-t-elle fait ?

— Je n'en sais fichtre rien, docteur, et à vos deux questions. Si vous voulez mon avis, ce n'est pas facile d'avouer par courrier sa faute à ses parents.

— Vous oubliez qu'ils étaient deux, ma sœur, pour faire cet enfant. Ne me dites pas que je vous choque…

— J'aurais été choquée, voyez-vous, docteur, si les malheureux parents avaient appris simultanément la mort de la mère et celle de l'enfant. La vie, toute vie, est don de Dieu et un enfant doit naître dans l'amour familial. Je prends sur moi d'informer les parents de cette petite.

— Attendez un peu, ma sœur ! Ce renouveau pourrait n'être qu'un feu de paille.

— Oiseau de mauvais augure !

* *
*

Les fileuses de La Bâtie Neuve avaient eu leur journée pour les obsèques du fils de leur patron et pas une ne manquait au long cortège qui accompagna le malheureux Félix du temple à la tombe. Au retour, Jeanne, l'amie de Niévès, s'était éloignée du flot animé des filles qui commentaient l'événement et s'était rapprochée des parents de Niévès, prise d'une immense pitié pour sa maman qui n'était qu'un pantin disloqué. Elle se souvenait des confidences de Niévès : « Félix, ma mère l'aime comme son fils. Tu parles, elle l'a tenu dans ses bras aux premières secondes de sa vie. »

« Pauvre femme, se dit-elle. Comme si elle n'avait pas assez de peine avec la maladie de sa fille ! »

Faire un bout de chemin avec le couple relevait de l'empathie et Jeanne n'en manquait pas.

— Monsieur, madame Etcheverría, excusez-moi, avez-vous des nouvelles de Niévès ? Nous revient-elle bientôt ?

— Pas ces derniers temps, non. Enfin, les dernières étaient encourageantes, soupira le père.

— C'est vrai qu'elles sont bonnes, renchérit Milagro entre deux sanglots. Pas comme *el pobrecito Feliz mío* !

— Je vous comprends, madame, c'est terrible. Niévès est-elle au courant pour monsieur Félix ?

— Ce n'est pas la peine de la chagriner ! intervint Ramón. Elle n'y pourrait rien changer.

— Si ! Si ! Il faut le lui dire, Feliz était son ami, presque un frère ! Vous voulez bien écrire une lettre pour nous ?

Ramón était réticent, non qu'il fût animé de mauvaises pensées à l'égard de Félix Roustan ; sa mort rendait caduque la mésestime éprouvée pour le fils de son patron jugé un bellâtre superficiel. Rien de cela, mais le souci de ne pas troubler la sérénité de sa fille et, de fait, retarder sa guérison.

— Venez à la maison, se résigna-t-il.

Dix fois les termes de la lettre furent remis en question, réfutés par Milagro qui les trouvait d'une banalité de chronique mortuaire, contestés par Ramón qui trouvait que sa femme en faisait trop en matière de détail sordide.

— Voulez-vous me laisser composer à mon idée ? Je vous lirai ensuite.

Jeanne reçut l'approbation des époux Etcheverría et se mit au travail.

La diligence, qui assurait une fois par jour les messageries postales, ainsi que le transport des voyageurs,

272

achemina, au lendemain des obsèques de Félix, la lettre de Jeanne, plus meurtrière qu'un coup de fusil.

Les filles étaient sur le solarium, comme à l'accoutumée, lorsque la distribution du courrier amena un peu d'animation et de fébrilité dans ce royaume du silence.

— Chambre 12 !

Au chiffre attendu et malgré les tremblements qui la saisirent dans sa hâte d'avoir en main la lettre de Félix – car elle ne pouvait être que de lui – Niévès se contraignit à rester allongée, jugulant une agitation proche du raz-de-marée sentimental. Elle sortit, du simple drap qui faisait écran à l'agressivité des rayons du soleil, une petite main diaphane et lisse qui s'empara de l'enveloppe et la glissa sur son cœur pour en apaiser la chamade.

Toujours sous le drap, elle déchira l'enveloppe, déplia la feuille et la porta enfin à ses yeux. Une moue de dépit se dessina sur son visage dès les premiers mots.

Chère Niévès, c'est avec plaisir que j'ai appris de tes parents que ta santé s'améliorait. Je me réjouis à l'idée de te revoir bientôt. Aujourd'hui la filature était fermée et pour tout te dire on n'avait pas le cœur à travailler après le malheur qui s'est abattu sur la famille Roustan…

Non, ce n'était pas Félix qui répondait à sa lettre. Ses yeux coururent à la signature : Jeanne. Et Jeanne poursuivait :

En effet, peut-être as-tu entendu parler d'un grave accident dans le métropolitain parisien qui a causé la mort de quatre-vingts personnes au moins. Monsieur Félix en fait partie. On l'a enterré ce jour et je peux t'assurer que nous sommes tous dans la peine. C'était pitié de voir ce pauvre monsieur Auguste sanglotant comme un enfant...

Niévès ne lisait plus. Elle avait entendu un hurlement terrible qui lui glaçait le sang. D'où venait-il et pourquoi les infirmières alertées par ce cri venaient-elles à son chevet? C'était donc elle qui avait déchiré le silence par cet affreux rugissement venu de ses entrailles et qui se transformait en un horrible borborygme ponctué par un jet de sang?

— Elle fait une hémoptysie massive, marmonna sœur Marie de la Providence. Allez vite chercher le docteur Tréville.

Nouvelle cavalcade. Le docteur ordonne que Niévès soit ramenée dans sa chambre et la batterie du traitement de choc se met en route: tente à oxygène, piqûres intraveineuses à base de calcium*, fluidifiant bronchique instillé dans le nez.

Sœur Marie tique.

— La terpine*, docteur... avec sa grossesse...

— Laissez tomber, ma sœur! tranche le docteur. Il faut arrêter cette hémoptysie coûte que coûte.

Le temps s'écoule lentement. Des heures, des jours durant lesquels Niévès erre entre la vie et la mort et puis un jour tout s'apaise, son souffle devient presque régulier, ses muscles se détendent et de ses yeux fermés, ses beaux yeux en amande, coulent des flots de larmes. Un puits sans fond se vide, inonde son visage, mouille son oreiller, glisse dans son cou et fait pleurer la garde de nuit tant la détresse de ce petit corps est poignante.

— Ton enfant va bien, a dit le docteur, lui murmure-t-elle, croyant qu'elle s'en inquiétait.

— Il n'a plus de père, répond Niévès d'une voix d'outre-tombe. Et bientôt plus de mère.

— Ne dis pas ça, voyons ! gronde sa veilleuse.

— Je sais ce que je dis et je sais aussi ce que je veux, articule péniblement la malade.

— Que puis-je faire pour toi ?

— Vous, rien, mais le docteur Tréville doit m'écouter.

— Demain, alors.

Le lendemain, le docteur l'écoute sans l'interrompre.

— Je veux que vous fassiez venir mes parents, je dois les voir une dernière fois et surtout leur confier mon enfant. Je sais, il n'est pas né, mais il ne va pas tarder. Donnez-moi tout ce qu'il faut pour que je tienne jusqu'à ce qu'il vienne au monde et que mes parents soient là. Ensuite, je vous le demande, laissez-moi m'endormir, j'ai hâte d'aller vers le bonheur, il y a quelqu'un qui m'attend…

Lorsque Milagro et Ramón arrivent au sanatorium, Félicienne a deux jours. Un beau bébé rose et frais que sa mère a refusé de garder avec elle afin de ne pas lui communiquer sa maladie, ce qui allait dans le sens des décisions du docteur Tréville qui a fait transporter le bébé à la maternité de l'hôpital de Briançon.

— Papa, maman, je vous confie mon enfant, je l'ai appelée Félicienne, elle sera votre nouvelle fille et je sais qu'avec vous elle ne manquera pas d'amour. Vous serez ses parents parce qu'elle n'a que vous. Moi, je la verrai grandir de loin, de très loin, là-bas avec son père… avec mon grand amour, avec…

Ainsi qu'elle l'avait souhaité, Niévès s'en va en emportant son secret. Le docteur caresse son visage pour fermer les yeux qui fixaient avec insistance ses parents pour emporter leur image.

— *La cuarta desgracia*[1], gémit Milagro en s'affaissant dans les bras de Ramón.

La malheureuse mère mêlait ses propres malheurs à ceux qu'elle servait depuis un quart de siècle ; dans sa grande générosité de cœur, leurs peines étaient les siennes depuis si longtemps ! Ce faisant, ne jetait-elle pas, en toute innocence, entre les familles Roustan et Etcheverría un pont qui avait nom Félicienne ?

*   *

*

Quel pathétique équipage que ce couple grisonnant, quadragénaire et paraissant vieilli de dix ans, transi par un insondable chagrin, qui couvait d'un même regard plein d'amour le bébé endormi sur leurs genoux soudés !

À leurs côtés, sur le siège en bois d'une voiture de troisième classe, deux boîtes brunâtres portant le nom de «farine lactée Nestlé» dépassaient d'un sac de voyage en tapisserie qui contenait, en outre, les langes du bébé.

---

1. Espagnol : «le quatrième malheur.»

— Surtout ne l'alimentez pas autrement qu'avec ce lait en poudre ! leur avait-on recommandé à la maternité de l'hôpital où la petite Félicienne avait passé les premiers jours de sa vie.

La première fois, ils s'étaient avancés timidement vers le berceau qu'on leur avait désigné. Allaient-ils y retrouver leur fille, leur petite Niévès enlevée à leur amour ? Serait-ce à son père, cet inconnu, qu'elle allait ressembler ? Tout simplement, allaient-ils aimer cet enfant d'un élan spontané ? On pouvait en douter aux visages fermés, crispés sur leur chagrin qu'offraient Milagro et Ramón. En outre, cette enfant-là ne portait-elle pas le péché de sa mère ? Peut-être aussi la veulerie d'un père qui n'aurait manifesté aucun intérêt pour elle ? Et pourquoi pas, dans la foulée, lui imputer la mort de sa mère, malade certes, mais surtout affaiblie par une grossesse ?

Leur cœur avait fait fi de toute noirceur, il avait fondu au premier regard posé sur cette poupée au teint clair, au fin duvet doré, aux doux yeux noirs, qui souriait aux anges.

— *Félicia, chiquita mía !* avait balbutié Milagro.

Elle n'avait pu en dire plus, secouée de sanglots. Ramón avait, d'un doigt précautionneux, caressé la joue du bébé qui crut être sollicité par un biberon et remua sa tête dans tous les sens, ses petites lèvres roses et charnues entrouvertes.

— Elle a faim, dit Ramón, la voix enrouée.

— Un réflexe ! Un simple réflexe, elle vient de téter, se défendit la personne en charge des bébés à la nurserie.

Là s'était arrêté leur premier rendez-vous avec Félicienne. Trop d'émotion les submergeait. Peut-être aussi de la colère, en tout état de cause une stérile révolte contre la *mala suerte*, le mauvais sort. Mais ils étaient revenus le même jour, ils avaient assisté à la pesée du petit ver gigotant, Milagro avait sorti de son sac ses dernières emplettes, une brassière de laine rose, des chaussons assortis, un bavoir de satin.

— Le burnous, c'est quand elle sortira… enfin, quand nous pourrons la prendre.

— Mais vous pouvez dès demain si vous voulez.

Milagro se ferma et Ramón expliqua d'une voix qui chevrotait.

— Demain auront lieu les obsèques de notre fille, de sa maman, dit-il en désignant le bébé du menton. Après, nous rentrerons chez nous.

Le lendemain, comme prévu, la cérémonie avait eu lieu dans la chapelle du sanatorium. Les circonstances de la mort de Niévès, la naissance de Félicienne qu'elle avait reçue dans ses mains comme un don du ciel et par-dessus tout le désarroi des parents, avaient fait sortir sœur Marie de la Providence de sa réserve habituelle et de son prétendu détachement des misères terrestres. Avec l'aval reconnaissant de Ramón et Milagro, elle avait fait ouvrir, au cimetière Vauban, le tombeau de sa famille, des notables du Briançonnais, et le modeste cercueil de Niévès était allé prendre place à côté d'un autre, une bière en acajou à poignées de bronze.

— Ma chère maman, leur avait soufflé la sœur. Morte l'année dernière après un dur combat contre la maladie. Votre fille sera en bonne compagnie. Et vous pourrez venir quand vous voudrez pour prier sur sa tombe.

— Nous ne reviendrons plus, dit Ramón, désolé.

— Moi, je viendrai de votre part, je vous le promets.

Comme il était bon de rencontrer, sur sa route, de si braves gens, de si grandes âmes, des êtres si altruistes qui vous réconcilient, un tant soit peu, avec la vie !

Après un adieu à leur fille, des remerciements sincères à la religieuse et au docteur Tréville, ils s'étaient précipités auprès de Félicienne. Là était la vie, leur nouvelle vie, l'accomplissement de leur promesse, élever l'enfant que Niévès leur avait confié.

En ce matin du 30 août 1903, dans le train qui les ramenait à Saint-Ambroix, ils ne se projetaient pas dans un avenir qui leur faisait si peur, mais ils savaient que Niévès ne les avait pas sollicités en vain. Ils donneraient à Félicienne l'amour qui, tout autant que le lait, est un aliment indispensable. Ils la protégeraient, seraient le rempart susceptible d'éloigner d'elle toutes sortes de maléfices. Ils la choieraient pour ce qu'ils voulaient qu'elle soit, le prolongement de Niévès et pour ce qu'elle était déjà, un cadeau de la vie.

Auguste-César Roustan des Fontanilles avait envoyé Pierrot et son brougham en gare d'Alais et, une fois de plus, les époux Etcheverría étaient bouleversés de la bienveillance de leur patron.

— C'est un bien bon homme, confia Ramón à Pierrot.

— Entre gens éprouvés, la solidarité est de mise, lui répondit le cocher qui, comme tout le personnel des Fontanilles et de La Bâtie Neuve, était au fait des grands malheurs du couple.

Comme pour confirmer les paroles de Pierrot, monsieur Auguste sortait des Fontanilles, il venait les accueillir, tout aussi accablé de tristesse.

Il se pencha vers l'enfant et demanda :

— C'est un petit garçon ?

Milagro esquissa un pauvre sourire.

— Une petite fille, monsieur, lui répondit-elle à mi-voix car le bébé dormait. Elle s'appelle Félicia.

14

1905

Morne vie que celle de la plus riche famille des filateurs saint-ambroisiens ! En partant, le fils chéri avait
tout emporté, les rires, la fête, les repas animés, la
musique du gramophone qu'Auguste-César détestait,
alors que pour l'entendre à nouveau il aurait donné
sa fortune.

La voix nasillarde de Juliette Méaly sublimant
la femme et ses froufrous, qui l'irritait au plus haut
point, flottait dans sa mémoire associée aux yeux
de velours noir de Félix en pleine rêverie. Parmi
la copieuse discographie que son fils s'était consti-
tuée, seule une ariette trouvait grâce aux oreilles
d'Auguste-César, celle de l'Avignonnais Frédéric
Doria et sa *Chanson des blés d'or*. Il arrivait qu'elle
transportât le filateur vers des rivages de mélancolie
où le fantôme d'Alexandrine reprenait âme et corps.

Désormais, le boîtier en marqueterie signé Berliner,
son cornet de cuivre et les disques en ébonite dont le
filateur refusait de se débarrasser n'étaient plus que
ramasse-poussière.

On aurait pu s'attendre à ce que la fraîcheur
juvénile d'Eugénie et de Victor apportât la touche
de gaieté qui faisait tant défaut aux Fontanilles.

Auguste-César se chargea de brider leur exubérance naturelle au prétexte que seul le silence est de mise dans une famille endeuillée. Le retour de Gabrielle, après de longs séjours en établissements de soins et de convalescence, renforça la désespérance des lieux. La jeune femme, deux fois veuve, clamait ne plus rien attendre de la vie. Pas même Victor et son avenir n'allumaient une étincelle dans son regard éteint. Clouée à vie dans un lit ou un fauteuil, elle pleurait égoïstement sur l'injustice de son destin.

Gabrielle, une femme moralement brisée, pantin désarticulé abandonné aux soins d'une garde-malade ; Auguste-César, un homme prématurément vieilli par le malheur ; Antoine, bientôt quadragénaire, résigné à sa condition de mari dépossédé d'une épouse encombrante et cependant aimée. Trois âmes en peine flottaient comme des ombres dans le cénotaphe qu'étaient Les Fontanilles.

Trois âmes en peine seulement ? Et Milagro, alors ? Certes, elle aurait pu passer inaperçue, si menue, aussi plissée qu'une pomme se flétrissant. Ombre vêtue de noir, mutisme de circonstance, hormis quelques mots en espagnol chuchotés :

— Chut, *cállate, Félicia* !

Du jour où on lui avait mis la petite Félicienne dans les bras et où elle l'avait aussitôt appelée Félicia, se délectant de ce prénom si souvent et toujours tendrement prononcé au masculin – et en toute ignorance ! – elle ne l'avait plus posée un seul instant. Ramón pouvait en témoigner. La nuit, dans leur lit dont elle avait évincé son époux, Milagro se couchait en chien de fusil pour former avec son corps une coque protectrice au bébé qui se lovait contre elle. Ramón se contentait du lit de Niévès où, désormais, le sommeil le fuyait. Tous les samedis soir il partait travailler jusque tard dans la nuit dans une gargote mal nommée Le Bec fin, où il exerçait la fonction de caviste. Plié en deux dans le sous-sol bas de plafond et suintant l'humidité de cet établissement des bords de Cèze, il soutirait le vin des tonneaux, emplissait des pichets qu'il remontait en salle, le pied hésitant au fil des heures et l'esprit brouillé par les émanations d'alcool. Sa motivation, cependant, était autre : la seule solution pour continuer à acheter les boîtes de farine lactée Nestlé que la petite gloutonne consommait sans modération.

— Il faudra des boîtes ! annonçait Milagro en évaluant la poudre de lait qu'il lui restait.

Il y avait de la fierté dans ce constat. Oh oui, elle était fière de la bonne santé de la petite Félicia qui pesait chaque mois un peu plus à ses épaules !

Car, si la petite et elle faisaient corps chaque nuit, le jour ne les séparait pas en dépit du travail de Milagro aux Fontanilles. L'astucieuse grand-mère se servait au quotidien du châle de madame Alexandrine, cadeau de mariage de son cher Feliz, et en faisait une sorte de nacelle croisée sur sa poitrine et nouée sur ses reins dans laquelle elle glissait l'enfant. Les mouvements de Milagro berçaient Félicia, un bébé qui se gardait bien de troubler le silence sépulcral de la maison du filateur. Elle ne pleurait jamais, ne se manifestait que lorsque la faim se rappelait à elle et encore par de discrets miaulements que Milagro apaisait par ses «Chut, *cállate, Félicia* !».

Elle descendait alors aux cuisines où il lui suffisait de faire son mélange de lait en poudre et d'eau préalablement bouillie dans le biberon, de l'agiter fortement et de le faire tiédir au bain-marie. En cela, elle ne faisait que suivre à la lettre les conseils reçus à la maternité de Briançon.

— Couvre-lui bien la tête, Milagro, qu'elle ne prenne pas froid.

— Prends son petit bonnet de toile, le duvet de son crâne est si fragile au soleil.

Pas un jour et pas une saison sans que Ramón n'y aille de son conseil pour le bien-être de la petite qu'il lui était cependant trop douloureux de regarder. Il se reprochait cette attitude, mais c'était au-dessus de ses forces. Alors qu'il fondait d'amour pour elle, il redoutait que haine et révolte ne s'emparent de lui à croiser l'innocence de son regard ou simplement à toucher sa délicate peau de pêche.

Le même comportement, motivé par d'autres causes, se retrouvait chez Auguste-César s'il venait à croiser Milagro et son petit fardeau. Conjoncture rare car la lingère évitait ces rencontres où les yeux embués du filateur croiseraient les siens, tout autant brouillés de larmes. Cela arrivait cependant et Auguste-César soupirait toujours les mêmes mots sans attendre une réponse :

— La vie ne nous a pas épargnés, n'est-ce pas, Milagro ?

Ni sa bru, uniquement préoccupée de son handicap, ni son fils se vouant corps et âme à la filature, ne lui faisaient reproche de sa grande tolérance envers la lingère encombrée d'un bébé venu on ne savait d'où. Avaient-ils seulement remarqué sa présence ?

Le personnel, en revanche, ne manquait pas de clabauder, surtout lorsque Félicienne tenta d'assurer ses premiers pas, accrochée au jupon de Milagro.

— Comment vous comprenez ça, Thérèse ? Y en a que pour cette enfant de rien dans cette maison !

La cuisinière, excédée par un pipi de la petite, échappé à la vigilance de Milagro, trouvait une oreille complaisante chez Thérèse, jalouse de l'Espagnole.

— *Pardi*, monsieur Auguste les bade, ces *estrangers,* comme s'ils faisaient tout mieux que les autres.

— Allez, *vaï*, y a un temps qui rit et un qui pleure. Attendez un peu que cette noiraude soit percluse de rhumatismes et son homme plus bon à rien à la filature et on leur montrera vite la porte de sortie.

— Pour tout vous dire, j'en suis pas aussi sûre que vous !

Félicienne trottinait maintenant sur ses deux ans, toujours attachée aux pas de Milagro qui puisait dans l'omniprésence de l'enfant un soulagement à sa peine alors que Ramón, lui, y trouvait un cautère.

La grand-mère de la petite ne possédait pas de mots pour parler de son malheur, sinon ce terrible coup du sort, la *fatalidad*. Quoi de plus banal que le malheur ? Chacun en fait tôt ou tard l'expérience. Et puis, la vie dans tout ce qu'elle lui avait réservé de mauvais et de pire ne lui avait-elle pas fait le plus beau des cadeaux avec cette petite Félicia ?

Ce n'était malheureusement pas la même approche de la part de Ramón. Pas la même philosophie non plus. Chaque fois que son regard se hasardait sur l'enfant, de douloureux coups de poignard lui transperçaient le cœur. Sans cesse revenaient les images du calvaire de sa fille. Niévès ramenée par monsieur Félix, inconsciente et brûlante de fièvre. Niévès entrevue à l'hôpital-hospice sous assistance respiratoire comme une violette sous cloche. Niévès à peine requinquée et encore si pâle, en partance pour le sanatorium et qui agitait une main en guise d'au revoir. Niévès enfin libérée de toutes ses souffrances, le visage apaisé, les yeux clos, petite fille et déjà mère qu'une pelletée de terre avait recouverte.

Là ne s'arrêtaient pas les tortures de Ramón. Il y avait cet homme, ce maudit, ce salaud qui avait déshonoré sa fille et qu'il aurait un malsain plaisir à faire rendre gorge.

Aussi se creusait-il la tête, en vain, pour tenter de mettre un visage, un nom sur la canaille et se jurait-il: «Je ne fermerai pas les yeux avant de lui avoir réglé son compte!»

En fait, Ramón était un être double. Un fou d'amour et de tendresse pour Milagro et Félicia, un homme de haine et de vengeance pour le géniteur de la petite, mais aussi pour madame Georges à qui il imputait la maladie de Niévès.

Une seule fois, il avait confessé à Milagro:

— La contremaîtresse, cette chienne, c'est elle qui lui a mis la tête dans la bassine. Niévès l'a giflée et puis s'est enfuie, dans le froid et la nuit, trempée des pieds à la tête! C'est à cause de la Georges qu'elle a pris mal. Le diable l'emporte!

Et Milagro n'avait su que répondre, désolée:

— *Fatalidad!*

Il englobait dans sa détestation les fileuses qui avaient provoqué Niévès et se tenait loin de l'atelier de crainte d'être tenté de les gifler d'importance.

Même après tout ce temps, pas une goutte de son sang qui se fût attiédie, pas un de ses cheveux qui ne se dressât à croiser l'une ou l'autre, pas une qui trouvât grâce à ses yeux. Vrai de vrai, s'il n'eût voué une telle reconnaissance à monsieur Auguste pour son infinie générosité à l'égard de sa fille, il aurait fui La Bâtie Neuve, Les Fontanilles… mais seulement après avoir vengé Niévès.

Il faisait une exception, cependant, pour Jeanne, l'amie de Niévès, sur qui Milagro avait reporté un peu de cette affection qu'elle dispensait si généreusement. Jeanne retrouvait, à visiter le couple Etcheverría, un peu de senteur d'eau de Farina utilisée par Niévès, flottant encore au logis, et surtout son prolongement dans la petite Félicienne.

— Plus ça va, plus elle ressemble à ma pauvre et chère amie ! affirmait Jeanne en détaillant la fillette au teint ambré, aux longs cheveux bouclés.

Elle y mettait cependant des limites en caressant l'enfant et cherchant son regard.

— En fait, Niévès n'avait pas ces jolies fossettes, déplorait-elle.

— Ma fille était maigrichonne. Félicia, elle, a encore ses joues de bébé.

— Ses yeux non plus ne sont pas ceux dont je garde le souvenir. Ils sont doux comme de la soie.

Lorsque, au cours de ses visites aux Etcheverría, Jeanne rencontrait Ramón, il ne manquait jamais, par des biais détournés, de poursuivre ses investigations.

— Veux-tu dire, Jeanne, que tu as déjà vu ces yeux-là ?

— Je ne sais, monsieur Ramón. Les yeux de Niévès étaient plus vifs. Pour ça, oui, ils lançaient des éclairs, et ceux de la petite sont, comme on dit, langoureux.

— Ramón, tu embêtes Jeanne avec ça. Félicia a des yeux d'enfant dépourvu de malice, c'est tout.

Milagro avait-elle établi un lien qui l'effarait? Nul n'aurait su le dire. Toujours est-il qu'elle ne tenait pas à ce que son époux perdre son temps à trouver le séducteur de Niévès de crainte que ne leur soit enlevée la petite. Ramón, obsédé par sa soif de connaître le coupable, ne songeait qu'à l'honneur bafoué de sa fille; là s'arrêterait sa démarche. Tout son être criait vengeance, le plus destructeur des sentiments!

Après ses premiers pas, ce furent les premiers mots de Félicia qui divisèrent le couple.

— Papa... Papa...

Alors, toute pétrie de fierté, Milagro faisait répéter l'enfant. Un beau jour, Ramón n'y tint plus. Sa colère explosa dans sa langue maternelle, une façon pour lui d'épargner la petite.

— *No soy su padre, este cabrón! Sólo soy su abuelo*[1]!

Cette voix, bouillonnante à la fois de haine et de chagrin, exprimait tout le désespoir de Ramón, toute son impuissance à donner à Félicia ce qu'elle était en droit d'avoir et qu'elle n'avait pas, qu'elle n'aurait jamais. D'ailleurs, dans son exaspération, il anticipa les progrès oraux de la petite.

---

1. Espagnol: «je ne suis pas son père, ce connard! Je suis seulement son grand-père.»

— *Tú tampoco eres su madre! No lo olvides nunca jamás*[1] *!*

Pour une fois, Milagro fut à court d'arguments, la détresse de son mari faisait écho à la sienne. Elle se contenta de hausser les épaules, impuissante à panser leur chagrin commun ; néanmoins, comme il entrait dans son caractère de toujours faire à son idée et parce que son cœur lui soufflait sa décision, elle se jura de ne jamais reprendre Félicia s'il convenait à l'enfant de les considérer comme ses père et mère.

« Pour que Félicia soit une enfant comme les autres », se jurait-elle.

L'enfant percevait-elle les réticences de Ramón ? Calquait-elle son attitude sur les silences de Milagro qui communiquait très peu avec le personnel des Fontanilles ? Ou tout simplement cela entrait-il dans son caractère de se comporter en fillette silencieuse ? Ce qui ne l'empêchait pas, en dépit d'une certaine gravité dans son sourire à fossettes, d'offrir à qui voulait bien faire cas de sa petite personne une frimousse avenante et un regard plein de douceur.

*   *

*

Année socialement agitée que cette cinquième du siècle ! Pas assez cependant pour détourner Auguste-César de ses humeurs ténébreuses. Suffisamment pour qu'Antoine, son fils, reste vigilant dans sa gestion de La Bâtie Neuve.

---

1. Espagnol : « toi non plus tu n'es pas sa mère ! Ne l'oublie jamais. »

Les effets des résolutions prises au Congrès des travailleurs de Montpellier, trois ans plus tôt, commençaient à se faire sentir un peu partout en France. L'adoption, dans ses nouveaux statuts, d'une Commission des grèves, dotait l'organisation d'armes nouvelles pour améliorer la condition des ouvriers. Les premiers à franchir le pas, et dans un bel ensemble, furent les porcelainiers de Limoges qui, de février à mai, cessèrent le travail.

Ils ne tardèrent pas à être imités par les ouvriers de la chaussure à Romans, auxquels se joignirent, dans un même élan d'espoir et de solidarité, les cordonniers du Gard. Bien que ne concernant pas les métiers de la soie et du textile, la menace se rapprochait, causant des insomnies à Antoine Roustan des Fontanilles et laissant toujours le patriarche dans une sorte d'indifférence désabusée.

— Tous ces mouvements, qu'ils soient sporadiques ou, comme c'est le cas maintenant, engagés dans la durée, ne me disent rien qui vaille. Que vous en semble, père?

— J'ai traversé d'autres tempêtes, soupirait le vieil homme.

— C'est là tout l'effet que cela vous fait? Je vous ai connu plus circonspect dans l'anticipation d'une grève...

— J'ai passé l'âge de me laisser déstabiliser par une tempête dans un verre d'eau, fils et puis, je te fais confiance.

C'est tout ce qu'Antoine avait pu obtenir d'une conversation de fin de repas qui avait fait fuir Auguste-César dans sa chambre plus tôt que de coutume.

La tension, à La Bâtie Neuve, fut palpable dès le mois de juillet. La raison ? Une loi du 29 juin concernant le temps de travail… des mineurs de fond.

— Les abatteurs ont obtenu des postes de huit heures !

La nouvelle de cette réduction du temps de travail courait sur toutes les lèvres, qu'elles soient celles des gueules noires ou des métallos pour ne parler que des voix masculines. Il ne fallut pas plus pour que les ateliers d'indiennage de Provence se mettent à frissonner d'impatience. Plusieurs interruptions intempestives dans les chaînes réglées au métronome exaspérèrent les patrons qui firent pleuvoir sanctions, pénalités et mises à pied.

Antoine en profita pour revenir à la charge :

— J'avoue, père, que je serais bien embarrassé si j'avais à affronter ce genre de cabale.

— Agir en toutes circonstances pour le bien de la filature. De sa bonne marche dépend le pain quotidien de nos filles, même si elles l'ignorent et s'il leur arrive parfois de cracher dessus.

Si partout ailleurs le ton montait, il n'en était encore rien à La Bâtie Neuve, la contremaîtresse jugulant toute manifestation revendicative. Madame Georges avait l'œil acéré, l'oreille aux aguets ; plus que jamais, elle interdisait la formation de petits groupes durant les temps de pause, les chuchotements en aparté. Elle traquait les mines conspiratrices jusqu'à créer une atmosphère électrique.

L'idée vint-elle des ouvrières de La Bâtie Neuve ? Trouva-t-elle sa source dans l'arrière-salle enfumée d'un bistrot où les ouvriers de tous bords refaisaient aisément le monde ? À moins qu'elle ne se fût élaborée au cours de ces tièdes veillées d'été, dans une cour, un jardin, une rue, seulement éclairée par les étoiles?

Les fileuses allaient frapper là où on ne les attendait pas. On les disait hâbleuses, bavassant à tort et à travers, peu instruites, pas plus futées que les moutons de Panurge et pourtant, il suffit d'une nuit pour que leur revendication prît la forme d'affichettes imprimées d'un slogan qui claquait tel un drapeau au vent:

«Le combat des fileuses: huit heures de travail par jour!»

Et pas une faute d'orthographe!

Louise Barbusse, la Goulue, les avait dans son sac; elles avaient décidé, avec trois autres fileuses, d'en faire la distribution à la sortie du travail. Le mot d'ordre serait d'en inonder la ville, d'en poser sur les bancs publics et dans les magasins, d'en punaiser sur les platanes de la place; celles qui prenaient le train des fileuses pour rentrer chez elles auraient mission d'en oublier sur les banquettes. Privées de parole, les fileuses, mais pas privées d'action!

Une fois de plus, la perspicacité de madame Georges allait mettre à mal leur revendication. Le sac de toile tiraillant l'épaule de la Goulue lui parut suspect pour ne contenir que les reliefs de son repas dévoré à la pause. Futée, elle décida de ne pas faire d'esclandre: la Goulue avait ses partisanes, elle attendrait son moment pour la confondre.

Mais à maligne, maligne et demie. Gilberte, alias la sculpturale Vésuve, avait suivi le regard soupçonneux que la contremaîtresse faisait peser sur le sac de la Goulue. Son amie renvoyée de La Bâtie Neuve? Elle ne voulait pas même l'envisager. Il fallait voler à son secours dans la plus grande discrétion. Le hasard, celui qui sert les uns au détriment des autres, la servit par une succession de petits contretemps qui mobilisèrent madame Georges et facilitèrent le forfait de Gilberte. En un tournemain, les affichettes subversives transitèrent du sac de la Goulue à un autre, de même taille et qui bâillait sur un quignon de pain trop dur. À l'instant même où elle réalisait qu'il s'agissait de celui de Jeanne, Vésuve eut une grimace de satisfaction.

«Bien fait pour cette face de carême!» se réjouit-elle, ravie que les ennuis pleuvent sur cette excellente ouvrière.

Ils plurent, en effet, orage déferlant sur l'innocente et la plongeant dans le plus noir désespoir. Aussi noir que celui de madame Georges qui s'était fait berner de première!

— C'est ton sac, Jeanne? s'étrangla-t-elle.

— Oui, madame Georges, répondit Jeanne en toute innocence.

— Ouvre! Mais ouvre donc!

— Mais... mais ce n'est pas à moi, ça!

— Pas à toi mais dans ton sac. Tu m'expliques? Et d'abord, de quoi s'agit-il?

À 18 heures, sur un clin d'œil de Gilberte, l'atelier s'était vidé, laissant Jeanne se dépêtrer d'une situation qui lui échappait et madame Georges digérer amèrement d'avoir été bernée. Néanmoins, il lui fallait sévir pour la bonne marche de La Bâtie Neuve, pour les prérogatives de sa fonction et dans l'intérêt de monsieur Auguste qu'elle défendait farouchement depuis plus de trente ans.

Madame Georges tenait une des affichettes à bout de bras, peu désireuse d'être salie par ce qui était imprimé là.

— Un atelier qui te fait vivre ! Tu veux sa mort et donc la tienne, ingrate !

— Je vous jure, madame… ce n'est pas à moi… je ne sais comment c'est arrivé dans mon sac… il faut me croire.

— Je crois ce que je vois. Tu vas t'expliquer avec monsieur Auguste… enfin, avec monsieur Antoine !

— Non, je vous en prie, madame Georges, je vais être renvoyée pour… pour…

— Pour incitation à la grève. Ni plus ni moins. Je t'assure qu'avec ce genre de remarque sur ton livret ouvrier, tu ne trouveras plus un seul atelier qui voudra t'embaucher.

— Ne faites pas ça, l'oncle, la tante, ils me tueront !

Jeanne était tombée aux pieds de la contremaîtresse et pleurait toutes les larmes de son corps.

— Tu peux pleurer, ça ne m'empêchera pas d'informer le patron qui statuera sur ton sort.

Disant cela et sans qu'une décrispation de son visage, ni un assouplissement dans son attitude raidie annonçassent une once de mansuétude, madame Georges sut qu'elle n'en ferait rien. Elle se dégagea de la silhouette pitoyable de Jeanne et sortit de l'atelier. Un long trajet qu'elle faisait deux fois par jour à pied la séparait de sa maison à Saint-Brès où son époux avait tenu une échoppe de cordonnier. Aujourd'hui elle appréciait ce parcours propice à la réflexion ; à mi-chemin, sa décision était prise : certes, elle devrait punir mais n'en ferait pas état au patron.

Jeanne avait quitté à son tour la filature, mais plutôt que de regagner la maison de son oncle était allée tout droit à La Masson, avait frappé à la porte des Etcheverría et, désemparée, s'était effondrée, en larmes, dans les bras de Ramón.

—Jeanne! Qu'est-ce qu'il t'arrive?

Jeanne raconta, d'un débit saccadé, les affichettes dans son sac, la colère de madame Georges, le renvoi qui suivrait et son oncle la jetant dehors, la misère qui serait son lot...

À l'écouter dresser ce tableau d'un malheur croissant, Ramón se raidissait. Soudain, il explosa:

— Cette foutue garce recommence. Elle va pas s'en tirer comme ça!

Il partit comme un trait.

En passant comme un fou devant l'auberge où le jetaient ses nuits d'insomnie pour quelques extras, il se souvint que le patron avait une bicyclette.

—Je vous l'emprunte, patron! cria-t-il sans attendre un mot d'assentiment.

Il pédalait frénétiquement et déjà se profilait le pont sur la Cèze en bas du village de Saint-Brès sans qu'il ait rencontré âme qui vive. Il la vit enfin qui empruntait certainement un raccourci longeant la rivière. C'était bien madame Georges qui le fuyait depuis la mort de Niévès. Elle n'eut pas le temps de s'étonner de sa présence que déjà il l'empoignait aux épaules et la secouait en vociférant:

— C'est votre plaisir de faire souffrir ces malheureuses! Avouez que vous y prenez goût!

—Lâchez-moi, Etcheverría! Vous avez perdu la tête. Que vous ai-je fait?

—Jeanne! hurla-t-il sans la lâcher. Vous vous acharnez sur elle maintenant qu'il n'y a plus ma fille pour vous servir de souffre-douleur!

— Qu'est-ce que vous racontez, pauvre homme? Vous avez perdu la tête. Un grand malheur, c'est vrai, peut rendre un homme fou, mais le temps fait son œuvre pour apaiser votre peine.

Ce n'étaient plus aux épaules de la contremaîtresse que Ramón s'en prenait, il lui avait pris un bras et le tordait pour qu'elle tombe à genoux, mais elle résistait farouchement.

— Le malheur, c'est par toi qu'il est arrivé, sorcière!

— Lâche-moi, maudit! Il est un peu tard pour chercher les causes du mal de ta fille.

— Le mal, c'est toi et tu le sais!

À deux doigts de plier un genou, madame Georges lança:

— Son mal, c'était le feu qu'elle avait aux poumons et plus encore aux fesses!

La main de Ramón, tel un battoir de lavandière, s'abattit par trois fois sur les joues de madame Georges qui vacilla. Elle croisa son regard, des yeux injectés de sang.

«Des yeux de tueurs!» pensa-t-elle.

Crier ne servirait à rien, le lieu était désert à cette heure; de plus, ce serait avouer sa peur. Ramón, alors, ne s'appartiendrait plus, il l'aurait à sa merci. Un éclair de lucidité lui fit entrevoir le salut. La vérité! La vérité qui le terrasserait à coup sûr.

— Oui, le feu et l'arrogance. Elle se pavanait tout auréolée des faveurs de son amant. Pardi, elle se croyait déjà la patronne!

Madame Georges avait gagné. Ramón lâcha son bras, devint blême et grinça entre ses dents :

— Quel mensonge as-tu encore inventé, salope ?

— Si mensonges il y a, ce sont ceux que te balançait ta fille quand elle s'envoyait en l'air dans la capitelle et à La Romance.

— Son nom ! Donne-moi son nom à ce maudit !

— Pauvre niais ! Tu le prononces chaque jour avec le cadeau que t'a laissé ta fille.

— Félicienne, murmura le père anéanti. Félicia. Félix, le fils de... oh mon Dieu ! Mais alors, monsieur Auguste, il faut qu'il sache...

Sa voix n'était plus qu'un murmure. Madame Georges prit le même ton pour lui dire :

— Il sait.

Ramón plia les genoux, s'affaissa sur son séant, prit sa tête dans ses mains et pleura sans retenue. Madame Georges était sauvée, elle pouvait rentrer chez elle.

Tout était sombre autour de lui quand il sembla enfin reprendre conscience. Seul le ciel constellé de myriades d'étoiles le renseigna sur l'heure approximative. Se dessina ensuite la route qui descendait en virages appuyés sur Saint-Ambroix ; il empoigna la bicyclette, donna deux tours de pédalier et se laissa glisser, prendre dangereusement de la vitesse, frôler le bas-côté pour arriver enfin au Bec fin où il se délesta sans un mot de l'engin.

Rentrer chez lui ? Il ne le pouvait pas. Non, il ne pouvait poignarder Milagro en lui révélant que son *Feliz* chéri, son presque fils, avait abusé de sa fille, la vraie chair de sa chair. Pas plus qu'il n'oserait affronter le doux regard de Félicia, ces yeux qu'elle tenait de son père, son père enfin révélé.

L'idée de vengeance qui l'avait nourri depuis deux ans devenait vaine, le séducteur haï n'était plus de ce monde. Il avait, en quelque sorte, payé sa dette, fait solde de tout compte en mourant.

En fait, le plus douloureux, à cet instant, n'était-il pas de savoir que monsieur Auguste savait? D'imaginer que sa haine pouvait se reporter sur lui, lui à qui il devait tant? Le patron vénéré qui, dans ses rêves, devenait un ami, l'homme juste, l'homme honnête, l'homme bienveillant envers Niévès, ne serait donc qu'un fourbe qui avait racheté sa conscience par des marques de considération?

Ramón suffoquait. Il avait atteint le sommet de la souffrance. Un sentiment de trahison, cent fois, mille fois plus douloureux que celui de la haine et telle-ment plus impuissant, en faisait un homme à terre. Il marcha au hasard dans les rues, fuyant sa famille, son logis, son lieu de travail, tout ce que lui était cher à ce jour. Son pas titubant le mena, sans qu'il l'eût prémédité, aux abords de La Romance. Il connaissait le jardin pour y avoir fait des travaux d'entretien du temps de madame Bérangère.

Là, il s'assit sur le banc, le même qui avait reçu Niévès en grand manque de son Félix. Il ferma les yeux et fut transporté par ce que recelaient ses paupières closes. Niévès, nimbée d'un halo de lune, hantait les lieux, fantôme joyeux qui lui faisait des signes. Il l'entendit même murmurer: «Viens!»

Il se leva du banc, avança vers l'apparition qui flot-tait, puis s'élevait, devenait insaisissable. Elle était là, au-dessus de la charmille, et renouvelait son invite : « Viens, papa ! »

La main de Ramón se saisit d'une branche pour s'assurer de sa solidité. Ce faisant, il dérangea une colonie de mésanges qui s'enfuit en piaillant. Cela ne troubla en rien ses gestes méthodiques. Il ôta sans hâte sa chemise, la déchira et abouta les morceaux jusqu'à en faire une longue bande qu'il torsada avant de jeter un des bouts sur la branche et l'y assujettir. Le reste ne fut qu'un jeu d'enfant qui finit mal. Au point du jour, il n'était qu'un pantin se balançant dans le tunnel de feuillage.

Arrivé en France aux vendanges de 1864 qui voyaient les premiers méfaits du phylloxéra, Ramón Etcheverría en repartait aux vendanges de 1905 qui feraient date dans les millésimes exceptionnels.

Adieu paniers, les vendanges sont faites !

15

1906

N'importe qui aurait pu s'étonner de cette femme sans larmes s'il n'avait connu, comme tout un chacun à Saint-Ambroix, les malheurs de Milagro Etcheverría. Elles étaient taries depuis le temps qu'elles coulaient sur la maladie de sa fille, sur sa mort, sans parler de celle du presque fils qu'elle avait élevé, chéri au plus haut point. Asséchées par de longues nuits d'insomnie, elles ne coulaient plus au bord de la fosse commune qui allait accueillir Ramón à qui l'église avait fermé ses portes.

Elle n'avait su que tordre ses mains de désespoir à cette annonce de funérailles religieuses refusées à son époux, puis avait posé sur Auguste-César Roustan des Fontanilles un regard éperdu de reconnaissance lorsqu'il lui demanda, comme une prière :

— Milagro, si tu es d'accord, le pasteur assurera un service au cimetière.

Un service ? De quoi parlait-il ? Il comprit et expliqua :

— Le pasteur Noguier que j'ai rencontré est prêt à venir faire lecture de versets de la Bible, dire une prière et chanter un cantique. Notre Dieu est le même, tu sais, Milagro.

C'est lui qui disait ça! Lui le pourfendeur de calotins! Son âme devait être alors bien lourdement chargée.

— On chantera *Los Preces*? demanda Milagro qui semblait tenir aux chants proches du *Miserere* de la liturgie hispanique.

— Certainement, mais en français! assura le filateur, peu désireux de la décevoir.

Alors elle était là, devant ce trou qui allait être comblé, femme sans larmes, sans âge, opposant à toute la faiblesse qui émanait d'elle une force de vie qu'elle devait à Félicia. La petite ne lâchait pas sa main, posait un regard confiant sur cette grand-mère qu'elle pourrait désormais appeler maman sans encourir l'air chagriné du bougon Ramón, ce «papa» qui ne l'avait jamais fait sauter sur ses genoux.

Dieu sait qu'elle l'avait cherché, son Ramón, cette Milagro dépitée de ne pas le trouver au logis! Dans la serre, dans le jardin, à La Bâtie Neuve endormie pour la nuit, et toujours trottinant à son côté sans lâcher un pan de sa jupe, la petite Félicia. De guerre lasse, elle s'était couchée, la gamine montrait des signes de fatigue et elle avait espéré toute la nuit que son homme ait été appelé au Bec fin.

C'est d'ailleurs à cette auberge qu'elle s'était rendue au petit matin, laissant au lit Félicia encore embrumée de sommeil.

— Ne bouge pas du lit, *querida*. Je vais revenir très vite.

Au Bec fin, bien qu'on lui assurât ne pas avoir eu besoin des services de Ramón, un client jura l'avoir vu à bicyclette sur la route de Saint-Brès.

— Une fois à l'aller, une fois au retour ! Je vous le dis.

— Et moi je vous dis qu'il n'a jamais fait de vélo !

Milagro tourna les talons, cet homme avait bu pour affirmer de pareilles *tonterías*. De retour à La Masson, elle prépara le bol de lait et les tranches de pain de Félicia puis l'habilla, et toutes deux partirent, la main dans la main ; il fallait s'occuper du linge des Fontanilles. Aujourd'hui, elles iraient laver au lavoir communal, rincer à la rivière et sécher sur les galets, ce qui rend le linge si blanc. Tant pis pour Ramón, il se débrouillerait.

À la filature, madame Georges avait pris son travail comme si de rien n'était, tout juste portait-elle un foulard autour de son cou tuméfié. Elle réglerait l'histoire des affichettes en tête à tête avec la présumée coupable. Étouffer l'affaire dans l'œuf présentait un double intérêt, celui d'asseoir sa toute-puissance sur les fileuses et celui de ne pas inquiéter inutilement ce pauvre monsieur Auguste.

Jeanne, plus morte que vive, s'était rangée timidement devant sa bassine ; elle craignait à chaque instant d'être convoquée dans le bureau de monsieur Antoine. Serait-il enclin à plus d'indulgence que la contremaîtresse ? La croirait-il dans sa persistance à nier une quelconque incitation à la grève ?

La Goulue et Vésuve échangeaient des clins d'œil complices et perplexes. Des questions se bousculaient dans leurs petits crânes d'écervelées, d'ordinaire plus impulsives que réfléchies. Qu'étaient devenues leurs précieuses affichettes ? Cette sotte de Jeanne s'en était-elle débarrassée en les jetant dans la Cèze ? C'est alors qu'elle passerait un mauvais moment. Leurs supputations cessèrent net lorsqu'un brouhaha leur parvint.

Deux ou trois gamins, suivis d'hommes et de quelques femmes, criant et gesticulant, montaient le chemin menant à la filature, puis l'ayant dépassée, empruntaient l'allée cavalière qui conduisait aux Fontanilles. Des bribes de leurs propos décousus traversaient les grandes baies de l'atelier.

— Un ouvrier... l'Espagnol... raide mort... pendu...

Madame Georges fut la première à regrouper ces informations et en tirer une conclusion qui la terrifia.

« C'est moi qui l'ai tué en lui révélant qui était l'amant de sa fille. Fallait-il qu'il soit naïf, quand même ! »

Cette prise de conscience en amena une autre. N'avait-elle pas, en plongeant le visage de Niévès dans la bassine, avivé sa maladie ?

« Niévès... Ramón... Qu'ai-je fait, mon Dieu ? Quel démon a fait de moi une criminelle ? »

Elle savait qu'elle allait devoir vivre avec ces secrets. La Bâtie Neuve n'avait pas à pâtir de ses états d'âme. Monsieur Auguste, le vénéré, non plus.

Tout, ensuite, se précipita. Le filateur donna des ordres pour que l'on aille décrocher le corps de Ramón à La Romance, qu'on le ramène chez lui.

De même, il dépêcha Pierrot son cocher jusqu'au lavoir pour avertir Milagro qu'il rencontra en chemin, rentrant à pas pressés, Félicia à califourchon sur son dos. L'affreuse nouvelle s'était échouée sur les bords de Cèze et l'Espagnole, après avoir confié le linge des Fontanilles aux autres *bugadières*, allait vers son destin qu'elle analyserait, considérant le corps sans vie de Ramón, et les doigts de sa main avec son fatalisme :

— *La quinta desgracia !*

* *

*

Plus d'une année s'était écoulée depuis le départ de Ramón qui avait alimenté, pour un bon moment, les conversations des Saint-Ambroisiens. Quinze mois, pour être plus précis, que Félicia avait largement mis à profit pour gagner en autonomie et en vocabulaire, sans se départir de cette façon bien à elle de passer, en tous lieux, inaperçue, attitude fortement encouragée par Milagro. Encore que sa tenue vestimentaire ne résistât guère à la conception que l'on peut se faire de la discrétion et du bon goût.

Milagro n'avait plus, pour brider ses excentricités de gitane, la sagesse de Ramón ni une idée des canons de la mode selon Niévès. Aussi accommodait-elle, pour la petite, des robes informes taillées dans des jupons aux coloris disparates. Il n'était pas rare, de plus, que la petite aille pieds nus de mai à octobre ; le reste de l'année, ses pieds glissés dans de grosses chaussettes de laine faisaient l'apprentissage de la rudesse de galoches achetées au marché et qu'elle devait prendre soin de ne râper ni éculer, galoches qu'elle ôtait aux Fontanilles afin de ne faire aucun bruit.

Milagro avait craint, un temps, de laisser son logis au nouveau préposé à l'entretien de la filature. Mais monsieur Auguste l'avait soulagée.

—Jamais une telle pensée ne m'a effleuré, ma pauvre Milagro! s'était-il récrié à la formulation de la crainte qu'elle n'avait pu taire plus longtemps.

Il avait poursuivi, lui tapotant affectueusement l'épaule, geste qui s'apparentait, aux yeux effarés de la petite Félicia, à une semonce, un reproche, une bousculade en guise d'avertissement :

— Toi et la petite aurez toujours droit de cité à La Masson. Je ferai en sorte de le consigner par écrit avant que... Va, ne crains rien, personne ne vous fera partir.

C'est tout juste si Milagro ne lui avait pas embrassé les mains de reconnaissance. Au lieu de cela, elle avait poussé en avant Félicia, toujours embusquée dans son dos, et lui avait soufflé :

— Félicia, dis merci à monsieur Auguste! Allons, dis merci!

Bien que terrorisée par celui qu'elle estimait plus effrayant que le croquemitaine, Félicia s'était exécutée sans lever les yeux. D'ailleurs, qu'aurait-elle vu ? Rien, sinon les murs de la pièce : monsieur Auguste s'était enfui comme s'il avait le diable à ses trousses.

Milagro et Félicia vivaient donc à l'économie, la grand-mère prenait son repas de midi à la table du personnel et, frugale, nourrissait la petite de sa propre assiette. Le soir et le matin, chauffant le logement avec du bois charrié par la Cèze qu'elle ramassait à ses rares moments perdus, elle concoctait pour elles deux des roboratives panades qui pouvaient être salées ou sucrées selon la provende que Milagro avait pu faire aux Fontanilles ; discret prélèvement qui, elle en était sûre, ne relevait pas du chapardage car il s'agissait de brisures récupérées dans les soucoupes pour le service du café. Si la paye de Ramón ne faisait pas défaut de façon criante et pressante, la lingère, dont le salaire n'atteignait pas celui des fileuses, présageait des jours difficiles au fur et à mesure que l'enfant grandirait.

Elle grandissait, en effet, à l'ombre de la filature, mais préservée de son animation et de ses chants joyeux qui, en ce début de décembre 1906, s'étaient tus.

La raison était simple. Ce qui avait été évité l'année précédente, l'arme ultime et redoutée : la grève !

Le mécontentement latent avait atteint son paroxysme à l'annonce d'une prime de quatre cents francs par bassine, accordée aux filateurs par le gouvernement Sarrien sous la présidence d'Armand Fallières. La raison de cette largesse ? Tout bonnement la création, en 1904, par un groupe de soyeux lyonnais – des traîtres, disait-on – de la Société lyonnaise de soie artificielle, suivie l'année d'après de celle de la soie artificielle d'Izieux par des teinturiers lyonnais, les Gillet. Deux sociétés qui produisaient rayonne et fibranne, qu'on s'accordait à nommer ersatz du textile noble dans le milieu de la vraie soie.

Cette prime accordée aux filateurs pour leur donner un peu d'oxygène, sans pour autant entraver le développement de ces matières artificielles qui représentaient l'avenir, aurait pu passer inaperçue du menu peuple si la presse ne s'était fait un devoir de le renseigner sur la destination des deniers publics.

« L'État a entendu les filateurs ! » titraient *Le Petit Journal* et *L'Humanité*, pour ne citer qu'eux.

Quelques jours plus tard, une grève générale déclenchée à Ganges, puis gagnant Anduze et Saint-Jean-du-Gard, trouvait un écho à Alais, Saint-Ambroix... Une des revendications des fileuses portait sur cette prime qui les faisait grincer. Elles demandaient donc qu'elle soit partagée entre le patron et ses employés. Une autre concernait le salaire : elles émargeaient à un franc cinquante par jour et en exigeaient deux.

Pour certaines, obtenir satisfaction sur ces deux points comblerait leurs attentes, mais d'autres, sur leur lancée, réclamaient un peu plus.

« Trop, beaucoup trop ! » frémissait Jeanne à leur énumération. L'amie de Niévès qui avait échappé, elle ne savait par quel miracle, à une sanction qui l'aurait jetée à la rue, rougissait aux exigences éhontées de la Goulue et de sa clique.

— Les amendes doivent être supprimées, c'est une injustice qui nous est faite ! clamait-elle, debout sur une table comme pour danser le cancan.

— Plus de renvoi pour fait de grève, nous l'exigeons ! hurlait cette excitée de Vésuve tandis que Philomène demandait à son tour la parole.

Accentuant la cambrure naturelle de ses reins pour mettre en valeur ses seins qui confirmaient son surnom de Loches, elle prenait son temps pour faire plus d'effet et annonçait :

— Nous voulons, et nous obtiendrons, la reconnaissance d'un syndicat...

Faisant taire un *Ohohohoh* général de crainte autant que de stupéfaction, elle poursuivit :

— Oui, un syndicat qui fera respecter nos droits, à nous les fileuses, un syndicat qui apportera son soutien à toutes nos actions. Vous le voulez, ce syndicat?

Elle haranguait, comme un camelot, les filles qui, passé la frayeur d'une telle audace, se prenaient à rêver de journées de huit heures au salaire correct. Il fallait bien, d'ailleurs, des filles délurées, à la gouaille facile, un brin charismatique pour que dans chaque filature et dans une belle unité, le mouvement soit suivi à cent pour cent. Car c'était un fait, et il ferait date dans l'industrie de la soie, les filatures fermées se comptaient par dizaines, les fileuses et les manouvriers battaient le pavé par milliers.

Quelle tristesse alors que ces villes, ces bourgs, ces villages privés de l'animation ordinaire d'une cité au travail. Cafés et bistrots étaient désertés après avoir été le lieu privilégié des réunions propres à refaire une société par trop inégalitaire. Il fallait économiser, sou par sou, si l'on voulait tenir. Déjà, dans les magasins d'alimentation, les ardoises s'allongeaient, certaines étaient closes, pour les raisons évidentes qu'avançait l'épicier.

— Non, non et non! Et dis-toi bien que je te rends service, la Rosalie. Quand même tu l'obtiendrais ta prime, et aussi ton augmentation, il te faudra six mois pour apurer ta dette à coups de dix francs par mois.

— Ma prime, à elle seule, suffira à effacer l'ardoise! se rebiffait la Rosalie.

— Mais tu rêves, ma pauvre! Si vous l'obtenez, cette foutue prime, ce dont je doute fort, faut pas vous faire des idées, on vous la donnera au compte-gouttes. Les patrons, je les connais, ils disent que c'est jamais bon pour l'ouvrier de se retrouver devant un magot.

— Qu'est-ce qu'ils croient ? Qu'on saura pas le dépenser ?

— Tu sais, pour eux, l'ouvrier est un enfant qu'ils ont le devoir de protéger de ses folies.

Plus de crédit et seulement dix jours de grève. Pour beaucoup la misère pointait son groin hideux. L'effet domino menaçait ; à population affamée, ville asphyxiée. Saint-Ambroix ne ferait pas exception à la règle, il n'était que de voir la place du marché abandonnée par les paysans qui descendaient d'ordinaire vendre leur production des hameaux de Dieusse, des Brousses ou de Graissol. De même, la gare de Saint-Ambroix, sur la ligne de chemin de fer Alais-Bessèges, inaugurée en 1857, ne s'éveillait plus aux chants matinaux des fileuses venues de Salindres, de Saint-Julien-Les-Fumades, qui rejoignaient celles, arrivant dans l'autre sens, de Gammal et Robiac. Pas plus qu'elle ne s'endormait au piaillement des ouvrières qui, bien que harassées, libéraient enfin leur parole pour se raconter leur journée. Et parce qu'elle ne vibrait pas seulement à la présence humaine, le temps n'était pas loin où le grincement des chariots expédiant les flottes de soie filée s'éclipserait des bruits familiers de la gare.

Rien de ce qui se passait, ou ne se passait pas, n'échappait à Auguste-César Roustan des Fontanilles ; Antoine ne l'ignorait pas. Pour autant, il avait fait le constat, l'année dernière, de son détachement ; aussi préféra-t-il affronter seul la tempête.

Car tempête il y avait, plus question de se voiler la face. On n'était plus devant ces flambées de protestations bien vite étouffées dans l'œuf, pas plus qu'à brandir la menace d'arrivées massives d'ouvrières d'Espagne ou d'Italie qui brisait la grève à sa seule évocation. Méthode à laquelle son père n'avait jamais eu recours et qu'il se promettait de repousser jusqu'à ses ultimes limites.

Chagriné par la situation à La Bâtie Neuve, tantôt rendue au calme, tantôt sa cour bourdonnant de réunions d'information organisées par les meneuses – Antoine avait fait cadenasser les ouvertures pour éviter toute détérioration du matériel qui devait être prêt à fonctionner dans l'instant –, Auguste-César se tenait informé des réunions entre filateurs, où son fils courait chaque jour. Qu'il soit de Ganges, d'Alais, de Saint-Jean-du-Gard ou de Saint-Ambroix, le combat des magnats de la soie était le même, les décisions devaient être prises de concert, s'harmoniser ; ils devaient répondre par un discours unique aux voix unanimes de la revendication.

— Mes amis, il ne faut surtout pas camper sur nos positions tout juste bonnes à braquer les fileuses. Nous devons, au contraire, leur montrer qu'elles sont entendues, que nous allons prendre en compte leurs attentes...

Antoine avait pris la parole sur une pressante exhortation de son ami Henri, le filateur dont il se sentait le plus proche. Les compétences du fils Roustan n'étaient plus à démontrer et son côté force tranquille ne serait pas en reste, pensait-il, pour apaiser les tensions.

— Parlez pour vous, Roustan ! le coupa avec véhémence un filateur gangeois, plus excité qu'un pou. Entendent-elles nos soucis quotidiens ? Les frais de courtage, les commissions où nous y allons chaque mois d'une rallonge?

— S'il n'y avait que cela! glapit Bayle de Saint-Brès. Il ne faut pas oublier les frais d'emballage de nos flottes, ceux du transport sans cesse en augmentation.

— Et les banques qui nous mangent la laine sur le dos? C'est bien joli, les escomptes qu'elles nous accordent avec largesse, leurs taux frôleront bientôt l'usure!

En lançant cette attaque, Camille Souteyran, filateur à Anduze, avait fixé Antoine d'un regard accusateur. N'était-il pas le gendre Lefebvre, un banquier qui ne passait pas pour un tendre? Pacifiste, le fils Roustan esquiva habilement. De plus, on n'était pas à faire le procès des banquiers, mais à dénoncer l'urgence de sortir du conflit.

Le lendemain de cette réunion particulièrement agitée des patrons désireux de sauver l'emploi en même temps que la face, Antoine fut sollicité par une petite délégation de fileuses pour obtenir une réunion. L'ami Henri lui fit savoir qu'il venait d'être contacté pour pareille rencontre. Souteyran fut pressenti de même et ainsi tous les filateurs qui restaient en liaison constante grâce à ce fabuleux outil – quoi qu'en pense Auguste-César – qu'était le téléphone.

Souteyran, le grincheux, toujours lui, en était à se demander s'il allait se laisser convoquer comme un laquais.

— C'est tout juste si ces filles ne mènent pas la danse! ragea-t-il dans le combiné.

— En tout état de cause, lui fut-il répondu par un confrère, il nous faut tous tenir le même discours.

Ferme et résolu. Pas de fléchissement, on les aura à l'usure.

— Beau discours ! commenta Antoine à qui l'ami Henri rapportait cet échange dont les protagonistes se vantaient. Mais peu glorieuse méthode que d'affamer nos filles pour obtenir d'elles une amère reddition.

Il était dépité par la mentalité féodale de quelques-uns de ses confrères qui tournaient le dos à l'évidence : le siècle tout neuf était celui des changements qui s'appelaient progrès, lequel n'était pas seulement réservé au gratin de la société.

Sans préméditation, Antoine avait endossé la défroque de son père, en parole et en pensée, avec sincérité, disant « nos filles » et non « ces filles » pour désigner son personnel. Comme lui, il n'évoquait que la part féminine.

En fait, chez ce charmant quadragénaire, l'éducation paternelle sourdait de toutes parts : alors qu'il n'avait pas quinze ans, Auguste-César ne l'instruisait-il pas sur la structure de La Bâtie Neuve, ce bijou familial qui se passait de génération en génération, en puisant dans les paraboles de la Bible, son livre de chevet par excellence ?

— N'oublie jamais, mon fils, le corps ne fait qu'un et il a pourtant plusieurs membres, et tous ces membres, malgré leur nombre, ne forment qu'un seul corps.

— Le corps, c'est vous, père, j'ai bien compris. Et les membres sont nos employés, avait déduit l'adolescent.

— C'est cela, en effet. Écoute encore, si un seul des membres souffre, les autres membres souffrent avec lui. Mais s'il est à l'honneur, ils partagent sa joie.

La métaphore était habile. Un quart de siècle plus tard, Antoine Roustan des Fontanilles la conservait en mémoire.

Ainsi donc, décision fut prise d'accepter la rencontre avec les fileuses sur leur lieu de travail, le même jour et à la même heure. La cohésion devait être totale et respecter l'unité de parole, de temps et de lieu.

— Faisons-les lanterner encore un peu, elles n'en seront que plus pressées de retrouver leur bassine.

— Belle mentalité ! grommela Antoine que le dédain de Souteyran agaçait au plus haut point.

Il fallut cependant en passer par là et la date fut fixée à quelques jours de Noël, pour parlementer, propositions à l'appui entérinées par tous les filateurs.

Depuis le 6 décembre, qui avait donné le coup d'envoi à leurs revendications, les fileuses avaient tenu parole et maintenaient leur promesse d'aller jusqu'au bout de la grève, mais aussi, dans leur grande majorité, elles avaient perdu de leur superbe.

Monsieur Auguste, qui les observait dessous ses sourcils broussailleux, en fut chagriné. Il avait étonné son fils alors que, à l'heure dite, ce dernier enfilait son pardessus pour se rendre à La Bâtie Neuve.

— Attends-moi, Antoine, nous y allons ensemble. J'ai demandé à Pierrot d'avancer le brougham.

Antoine était partagé dans ses sentiments. Il y avait cette petite étincelle qu'il devinait dans les yeux de son père, le phénix enfin renaissait de ses cendres. Mais n'allait-il pas au-devant de désillusions s'il pensait que sa seule présence suffirait à apaiser le conflit ? Pourquoi, dans ce cas, ne s'était-il pas manifesté plus tôt ?

— Vous êtes certain de vouloir m'accompagner, père ? Je ne vous garantis pas une partie de plaisir.

— Et ce n'est certes pas ainsi que je l'entends ! Mais j'ai encore mon mot à dire, il me semble ?

Bigre ! Auguste-César retrouvait sa combativité légendaire. Ce qui n'était pas pour déplaire à son fils.

Les fileuses se tenaient là, dans l'atelier où elles passaient la plus grande partie de leur vie, c'est dire si elles se sentaient chez elles ! Malgré leur lassitude et l'angoisse du lendemain qui crispait leur visage, il y avait de la noblesse dans leur regard, de la fierté aussi, celle qui grandit l'être humain quand il se sait dans son bon droit. Les plus virulentes d'entre elles, celles qu'on appelait les meneuses pour le soutien qu'elles apportaient aux filles prêtes à flancher, crânaient et gardaient le verbe haut en dépit de leur ventre noué par la faim. Une faim que toutes les fileuses connaissaient peu ou prou.

Pas une cependant n'était allée se présenter sur le carreau de la mine où les placières faisaient défaut. Elles aimaient travailler cette soie destinée aux bourgeoises et aux aristocrates, en tiraient gloire, faute d'en vivre décemment. Au terme des quinze premières journées de leur combat – le plus long dans l'histoire des filatures cévenoles – certaines étaient allées proposer leurs services pour faire des extras comme serveuse dans les bars ou les auberges. Vésuve et la Goulue étaient de celles-là. D'autres, dans les campagnes, s'étaient louées pour ramasser les châtaignes, protégeant leurs mains de bandages sous leurs gants de laine ; il ne fallait surtout pas, si les patrons cédaient et que le travail reprenne demain, que leurs doigts soient râpeux et accrochent le fil délicat. L'oncle de Jeanne avait saisi, en cupide tuteur, la proposition qui lui était faite par un sien cousin de Chamborigaud de mettre sa nièce à la tâche dans la vaste châtaigneraie qu'il possédait. Aussi la jeune fille manquait-elle à l'appel pour cette réunion capitale, comme le fit remarquer sournoisement l'envieuse Ernestine.

— La 49 ne doit pas se sentir concernée par notre sacrifice. Elle n'a pas daigné se joindre à nous.

— C'est même pas sûr qu'elle nous dise merci pour sa paye gonflée grâce notre action, rajouta Philomène.

Si l'entrée d'Antoine mit fin aux conversations, parlottes et apartés, celle d'Auguste-César, à qui son fils tenait la porte, coupa le souffle des fileuses soudain figées comme si elles se tenaient devant leur bassine lors d'une inspection du patron.

Antoine, en homme pressé, n'avait pas prévu que l'on s'éternise. Il avait à annoncer les résolutions fermes et définitives des filateurs et accorderait une semaine de délai afin que les ouvrières se prononcent pour la reprise de travail. Ce qui, espérait-il, ne ferait aucun doute. Or, il n'avait pas imaginé que son père reprendrait goût aux affaires et, pour le ménager, s'apprêta à prier Pierrot d'apporter une chaise. Prévenant son intention, Auguste-César le retint d'une main sur son avant-bras :

— Laisse, Antoine ! Pierrot sait ce qu'il a à faire.

Pierrot, en effet, apportait deux sièges aux patrons, mais aussi faisait une chaîne, avec quelques employés, pour faire entrer bancs et chaises pour le personnel.

Le regard surpris et un peu agacé de son fils réclamait qu'il explique :

— À quoi bon nous placer au-dessus du lot en restant assis comme des pachas ? Nos filles veulent parler avec nous d'égal à égal, elles doivent être traitées de même.

Auguste-César avait marqué un point.

Antoine, vexé, présenta un dossier à son père.

— Voulez-vous donner lecture de nos propositions, père ?

— Tu le feras mieux que moi, mon garçon… après que j'aurai adressé quelques mots de réconfort à nos filles.

On aurait entendu une mouche voler quand Auguste-César, s'efforçant d'affermir sa voix empreinte d'émotion, s'adressa à son personnel.

— Il y a longtemps, beaucoup trop longtemps, que je ne vous avais vues. Oh, j'avais de vos nouvelles, je connaissais vos difficultés, je me réjouissais de vos joies. Mais ma vie était incomplète, j'avais oublié le chemin qui mène à La Bâtie Neuve. Aujourd'hui qu'elle s'est assoupie pour notre plus grande tristesse et notre plus grand malheur à tous et toutes, je regrette ces années perdues et je n'ai qu'une hâte : que notre histoire commune reparte sur de nouvelles bases. Voilà, je voulais simplement vous le dire : je ne vous avais pas oubliées.

Nouveau point au score du filateur ! Auguste-César avait bien préparé le terrain, Antoine n'avait plus qu'à semer.

— En premier lieu, je veux vous annoncer la décision prise en commun avec les filateurs de Saint-Ambroix. Nous allons créer un dispensaire, il sera installé dans la rue des Bourgades. Là, vous aurez les soins médicaux et les produits pharmaceutiques gratuits. J'ai bien dit gratuits.

Auguste-César esquissa une grimace de satisfaction, Antoine avait retenu l'attention de son auditoire par une annonce positive, ce qui lui permit de se livrer ensuite à une fastidieuse énumération de chiffres propre à embrouiller l'attention la plus soutenue.

«... Sachant que, dans le meilleur des cas, une fileuse sort au maximum trois cent soixante-dix grammes de soie filée par jour, mais le plus souvent trois cents grammes, et qu'un soyeux achète la production d'une filature au prix de...»

— Vous comprenez donc qu'avec un effort de dix centimes par jour, nous sommes au maximum de ce que nous pouvons faire. À part mettre la clé sous la porte, ce qui n'est dans l'intérêt de personne.

Le chiffre que toutes attendaient était tombé dans le silence attentif à la démonstration d'Antoine. Néanmoins, des mains se levèrent pour réclamer la parole:

— Alors, ça fait le compte ou pas, pour les deux francs par jour qu'on demande?

L'ignorance, volontaire ou non, déclencha un sacré chahut qu'Antoine, avec force gestes, tentait d'apaiser.

— Laisse faire, lui souffla son père. La tension doit être évacuée avant qu'elles ne prennent conscience du grand pas en avant que nous leur consentons.

Au bout d'un temps que les deux hommes jugèrent interminable, une voix couvrit le tapage.

— Nous demandions deux francs et si j'ai bien compris vous nous proposez un franc soixante. Dans un marché honnête, on partage la poire en deux. Un franc soixante-quinze et on reprend le travail demain. Juré, craché !

La fileuse, enhardie, joignit le geste à la parole. Antoine se laissa déborder par un sentiment d'injustice. Depuis le temps qu'il calculait et recalculait ses marges, qu'il assistait à des réunions houleuses avec les filateurs cévenols, pour certains féroces en affaires, il se sentait au bord de l'impuissance et malgré lui haussa le ton :

— Nous ne sommes pas au foirail à marchander l'achat d'un bœuf ou d'un cochon. Un franc soixante, c'est à prendre ou à laisser !

On ne s'entendait plus dans la filature à l'ambiance surchauffée. Quand quelques-unes voyaient dans la proposition du patron une reprise sans déshonneur, d'autres criaient au scandale et redoutaient la trahison des plus démunies. C'est à ce moment d'extrême confusion qu'Auguste-César décida d'intervenir. Il frappa dans ses mains et réclama le silence.

— Mesdames, mesdames, voyons, quelle impatience ! Vous n'attendez pas la fin de nos propositions. N'aviez-vous pas une revendication au sujet des amendes ?

Nouvelle unanimité :

— Suppression des amendes ! Suppression des amendes !

— Eh bien non, elles ne seront pas supprimées car elles sont un gage de travail bien fait, leur asséna Auguste-César d'une voix forte. Mais vous ne les considérerez plus comme une pénalité pécuniaire car elles seront versées dans leur intégralité à un bureau de bienfaisance que nous allons créer au bénéfice des fileuses qui devront, pour un temps, interrompre leur travail pour cause de maladie, blessure ou maternité.

Le silence était total, preuve d'une profonde réflexion que le vieux filateur mit à profit pour crever le dernier abcès, celui qui était à l'origine de tout ce pataquès, celui des primes à la bassine.

— Je sais ce que vous allez vous dire. Que monsieur Auguste se garde bien de parler de ce qui fâche, que la prime il préfère la garder pour lui et patati et patata. Sachez que cette prime, nous ne l'avons pas encore touchée. Oui, oui, on nous l'a promise mais sans nous dire dans quel délai elle nous sera attribuée. Il vous est aisé de comprendre, dans ce cas, que nous ne pouvons partager l'argent que nous n'avons pas en notre possession, que nous n'aurons peut-être jamais. Ah, les promesses des hommes politiques !

On chuchotait maintenant, on se répétait les promesses du patron, on se confortait dans les timides avancées. Antoine, lui, coulait un regard de chien battu vers son père en réalisant qu'il avait encore du chemin à faire pour l'égaler en habileté. D'autant que le vieux filateur ajoutait :

— Encore un mot, vous tous et vous toutes qui, je le sais, avez à cœur que La Bâtie Neuve rattrape le temps perdu, vous aussi qui avez mis en danger l'équilibre de votre ménage, mon fils et moi souhaitons que vous passiez un joyeux Noël et pour cela, nous vous accordons, sur nos deniers personnels et non sur la trésorerie de la filature un peu bancale en ce moment, vous en conviendrez, une prime de cinq francs pour chacune de vous.

Le 3 janvier 1907, la plus longue grève des fileuses cévenoles prenait fin. Elle avait remis monsieur Auguste sur les rails, il déclarait haut et fort qu'il reprenait les rênes de La Bâtie Neuve.

16

1909-1911

— Tiens, prends ce paquet, Milagro. C'est pour la petite.

La lingère retint un soupir de soulagement.

Auguste-César l'avait fait appeler dans la bibliothèque et, jusqu'à ce ballot que le filateur poussait devant elle d'un air affable, elle s'était perdue en noires conjectures.

Cela concernait-il son travail ? Elle y apportait tant de soin, à traquer une tache, aplatir un faux pli !

Une bêtise de la petite à qui elle confiait de menus travaux d'aiguille ? Elle contrôlait toujours si elle avait bien consolidé un bouton branlant, recousu un ourlet défait !

— Prends ! Mais prends donc ! s'impatienta le filateur. Et regarde si cela conviendra.

Fébrilement, Milagro défit le paquet, il contenait des vêtements d'enfant tout droit sortis d'une boutique. Jupe plissée, chemisier, gilet, robe de gros lainage, cape, chaussettes et bottines, mais aussi un cartable garni de fournitures scolaires. L'Espagnole regardait tout cela sans comprendre.

— La petite est en âge d'aller à l'école, tu iras l'inscrire à la communale et tu ajusteras ces vêtements à sa taille, elle n'est pas très grande pour ses six ans.

Milagro n'en revenait pas de cette manne que monsieur Auguste faisait tomber sur elle et sur Félicia. Cependant, un peu titillée dans sa fierté, elle réagit à la dévalorisation de sa protégée en rectifiant :

— Elle est aussi grande qu'Éliette, la petite-fille de la cuisinière. Si, si, la *misma* taille !

Pour preuve de ce qu'elle avançait et parce qu'il ne fallait manquer aucune occasion d'apprendre à Félicia la reconnaissance, elle appela la fillette, toujours dans les parages de sa grand-mère.

— Félicia, dis merci à monsieur Auguste qui est si bon pour toi. Et tiens-toi droite, voyons !

C'était la troisième fois que le filateur semblait prendre acte de l'existence de l'enfant qu'il n'avait jamais nommée autrement que « la petite ». Félicia avait-elle pris plus d'assurance avec les années, ou bien monsieur Auguste se voulait-il moins fuyant ? Un peu des deux peut-être. Toujours est-il que leurs regards se rencontrèrent, coupant le souffle du filateur qui crut revoir Félix enfant, ce qui ne manqua pas de troubler Félicia.

Le soir, dans leur logis, elle s'en ouvrit à Milagro.

— Tu le sais, toi, pourquoi monsieur Auguste il a des yeux méchants ?

— Méchant, monsieur Auguste ? C'est pas gentil de dire ça ! la gourmanda Milagro, prête à la secouer d'importance, elle qui n'était que douceur envers l'enfant.

— Alors, conclut Félicia, c'est qu'il a les yeux tristes.

— Ça, tu peux le dire ! soupira Milagro en écrasant une larme.

Comme chez la plupart des enfants, pour qui le manichéisme est une logique élémentaire, Félicia appréciait à sa manière tous ceux qui, de près ou de loin, composaient son environnement.

Si monsieur Auguste était désormais inclassable – elle ne pouvait aller à l'encontre de Milagro –, la servante et la cuisinière, par leurs regards torves et leurs messes basses, entraient dans la catégorie des méchants alors qu'en Pierrot le cocher elle devinait le gentil par excellence, rejoint assurément par mademoiselle Teissier, son institutrice. Ce qui n'était pas le cas de la directrice de l'école où Milagro était allée l'inscrire sur les ordres de monsieur Auguste. Avec cette madame Florençon, sa maman avait dû répondre à une avalanche de questions sur lesquelles elle butait, hésitait, s'embrouillait, se reprenait, jusqu'à ce que la directrice, montrant la cour du doigt, y expédie Félicia. De retour à La Masson, Milagro lui avait dit tout simplement :

— À l'école, on t'appellera Félicienne. Tu te rappelleras, Félicienne Etcheverría, *sí* ?

— *Sí*, maman !

Les enfants de sa classe et de l'école en général ne rentraient pas dans cette répartition. Allez savoir pourquoi. Peut-être la fillette aurait-elle eu trop de mal à en faire le tri ? Ou bien cela avait-il moins d'importance ?

En revanche, il y avait deux personnes, ni enfants ni adultes, que Félicia fuyait comme la peste. Par chance, elles hantaient de moins en moins Les Fontanilles et son jardin, domaine exclusif, dès lors, de Félicia Etcheverría.

— Tu mets les draps au lit de Victor, maman ? Il va venir ?

— *Chica !* Combien de fois je dois te le répéter ? Il faut dire *monsieur* Victor.

— C'est pas encore un monsieur...

— Mais c'est ainsi qu'il faut dire. Et pareil pour mademoiselle Eugénie.

Félicia soupirait. Ces deux-là se donnaient le mot, ils revenaient ensemble d'Alais, l'un de sa pension, l'autre de chez ses grands-parents maternels pour passer le week-end aux Fontanilles, week-end qui tiendrait Milagro sous pression à laver, sécher, repasser les baluchons des deux jeunes gens de seize et quinze ans, aux exigences d'enfants gâtés.

Félicia n'avait pas attendu d'avoir le raisonnement d'une fillette de six ans pour ranger le fils de madame Gabrielle et la fille de monsieur Antoine dans ce qu'elle appelait la chambre de l'oubli, réservée aux méchants. Fillette rêveuse et imaginative, elle avait inventé ce qui s'apparentait aux oubliettes des châteaux forts, bien pratiques pour chasser les trublions de tout ordre de sa vie qu'elle voulait lisse et douce comme les caresses de Milagro.

Il importe de dire, pour sa défense, qu'Eugénie et Victor n'avaient pas été tendres pour la gamine aux premiers pas hésitants qu'ils prenaient plaisir à bousculer dans les couloirs des Fontanilles. Pas plus aimables en paroles quand ils lui soufflaient, la pointant du doigt :

— Hou la bâtarde !

— C'est quoi, la bâtarde ? était-elle allée aussitôt pleurnicher dans le giron de Milagro.

— Un gros mot qu'il ne faut jamais répéter ! Jamais !

Depuis que Victor avait intégré le lycée Jean-Baptiste-Dumas et Eugénie le collège de jeunes filles, ils n'importunaient plus la fillette, c'était peut-être pire, ils l'ignoraient ; elle leur était transparente. Une situation pénible que d'avoir l'impression de ne pas exister. Aussi n'eut-elle aucun scrupule à les expédier rejoindre Thérèse et la cuisinière dans la chambre de l'oubli.

Madame Bérangère, qui faisait de brèves apparitions aux Fontanilles, était rangée dans le camp des gentils, ainsi que monsieur Antoine. Curieusement, restaient intouchables, comme l'était monsieur Auguste, madame Gabrielle et madame Lorraine, ces femmes malades, blessées, que la fillette, au bénéfice du doute, évitait de classifier.

Pour aller à l'école, Félicia passait inévitablement devant La Bâtie Neuve et, en dépit des recommandations de Milagro de ne pas traîner en chemin, elle ne pouvait s'éviter, longeant la longue façade aux majestueuses baies en arc de cercle, d'étirer le cou et tenter ainsi d'apercevoir Jeanne Forestier, toujours fileuse à la bassine 49.

En voilà une qui apportait un bouquet de jeunesse quand elle venait visiter Milagro et Félicia ! Pas encore vingt-cinq printemps, des rêves plein la tête, une timidité maladive dont elle se dépouillait chez les Etcheverría, tout comme elle le faisait naguère avec sa seule et véritable amie Niévès. Un nom prononcé du bout des lèvres de crainte d'aviver la peine de Milagro et peut-être aussi de provoquer les questions dérangeantes de Félicia sans intention de lever un voile sur le secret de sa naissance qui, pour l'enfant, n'en était pas un.

— Quel âge elle avait, ton amie Niévès?

— Elle était comment, dis, Jeanne?

— C'est vrai qu'elle a été la reine des fileuses?

— C'est où qu'elle est partie?

Jeanne, sur le gril de la curiosité enfantine, mesurait ses réponses, les esquivait parfois, sensible aux charbons ardents sur lesquels rôtissait Milagro.

— Dis-le-moi, Jeanne, où elle est partie ton amie Niévès, insistait Félicia.

— Au ciel, cédait Jeanne dans un murmure.

— Comme mon papa, alors! Tu crois qu'il la connaît?

Évoquer ce «papa» dont elle ne gardait aucun souvenir, mais dont la mémoire était entretenue par Milagro, amenait un nouveau malaise, aisé à comprendre, chez Jeanne comme chez la lingère.

— Va jouer dehors, *chica*!

Aller jouer dehors quand les conversations glisseraient sur des terrains mouvants… Se boucher les oreilles et retenir ses larmes lorsque par méchanceté des fillettes à l'école tireraient ses longs cheveux bouclés en la traitant d'Espagnole… S'isoler, plus déçue que chagrinée de n'être pas admise dans le cercle fermé de celles qui raconteraient par le menu leurs vacances joyeuses chez leur mémé à la campagne… Félicia en ferait, tout au long de son enfance, la douloureuse expérience. Que serait-ce, alors, à l'adolescence, si elle ne se forgeait pas, d'ici là, un tempérament de lutteuse?

* *
*

Il n'avait pas été question, du vivant de Ramón, de présenter la petite sur les fonts baptismaux ; le père de Niévès n'avait plus – c'est dire si elle avait été tiède – une once de foi, et Milagro avait respecté cet éloignement. Elle priait pour deux dans ses nuits d'insomnie. Le refus du prêtre de la paroisse d'inhumer le suicidé lui avait fait l'effet d'une porte à elle également fermée, et par conséquent à Félicia. De là à se tourner vers le pasteur qui avait chanté *Los Preces*, il y eut un espoir que monsieur Auguste lui fit entrevoir tout en lui disant qu'il n'y avait pas urgence.

— Laisse donc ton deuil s'apaiser, Milagro. Nous autres, de l'Église réformée, prenons le temps d'envisager le baptême pour nos enfants. Nous en reparlerons.

Ils n'en avaient plus reparlé. Milagro n'y avait plus pensé jusqu'au jour où Jeanne poussa la porte du logis, tout illuminée de bonheur au point d'en devenir mignonne.

— Qu'est-ce qu'il t'arrive, Juanita ?

— Je vais me marier, madame Etcheverría ! Monsieur Brugère est venu demander ma main à mon oncle. Vous auriez vu sa tête ! Celle de mon oncle, bien sûr. Ses yeux lui sortaient de la face à nous regarder l'un et l'autre et arrondir sa bouche. Il avait tout l'air d'une chouette effarée.

Jeanne avait enfin trouvé un galant, un chevalier qui l'enlèverait à la vie sans attraits que lui faisait mener sa famille adoptive. Après tout, l'oncle ne pouvait s'en prendre qu'à lui-même. Ne l'avait-il pas expédiée, durant la grève de la filature, chez son parent de Chamborigaud afin que sa nièce y fît la saison des châtaignes ? Jeanne y avait rencontré l'homme qui allait changer sa vie, bien qu'à cette époque, elle n'avait pas pensé que cela fût possible.

Le pasteur Brugère, de quinze ans son aîné, s'était confié à cette ouaille occasionnelle ; il venait de perdre son épouse, emportée par une longue maladie, une femme remarquable qui lui avait donné six enfants dont trois seulement lui restaient. Compatissante, Jeanne avait établi une correspondance avec le pasteur. L'échange épistolaire, quoique espacé, s'était poursuivi entre la fileuse et le veuf, sans ambiguïté, jusqu'à l'année précédente où monsieur Brugère lui avait dévoilé enfin son projet d'aller demander sa main à son oncle.

Si vous y consentez, mademoiselle Jeanne, vous ferez de moi un homme heureux. Votre âme est si belle ! Dites-moi, je vous prie, que je ne vous suis pas indifférent...

Fort d'une réponse qu'elle lui avait envoyée en rougissant, le pasteur Brugère s'était présenté à la maison Forestier, un petit bouquet à la main et une promesse sur les lèvres :

— Nous nous marierons à Noël prochain, si vous le voulez bien, ma très chère Jeanne.

La jeune fille admirait la délicatesse de cet homme qui respectait plusieurs années de deuil pour donner une nouvelle mère à ses enfants, que Jeanne jurait de faire siens et d'élever dans la tendresse.

Milagro s'enthousiasma à deux titres. D'abord parce qu'elle avait de l'affection pour l'amie de Niévès, et enfin pour l'idée qui venait de germer, après une demande récente de Félicia, de retour de l'école.

— Ma copine Marie a une marraine. Est-ce que j'en ai une moi aussi ?

Si elle n'avait pu, alors, lui répondre positivement, aujourd'hui, elle le pouvait. La marraine était toute trouvée. Jeanne Forestier, bassine 49 à la filature, et bientôt madame Brugère ! Elle était aux yeux de Milagro la personne la plus à même d'accompagner Félicia sur ce chemin de foi qu'était le protestantisme aux pratiques si épurées, comparées aux représentations ostentatoires de la religion dans son Andalousie natale. Et avec elle, le parrain !

— Je suis flattée que vous m'ayez choisie, madame Etcheverría. Et mon promis aussi. Être la marraine de la fille de…

— De ma fille, Jeanne ! De ma fille, n'est-ce pas ?

— Oui, oui, madame Etcheverría, être la marraine de votre fille m'est une grande joie.

Milagro se laissa convaincre de choisir cette sorte d'anonymat que procurerait la première Assemblée du désert sous les chênes verts de Mialet, pour commémorer tant d'années de clandestinité cultuelle des huguenots.

Elle eut lieu de 24 septembre 1911 dans le cadre champêtre du mas Soubeyran, nimbé en ce jour d'un lumineux soleil d'arrière-saison. Le choix du lieu n'était pas anodin, le mas avait présidé à la naissance d'un certain Pierre Laporte, dont l'Histoire avait retenu le surnom de Rolland, chef camisard, trahi puis tué au bord d'un chemin creux dans le vallon près de Castelnau-les-Valence.

Le pasteur Brugère, fiancé à Jeanne, avait entassé dans sa jardinière, qu'il appelait pompeusement calèche, ses trois gamins, sa promise, Milagro et

Félicia, et fouette cocher! Prudent, le promis ayant estimé le temps du trajet à trois heures et demie, avait demandé à ses passagères d'être prêtes à partir au point du jour.

Tout était nouveau pour Félicia qui ne se sentait pas rassurée par les cahots de la route, faite d'un tapis de pierres et de terre. Chemin faisant, elle relégua ce sentiment d'insécurité pour s'émerveiller des lieux traversés, côtes boisées suivies de larges plaines, hameaux encore endormis, villages aux volets clos.

À leur arrivée, une foule dense prenait déjà place sous les chênes et les châtaigniers, où des rangées de bancs alignés faisaient face à une chaire d'où s'élèveraient les prêches et les psaumes, à une longue table installée pour le partage du pain et du vin lors de la sainte cène et à une sorte de bassin près duquel s'avanceraient ceux qui recevraient le baptême.

Gens de la ville en costumes et fraîches robes d'indienne. Paysans et paysannes en habits du dimanche. Pantalons gris et lévites noires éclairées du rabat blanc de tout un consistoire de prédicants. Une foule disparate venait, d'un seul cœur, honorer la mémoire des opprimés et crier haut et fort leur appartenance à la religion réformée.

— Les postulants au baptême s'avancent vers moi, avec leurs parrain et marraine. Nous chantons:

Ô Seigneur, je viens vers Toi,
Je viens vers Toi, je te cherche, mon Dieu.
Ô Seigneur, écoute-moi, écoute-moi,
Je t'espère, mon Dieu.

On vit alors, répondant à l'appel du pasteur, se former une longue file, d'adultes, d'adolescents, d'enfants et de bébés portés aux bras. Nullement intimidée grâce à la proximité de Jeanne, Félicia s'inséra naturellement dans le rang sous le regard attendri de Milagro. Dans le cœur de cette dernière, la religion de sa « fille » et celle de ses pères ne faisaient désormais plus qu'une. N'aurait-elle pour cela retenu que ces mots d'un psaume chanté par les choristes, « *les cris des mères désolées, toi seul, Éternel, les entends* », elle en était convaincue, le Dieu qu'elle priait était universel.

La sainte cène, point d'orgue de ce rassemblement religieux qui ferait date au sein de la communauté des protestants au point de jurer le pérenniser d'année en année, se déroula, malgré la foule, dans un silence de cathédrale, une cathédrale végétale en l'occurrence, ce qui conférait un charme bucolique indéniable.

— Le pain de la promesse à ceux qui ont faim d'avenir, marmonnaient les pasteurs, tendant à chaque fidèle la corbeille où reposaient les morceaux de pain.

Et cela faisait comme un murmure continu, semblable aux crissements incessants des cigales.

Après un autre temps de recueillement, l'envolée de *La Cévenole*[1], hymne de ralliement des huguenots du midi de la France, réveilla la ferveur, raviva la mémoire... et fit tourner la tête de Milagro dans la

---

1. Également appelée *La Marseillaise huguenote*, composée par l'évangéliste Ruben Saillens et chantée pour la première fois le 3 août 1885 à l'occasion du bicentenaire de la révocation de l'édit de Nantes.

direction d'une voix forte et grave qui entonnait, en solo et a cappella un des couplets :

Dans quel granit, ô mes Cévennes,
Fut taillé ce peuple vainqueur.
Esprit qui le fit vivre, anime leurs enfants
Pour qu'ils sachent les suivre.

— Monsieur Auguste ! souffla-t-elle à l'oreille de Félicia.

Subjuguée par l'organe puissant aux émouvants vibratos du maître filateur, la lingère des Fontanilles avait les yeux brouillés et joignait instinctivement les mains. Félicia fut un peu irritée de l'attitude pétrifiée de sa mère qui n'était pas loin de plier les genoux. Malgré son jeune âge, la fillette était troublée de cette adulation proche de la servilité qu'en toute occasion Milagro manifestait envers son patron.

Ce qu'ignoraient la mère et sa « fille », c'est l'émoi qu'avait éprouvé monsieur Auguste à découvrir dans la foule la fille de Félix entrant, par le baptême, dans le giron de la religion réformée.

— De mon sang et de ma foi ! avait-il murmuré en retenant un pleur.

On en avait fini avec les prêches, les lectures bibliques, les psaumes et les chants. Place au repas qui vit la foule s'éparpiller, par groupes joyeux et colorés, dans les prairies environnantes.

Journée bénie qui procurait à Milagro un repos dominical depuis si longtemps inconnu, encore avait-elle travaillé, la veille jusqu'à plus de 9 h du soir. De soleil à soleil comme disent les gens de la campagne.

Journée pleine d'émotions positives et de découvertes comme en avait rarement connu la mystique Andalouse, nullement confuse d'avoir tacitement embrassé, par le baptême de Félicia, une autre religion.

Journée triplement inoubliable pour le simple bonheur de voir « sa fille », son trésor, son unique raison de vivre, non seulement nimbée de cette aura des nouveaux baptisés, mais surtout heureuse, vivante et gaie comme doivent l'être les enfants de son âge et comme elle ne l'avait jamais vue auparavant. Matthieu, Siméon et Paul avaient délaissé leurs jeux de garçon et entouraient Félicia d'une tendresse spontanée ; ils couraient à son rythme, limitaient leurs escalades rocheuses à ses mollets de huit ans, se disputaient gentiment pour lui tenir la main et traverser à gué le ruisseau de Roquefeuil, haut lieu des ébats aquatiques de toute une marmaille en semi-liberté.

Tout simplement une journée qui fit dire à Milagro, quand un orage tiède de fin d'été les chassa de ce lieu idyllique :

— *El cielo está llorando de alegría !*

Eh oui, pour l'humble lingère, un ciel pleurant de joie, c'était si peu courant !

Rendu tantôt fangeux, tantôt poussiéreux en raison des caprices du temps, le chemin du retour balança leurs corps recrus d'une fatigue nouvelle, celle que procurent parfois des joies inespérées.

*   *

*

Jeanne Forestier vivait ses derniers jours de fileuse à La Bâtie Neuve qu'elle s'apprêtait à quitter, non sans une espèce de nostalgie. Certainement parce qu'y flottait le fantôme de Niévès, sa seule amie, et celui de son père, Ramón Etcheverría.

Elle y laisserait également des interrogations et des regrets. Comment avait-elle pu rester les yeux scellés sur les amours secrètes de la reine des fileuses ? Pourquoi ce revirement inexpliqué de madame Georges à son égard ? Alors qu'elle s'attendait de sa part à la plus grande sévérité, la voilà qui avait fait preuve, a posteriori, d'une inhabituelle clémence.

Mais à quoi bon s'embarrasser de cet obscur passé quand un avenir qu'elle devinait radieux lui faisait de grands signes ? Bien sûr, il y avait Milagro et Félicia qui ne feraient plus partie de son quotidien, mais n'avait-elle pas promu sa filleule cavalière de Siméon pour son mariage, en plus de l'assurer qu'elle serait la bienvenue au presbytère de Chamborigaud, quand sonnerait la cloche des grandes vacances ?

— C'est vrai, marraine, ta maison sera assez grande ? s'était émerveillée Félicia.

— Ton parrain a promis de transformer en chambre un coin de la mansarde encore inoccupé.

— Une chambre pour moi ? Pour moi seule ?

— Eh *chica,* tu voudrais pas dormir avec les garçons de monsieur le pasteur, quand même ? plaisanta Milagro avec un rire jaune.

Ah ! Préserver sa petite, ce qu'elle n'avait pas su faire avec Niévès ! Le but de sa vie, désormais.

Jeanne en était là, en ce jour de décembre, à se projeter dans un futur serein, sans distraire l'attention apportée à son travail. Il était 1 heure de l'après-midi. Les fileuses, comme elle, avaient repris leur place et ne tardèrent pas à remarquer une anomalie dans la température de l'eau.

Rien n'échappait à la vigilance de madame Georges qui remarqua un remue-ménage.

— Que se passe-t-il, mesdemoiselles ? Je vous vois regarder à gauche, à droite. Quelque chose ne va pas ?

— L'eau, madame Georges, elle est tiède, la renseigna Vésuve.

Sans perdre une minute, la contremaîtresse sortit de l'atelier et poussa la porte du local technique où, effectivement, le chauffeur se tenait perplexe devant la chaudière chauffée à blanc et la tuyauterie qui vibrait.

— L'eau est froide ! gronda-t-elle en exagérant.

— Et pourtant la température est à son maximum…

— Réglez ce problème, et vite !

Madame Georges reprenait à peine sa place dans l'atelier qu'elle en disparaissait, fauchée avec cinq fileuses par une pièce de fonte, si violemment éjectée qu'elle avait traversé le robuste barrage d'une cloison renforcée et était allée s'échouer dix mètres plus loin contre un mur de refend, l'enfonçant aussi avec violence.

En un instant, une masse de vapeur envahit l'atelier tandis que l'eau bouillante se répandait au sol ; suivit un sauve-qui-peut général, les plus courageuses tirant avec elles les blessées, les prostrées et celles qui, prises de panique, ne savaient que hurler.

La sirène déclenchée, les premiers secours arrivèrent, qui furent arrêtés dans leur élan par des pierres fusant du local technique et projetées dans les airs avant de retomber quinze mètres plus loin.

Messieurs Auguste et Antoine menaient la troupe des secouristes vers l'arrière du bâtiment qui offrait un accès apparemment sans dommage et découvraient l'horreur, deux fileuses quasiment décapitées par la pièce de fonte et dont le sang se diluait dans les flaques d'eau attiédie, cinq autres, dont Jeanne, inconscientes, les membres couverts de brûlures. Madame Georges était parmi elles.

Il fallut lever les yeux pour enfin dénicher le chauffeur, mort, et tenant encore en main le robinet de vapeur qu'il avait tenté d'ouvrir. Concomitamment à cette manœuvre, la chaudière avait explosé, le fond de l'appareil s'était détaché et avait effectué son parcours dévastateur à travers l'atelier, tandis que le reste de la chaudière, lancé à l'horizontale, allait empaler le chauffeur sur les fers descellés du plancher supérieur.

Trois morts. Six blessées dont deux graves. Le bilan était lourd. Assez lourd pour figurer au rang des grandes catastrophes dans l'histoire des filatures de soie en France. Assez lourd pour que monsieur Auguste sente plus que jamais l'écrasant poids de ses responsabilités. Assez lourd pour que, des six blessées, une seulement retourne un jour à la filature, en l'occurrence madame Georges – mais n'avait-elle pas la soie et peut-être monsieur Auguste dans le sang?

— Tu as très mal, marraine?

Milagro avait laissé passer deux semaines avant d'emmener Félicia visiter Jeanne, encore hospitalisée. La petite retenait sa respiration, sensible aux ondes de souffrance qui émanent inévitablement de ce lieu. Jeanne la rassura, se forçant à sourire :

— Moins. Beaucoup moins maintenant que mes jambes cicatrisent. Et même plus du tout depuis que tu es là !

— Tu n'as pas pu courir dehors, comme les autres ?

— J'ai entendu appeler à l'aide et, à travers la vapeur, j'ai distingué une silhouette à demi défénestrée dans une des baies aux vitres éclatées. Je l'ai tirée vers moi, elle hurlait que je lui faisais mal. C'est vrai qu'on aurait dit un hérisson avec des bris de verre fichés dans son visage, dans ses bras, ses mains, et même la poitrine. Et puis l'eau est venue qui m'a brûlé pieds et jambes jusqu'aux mollets.

— Qui c'était celle qui avait l'air d'un hérisson ? demanda Félicia.

— C'était madame Georges. Elle sort demain, tu vois, elle est plus vite guérie que moi. C'est coriace, un hérisson.

Trois coups frappés à sa porte interrompirent Jeanne qui, à tout prix, voulait faire rire sa filleule, qu'elle sentait anxieuse dans cette chambre d'hôpital.

Sur son invitation, la porte s'ouvrit, laissant place… au hérisson. Madame Georges venait remercier Jeanne avant de quitter l'hôpital, persuadée que la jeune fileuse l'avait sauvée d'une mort certaine. Mais les visiteuses de Jeanne, auxquelles elle ne s'attendait pas, la désarçonnèrent.

— Euh… excuse-moi… je ne savais pas que… je reviendrai plus tard… un autre moment…

— Restez, mais restez donc, madame Georges. Madame Etcheverría ne vous est pas étrangère, la

337

femme de ce pauvre monsieur Ramón, et Félicia, sa…
fille et par bonheur ma filleule.

— Oui, oui, je sais.

Dieu que cette femme était mal à l'aise ! Où était
donc passée son autorité ? S'effaçait-elle sous le poids
du remords ?

Milagro, tellement habituée à l'humilité de sa
condition, avait naturellement libéré sa chaise que
la contremaîtresse refusa, comme si le diable s'y fût
assis avant elle. D'autant qu'elle se décomposait sous
l'acuité de deux yeux d'un noir velouté qui la rame-
naient quelques années en arrière.

La fine et silencieuse analyse de l'enfant bénéficia
au hérisson. Non, malgré son apparence revêche, ce
hérisson-là méritait bien mieux qu'une place dans la
chambre de l'oubli. Ainsi en avait décidé Félicia.

— Des nouvelles de ton épouse ? s'enquit Auguste-
César en voyant son fils décacheter une enveloppe.

Sans attendre la réponse, il poursuivit :

— Elle m'a fait bonne impression, cet été, pour
l'anniversaire de ta fille. Tu devrais lui demander de
rentrer aux Fontanilles. Un petit séjour pour ne pas
la perturber. Après, on verra…

Antoine ne broncha pas, alors qu'en sa tête
tout bouillonnait. Sacré calculateur, ce père craint
autant qu'admiré ! L'évidence était là, des travaux
d'envergure devaient être faits à La Bâtie Neuve, le
remplacement du système de fourneau bouilleur, la
tuyauterie, sans parler de la maçonnerie et des vitres
mises à mal par l'explosion.

Le filateur aurait besoin d'une avance financière,
monsieur Lefebvre pouvait ouvrir ou fermer les

liquidités de la Banque de France. Le retour de sa fille aux Fontanilles ne pouvait que réchauffer des relations glaciales entre Auguste-César et lui.

L'ironie perçait dans la réponse d'Antoine.

— Je suis certain, père, que Lorraine saura apprécier vos bonnes dispositions à son égard.

17

1913

Pour la deuxième année consécutive, Félicia regardait Milagro préparer sa valise et l'écoutait égrener ses conseils.

— Tu n'oublieras pas de te laver les mains avant de passer à table.

— Tu es assez grande, maintenant, pour faire tes tresses bien serrées comme je te l'ai appris, je t'ai acheté des petits rubans pour les nouer.

— Fais attention de ne pas déchirer tes vêtements.

Ah, ces habits donnés par monsieur Auguste pour son entrée à l'école primaire et qui, depuis quatre ans, étaient toujours les mêmes ! C'était à croire qu'ils grandissaient avec Félicia. En tout état de cause, ils étaient toujours là, grâce à la vigilance de Milagro et au soin qu'en prenait sa fille, tant à l'école qu'à la maison où elle devait les ôter au risque de redevenir pire que Cendrillon.

Au cours de l'année scolaire qui venait de s'écouler, même en tiraillant sur les manches trop courtes et la taille trop haute, elle avait essuyé les regards méprisants, les moues réprobatrices de fillettes moqueuses qui n'allaient pas tarder à rejoindre la chambre de l'oubli.

Allait-elle devoir les porter une année encore? C'est alors qu'elle-même se trouverait, à raison, ridicule.

Pour l'heure, les modestes moyens de Milagro avaient été mis à mal afin que la fillette, reçue avec chaleur à Chamborigaud, n'y arrivât pas les mains vides. Un recueil de poésies pour Jeanne, un choix de Félicia qui connaissait les goûts de sa marraine, et un paquet de cigarillos, le péché du dimanche de son parrain. Destiné à la petite Héloïse, la dernière-née de la tribu Brugère, un poupon en celluloïd – comme Félicia n'en avait jamais eu – habillé d'une barboteuse, de chaussons et d'un petit bonnet rigolo grâce à l'habile tricoteuse qu'était Milagro.

— Pour les garçons, je n'ai vraiment pas d'idée, s'était-elle désolée avant de s'enthousiasmer : Je sais. Des mouchoirs que tu broderas à leur chiffre, comme ceux de monsieur Victor!

Déjà adroite avec une aiguille parce que très tôt initiée, Félicia avait brodé des M, des S et des P sur les douze mouchoirs de batiste achetés par sa mère.

Tous ces achats avaient parlé à la prodigalité de Félicia, elle se réjouissait à l'avance des sourires de plaisir qu'ils procureraient, bien qu'une petite voix, dans sa tête, tentât de la chagriner en lui faisant comprendre qu'elle devrait dire adieu à une nouvelle garde-robe pour la rentrée. Mais quand on a dix ans et un cœur généreux comme le sien, la coquetterie s'éclipse sur la pointe des pieds.

Les étés passés à Chamborigaud figureraient au rang des meilleurs souvenirs d'enfance de la fillette. Trois chevaliers servants pour deux petites demoiselles à surveiller, à distraire et protéger; la tâche était aisée, tout enchantait Félicia, rien ne fâchait Héloïse, bout de chou facile à vivre.

Les fils du pasteur Brugère, Matthieu, grand gaillard de dix-sept ans, Siméon, son cadet de deux ans et Paul, le benjamin, treize ans à Noël, élevés dans un foyer aimant autant que charitable, avaient fait bonne figure à la nouvelle épouse de leur père, qui se voulait pour eux plus une amie qu'une seconde mère. Héloïse avait été accueillie comme le lien naturel qui cimentait cette nouvelle famille où le maître mot était l'amour, cet amour qui se décline sous différentes formes et dont le pasteur Brugère alimentait tous ses sermons.

Bien qu'elle enrobât dans une même et tendre affection toute la famille Brugère, Félicia béait littéralement devant Matthieu, grand frère qu'elle n'aurait jamais, avec qui elle avait des conversations d'adulte avec ses mots d'enfant.

— Toi et moi, on est pareil, Matthieu, ta maman est au ciel comme mon papa. Tu crois qu'ils nous regardent?

— Regarder perd tout son sens au ciel, fillette. Mais tu as raison, à leur façon ils nous regardent et veillent sur nous.

— Elle était comment, ta maman?

— Malade! répondit spontanément Matthieu.

C'est dire combien la maladie de la première madame Brugère avait marqué son fils aîné qui se reprit néanmoins:

— Oui, elle était malade et malgré tout elle se voulait proche de nous, demandait que nous lui récitions nos leçons et surtout nous préparait à son départ afin, disait-elle, que nous ne soyons pas démunis quand l'Éternel la rappellerait à lui.

— Moi, il m'a rien dit, mon papa, avant de partir. Peut-être qu'il n'a pas eu le temps.

— Ou peut-être que tu ne t'en souviens pas. Tu n'avais que deux ans, Félicienne.

Le raisonnement de Matthieu troubla la petite. Comment pouvait-on oublier la voix de son papa ?

Une autre fois, c'est d'avenir que la péronnelle crut bon de s'entretenir avec son ami.

— Moi, quand je serai très grande…

Matthieu éclata de rire, elle était si comique, levant la tête vers le faîte d'un châtaignier pour estimer sa future taille.

— Mais tu ne seras jamais grande ! Enfin, je veux dire, pas aussi grande qu'un arbre.

— Bien sûr que non ! Je voulais dire une dame avec des hauts talons et que je porterai des jolies robes, j'aurai un garçon et je l'appellerai Matthieu !

— Ah, tu me fais plaisir, Félicienne. Je serai donc son parrain ?

— Mais non voyons ! Tu seras son papa !

— Encore mieux ! s'amusa l'adolescent à cette innocente prédiction. Allons annoncer la nouvelle à Jeanne et à papa.

Ce temps, bercé d'insouciance, donné à une enfant autour de laquelle s'enroulaient de si lourds secrets, s'estompait dès que le mois de septembre montrait son nez.

Le pasteur Brugère tenait à ce que ses fils nourrissent les liens du sang avec leur famille maternelle – des viticulteurs de Tornac – par des séjours et par des échanges épistolaires réguliers. Et depuis qu'ils étaient en âge de tenir une rangée, ils grossissaient l'équipe des employés saisonniers espagnols, en grand nombre dans la plaine cévenole. Pour ce travail qu'ils prenaient à cœur, les fils Brugère revenaient habillés de pied en cap pour l'année. Leur grand-mère maternelle prenait une couturière à façon qui, durant plusieurs jours, coupait, bâtissait, cousait, chemises, vestons et pantalons. Leur père, loin de s'en offusquer, était reconnaissant de cet allégement pécuniaire, surtout depuis que ses trois fils étaient pensionnaires au lycée d'Alais.

L'évocation de la couturière donna-t-elle des idées à Félicia? Et à qui les confier sinon à Matthieu, son interlocuteur préféré?

— Elle me prendrait à Tornac, ta grand-mère, dis, Matthieu?

Question embarrassante que contourna habilement l'adolescent en en posant une autre:

— Que viendrais-tu faire à Tornac? Tu habites Saint-Ambroix et je ne vois pas…

— Les vendanges, pardi!

— Cela se pourrait… un jour, pourquoi pas.

Les désirs secrets de la fillette furent exaucés par Milagro qui, après l'avoir longuement embrassée et serrée sur son cœur à son retour, lui traça un emploi du temps pour les jours suivants:

— J'avais ton âge lorsque je suis venue faire les vendanges en France pour la première fois avec mon père et un de mes frères.

— Je pourrais les faire, alors!

— J'en ai parlé à madame Combe, elle veut bien te prendre à l'essai.

Puis elle poursuivit, se parlant à elle-même:

— Une bien brave femme, cette madame Combe, qui avait toujours un œuf frais pour Niévès.

Félicia n'avait rien perdu de cet aparté et céda à l'envie d'en savoir plus sur cette mystérieuse personne, toujours furtivement évoquée.

— L'amie de ma marraine ? Tu l'as connue ?

Prise au dépourvu, Milagro murmura du bout des lèvres :

— Oui... il y a longtemps...

La tête dans ses mains, Milagro maîtrisait ses sanglots. Toute la soirée, des larmes perlèrent au bord de ses yeux. Elle faisait pitié, mais elle paraissait si digne dans son inexplicable douleur que la fillette n'osa pas se jeter dans ses bras pour la consoler, pour lui dire qu'elle était là, elle, qu'elle ne la quitterait pas comme cette Niévès dont le départ, à l'évidence, chagrinait sa mère autant que sa marraine. Elle l'entendit sangloter toute la nuit et se promit, à l'avenir, de ne plus évoquer l'ingrate.

Pour autant, elle ne se résolvait pas à reléguer cette mystérieuse et déroutante Niévès dans la chambre de l'oubli.

Le lendemain, elle trouva sur une chaise un jupon rouge qu'elle ne reconnaissait pas. Milagro avait posé aussi un caraco fleuri et un foulard jaune en pointe pour tenir ses cheveux ; une paire d'espadrilles usagées complétait sa tenue de vendangeuse. Félicia eut une moue désabusée.

« Pour sûr qu'on ne me perdra pas de vue dans la vigne de madame Combe ! » déplora-t-elle.

Elle enfila le tout, désolée d'y être contrainte, puis ses narines se laissèrent chatouiller par la fragrance indéfinissable, prisonnière des fibres exhumées certainement d'un carton, et qui s'en évadait. À qui donc avaient appartenu ces habits de gitane?

« Peut-être appartenaient-ils à Niévès ? » se demanda Félicia.

Se pouvait-il qu'un fantôme inconnu et si rarement évoqué se manifestât à nouveau aujourd'hui ? Elle était partagée entre l'envie d'arracher ces vêtements afin qu'ils retournent d'où ils venaient et le plaisir coupable qu'elle éprouvait à les porter. La porte s'ouvrit sur Milagro, coupant net ses hésitations.

— Tu es prête, *chica*? J'ai dix minutes pour t'accompagner chez les Combe. Ce soir, tu reviendras seule.

Toujours vive, toujours pressée, Milagro n'avait pas levé les yeux sur Félicia. Quand enfin elle la vit, sautillant devant elle, la lingère sentit son cœur se serrer.

«*El mismo paso gracioso*», se dit-elle, larmoyant sur l'allure de Félicia si semblable à celle, gracieuse, de sa mère.

Plus que jamais, elle se jura de la protéger.

Consciencieuse et véloce, précise dans ses gestes mille fois répétés, Félicia avançait dans la rangée qu'on lui avait dévolue, en binôme avec Junius, le fils Combe, un gamin de son âge, empoté et brouillon, quotidiennement expédié chez la directrice pour y purger ses punitions. Ce travail à deux sur une même souche ne faisait pas l'affaire de Félicia qui, en plus de devoir ciseler le côté du lambin, endurait sa conversation sans queue ni tête à laquelle elle ne répondait jamais. Elle sortit cependant de son mutisme pour lui proposer:

— Vendangeons une souche chacun, ce sera plus pratique.

Le gamin ne trouva rien à répliquer, tant la décision de la fillette lui parut irrévocable. Il se conforma donc à cette directive et s'en trouva le plus gagnant. Félicia dépouillait soigneusement deux souches alors qu'il en faisait une à grand-peine. L'essentiel était que la rangée soit vendangée à la même cadence que les autres.

— Tu n'es qu'un tire-au-flanc, comme dit la maîtresse ! l'apostropha-t-elle alors qu'il faisait le suffisant.

— Et toi qu'une bâtarde ! lui répliqua-t-il aussi sec.

Un coup de pied aux fesses, sèchement administré par son père qui vidait les seaux de raisins, l'envoya rouler sur les mottes de terre dure.

— Pas de gros mots, du résultat ! gronda le père Combe.

« Maman a raison, c'est un vilain mot », se dit Félicia.

Les Combe n'étaient pas en possession d'un important vignoble, aussi les vendanges ne durèrent que quinze jours et se terminèrent par le goûter offert aux vendangeurs à qui l'on remettait, à cette occasion, leur salaire.

Quand vint le tour de Félicia, elle s'avança vers madame Combe de qui elle reçut, comme les autres, un petit plateau de raisins de table et attendait les pièces sonnantes qui tardaient à venir. La paysanne comprit son étonnement.

— Je me suis arrangée avec ta mère, Félicia. Dans la semaine, mon mari vous apportera un charreton de bois.

Puis, avec un sourire complice, elle prit son temps pour extirper de sa poche la plus modeste pièce qu'elle y trouva et la lui tendit en disant:

— Et voilà pour toi qui as bien travaillé! Tu iras t'acheter un hecto de *brisés* à la pâtisserie du faubourg. Tu es une bonne petite, je suis contente de toi et je te retiens pour l'année prochaine.

Les *brisés,* plus explicitement les brisures de viennoiseries qui faisaient le bonheur des enfants, ne la tentaient vraiment pas, elle apporta la pièce à sa mère et ne jugea pas opportun de soulever la question vestimentaire, objet de ses espoirs. Sans doute la sagesse de Milagro à leur assurer un chauffage pour l'hiver était plus honorable que la vanité d'une gamine de dix ans.

*   *

*

Félicia avait donné son affection à mademoiselle Teissier, qui avait accompagné ses premières années d'élève appliquée et studieuse, et n'était guerre disposée à lui faire des infidélités pour une autre maîtresse. Aussi est-ce avec appréhension qu'elle vit entrer, dans la classe, l'institutrice en charge des trois derniers niveaux du primaire, l'élégante mademoiselle Gaillard. Cette presque quinquagénaire, transfuge de la grande agglomération montpelliéraine, avait été nommée en remplacement de madame Florençon, partie à la retraite, et n'était revenue dans sa cité natale que par obligation, celle de s'occuper de ses parents vieillissants.

Pour la grande honte de Félicienne, il fallut que le premier regard de cette femme distinguée tombe sur son cartable, rafistolé par Milagro.

— Tu as vu, Félicia *mía*, j'ai recousu ton cartable !

Félicia se souvenait que sa mère s'était promis de le confier au cordonnier pour une solide remise en état.

— C'est toi qui as fait ça ? demanda la gamine horrifiée.

— Il est beau, hein ?

À l'aide de lacets de récupération, de grosseurs et de couleurs différentes, elle avait renforcé les coutures, passant et repassant dans les trous et arrêtant son travail de nœuds aussi solides que disgracieux.

Il pesait lourd aux épaules de Félicia, ce cartable de la honte, mais combien il s'était allégé sur le chemin du retour !

— Tu ne m'avais pas dit, maman !

— Je ne t'avais pas dit quoi, *chica* ?

— Le nouveau, à l'école, c'est le petit-fils de monsieur Auguste.

Impensable ! Milagro, la gazette des Fontanilles, avait failli à sa réputation de déesse aux cent bouches ! Elle, qui d'ordinaire rapportait les menus faits, avait omis de parler du jeune Maximilian.

Elle avait une bonne excuse, sa parenté avec le clan Roustan ne sautait pas aux yeux. Et puis, avait-elle vu son minois dans les couloirs des Fontanilles ? Non, seulement une tête blonde, sagement coiffée. Pas de quoi se faire une idée du gamin confié à madame Bérangère et à son époux !

— Petit-fils ! Pas plus que monsieur Victor, en tout cas ! se défendit Milagro, que sa fille fixait avec réprobation. Alors, il est comment? demanda-t-elle, devinant sa fille en veine de confidences.

— Il a l'air triste et parle drôlement, répondit Félicia, songeuse.

— Comment ça, drôlement? Il parle pas français?

— Si, bien sûr, mais drôlement. Et pour l'écrire, c'est encore plus dur. La maîtresse, en le présentant à la classe, a dit qu'il devrait être au lycée, mais comme à son école, ils parlent pas comme nous, ses parents ont voulu qu'il fasse une autre année à l'école primaire.

Tout cela était beaucoup trop confus pour la lingère qui changea de sujet.

— Et alors, cette nouvelle maîtresse? Elle est gentille?

— Cela m'étonnerait que Junius Combe devienne son chouchou, il est allé quatre fois au piquet.

— Toi, tu n'y es pas allée, au moins?

— Mais non, maman! Et Maximilian non plus!

Et voilà le nouveau qui revenait sur le tapis.

— La maîtresse, elle lui a dit de s'asseoir à côté de moi!

Ce qu'elle omettait de dire, pauvrette, c'est que la place était vacante, jamais personne n'avait voulu s'asseoir à côté d'elle. Maximilian, lui, non seulement n'avait pas eu une seconde de réticence, mais de plus il l'avait regardée intensément de son regard d'azur et lui avait dit:

— *Che troufe* que tes yeux sont très *peaux*, Félicienne.

La récréation était pour elle un moment de solitude sauf si Marie, la seule fillette qui consentît à jouer avec elle, n'était pas sollicitée ailleurs; ce jour-là, Marie vint à elle et Maximilian aussi. À trois, ils avaient fait une partie d'osselets que Marie avait sortis de sa poche.

Une sacrée belle journée pour commencer cette nouvelle année scolaire !

* *

*

— Qu'est-ce qu'il t'en dit, de ce gamin? Il n'y a pas loin que les rustauds[1] débarquent eux aussi, non?

Auguste-Roustan des Fontanilles, d'ordinaire laconique, semblait en veine de conversation.

— Un jeune garçon d'une extrême politesse, pour ce que j'ai pu en juger lors de la visite que nous fit Bérangère pour nous le présenter, avança Antoine prudemment.

Une mimique approbative de son père l'incita à poursuivre :

— Je pense que vous y allez un peu fort, père, en traitant ses parents de rustauds. Parce que c'est bien à eux que vous faites allusion, n'est-ce pas?

— Mon côté un peu corrosif, je te l'accorde ! Néanmoins, ta sœur ne s'embarrasse pas de rien en acceptant la garde d'un adolescent, fût-il son filleul.

---

1. Nom donné aux paysans d'Alsace qui se révoltèrent, au XVIᵉ siècle, contre l'oppression du duc de Lorraine.

— Je connais ma sœur et mon beau-frère, ils ne pratiquent pas une générosité de façade, ils sont sincères quand ils ouvrent leur maison et leur cœur à Maximilian. Le tableau que leur a dressé sa mère de leur vie en Alsace désormais allemande n'est pas des plus optimistes.

En Cévennes depuis seulement quinze jours, Maximilian Lorentz suscitait la curiosité dans de nombreuses familles. Sa venue pourtant n'était pas le fruit d'une décision au pied levé, pas plus qu'elle ne préludait à une installation de ses parents dans le sud de la France. Cela avait été un déchirement pour Mathilde, sa mère, même si elle avait conscience d'agir pour le bien de son fils.

Les ateliers de tissage Lorentz n'auraient pas souffert de l'hégémonie allemande, effective depuis plus de quarante ans, si leur propriétaire lui-même ne manquait pas une occasion d'afficher son aversion pour le Reich. Sommé de fournir les marchés allemands, monsieur Lorentz s'entêtait à travailler avec la France malgré des droits de douane dissuasifs. De même, le soin qu'il prenait à recruter ses employés dans le vivier français en constante baisse n'était pas vu d'un très bon œil. C'est d'ailleurs de là que vint, l'année précédente, le premier abus de pouvoir qui fit chanceler l'empire Lorentz et fit s'interroger le couple sur la sécurité de leur enfant.

C'était donc à la fin de l'année 1912, le 5 décembre exactement, que la presse confirma les bruits qui couraient, à savoir le renouvellement anticipé de la Triple-Alliance. L'Empire austro-hongrois, l'Empire allemand et l'Italie s'unissaient pour isoler diplomatiquement la France et surtout entraver son expansion coloniale. Le «coup d'Agadir[1]», en 1911, n'en était qu'un avant-goût. À la lecture de ce nouveau camouflet, les ouvriers de l'usine Lorentz sortirent dans la rue et entonnèrent, comme un seul homme, une vibrante *Marseillaise*, applaudis par le patron. L'affaire fit grand bruit, et monsieur Lorentz, destitué de sa fonction de dirigeant, vit arriver un directeur allemand qui prit les rênes de son usine. Il en restait le patron, certes, mais un patron fantôme.

— Un fantoche! dit-il à Mathilde. Vous avez épousé un fantoche! Et mon fils a pour père un fantoche! Je n'ose imaginer le sort qui lui sera fait à l'école. Pauvre garçon. Un si bon élève de surcroît.

Mathilde pleura longuement dans les bras de son époux, jusqu'à ce qu'elle émette d'une voix brisée:

— Martial et Bérangère ne nous refuseraient certainement pas leur aide. Mais sommes-nous prêts à faire cet énorme sacrifice?

Ils n'avaient pas reparlé de cette éventualité, se séparer du jeune Maximilian paraissait au-dessus de leurs forces, mais les brimades, redoutées par son père et que le fils ne put leur dissimuler, mirent fin à leurs hésitations. De nombreux courriers furent échangés et, à la veille de la rentrée scolaire de 1913, le foyer des Keller s'enrichit d'un charmant adolescent aux manières policées et pleines de réserve, un peu désorienté d'avoir quitté tout ce qui avait fait sa vie à ce jour.

---

1. Incident militaire et diplomatique provoqué par l'envoi d'une canonnière allemande dans la baie d'Agadir, au prétexte d'une violation, par la France, des accords d'Algésiras.

Martial et Bérangère avaient un défi à relever : que le séjour indéfini de leur filleul soit bénéfique à ses études, ce qui allait de pair avec une immersion en terre inconnue la plus agréable possible, famille et amis devant collaborer à cette réussite.

Ainsi Bérangère commença-t-elle ses présentations aux Fontanilles où un bonjour distrait de son père, croisé dans le hall d'entrée, ne surprit pas l'épouse du maître des forges. Antoine, toujours aussi avenant et empressé avec sa sœur, leur fit meilleure figure et se hâta d'appeler Eugénie, par chance en court séjour à Saint-Ambroix. Pas très grande, mais un corps sculpté à la perfection, elle affichait ses dix-neuf printemps avec désinvolture et n'aurait pas manqué de snober le jeune Maximilian si Bérangère, avec tact, n'avait posé les bons mots.

— Maximilian, je te présente Eugénie, ma jeune et jolie nièce. Eugénie, voici mon filleul, tu te souviens, je t'avais montré une photo de son baptême. Un charmant adolescent, n'est-ce pas ? Je compte sur toi, ma chérie, pour lui rendre son séjour parmi nous des plus agréables.

— Tu aimes le cinéma, Max ?

La désinvolture de la jeune fille le surprit. Un diminutif, un tutoiement spontané. Était-ce ainsi que l'on procédait à Saint-Ambroix ? Il lui répondit cependant d'un ton posé :

— Je ne crois pas avoir eu l'occasion d'y aller. À Saverne, nous n'avons que des films allemands que mes parents ne prisent guère.

— Pas de cinéma, pas de sport non plus, je suppose ? émit Eugénie avec une moue méprisante.

Les yeux de Maximilian s'illuminèrent :

— Mais si ! J'étais à un club d'aviron où nous nous entraînions sur le canal de la Marne au Rhin, et même sur la rivière Zorn.

Eugénie pouffa.

— Tu pourras essayer de ramer sur la Cèze si tu trouves des pirogues et des coéquipiers !

— Eugénie ! C'est toi qui parles de pirogue ? Tu veux aller chez les Pygmées ?

Le beau Victor, sortant de la chambre de sa mère, dévalait l'escalier quatre à quatre. Besoin d'air, de gaieté et d'ironie grinçante qu'il maniait à tout propos, mais dont sa camarade d'enfance – dix ans déjà qu'ils vivaient côte à côte et faisaient les mêmes trajets – ne s'offusquait pas.

Elle haussa les épaules et persifla à son tour :

— Un nouveau venu parmi nous, je te présente Maximilian. Comment dire ? Oui, c'est un peu ça, notre cousin Maximilian.

Un adolescent, certes, mais un bel adolescent dans le cercle immédiat du beau Victor ? Voilà qui le fit grimacer.

— Ah oui, j'ai entendu parler d'un Prussien ! C'est donc toi ? Où est ton casque à pointe ?

Lorsque Bérangère revint d'une brève visite à sa belle-sœur Gabrielle, elle perçut le malaise de son filleul sous le feu des piques de Victor auxquelles s'étaient jointes celles d'Eugénie. Les poings crispés tout comme sa mâchoire, le visage blême et les yeux bleus devenus outremer, Maximilian découvrait l'ambiguïté de sa situation, Français en Allemagne et Allemand en France.

Dommage qu'il n'ait pas, à l'instar de Félicia, une trappe secrète pour y reléguer ces deux-là !

Par chance, cette fillette brune aux doux yeux de velours à côté de laquelle on l'avait placé en classe le réconciliait, jour après jour, avec son statut d'apatride.

— Par quel hasard es-tu dans le parc, Félicienne? s'étonna-t-il, un jour de visite aux Fontanilles.

— Parce que j'habite là-bas, à La Masson, dit-elle simplement en désignant l'ancienne coconnière.

— Tu habites là? Pourquoi?

La question parut naïve à la fillette. C'était pour elle une évidence, mais elle lui concéda volontiers une explication:

— Ma maman travaille aux Fontanilles, elle est lingère.

— Madame Milagro l'Espagnole? C'est ta maman? Alors, toi aussi tu es espagnole.

— Mais non, je suis née ici, je suis française, je crois.

Elle resta silencieuse un instant, puis lui sourit:

— Si ça se trouve, c'est toi qui as raison. On est vraiment pareils tous les deux, alors! Comment on dit ça? Des expatriés?

— Je préférerais qu'on dise des amis. Tu veux bien être mon amie, Félicienne?

La chaleur de l'amitié se révéla bienfaisante, en plus de l'entourage affectif dont bénéficia Maximilian quand le drame arriva.

Il ne passait pas un jour sans que la population de Saverne et sa région subissent des situations vexatoires, détériorant, s'il le fallait, les relations entre cette nouvelle terre d'Empire qu'était l'Alsace-Lorraine et le reste du Reich qui peinait à intégrer les minorités nationales. De crise en crise dans la politique interne, on courait au conflit ; il se produisit le 6 novembre 1913, à la suite de propos humiliants pour le peuple alsacien, tenus en public par Von Forstner, sous-lieutenant d'infanterie prussien, le traitant de *wackes*, de voyous.

Levées de boucliers en Alsace-Lorraine administrée comme possession de l'Empire ! Défilés dans les villes aux cris de « Nous voulons un statut d'État fédéré ! ».

Et son cortège de répressions, car à l'indignation publique s'opposa l'inflexibilité militaire. À Saverne, le 28 novembre, vingt-six manifestants furent arrêtés et enfermés, pour l'exemple, dans la cave des Pandours au château de Rohan. Les portes de la liberté s'ouvriront pour eux six jours plus tard. Monsieur Lorentz, au nombre des incarcérés, en sortira... les pieds devant...

« Une enquête est en cours », écrira Mathilde, priant que l'on entoure son fils de la plus tendre affection et qu'on lui épargne des supputations insoutenables sur la mort tragique de son père.

Mon époux est-il mort d'une simple chute, due à une bousculade entre prisonniers violemment précipités dans cette cave ? De brutalités de la part des geôliers excédés par le tapage que menaient les prisonniers ? D'une trop forte commotion à se retrouver en prison, lui si intègre et si soucieux de l'avenir de ses ouvriers ? Je vis non seulement dans la douleur, mais dans le questionnement et dans les affres les plus noires quant à la suite des événements. Entourez, je vous prie, mon petit Maximilian et dissuadez-le de venir aux obsèques de son père qui, pour l'instant, sont reculées sine die. *Votre éplorée Mathilde Lorentz.*

Une douloureuse consternation régnait à La Térébinthe.

— N'ayez plus un seul regret, mon cher amour, vous avez fait le bon choix en venant vous installer ici.

— Je n'en avais aucun, ma très douce, sinon celui de ne pas vous avoir rencontrée plus tôt. Mais pour en revenir au sort du père de Maximilian, me croirez-vous, Bérangère, si je vous dis en avoir eu le pressentiment?

— Je vous voyais chagrin, en effet, à chacune des lettres de Mathilde. Maintenant, il nous faut songer à Maximilian, à le distraire de ses pensées moroses. C'est un garçon secret, notre filleul, de grand courage aussi.

— Un solitaire, en tout cas. Sa force de caractère est admirable.

Un solitaire, Maximilian? Une force de caractère capable de surmonter une épreuve? Que faisait-il alors, dans une capitelle sur une *faïsse* au-dessus des Fontanilles, la tête dans les mains et les épaules secouées de sanglots? Il se laissait aller au chagrin ainsi que le lui conseillait la sage Félicienne qui l'avait entraîné dans ce refuge de pierre.

— Plus tu pleures et moins tu auras mal. Tu sais, moi, c'est ici que je viens quand le fils Combe me tire les cheveux ou se moque de moi.

— Tu ne le dis pas à ta mère? hoqueta-t-il.

— Elle n'y pourrait rien changer, lui répondit-elle, fataliste. Et puis tu sais, le malheur rend plus fort, et aussi permet d'ouvrir les yeux à des petits bonheurs qui passent inaperçus aux autres.

— Comment sais-tu ça, toi, à ton âge?

— C'est mon ami Matthieu qui me l'a expliqué. Attends, je vais te dire exactement ses mots : « Le malheur est une étape nécessaire pour apprécier les joies et les dons de l'existence. »

Maximilian, distrait de son chagrin, siffla entre ses lèvres.

— Dis donc, c'est un moine ou un prêtre, ton ami Matthieu! Peut-être un vieux sage?

— Vieux? Il n'a pas dix-sept ans! Mais tu n'as pas tout à fait tort, son père est pasteur.

Déçu, Maximilian scruta cette gamine qu'il croyait solitaire. Il fit abstraction, la détaillant de la tête au pied, de ses vêtements qu'on aurait dits prêtés et se rendit compte qu'outre ses yeux noirs en amande qu'il avait déjà remarqués, tout en Félicienne était gracieux, délicat, vrai et en même temps exotique. Elle n'aurait pas de mal, d'ici quelques années, à charmer un garçon de dix-sept ans, fût-il fils de pasteur, qu'il soupçonna, sans le connaître, d'être un futur rival à ne pas sous-estimer.

« Mort naturelle par suite d'un influx nerveux délétère, courant chez un sujet atrabilaire », conclura l'autopsie laconique de la dépouille de monsieur Lorentz.

Sa veuve se donna six mois pour reprendre en main les affaires de feu son époux et rappeler près d'elle son fils Maximilian. D'autres impedimenta, cent fois, mille fois moins anecdotiques, allaient lui faire réviser sa copie.

18

1916

Cette année encore, Saint-Ambroix avait vu débarquer des dizaines de garçons et de filles, venus de tout le canton passer en son chef-lieu les épreuves du certificat d'études. Tôt le matin, ils avaient déferlé de la gare pour ceux qui descendaient de la vallée de l'Auzonnet, à pied en ce qui concernait les habitants de la plaine.

Après une journée marathonienne, ponctuée d'épreuves écrites, orales, chantées, physiques et manuelles, ils étaient repartis, ombres grises regagnant leur maison en silence pour y annoncer dans l'indifférence l'échec ou le succès.

On ne s'étonnait plus de ces retours empreints de gravité alors qu'avant ils avaient la saveur des jours de fête. Pas plus qu'on ne se surprenait à trouver mornes les foires et les marchés, si animés avant. Que dire alors des cafés – on n'en comptait pas moins de trente-six – où l'on ne se pressait plus, comme avant?

Avant. Pas une phrase qui ne débutait ou ne se terminait ainsi: avant. Mais avant quoi? Avant ce maudit tocsin qui, deux ans plus tôt, avait glacé d'effroi le peuple de France. Avant que ne s'affiche dans toutes les mairies l'ordre de mobilisation générale.

Avant que les édiles, en costume noir barré de l'écharpe tricolore, accompagnés du garde champêtre, n'étrennent une tournée désormais rituelle pour asséner le malheur de la phrase fatidique «Tué à l'ennemi». Oui, avant ce jour affreux, le deuxième du mois d'août de l'année 1914, où la France entrait en guerre!

Rien, depuis, n'avait changé, mais plus rien, depuis, n'était pareil. Oui bien sûr, on mangeait, on dormait, on se rendait à son travail, on allait à l'école, mais dans chaque famille, il manquait un parent qui avait pris les armes, pour lequel on tremblait, à moins que, fauché au printemps de sa vie, il ne restât plus qu'à prier pour le repos de son âme.

Non, plus rien n'était pareil, mais rien n'avait changé et, en ce début d'été, on passait toujours le certificat d'études primaires.

* *
*

Elle n'était cependant pas arrivée de façon inopinée, cette briseuse de vies, cette détricoteuse de destins! Depuis plusieurs mois, elle avait été au centre des préoccupations des filateurs Roustan père et fils.

— Ne pensez-vous pas, père, que la Triple-Entente[1] puisse défriser quelque peu l'arrogance de la Triplice[2]?

1. Alliance militaire entre la France, le Royaume-Uni et la Russie impériale.
2. Alliance militaire entre l'Empire allemand, l'Empire austro-hongrois et le royaume d'Italie, rejoints par l'Empire ottoman.

Sans lever la tête du *Petit Provençal*, son bréviaire matinal, Auguste-César émit un grognement irrité.

— Une nouvelle provocation, père ? insista Antoine.

— Et de taille ! Tiens, lis ! S'il était un fagot à ne pas enflammer, c'était bien ces foutus Balkans.

Malgré sa lecture silencieuse, on percevait l'émotion d'Antoine. S'émouvait-il du couple formé par le grand-duc Ferdinand et sa morganatique épouse, sacrifié à Sarajevo sur l'autel des alliances impies[1] ? Ou bien de l'impact international que ne manquerait pas d'engendrer cet odieux attentat ?

— Nos dirigeants ne sont pas si fous, j'espère, pour nous entraîner dans cette poudrière, tenta-t-il de se rassurer.

— Pas fous, mais pour beaucoup aveugles, ce qui est pire. La folie a parfois un sens, l'aveuglement en est dépourvu.

Ils en restèrent là de cette osmose matinale pour la retrouver un mois plus tard, l'incrédulité, l'atterrement et la colère enterrant l'idéologie.

— Ils l'ont fait ! Impensable !

Monsieur Auguste avait jeté son journal et tournait comme un lion en gage.

— Ils ont déclaré la guerre ? en déduisit Antoine se levant à son tour.

— C'est tout comme. Ils ont assassiné Jaurès !

— Quelle imbécillité !

— Quelle connerie, veux-tu dire ! Dieu sait que ce briscard de socialiste n'était pas de mon bord,

---

1. François-Ferdinand souhaitait une réconciliation austro-russe qui se ferait aux dépens de Belgrade et de la Serbie.

sa participation à la naissance de la SFIO[1] ne me le rendait pas sympathique, pas plus que ses grands discours contre les «lois scélérates[2]». Ah, il avait beau jeu de s'élever contre la censure du *Père Peinard*[3], c'est lui qui est peinard maintenant, pauvre bougre!

— Jaurès! Notre dernier rempart!

L'oraison funèbre du normalien de Castres était faite!

La suite des événements, dès lors, s'était accélérée. Déclaration de guerre, mobilisation générale. Dix-sept jours avaient suffi pour rassembler trois millions de Français de vingt à quarante ans dans les casernes où ils reçurent tenue, équipement et armement avant d'être acheminés sur les lieux d'affrontement.

Comme une hémorragie que rien ne pouvait juguler, le canton de Saint-Ambroix, à l'image de la nation, se vida de ses hommes. Chaque maisonnée se vit privée d'un père, d'un fils, d'un mari. Chaque usine déplorait le départ de mécaniciens, métallos, abatteurs. Le monde rural, encore majoritaire, se retrouva exsangue à la veille des moissons et des vendanges.

La Bâtie Neuve ne faisait pas exception à cet exode forcé, qui vit partir six de ses employés, hommes d'entretien, préposés au roulage, arpètes en tout genre ou simple factotum. Monsieur Auguste para au plus pressé et fit appel à ceux qui avaient pris leur retraite. L'espoir persistait encore que la guerre ne durerait pas. Mais il fallut bien vite déchanter et s'organiser.

---

1. Section française de l'internationale ouvrière.
2. Elles visaient à supprimer le mouvement anarchiste, responsable d'attentats.
3. Journal anarchiste.

Or, un vivier tout frais de future main-d'œuvre était là, à portée de main, dans cette école laïque, gratuite et certes obligatoire... jusqu'à treize ans seulement ! C'est dire si le sort de ces jeunes gens était vite réglé. Les garçons au charbon, les filles à la soie, si l'on excepte trois ou quatre par école qui sortaient du lot.

* *

*

Deux ans bientôt que le pays tout entier s'enlisait dans la guerre comme les poilus dans les tranchées. Deux ans qu'à La Bâtie Neuve on essayait de maintenir le cap, encore que le nombre de bassines fût ramené à cent vingt, laissant en sommeil l'entresol de la filature. Cela ne découlait pas d'une mévente de la soie, ainsi qu'on aurait pu s'y attendre, mais d'une carence de fileuses, celles issues des campagnes, plus utiles dans les terres dévoreuses de main-d'œuvre.

Les chants ne rythmaient plus la cadence des aspes par respect pour celles qui étaient endeuillées, jusqu'aux surveillantes qui semblaient radoucies, madame Georges en tête, qui aurait pu aisément prendre sa retraite et que monsieur Auguste n'avait pas eu de peine à convaincre de rester encore un peu.

— Si le trajet quotidien est un surcroît de fatigue pour vous, madame Georges, vous pouvez bénéficier d'une chambre aux Fontanilles, s'était empressé le filateur, désireux de conserver cette perle blanchie sous le harnais.

Loger aux Fontanilles ? La consécration ! Mais la contremaîtresse avait eu un mouvement de recul.

Côtoyer au quotidien la veuve de Ramón Etcheverría, reproche vivant de sa double faute ? Non merci !

— Le chemin dérouille mes rhumatismes, mais je vous remercie, monsieur Auguste, d'y avoir pensé.

Auguste-César Roustan des Fontanilles montrait plus d'humanité qu'il n'en avait jamais fait preuve et cela pour une bonne raison, celle d'une certaine honte, ou plutôt un regret, celui de n'avoir pas un fils, un neveu, un proche qui servirait son pays comme c'était le cas des plus humbles familles. Curieuse antinomie chez cet homme éperdu de chagrin à la mort de Félix ! Au-delà de cette contradiction, il y avait l'honneur des Roustan.

— T'attends-tu à être appelé, Antoine ? demanda-t-il à son fils, un soir de ces tête-à-tête baignés de nostalgie.

— Ne soyez pas en souci pour moi, père, crut bon de le rassurer Antoine. Selon la loi Berteaux, si l'on cumule avec le service militaire les années de réserviste au titre de l'armée active, le même temps pour l'armée territoriale et celles de l'armée territoriale de réserve, cela pousse à quarante-huit ans et je cours maintenant sur mes cinquante. Les conscrits de la classe 87 ne seront pas recrutés.

— Et ça te réconforte, je suppose ?

— Disons que cela me rassure de ne pas avoir à vous laisser seul avec la lourde charge de la filature.

La conversation tomba, mais pour le patriarche, elle avait un goût d'inachevé.

— Quand je pense à ce filou de Victor avec son exemption ! Il s'est opportunément souvenu d'être soutien de famille, ragea-t-il au terme d'un long silence. Sa mère est toujours ici, mais lui est allé se faire les dents, qu'il a longues, tu peux me croire, dans son usine ardéchoise.

— Jusqu'ici supervisée par vos soins, père. Il vous doit une fière chandelle depuis maintenant dix ans que vous veillez sur les intérêts de l'atelier de moulinage Vésombre.

— Dis-toi bien que je ne l'ai pas fait pour lui, qui trimbale une mentalité déplorable. Je le devais à mon vieil ami, puis à ma bru qui n'en était pas capable, et un peu à Félix qui aurait hissé au pinacle cette manufacture.

Il y avait toujours du Félix sous roche quand la voix d'Auguste-César se brisait. Vive amertume chez Antoine, toujours en décalage affectif par rapport au fils disparu.

— Vous ne me reprochez pas, père, d'être trop vieux pour m'engager?

— Je ne te reproche rien, Antoine. Je serais bien ingrat dans ce cas. Je fais un bilan, un constat qui me navre sans qu'on puisse rien y changer. Et pourtant, les Roustan ont toujours été des patriotes. Tiens, la preuve, dit-il en désignant, sur l'arbre généalogique, le nom de l'ancêtre chevau-léger sous Napoléon. Et moi, j'ai tout juste été bon à esquiver deux guerres.

— Vous voyez tout en noir, père. Cessez de culpabiliser.

— Mais comment ne pas le faire quand le protégé de ta sœur, Maximilian, et madame Lorentz sa mère dînent à ma table. Qui te dit qu'un jour ou l'autre, ce jeune homme ne prendra pas les armes contre nous?

— À son corps défendant, je vous l'assure! Il a le cœur en France et sa mère également. Pauvre femme qui n'a pu que faire murer son usine afin de protéger l'outillage en attendant des jours meilleurs ! Et puis enfin, Maximilian n'a que seize ans.

— Seize ans aujourd'hui, mais crois-tu la guerre terminée ? Quand ? Demain ? Dans un an ? Et nous qui restons là les bras ballants ! Encore que j'aie décidé de donner les bijoux de ta mère pour effort de guerre…

— Auparavant, demandez à Bérangère ce qu'elle en pense ! le coupa Antoine.

Parler pour sa sœur n'était qu'un prétexte pour contrer ce père impétueux qui ne tenait pour bon que ce qu'il décidait.

— Mais je me moque de ce qu'elle en pense ! s'offusqua Auguste-César.

— Ce n'est pas exactement ce que je voulais dire, père, se radoucit Antoine. Peut-être souhaiterait-elle garder un souvenir personnel de maman, tout comme Eugénie. Ma fille porterait divinement ses boucles d'améthyste.

Il les voyait encore, ces deux pendeloques ornant les lobes délicats de sa mère. Oh, sa bouillante Eugénie n'avait rien de commun avec sa grand-mère, mais elle était jeune et s'assagirait.

Auguste-César grogna une sorte de « on verra, on verra » et regagna sa chambre. Le lendemain, il arborait l'air triomphant de l'enfant qui a découvert la cachette du pot de confiture. Plus exactement, il avait trouvé la solution pour que dans les temps futurs on puisse dire à Saint-Ambroix que les Roustan des Fontanilles avaient apporté leur pierre afin d'aider la France martyrisée.

— Vous avez bien dormi, père, ce me semble ?

— Je n'ai pas fermé l'œil de la nuit, si tu veux le savoir, mais mon plan d'action est au point. Assieds-toi que je t'explique.

Malgré l'obscurité, de la fenêtre de sa chambre, Auguste-César avait longuement embrassé, la veille au soir, son domaine. La Bâtie Neuve en contrebas en était le cœur, il ne devait jamais cesser de battre. La Masson, à l'origine magnanerie et naguère coconnière, n'était qu'une éminence endormie où seul tremblotait un bout de chandelle dans l'étroit logis de Milagro. De la serre luxuriante, amoureusement entretenue par Ramón Etcheverría, ne restaient que des plantes qui s'étiolaient en attendant des jours meilleurs. L'idée jaillit alors. Ce lieu, autrefois dévolu au monde végétal, devait être mis au service de la résurrection des corps.

— Qu'entendez-vous par là, père?

Antoine fronçait les sourcils. Son père tombait-il dans le mysticisme ou la sénilité?

— Réfléchis, Antoine. L'hôpital-hospice s'engorge chaque jour de blessés ramenés du front. Les lits s'alignent dans les couloirs, faute de place dans les salles communes. Il y a toute une hiérarchie de blessés, du plus grave au convalescent pas encore apte à rentrer dans ses foyers... ou à repartir au front. Nous allons faire aménager La Masson pour cette catégorie-là dont les soins se résument en pansements ou réadaptation à la suite d'une amputation.

— Un centre de convalescence? Il faut pour cela obtenir des autorisations, père.

— Appelle-le comme tu veux, fils, et occupe-toi des agréments, des dispenses et de l'accord de l'hôpital. Renseigne-toi auprès des forges de Tamaris qui m'ont devancé dans cette idée. Moi, je vais recruter sur la place quelques vétérans de la maçonnerie. Demain, on se met au travail pour faire nettoyer la serre et la rendre habitable.

Tout comme, dix ans plus tôt, Auguste-César s'était senti ragaillardi en reprenant les rênes de la filature après la plus longue grève des fileuses du Gard, de même au milieu du gué de cette longue guerre retrouvait-il, dans cette action philanthropique, des raisons de fierté.

— Il faudra des draps, Milagro, des couvertures, du linge de toilette et du linge de table. Dévaste les armoires, vide les tiroirs, la France en a besoin !

Le discours précipité du filateur dans l'urgence de son projet laissa la lingère perplexe. La cuisinière, à qui elle demandait pour quelle raison la France avait besoin du linge des Fontanilles, la mit au courant sans ménagement.

— T'as pas fini d'en laver, des draps et des serviettes ! Et autrement moins ragoûtants que d'ordinaire. Et puis t'es sûre de pas avoir à déménager ?

— Déménager ? Non ! Monsieur Auguste m'a promis... Jamais il me fera partir, ni moi ni Félicia.

— Les temps ont changé, ma pauvre. Bon sang, tu as vu les travaux quand même ?

— Non ! Enfin... oui, la serre est vidée, des maçons travaillent à carreler le sol, blanchir les murs...

— Et faire une cuisine, une salle de soins, des sanitaires. La Masson va être transformée en hôpital pour les poilus.

Milagro baissa la tête. Puis tourna brusquement le dos à la cuisinière. Elle devait en avoir le cœur net et partit à la recherche de monsieur Auguste.

— Monsieur, pour… pour l'hôpital, il faut que je parte, moi et la petite ?

— Pourquoi ?

— *No sé…*

— Je te l'ai dit, Milagro, jamais je ne te demanderai de partir, mais jamais je ne t'en empêcherai si tu le désires.

— Non, non, je ne veux pas partir !

— Eh bien, voilà, c'est une affaire entendue ! Ah, tu chercheras une lavandière qui te prêtera main-forte pour entretenir le linge de notre maison de convalescence.

— Non.

— Comment ça, non ? Nous avons prévu d'installer seize lits, ça représente du travail.

— Félicia va avoir fini l'école. Elle m'aidera… si monsieur Auguste le veut bien.

— Ta petite va finir l'école en juillet, mais elle reprendra en octobre. On dit qu'elle travaille bien.

— *Sí !* Elle va même passer le certificat. Après, j'aurais bien aimé qu'elle fasse l'école ménagère, mais s'il y a du travail à La Masson, c'est mieux qu'elle s'arrête…

— Nous verrons ! la coupa le filateur, apparemment chiffonné par la décision de Milagro.

— Tu sais quoi, Félicia *mía* ? La Masson va accueillir des soldats blessés. Monsieur Auguste fait même installer des bancs dans le parc et des chaises roulantes pour les blessés des jambes. Toi et moi, on va avoir du travail. Tu pourrais manquer un peu l'école?

Milagro considérait comme une chance cette occasion de faire entrer sa fille à la fois dans le monde du travail et dans le cadre des Fontanilles qui était le sien depuis des lustres. Or, elle ne rencontrait pas l'enthousiasme attendu.

— En juin, j'aurai des révisions pour le certificat. En plus, mademoiselle Gaillard voudrait qu'on reste à l'étude pour nous entraîner aux épreuves. Elle serait tellement fière d'avoir cent pour cent de réussite.

Il y avait de l'admiration dans la voix de la petite et aussi une volonté de ne pas décevoir cette maîtresse qui, depuis trois ans, aidait l'enfant timide et peu communicative à prendre conscience de ses capacités et à s'affirmer malgré l'hostilité inexpliquée des autres enfants à son égard.

— Les jours sont longs, tu pourras m'avancer du repassage le soir, après l'étude. Mais quand tu en auras fini avec cet examen, ce sera du plein temps, consentit Milagro.

— Mais alors, je n'irai pas à Chamborigaud cet été? Que vont dire Paul et Siméon? Je leur porte chance, disent-ils, à la pêche aux truites. Et Matthieu qui me parle de ses études à Aix-en-Provence où il apprend à devenir pasteur comme mon parrain? Je vais lui manquer, j'en suis sûre!

— Félicia! Tu n'es plus une gamine à courir dans les bois et patauger dans les rivières comme un garçon manqué, mais une jeune fille; tu as tes *meses,* maintenant! s'exclama fièrement Milagro en faisant rougir l'adolescente.

Puis elle se ravisa:

— C'est drôle, hein, que tu parles de Chamborigaud, il y a justement une lettre de ta marraine, là, sur le buffet.

Félicia se précipita sur le courrier, le seul que recevaient les deux femmes. Et qui leur procurait une joie immense.

Félicienne éprouvait un plaisir naïf à lire le bonheur des autres. Les mots de sa marraine étaient à son image, vrais, chaleureux. Avec tendresse et sollicitude, elle parlait de son époux à l'écoute des familles endeuillées qu'il soutenait dans la foi et l'espérance. Et puis, elle racontait de façon si vivante sa petite famille :

Héloïse est une sacrée petite bonne femme qui se mêle de traire les chèvres de nos voisins. Mais les biquettes ont vite saisi sa maladresse et s'ensauvent à son approche.

Félicienne sourit à la lecture des exploits d'Héloïse qu'elle avait, à son tour, portée sur les fonts baptismaux avec Matthieu pour compère. Un si beau souvenir !

Jeanne n'oubliait personne. Siméon et son bachot en ligne de mire, Paul un peu à la traîne dans ses études et qui ne rêvait que de menuiserie. «Passe ton bac d'abord !» lui avait ordonné son père.

Nous savons bien, tous deux, qu'il n'a guère de goût aux études, mais en ce temps de guerre, nous jugeons préférable qu'il reste encore un peu scolarisé, poursuivait Jeanne en concluant: *Te verrons-nous, Félicienne, cet été à Chamborigaud ? Tu sais que tu es toujours la très bienvenue.*

— Marraine ne parle pas de Matthieu, fit-elle remarquer, un brin dépitée.

En même temps, un feuillet lui échappait des mains qu'elle s'empressa de ramasser.

À ma commère Félicienne

L'intitulé ne faisait aucun doute. Une lettre de Matthieu! Il n'était donc plus à Aix pour ses études de théologie?

Pourrais-tu être, en plus, ma marraine de guerre? Eh oui, je suis mobilisé et je vais à mon tour servir notre pays. Moi qui me destinais à servir Dieu, quelle ironie! Dis oui, chère petite Félicienne pour qui j'éprouve une grande tendresse. Peux-tu me donner un peu de ton temps et m'entretenir des nouvelles de nos Cévennes? Pour le cas où tu serais d'accord, je t'enverrai d'ici quelques jours mon adresse. Mais ne te force en rien, je comprendrais ta décision. Matthieu, ton ami pour la vie.

Ainsi la guerre qui s'éternisait avait rattrapé Matthieu, l'aîné des Brugère. Vingt ans et jeune recrue de ces « Marie-Louise » appelés en renfort. Verdun était passé par là!

*   *

*

On passait donc, en ces premiers jours de l'été 1916, le très couru certificat d'études qui ouvrirait pour quelques privilégiés les portes d'un lycée, d'un collège et pour la grande majorité celles d'un travail, la mine et les chemins de fer restant toujours des valeurs sûres pour les garçons, filatures et emplois de maison étant voués aux filles.

L'école communale de Saint-Ambroix eut à cette occasion son heure de gloire lorsque fut désignée, première du canton avec une belle marge d'avance sur tous les autres, Félicienne Etcheverría. Mademoiselle Gaillard n'était certes pas la moins émue, ni la moins fière, d'avoir permis à la plus effarouchée, à la plus méritante de ses élèves, de se hisser au pinacle.

Dans un élan d'intégrité professionnelle, l'institutrice crut bon de raccompagner la lauréate jusqu'à son domicile. Elle pensait surtout trouver une écoute attentive aux projets qu'elle avait pour sa brillante élève. Elle dut déchanter.

— Des études? Pour quoi faire?

La moue dégoûtée de Milagro faisait contraste avec ses yeux brillants de fierté. Cependant, elle campait sur sa position et réfutait un à un les arguments de l'enseignante.

— Mais pour avoir un bon métier, madame Etcheverría. Ce dont rêvent tous les parents, voyons!

— Un bon métier? Parce qu'il y en a de mauvais?

— Ce n'est pas ce que j'ai voulu dire...

— Mais vous l'avez dit! Il se trouve que monsieur Auguste a besoin d'une autre lingère, Félicia ne va pas laisser passer sa chance, pas vrai, *chica*?

— Pour les vacances. Tu avais dit pour les vacances, maman. Il faut s'occuper dès maintenant de l'inscription pour la rentrée. N'est-ce pas, mademoiselle?

Félicia s'était tournée vers l'institutrice qu'elle devinait lasse du raisonnement peu constructif de Milagro.

— Félicienne a raison, l'inscription au collège ou au cours complémentaire se fait dans la foulée, la demande d'une bourse d'études également et…

— *Gracias, señorita*. Merci, mademoiselle. On va y réfléchir, on vous dira… *Adiós!*

La porte se referma sur une mademoiselle Gaillard désappointée et sur une Félicia non moins dépitée qui oscillait entre la colère et la honte. Quelle image avait donnée sa mère! Butée, de mauvaise foi, impolie, autant d'attitudes que Milagro avait pourtant pris le soin de gommer chez la fillette.

Un geste tendre de Milagro effaça toute peine.

— Nous allons travailler ensemble, *querida mía*! Toi et moi, *todo el día*. Tout le jour! Et puis, tu vas gagner des sous et je t'achèterai une robe avec un boléro. Et aussi un chapeau de paille.

Autant dire qu'elle l'achetait. Tout court.

À la lueur d'un quinquet falot, Milagro lavait leurs assiettes et Félicia donnait un coup de balai sur le parefeuille quand on toqua à la vitre. Félicia ouvrit la porte et Milagro se mit presque au garde-à-vous.

— Monsieur Auguste! On a besoin de moi aux Fontanilles? s'empressa-t-elle en s'essuyant les mains.

— Pas le moins du monde, sois tranquille. Tiens, c'est pour la petite! Si tu veux bien sortir trois assiettes!

Monsieur Auguste avait posé un petit carton plat sur la table et cherchait une chaise que Félicia se hâta de lui approcher.

— Allez, ouvre. Mais d'abord, pousse un peu ce quinquet, on n'y voit goutte.

Milagro manœuvra la molette. Sans résultat.

— Bon sang, ces idiots n'ont pas tiré la ligne jusqu'ici ! Quels mal-dégourdis ! Demain, on va réparer ça.

— Mais alors, je devrais payer l'Énergie industrielle[1] ! se désola Milagro.

— Pas plus que tu ne payes de loyer, voyons ! Bon, on le mange, ce gâteau ?

Milagro et Félicia ouvraient des yeux ronds sur le carton qui dévoilait enfin son contenu, trois petits savarins nappés de crème chantilly, elle-même décorée d'une cerise confite.

— J'ai entendu dire que ta petite était sortie première du canton, une fierté, ma bonne Milagro, que je suis heureux de partager avec toi. Et une récompense bien méritée.

L'honneur qui rejaillissait sur elle plongeait la lingère dans une euphorie que n'avait pu inspirer mademoiselle Gaillard mais que monsieur Auguste, par sa démarche, décuplait. Félicia, elle, ne savait que penser de cet intérêt soudain pour sa petite personne. Peut-être une sorte d'intronisation de la nouvelle lingère ? Pas de quoi, dans ce cas, se réjouir. Plus tard, durant une bonne partie de la nuit, elle se souviendrait de la saveur du gâteau, de son moelleux,

---

1. Au début du XXᵉ siècle, Saint-Ambroix devait son électricité à la Société d'énergie industrielle.

de la caresse de sa crème, de la cerise douceâtre et de ce sirop alcoolisé dont il était imbibé. Un gâteau à la double flaveur car au petit matin, elle courait derrière La Masson pour le vomir. Le rhum avait tarabusté son estomac.

Pour l'instant, elle plongeait délicatement sa cuillère dans le savarin et savourait... les propos de monsieur Auguste.

— Alors, qu'est-ce que tu vas en faire, maintenant, de cette petite ?

— Comme je vous l'ai dit, monsieur Auguste, et si vous êtes toujours d'accord, Félicia me secondera comme lingère. Il paraît que les soldats blessés arrivent la semaine prochaine.

— Tu es bien renseignée. Tu le sais, je n'ai qu'une parole et si tu penses t'en sortir avec la petite, c'est toujours entendu. Moi, je voulais dire : qu'est-ce que tu vas en faire à la prochaine rentrée ? Tu veux qu'elle aille au collège ?

Pas de réponse d'une Milagro qui ne savait que penser.

— L'école pratique, alors ? L'école Pigier, peut-être ? C'est bien, pour une fille, d'apprendre le secrétariat.

— Monsieur Auguste, il faut me le dire franchement, vous ne voulez pas la garder comme lingère, voilà tout.

— Ce que je veux dire, Milagro, et surtout ce que je voudrais que tu comprennes, c'est que lorsqu'on a les capacités de poursuivre ses études, il vaut mieux viser des métiers... comment dirais-je... plus... lucratifs et moins pénibles. Tu comprends ?

Milagro craqua. Elle sortit un mouchoir de sa poche pour essuyer les larmes qui lui échappaient mais ne put contenir les mots qui se bousculaient.

— Les études, c'est bien, mais les sous, il en faut. L'école d'Alais, c'est trop cher. C'est pas bien de faire rêver la petite si on ne peut pas réaliser son rêve.

— Eh bien, moi, je peux te dire que les études de la petite ne te coûteront rien, tu peux obtenir une bourse. Si tu es d'accord, je m'occupe de toute la paperasserie. La pension, j'en fais mon affaire et pour rentrer le samedi, il suffira de prendre un abonnement au train. Allons, ma bonne Milagro, sèche tes larmes.

Les yeux délavés de Milagro éperdue de reconnaissance, posés sur son patron, parlaient pour elle qui n'aurait pas assez de sa vie pour le remercier de ses bienfaits. Elle capitula en se gardant le mot de la fin :

— Alors, secrétaire, c'est bien, oui. Mais j'ai promis à monsieur Auguste l'aide de Félicia tout l'été, elle le fera !

Bien que pas un instant il ne s'adressât à elle, qu'il ne portât jamais un seul regard dans sa direction, les paroles de monsieur Auguste, comme celles de Milagro, coulaient comme du miel dans le cœur de Félicia. Le lendemain, elle courut chez mademoiselle Gaillard qui se dit satisfaite du revirement de Milagro.

Ainsi la lingère avait cédé aux désirs de monsieur Roustan à qui elle ne pouvait rien refuser, pas même une décision qui concernait l'avenir de sa fille.

Le temps n'était pas loin où il lui faudrait retomber sur terre. S'élever au-dessus de sa condition? Une utopie qui avait toujours échappé à la sagesse de Milagro et qu'elle-même aurait dû repousser de toutes ses forces.

19

Avril 1918

Félicia tentait désespérément d'insérer entre les dents crispées de Milagro un peu de lait chaud et sucré. Par chance, elle venait de retirer les sept cent cinquante grammes mensuels de sucre que lui procurait sa carte alimentaire créée par le ministère du Ravitaillement depuis le mois de juin 1917. Pas question de lésiner pour requinquer la malade! Pour autant, un autre ingrédient faisait cruellement défaut pour en faire un gros bol car si le lait ne manquait pas grâce à la ferme Combe, le pain était, lui aussi, rationné. Et quel pain! Plus souvent de seigle ou de maïs quand il n'était pas simplement de misère.

La pauvre femme se lassa à la troisième cuillerée et, malgré son insistance, les efforts de Félicia étaient vains.

Toute la semaine, le souci pour sa mère ne l'avait pas quittée. Et plus que de coutume. Ce n'était certes pas la première fois que la studieuse élève du cours Pigier tremblait pour la santé de Milagro. En fait, cela datait de l'hiver précédent, au cours duquel Milagro avait pris froid en rinçant du linge à la rivière. Il faut avouer qu'elle et Julia, une vigoureuse fille de la campagne, ne chômaient pas à s'occuper conjointement des Fontanilles et de la maison de convalescence qui ne désemplissait, hélas, pas. De seize lits au départ, ils étaient maintenant vingt-quatre, tout juste séparés par une table de chevet et un passage central pour les chariots des soins et ceux des repas. Deux infirmières se relayaient pour pratiquer les soins que requéraient blessures et amputations.

Auguste-César Roustan des Fontanilles n'était pas peu fier de son initiative qu'il visitait scrupuleusement chaque matin avant de se rendre à La Bâtie Neuve.

— Allons, mes braves, quelles sont les nouvelles aujourd'hui ? s'annonçait-il, martial.

Il n'obtenait guère que des grognements en réponse, mais ne s'en offusquait pas : ces hommes qui avaient vu la mort portaient des plaies au corps et des bleus à l'âme.

Il arrivait qu'il commente avec optimisme la lecture de son quotidien préféré. Ainsi, l'année précédente, avait-il pris plaisir à annoncer l'entrée en guerre des Américains :

— Eh bien moi, j'en ai une excellente à vous apprendre, les soldats américains qu'on appelle familièrement les Sammies ont retrouvé la mémoire, ils entrent en guerre pour nous prêter main-forte. Ah, La Fayette doit être soulagé !

Sur des notes d'espoir à voir enfin se terminer le conflit, il distribuait des paquets de tabac gris et des poignées de main avant de monter dans son brougham et se faire amener à la filature.

Ce lundi matin du mois de mai, en l'absence d'Antoine parti traiter de nouveaux marchés avec les magnaniers, il savait avoir du courrier à traiter, des transactions financières à mettre en place, la routine. Ce qu'il ignorait, en revanche, c'est le problème qu'allait lui poser une demande inattendue.

Après une nuit à veiller sur le sommeil agité de sa mère et à cogiter sur l'avenir, la décision de Félicia était irrévocable : elle ne terminerait pas son année scolaire au cours Pigier et donc ne validerait pas le certificat de capacité en matière de secrétariat qu'elle préparait consciencieusement depuis bientôt deux ans. À l'approche de la soixantaine, Milagro était usée, malade, abandonnée de ses forces. En bout de course et à bout de privations, son corps la trahissait. Félicia n'avait pas le choix, c'était à elle maintenant d'assurer leur quotidien. À elle d'entourer de soin et d'affection sa maman courage. À elle de lui rendre tout ce qu'elle en avait reçu. À elle aussi, et surtout, de braver monsieur Auguste.

— Entrez !

Le ton était agacé. Auguste-César n'aimait pas qu'on le dérange. La porte s'ouvrit sans qu'il levât les yeux vers son visiteur. En l'occurrence, sa visiteuse qui se donnait du courage en saluant le filateur.

— Bonjour, monsieur. Je vous prie de m'excuser de v…

— Quoi ? Qu'y a-t-il ?

Il leva les yeux sur la jeune silhouette qui s'avançait vers lui pour les détourner aussitôt. Surtout ne pas rencontrer ce regard qui ravivait sa peine toujours vive… à moins que ce ne soient ses remords…

— C'est Milagro qui t'envoie ? Je sais, elle est un peu souffrante. Qu'elle se soigne et se repose. Je la ferai remplacer momentanément.

— Ma mère ne sait rien de ma démarche et s'y opposerait, même. Pourtant, ma décision est prise, je veux travailler, monsieur. C'est mon devoir de la remplacer et c'est ma volonté.

La détermination affichée de Félicia lui tenait lieu de courage pour contrer toutes les objections que pouvait formuler le filateur.

— Un gros rhume doublé d'une fatigue passagère n'est pas une raison valable pour laisser choir les études. Je connais Milagro, elle nous enterrera tous !

— Le rhume de maman est en réalité une bronchite, et sa fatigue est celle d'une personne usée. Je sais où est mon devoir, monsieur, je me dois de la remplacer, insista Félicia sans se départir de sa patience ni de sa politesse.

— Deux années d'études pour briguer une place de lingère, quel manque d'ambition ! Je ne pensais pas que...

— Pardonnez-moi d'insister, monsieur, mais l'ambition n'a rien à voir quand il y a urgence. Si vous n'acceptez pas de me donner la place de ma mère, je chercherai ailleurs. Je dois travailler. J'avais seulement pensé que maman prendrait mieux la chose si nous pouvions rester dans notre logis à La Masson. Je payerai un loyer chaque...

— Quoi qu'il en soit, vous y resterez ! la coupa brusquement Auguste-César, affolé à l'idée de voir partir la mère et la fille qui faisaient étroitement partie de sa vie. Je l'ai promis à Milagro et un Roustan n'a qu'une parole.

— Pour la place aussi, c'est entendu ? se hasarda-t-elle à demander, le cœur gonflé d'espoir.

Elle était touchante, à la fois dans sa vulnérabilité et dans sa détermination. Mais Auguste-César ne voyait en elle que le même entêtement qui l'avait si souvent opposé à son fils. Il fronça les sourcils pour affronter son regard et durcit le ton de sa voix :

— Quand on a la chance qui t'est offerte d'accéder à un bon métier, il faut être stupide pour ne pas la saisir. C'est aussi faire peu de cas de tes professeurs qui sont unanimes, tu dois poursuivre au-delà d'un simple certificat de capacité professionnelle et aborder la comptabilité. Bon sang ! Tu en as les capacités.

Il avait abattu son poing sur son bureau pour donner plus de poids à ses paroles de sagesse. Quant à terroriser sa jeune interlocutrice, c'était peine perdue. Imperturbable, elle se tenait droite devant le bureau, les mains croisées dans son dos pour en maîtriser le tremblement involontaire.

— Sauf votre respect, monsieur, je vous répondrais que lorsque la chance vous a été donnée d'avoir une mère aussi aimante et dévouée que la mienne, il serait ingrat et même odieux de ne pas saisir l'occasion qui m'est donnée d'inverser enfin les rôles et d'entourer ses vieux jours de tendresse et de sérénité.

Le cœur d'Auguste-César battait à se rompre. Quelle belle âme habitait cette petite bonne femme dont le corps menu oscillait encore entre enfance et adolescence ! Il soutenait maintenant, et pour la première fois, ce regard qu'il avait toujours fui, et cela lui était tolérable parce que, au-delà de leur couleur et de leur velouté si semblables à ceux de Félix, les yeux de Félicia révélaient une tout autre dimension de caractère.

« Elle est de ma race. Le devoir, pour elle, n'est pas un vain mot. Ah, comme il m'aurait plu… Mais à quoi bon les regrets, le sort en a décidé ainsi ! »

Comme il était aisé d'accuser le destin ! Ne l'avait-il pas forcé en éloignant Félix de ses amours ancillaires ? Auguste-César s'ébroua comme au sortir d'un mauvais rêve.

— Soigne ta mère si tu penses que c'est ce qu'elle attend de toi et reviens dans deux jours me donner ta décision. Réfléchis bien si tu ne veux pas traîner toute ta vie des regrets. Parce que je le dis, tu le regretteras ! la congédia-t-il en agitant un doigt sentencieux.

*   *

*

« Tu le regretteras ! Tu le regretteras ! » La phrase, brandie comme une menace, roulait aux oreilles de Félicia alors qu'elle remontait à La Masson.

— Qu'est-ce qu'il croit ? marmonnait-elle entre ses dents. Que c'est de gaieté de cœur que je laisse tomber mes études ? Que j'agis de façon irréfléchie, sur un coup de tête, une lubie, un caprice ?

En bouffées de souvenirs, les années écoulées lui sautaient au visage. Heureuses ou malheureuses, chronologiquement ou en vrac, les étapes qui avaient fait d'elle la presque jeune fille capable de s'opposer à monsieur Auguste leur bienfaiteur, comme le nommait à jamais Milagro, s'imposaient dans un petit retour bienfaisant d'un proche passé.

Détestable été 1916 qui avait directement suivi cet impressionnant examen qu'était le certificat d'études primaires ! Pour la brillante élève sortie première du canton, des vacances bien méritées n'avaient certes pas été au rendez-vous. En lieu et place, la routine d'un travail harassant et jamais terminé. Des lessiveuses à faire bouillir dans la buanderie surchauffée, des carrioles de linge avec le banc à frotter et le gros *bassurel*, un énorme battoir qu'il fallait rouler jusqu'au lavoir communal, le lavage ensuite sur la pierre lisse et sous le toit bruyant, le rinçage à grandes brassées qui vous brisaient le dos au fil du courant de la Cèze et enfin le séchage sur la grève.

— Griffe bien sur les taches, Félicia !

Milagro pistait le moindre résidu de salissures, en particulier celles de sang ou de sanie qu'il fallait frotter avec insistance. Il y allait de son honneur de lingère qui ne connaissait pas, elle, la pénurie de savon. Monsieur Auguste dévalisait le moulin à huile de son ami Justet à Saint-Brès, aussi, quand d'autres serraient leurs ongles sur des rognures de savon noir, Milagro sortait ses gros cubes verts qui fleuraient bon l'huile d'olive.

Ah, ces brouettes grinçantes, en ramenaient-elles du linge à repasser ! Mère et fille alors se faisaient face, chacune devant sa planche, dans l'office du premier étage des Fontanilles, pour d'interminables séances de repassage et de raccommodage.

— C'est essentiel pour faire durer le linge, en profitait pour professer Milagro. Quelques points de couture ou d'ourlet qui fichent le camp, ça ne se voit que chez les souillons !

Si Milagro n'épargnait pas sa « fille » à qui elle disait apprendre la vie en même temps que le goût du travail bien fait, au moins la ménageait-elle en ce qui concernait la maison de convalescence. Elle la dispensait de l'aider à apporter draps et serviettes à La Masson où tous ces blessés, ces amputés, aux pansements sanguinolents, abouliques ou torves, harcelés pour certains par des démons occultes, n'étaient pas un spectacle pour sa *chica*, sa Félicia qu'elle devinait impatiente de redevenir écolière.

D'ailleurs, ses seules distractions, quand le travail lui en laissait le loisir, n'étaient-elles pas la lecture et l'écriture? La première audace dont avait fait preuve Félicia avait été de frapper à la porte de mademoiselle Gaillard pour lui annoncer la bonne nouvelle. L'institutrice n'avait pu réprimer un soupçon de moue.

— Le secrétariat. C'est vraiment ce qui te convient?

— J'aurai un bon métier… lucratif.

Le mot utilisé par monsieur Auguste lui échappait d'autant plus qu'elle n'en comprenait guère le sens.

— Tous les métiers le sont, Félicienne, du moment qu'ils sont rémunérés. On dit alors qu'ils sont plus ou moins lucratifs, tu comprends?

— Oui, mademoiselle.

— Moi, je t'aurais bien vue institutrice, mais ce n'est certainement pas assez «lucratif» pour monsieur Roustan.

S'en revenant chez elle, Félicia s'était imaginée un instant dans une salle de classe, dans une stricte blouse grise, seule sur son estrade face à un jeune public et elle avait rosi de plaisir. Vision fugitive qu'elle avait bien vite chassée de son esprit. «Les rêves restent des rêves et c'est bien ainsi», un jugement que sa mère servait à tout propos.

387

Sa visite s'était révélée, somme toute, bénéfique puisqu'elle en était revenue avec un livre prêté par son institutrice et la promesse d'en avoir autant qu'elle voudrait.

— Je reviendrai ! avait-elle promis de cet air enjoué qui lui était si rare.

Elle revint donc chaque fois que son travail lui permettait de souffler et, la lecture faisant bon ménage avec l'écriture, c'est avec enthousiasme qu'elle tenait son rôle de marraine de guerre, endossé avec plaisir.

Peu versée dans la fonction de consolatrice aux émois du soldat, Félicienne avait opté pour une chronique saint-ambroisienne qui faisait de ses lettres des récits vivants et vrais. Matthieu Brugère adhéra d'emblée à cet échange épistolaire sans autre prétention que de l'envelopper de l'air du pays.

En route pour leur pèlerinage aux Saintes-Maries-de-la-Mer, les Romanichels ont fait halte, sur le chemin du Ranquet. Tu aurais vu toutes les paysannes du quartier rentrer leurs poules dare-dare. Il s'en trouva quand même quelques-unes pour crier au voleur après leur départ.

Tandis que les hommes rempaillaient des chaises, les femmes vendaient leur fil au porte-à-porte et les gamins ramassaient tout ce qui traînait pour faire du feu. Tu vas rire si je te dis qu'avec la sécheresse que nous avons en ce moment, par leur zèle tout le talus a grillé, les flammes ont passé le chemin et brûlé un champ heureusement moissonné. Du coup, ils ont filé en douce au beau milieu de la nuit…

Sans intention, avec sa seule sensibilité pour lui dicter ce choix, Félicienne avait adopté la bonne formule : ne pas évoquer la guerre à laquelle il se mesurait sur le front, ni les blessés qu'il lui arrivait de croiser dans le parc des Fontanilles, ni les privations que tous les Français affrontaient. En réponse, Matthieu taisait ses angoisses de soldat côtoyant quotidiennement la mort pour ne saisir, à son tour, que les images bucoliques des paysages d'Argonne, tout en forêts et en étangs.

Sais-tu que j'ai traversé Varennes ? Tu te souviens, j'espère, de tes leçons d'Histoire et de la fuite de Louis XVI à Varennes organisée pour lui. Pour peu que nous passions à Domrémy, je serai incollable en Histoire de France.

Ces lettres, d'un côté comme de l'autre, arrivaient avec des semaines de retard et en désordre si bien qu'un échange suivi se révélait impossible. Félicienne et Matthieu ne s'accrochaient pas à ces aléas ; le lien, ténu mais qu'ils voulaient indestructible, renforçait leur grande amitié d'enfance.

Comme un messie qui s'était fait attendre, par un beau soir de septembre, monsieur Auguste fit irruption en leur logis où Milagro et Félicia, prenant le frais devant la porte, s'empressèrent de le faire entrer.

À l'approche de ses quatre-vingts ans, le vieux filateur portait encore beau, sanglé dans un complet-veston d'alpaga anthracite, éclairé d'une chemise immaculée au plastron empesé, fierté de Milagro qui apportait plus de soin encore à son linge.

Une fois de plus, il venait jouer le père Noël, suscitant chez Milagro de nouveaux grands émois de gratitude et chez Félicia un singulier mélange d'embarras et de reconnaissance. Plutôt que d'écouter, humblement béate comme l'était sa « mère », les explications du filateur, elle aurait préféré compulser à son aise les papiers qu'il avait déposés sur la table. Inscriptions au cours Pigier et au foyer de jeunes filles, carte d'abonnement au train, certificat d'obtention d'une bourse d'études.

— Pour le jour de la rentrée, je te donne ta matinée, Milagro. Comme je te connais, tu ne seras tranquille que quand tu sauras la petite bien installée.

Nouvelles courbettes de Milagro propres à augmenter la confusion de Félicia. L'adolescente rêvait, en cet instant, d'avoir toutes les audaces, du moins celle d'affronter le regard de monsieur Auguste qui, elle l'avait bien compris, sans cesse se dérobait à elle, pis, niait sa présence. Comprendrait-elle un jour comment cet homme pouvait s'intéresser à son avenir tout en feignant d'ignorer son existence ? Une injonction de Milagro lui fit baisser la tête.

— Je ferai tout mon possible pour satisfaire mes professeurs au cours Pigier afin que monsieur Auguste n'ait pas à regretter de m'y avoir inscrite.

Faisant toujours comme s'il n'avait rien entendu des remerciements traditionnels, le filateur enchaînait, s'adressant à Milagro :

— Je me suis procuré la liste des fournitures demandées, elles sont là, dans ce cartable. Que ta petite en fasse bon usage ! Et parce qu'elle va à la ville, il lui fallait des toilettes de ville, tu trouveras tout ça dans ce paquet.

C'est tout juste si Milagro ne tomba pas aux pieds de son bienfaiteur.

Poussées par le vent curieux de la jeunesse, les réticences de Félicia cédèrent au déballage du cartable et du paquet de vêtements.

Si la nuit de Milagro fut bercée d'un sentiment d'éperdue reconnaissance, celle de Félicia lui dessina des lendemains prometteurs.

À revivre sa première semaine dans la capitale des Cévennes, il était normal que les pensées de Félicienne aillent à Maximilian, son copain de classe à la communale, un peu perdu de vue ces deux dernières années, qu'elle retrouva dans le train du retour, au terme d'une semaine où sa volonté d'adaptation avait été mise à rude épreuve. Le foyer de jeunes filles, le cours Pigier, tout lui était nouveau et lui paraissait déroutant. Dès lors qu'ils se reconnurent malgré les années passées, Maximilian Lorentz devint le mentor de l'adolescente. La ville d'Alais n'avait maintenant plus de secret pour lui. Ses années de lycée, un beau vivier de camarades, des professeurs consciencieux, avaient fait du jeune apatride un presque Cévenol dont l'accent s'était quelque peu raboté.

Ils se donnèrent tacitement rendez-vous chaque lundi matin et chaque samedi soir dans ce train noir de la poussière de charbon et, les mois passant, l'amicale rencontre d'une cour d'école se métamorphosa en une amitié amoureuse qui ne savait dire son nom et ne s'exprimait que par des visages radieux et des bavardages nourris. Ce qui leur devint nécessaire autant que l'air qu'ils respiraient, au point que les vacances devenaient punitions.

— Je t'avoue, Félicienne, que ces quinze jours me paraîtraient une éternité si les profs ne s'étaient donné le mot pour nous accabler de travail.

— Peut-être viendrez-vous en visite aux Fontanilles ? avança timidement l'adolescente qui usait du vouvoiement avec ce jeune homme de si belle prestance dans son uniforme de lycéen, même si lui la tutoyait sans une ombre de condescendance.

— Je ne t'apprendrai rien en te disant que marraine n'y est pas la bienvenue ? Mon parrain non plus. Bizarrement, monsieur des Fontanilles fait preuve d'une sorte d'ostracisme incompréhensible à leur égard, ce sont des gens d'une telle gentillesse !

Félicienne se surprenait à répondre :

— Monsieur Auguste est un homme secret qui gagne à être connu.

Elle s'étonnait elle-même de prendre la défense d'un être qui l'ignorait, tout en lui inspirant crainte et respect.

À partir du temps de Noël 1916, s'installa crescendo un terrible hiver qui atteignit son point culminant à la mi-février de l'année suivante. Milagro la vaillante et Julia l'éplorée, « veuve blanche » des premiers coups de canon, une de ces nombreuses fiancées de la guerre dont le promis était porté disparu ou déclaré tué à l'ennemi, devaient casser la glace au lavoir comme à la rivière d'où elles revenaient transies de froid, les doigts bleuis et le nez rouge. Lors d'un de ces retours laborieux à pousser sa carriole dont le fardeau lui semblait décuplé, Milagro avait glissé dans le chemin verglacé qui longeait la ferme Combe. Aidée de la fermière qui arrachait des rutabagas à la terre gelée, Julia releva Milagro que l'on réchauffa devant la cheminée. La pauvre femme n'avait plus la force de rentrer aux Fontanilles.

— Reste ici, Milagro, et reprends-toi le temps qu'il faut. Junius va pousser ta brouette.

— Oui, oui, madame Milagro, reposez-vous, je m'occupe du linge, promit Julia, bien aise que le fils Combe lui apporte son aide.

Il dut faire plus que cela, le camarade de classe honni de Félicia! Sans force ni courage, Milagro fut ramenée à son tour dans la brouette, enroulée dans une couverture. La toux, la fièvre et l'épuisement la tinrent au lit durant cinq jours, visitée quotidiennement, sur ordre de monsieur Auguste, par l'une ou l'autre des infirmières dévolues à la maison de convalescence qui ne trouvèrent pas raisonnable, au matin du sixième jour, de la voir debout et prête à reprendre son service.

— Ce n'est pas prudent, madame Milagro. Vous êtes encore fébrile.

— Qui vous a dit ça? s'énerva Milagro.

— Vos yeux, madame Etcheverría! Ils brillent de fièvre.

Milagro déroba son regard, puis émit une sorte de rire encore rauque qu'elle força à l'enjouement:

— Ils brillent de joie! Ma fille rentre ce soir à la maison.

Félicia ne manqua pas de s'inquiéter à retrouver sa mère si amaigrie, si pâle, si faible aussi qu'elle devait s'asseoir tous les dix pas. Et ne se serait pas résolue à repartir, le lundi matin, si Milagro ne lui avait assuré se reposer encore une semaine avant de reprendre le travail.

— Une vaillante, cette Julia, elle abat un sacré travail. Pourtant je donnais pas cher, au début, qu'elle veuille s'en retourner au mas de ses parents, à Saint-Denis. Tu vois, tu peux partir tranquille, petite.

À demi convaincue, Félicienne avait misé sur le printemps et les beaux jours pour redonner à sa mère l'énergie qui ne lui avait jamais fait défaut, et certainement la force de ce désir lui avait-elle tenu lieu de satisfaction. Milagro à nouveau, courait des Fontanilles au lavoir, du lavoir à la Cèze et de la Cèze à l'office où le linge propre, repassé, raccommodé et pour certaines pièces empesé, regagnait armoires et placards comme sous l'effet de la baguette magique d'une fée du logis.

*   *

*

Cette évocation, arrivée à son terme, laissait à Félicienne le goût amer des remords infinis. Fallait-il qu'elle ait grandi, du moins dans sa tête, pour acquérir enfin cette lucidité et se morigéner :

« Aveugle que j'étais ! Inconsciente et stupide ! Fallait-il qu'un orgueil démesuré ait verrouillé mon cœur au point de me rendre insensible aux efforts de ma chère maman ! Elle donnait le change, la pauvre chérie, et faisait bonne mine pour ne pas m'inquiéter. Ah l'ingrate fille que je suis ! Que n'étais-tu là, Matthieu, mon sage et grand ami, pour mettre du plomb dans ma tête de jeune écervelée ! »

De là à revenir sur son échange avec monsieur Auguste, voilà qui relançait encore sa culpabilité !

« Ingrate, c'est bien le mot qui me caractérise ! Jusqu'à notre bienfaiteur que je déçois par ma décision qui est irrévocable ! »

Déjà elle s'exprimait comme sa mère, revenue après avoir rêvé d'un avenir meilleur, à la modeste condition de ses parents d'où elle n'aurait jamais dû tenter de s'élever.

Les deux jours de délais que lui avait accordés le filateur glissèrent entre les doigts de Félicia, obsédée par le bien-être de Milagro et ses chances de recouvrer la santé. Avait-elle chaud, froid, soif ? Voulait-elle qu'on arrange son oreiller ? Qu'on ajoute une couverture ?

— Dormir… murmurait la malade. Dormir encore une heure ou deux avant d'aller au lavoir.

Milagro délirait, ce qui remplissait d'angoisse Félicia. Quand elle s'assoupissait enfin et cessait de geindre, la jeune fille en profitait pour annoncer par lettre sa défection tant au foyer de jeunes filles qu'au cours Pigier. Dans le premier établissement, elle n'avait rien à récupérer, chaque semaine elle rapportait son linge de lit et de toilette. Au cours, elle prit la peine d'adresser un courrier personnel à chacun de ses professeurs, disant son empêchement à recevoir leur enseignement. Elle dénonça aussi sa bourse d'études qui n'avait plus lieu de lui être attribuée.

Plus délicat dans le choix des mots fut le courrier qu'elle envoya à Maximilian et qui la fit longtemps hésiter sur son opportunité. Qu'allait penser le jeune homme de l'audace d'une gamine ?

Les ennuis de santé de ma chère maman m'obligent à interrompre définitivement mes études. J'en suis désolée, d'autant que vont cesser les agréables trajets que nous faisions ensemble. Je vous souhaite de réussir votre bachot, Maximilian, et vous adresse mes amitiés. Félicienne.

Consciente d'avoir verrouillé toutes les portes de son enfance, l'âme enfin en paix, elle se rendit au rendez-vous fixé par monsieur Auguste. Une appréhension la saisit au moment de franchir le pas. Le filateur se retrancherait-il derrière son regard fuyant jusqu'à l'insulte ou bien, comme elle avait pu l'apprécier pour la première fois et malgré la dureté des yeux qui lançaient des éclairs, serait-il ouvert à un peu de compréhension ?

— Entre ! entendit-elle.

Elle était certaine pourtant de ne pas avoir encore toqué. Quel diable d'homme que ce monsieur Roustan qui lisait dans les pensées, anticipait les gestes !

— Oui, entre, ne me fais pas perdre mon temps !

Cela s'annonçait mal. Une petite pensée à sa mère alitée lui donna du courage ; en quatre enjambées, elle se retrouva devant le bureau du vieux filateur.

— Alors, la raison t'est revenue ?

Chance, monsieur Auguste ne détournait pas son regard !

— Oui, monsieur ! lui répondit-elle avec gravité tout en soutenant l'observation du vieil homme.

— Et voilà, qu'est-ce que je t'avais dit ? Milagro va mieux et tout rentre dans l'ordre.

Il faisait le rodomont, se donnait un temps de jeu du chat et de la souris bien qu'au fait, depuis la veille, du renoncement de sa jeune protégée. Un coup de téléphone du cours Pigier lui avait rendu compte de sa lettre de démission. Ulcéré de ne pas être obéi, il apprécia pourtant la politesse et le sérieux de la gamine qui prouvait ainsi qu'elle n'en était plus une et qu'il fallait désormais compter avec sa combativité.

— Pardonnez-moi, monsieur, mais vous vous méprenez. D'une part, ma mère est loin d'être guérie et d'autre part, ma décision n'a pas changé. Je souhaite ardemment la remplacer si vous voulez bien me donner ma chance.

Mot malheureux que releva illico le filateur.

— Ta chance ? Mais tu l'as entre tes mains d'étourdie et tu ne sais pas la saisir !

Félicia ne voulait pas entrer dans une conversation sans fin, elle savait monsieur Auguste fermement décidé à parvenir à ses fins bien qu'elle ne s'expliquât pas ce qui motivait sa position. Il fallait battre en brèche.

— Monsieur, j'ai pris la décision qui me semblait la meilleure en dépit des ennuis que je vous cause et des excuses que je vous dois. Cela étant, je n'attends qu'un mot de vous : acceptez-vous que je remplace ma mère dans sa fonction de lingère ? Si je ne puis vous assurer que mes capacités égaleront les siennes, sachez que je m'y efforcerai.

— C'est non !

Le refus d'Auguste-César tomba comme un couperet et Félicia sentit un fluide glacial courir le long de son échine. Tandis que le filateur croyait bon de s'expliquer :

— C'est non parce que ce n'est pas un travail pour une toute jeune fille et parce que j'ai déjà une personne qui assurera la suppléance de Milagro. Il te faut faire une croix sur cette grande ambition de devenir lingère.

Pour sûr, il se moquait d'elle et elle ne trouvait rien à répondre ; sa déception l'avait ramenée à une époque pas si lointaine, à une attitude timorée.

— Il se trouve, cependant, que je ne suis pas insensible à tes désirs d'avoir les mains dans l'eau. Encore faudra-t-il que tu l'aimes chaude ?

Félicia avait relevé la tête et cherchait à lire sur le visage raviné de rides ce que monsieur Auguste mijotait.

— Je te propose une place de fileuse. Les filles désertent pour le travail des champs, j'ai besoin de gens sérieux qui ne me diront pas, dans six mois, qu'ils arrêtent.

— Fileuse ? Je… je ne saurais…

— Tu apprendras ! Et vite, si tu veux que je te confie une bassine. Tu connais le salaire ?

— Non, monsieur, bredouilla-t-elle.

— Quarante-cinq francs par mois, les soins au dispensaire et les médicaments gratuits. Que décides-tu ?

Quarante-cinq francs ! Au regard de ce que gagnait Milagro, cela représentait le pactole. Encore brida-t-elle son plein et entier assentiment pour demander :

— Nous pourrons toujours loger à La Masson, monsieur ?

Elle avait parlé dans un murmure, il répliqua en sortant de ses gonds :

— Combien de fois faudra-t-il te le dire ? Une promesse, c'est une promesse. Un Roustan ne se parjure jamais !

Félicia répliqua du tac-au-tac :

— Une Etcheverría non plus, monsieur ! Je vous promets que vous n'aurez qu'à vous louer de m'avoir fait confiance.

20

Été – Automne 1918

Madame Georges se frottait les mains de plaisir. Rien ne désolait plus la vieille contremaîtresse, qui avait, comme son vénérable patron, la soie dans le sang et La Bâtie Neuve dans la peau, qu'une bassine inoccupée. Hélas, en ces temps où la main-d'œuvre féminine faisait grandement défaut, c'était chose courante de voir des trous dans ces beaux alignements qui, chaque matin, lui donnaient le bourdon.

Il y avait un peu d'elle dans la filature. La tenue des fileuses d'abord, qui devaient être à son image : tirées à quatre épingles. Propres et bien coiffées, les ongles nets et le visage sans fard, la blouse et le fichu impeccables.

Il y avait aussi de cette méticulosité innée qui frisait la maniaquerie et que l'on retrouvait dans l'emballage des flottes irréprochablement estampillées de leur grammage, rangées par couches que séparait une feuille de papier soie.

Et puis il y avait, comme tatoué sur son front, le sceau de la fierté, celle d'appartenir, et de plusieurs manières, à la grande famille Roustan des Fontanilles. Ah, si elles avaient su, elles en seraient restées marries, les filles qu'elle avait sous ses ordres et qui se gaussaient de ses courbettes devant monsieur Auguste !

— La Georges, si ça se trouve, elle aura passé du bon temps dans le lit du patron dans sa jeunesse !

— *Eh bé*, ça m'étonnerait. Il aurait pas eu de peine à trouver mieux ailleurs. Un bel homme encore à son âge !

— Oui, ça se défend, mais je persiste à penser que s'il lui avait dit oui, elle aurait pas dit non, la garce !

Ses cheveux, disciplinés dans son strict chignon, se seraient dressés sur sa tête à entendre pareille ineptie. Passer du bon temps dans le lit de monsieur Auguste ? Dans le lit de son frère, de ce frère « de la cuisse gauche », comme on dit pour désigner la branche bâtarde, donc de son demi-frère qui ignorait – ou avait préféré faire comme si – les incartades de son père ? Jamais pareille idée ne l'avait effleurée, Dieu merci !

Marie Tardié, petite fileuse à la fraîcheur campagnarde entièrement soumise à son patron, n'avait rien tu à sa fille de ses origines, tout en lui adjurant d'en garder toute sa vie le secret, ce que promit la petite Marie-Claire, embauchée à neuf ans comme magnanarelle à La Masson. Deux ans plus tard, elle rejoignait sa mère et la cohorte des fileuses à La Bâtie Neuve. Là, elle croisa pour la première fois le regard d'Auguste-César, fringant jeune époux, ce demi-frère qui devint dans l'instant le personnage le plus important de sa vie après sa maman. Elle approchait la cinquantaine quand Marie Tardié mourut et qu'elle-même accepta d'épouser le cordonnier de Saint-Brès, un brave homme qui lui donnait un nom honorable et un toit sur la tête. Ce qui ne l'empêchait pas d'estimer, en secret, appartenir à la famille Roustan des Fontanilles qu'elle avait choisi de servir fidèlement jusqu'à son dernier souffle.

— Former une fileuse, n'est-ce pas que vous aimez cela, madame Georges?

— Transmettre mon savoir, c'est toujours une joie pour moi, monsieur Auguste. Une novice, vraiment? Pas une de ces filles qui nous viendrait, toute arrogante, d'une autre filature, au moins?

— Une néophyte… qui ne manque pas de tempérament. Ne la ménagez pas. Elle veut en baver? Qu'elle en bave! On en reparle dans quelque temps, n'est-ce pas?

— Avec moi, ça passe ou ça casse, marmonna la contremaîtresse entre ses dents.

Néanmoins, elle se promit de glisser ses mains de fer dans des gants de velours afin de ne pas décourager les trop rares bonnes volontés.

Félicia n'avait pas dormi de la nuit par crainte d'être en retard pour son premier jour. Surtout, ne pas décevoir, d'entrée, monsieur Auguste! Après sa toilette, puis celle de sa mère, le bol de lait très chaud qu'elle lui avait fait boire et les cataplasmes à la farine de lin qu'elle lui avait appliqués sur la poitrine et dans le dos, elle avait posé un léger baiser sur le front de Milagro somnolente en lui promettant de revenir à la pause de 11 heures. Elle avait enfin rejoint la troupe des fileuses, d'abord dans le vestiaire où l'attendaient la blouse et le fichu réglementaires, ensuite dans l'atelier où chacune s'était placée devant sa bassine, la laissant seule au centre de la travée.

— C'est toi la nouvelle? Avance un peu! lui ordonna, de son podium, madame Georges.

Félicia s'exécuta et madame Georges ne fut pas loin de se pâmer... ou de fuir en courant comme si elle avait vu le diable. Elle devait impérativement se reprendre, elle ferma les yeux et retint son souffle. Si l'apparition pouvait ainsi s'effacer ! Et non, la même jeune fille se tenait devant elle lorsqu'elle les rouvrit. Niévès ? Félicienne ? Qu'importe ! Elle n'aurait voulu voir ni l'une ni l'autre.

Félicia aussi avait une impression de déjà-vu. Elle déroula prestement le fil de sa mémoire. Une chambre d'hôpital, sa marraine dans un lit blanc, une porte qui s'ouvre. Le hérisson ! La contremaîtresse blessée qui venait remercier celle qui l'avait sauvée des flammes. La description qu'en avait faite Jeanne prêtait à rire puis à redouter cette intransigeante personne, mais la petite Félicia n'avait pu se résoudre à la reléguer dans la chambre de l'oubli où s'entassaient déjà de nombreuses et mauvaises personnes.

Le hérisson se tenait devant elle et, comme cela avait été le cas sept ans auparavant, ne songeait qu'à fuir et ne le pouvait pas.

— Tu... tu es la nouvelle ? Co... comment t'appelles-tu ?

— Félicienne Etcheverría, mais je préfère Félicia, c'est ainsi que m'appelle ma mère.

Madame Georges désigna sa place d'un index impérieux.

— Etcheverría, bassine 48 !

Sa voix, tout aussi impérieuse, se brisa. Pourquoi cela lui arrivait-il à elle ? Même nom, même numéro de bassine, même silhouette fluide de jeune fille-enfant, même frimousse étroite au menton volontaire. Pour les yeux, rien n'était plus aisé que de les revoir,

403

éclairant un autre visage. Venaient-ils à elle, ces yeux, ce menton, tout cet être, dans le seul but de se venger ? Non, elle ne pouvait pas revivre avec son sosie, son double, sa fille, les débuts de Niévès en ces lieux et à cette place, presque vingt ans plus tôt.

— Plantier, voulez-vous, je vous prie, vous mettre à la bassine 48 ? Et vous, Etcheverría, regardez bien ses gestes.

C'était bien la première fois que madame Georges déléguait les premiers rudiments du travail de fileuse à une subalterne et cela étonna. Quinze années s'étaient écoulées, les Louise, Olga, Philomène et consorts, compagnes de Niévès, avaient laissé la place à des jeunettes. Pour certaines, qui avaient côtoyé la craintive Félicienne Etcheverría sur les bancs de la communale et celles qui la savaient élève au cours Pigier, cette reculade dans ses ambitions était stupéfiante.

— Sa prétendue timidité, pour moi, c'était plutôt de l'arrogance, pouvait-on entendre susurrer.

— Moi, je suis sûre qu'on l'a foutue dehors parce qu'elle ne pouvait pas suivre. C'était la chouchoute de mademoiselle Teissier, puis de la Gaillard, mais à Pigier, y a pas de chouchoute.

— On dit surtout que sa mère est malade. Et pas de travail, pas de sous. Aux Fontanilles ou à La Bâtie Neuve, les Roustan ne payent pas à rien faire !

— Silence, mesdemoiselles ! tonna madame Georges.

Le lendemain, après une nuit d'insomnie, la résolution de madame Georges était prise. Ses états d'âme ne devaient pas influer sur la bonne marche de la filature. Elle formerait la fille de Niévès et de monsieur Félix, la petite-fille de ce pauvre Ramón et celle de monsieur Auguste, en faisant abstraction de sa secrète filiation.

« En fait, réalisa-t-elle avec une pointe de fierté, je transmettrai mon amour pour la soie à ma petite-nièce... de la cuisse gauche ! »

Et ce petit pied de nez du destin lui fit sacrément plaisir !

* *

*

Pour la cinquième fois consécutive, les chants joyeux et les barbouillages bon enfant comme le voulait la coutume, envers celui ou celle qui oubliait une grappe sur une souche, n'avaient pas animé les vendanges. On préférait se répéter, comme un espoir si souvent déçu, que l'assaut contre la ligne Hindenburg, mené depuis le début du mois de septembre, faisait reculer l'ennemi. Et chacun d'ajouter un fait nouveau, annoncé régulièrement dans la presse.

— Le maréchal Foch va les prendre en tenaille. Il l'a dit, il le fera !

— Le général Gouraud a libéré Cambrai. Pauvre monde, il paraît que plus une seule maison ne tient debout dans cette ville martyre.

— Le dernier grand baroud d'honneur, à ce qu'il se dit. Ma foi, ça ne sera pas trop tôt.

On y croyait encore, ou on voulait y croire, aux manchettes optimistes, qu'elles émanent du *Petit Parisien*, du *Matin* ou de *L'Humanité*. Le pays tout entier qui n'en pouvait plus de pleurer tant de morts ne savait pas encore que le pire était à venir. Obnubilé par les gros titres, qui donc se serait inquiété d'entrefilets relégués en troisième ou quatrième page des quotidiens, évoquant une sorte d'épidémie de grippe? La grippe en plein été! Fadaise de pigistes!

Et pourtant! Quelques initiés qui auraient eu en main le Bulletin hebdomadaire des statistiques municipales de la ville de Paris auraient pu y lire le décès pour insuffisance respiratoire de 330 personnes au cours de la première semaine du mois d'août; au mois d'octobre, pour la semaine du 6 au 12, le chiffre de 612 morts sera annoncé, qui avait de quoi interpeller. La province n'était pas en reste car l'on affichait à Marseille, pour 50 décès, la moitié relevant de cette même pathologie, une épidémie grippale. Les consciences, enfin, se réveillaient.

Que ne s'était-on alarmé, dès le mois de septembre, aux nombreux catarrheux espagnols qui crachaient leurs poumons dans les vignes qu'ils étaient venus, en masse, vendanger? Rares étaient ceux qui avaient prêté cas à l'état de santé de ces hommes que la guerre épargnait, il y avait mieux à faire qu'à s'épancher sur ces planqués alors que nos pioupious allaient au feu. Jusqu'à ce que les premiers cas parmi les autochtones amènent à prendre des décisions.

— Avez-vous quelques instants à m'accorder, père?

Le visage d'Antoine, plus qu'à l'ordinaire, était empreint de gravité, son regard disait son angoisse; Auguste-César y lut aussi une détermination inhabituelle.

— Entre donc, mon garçon. Je te sens fébrile. Des soucis de trésorerie?

Un rictus en guise de réponse. La trésorerie. Son père n'avait donc que cela à la bouche !

Auguste-César comprit sa bévue et demanda :

— Des ennuis de santé alors ?

Antoine secoua négativement la tête.

— En prévention de la maladie, père. Je sais, la décision que j'ai prise, et qui est irrévocable, ne va pas vous plaire.

— Explique-toi, enfin !

— On m'a téléphoné hier de la maison de santé de Montfavet où une épidémie de grippe sévit de façon alarmante. Je vais donc chercher Lorraine pour la protéger d'une éventuelle contagion. Ne vous en déplaise, père, ce sera ainsi, je sais où est mon devoir.

Malgré ses efforts, la voix d'Antoine s'était brisée. Sa détermination n'en demeurait pas moins évidente. Auguste-César sentit comme un filet d'eau glacée courir le long de son dos. Non qu'il redoutât les esclandres de sa bru, les murs des Fontanilles étaient assez épais pour les contenir. Quant à son dévergondage, on pouvait miser sur les années qui n'épargnaient personne pour rabattre le caquet des plus libertines. Pour autant, ce retour était loin de le réjouir.

— Comme il a été de ton devoir, en son temps, de la protéger de ses propres excès. À toi de mettre encore et toujours des barrières à ses humeurs fantasques. Va, fils, et dis à ton épouse qu'elle est ici chez elle… pour autant qu'elle ne s'avise pas de jouer à la patronne tyrannique avec les employés de maison, en particulier avec Milagro qui se remet lentement de sa pneumonie.

Cela faisait à peine deux mois, en effet, que la lingère avait repris du service, réduit au seul repassage dans l'office, à l'étage. Plus de lavoir ni de rivière, c'était la décision du vieux filateur, il en avait informé Julia à qui était attribuée l'aide ponctuelle d'une laveuse à la journée depuis la maladie de Milagro. Elle s'avérait indispensable, La Masson ne désemplissait pas.

Fort de cette décision, le filateur avait convoqué Félicia dans son bureau à La Bâtie Neuve.

— Milagro a repris son travail, tu l'as bien soignée. Je reconnais que tu es une bonne fille. Il est temps maintenant de retourner à tes études, non ?

— Maman n'est pas raisonnable, de plus elle était fâchée contre moi, mais moi je sais combien elle est encore fragile. Alors, non, monsieur, je ne retourne pas à mes études.

— Bon sang, mais quelle entêtée ! Tu n'es pas encore écœurée de brasser du bombyx ? Que cherches-tu ? À me faire passer pour un tyran avec mes domestiques ? Milagro, qui, je te le fais remarquer, est aussi cabocharde que toi, a insisté pour reprendre son travail de lingère que j'ai réduit au repassage et au raccommodage, elle est au chaud toute la journée aux Fontanilles.

— Je le sais, monsieur, et vous en suis reconnaissante. Maman n'est pas une entêtée, elle n'a jamais connu que le travail et se mourait de honte de ne pouvoir l'assurer. En fait, c'est un peu pareil pour moi. Quelle serait mon ingratitude à retourner tranquillement étudier en fermant les yeux sur tous ses sacrifices !

L'émotion lui cassait la voix à chaque fois qu'elle évoquait sa mère si tendrement chérie. Après un temps de silence qu'Auguste-César respecta, Félicia avait mis un peu de gaieté dans le ton pour dire presque en confidence :

— Et puis, pour tout vous avouer, monsieur, je crois que j'aime vraiment ce travail et même que je suis faite pour lui. C'est du moins ce qu'en pense madame Georges, vous pouvez le lui demander.

Sur un geste lui désignant la porte, Félicia s'était éclipsée sans un mot, sans un bruit. Elle avait cependant entendu le filateur grincer entre ses dents :

— Bourrique !

Dans l'instant, il regretta son jugement au point de se l'attribuer. N'était-ce pas lui, l'âne bâté, qui s'était obstiné, sa vie durant, à contrarier les destins ? Bérangère, Antoine, les mal mariés, Félix, son enfant si joyeux, tous sacrifiés sur l'autel de La Bâtie Neuve. Et si cette Bâtie Neuve faisait partie de l'avenir de Félicienne ? Si en ces lieux elle avait trouvé sa voie ? N'était-elle pas prédestinée, cette enfant de Félix et de Niévès, petite fileuse, à y accomplir ce que la vie avait choisi pour elle ?

En plus de ses propres réflexions qui le conduisaient à ces questionnements, les rapports minutieux de madame Georges ne manquaient pas de le conforter dans une adhésion au choix de Félicienne. Mais, il n'était pas homme à reconnaître de bonne foi ce qui en son for intérieur avait déjà fait son chemin.

Il lui suffisait de se remémorer les récents commentaires de sa fidèle contremaîtresse. Élogieuse dans son propos et habile à manier des phrases allusives.

— Une perle, votre nouvelle recrue, monsieur Auguste. Elle avance à grands pas sur les traces de… enfin, vous voyez de qui je veux parler. Comme je dis toujours, bon sang ne saurait mentir.

— Le passé est le passé, madame Georges. Il n'est pas bon de réveiller les mémoires qui trouvent l'apaisement dans le sommeil.

— C'est bien vrai, ça. Pauvrette, elle ne connaît pour mère que celle qui l'a élevée.

— Et c'est bien comme ça. Parlez-moi de son travail, cela seul m'importe.

— Elle est seule à sa bassine depuis quatre mois déjà et elle sort ses trois flottes journalières que je pourrais valider les yeux fermés.

— S'il vous plaît, gardez-les ouverts, madame Georges ! Et si vous ne le faites pas pour moi, faites-le pour La Bâtie Neuve, plaisanta Auguste-César en tapotant comme on flatte un bon chien l'épaule de la contremaîtresse.

Le benêt ! N'offrait-elle pas chaque minute de sa vie au filateur et à la filature ?

* *

*

Où était donc passée la pétillante Frenchie qui avait croisé le destin d'Antoine dans Rittenhouse Square ? La mariée couvée de regards envieux dans sa somptueuse robe de soie champagne ? La jeune mère de famille exhibant avec orgueil sa fillette digne de figurer dans un magazine de mode ? L'aguicheuse épouse d'un mari délaissé au prétexte d'une émancipation féminine dans l'air du temps ? Mais où était-elle aussi, la femme frustrée dans ses élans de liberté, l'hystérique capable de tout saccager, puis traînant de langueurs en dépressions un éternel mal de vivre ?

La femme qui s'extirpa lentement de la Studebaker Touring et qui avait hâte de gagner sa chambre, agrippée au bras de son époux, ne rappelait en rien les différentes images qu'elle avait incarnées. On ne pouvait nier que dans son visage restaient des vestiges de beauté, ni que dans sa démarche, quoique peu assurée, persistait la grâce féline de ses jeunes années, mais le plus révélateur d'une santé mentale en décrépitude étaient ses yeux impassibles et las.

Le soir même, elle ne parut pas à table, ce que ne manqua pas de relever Auguste-César.

— Ta femme ne daigne pas nous honorer de sa présence ?

Malgré lui, le ton était goguenard. Antoine, le front soucieux, ne releva pas le persiflage paternel.

— Lorraine vous prie de l'excuser, père. Le voyage l'a épuisée. Deux ou trois jours de repos et il n'y paraîtra plus. Elle se fait une telle joie de retrouver notre fille !

Il y avait belle lurette que le lien mère-fille s'était irrémédiablement distendu, pour ne pas dire rompu. Avait-il seulement existé ? Eugénie, prêtresse de l'anticonformisme, poursuivait à Montpellier – sans espoir de les rattraper un jour, ricanait à son propos le vieux filateur caustique – des études de droit privé. Un choix tardif qui avait fait dire à son grand-père, jamais à court de réflexions dédaigneuses :

— Ah là, je lui fais confiance, elle s'y connaît mieux en droits qu'en devoirs !

En ce soir d'octobre finissant qui voyait le retour de sa bru aux Fontanilles, il se voulut conciliant.

— Ta fille nous fait l'honneur de sa visite ? Ça, c'est une belle surprise ! Profitons-en pour réunir la famille, c'est si rare de se retrouver autrement que pour des événements sombres. Je prierai ta sœur et son ferrailleur de se joindre à nous, ainsi que ses hôtes teutons.

— Père, vous êtes incorrigible ! Martial Keller ne mérite pas votre mépris, il rend ma sœur heureuse, et c'est très généreux de leur part d'avoir accueilli leur cousine et son fils. Je vous assure qu'ils sont reconnaissants que la France se batte pour faire rentrer l'Alsace et la Lorraine dans le giron français. Du haut de ses dix-sept ans, le jeune Maximilian piaffe d'en découdre et mon beau-frère a du mal à le raisonner.

— Je sais. Je sais tout ça. Oui, je suis impardonnable et je fais amende honorable. Allons, ce sera la journée des bonnes volontés et je demanderai à Gabrielle de téléphoner à son fils pour qu'il vienne faire le dixième à table. Un planqué, ce satané Victor ! Et c'est le moindre de ses défauts. Il se dit qu'il exerce dans son atelier de moulinage un odieux droit de cuissage. Ce n'est pourtant pas ici qu'il a eu cet exemple, le cuistre !

— Père, à nouveau, vous déparlez, se désola Antoine.

Qui se serait avisé que la fausse image du bonheur et de l'unité familiale causerait les ultimes malheurs du très éprouvé Auguste-César Roustan des Fontanilles ?

Et comment se douter qu'en voulant éviter la contagion de ce qui, de jour en jour, prenait le nom de pandémie, Antoine faisait entrer le loup dans la bergerie?

Au lendemain du repas familial qu'elle avait honoré de sa présence vaseuse, Lorraine s'alita, terrassée par une forte fièvre accompagnée de sueurs profuses. Le diagnostic s'imposa sans ambiguïté au médecin consulté.

— Saleté de grippe!

— Une grippe? Cela se guérit, docteur!

Le médecin arqua un sourcil soupçonneux. Sur quelle planète vivaient les Roustan pour ignorer que tout le pays de Cèze était en désarroi? Qu'on était à la veille d'appeler en renfort le corps médical militaire? Que les pharmacies déploraient une pénurie de médicaments?

Au terme d'un long silence, il planta son regard au fond des yeux d'Antoine et énonça sentencieusement:

— Savez-vous à quoi les Anglais la comparent? À elle seule, elle représenterait les dix plaies d'Égypte! Et quoi que l'on puisse écrire sur ce fléau qui serait «la grippe ouvrière ou mal de la misère[1]», je peux vous dire que riches et pauvres lui payent un égal tribut.

La suite allait lui donner raison. Trois jours plus tard, Milagro s'alitait, mise à bas à son tour par la fièvre, les frissons et une totale inertie qui la faisait

---

1. Référence à un article d'Isidore Michel paru dans *L'Émancipateur*, pointant du doigt le surmenage des ouvriers, leur sous-alimentation et l'insalubrité des logements.

à nouveau se livrer aux soins de Félicia, puis à ceux d'une vieille femme recommandée par Julia.

— Prends-la en confiance, petite. Elle veillera sur ta mère mieux que sur le saint sacrement. Malgré son indigence, elle est propre sur elle et pour quelques sous fera fi de la contagion.

La contagion ! C'était le pire. Partout où l'on signalait un cas de grippe, deux, trois, quatre autres apparaissaient dans les familles ou dans le voisinage. Étaient visés, non plus les bébés, les vieillards, cibles fragiles et sensibles à toute invasion microbienne, mais ce qu'il restait de forces vives dans un pays déjà mis à genoux par la guerre. Le 8 octobre, le préfet prit un arrêté pour la fermeture des écoles, des salles de spectacle et de cinéma.

Rien, pourtant, n'entravait la progression de l'insatiable. S'éloigner un peu de Saint-Ambroix et s'engouffrer dans la vallée de l'Auzonnet, se jeter sur son propriétaire, ne lui prit pas dix jours. Le repas familial voulu par Auguste-César allait nourrir de regrets les vieux jours du filateur.

Bérangère ne délégua personne au chevet de son époux. Elle épongeait son front en sueur, ajoutait une couverture lorsqu'il grelottait, lui massait les côtes douloureuses après ses violentes quintes de toux. Les gestes-corvées de son premier mariage se muaient en gestes d'amour et de désespoir, celui de voir lui échapper, avec Martial, le bonheur absolu.

— Ménage-toi, ma fille, lui prêchait en vain Auguste- César.

— Je lui dois tout, je lui donnerais ma vie s'il me la demandait !

Mots terribles à entendre pour un père. Cris d'amour inutiles quand lui fut enlevé celui qui, en lui donnant son nom, lui avait offert vingt années de félicité.

Quelle maladresse poussa la vieille garde-malade de Milagro à lui annoncer tout à trac :

— Ils sont vraiment pas vernis, ces Roustan !

Milagro, hagarde, tourna la tête vers la vieille femme. Tout son corps semblait en alerte quand elle demanda :

— Monsieur Auguste n'est pas malade, au moins ?

— Lui ? Il se porte comme le Pont-Neuf ! Mais son gendre a passé l'arme à gauche, vous savez, le ferrailleur ?

— ¡ *La sexta desgracia !*[1] soupira Milagro.

Antoine retrouvait, à scruter jour après jour un léger mieux sur le visage émacié de Lorraine, l'amour qui ne s'était qu'assoupi. Aussi priait-il pour qu'elle soit plus forte que la maladie. Et en dépit de son corps débile, du peu d'énergie qu'elle mettait à lutter, il semblait bien qu'un léger mieux, parfois, se dessinait, si improbable, encore si ténu, qu'il n'osait en faire état à son entourage.

Il avait fallu faire vite, protéger Eugénie qui, aux nouvelles alarmantes à Montpellier où il était question de fermer la faculté, avait trouvé refuge chez ses grands-parents maternels. La mère de Lorraine alitée à son tour au retour d'une visite à sa fille, il avait fallu opter pour un véritable éloignement. Monsieur Lefebvre, toujours en contact avec ses

1. Espagnol : « le sixième malheur. »

relations américaines qui avaient accueilli ses filles, tira la sonnette de l'amitié et, le temps de boucler ses bagages, dissuadée par ses deux grands-pères de venir embrasser ses parents, Eugénie voguait vers Philadelphie.

Soulagé sur ce point, s'en remettant à son père pour la bonne marche de La Bâtie Neuve, Antoine se vouait à Lorraine dont il tentait de retenir la vie.

— Accroche-toi, ma chérie, mon adorée. Nous avons encore tant de belles choses à vivre, tant d'années perdues à rattraper ! Oublions tout ce qui nous a éloignés pour ne plus penser qu'à ce grand amour qui nous unit.

— Trop tard, balbutia Lorraine. J'aurais trop honte à vivre heureuse après la mort que j'ai semée. Pauvre Martial et surtout pauvre Bérangère qui ne méritait pas cette nouvelle et terrible épreuve.

— Folle chérie ! Tu n'y es pour rien et tu le sais. La maladie, la mort échappent à une quelconque logique.

— Pas chez nous. Pas chez les Fontanilles. Nous sommes maudits, je crois.

Persuadé que la fièvre la faisait délirer, Antoine lui ferma les lèvres d'un baiser. Il signait ainsi son propre arrêt de mort !

La tête dans les mains, Auguste-César Roustan des Fontanilles repoussait de toutes ses forces le spectre de la mort qui hantait la chambre de son fils.

Se pouvait-il que ce superbe quinquagénaire, ce chevalier d'industrie aux épaules de déménageur, celui qui incarnait le roc et sa solidité, vacille à son tour sur sa base, se laisse anéantir par ce qui avait enfin un nom précis : la grippe espagnole ?

Non ! Cela ne se pouvait ! Il ne le voulait pas ! Ce docteur Sacler, un médecin de la mine et des chemins de fer, réquisitionné en renfort de leur docteur de famille, n'était qu'un oiseau de malheur.

— Qu'il ne franchisse plus le seuil de ma maison ! cria-t-il à qui voulait l'entendre.

Le surlendemain, il le faisait quérir d'urgence, Antoine suffoquait, alternait des phases d'asthénie et de douloureuses crampes de tous ses muscles. Un calvaire !

L'oiseau de malheur remplit sa mission ; en ouvrant les yeux d'Auguste-César, il le plongea dans la plus noire des afflictions. L'Éternel se trompait, c'était lui qui devait partir, mais pas Antoine, non, pas Antoine !

Le filateur resta toute la nuit dans son bureau ; au matin, alors qu'il avait admis, tout en la récusant de toute son âme, l'issue inéluctable, il fut pris d'une agitation fébrile. Il fallait qu'il voie Antoine, qu'il lui dise combien il l'aimait, combien il était fier de lui. Il avait tellement tardé à énoncer ce qu'il réalisait chaque jour en vivant et travaillant à ses côtés.

Au vœu exprès de Lorraine, dès qu'Antoine avait été pris des mêmes symptômes qu'elle, un autre lit avait été installé tout près du sien, mais depuis le matin même, alors que le médecin jugeait les heures de son mari comptées, un paravent les séparait.

Auguste-César approcha une chaise près du lit de son fils ; une respiration sifflante qui n'augurait rien de bon donna au vieil homme l'envie de fuir, de s'évanouir dans la nature, d'échapper à cet au revoir qu'il venait lui dire.

Une voix intérieure le retint qui disait: «Tu n'as pas eu l'occasion de le faire avec Félix. Ne laisse pas passer cette chance avec Antoine.» Une chance? Quelle ironie! Une grâce peut-être qui lui était donnée? Oui, il ne devait pas, il ne pouvait pas la laisser passer.

— Antoine, Antoine, l'appela-t-il dans un souffle. Tu m'entends, n'est-ce pas? Je ne te l'ai jamais dit, mais je le crois profondément: quel cadeau m'a fait la vie en me donnant un fils comme toi! Pas un jour de ma longue existence que je n'en aie remercié l'Éternel. Mais de quel détestable père as-tu eu à subir l'intransigeance, la rudesse et le manque d'empathie! Si tu m'as détesté, je t'en reconnais le droit. Si tu as regretté mon intransigeance, sache que je m'en repens aujourd'hui. Mais si malgré cela, tu m'as un peu aimé, mon fils, dis-toi que moi je t'ai toujours aimé, passion-nément, égoïstement, infiniment, chaque jour de ma vie.

Durant ce long discours qui sortait par saccades, les lèvres d'Antoine s'étaient cyanosées, son visage avait pris une teinte bleuâtre, mais sa main n'avait pas quitté celle de son père à laquelle il imprimait de faibles impulsions. Une inspiration profonde, inter-minable, puis un râle bref. Dans la main tremblante du père, celle du fils s'amollit, sans vie.

De derrière le paravent, une voix brisée de sanglots parvint jusqu'au filateur.

— Antoine savait tout cela, père.

21

Décembre 1918

— *Siete desgracias. La maledicción está cumplida*[1] !

Les yeux de Félicia s'arrondirent d'incompréhension à la réflexion spontanée de Milagro à qui elle venait de faire l'annonce, avec ménagement, d'une journée de fermeture de la filature pour cause du décès de monsieur Antoine. Des larmes silencieuses coulaient de part et d'autre du visage tout rissolé de la lingère.

— De quelle malédiction parles-tu, maman ?

— *El espejo.* Le miroir brisé de madame Alexandrine, balbutia la malade.

Voilà que maintenant Milagro délirait ! Un nouvel accès de fièvre, probablement, et Félicia s'en désolait. Demain elle devrait encore abandonner sa mère à cette vieille pie qui, elle en était certaine, fatiguait la malade à sans cesse monologuer. Félicia ne pouvait faire autrement ; avec trois autres fileuses, madame Georges l'avait désignée pour tenir le drap mortuaire en tête du cortège funèbre.

En cette matinée du lundi 11 novembre, le soleil ne parvenait pas à instiller ses rayons bienfaisants

1. Espagnol : « sept malheurs. La malédiction est accomplie. »

à travers les nuages gris. L'air comme en suspension, plus humide que froid, ne faisait pas bouger les passe-menteries du corbillard.

«Un véritable temps d'automne», entendait-on chuchoter dans la foule qui suivait, au pas lent des chevaux, la dépouille mortelle d'Antoine Roustan des Fontanilles.

Un temps de circonstance, en tout état de cause. Après les discours, les prières, les longs silences de recueillement dans le temple, le cortège s'étirait tel un serpent ondulant dont la tête atteignait déjà la tombe familiale qui défiait les siècles sur une *faïsse* du quartier de la Roque, alors qu'à l'opposé, les derniers participants franchissaient le vieux pont. Graves, compassés, tous communiaient à la peine d'un père et d'une sœur qui menaient le deuil.

Derrière Bérangère marchaient Mathilde Lorentz et son fils Maximilian, tous deux attentifs à la possible défaillance de la récente veuve de Martial tandis que, quasiment dans les pas d'Auguste-César, et pour les mêmes raisons mais dans un tout autre état d'esprit, Victor Vésombre veillait de façon obséquieuse sur celui qu'il s'obstinait à appeler grand-père en dépit des rebuffades de celui-ci.

Il était 11 heures, le cercueil de macassar, saisi à ses quatre poignées de bronze, allait être glissé dans le caveau de marbre turquin patiné par les ans quand une envolée de cloches stoppa net la mise au tombeau.

Le buste tassé et accablé du filateur se redressa dans une attitude de réprobation. Sa tête chenue se tourna vers la ville et cette maudite église qui carillonnait bizarrement la joie ; son visage marmoréen et ses yeux délavés s'animèrent. Ses lèvres remuèrent.

«Maudit cureton! Qu'est-ce qui lui prend?» grinça-t-il en se promettant, la cérémonie terminée, d'aller à son tour sonner les cloches au curé.

La volée s'éternisant – elle dura un quart d'heure! –, les gens s'interrogeaient, les murmures s'amplifiaient jusqu'à devenir un bourdonnement collectif et puis un mot jaillit au milieu de la foule: «L'armistice!» et les cœurs, à l'unisson, explosèrent de joie, une joie qui ne pouvait s'exprimer, en ces lieux, en cette circonstance, que par des larmes, des sanglots sans fin. Après avoir serré longuement dans leurs bras la famille du défunt, tous s'étreignaient entre eux et pleuraient, pleuraient sans retenue. Il y avait eu tant d'années de malheurs, de souffrances et de misères!

La liesse explosive viendra plus tard dans l'après-midi et se manifestera toute la nuit par un défilé dans la ville, drapeaux et bannières au vent, *La Marseillaise* sur les lèvres, retraite aux flambeaux et indispensable feu d'artifice.

Seul dans le silence des Fontanilles aussi profond que celui du tombeau de ses chers disparus, Auguste-César ne parvenait pas à se réjouir de la paix retrouvée qu'il appelait de ses vœux depuis si longtemps. Il pleurait amèrement:

«Mon pauvre enfant, mon pauvre Antoine! La grippe lui a dérobé sa vie et l'armistice lui a volé son enterrement.»

*   *

*

Après cinq longues semaines à plonger sa «fille» dans le plus sombre des pressentiments, Milagro semblait avoir vaincu la maladie. Maigre à faire peur, le teint plus terne que jamais, ses yeux sombres enfoncés dans des orbites charbonneuses, abandonnée de ses forces, mais non de son indestructible volonté, elle avait fait honneur, pour la première fois, à une soupe de pommes de terre et de poireaux tirés du panier qu'apportait parfois la généreuse madame Combe.

— Elle a un drôle de goût! fit-elle remarquer en claquant de la langue et fronçant les sourcils.

— Je l'ai trop salée? s'étonna Félicia. Ah, je sais, j'ai mis une feuille de laurier à la place du céleri.

— Non, sourit béatement sa mère. Elle a un goût de bonheur.

Félicia l'avait serrée tendrement dans ses bras, à la fois exultant de bonheur et frémissant à étreindre ce qui ressemblait à un squelette dans une fine enveloppe de chair.

Un bonheur, dit-on, n'arrive jamais seul. Le second, de la même intensité, ne se fit pas attendre. Alors que Félicia rentrait de sa journée à la filature, Milagro, impatiente, ne lui laissa pas le temps de quitter son manteau ni son châle de laine et agita sous son nez une enveloppe aux mille tampons.

— Matthieu! Mon Dieu, maman, une lettre de Matthieu. Il donne enfin de ses nouvelles!

Matthieu Brugère, son filleul de guerre, n'avait plus donné signe de vie depuis juillet dernier, mois au cours duquel l'attaque allemande au nom de code allusif «Friedensturm», l'offensive pour la paix, avait fait pleuvoir un déluge de feu sur la zone de Château-Thierry où le général Berthelot avait cantonné la 5e armée dans laquelle Matthieu était incorporé.

Plus une lettre, plus un mot du soldat, pas plus à sa famille qu'à Félicienne. Le pasteur Brugère avait remué ciel et terre, plus précisément les aumôneries protestantes aux armées. L'insupportable attente, pour la famille comme pour Félicia, trouva enfin un terme qui gommait la crainte tant redoutée. L'aumônier et néanmoins soldat Brugère Matthieu faisait partie d'un groupe de prisonniers, détenus dans la forteresse d'Orff, près de la ville d'Ingolstadt en Bavière. Vivant mais prisonnier ! Ils avaient dû se contenter de ça, leur étant précisé qu'aucune correspondance n'était autorisée aux prisonniers, ni pour donner de leurs nouvelles, ni pour en recevoir de leurs proches.

Et aujourd'hui, en ce mois de décembre froid et venteux, Matthieu se manifestait enfin pour la plus grande joie de sa jeune marraine de guerre.

Les doigts fébriles de Félicienne déchiquetèrent l'enveloppe mâchurée de tous les tampons qui y avaient déteints. La feuille qu'elle en sortit n'était guère plus reluisante : mauvais papier, détestable crayon qui dénaturait l'écriture de Matthieu ; c'étaient pourtant bien ses tournures habituelles, ses phrases alertes, la chaleur de ses mots.

Chère marraine et si précieuse amie d'enfance, comme il m'est agréable de t'annoncer mon retour ! Oh, ne t'attends pas à me revoir demain, le rapatriement des prisonniers est soumis à plein d'aléas, de formalités administratives. Quant à la date et aux moyens d'acheminement, nous sommes dans l'ignorance. Certains camarades, exaspérés, sont même partis à pied. Moi, je m'exhorte à la patience, il est de mon devoir d'aumônier d'accompagner ceux que la captivité a rendus vulnérables, inaptes à voyager seuls.

Vivre sans nouvelles de vous tous qui m'êtes si chers et sans la possibilité de vous faire savoir des miennes me fut une épreuve bien plus insupportable que d'autres qui n'ont pas manqué durant cette horrible période, désormais et à tout jamais derrière nous.

J'espère que tu n'as pas trop grandi, petite fille, et que ton travail à la filature te donne satisfaction. Une noble décision de ta part et qui ne m'a guère surpris, tu as un cœur aussi beau que ton âme. Milagro est une mère comblée de t'avoir pour fille, embrasse-la de ma part. Ton soldat affectionné. Matthieu.

— *Es verdad!* C'est vrai ce qu'il dit ! conclut Milagro coulant des regards attendris à sa « fille ».

— Il ne dit pas tout ! proféra Félicia d'un ton morne.

Un sourcil interrogateur de Milagro l'incita à relire la lettre et à insister sur ce qu'elle devinait être une évocation sous-jacente.

— Écoute, maman : « *... une épreuve bien plus insupportable que d'autres qui n'ont pas manqué...* ». Il nous cache quelque chose, c'est sûr.

— Qu'est-ce que tu vas chercher, *chica* ? Il faut savoir se réjouir de chaque bonheur du jour et non pas s'interroger sur le malheur qui peut arriver demain.

Un aphorisme très personnel mais néanmoins frappé au coin du bon sens et de l'expérience, assurément !

Et parce qu'à seize ans, l'âge de Félicia, une sentence maternelle équivalait à une parole d'évangile, la jeune fille prit le parti de se réjouir de la lettre de son filleul de guerre, tout comme elle se félicitait de la santé recouvrée de sa mère. Une santé, certes, encore fragile, qui demandait à se consolider, mais qui faisait plaisir à voir. D'ailleurs, n'était-ce pas dans l'air du temps de s'enthousiasmer pour tout et pour rien, pour les jours de marché à nouveau gais et truculents, pour les marchandises qui avaient tant manqué et qui faisaient timidement leur réapparition, pour le spectre de cette grippe qui enfin s'éloignait, tout simplement parce que la vie, en dépit de tous les malheurs subis, valait la peine d'être vécue?

Une maxime que récusait Auguste-César avec véhémence. D'autant que la Camarde lui faisait un pied de nez: Lorraine, comme un phénix, renaissait de ses cendres!

Égoïstement, le filateur au cœur brisé criait à l'injustice en son for intérieur, invectivait les mauvais esprits qui avaient jeté un sort sur les Roustan des Fontanilles, criait haro sur celle par qui le malheur était arrivé. Et cette benoîte de Bérangère sous ses longs voiles noirs, flanquée de cette insignifiante Mathilde qui, indécemment charitable, venait la visiter!

«L'après-midi des veuves!» grinçait le vieil homme, sans indulgence pour leur malheur.

Que ne partageait-il, dévoré par son propre chagrin, oui, que ne partageait-il quelques instants «l'après-midi des veuves»! Tour à tour, Félix, Antoine, Martial étaient cités, dotés de toutes les vertus – celles qu'ils possédaient vraiment et celles dont la mort les parait –, pleurés avec sincérité, regrettés avec de tels accents de sincérité, surprenants chez Lorraine.

— Je ne mérite pas la guérison qui m'est accordée, l'idée d'avoir amené le malheur avec la maladie m'insupporte, je hais ma santé revenue, se lamentait Lorraine.

— Vous n'y êtes pour rien, Lorraine, lui assurait Gabrielle, et pourtant je comprends votre sentiment de culpabilité. Je me suis tant de fois reproché d'avoir cédé à la fatigue et amené Félix à descendre dans cette maudite bouche du métropolitain.

Bien que son fils ait repris depuis déjà plusieurs années les rênes de l'héritage paternel en Vivarais, la veuve de Félix n'avait pas pour autant quitté les Fontanilles. Situation sur laquelle le filateur ne manquait pas de porter, comme à son habitude, des jugements incisifs.

— Pardi ! expliquait-il en grommelant à qui s'étonnait que sa bru n'ait pas souhaité suivre son fils et retrouver sa maison de Largentière. Garde-malade et infirmière à ses petits soins, nos gens des Fontanilles qui se mettent en quatre pour la satisfaire, le docteur qui accourt en quatrième vitesse quand elle le sonne. Quitte-t-on le Parnasse pour le Grand Tanargue[1] ?

Oui, vraiment, vraiment dommage qu'Auguste-César ne partageât pas, ne serait-ce qu'un instant, les conversations de l'après-midi des veuves, au pire qu'il n'écoutât aux portes ; il aurait peut-être révisé son jugement sur ses brus repenties et même sur sa fille qui, refoulant son propre chagrin, s'apitoyait

---

1. Point culminant à 1 511 mètres des monts d'Ardèche, au nord de Largentière.

sur les malheurs de son père et redoutait son grand abattement.

Abasourdi, Dieu sait qu'il l'était ! Et même anéanti au point de consentir – et de souhaiter – à ce que Victor Vésombre prenne la direction de La Bâtie Neuve, lui ce planqué, ce faux petit-fils, en un mot ce cuistre !

Le cuistre, d'ailleurs, ne manqua pas de hérisser le personnel de la filature, madame Georges en tête !

Fort de la bonne santé financière de son atelier de moulinage où il régnait en despote, Victor voulut marquer son premier jour au poste de pilotage de La Bâtie Neuve. Pour ce faire, le discours en forme d'avertissement qu'il tint aux fileuses, surveillantes, contremaîtresse et employés à l'entretien et la manutention, non dans l'atelier dont les relents méphitiques heurtaient son odorat de petit monsieur embourgeoisé, mais dans la cour de La Bâtie Neuve, autrement dit aux quatre vents glacés qui la balayaient de bourrasques impétueuses.

Sanglé dans une pelisse au col de fourrure, ganté de cuir et chapeauté d'un feutre taupé à large gros-grain, on aurait dit qu'il prenait un malin plaisir à toiser, du haut des marches du perron, le personnel déjà en blouse et bleu de travail qui sautillait d'un pied sur l'autre pour se réchauffer. Après avoir insisté sur les points où il serait intraitable, à savoir la ponctualité, l'assiduité et l'excellence du travail rendu, il introduisit une décision déplorable.

— Un dernier point, j'attire votre attention sur mon intention de supprimer une prime que je juge injustifiée. Une prime pour rendre un travail sans défaut, quelle aberration ! C'est pour cela, justement, que vous êtes grassement payées !

Pas un mot dans les rangs des fileuses. Elles étaient tout simplement abasourdies. Madame Georges, elle, n'entendait pas s'en laisser conter par ce fanfaron ; elle fit un pas vers l'escalier, il l'arrêta d'un geste et la moucha d'une phrase cassante :

— Tout rapport que vous ayez à me faire, madame Georges, doit avoir lieu en dehors des heures de travail et dans mon bureau. Je vous attends ce soir à 6 h 10 exactement.

Il pivota et entra dans le bureau d'Auguste-César dont il referma sèchement la porte comme une fin de non-recevoir. Il ne restait plus à madame Georges qu'à obtempérer ; intimant aux fileuses l'ordre d'aller à leurs bassines, elle ne put cependant faire taire la rumeur de mécontentement qui allait s'amplifiant. Il fallait qu'elle se fasse respecter et mette les filles au travail sans attendre.

— Je vous donne cinq minutes, montre en main, pour exprimer votre désaccord et me faire un rapport de vos récriminations. Je défendrai au mieux vos intérêts, mais je vous exhorte toutes à la patience par égard pour monsieur Auguste, cruellement malmené par le mauvais sort.

— Nous, on y est pour rien et cependant on trinque, c'est vraiment pas juste !

— Ouais, ce matamore en prend à son aise avec nous !

Sur un geste de madame Georges, les invectives stériles cessèrent pour se transformer en âpres discussions.

Félicia, secrète et impénétrable, se tenait en retrait et remontait le fil du temps, celui où un jeune morveux la bousculait dans les couloirs des Fontanilles, où ce même malfaisant, devenu adolescent, la traitait de bâtarde. Le voilà qui surgissait de cette chambre de l'oubli où elle l'avait relégué. Et s'il avait changé physiquement, son discours en forme d'avertissement attestait d'une constante dans sa déplorable mentalité. Celui qu'on appelait « le beau Victor » affichait ses vingt-cinq ans avec des airs de conquérant, ce que ne démentait pas sa vie de bambocheur. Au dire d'Auguste-César, le fils de sa bru troussait sans vergogne le premier jupon venu, somptueuse hétaïre ou humble midinette. Une appréciation toute personnelle qui n'avait pas encore franchi les murs de La Bâtie Neuve. En tout état de cause, Victor Vésombre était là pour assurer l'intérim de monsieur Auguste à la filature, il faudrait faire avec. Encore qu'elle se confortât en se disant :

« On n'est plus à l'âge des crocs-en-jambe et des gros mots. »

Soudain prise à partie, elle émergea de ses réflexions.

— Eh, on t'a pas entendue, Etcheverría ! Tu en dis quoi, toi ?

— Elle en dit rien ! Tu sais bien qu'elle mange dans la main du patron !

C'est tout juste si on ne la bousculait pas ! Or, Félicia n'était plus dans la cour de l'école, recroquevillée sur sa timidité ; elle était certes reconnaissante à monsieur Auguste de lui avoir fait confiance, mais se sentait l'égale des autres par le travail qu'elle fournissait au quotidien, le salaire qu'elle recevait, sans passe-droit, ni faveur.

— Je ne mange dans la main de personne, se défendit-elle sans élever la voix. Comme vous, je vis de mon salaire et comme vous, les paroles de monsieur Vésombre m'ont choquée. Mais, madame Georges nous l'a dit, il n'est pas le patron, seulement son représentant. Il faut donner un peu de temps à monsieur Auguste qui est terriblement éprouvé.

La contremaîtresse buvait du petit-lait. Dieu, que la petite avait du cran! Ah, comme elle brûlait de serrer cette petite-nièce – de la cuisse gauche – contre son opulente poitrine! Un miracle que cet enfant ait pris tout ce qu'il y avait de bon chez ses géniteurs, l'audace, chez elle modérée et manifestée à bon escient, de sa mère, l'alacrité de son père qu'elle convertissait en empathie. Quel bonheur lui était donné de remettre son savoir en de si belles mains, à une si belle âme plutôt que de se morfondre dans une retraite stérile!

Justement, elle n'était pas à la retraite et se devait à sa fonction!

— Mesdemoiselles, les cinq minutes sont écoulées! En place!

Alors que les fileuses regagnaient leurs bassines, plus ou moins en grommelant, madame Georges prenait place sur son estrade puis pointait son doigt sur l'une d'elles qu'elle convoquait pour la fin de journée.

— Marinette me rapportera en deux mots le fruit de votre discussion et j'essaierai d'être votre fidèle interprète. Vous pouvez compter sur moi pour défendre vos intérêts, en aucune façon pour ennuyer monsieur Auguste.

C'était au tour de Félicia d'apprécier le comportement modéré du hérisson. Elle avait eu raison, en dépit du portrait qu'en avait brossé sa marraine, de lui donner sa chance plutôt que de l'envoyer dans la fonctionnelle chambre de l'oubli.

Les échanges entre madame Georges et monsieur Vésombre, le bureau du patron en garda le secret. Toujours est-il que de part et d'autre on respecta la trêve de Noël, se disant qu'il serait temps, au cours de l'année 1919, d'engager un bras de fer qui opposerait des revendications aux abus de pouvoir.

Le visage de Félicia acquérait une souriante sérénité au même rythme que Milagro recouvrait une santé, certes fragile, mais prometteuse de jours meilleurs. Il s'épanouit à la lecture d'une lettre de sa marraine qui les invitait toutes deux à venir célébrer la Nativité à Chamborigaud.

L'occasion aussi de fêter le retour de notre soldat et la fin des années sombres, écrivait Jeanne en recommandant aux deux femmes de prendre le train le vendredi soir après la journée de la jeune fileuse. *Soyez sans crainte, nous aurons de quoi vous loger, quitte à ce que les garçons fassent chambre commune et qu'Héloïse dorme avec sa marraine, ce dont elle se réjouit d'avance* ! poursuivait-elle en hôtesse prévoyante.

— Non, non, nous n'allons pas encombrer ces braves gens ! se récria Milagro qui se souvenait de n'avoir découché de son logis que pour de tragiques circonstances.

— Nous fâcherons marraine si nous n'y allons pas. Et puis, j'ai tant de hâte à revoir mon ami Matthieu.

— Vas-y, toi, si ça te chante !

— Y aller sans toi ? Tu n'y penses pas, maman ? Le premier Noël où nous ne serions pas ensemble !

— Il y en aura d'autres, murmura Milagro.

— Maman ! Ne dis pas ça ! Nous y allons toutes deux ou bien je n'y vais pas.

Elles trouvèrent enfin un compromis, Milagro jurant ses grands dieux qu'un aller et retour dans la même journée ne lui serait pas source de fatigue. Dans la gare de Chamborigaud perchée sur les hauteurs du village, un bouquet de jeunesse les attendait. En tête, Héloïse entrée depuis octobre à l'école primaire, sautillait d'une impatience fébrile que tentaient de juguler ses frères, de grands et beaux jeunes hommes. Rivalisant de courtoisie auprès de Milagro qu'ils aidèrent à descendre du train et débarrassèrent de son panier d'osier, ils cédaient gentiment la place à la jeune sœur pour de démonstratives et joyeuses étreintes. C'est tout juste si le babil profus de la fillette lui laissa poser des bises amicales sur les joues encore glabres de Paul, celles fraîchement rasées de Samuel et dans le collier mousseux qui mangeait celles de Matthieu.

— Félicienne ! Ce n'est pas possible ! Comme tu as changé ! Une vraie jeune fille ! s'écrièrent les deux plus jeunes frères.

L'aîné, ému, ne dit pas un mot, mais ses yeux parlaient pour lui, à la fois éblouis, attendris et, à les bien regarder, troublés. Tout juste parvint-il à lui murmurer, en frôlant son oreille :

— Merci pour tes lettres, Félicienne. Tu ne peux pas savoir…

Sa voix se brisa d'émotion. Félicia, confuse à son tour, demeura silencieuse jusqu'à ce qu'Héloïse, l'accablant de question, la pressât de répondre.

— Dis-moi, marraine! Dis-moi, s'il te plaît!

— Te dire quoi, ma chérie? bredouilla Félicia.

— Eh bien, le hérisson! La méchante que maman a sauvée!

— À vrai dire, ma puce, je crois que ce jugement était un peu hâtif. En tout cas, moi, je n'ai pas à m'en plaindre.

Étourdie de questions, rattrapée par les souvenirs de vacances, attentive à ce que Milagro n'abuse pas de sa vigueur qu'elle disait revenue – et qui n'était que combativité –, Félicia se sentait emportée par un tourbillon qu'elle devinait superficiel. Elle ne se trompait pas, et il fallut attendre l'installation de la famille autour de la table pour que son regard se pose enfin sur une main gantée, la droite, celle de Matthieu, et son cœur se serra.

Ainsi elle n'avait pas fabulé quand elle le soupçonnait, dans son évocation d'épreuves traversées, de ne pas tout écrire, de ne pas s'épancher totalement. Elle fixait ce gant de cuir, n'osait lever les yeux vers ceux du blessé, elle savait maintenait ce qu'ils exprimaient à la gare: une infinie détresse.

Contre toute attente, le ton se voulait léger quand Matthieu narra – certainement pour la énième fois – les circonstances qui lui valaient cette infirmité.

— J'ai presque honte à être reconnu blessé de guerre quand tant d'autres sont tombés sous les balles des Gewehr, l'arme des fantassins ennemis. Moi, c'est à une arme française, un tout récent Lebel automatique, que je dois ma blessure. Cocasse, n'est-ce pas?

Sa phrase, débutée dans l'ironie mélancolique, se terminait par un couac d'humour grinçant. Félicia fut sensible à la souffrance de son ami qu'elle devinait autant morale que physique. Le sourire tout enveloppant de tendresse qu'elle adressa à Matthieu était une invite dénuée de pitié ou de curiosité à poursuivre son récit ; ce qu'il fit, sans quitter des yeux sa marraine de guerre.

— Au cours de l'année précédente, la manufacture d'armes de Saint-Étienne mit au point, si l'on peut dire, un Lebel automatique sophistiqué. Il fallut attendre mai 1918 pour que 86 300 modèles soient distribués, le 106e RI était parmi les heureux élus. Une arme qui donna beaucoup de fil à retordre avant qu'on parvienne à la manier correctement. Un pauvre gars, à mon côté, en fit la triste expérience lors de l'assaut du plateau de Priez. Alors que l'ordre était donné d'un feu roulant, le fusil du soldat s'enraya en même temps qu'une balle ennemie lui traversait l'épaule. Je me penchai vers lui, me saisis de son arme pour la lui retirer, ses doigts dans un réflexe conditionné appuyèrent sur la détente et le canon du fusil explosa, déchiquetant mon pouce et broyant les os de ma main. Blessure peu glorieuse si, de plus, l'on considère que j'ai reçu les soins des médecins allemands avant d'être conduit à la forteresse d'Orff ! conclut Matthieu.

Que d'amertume dans cette narration ! Les yeux de Félicia, noyés de larmes, n'avaient pas cessé de fixer le jeune homme comme pour lui apporter sa force et lui dire son admiration. Ses lèvres, elles, ne purent que balbutier :

— J'ai tant prié pour que tu reviennes en vie !

— On peut dire alors que tu as été à demi exaucée...

— Nous avons tous prié, coupa le pasteur Brugère, et Dieu nous a entendus. Loué soit l'Éternel !

— Loué soit l'Éternel ! répéta en chœur la famille du pasteur.

Seul Matthieu n'y mit pas l'entrain des cinq autres, bien qu'il se forçât à être à l'unisson. Une finesse d'analyse avait permis à Félicia de percevoir le décalage, son rôle de marraine de guerre n'était pas terminé, il devait se muer en consolatrice des âmes. Pour cela, elle se dit qu'il n'était pas opportun de provoquer les épanchements du jeune homme ; il viendrait à elle, la fillette secrète dont il avait fait sauter les verrous de la timidité, l'adolescente qui avait trouvé en lui le meilleur des confidents, à elle que la vie et ses lourds tracas avaient précipitée très tôt dans l'âge adulte. Oui, il viendrait à elle et elle serait là avec sa bienveillante amitié, sa prodigieuse empathie, la grande générosité de son cœur.

La journée s'étirait, qui ne répondait pas pleinement aux attentes de Félicia. Tout lui paraissait factice, dérisoire, au regard de l'attitude distante de Matthieu. Elle ne le comprenait plus. Bien sûr, il avait souffert dans sa chair, peinait dans les gestes quotidiens, mais le refus de son infirmité ne lui ressemblait pas. Qu'était-ce comparé à l'irréversibilité de la mort ?

Or, Félicia se trompait, Matthieu n'avait pas changé, seuls ses tendres sentiments à son égard avaient lentement et secrètement évolué au fil des années et de la correspondance échangée ; ils s'étaient mués en amour, un amour confirmé dès qu'il avait vu la nouvelle Félicienne descendre du train. Sa candide beauté dont elle n'avait pas conscience le bouleversa, tout comme l'évidence d'un amour impossible.

Il n'avait pas le droit de lui ouvrir son cœur. Qu'avait-il à lui offrir? Son infirmité? Sept années de plus qu'elle – ce qui jusqu'à ce jour ne lui avait pas paru un obstacle – qui après les épreuves de la guerre semblaient avoir doublé? Mais il n'avait pas le droit, non plus, de la laisser partir sans lui redonner un peu de la sérénité qu'elle affichait en arrivant. Elle avait deviné son mal-être. Ces deux-là ne pouvaient décidément rien se cacher.

Il lui fut aisé, en la raccompagnant à la gare, de l'inviter à ralentir son pas et laisser les autres prendre un peu de distance.

«L'heure de vérité!» se dit la jeune fille, et son cœur souriait.

— Je te déçois, Félicienne? Si, si, ne proteste pas! Je te connais, ma toute belle amie, ma précieuse marraine de guerre.

— Tu as souffert, Matthieu et je comprends que…

— Que je m'apitoie sur mon sort comme le dernier des égoïstes? Pardon de t'avoir donné cette sombre image, Félicienne.

— Tu te trompes, Matthieu, je t'assure.

— Non, non, c'est toi qui étais dans le vrai. Permets-moi de te dire merci.

— Merci? Pour quelle raison?

— Pour ce que tu incarnes. Justement, la raison! Tu as su où était ton devoir et, sans hésiter, sans regret, tu l'as assumé.

Félicia réprima une petite grimace comique qu'il ne remarqua pas.

« Sans hésiter, peut-être. Sans regrets... ? » Elle n'avait pas encore la réponse.

— Oui, merci de m'avoir ouvert les yeux. Demain, je reprendrai contact avec la faculté d'Aix afin de valider mes études interrompues. Après quoi il ne me restera plus qu'à me mettre à la disposition d'un Conseil d'Église pour être accepté comme proposant. Tout en assistant un ministre du culte en paroisse, je pourrai préparer mon mémoire.

— Alors c'est décidé, tu veux être pasteur ? s'émerveilla Félicienne, qui voyait enfin briller le regard de Matthieu.

— Pasteur. Missionnaire. Aumônier... Oui, aumônier dans un établissement scolaire ou dans les hôpitaux. Le Père Daniel Brottier[1], que j'ai croisé sur les lignes arrière de la Marne au chevet des blessés, est loin de se douter que son ardeur spirituelle a peut-être suscité une vocation !

— Alors, tu vas partir ? réalisa Félicienne.

Il sourit, mélancolique :

— Tu seras toujours dans ma vie, petite fille. Et moi dans la tienne, j'espère ?

« Tu seras la plus brillante étoile sur le long chemin de ma reconstruction », pensait-il en retenant un peu trop longuement sa main gantée de laine dans sa main gauche, la main du cœur.

Une lettre avait été glissée sous la porte. Félicia ne connaissait pas l'écriture qui avait rédigé ses nom et prénom sur l'enveloppe.

---

1. Daniel Brottier a créé un corps d'aumôniers volontaires, puis défendu les droits des poilus survivants.

— Une lettre, *chica*? *Quién es?* s'enquit Milagro, dévorée par la crainte d'un amoureux qui lui enlèverait sa seule raison de vivre.

Félicia sourit avec connivence, sa chère maman était bel et bien guérie, elle prenait à nouveau les soucis à bras-le-corps.

— Je n'en sais rien, ma foi. Laisse-moi quitter mon manteau, je t'en ferai lecture.

Félicia déchira l'enveloppe, déplia la feuille et alla aussitôt à la signature.

— Maximilian! Maximilian Lorentz! Ça alors, je ne m'y attendais pas! Ah, je sais, il doit m'annoncer qu'il a réussi son bachot!

Milagro se dit injustement que le jeune homme n'était pas très charitable d'agiter son diplôme sous le nez de sa «fille». Néanmoins, elle écouta sans mot dire la lecture que lui en faisait Félicia.

J'étais peiné pour toi quand je reçus ta lettre m'annonçant que tu arrêtais tes études; les miennes me prenaient trop de temps et je n'ai pas pu venir aux Fontanilles à ce moment-là. Ensuite, les malheurs que tu connais nous ont plongés dans une si noire période que j'ai dû aller à la repêche pour obtenir mon bachot. Et maintenant, je ne voulais pas partir sans dire au revoir à la plus agréable demoiselle que j'aie jamais connue.

L'Alsace et la Lorraine étant redevenues françaises, il est de mon devoir de relancer l'affaire de mon père. Je serai parti pour quelque temps, et dès que la manufacture de Saverne sera à nouveau productive, je reviendrai chercher maman. Peut-être nous reverrons-nous à cette occasion.

Te souviens-tu, à l'école, lorsque nous évoquions une situation qui nous était commune : celle d'être apatride ? Nous en avons au moins une autre, il est dit que toi et moi savons quels sont nos devoirs envers notre famille et faisons en sorte de les assumer. Ton ami Maximilian qui ne t'oublie pas.

Dans la même journée, Félicia éprouvait le douloureux sentiment que la guerre, d'une façon ou d'une autre, lui avait dérobé deux personnes très chères à son cœur.

Triste Noël que celui de cette victorieuse année 1918 !

22

1919-1921

Visage buriné, yeux sombres profondément enfoncés, cheveux plus sel que poivre ramassés en chignon sur la nuque, Milagro glissait sans bruit sa fluide silhouette dans les couloirs silencieux des Fontanilles.

Six mois déjà qu'elle avait repris vaillamment son service, réduit certes aux seuls repassage et raccommodage du linge de monsieur Auguste et des deux veuves, auquel s'était ajouté celui de monsieur Victor, le gommeux, comme elle nommait le moulinier ardéchois.

Plus de sept mois s'étaient écoulés depuis que le malheur avait foudroyé les Fontanilles et les maintenait plongées dans une léthargie mortifère.

Si elle avait pu se réjouir de retour de son fils et se rengorger de la confiance que lui témoignait le vieux filateur, Gabrielle n'en gardait pas moins sa chambre qui serait, disait-elle, son tombeau. Uniquement préoccupée des séquelles douloureuses et invalidantes, au demeurant bien réelles, de son tragique accident de métro maintenant vieux de dix-sept ans, la veuve de Félix avait perdu tout intérêt aux affaires et donc à la conversation de Victor qui n'était que rendement, placement, investissement et autres mystérieux coups de maître.

Ah, les coups de maître de Victor Vésombre ! Qui saurait dire combien il en avait à son actif? Le dernier en date, lever le marché pour fournir une fameuse manufacture de tissage de Colmar n'était pas le moindre, un comble quand on connaissait le patriotisme de ce godelureau ! Ce que ne manqua pas de lui faire remarquer Auguste-César, et de le mettre en garde pour la gestion de La Bâtie Neuve:

— Dans ton atelier, tu fais ce que bon te chante, tu t'arrangeras un jour avec ta conscience. Mais ne t'avise pas de profiter de ma faiblesse ni de pactiser avec le diable. Les Roustan ont toujours été honnêtes en affaires.

— Que croyez-vous, grand-père? Je sais à quoi l'on s'expose à enfreindre les lois, mais il n'est pas interdit, que je sache, de les… comment dirais-je?… contourner? Oui, c'est ça, contourner.

— Ni contourner, ni adapter. Pas de magouilles douteuses qui mettraient La Bâtie Neuve en danger, c'est tout ce que je te demande.

Il n'y avait guère que Lorraine pour partager, quand bon lui semblait, les repas familiaux d'une incommensurable tristesse. La veuve d'Antoine, falot succédané de l'égérie d'une Belle Époque irrémédiablement révolue, y faisait de silencieuses apparitions, irritant par ses soupirs et larmoiements celui qui se voulait encore le maître des lieux.

— Avez-vous des nouvelles de votre fille, ma bru? Il n'y a plus de raison qu'Eugénie reste éloignée de ce qu'il lui reste de famille.

Le ton agacé d'Auguste-César aurait, en d'autres temps, fait réagir Lorraine de façon virulente. La chiffe qu'elle était devenue, dépourvue d'acrimonie, répondit avec mollesse :

— Elle nous reviendra, m'écrit-elle, en septembre. Pauvre enfant qui n'a pu dire adieu à son père ! Un traumatisme inguérissable qui...

— Une enfant de vingt-cinq ans, ma chère ! Auriez-vous oublié l'âge de votre fille ?

— Je m'en garderais bien, père ! Hélas, le temps passe si vite.

— Le bon temps, surtout ! Celui que l'on passe à bayer aux corneilles. Demandez à nos fileuses leur opinion sur la durée de leur journée, elle divergera quelque peu de la vôtre.

Généralement, Victor Vésombre prenait comme un dérivatif aux repas monotones les accès de mauvaise humeur d'Auguste-César quand ils ne s'exerçaient pas contre lui.

Là, il s'agissait d'un éventuel retour d'Eugénie et cette nouvelle n'était pas pour lui déplaire. Ils avaient tous deux, au temps de leurs années de lycéens, ébauché un flirt de connivence, conforme à l'image qu'ils donnaient de jeunes gens n'ayant de comptes à rendre à personne.

— Ma chère cousine sera bientôt parmi nous ? Je m'en réjouis...

— C'était bon quand vous étiez enfants de vous dire cousin, cousine. Aujourd'hui, ces familiarités ne sont plus de mise ! le reprit vertement le maître-fila-teur. Pas plus que les raouts, d'ailleurs. Nous sommes une famille en deuil, il est bon parfois de le rappeler, ajouta-t-il comme un avertissement aux intentions de Vésombre qu'il devinait.

Victor se demandait si le vieil homme lisait dans ses pensées. Il devrait, en ce cas, être plus circonspect dans les avances qu'il comptait faire à Eugénie, désormais unique héritière d'un patrimoine à la veille de tomber dans ses mains. Car Auguste-César ne ferait plus de vieux os. La mort de son fils Antoine, dernière en date d'une longue série d'épreuves, n'était qu'une avant-première de la sienne.

Il n'était pas le seul à le penser. Milagro, à qui il arrivait de croiser le vieux filateur au hasard d'un corridor ou du grand escalier, baissait la tête pour ne pas intercepter le regard éperdu de celui qu'elle considérerait jusqu'à son dernier souffle comme son bienfaiteur. D'ailleurs, lui-même ne cherchait pas le sien et c'était mieux ainsi.

À qui d'autre qu'à Félicia confier ses mauvais pressentiments?

— Monsieur Auguste fait peine à voir. Il ne se remettra pas de ce nouveau coup du sort. La vie n'a plus de valeur pour lui.

Félicia souriait tristement. Comme il était aisé de juger les autres! Si seulement Milagro avait pris le temps de se regarder dans un des nombreux miroirs des Fontanilles, elle aurait pu alors se demander qui du filateur ou de sa fidèle lingère filait le plus mauvais coton.

Dotée, à son âge, d'une clairvoyance qui en aurait étonné plus d'un, la jeune fille portait une lucide analyse sur l'accablement de monsieur Auguste, touché dans son âme et dans son cœur, nullement dans son corps, au contraire de sa mère dont les forces, inexorablement, déclinaient. Elle lui reconnaissait, certes, le drame de son époux trop tôt disparu, mais ignorait la plus profonde plaie dont souffrait Milagro.

— Laisse-lui un peu de temps, maman. Ne disait-on pas qu'au décès de son fils Félix, personne ne croyait à un nouvel élan du père accablé ? Marraine pense que seule La Bâtie Neuve l'a sauvé.

Évoquer Félix, son *Feliz, su hijo*, quelle souffrance encore et toujours après tant d'années ! Les yeux de Milagro qui avaient tant pleuré se remplirent à nouveau de larmes.

— Maman ! Tu ne peux prendre à ton compte tous les malheurs des autres !

Non, bien sûr, sa petite, sa Félicia ne pouvait pas comprendre la douleur de cette mort étroitement liée, dans le temps, à celle de Niévès.

Pas plus que Milagro ne pouvait se douter qu'elles étaient étroitement liées, tout simplement.

Milagro chancela sous le poids de douloureux souvenirs. Qu'elle était légère aux bras de Félicia qui la retint avant qu'elle ne tombe ! Une plume susceptible de s'envoler à la plus infime brise, de disparaître à tout jamais dans l'éther. Vision fugace qui la fit frémir.

— Maman, je veux que tu arrêtes de travailler. Nous avons la chance d'être logées, monsieur Auguste en a fait la promesse, et mon salaire de fileuse suffit à nos besoins.

— S'arrêter, à mon âge ! se récria Milagro.

— L'âge n'est pas en cause, ta santé est primordiale. Au fait, quel âge as-tu ? Tu as toujours eu l'air d'une jeunette.

— Une vielle jeunette, alors, tenta de plaisanter Milagro en s'appliquant à compter sur ses doigts avant d'annoncer : Cinquante-six, si je ne me suis pas trompée...

Elle ne se doutait pas des conséquences de sa franchise !

Félicia, à son tour, faisait un rapide calcul.

— Tu avais donc quarante ans quand je suis née. Vous vous êtes mariés en France, avec papa ?

— Oui ! *El niño Feliz* portait nos alliances !

— Tu devais désespérer d'avoir un jour un enfant et puis enfin je suis arrivée !

Félicia monologuait et n'avait pas pris garde que Milagro, la tête dans les mains, pleurait sans retenue.

— Tu vois, tu es épuisée, maman ! Demain, j'irai trouver monsieur Auguste afin de lui dire de trouver une autre lingère.

— Non, tu ne feras pas ça ! Je te l'interdis !

Milagro s'était dressée devant sa « fille » comme pour l'empêcher de commettre un crime. Ses yeux qu'elle forçait à plus de noirceur lançaient des flèches de réprobation qui atteignaient Félicia en plein cœur et la réduisaient au silence. Non à l'inaction !

Elle avait compris que travailler et surtout travailler aux Fontanilles faisait partie de la vie de sa mère et que l'en empêcher équivalait à la tuer. L'aider, du mieux qu'elle pourrait, après sa journée à la filature, serait un pis-aller, mais aussi la promesse de reculer une fatale échéance.

Parfaitement à l'aise dans les murs qui avaient entendu ses premiers couinements de bébé, puis résonné de ses premiers pas hésitants, Félicia courait, plus qu'elle ne marchait, rejoindre Milagro dans la lingerie.

La journée avait été étouffante derrière les hautes vitres de La Bâtie Neuve, entourée de nuages de vapeur. Copiant sans le savoir les gestes rituels de Niévès, elle libérait, au sortir de la filature, ses longs cheveux noirs de leur strict fichu afin de les offrir à l'air pur. Une petite robe à motif fleuri fermée par trois boutons dégageait son cou délicat. Des manches ballons dépassaient deux bras menus et cependant musclés qui tenaient une corbeille d'osier où s'empilait du linge visiblement repassé. Les pieds glissés dans de simples espadrilles de toile, elle allait sans bruit, tournait au bout du couloir vers la lingerie quand une porte s'ouvrit à la volée, heurtant la corbeille qui lui échappa des mains.

Victor Vésombre, endimanché tel un milord, s'emporta comme il savait le faire, toute rage dehors en constatant que le borsalino blanc qu'il tenait à la main roulait dans le couloir.

— Au diable ces domestiques empotés ! Me voilà bien, maintenant avec mon Fédora souillé !

Puis, portant les yeux sur la juvénile et gracieuse silhouette qui ramassait et lissait de la main son chapeau, il leva un sourcil interrogateur et demanda abruptement :

— Je te connais, non ? Pourtant, tu ne fais pas partie des boniches, elles sont toutes vieilles et moches.

Félicia accusa le coup. Vieille et moche, sa si chère maman, corps et âme dévouée au maître des lieux et à ses occupants ! Elle répondit cependant avec un minimum de politesse :

— Je suis fileuse à La Bâtie Neuve. C'est certainement là-bas que vous m'avez vue, monsieur.

— Ton nom?

— Félicienne Etcheverría. Mais on m'appelle plus souvent Félicia.

— Non, ça ne me dit rien.

Il continuait malgré tout à se creuser la tête, ce n'était pas dans ses habitudes d'oublier un si joli minois doublé d'un corps qui faisait friser ses moustaches de chat libidineux. Il ne se décidait pas à partir.

Félicia, accroupie, remettait le linge dans la corbeille et jetait des regards en coin à ces jambes toujours plantées devant la porte.

— Que fais-tu ici, alors, si tu ne fais pas partie du personnel?

— J'apportais du linge à ma mère, la corbeille est lourde et...

— J'y suis! La gamine de Migro... Migra...

— Milagro, monsieur! le reprit-elle, choquée que le prénom d'une pauvre femme si souvent corvéable lui sorte trop aisément de la tête.

— Oui, bon, Milagro, si tu veux. Tu te souviens, tu nous regardais jouer, Eugénie et moi, avec tes grands yeux noirs. Tu sais qu'ils sont devenus très beaux, tes yeux? Et tes cheveux, quelle belle crinière!

Si elle se souvenait? Bien sûr qu'elle n'avait pas oublié les deux enfants gâtés qui se croyaient tout permis. D'une esquive ondulante, elle échappa à la main qui glissait sur ses longues boucles brunes et descendait sur son bras.

« Audacieux réflexe, se dit Victor. J'aime les sauvageonnes. »

— Excusez-moi, monsieur. On m'attend!

Et elle disparut dans un étroit couloir, rouge de colère. Non seulement Victor Vésombre émergeait de la chambre de l'oubli, mais de plus il se permettait de lui faire des compliments comme à une vulgaire courtisane. Son air concupiscent parlait pour lui. Elle savait, désormais, qu'elle devrait s'en méfier.

— Etcheverría! Dans mon bureau!

Vésombre avait entrebâillé la porte de l'atelier, passé sa tête et nasillé, un mouchoir parfumé sous le nez.

— Etcheverría! Dans mon bureau!

Il avait dû renouveler son appel qui se diluait dans le bruit des aspes en furie.

Sans se précipiter, Félicia termina d'enrouler le maître-brin qu'elle tenait au bout de ses doigts, alla se rincer les mains et les avant-bras à un lavabo prévu à cet effet et, passant devant l'estrade de madame Georges, échangea avec cette dernière un regard d'incompréhension. La jeune fileuse se demandait si la contremaîtresse avait eu sujet de se plaindre d'elle, et madame Georges s'interrogeait sur une éventuelle demande de la petite à laquelle elle n'aurait pas été attentive.

— Entre! invita Victor en venant au-devant de Félicia et refermant à clé la porte derrière elle.

Sur ses gardes, la jeune fille n'osait lever les yeux, elle se tenait droite, les mains serrées dans le dos, prête à affronter celui à qui elle prêtait de mauvaises intentions, encore qu'elle soit incapable d'imaginer lesquelles.

— Tu dois avoir chaud avec cette vilaine blouse. Dégrafe-la et mets-toi à ton aise. Nous avons, semble-t-il, des souvenirs d'enfance à évoquer. La semaine dernière, tu ne m'en as pas laissé le temps.

— Une autre fois, monsieur. Je dois retourner à l'atelier. Madame Georges pourrait me mettre une pénalité si…

— Ici, c'est moi le patron! Ne t'occupe pas de cette vieille carne.

Il ne respectait décidément rien ni personne. Et surtout pas la pudeur de l'ingénue car tout en la poussant contre le mur, ses doigts experts déboutonnaient la blouse, arrivait à la chair tiède et en sueur de la pauvrette affolée.

— Monsieur Victor, que faites-vous? Lâchez-moi, je vous prie.

Félicia se débattait farouchement tandis que Victor la maintenait plaquée au mur. Elle réussit enfin à lui échapper, au mépris d'une manche de sa blouse et d'une partie de son corsage qu'il lui arracha. Elle se jeta sur la porte, mais en deux enjambées il la rattrapa par les cheveux et la tira violemment sur le bureau où elle s'abattit en poussant un cri. Victor Vésombre, fou d'un désir décuplé par un petit sein ferme émergeant de la tenue en lambeaux, ne se maîtrisait plus.

— Ah, tu aimes te faire désirer, aguicheuse! Tu sais que nous sommes seuls et que je peux faire ce que je veux de toi, mais tu veux faire durer le plaisir, hein, une vraie petite salope!

Dans l'atelier, madame Georges était sur des charbons ardents. Elle n'ignorait pas les déviances de Vésombre, il avait engrossé tant de malheureuses qu'à Largentière on le surnommait l'Étalon, un sobriquet qui avait franchi les limites de son département. Négligeant ce qui se passait à l'atelier, tout son être était à l'affût d'un cri, d'un appel qu'elle crut entendre, ce qui la fit sortir précipitamment sur le perron et courir à la porte du bureau où le drame se jouait.

La bouche de Victor, après avoir imposé sa marque infamante dans le cou de Félicia, à la naissance de son sein, cherchait maintenant à s'emparer de sa bouche. Dans un ultime effort de défense, la jeune fille planta ses dents dans l'écœurante langue qui cherchait la sienne. Elle crut vomir de dégoût au sang qui jaillit. Victor poussa un cri, Félicia en poussa un autre, il la giflait à tour de bras en l'insultant :

— Sale garce !

Madame Georges n'y tint plus, elle toqua vigoureusement à la porte. Surpris, Vésombre redressa son corps qui emprisonnait Félicia, mais il la maintenait encore par la taille de ses poignes nerveuses ; Félicia crispa ses doigts, tous ongles dehors sur les joues de son tortionnaire et les laboura profondément.

— Sale bâtarde ! rugit-il en portant les mains à ses joues.

Félicia se rua sur la porte, fit jouer la clé et s'abattit, encore tremblante, dans les bras de madame Georges.

— Vous m'avez sauvée, madame Georges, vous m'avez sauvée ! hoquetait-elle, inconsolable.

— Viens, ne restons pas là, tu es toute dépenaillée.

Alors qu'elle l'entraînait, chancelante, vers le vestiaire, la clé tourna à la porte du bureau. Vésombre, fou de rage et de douleur, s'enfermait avec sa déconvenue.

Le visage en feu, autant des gifles reçues que de la honte éprouvée, Félicia demeurait prostrée devant une nouvelle blouse que madame Georges lui tendait.

— Maintenant, il faut que tu te calmes, Félicia, et que tu reprennes ton poste. Tu reviendras me voir, si tu veux, à la pause.

— Vous avez entendu les mots qu'il m'a dits? Oh mon Dieu, de telles abjections!

— Oublie ça, Vésombre n'est qu'un malotru doublé d'un prédateur.

— Mais s'il recommence ou me met à la porte?

— Dans un cas comme dans l'autre, fais-moi confiance, je m'en charge.

«Quelle femme aux multiples facettes! Elle est là où on ne l'attend pas pour porter secours, capable d'une réelle compassion proche d'une forme de tendresse, pragmatique dans ses décisions et n'a d'autre ambition que le bon fonctionnement de la filature», se disait Félicia, à nouveau devant sa bassine et dévidant la soie.

Combien de fois avait-elle usé de ce passe-droit convenu avec monsieur Auguste? En trente-cinq ans de contremaîtresse à La Bâtie Neuve, ce serait la troisième fois, si sa mémoire était fidèle. C'est dire qu'elle ne s'y décidait qu'en dernier recours. Elle avait donc, se souvenant parfaitement de la consigne, acheté un paquet de cigares Corona sous l'œil goguenard du buraliste. Puis, rentrée chez elle, elle avait écrit sur un minuscule bout de papier: *Les turpitudes de V.V.*, message qu'elle avait glissé entre le papier doré et la cape brune de l'herbe à Nicot. Le lendemain matin, arrivée un peu en avance à la filature, elle alla trouver Pierrot et lui dit:

— De la part des fileuses, à remettre en main propre à monsieur Auguste.

Une œillade complice du cocher la rassura.

Le soir même, Auguste-César demandait qu'on attelle son brougham et se faisait conduire sur la route de Saint-Brès, au lieu-dit la Côte Chaude, un endroit touffu et désertique qui menait au serre de Gajac, où madame Georges l'attendait. Elle monta dans la voiture et attendit que monsieur Auguste ouvre les hostilités.

— Qu'a-t-il fait, l'arsouille ? On est à la veille d'une grève ?

Négligeant de répondre, la contremaîtresse demanda :

— L'avez-vous vu depuis hier ?

— Non, pas plus qu'aujourd'hui. Des rendez-vous urgents, je suppose.

— À moins que ce ne soient de flagrantes égratignures infligées par l'une de nos fileuses, sur laquelle il se livrait à d'odieuses indécences.

— Il a le sang chaud, ce cuistre, et parfois nos filles se montrent un peu aguicheuses. Dans votre dos, madame Georges, dans votre dos ! s'empressa-t-il de préciser.

— Pas dans mon dos, dans votre bureau, monsieur Auguste ! Et la gamine en question est loin d'être une dévergondée. Son travail consciencieux lui permettrait même de passer surveillante…

— Qui ?

Madame Georges regarda le filateur droit dans les yeux pour énoncer :

— La petite Etcheverría !

— Non !

Si elle doutait encore que monsieur Auguste connût le géniteur de la petite Etcheverría, le cri

452

ulcéré du filateur était un aveu. Pour confirmer, il ajouta en serrant les poings :

— Je le tuerais de mes propres mains s'il s'avisait de recommencer, de poser seulement un œil sur cette enfant. Merci, madame Georges, votre démarche est une preuve de plus de votre attachement à La Bâtie Neuve et à l'excellence de sa renommée.

Ils s'étaient tout dit sans jamais prononcer les mots douloureux. La contremaîtresse descendit du brougham et chacun reprit sa route.

Les murs des Fontanilles frémirent de peur, les pampilles des lustres grelotèrent longtemps au bout de leur suspension, les deux veuves, dans leurs chambres, se bouchèrent les oreilles tant étaient insupportables les aboiements de colère d'Auguste-César Roustan des Fontanilles qui crachait sur Victor tout le dégoût qu'il lui inspirait.

— Trouve d'autres sentines, pendard, pour te livrer au stupre ! éructait-il, le visage congestionné et tout le corps tremblant.

Vésombre ne pipait mot, enroulé dans un long et large foulard de soie qu'il dut porter pendant plusieurs jours et qui lui valut un nouveau surnom, celui d'Aristide en référence au chansonnier Bruant immortalisé avec sa grande écharpe par Toulouse-Lautrec.

Félicia n'eut plus à affronter le mauvais hasard d'une rencontre avec Vésombre dans les couloirs des Fontanilles. Plus jamais, malgré ses craintes quotidiennes qui la tinrent sur la défensive durant plus d'un mois, elle ne fut convoquée dans le bureau du directeur. La sérénité lui revint, sinon l'insouciance qui n'avait jamais été son lot, et elle se prit à penser que madame Georges veillait sur elle comme un ange gardien.

Elle n'était pas loin de la vérité.

*   *

*

Pour avoir seulement passé une année à Philadelphie, Eugénie Roustan des Fontanilles semblait avoir oublié sa langue maternelle. Mieux que ça ! Elle ne répondait plus à son prénom, sinon sous sa forme américaine, ce qui avait le don d'irriter son grand-père.

Tout cela pourtant n'aurait été que foutaises aux yeux du vieil homme blasé si elle n'avait catégoriquement refusé d'aller prier sur la tombe de son père. Un refus dont l'homme de devoir qu'il était n'admettait pas le bien-fondé, quoi que puisse tenter d'expliquer Lorraine. Or, n'y a-t-il pas plus sourd que celui qui refuse d'entendre ?

— Songez, père, qu'Eugénie a été arrachée à sa famille, à sa vie d'étudiante, si brusquement…

— Pour son bien, ma chère, vous semblez l'oublier !

— Comment pourrais-je oublier cela et tous les malheurs qui ont suivi ! Que savons-nous de la souffrance qui fut celle de ma fille lorsqu'il lui fut interdit de rentrer pour les obsèques de son père ? Laissons-lui le temps de l'apaisement…

— Qui passe absolument par cette horrible boîte appelée radio et qui nasille à longueur de temps ? Non, décidément, je ne me ferai pas à cette musique de sauvages.

Pas plus d'ailleurs qu'aux excentricités vestimentaires de la jeune fille, ni au sacrifice de la belle chevelure qu'il lui avait toujours vue, s'étalant en souples ondulations châtaines sur ses épaules ou sagement attachée et lui battant le dos.

— Une coupe à la garçonne, dis-tu ? C'est donc que tu veux ressembler à un homme ? Du jamais-vu ! s'était-il irrité à l'explication que lui avait donnée Eugénie quant au saccage de ses cheveux.

— Avec la liberté qu'ils ont de mener leur vie à leur guise, oui, cela me plairait bien.

Eugénie, ou plutôt Genny, avait bien changé, et cela désolait son grand-père. Encore que… Dans sa tête chenue toujours en cogitations s'élaboraient un jour des plans qu'il révisait ou abolissait le lendemain. Cela avait été le cas dans la perspective de marier Eugénie à Victor Vésombre : il faisait d'une pierre deux coups, voire trois s'ils s'avisaient de le faire arrière-grand-père. La Bâtie Neuve tombait en des mains légitimes et se dotait d'un gestionnaire, compétent malgré ses gros travers. Les derniers en date lui avaient fait renoncer à cette solution idéale. Eugénie plus cornue qu'un cerf ! On pouvait rêver mieux pour la fille d'Antoine.

Et maintenant cette option confortable revenait en force sur le tapis. Tout d'abord parce que le beau Victor jouait à l'enfant sage.

— Des erreurs de jeunesse, grand-père ! Qui n'en a pas fait ? plaidait-il quand, un index levé qu'il agitait sous son nez, Auguste-César lui renouvelait ses menaces.

Ensuite et surtout parce que Genny serait capable de lui tenir la dragée haute, sinon de lui rendre la pareille.

« Oui, l'union du requin et de la paonne[1] ! Hé hé, pourquoi cela ne ferait-il pas un bel attelage ? » souriait le filateur en se frottant les mains.

Or, l'inconséquence de l'une et la prétention de l'autre allaient les perdre tous deux et mettre à mal l'ambitieux projet du vieil homme.

Victor Vésombre menait de front son atelier de moulinage ardéchois et la filature de La Bâtie Neuve depuis déjà deux ans et personne ne pouvait lui reprocher de négliger l'un au profit de l'autre.

Caractère ombrageux s'il en est, dépourvu de la moindre empathie, autoritaire et exigeant, flambeur et bambocheur, un sanguin pour le plus détestable de ses défauts, on ne pouvait lui dénier une qualité évidente : le beau Victor était un bourreau de travail.

Alors, quel démon le poussa-t-il à se lancer dans cette périlleuse affaire ? Celui du lucre et de la super-puissance illusoire ? Et dans quel recoin de son machiavélique esprit puisa-t-il les rouages de cette magnifique escroquerie ? Eugénie en fut-elle la muse, ou, mieux, l'instigatrice ? On aurait pu le croire quand elle défendit pied à pied son presque promis agoni d'injures par le patriarche. D'autant qu'une même affaire frauduleuse, à bien plus grande échelle, mettait la ville de Boston sous les feux de l'actualité.

---

1. Auguste-César fait référence à la constellation du Paon, plus particulièrement à sa plus brillante étoile.

Mais qu'avait donc imaginé Victor Vésombre qui lui valait, aux premiers jours de l'année 1921, un retour peu glorieux à Largentière?

Rien de moins qu'un montage financier frauduleux qu'on appellera communément du nom de son initiateur le système de Ponzi. Servi par une croissance économique exceptionnelle et néanmoins prévisible après cinq années d'engourdissement dues à la Grande Guerre, Victor Vésombre, comme tous les insatiables, fut pris d'une boulimie spéculative à fort rendement, comme il se plaisait à l'expliquer à ses amis et relations du monde industriel.

— Vos rentrées d'argent, je me doute, ont explosé grâce à cette inflation qui dépasse les trente-neuf pour cent. Allez-vous cependant investir tous vos bénéfices dans l'entreprise au risque d'une dépression plus ou moins plausible? Non, bien sûr, c'est plus sage. Vous opterez pour un placement bancaire, un placement pépère, je dirais. Encore que certains parmi vous se souviennent du désastreux emprunt russe. Moi, j'ai mieux à vous proposer. Bien mieux!

Et de donner un cours d'économie appliquée où il était question de dépôt initial, de flux de capitaux entrants, de taux de rendement effectifs, de profit réalisé...

— Vous nous garantiriez cent pour cent d'intérêts? Je rêve! ricana un pinardier de Cette[1] qui, versé dans les chiffres, avait suivi le raisonnement du moulinier.

— Vous arrondissez un peu allègrement la réalité, mon cher, mais n'en êtes pas loin. En tout état de cause, ils seront le double de ceux du marché.

---

1. Orthographe de la ville de Sète jusqu'en 1927.

J'ajouterai qu'il faut se presser, les premiers investisseurs seront les mieux rémunérés et n'auront qu'à se louer de ce placement mirifique.

— Quel nom a cette société? Et quelles garanties avance-t-elle? insista encore le pinardier qui se faisait en quelque sorte le porte-parole d'une coterie déjà convaincue.

— Je conçois que de gros engagements ne peuvent se baser uniquement sur la confiance. Si je vous annonce, messieurs, le chiffre d'affaires actuel de La Bâtie Neuve et celui de la Grèse, sans parler de celui espéré après les agrandissements prévus, il n'y aura, dans ce système, que des satisfaits.

Satisfaits, ils le furent grâce à l'affluence d'une clientèle tentée par ces promesses financières. De mois en mois, grâce à un bouche-à-oreille positif, l'effet boule de neige entretenu par l'argent des nouveaux arrivants permettait de rémunérer grassement les précédents, sans pour autant que Victor Vésombre oublie de prélever auprès de chacun une substantielle commission.

Le système aurait pu durer si les investisseurs avaient continué d'arriver régulièrement, or au bout d'une année, la cadence ralentit, du coup les taux de rémunération chutèrent et le même bouche-à-oreille eut un effet désastreux. Les plus futés quittèrent le navire à temps, exigeant le remboursement de leur capital initial, les moins chanceux se virent spoliés sans recours judiciaire.

Une menace de mort, une de plus, mais celle-ci explicite, en l'occurrence un paquet au nom de Victor Vésombre contenant un petit cercueil de bois noir, arriva par mégarde – ou à dessein – dans le courrier des Fontanilles. Une feuille était glissée dans l'enveloppe avec des lettres découpées : « L'argent ou la mort ».

Auguste-César sentit ses jambes se dérober sous lui. Qu'avait donc manigancé le bellâtre ? Et surtout, avait-il mis La Bâtie Neuve en péril par des placements illicites ?

L'orage éclata le soir même, qui vit le patriarche des Fontanilles dominer sa désespérance et monter sur ses grands chevaux. S'il avait eu en main une gaule ou une badine, il aurait flagellé le gredin jusqu'à ce qu'il rende grâce.

Victor ne pouvait pas placer un mot, avancer une explication, encore moins se justifier. Auguste-César le tenait au colbac et hurlait sur lui à perdre voix.

— Tu rembourseras, tu rembourseras tout à tous sur tes propres deniers, tant pis s'il te faut vendre ton moulinage. Ah, ton pauvre père, si intègre, si scrupuleux d'un bien familial développé laborieusement, il doit se retourner dans sa tombe ! Je te le dis, La Bâtie Neuve n'avancera pas un centime pour te sortir de cette boue où tu te vautres, à mon insu, depuis des mois ! Puisse son nom ne pas être entaché par cette affaire frauduleuse.

— Ses finances sont saines, glapit Vésombre toujours à demi étranglé. Mieux qu'il y a deux ans quand j'ai repris la suite de…

— Tais-toi, maraud, tu salirais par tes mots d'honnêtes gens qui ne sont plus là, hélas, pour se défendre !

La hargne d'Auguste-César, décuplée par l'évocation d'Antoine, était à son paroxysme. Il lâcha brusquement Victor qui, étourdi par le flot d'injures et les vociférations, chuta sur le tapis. L'ennemi au sol ne comblait pas le filateur, sa rage était telle qu'il se saisit d'un tisonnier, près de la cheminée, et frappa Vésombre au visage en criant :

— Dehors ! Dehors, toi et ton usurpatrice de mère ! Les Roustan te vomissent, Vésombre, Eugénie y compris ! Jamais ma petite-fille ne s'acoquinera avec un pareil malandrin !

« À toute chose, malheur est bon ! » se gargarisa madame Georges qui, bien qu'ignorante des raisons du tonitruant renvoi de Victor Vésombre, se réjouissait du retour de son « frère de la cuisse gauche » que d'aucuns disaient un homme fini.

C'est d'ailleurs elle qui suggéra la première action du jeune patron de quatre-vingt-trois ans qui reprenait les rênes de La Bâtie Neuve.

— Une recrue d'exception, cette petite Etcheverría. Trois ans à peine d'expérience et je la sens capable de prendre la place de Rosine, une surveillante qui s'est mariée en juin et qui ne peut plus dissimuler sa grossesse avancée. Ses jambes enflées comme des poteaux parlent pour elle. Elle m'a confié devoir s'arrêter de travailler officiellement dans un mois... si elle tient jusque-là.

Félicia, elle, n'était pas loin de penser que le hérisson était bel et bien son ange gardien !

23

Avril – Mai 1921

Une aubaine, cette promotion accompagnée d'une substantielle augmentation ! C'est ce que se disait Félicia en courant annoncer la bonne nouvelle à sa mère. Elle se promettait également de remettre à l'ordre du jour la retraite de Milagro dont les forces s'épuisaient.

Pas un jour cependant sans que la jeune fille ne lui apportât son aide. Cela avait commencé par le raccommodage, les divers points de couture où Félicia excellait ; elle avait ensuite assuré le repassage en retard que sa mère rapportait à leur logis et elle y travaillait jusqu'à point d'heure pour en venir à bout.

Avec l'argument qu'elle avançait, elle espérait obtenir la reddition de la chère entêtée.

— Cinquante-six francs par mois, maman ! Te rends-tu compte ? Je vais pouvoir te gâter à mon tour. Tiens, un manteau avec un grand col et une écharpe neuve, ça te plairait ? Des bottines fourrées pour co…

— Félicia ! Qu'est-ce qu'il te prend de vouloir dépenser un argent que tu n'as pas encore gagné ? Applique-toi plutôt à ne pas décevoir monsieur Auguste qui place sa confiance en toi.

Nullement vexée et encore moins surprise par la réaction de sa mère, la jeune fileuse persistait dans son projet :

— Sais-tu que ni toi ni moi ne sommes jamais allées dans une salle de cinéma ?

— Pour quoi y faire ? Tu n'es pas bien ici ?

— Pour voir un film, maman. On y joue en ce moment *Les Trois Mousquetaires*. Il paraît que c'est fabuleux, les filles en parlent à la filature.

— Et tu les écoutes, comme une nigaude ! Tiens, aide-moi plutôt à plier ces draps. Enfin, j'en aurai fini avec les chambres de cette pauvre madame Gabrielle et de son fils. La malheureuse, elle pleurait à chaudes larmes de quitter les Fontanilles. On saura jamais ce qui s'est passé, et puis c'est pas nos affaires, hein ?

Impossible d'amener Milagro sur le sujet épineux de la retraite. Quant à celui des distractions, il dépassait son entendement.

La proposition de Félicia, elle, était à double effet : tout d'abord satisfaire à une envie personnelle, elle avait lu le roman d'Alexandre Dumas, grâce à la toujours bienveillante mademoiselle Gaillard, et brûlait de voir l'adaptation qui en avait été faite. Ensuite et surtout, parce qu'elle avait conscience de l'inéluctable déclin de Milagro. Un jour, qu'elle souhaitait le plus lointain possible, sa mère quitterait ce monde dont elle n'avait connu que l'ubac, une vie de labeur ponctuée de malheurs, les siens et ceux des autres qu'elle prenait à son compte. N'avait-elle pas droit à un peu de soleil dans ses vieilles années ?

Tout en pliant le linge, Milagro poursuivait ses commentaires :

— Je t'ai pas dit ? Mademoiselle Eugénie, elle aussi, a fichu le camp ! Thérèse m'a dit que ça avait chauffé hier avec monsieur Auguste. Si c'est pas malheureux de tenir tête à un si brave homme ! De là à ce que madame Antoine se débine à son tour, j'aurai plus que le maître à tenir tout propret, autrement dit, je me roulerai les pouces.

Félicia avait compris la leçon, sa mère l'avait devancée, inutile donc de revenir sur une cause entendue.

Le mois de janvier avait laissé croire à un hiver clément quand, le 28 à Paris, sous un soleil printanier, fut inhumé sous l'Arc de triomphe, le Soldat inconnu. La tant redoutée Chandeleur où, dit-on, «l'hiver meurt ou reprend vigueur» confirma la mort du suspect. Mais la vigueur en réserve patienta jusqu'au mois d'avril pour napper de blanc le pays tout entier. Neige et grêle durant trois jours se déchaînèrent, un vent glacial soufflant en rafales fit ressortir les capes et les bonnets.

Derrière la vitre embuée de la lingerie, Milagro essuyait de son mouchoir son front en sueur, ce même mouchoir qu'elle portait régulièrement à son nez qui gouttait. Elle avait pris froid, la fièvre qui la faisait alternativement frissonner et transpirer, ses bronches encombrées qui lui rendaient la respiration pénible, autant de signes propres à confirmer un évident diagnostic. Et ce qui la chiffonnait le plus, dans cette nouvelle rechute, était sans aucun doute le tourment qui ne manquerait pas d'assaillir Félicia. Encore se promit-elle de donner le change, mais elle n'en eut pas l'occasion.

Un bruit anormal, comme une succession de chutes d'objets, précédant celle d'un corps, dans la maison silencieuse fit accourir conjointement Lorraine et Thérèse, l'une émergeant de sa chambre, l'autre montant dare-dare de la cuisine.

— Milagro! Milagro! Que vous arrive-t-il?

— Milagro Etcheverría, réponds-moi! Tu as eu un malaise?

La servante secouait la lingère et Lorraine regardait, effarée, cette scène dramatique. Un éclair de discernement la fit réagir.

— Thérèse, descendez vite chercher Pierrot, qu'il ramène cette pauvre femme dans son logis et parte chercher un médecin. Allez et faites vite.

Thérèse hésitait. Laisser madame Antoine, si fragile et si émotive, seule avec Milagro qui ne donnait pas signe de vie, était-ce bien raisonnable?

— Bougez-vous donc, Thérèse! s'impatienta Lorraine.

Du mieux que le lui permettaient les ans et les rhumatismes, la femme disparut dans les escaliers pour revenir, tout essoufflée, dans les pas du cocher.

— Je vais vous aider à la porter, haleta-t-elle. Et vous, madame Antoine, rentrez dans votre chambre, je vais vous faire monter une infusion de tilleul, ça vous fera du bien. Vous avez eu peur.

Pierrot avait déjà soulevé Milagro et la porta sans effort jusqu'au petit logement de La Masson où Thérèse, prise de pitié, activa le feu tout en lorgnant le petit deux-pièces à la dérobée. Elle n'y avait jamais mis les pieds auparavant, la lingère cultivant farouchement une sorte de marginalité. Bien qu'à peine surprise que tout fût à l'image de Milagro et de Félicia, propre et bien rangé, dépourvu de superflu sans pour autant suer la misère, elle laissa échapper :

— Y a pas à dire, l'Espagnole tient bien ses pénates !

Pour l'instant, l'Espagnole, qu'une vive douleur ranimait lentement, crispait ses mains noueuses sur sa maigre poitrine. Son visage sillonné de rides et ridules se tordait dans de simiesques grimaces propulsant en avant sa mâchoire inférieure et ses yeux restaient fermés sur une souffrance qui lui était inconnue.

Les nouvelles vont vite, surtout celles porteuses de malheur qui se propagent à la vitesse du son. Félicia accourait de La Bâtie Neuve en même temps que descendait de sa Citroën vert poireau assez repérable dans le cercle encore restreint des fervents de l'automobile le docteur Belin.

— Viens par là, petite ! Laisse faire le docteur.

Pour la première fois, Thérèse se montrait affable, Félicia s'en étonna, ainsi que du feu d'enfer qui ronflait dans la cuisine.

— C'est ma mère qui a lancé le feu ? Ce n'est pas dans ses habitudes.

Elle s'en moquait, de ce feu dévorant, mais c'est tout ce qu'elle parvenait à balbutier, dans l'ignorance où on la laissait de l'état de Milagro.

— C'est moi, grogna Thérèse, retrouvant son acerbité naturelle. Il faisait un froid de cimetière dans cette turne !

Mots malheureux qui heurtèrent la jeune fille au double titre d'un si néfaste augure et d'une aussi détestable appréciation des lieux.

— Que faites-vous ici, madame Thérèse ? C'est maman qui vous a appelée ? Elle se sentait mal ?

La cuisinière entreprit un récit détaillé, bienvenu pour tempérer l'impatience de la jeune fille et laisser œuvrer le médecin.

— Si je vous disais, madame Thérèse, qu'avec ce brusque coup de froid, je redoutais le retour de sa bronchite chronique! déplora Félicia.

— Les bronches ne sont pas en cause, jeune fille, ou bien indirectement!

Le docteur Belin se tenait entre chambre et cuisine, un œil sur la malade, l'autre sur Félicia, à qui il allait asséner son peu encourageant rapport.

— Qu'a-t-elle, docteur? Je peux la voir?

— Une angine de poitrine, je vais vous expliquer. Pour la voir, attendons un peu que mes injections fassent leur effet. Au fait, a-t-elle des rhumatismes articulaires? Oui, je suppose.

Félicia, éplorée, hochait la tête d'impuissance. Sa mère, si dure au mal, ne se plaignait jamais. Elle la voyait bien se frictionner une épaule, un genou, toujours avec des remèdes de bonne femme, sans qu'elle ralentisse pour autant le déroulé de ses journées laborieuses.

Le docteur expliqua toutes les possibilités de l'évolution; la crise pouvait, dans le meilleur des cas, rester unique, il suffirait alors d'éviter à l'avenir tout effort, toute angoisse, pas de marche rapide, ni de montée d'escalier. Le risque, hélas, des récidives n'était pas exclu et pouvait conduire à une endocardite infectieuse, devant laquelle le corps médical se trouvait impuissant.

— Je lui ai fait deux piqûres pour soutenir le cœur et calmer la douleur. Il est inutile de vous dire que je ne peux me prononcer sur les jours à venir. N'hésitez pas à me faire appeler, je viendrai au plus tôt. De toute façon, je repasserai demain dans la soirée.

Félicia régla les honoraires du médecin et, négligeant tout ce qui l'entourait, s'assit désemparée au chevet de Milagro dont le corps, lentement, émergeait de cette violente crise. Elle lui avait pris la main et ne lui parlait pas, attendant que les paupières de sa chère maman s'ouvrent. Viendrait alors le temps des échanges muets, des intenses regards chargés d'un amour qu'aucun mot ne peut exprimer. Dieu, qu'ils tardaient à venir !

— Je t'apporte un bon café, tu en as besoin, et aussi une tisane adoucie de miel pour Milagro.

Quoi ? Thérèse était encore là ? Cette ingérence après tant d'années d'indifférence sentirait-elle la curiosité malsaine ? Du moins, Félicia le perçut-elle ainsi, qui prit le parti de ne pas répondre ; ce qu'elle regretta aussitôt de crainte d'avoir blessé la pauvre femme.

Elle entendait Thérèse poser un plateau sur la table, traîner un peu des pieds jusqu'à la porte, puis se raviser et demander :

— Tu veux que je reste avec toi, petite ? On se soutient à deux au chevet d'un malade.

L'aménité naturelle de Félicia balaya tout malaise.

— Ce n'est pas de refus, madame Thérèse. Venez donc voir maman, ne reprend-elle pas des couleurs ?

En deux pas, Thérèse fut dans la chambre et, devant le visage bouleversé de Félicia, ses larmes qu'elle ne pouvait ravaler, elle força le trait :

— Pardi qu'elle a le teint plus rosé ! Enfin… moins gris. Elle m'a sacrément fait peur, tu sais. Tiens, bois ce café, c'est du pétard, tu en as besoin.

Félicia s'exécuta. La chaleur bienfaisante du breuvage la réchauffa tout entière. Elle reprit dans sa main celle de Milagro pour la lui transmettre. La longue veille commençait. Dès lors dans la cuisine de la lingère qui n'avait jamais intéressé personne se croisaient la cuisinière envoyée par madame Lorraine, Pierrot mandaté par monsieur Auguste, une fileuse dépêchée par madame Georges et surtout Julia Combe, la veuve blanche qui avait remplacé Milagro comme laveuse et qui s'était enfin décidée à épouser Junius, de cinq ans son cadet. Tous venaient aux nouvelles de la petite lingère espagnole qui se délestait lentement du fardeau de sa trop pitoyable vie.

Au seuil d'une nuit que Félicia présageait interminable, les visites cessèrent, et Thérèse ne faisait pas mine de quitter la chambre de Milagro. À la jeune fille qui s'en étonnait, elle jura n'être pas fatiguée.

— Et quand bien même je le serais, pauvrette, je ne vais pas te laisser seule !

Pour cette sollicitude qu'elle devinait spontanée, Félicia se dit que, décidément, elle avait été un peu trop prompte à précipiter Thérèse dans la chambre de l'oubli.

Onze heures, minuit, 1 heure, 2 heures, celle de la petite mort, s'égrenaient lentement dans la chambre silencieuse à peine éclairée d'une douce veilleuse. Le sommeil, parfois, terrassait Thérèse pour quelques minutes, elle en émergeait en sursaut. Félicia, les yeux rivés sur sa mère, tentait de prier. Elle était sidérée de la difficulté qu'elle éprouvait à communier pleinement avec Dieu. Ses pensées l'amenèrent vers Matthieu, son cher ami et filleul de guerre. Si seulement il était là pour l'aider !

«Comment fais-tu, Matthieu et de quelle force se nourrissent ta foi et ta confiance en la miséricorde divine ? Aide-moi, je t'en prie ! »

À toujours fixer le visage de sa mère, il arrivait qu'il s'estompât et cela la secouait de frissons désespérés. Une ombre grise le balayant funestement lui étreignit le cœur jusqu'à la douleur physique. À cet instant même, ses lèvres balbutièrent :

— Que ta volonté soit faite sur la terre comme au ciel.

Un élan de gratitude l'enveloppa, Matthieu l'avait entendue.

Dès lors, elle ne fut que prière, celle du Notre-Père, répétée comme une litanie, parfois en espagnol car il lui semblait que sa mère réagissait imperceptiblement à sa langue maternelle :

— *Hágase tu voluntad en la tierra como en el cielo.*

Au point du jour, Thérèse déplia douloureusement ses membres engourdis ; les soupirs qui s'échappaient de sa large poitrine alors qu'elle relançait le feu firent prendre conscience de son grand âge à Félicia, qui s'en émut et culpabilisa.

— Allez vous reposer, madame Thérèse.

— Ça me peine, petite, de te laisser seule.

— Revenez après avoir pris un peu de repos, j'avoue que votre présence me réconforte.

Restée seule avec sa mère, Félicia se hasarda à lui faire une toilette sommaire. Pauvre corps décharné dont le souffle ne tenait qu'à un fil. Et toujours cette impuissante attente d'un mieux qui ne venait pas. La pause de 11 heures sonnait à La Bâtie Neuve, on aurait dit que, du fond de son inconscience, Milagro l'entendait. À moins que la douleur de poitrine la reprenne, ce que redoutait Félicia et qu'il lui sembla percevoir à une infime contraction de sa bouche.

— Maman, tu as mal ? s'affola-t-elle.

Milagro puisa dans ses dernières forces pour soulever ses paupières et dévoiler son regard que la mort proche rendait trouble. Sa main gauche, fébrilement, chiffonnait le drap tandis que la droite se raidissait dans un spasme délétère. Félicia se saisit de la gauche, la porta à sa bouche, la baisa longuement tandis qu'elle murmurait :

— Dis-moi, maman, ce que je peux faire ? Dis-moi quelque chose, un mot, je comprendrai.

Dans un ultime effort, Milagro articula avec peine :

— Niévès…

Ce fut tout. Sa mâchoire se crispa, ses yeux se révulsèrent, son buste, serré dans un étau, tressautait comme s'il se débattait, son souffle se fit saccadé. Puis tout cessa. Et Félicia s'abattit sur le corps à présent détendu et sans vie, dans une fusion charnelle qu'elle voulait aussi puissante que la fusion de leurs cœurs.

La vieille Thérèse les trouva ainsi, étroitement soudées.

— Mon Dieu ! Mon Dieu ! La pauvre, elle a passé et moi qui dormais comme une souche. Ah, si j'avais su ! Si j'avais su !

« Personne ne pouvait savoir, à moins que maman ait souhaité que nous soyons seules pour me dire adieu », songea Félicia et cela lui fut d'une extrême douceur dans sa douleur muette.

Thérèse s'attendait à des pleurs, des cris, des gémissements, et tout était paisible, d'une sérénité poignante qui n'enlevait rien à l'immense vide que ressentait déjà la jeune fileuse. La douleur de l'absence que l'on dit s'installer a posteriori avait été là à l'instant même du dernier soupir de Milagro et, pour intolérable qu'elle soit, elle restait muette, ce qui ne manqua de tirer quelque morose pensée à Thérèse :

« Pauvre petite, elle n'a pas encore réalisé ! »

Elle était dans l'erreur. L'indicible souffrance de Félicia la portait, c'était sa force. Tout en remontant le drap jusqu'au menton de sa mère, elle planifiait le reste de la journée.

— Vous pouvez encore lui tenir compagnie, madame Thérèse ? J'irai de ce pas avertir le docteur Belin, ensuite j'aurai encore besoin de vous pour... pour l'habiller...

Cela lui paraissait plus douloureux à dire qu'à faire. Thérèse, pourtant, se récria :

— C'est pas à toi de faire ça ! Les sœurs de Saint-Maur nous enverront une religieuse.

— Je ne laisserai à personne le soin d'habiller maman !

C'était dit sans violence mais avec la puissance de la persuasion. Thérèse comprenant sa détermination écrasa un pleur.

Félicia actionna le heurtoir du cabinet médical sur le boulevard du Portalet et annonça à madame Belin, qui servait de secrétaire à son époux, le décès de Milagro Etcheverría.

— Le docteur passera à la fin de ses consultations, au tout début de ses visites, lui assura-t-on.

De là, sans l'ombre d'une hésitation, la jeune fille gagna la place aux Herbes où elle poussa la porte d'un magasin de confection ; elle y fit l'emplette d'une robe en lainage d'un doux rose buvard ainsi que d'une veste grise en tricot.

— Votre grand-mère est gâtée, mademoiselle, vous avez bon goût ! gaffa la vendeuse.

Félicia n'y fit pas attention. Plus tard lui reviendrait cette réflexion innocente… ou pas !

Thérèse, elle, ne retint pas son plaisir après la rude corvée de la toilette mortuaire.

— Qu'est-ce qu'elle est belle pour aller voir le bon Dieu !

Le premier à s'incliner sur la dépouille mortelle de Milagro fut Auguste-Roustan des Fontanilles, qui demanda à Félicia la permission de rester seul avec la défunte.

Quelle édifiante confession aurait reçue en plein cœur la jeune fille si elle avait eu l'impudence d'écouter à la porte !

— Je t'envie, Milagro, oui, je t'envie. Enfin délivrée de cette enveloppe charnelle si lourde à porter, tu vogues vers ceux que tu as tant aimés. Embrasse-les pour moi, intercède pour qu'ils m'accordent leur pardon, car je suis coupable et tu ne le savais pas. Tu ne t'es jamais étonnée que je m'occupe de la petite, tu me prenais tout simplement pour un homme généreux alors que j'étais un grand-père torturé de remords. Va vers nos chers disparus, Milagro, tu me devances pour les rassurer, je sais quel est mon devoir envers l'enfant à laquelle ni toi ni moi ne nous attendions. Dors en paix, brave femme.

Madame Georges ne se fit pas attendre, mais, au contraire de monsieur Auguste, elle n'aurait pas insisté pour rester seule dans la chambre mortuaire.

Se retrouver en tête à tête avec Milagro, son remords incarné, terrorisait la contremaîtresse, qui accompagna à reculons Félicia. Bien lui en prit, le visage apaisé de la lingère dont le petit corps était vêtu avec élégance pour la première fois agissait sur elle comme une absolution.

— Prends le temps qu'il te faut avant de revenir à la filature, dit-elle en prenant congé de Félicia.

— Monsieur Auguste a pris en charge l'organisation des obsèques, il pense que ce sera certainement après-demain matin. Je reprendrai le lendemain, annonça Félicia en affermissant sa voix.

— C'est toi qui vois, soupira madame Georges.

La famille Brugère, descendue exprès de Chamborigaud, aurait été au complet si le plus cher de ses membres, en stage d'aumônier au sanatorium de Berck-Plage, n'avait été empêché de faire le voyage. Le télégramme qu'il adressa à Félicia se voulait prometteur d'un long courrier dans les jours à venir. La désormais orpheline y lut ce qu'elle avait envie de lire :

Je suis le pire des amis... si loin... si près aussi... Je porte ta chère maman dans mes prières et toi dans mon cœur... relis, petite fille, le psaume des Béatitudes[1]*... Matthieu le désolé.*

Au temple de Saint-Ambroix, le pasteur Brugère officia avec son homologue, et sur la tombe où reposait Ramón depuis bientôt quinze ans, dans le cimetière

---

1. Matthieu 5,1-12.

de la route de Saint-Sauveur, ce fut lui qui lut, à la demande de Félicia, l'Évangile des Béatitudes.

La jeune fille raidie dans sa douleur ne quittait pas des yeux le trou de terre qui allait engloutir la bière de sa mère tout contre celle, noire et vermoulue, de son époux.

Milagro était la seule des Etcheverría qui reposaient en sol de France à dormir dans un cercueil de bonne facture.

*   *

*

On avait connu la petite Félicia, enfant silencieuse et sage suivant Milagro comme son ombre dans les couloirs des Fontanilles ; on avait connu l'élève Félicienne, studieuse, appliquée mais toujours solitaire, puis l'étudiante s'efforçant à l'apprentissage d'un métier qui lui ouvrirait un horizon meilleur ; et enfin la fileuse redevenue Félicia, adolescente aux prises avec une douloureuse et cependant irrévocable décision, dévoilant sa pugnacité à un monsieur Auguste à la fois admiratif et dépité.

La mort de sa mère, aussi brutale que prévisible pour qui la voyait décliner au quotidien, lui fit endosser une nouvelle vêture, encore serait-il plus approprié de dire une nouvelle armure.

Raidie dans de stricts vêtements noirs – en dehors de la filature où elle ne dérogeait pas à l'immuable uniforme rouge pourpré – qui lui conféraient élégance et distinction, ses cheveux sombres sagement partagés par une raie médiane, elle offrait un visage qui aurait pu passer pour serein si l'on ne parvenait à accrocher son regard. Dans le cas contraire, nul ne pouvait le soutenir sans se noyer dans une désespérance abyssale.

Madame Georges qui avait pris ce risque et avait bu la tasse ne s'y hasardait plus !

— Tu n'aurais pas dû reprendre si tôt le travail !

Un sanglot déguisé en soupir réprimé lui avait fait lâcher cette sage remarque, après que l'atelier se soit vidé de ses ouvrières. Félicia perçut la sollicitude de la contremaîtresse et s'entrouvrit de son chagrin.

— Que ferais-je, seule, chez moi ? Je n'ai pas encore eu le courage de toucher aux affaires de maman.

— C'est pourtant une chose à faire sans tarder, si tu veux mon conseil. Plus tu attends, plus ce sera douloureux.

— Ce ne pourra pas l'être plus, balbutia-t-elle.

Puis, prenant sur elle :

— Oui, vous avez certainement raison. Et puis, il faudra bien que je libère le logement de fonction que nous occupions.

Madame Georges esquissa un sourire :

— Que cela ne te tracasse pas, ça m'étonnerait que monsieur Auguste te déloge.

L'assurance de la contremaîtresse n'était pas celle de Félicia. Après tout, le filateur serait parfaitement dans son droit s'il lui prenait envie de récupérer le petit deux-pièces. Globalement, l'idée présentait l'avantage d'une page de vie qui se tournait et, partant, d'une douleur qui s'apaisait. Tout ce qu'elle refusait, en fait. Tourner la page, ne plus souffrir, n'était-ce pas oublier, ce qui ne saurait être ? Quitter cette chambre où sa mère avait poussé son dernier soupir, où elle avait murmuré son dernier mot?

Son dernier mot. C'était bien le dernier, non le début d'une phrase qu'elle n'aurait pu terminer. Et parfaitement articulé: Niévès. Pourquoi? Pourquoi évoquer cette mystérieuse personne, alors que, sa vie durant, elle avait éludé toute question à son sujet?

Toutes ces pensées tournaient dans la tête de Félicia tandis qu'elle s'affairait dans la chambre de sa mère. Madame Georges avait raison, à quoi bon reculer à toucher le fond de la souffrance? Les vêtements de Milagro, si peu nombreux et si humbles, soigneusement pliés, partiraient à l'hospice, si l'on en voulait bien. Dimanche elle irait laver les draps au lavoir, les remettrait sur le lit et, délaissant le sien dans un coin de la cuisine, elle s'y coucherait comme lorsqu'elle était toute petite et qu'elle se blottissait dans les bras de Milagro. Il lui suffirait de fermer les yeux pour sentir son souffle tiède sur sa nuque. Prolonger coûte que coûte cette douce présence, faire revivre les beaux moments vécus à ses côtés...

La longue lettre de Matthieu, un pur diamant de réconfort, une pépite d'espérance, déroulait ses conseils issus de sa propre et douloureuse expérience. Il ne lui cachait rien de la douleur qui, à chaque instant, l'accablerait; elle devait accepter cette souffrance comme elle devrait accepter, sans honte, qu'un jour elle s'atténue.

Pleure sans retenue quand tu ne peux retenir tes larmes et ris sans attrition si l'occasion t'en est donnée. Ne t'oblige à aucune façade, ma douce Félicienne, ni à la joie factice, ni à une quelconque contrition qu'engendre souvent l'absence. Et surtout ne t'oblige pas à prier. La prière n'a de valeur réconfortante que si elle est spontanée. Le temps viendra où ton cœur parlera à tes lèvres, et ton invocation deviendra chant d'espérance. Courage, toi qui, en ce moment, avances à tâtons dans les ténèbres. Demain, le soleil brillera à nouveau.

Elle savait par cœur chaque mot de sa lettre et, confiante, elle savait qu'un jour sa parole germerait.

En cet instant, elle tenait avec respect une boîte en fer que Milagro avait glissée sous son matelas.

« Les trésors de maman », sourit-elle avec mélancolie.

Elle hésita une seconde à l'ouvrir, croyant entendre la voix grondeuse de Milagro :

— Que fais-tu avec cette boîte, petite curieuse !

L'objet lui échappa des mains et son contenu se répandit sur le sol. Un livret, divers papiers, un paysage de montagne dans une boule de neige, une coupure d'un vieux journal. Elle s'en saisit, la retourna ; il s'agissait d'une photo d'un jaune brunâtre représentant un char sur lequel dans une profusion de fleurs en papier crépon se distinguaient difficilement trois jeunes silhouettes. La légende sous le cliché était plus explicite : « La reine des fileuses 1901 et ses dauphines ».

Elle approchait puis éloignait la photo dans le but d'identifier l'une des trois personnes. Son cœur ne fit qu'un tour, la reine portait le vieux châle à franges de Milagro. C'est sur elle, donc, qu'elle intensifia son observation, sans succès. Et pourtant !

— Non, vraiment ! se désola-t-elle en reposant la coupure et s'emparant du livret.

Y étaient consignés, comme prévu, les nom, prénom et date de naissance de Ramón Etcheverría, celui qu'elle considérait comme son père ; quelques lignes au-dessous de la date de son union suivait l'identité de Milagro Mora. Félicia sourit avec tendresse comme si elle avait ses parents devant elle, puis elle tourna la page, certaine d'y trouver son nom. Elle dut relire trois fois avant de se convaincre de la véracité du libellé : Niévès, sexe féminin, née le 3 juin 1886, décédée le 27 août 1903.

Félicia tremblait de tous ses membres. Niévès, la fille de Ramón et de Milagro ! Incroyable ! Et tout ce silence autour de... de...

— Niévès, ma sœur ! Ma grande sœur que je n'ai pas eu la joie de connaître ! Quelle injustice !

Elle tourna la page ; pensant y lire son prénom. Elle était vide.

Le carnet se mit à lui brûler les doigts au point qu'elle le laissa choir en même temps que s'en échappait une feuille pliée en quatre qui attira irrésistiblement Félicia tout en lui inspirant une crainte indicible. Il fallait aller jusqu'au bout. Elle prit le feuillet, le déplia et lut. Il s'agissait d'un extrait de naissance, sa naissance.

« Félicienne Etcheverría, née le 25 août 1903 à Briançon de Niévès Etcheverría et de père inconnu. »

La foudre tombant sur sa tête, déchiquetant tout ce qui avait fait sa vie à ce jour, labourant ses certitudes, laminait en plus tout espoir de retrouver la véritable histoire de sa naissance. Plus un seul des protagonistes n'était là pour l'y aider. Elle aurait voulu que le sol l'engloutisse.

Mais le sol ne l'avait pas engloutie, seulement un sommeil pesant, tourmenteur, un sommeil sans repos ni d'esprit ni de corps. Un sommeil, cependant, qui avait fait son œuvre : l'inciter à entreprendre une quête de la vérité, quelle qu'elle soit. De toute façon, elle savait qu'elle ne pourrait être que douloureuse, atrocement douloureuse, nécessairement douloureuse.

Alors, après avoir assuré presque absente les deux derniers jours de la semaine à la filature, elle était là, dans ce train qui ahanait dans sa longue montée jusqu'à Chamborigaud. Tout un dimanche à plonger dans le passé, aidée de sa marraine, avec encore l'espoir que tout cela fût un mauvais rêve, que rien n'existât de ce livret de famille, de cet extrait de naissance, de cette photo, jusqu'à cette boîte en fer, véritable coffret de Pandore qu'elle serrait néanmoins dans son sac.

Elle n'avait pas averti Jeanne. Pas le temps. Pas les mots. Ses parrain et marraine, elle n'en doutait pas, comprendraient sa démarche et ne lui feraient pas grief de s'imposer à eux aussi soudainement.

Félicia n'avait pas supposé en vain. On aurait pu croire même que Jeanne l'attendait, à sa façon de lui ouvrir les bras, de la serrer longuement sans un mot. Tout concourait d'ailleurs à l'épanchement immédiat : les garçons, adultes, revenaient moins souvent sous le toit paternel, le pasteur Brugère animait ce dimanche une journée de plein air pour les enfants de la catéchèse à laquelle participait Héloïse.

— Tu t'apprêtais à les rejoindre ! constata Félicia, désolée.

— Nous irons ensemble, plus tard, si tu le veux, l'apaisa Jeanne.

Félicia, alors, s'effondra, dans un flot de questions, comme un mur qui tombe pierre à pierre.

— Qui suis-je, marraine ? La Félicienne de Niévès ou la Félicia de Milagro ? La sœur de ma mère ou la fille de ma grand-mère ? Et mon père, qui était-il ? Je ne sais plus, je suis perdue.

— Les deux, ma chérie, les deux aimées du même et vrai amour.

— Alors, pourquoi mentir aux gens qu'on aime ?

— Pour plein de raisons. Te protéger en te donnant l'illusion d'un foyer auquel tu avais droit, pour colmater sa propre souffrance en entretenant ce rêve chimérique et surtout, comme a pu me le confier Milagro, pour répondre au vœu de Niévès dont elle se rappelait la dernière prière : « Je vous confie mon enfant… elle sera votre nouvelle fille… vous serez ses parents parce qu'elle n'a plus que vous et que vous saurez l'aimer… » L'essentiel, Félicia, n'est-il pas d'avoir été aimée de la même manière par celle qui t'a mise au monde et celle qui t'a élevée ?

Telle une pluie torrentielle trop longtemps contenue qui fait céder le barrage la tenant prisonnière, les larmes de Félicia firent céder la barrière du courage dont elle s'était bardée à l'heure du départ de Milagro. « Pleure sans retenue », l'avait encouragée Matthieu. Qu'elles étaient libératrices, ces larmes trop longtemps refoulées !

Jeanne ne la brusqua en rien, elle attendit patiemment que, ses sanglots s'apaisant et sa respiration devenant plus sereine, sa filleule la priât de lui dérouler sa vie.

— Raconte, marraine et n'omets rien, je t'en supplie.

Et Jeanne raconta Niévès, sa seule amie à la filature. Sa générosité, son extraordinaire vitalité, son exubérance aussi et cette passion amoureuse dont elle avait été la dépositaire du doux secret. Son exubérante beauté qui en avait fait la reine des fileuses l'année de ses quinze ans, associée à son extraordinaire habileté à la bassine 48.

— C'est donc elle sur la coupure de journal !

Jeanne approuva, puis déçut l'implorante quête de sa filleule :

— Tu savais qu'elle avait un amoureux ?

— Niévès m'avait confié son secret, mais n'a jamais voulu me dire son nom, je ne lui en ai pas voulu. Chacun a le droit de garder sa part de mystère.

Puis elle lui parla de la maladie, de sa faiblesse des poumons qui, chaque hiver, se rappelait à elle, cette petite toux qui ne l'inquiétait guère.

— Je lui disais en soupirant qu'elle me faisait penser à la Dame aux Camélias, et ça la faisait rire. Au mois de décembre 1902, au cours d'une dispute entre Niévès et une malveillante fileuse, madame Georges riposta d'un geste condamnable. S'enfuir de la filature dans la nuit glaciale conduisit ma chère et seule amie à l'hôpital.

Jeanne essuya un pleur et poussa un soupir ; certes, elle ne voulait rien cacher à sa filleule, mais il ne lui appartenait pas d'engager la responsabilité de la contremaîtresse.

— Milagro et Ramón n'étaient que gratitude et vénération pour monsieur Auguste qui avait fait en sorte que ta maman soit admise dans un sanatorium de Briançon et y reçoive les meilleurs soins. Tu es née dans cet établissement où Milagro et Ramón tendirent les mains pour te recevoir.

Le récit de Jeanne se termina sur le retour du couple Etcheverría, dépouillée d'une fille et gratifiée d'une petite-fille.

— Il n'y a pas eu de mensonges, Félicia, seulement des silences sur une plaie douloureuse qui devint trop empoisonnée pour Ramón, réduit à en finir avec la vie.

Nouveaux sanglots, tout aussi désolés, mais dénués maintenant de cette presque colère qui brouillait sa raison. Lentement s'estompait le désarroi de la jeune fille, tout aussi graduellement lui revenait toute la tendresse reçue et donnée dès qu'elle avait ouvert les yeux sur le monde. À nouveau elle parlait d'avenir, donc de reconstruction.

— Quand j'aurai quelques jours de congé et un petit pécule, je ferai le voyage à Briançon. C'est là-bas, j'en suis sûre, que je renouerai avec les premiers jours de ma vie et que je serai en osmose avec celle à qui je la dois.

24

Printemps et automne 1921-Juillet 1924-Novembre 1924

Monsieur Auguste, qui guettait le retour de Félicia, s'invita à son logis. Toujours au courant des faits et gestes de la jeune fille, il savait qu'elle avait passé la journée à Chamborigaud.

«Elle est allée y chercher les pièces manquantes de son histoire», avait-il soupiré, n'ignorant rien de l'amitié de Jeanne et de Niévès.

«Dans quel état d'esprit reviendra-t-elle?» se demandait-il, ne sachant s'il fallait craindre ou souhaiter une totale révélation.

Elle en revint, pour le peu qu'il put en juger, certes apaisée, mais encore flottant entre rêve et réalité, presque en dehors du temps.

Il fallait qu'il en ait le cœur net. Son sac de voyage posé sur une chaise l'autorisa à faire l'étonné.

— Tu prépares tes bagages? Tu vas partir?

— Je pense que c'est préférable, monsieur.

— Comment ça, préférable? Pour qui?

Déjà le filateur paniquait. Ne plus la savoir à l'ombre des Fontanilles lui serait comme un nouveau deuil qu'il devinait aussi insupportable que les précédents. Aussitôt, il se morigénait, Félicia avait le droit de tourner le dos à celui qui lui avait fermé sa porte, l'avait privée de son nom, de son statut, de son affection légitime.

Avait-il éprouvé l'ombre d'une contrariété lorsque Eugénie s'en était retournée aux États-Unis où, disait-elle, les gens avançaient vers le progrès et ne vivaient pas dans le passé comme c'était le cas de la vieille Europe. Grand bien lui fasse !

Félicia répondit candidement :

— Pour qui ? Mais pour laisser la place à celle qui remplacera maman à la lingerie, bien sûr ! Il est logique qu'à son tour elle bénéficie de ce logement.

La pierre qui l'oppressait, plus pesante que la clé de voûte de sa capitelle, roula comme par enchantement et le libéra. Les mots se bousculaient dans une explication oiseuse.

— Je n'ai pas encore songé à remplacer Milagro. Celle qui lui succédera ne sera pas à sa hauteur. Pour le moment, Thérèse fait ce qu'elle peut, au grand désespoir de mes chemises.

Félicia lui dédia un sourire humide plein de gratitude.

— En tout cas, la prochaine lingère habitera la ville et n'aura pas besoin du logement. Tu peux y rester, tu sais.

— Vraiment ? sourit Félicia.

Puis, redevenant sérieuse :

— Alors je veux payer un loyer.

— Jamais ! J'ai promis…

Son caractère impétueux reprenait le dessus au gré de ses émotions. Fine mouche, Félicia comprit qu'avec le filateur il fallait louvoyer et non s'opposer de front. Un trait de caractère qui trahissait sa filiation.

— Si nous faisions un marché, monsieur? Vous me permettez d'user gratuitement de ce logis et je m'occupe de vos chemises.

Les yeux emplis de larmes qu'il dérobait de ses épais sourcils, Auguste-César tendit la main pour sceller le pacte.

«Maman doit être heureuse que je repasse et empèse les chemises de monsieur Auguste.» Cette pensée berça Félicia toute la soirée.

Auguste-César Roustan des Fontanilles, consolateur des âmes en peine? Une grande première, assurément!

Tout comme le fut, dans un autre registre, la vieille demoiselle Gaillard, son institutrice. Elle aussi était dans le deuil, elle avait enterré son père et sa mère à deux mois d'intervalle – deux superbes inséparables, disait-elle d'eux, les comparant aux petits psittacidés d'Afrique du Sud – et aurait avec bonheur comblé le vide de leur absence à l'aide de sa bibliothèque abondamment fournie si une impitoyable cataracte n'avait obstrué sa vue.

— Laissez-moi un peu de temps, mademoiselle, et je viendrai le soir vous faire la lecture, lui promit Félicia.

— Tu feras mieux que ça! intervint l'institutrice.

Dans un élan de générosité, mademoiselle Gaillard lui léguait sa bibliothèque.

— Vous n'y pensez pas, mademoiselle Gaillard? Tous ces livres chez moi, c'est très petit, vous savez!

— Taratata! Quand on aime les livres, on leur trouve une place. Et toi, tu les adores. Tu les emporteras dix par dix, tu verras, ça pèse.

— Ils sont si bien dans votre bibliothèque ! Et moi, je ne saurai où les ranger.

— Laisse-moi finir, Félicienne ! Quand tu les auras tous emportés, je connais un bonhomme qui démontera le meuble et ira l'installer chez toi. Tu vois, ils ne seront pas dépaysés, ces chers livres.

Félicia s'était donc laissé convaincre. Elle se débarrassa de son lit de jeune fille et la place vide qu'il laissait fut aussitôt occupée par la bibliothèque de l'institutrice. Une intruse, cette présence de la culture dans l'antre de la simplicité. Mais une sacrée compagne qui apportait, dans la nouvelle solitude de Félicia, une résilience encore fragile. Et comme ce n'était pas une personne à faire les choses à moitié, mademoiselle Gaillard avait suggéré à la jeune fille de s'inscrire à des cours du soir, sanctionnés à leur terme par un diplôme.

— Rappelle-toi ta volonté de poursuivre, si possible, une année pour obtenir ce nouveau CAP.

L'idée, bien que séduisante, fut rejetée par Félicia.

— Vous m'en demandez trop, mademoiselle Gaillard. Je n'ai pas la tête aux études, du moins, pas encore.

La proposition de l'institutrice mit du temps à s'imposer à Félicia, le temps que s'apaise la tempête qui l'avait déstabilisée. Le temps surtout que, grâce à la disponibilité et la longanimité de son ami Matthieu, elle se réconcilie avec le mystère qui avait entouré sa naissance. Mais l'institutrice n'eut pas la joie de voir sa suggestion se concrétiser : un mal sournois et galopant l'emporta, malgré une lutte aussi féroce que vaine.

Six mois s'étaient écoulés depuis le départ de Milagro et, en ces premiers jours dorés d'octobre, l'été jouait les prolongations.

El veranillo de San Miguel, l'expression de Milagro quand elle offrait son visage buriné au soleil tout en plissant les yeux, se souvenait Félicia.

Le printemps de la Saint-Michel. Elle n'avait qu'à fermer les siens pour la revoir, plantée sur le pas de la porte, éblouie par les derniers rayons du soleil. C'était un dimanche, semblable à tous les autres, une journée de grande lessive pour la jeune surveillante, tant pour le linge qui séchait sur le fil que pour la maison lavée à grande eau. En attendant qu'elle sèche, elle avait sorti une chaise devant sa porte et alternait lecture et rêverie. Des pas faisant rouler les cailloux du chemin lui firent lever la tête sur une longue silhouette venant à elle.

— Matthieu ! Si je m'attendais...

Elle avançait, irradiée de soleil, les mains tendues vers l'ami avec qui elle n'avait jamais cessé de correspondre.

— Tu ne m'avais pas dit...

— J'étais si peu sûr de la date, et puis je voulais te faire la surprise.

Déjà elle se lovait dans ses bras, veillant à ne pas meurtrir sa main blessée qu'elle devinait encore douloureuse dans sa gangue de cuir, et se hissait sur la pointe des pieds pour embrasser sa joue, là où sa barbe soyeuse ne mangeait pas toute la place. Lui, embrassa ses cheveux, immédiatement chaviré par son frais parfum à la violette.

— Comment vas-tu, petite fille ? murmura-t-il, toujours la serrant contre lui.

— Ça va, répondit-elle d'une toute petite voix.

Elle était encore si désemparée, presque au bord des larmes ; Matthieu jugea bon d'entrer en matière sans tarder :

— Ne penses-tu pas que c'est le bon moment ?

Elle comprit ce dont il parlait et frissonna.

— Je ne suis pas certaine d'en avoir le courage.

— Et si ton vieil ami t'accompagnait ?

Félicia écarquilla les yeux. Un vieil ami ? De qui parlait-il ? La bouche de Matthieu s'étirait sur un sourire moqueur.

— De moi, bien sûr !

— Mais tu n'es pas vieux !

— Que tu dis, mais surtout je suis ton ami, un ami qui a tout un mois de vacuité devant lui pour te servir de chaperon.

Et d'expliquer que sa mission à Berck terminée, il avait fait une demande de préposant à laquelle le consistoire d'Anduze avait répondu favorablement. Il y était attendu le 1er novembre pour une paire d'années au cours desquelles il préparerait son mémoire.

— Ensuite, tu m'appelleras monsieur le pasteur, si on veut bien me confier une paroisse.

Félicia battit des mains, primesautière, pour s'assombrir dans l'instant, Matthieu gardait toujours sa main droite dans sa poche.

— Comment va ta main ? As-tu retrouvé plus de sensibilité ? Te fait-elle moins souffrir ?

À son tour de répondre laconiquement :

— Ça va !

Puis de revenir à ce qui lui importait :

— Si tu pouvais obtenir trois ou quatre jours de congé à la filature, moi j'ai encore la possibilité de voyager à tarif réduit et de m'adjoindre une aide-soignante. À Berck, j'ai eu l'occasion d'évoquer avec les administrateurs le sanatorium de Briançon ; ils sont entrés en contact. Tu pourras voir la chambre de...

Matthieu eut une hésitation. Félicienne finit sa phrase.

— La chambre de Niévès, le cimetière où elle repose. Oui, je veux bien, si madame Georges me donne trois jours. J'ai un peu d'argent de côté, je paierai les chambres d'hôtel.

Elle rougit en prononçant ces mots. Qu'allait-on penser d'eux ? Les langues iraient bon train à la filature et dans tout Saint-Ambroix.

Matthieu comprit son soudain embarras. Il proposa :

— Nous nous retrouverons en gare d'Alais, ça te va ?

Félicia ? Félicienne ? Saurait-elle au retour qui de l'une ou de l'autre elle était, ou préférait être ? Elle ne se projetait pas aussi loin, mais vivait avec intensité tous les moments de leur pèlerinage.

— Je voudrais être une éponge et pouvoir tout absorber. Les lieux, les paysages, les odeurs, tout ce qu'a connu Niévès, confia-t-elle à son cicérone.

— Laisse-toi faire, tout cela entrera en toi à ton insu et y restera gravé. Notre inconscient est une fabuleuse machine.

— Parfois je doute du mien. Si je prenais des notes ?

Matthieu avait pris le parti d'acquiescer à tous ses désirs. Ne rien lui imposer, non plus, auquel elle serait réticente. Le sana, le cimetière, tout devrait venir d'elle, à son heure, à son gré.

Elle fit donc l'achat d'un cahier et aussi d'une carte postale des montagnes environnantes couronnées de blanc et, effectivement, Matthieu la surprenait souvent à sortir le cahier de son sac, y griffonner un mot, une phrase, dont il se gardait bien de se montrer curieux.

Une fois repue des paysages, tant ceux qui avaient jalonné le voyage depuis Alais que ceux qu'elle découvrait à Briançon, outre le petit air frisquet qui balayait la ville haute comme la ville basse, Félicia se sentit le cœur de prendre un peu d'altitude. Il fallait être raisonnable, madame Georges lui avait accordé trois jours ; accolés à un dimanche, cela en faisait quatre qui leur filaient entre les doigts.

Madame Chafferey, qui tenait la pension de famille La Gentiane, rue Porte-Méane où ils avaient trouvé le vivre et le couvert appropriés à leurs modestes économies, leur indiqua un raccourci qui, pour être bucolique, ne convenait guère à leurs chaussures de ville. Au dernier détour de la sente, ils reçurent en plein visage le long bâtiment qui se découpait sur le ciel bleu, son solarium où les lits de repos s'alignaient dans une belle ordonnance. Ils étaient vides à cette heure, c'était mieux ainsi. Félicia aurait cherché dans chaque visage celui si flou sur la photo du journal de l'énigmatique Niévès.

— Attends-moi ici, lui recommanda Matthieu.

Cela lui convenait parfaitement, elle n'en était qu'à s'approprier le bâtiment dans sa globalité architecturale, et non dans ce qu'il contenait des premières heures de sa vie. Matthieu se présenta à l'accueil où, prévenue de son arrivée, la religieuse responsable du pavillon où avait séjourné Niévès vint à lui.

— Bienvenu, révérend Brugère.

— Vous anticipez, ma sœur! Hier j'étais aumônier, dans quinze jours je prends mon poste de préposant et si c'est toujours le vœu de Notre Seigneur, je serai pasteur dans un an ou deux. Mais il n'est pas question de moi, ma sœur: comme je vous l'ai expliqué dans ma lettre, j'accompagne une jeune fille en recherche de... Mais je préfère qu'elle vous parle elle-même de sa démarche.

— Oui, je sais, j'ai un peu fouillé nos archives sur cette douloureuse histoire survenue dans cet établissement. Je n'ai hélas aucun témoignage vivant ou présent à lui proposer. Seulement le dossier médical de Niévès Etcheverría, les traitements qu'elle a subis jusqu'à... jusqu'au... Oui, j'ai fait débarrasser la chambre 12 qu'elle a occupée. Oh, elle n'y trouvera rien qui lui ait appartenu. Tout cela est très... poignant.

— Félicienne est très sensible, concéda Matthieu.

Le regard absent de Félicia se fixa sur les documents que lui présenta la religieuse avant de s'éclipser discrètement. Il s'animait au fur et à mesure de sa lecture, caressait le nom de Niévès, s'assombrissait à la liste des traitements qu'elle devinait douloureux, contraignants, barbares. Ses yeux cillèrent à la page du mois de juin 1903, puis s'illuminèrent à la lecture de ce que l'on avait consigné: *La malade nous a confirmé ce jour que son enfant avait bougé en elle.* Son cœur battait à se rompre, elle avalait les pages, courant vers le terme du fichier qu'elle savait pourtant sans suspense. Encore que... *Juillet 1903, l'amélioration de*

491

son état se confirmant, le docteur Tréville a accédé à la demande de la jeune Niévès, elle est désormais autorisée à correspondre et recevoir du courrier.

Félicia leva les yeux vers Matthieu qui, dans un coin, guettait ses réactions, prêt à intervenir si elle était prise d'un étourdissement émotif.

— Niévès a demandé à écrire. Pas à maman, elle ne savait pas lire. Mon père non plus. Ils n'avaient jamais eu la chance d'aller à l'école.

— À Jeanne peut-être ? Bien qu'elle évoque peu son amie de filature, ma belle-mère pourrait…

— Non ! Non ! Marraine m'en aurait parlé, j'en suis sûre.

— Relie un peu la phrase, s'il te plaît.

Félicia s'exécuta.

— Le docteur Tréville ! Je vais demander à la sœur s'il exerce encore, ici ou ailleurs, enfin, où on peut le trouver.

Restée seule, Félicia poursuivit, elle en arrivait à ce mois d'août tragique et miraculeux. Du rapport des événements, quoique rédigé en termes médicaux d'une réalité sans fard, sourdait l'émotion qu'avait causée cette naissance, la vaillance de cette toute jeune fille, presque une enfant. *Un acte d'amour dont seule la fibre maternelle est capable, hormis Dieu lui-même*, avait écrit et signé de sa main une certaine sœur Marie de la Providence. Son paraphe était suivi, non plus d'un diagnostic médical mais d'une réflexion personnelle : *La plus grande joie dans un exercice d'obstétrique, la plus détestable des épreuves dans mon métier de pneumologue.* À peine déchiffrait-on « Tréville » dans cette écriture tremblée.

Lorsque Matthieu revint, Félicia était en larmes et hoquetait :

– Maman. Maman. Maman !

La chambre 12 ne lui apporta rien, sinon un immense sentiment de pitié pour toutes celles qui, comme Niévès sa maman, avaient passé ici des moments d'espérance peut-être mais surtout de souffrance.

Bousculant la quiétude des lieux, Matthieu et Félicia faisaient crisser le gravier des allées du cimetière Vauban, un vague plan à la main que leur avait dessiné un employé municipal. Bien que submergée d'émotion, la jeune fille n'avait pas voulu remettre cette étape cruciale au lendemain, elle était même impatiente. Dans le carré des notables du Briançonnais, pas très loin de la chapelle funéraire Évariste Chancel, une famille d'industriels de la soie du quartier Sainte-Catherine, ils n'eurent pas de mal à trouver celle où reposait Niévès Etcheverría. Son nom, gravé dans la pierre, concrétisait ce qui aurait pu rester surréaliste et qui, à la faveur de ce voyage en quelque sorte initiatique, prenait corps.

Félicia avait fait des folies en achetant des brassées de fleurs comme si elle voulait rattraper vingt et un ans de désintérêt involontaire. Ainsi qu'elle l'avait fait à plusieurs reprises, elle ressortit son cahier et cette fois dessina le tombeau, sa croix tendue vers le ciel, les colonnes qui entouraient la porte, un chef-d'œuvre de fer forgé.

« Ici tout est luxe, calme et volupté… » songeait-elle en se récitant le vers de Baudelaire. Le calme indéniable de ce lieu du repos éternel, le luxe d'un paysage à couper le souffle, la volupté de l'air, si pur, si vivifiant… qui n'avait pas suffi cependant à soigner les poumons fragiles de l'ardente Niévès. Tout y était!

L'émotion était tangible, avérée, mais sereine. Elle n'avait plus rien à voir avec celle engendrée par le passage au sanatorium et la lecture des rapports médicaux.

Matthieu attendit qu'ils aient regagné la ville basse pour apporter une petite déception à sa chère amie; il s'était renseigné sur le docteur Tréville. Le vieil homme, retiré à Névache, son village natal perché dans la vallée de la Clarée, pour y couler une retraite paisible, avait quitté ce monde deux ans plus tôt.

— Tu es déçue, Félicienne?

— Niévès… enfin, je veux dire ma mère, voulait garder son secret. Pourquoi forcer une porte qu'elle ne souhaitait pas ouvrir?

Il la serra tendrement dans ses bras. Instinctivement, il avança sa main blessée vers ses cheveux qu'il voulait caresser et interrompit son geste. Il avait omis de mettre son gant et cette main hideuse n'avait pas le droit de profaner son adorée.

Dans le train qui les ramenait en Cévennes, Matthieu osa la question qui lui brûlait les lèvres:

— Sais-tu maintenant qui tu es, petite fille?

— Il y aura toujours deux parts en moi. Pour toi, je serai toujours Félicienne, le nom que ma mère avait choisi pour moi. Mais à la filature, je resterai Félicia, mon autre mère l'avait voulu ainsi.

Un atterrissage tout en douceur que son retour au quotidien! Et cela convenait à la nouvelle Félicia. Acheter un cadre et y insérer la photo de Niévès, pâle reflet de la flamboyante beauté de ses quinze printemps, lui faire une place de choix sur une des étagères de la bibliothèque de mademoiselle Gaillard et lui adjoindre la boule de neige, trésor de Milagro, n'était-ce pas rapprocher la mère et la fille, puis unir ses deux mamans dans un même et reconnaissant amour?

Au fil des jours s'élabora, car cela lui tenait à cœur, ce que l'on pourrait appeler l'album du souvenir, florilège sans prétention de toutes les sensations colligées au cours de ces quatre jours hors du temps. Phrases inscrites dans sa mémoire, mots sésames, sensations ressenties, sans oublier ses esquisses recopiées et colorées: ce recueil qu'elle avait intitulé *Naître et Renaître*, elle le destinait à sa future progéniture. Milagro méritait que l'on parle d'elle à ses arrière-petits-enfants, tout comme Niévès avait le droit d'être grand-mère.

*   *

*

L'année qui suivit le départ de Milagro, lorsque Félicia eut renfloué ses modestes économies, il lui sembla naturel de se pencher sur la suggestion de mademoiselle Gaillard et, après mûre réflexion, de la concrétiser. Entrepris à l'automne 1922, ses cours par correspondance seraient sanctionnés par le nouveau CAP comptable, à la session de juin 1924. Viendrait, à ce moment-là, l'occasion de briguer un travail autrement plus lucratif, comme disait en son temps monsieur Auguste.

Mais saurait-elle alors s'affranchir de l'ombre tutélaire des Fontanilles?

Comment se pouvait-il qu'elle se laisse aller à une si profonde rêverie, à ce balayage des années écoulées riches d'enseignements? Le démon de la paresse? Elle haïssait l'oisiveté qui, comme disait Milagro, était la *madre* de tous les vices. Et pourtant elle ne parvenait pas à se plonger dans ses leçons et exercices, de plus en plus copieux, de plus en plus ardus à l'approche des épreuves finales.

Il lui arrivait quelquefois d'être confrontée à ce blocage à la suite d'une forte contrariété, d'une douloureuse résurgence de sa peine ou tout simplement d'un trouble inexplicable amplifié par son extrême sensibilité.

C'était le cas aujourd'hui, où les livres étaient ouverts devant elle, mais son regard se perdait dans le vague et son esprit vagabondait. Vers quoi? Vers qui?

«J'aurais reconnu Maximilian entre mille, et pourtant c'est fou ce qu'il a changé.»

Elle s'était fait cette réflexion à haute voix et, immédiatement, lui revenait sa rencontre fortuite de la veille.

La journée terminée, les fileuses avaient quitté l'atelier. Les quatre surveillantes, supervisées par madame Georges, achevèrent le rangement méthodique des dernières flottes de soie puis, alors que trois d'entre elles partaient à leur tour, Félicia s'attarda devant son casier, attendant le départ de la contremaîtresse à qui elle donnait souvent le bras pour descendre le perron.

Malgré la révélation de Jeanne sur la responsabilité de madame Georges, la jeune fille ne parvenait pas à la déconsidérer, elle lui devait tant !

« Sa façon, peut-être, de rattraper avec la fille ce qu'elle avait raté avec la mère », se disait-elle.

La pauvre femme accusait maintenant ses soixante-six ans de bons et loyaux services à La Bâtie Neuve. Elle avait fermé sa maison de Saint-Brès et loué un tout petit logement dans le faubourg du Paradis, tout proche de la filature, et il arrivait que Félicia fasse un bout de chemin avec elle, sous le prétexte d'un détour par la ferme Combe en rentrant, pour acheter des œufs. Avec l'espoir qu'un jour madame Georges libérerait sa conscience d'un acte vieux de plus de vingt ans et qui brouillait son teint et son repos.

Ce jour-là, la contremaîtresse s'éclipsa sans bruit et c'est seule que Félicia quitta l'atelier en même temps que sortaient de son bureau monsieur Auguste et un grand jeune homme blond comme les blés qui la regarda intensément.

— Tu es… pardon… vous… vous êtes Félicienne ? Si je m'attendais…

Félicienne. Il y avait longtemps qu'on ne l'avait appelée ainsi. Seul Matthieu usait de ce prénom. Matthieu et… Maximilian !

— Maximilian ? Maximilian Lorentz ! C'est bien vous après tout ce temps ? Six ans, si ma mémoire est bonne.

— Vous vous connaissez ? intervint Auguste-César.

Question stupide, il le savait. Mais question insidieuse qui sous-entendait : quel lien avez-vous entretenu à mon insu ?

Tout sourire, l'azur de ses yeux pétillant du plaisir de cette rencontre inattendue, Maximilian expliqua sans détour :

— Nous faisions les trajets en train ensemble lorsque nous étudiions tous deux à Alais. Enfin, le lundi matin et le samedi soir seulement, car mademoiselle Etcheverría ne rentrait qu'une fois par semaine. De bien cruelles épreuves nous ont fait quitter l'adolescence plus tôt que prévu pour nous précipiter dans le monde des adultes.

— Des adultes qui n'ont pas été épargnés non plus, énonça gravement Auguste-César dont le visage s'était crispé et le regard assombri à cette évocation.

Félicia sentait les yeux de Maximilian rivés sur elle, étonné et ravi de la nouvelle Félicienne qu'elle était devenue, et cela la mettait mal à l'aise. Bien que les années aient gommé sa pusillanimité, perdurait chez la jeune fille une réserve qui seyait à sa nature secrète.

En dépit des sourcils froncés du filateur et de la gêne croissante de Félicia, Maximilian tenait toujours sa main et restait bouche bée devant le bouquet de fraîcheur que lui conféraient sa robe de popeline bleue et son semis de pâquerettes qui s'évasait en corolle autour de sa taille fine. Ses cheveux noirs, libérés du foulard réglementaire, mais toujours sagement retenus par les deux peignes en parkésine de Milagro – un des premiers cadeaux de Ramón à sa dulcinée –, encadraient un visage éclairé d'un regard d'une douceur enchanteresse.

— Bon, eh bien, mon garçon, la balle est dans ton camp, à toi de réfléchir à ma proposition. J'attendrai ta réponse. Ne traîne pas à me la donner.

Les phrases saccadées de monsieur Auguste trahissaient son impatience d'interrompre ce tête-à-tête en forme de madrigal dont il était exclu. Maximilian atterrit par force, la main de Félicia glissant de la sienne tandis qu'elle prenait congé en s'excusant.

— Pardonnez-moi, messieurs, d'avoir perturbé votre conversation ; je me sauve, j'ai à faire !

— Nous nous reverrons, Félicienne. Je ne pars plus et redeviens cévenol à part entière.

Malgré la douceur de son sourire qui accompagnait ces paroles, il y avait une sorte d'amertume dans le ton de sa voix. Félicia l'aurait juré, elle était si sensible au moindre changement de ton chez son prochain et, par là, si empathique à ses tracas. Attitude qui valait à la jeune surveillante, plus qu'aux trois autres, l'estime des fileuses, nonobstant la jalousie qu'avait suscitée sa rapide promotion.

« Nous nous reverrons », répéta Félicia rêveuse.

Déjà en elle germaient des ferments de consolation, elle qui avait eu la chance d'en rencontrer plusieurs sur son chemin de renaissance.

Vinrent alors sur ses lèvres les bribes d'une chanson à la mode que fredonnaient les fileuses :

« Quand ses yeux sur moi se posent, ça m'rend tout'chose…[1] »

Elle rougit jusqu'à la racine des cheveux, ses pommettes étaient en feu. Elle se résigna, ce soir elle ne travaillerait pas, mais demain elle mettrait les bouchées doubles !

*   *

*

---

1. *Mon homme*, créée par Mistinguett en 1920.

— Madame Georges! Madame Georges! J'ai mon diplôme!

Avec qui partager, dans l'immédiat, sa fierté légitime, sinon avec la vieille contremaîtresse qui ahanait sur le chemin de La Bâtie Neuve?

— Ton quoi? demanda-t-elle en se laissant choir sur la première chaise du vestiaire.

Première arrivée grâce à sa proximité, Félicia n'attendait pas longtemps pour distinguer la silhouette poussive de madame Georges peinant sur le chemin. La contremaîtresse ouvrait l'atelier et toutes deux gagnaient sans se presser le vestiaire. Une intimité fugace que les deux femmes appréciaient sans jamais se le dire.

— Mon CAP de comptabilité. Vous savez bien, cela fait deux ans que j'étudie pour l'obtenir.

Félicia aurait mis sa main au feu pour connaître parfaitement les mimiques de la contremaîtresse: au mieux, la savoir diplômée ne lui faisait ni chaud ni froid; au pire, elle en était contrariée. Elle dut en rester là de ses réflexions, les fileuses entraient par groupes, papotant à qui mieux-mieux.

Il n'était pas 10 heures et déjà la chaleur de l'atelier promettait une rude journée. Avant la pause de 11 heures, comme à son habitude, monsieur Auguste fit son irruption quotidienne, arpenta les allées, fronça les sourcils ou émit quelques grognements de satisfaction puis, sans un mot, allait passer la porte quand il se retourna:

— Mademoiselle Etcheverría, ce soir à 18 heures dans mon bureau!

Nouvel élan vers la porte, puis aussitôt nouvelle volte-face.

— Madame Georges aussi, cela va de soi !

Sa convocation avait plongé Félicia dans l'expectative ; ce diable d'homme avait-il eu vent de son tout récent diplôme ? Ou bien, dans un autre ordre d'idée, avait-il pris ombrage de sa familiarité avec Maximilian Lorentz ? Par expérience, elle savait qu'avec lui, on pouvait s'attendre à tout !

Le fait que madame Georges soit dans le collimateur annulait les précédentes supputations, cela devait concerner la filature. Et de se triturer l'esprit pour débusquer la faille !

— Mademoiselle Etcheverría, si vous étiez à ma place, que diriez-vous à une personne qui fait honneur à La Bâtie Neuve depuis soixante-six ans ?

— Je ne suis pas à votre place, monsieur, se défaussa poliment Félicia qui reniflait le piège.

— Un peu facile, jeune fille !

— Je dirais… qu'elle n'a pas démérité et qu'elle a le droit de se reposer si toutefois c'est sa volonté.

Félicia sentait bien qu'elle marchait sur des œufs, et le filateur, taquin à ses heures, en profitait.

— C'est surtout la mienne ! Et ma volonté est de ne pas me séparer d'une perle si je n'ai pas trouvé au moins un bouton de nacre pour la remplacer.

Les métaphores de monsieur Auguste laissaient Félicia pantoise et, pour lui avoir jeté un coup d'œil interrogateur, madame Georges placide. Quant au filateur, c'est sûr, il jubilait. Puis, comme son temps était précieux, il déballa son plan :

— En un mot, ma chère, et sous la pression de madame Georges qui va nous quitter, je te propose de prendre sa place. Contremaîtresse à La Bâtie Neuve, un parcours sans faute en seulement...

— Six ans, monsieur ! Et j'accepte !

Se pouvait-il qu'Auguste-César Roustan des Fontanilles, frémissant à l'éventualité que sa petite-fille aille voir ailleurs si l'herbe était plus verte, ait anticipé un but qu'il caressait ? Rien ne pouvait surprendre de la part de cet indestructible vieillard !

25

Août 1924 – Février 1925

Une fluide robe bleue ondulant gracieusement autour d'un corps souple dont elle laissait deviner les chevilles et les mollets naturellement hâlés – et surtout un visage de madone aux yeux de velours noir hantaient depuis plus de six mois les nuits de Maximilian Lorentz... pour peu qu'ils ne soient pas supplantés par des contingences matérielles qui lui tenaient la tête sous l'eau depuis qu'il avait repris la fonderie de l'Auzonnet.

Les jours succédaient aux jours et les semaines aux mois sans qu'il lui fût possible d'échapper à la « boulimie industrielle » de Bérangère Keller, sa marraine. L'époque n'était pas loin et pourtant révolue où, des trémolos dans la voix, on surnommait Bérangère la bonne dame de l'Auzonnet. Or, le temps et les malheurs ayant fait leur œuvre, et le peuple versatile se livrant aux critiques, on ne l'appelait plus, sous le manteau, que la maîtresse des forges, avec ce que cela comportait d'arrivisme et d'un certain panache. Ce pour quoi Maximilian n'avait pas manqué de la féliciter à son retour, peu glorieux, d'Alsace :

— Vous forcez l'admiration, marraine ! Parrain Martial ne pouvait rêver meilleure administratrice de sa fonderie. Vous portez son rêve au pinacle.

— Moi, c'est son souvenir qui me porte, confia Bérangère dont la douleur était à jamais vive. Ce sont les vingt années de bonheur qu'il m'a offertes. Je lui devais cela, même si parfois j'éprouve une intense lassitude. Heureusement, tu es là, maintenant.

On augurait, du père comme de la fille, que ni l'un ni l'autre ne surmonterait les deuils liés à la grippe espagnole. Aruspices de pacotille qui méconnaissaient l'opiniâtre résistance des Roustan !

Les premiers mois qui suivirent le décès de Martial, Bérangère s'étonna qu'elle puisse encore lui survivre. Du mausolée qu'était devenue La Térébinthe au cénotaphe dans lequel la mort d'Antoine avait plongé Les Fontanilles, elle ressentait une impression d'irréalité, d'une non-vie où elle évoluait en spectateur.

Mathilde ne lui était d'aucun secours, c'était même pire. La mère de Maximilian n'avait été qu'une feuille que le vent avait balayée de Bischwiller à Saverne, puis de Saverne en Cévennes. La volonté affichée de son fils de relancer l'affaire de feu son père ne lui avait pas inspiré un fol enthousiasme, pas plus qu'une irrépressible répulsion. Dans une attitude qui aurait froissé toute autre personne que la bonne dame de l'Auzonnet, elle pleurait son fils parti comme s'il était mort.

— Ces maudits draps de Bischwiller m'auront tout pris, après le père, le fils. Ah, que je suis malheureuse !

— Ton fils te reviendra, Mathilde, tu le sais ! Ou plutôt, tu le retrouveras ainsi que ta maison, l'atelier de ton époux. Tu vois, ta vie n'est pas finie alors que la mienne n'a plus de sens.

La fonderie de l'Auzonnet, qui ronflait de tous ses feux à la mort de son directeur, ne pouvait s'endormir sur ses lauriers. Maintenue à flots grâce au dévouement d'un administrateur et portée commercialement par l'entregent de Bérangère, qui s'en faisait un devoir de mémoire, elle aurait pu poursuivre son bonhomme de chemin sous l'œil goguenard du superbe phallocrate qu'était Auguste-César qui se gaussait ouvertement de sa fille.

— À son âge, vouloir encore faire joujou, je rêve ! Bah, la fin de la récréation sonnera bientôt.

Lorsqu'au bout d'une année où Bérangère s'investit totalement à la recherche de nouveaux marchés pour relancer le plein emploi au mépris de dividendes substantiels, Auguste-César, faisant allusion aux cinq pour cent accordés comme douaire, railla son manque d'ambition :

— Gros chiffre d'affaires, mais petits profits. On ne changera pas madame cinq pour cent !

Et puis il cessa ses critiques, sacrément fier mais trop orgueilleux pour admettre les capacités de gestionnaire de sa fille. Tout juste marmonnait-il entre ses dents :

— Bon sang ne saurait mentir !

Mais on ne savait pas, au juste, s'il le déplorait ou en était ravi.

Les choses se gâtèrent avec l'affaire de Vésombre et sa pyramide audacieuse. Certes, Auguste-César l'avait sommé de renflouer les finances de La Bâtie Neuve, fût-ce au détriment de son moulinage ardéchois, mais d'une part les fonds tardaient à venir et d'autre part, remis en selle, le vieux filateur ne cachait pas ses ambitions.

— Les derniers convalescents sont partis de La Masson et je n'ai aucune envie, après les aménagements que j'y ai faits, de la voir redevenir une serre inutile. Je pourrais doubler la production de la filature en la transformant en annexe.

— C'est ambitieux, père, lui accorda sa fille. Ambitieux et utopique. Pardonnez-moi de vous dire cela, mais après vous, qui pensez-vous...

— Mais toi, ma fille!

— Jamais!

Ce mot jeté comme un reproche résumait les années sacrifiées de son premier mariage, le refus méprisant de reconnaître Martial pour gendre et le long temps de fâcherie qui en résulta.

— Ne fais pas ta mauvaise tête, Bérangère. La fonderie, les forges, tout cela est si éloigné de ta féminité. Alors que la soie...

— Croyez-vous que ces considérations m'importent? Que je prends plaisir à transformer l'acier? Je le devais à Martial, pour le bonheur qu'il m'a donné; au contraire de la filature qui m'a pris mes plus belles années. Alors, je vous le dis, ne comptez pas sur moi.

— Sur ton argent, alors! Je m'en contenterai. Vends, vends tout et reviens aux Fontanilles où je suis seul. Tu y vivras tranquille.

Le refus révolté de Bérangère déclencha un nouvel épisode de bouderie, encore que le terme ne soit qu'un doux euphémisme.

Le retour de Maximilian Lorentz relançait les projets du filateur.

Parti reconquérir Saverne, Rastignac des temps modernes, Maximilian s'y escrima des années durant, jusqu'au printemps 1924 où il baissa les bras.

La ville de son enfance avait souffert, comme tant d'autres, de la guerre. La fin des hostilités avait provoqué l'hémorragie des Allemands qui désertaient cette cité redevenue française, exode faiblement compensé par le retour des Français qui s'étaient, depuis des décennies, exilés. La manufacture de draps noirs Lorentz qu'avait fait murer Mathilde afin de protéger les machines avait mal résisté aux déprédations de toutes sortes. Le matériel, lui, se révéla complètement obsolète. Rien, cependant, qui puisse décourager le bel enthousiasme d'un jeune homme de vingt ans, seulement bardé d'un baccalauréat et investi d'une mission de pérennité.

Les liquidités de la manufacture, bloquées depuis la mort de son père et qui lui furent restituées, les placements personnels que sa mère mit à sa disposition et la vente en pièces détachées des machines-outils dépassées furent engloutis dans la remise en état de la manufacture, dont Maximilian désespérait de voir la fin, bien qu'il ne restât pas oisif durant les trois longs mois que dura le nouvel agencement.

Déployer tout son charme, à défaut de ses compétences, auprès d'anciens fournisseurs de matière première ; relancer les vieux clients de son père, en démarcher de nouveaux ; recourir à l'embauche de professionnels du textile et simples hommes à tout faire, au cours de longs et fastidieux entretiens ; et enfin s'entourer d'une petite équipe d'employés de bureau, secrétaire, comptable, facturier, permit de meubler l'impatience qu'il avait d'entendre à nouveau cliqueter les machines, un souvenir d'enfance qu'il avait idéalisé.

À lui, ensuite, de frapper à la porte des banques pour qu'elles le soutiennent avant les premières rentrées d'argent. Il avait englouti toutes ses liquidités pour faire démarrer la manufacture, dont il fallait maintenant assurer le salaire des employés.

Quand Maximilian se retournait sur ces années alsaciennes d'après-guerre, force lui était de déplorer qu'elles n'avaient été qu'une course à l'argent, celui qui lui permettait de boucler les fins de mois de la manufacture, d'en entamer un autre et ainsi de suite. Une fuite éperdue qui rabotait jour après jour ses ambitions et renforçait de même un sentiment d'incapacité. De honte aussi quand il écrivait des lettres mensongères à sa mère et à sa marraine :

Pour la première fois depuis des mois, je me suis dégagé un salaire. Le patron s'est dégagé un salaire, cela prêterait à rire dans le landernau du textile !

D'humiliation surtout lorsque sa marraine, assez futée pour lire entre les lignes, accompagnait sa réponse d'encouragements et d'un chèque substantiel.

Malgré son acharnement, la vie d'ascète qu'il menait, le désenchantement l'accabla. Bérangère le perçut dans ses lettres plus rares où il ne parlait plus de travail, d'avenir. Son instinct maternel, jamais exercé mais toujours latent, lui fit pressentir ce qui lui fut confirmé par ses relations dans le milieu industriel.

— La manufacture Lorentz est au bord de la faillite, madame Keller. Son jeune dirigeant se fait manger tout cru par la «Jute» de Bischwiller qui, avec ses mille quatre cents employés, rafle tous les marchés. Et je ne vous parle pas du «Dijonval» à Sedan qui vient d'être repris par un consortium aux dents longues.

— Ne peut-il vraiment pas s'en sortir?

— Je ne vous ferai pas l'injure, chère madame Keller, de vous demander si vous croyez encore au Père Noël, n'est-ce pas?

Au reçu de la lettre de sa marraine, Maximilian toucha le fond du déshonneur en même temps qu'elle le libérait d'un immense poids. Il était aux abois et songeait même à en finir. Tout plutôt qu'une avilissante faillite. Ces ainsi que les hommes d'honneur réglaient leurs dettes en ce premier quart du xxe siècle.

Mon très cher petit,
Je n'ignore pas avec quelle farouche volonté et depuis déjà trop longtemps tu te bats pour une cause honorable et cependant vouée à l'échec. La concurrence est rude, les mentalités ont changé, le drap comme la soie, n'en déplaise à mon père, ont eu leur âge d'or, des matières moins nobles mais tout aussi prisées auront dans peu de temps la prépondérance alors que la métallurgie, et ne vois pas là une quelconque flagornerie de ma part, a le vent en poupe. La proposition que je vais te faire, qui aurait l'avantage d'un retour près de nous, me permettrait de me retirer en douceur des affaires. J'ai dépassé la soixantaine, il est temps que je passe la main. Or, je connais ta combativité, j'ai confiance en ta probité, les forges de ton parrain n'attendent que toi, ta mère

désespère et moi je m'impatiente. Alors, négocie au mieux, comme tu sais le faire, le rachat de la manufacture Lorentz, veille à ce qu'aucun de tes employés ne reste sur le carreau et reviens-nous au plus tôt, à moins, bien sûr, qu'une affaire de cœur ne te retienne en Alsace. Auquel cas, ne laisse pas passer le bonheur, on ne le croise pas deux fois dans une vie. Ta marraine affectionnée, Bérangère Keller.

Une affaire de cœur ! Il en aurait pleuré de rire ! Tout son temps, toutes ses pensées, toutes ses actions consacrées aux draps noirs ne lui avaient pas laissé un instant de loisir.

Ravalées sa culpabilité et sa honte, il se rendit aux conseils de Bérangère et en deux mois, tout était fini. Son rêve s'écroulait, certes dans la dignité, le respect de l'outil de travail et celui de l'aspect humain. Ses dettes remboursées ne lui laissaient pas un gros pécule, néanmoins assez pour entrer dans la fonderie de l'Auzonnet en modeste actionnaire, non en impécunieux.

Or, c'était compter sans les dernières voracités d'un certain vieillard encore ambitieux. Les antennes d'Auguste-César avaient frémi aux rumeurs de plus en plus précises d'un retour du jeune loup dont les dents s'étaient émoussées.

— Point trop, j'espère ! J'ai des projets pour lui !

Dans son bureau-bibliothèque aux Fontanilles où maintenant il vivait seul, il avait pris l'habitude de réfléchir à haute voix, à moins qu'il ne conversât avec ses chers disparus dont les photographies se voulaient un pâle ersatz de leur présence.

Et de poursuivre dans l'élaboration de son plan :

— Dès qu'il met un pied à Saint-Ambroix, je le convoque et je coiffe au poteau cette foutue entêtée de Bérangère.

Ce qu'il fit, et sans tarder ! Tout autre, moins échaudé et surtout plus flagorneur que Maximilian, aurait pu croire que les industriels du pays de Cèze n'attendaient que lui. Beaucoup plus modeste, le jeune homme avait accouru à la convocation du patriarche dans une démarche familiale ou apparentée, si bien qu'il s'étonna qu'Auguste Roustan le reçoive dans son bureau de La Bâtie Neuve et non aux Fontanilles.

Le filateur aurait pu s'attarder sur le nouveau Maximilian Lorentz qui, s'il n'avait plus la flamme ardente de la jeunesse scintillant dans ses yeux bleus, possédait dans sa carrure d'homme celle d'un capitaine d'industrie.

— Nous allons nous entendre, jeune homme ! attaqua le filateur en écourtant les civilités d'usage.

— Ne fut-ce pas toujours le cas ? s'étonna Maximilian, quoiqu'une petite pointe d'ironie perçât sous sa question.

— Ce le fut, confirma Auguste-César, ne relevant pas la malice. Et nous allons tout faire, n'est-ce pas, pour que ça continue. Tu as l'âme d'un baron d'industrie, l'audace de la jeunesse, une puissance de travail capable de servir tes ambitions, tu es mon homme.

Maximilian ne savait quelle était l'intention du filateur : se moquer de lui, le rabaisser plus bas que terre ? Pourtant la flatterie paraissait sincère. Il objecta :

— Cependant, si l'on me juge au résultat…

— Tatata ! Le meilleur jockey du monde ne ferait pas sauter l'obstacle à un canasson. Tu n'es pas tombé sur le bon cheval, c'est tout. Moi, je te propose un as, un crack, La Bâtie Neuve. Actionnaire à dix pour cent, dans un premier temps, et je t'abandonne les rênes. Dans un an, tu réinvestis et on installe quarante cuviers de plus à La Masson.

Maximilian, toujours d'une extrême politesse, l'avait laissé parler sans se récrier. Encouragé, Auguste poussait les feux :

— Veux-tu que nous regardions les chiffres ? Ils te parleront bien mieux que des mots.

— Il n'est pas dans mes pratiques, monsieur, de mettre mon nez dans les comptes d'une affaire qui ne m'appartient pas. Si, après mûre réflexion, j'accepte votre proposition, viendra le temps alors de s'y pencher sérieusement. Sachez, en tout cas, que votre confiance me touche et me permet de considérer l'avenir avec plus d'optimisme.

— Alors, réfléchis et reviens me voir. À très bientôt, mon garçon.

— À très bientôt, monsieur Roustan, et encore merci.

Il n'entrait pas dans les manières policées de Maximilian de faire lanterner une personne pressée par l'âge et l'impétuosité comme l'était le vieux filateur. Pour autant, l'entretien avec le vieil homme lui parut nébuleux en tout point quand il se retrouva sur le perron nez à nez avec Félicienne. La jeune Félicienne de ses années de lycée, si loin dans le tréfonds de sa mémoire et si prompte à en ressurgir. Autrefois plaisante et aujourd'hui rayonnante, hier si vite effarouchée, et là, irrésistiblement naturelle et à peine consciente de sa délicate beauté.

« Nous nous reverrons, Félicienne ! »

C'est tout ce qu'il avait pu lui promettre, dépourvu de mots, mais bien intentionné.

Et puis les jours et les mois qui suivirent, sans lui faire oublier la sublime apparition, furent une succession de rendez-vous d'affaires, de prises de contact avec les partenaires financiers, sans parler de son immersion dans un atelier où, d'un bout à l'autre, toutes les étapes de la fonderie lui étaient inconnues.

La paperasserie lui fut plus familière.

— Les chiffres, qu'ils calculent le prix du drap ou de l'acier, sont tous les mêmes, plaisanta-t-il avec Bérangère, qu'il surprenait par sa rapide assimilation.

Mais avant tout cela, il dut affronter Auguste-César. Le refus courtois mais catégorique de Maximilian ne provoqua pas l'ire du vieux filateur annoncée par Bérangère. Prenant sur lui pour tempérer les palpitations qui souvent l'assaillaient, il lui avait dit sans aigreur :

— Rien n'est définitif, mon garçon, sauf la mort. Et les chemins sont nombreux qui mènent à La Bâtie Neuve. Preuve qu'elle vaut les détours. La porte te sera toujours ouverte.

— Que manigance-t-il encore ? s'irrita Bérangère, perplexe, quand Maximilian lui rapporta ces paroles.

Ils ne tardèrent pas à le savoir lorsque dix jours plus tard, Eugénie… pardon Genny, poussa la porte de La Térébinthe.

— Hello, ma tante ! Oh pardon, tu as de la visite…

— Voyons, ma nièce, tu ne reconnais pas Maximilian.

La rusée fit mine de se pâmer.

— Maximilian ! Pardon, monsieur Maximilian ! *My God*, je vous aurais pris pour Fred Astaire !

Trois paires d'yeux braqués sur elle l'obligèrent à une explication.

— Vous ne connaissez pas ? Un meneur de revue qui a fait un tabac dans *For Goodness Sake !* Aussi grand que vous, Maximilian, la même allure faussement désinvolte. Je doute cependant qu'il ait des yeux d'un tel azur que les vôtres !

Insensible à la flatterie, à laquelle il n'était pas habitué, Maximilian se voulut courtois envers la nièce de Bérangère dont il ne gardait pourtant pas un souvenir impérissable. Quelques piques ironiques inspirées par son ami Victor, en son adolescence, une méprisante ignorance, toujours avec son alter ego, du jeune intrus... mais pouvait-on en tenir rigueur à une aussi fringante amazone dont les flèches s'étaient muées en compliments et qui faisait vrombir sous son pied droit les seize chevaux de sa Sunbeam ?

Bérengère fut aussitôt sur le qui-vive. Il y avait de l'Auguste-César sous ce retour inopiné de la pseudo-Américaine et surtout sur les manœuvres de séduction en tout genre qu'elle déployait.

Elle n'avait pourtant pas à se tracasser, les journées de son filleul ne lui offraient que peu d'instants de liberté ; ses pensées, si elle avait pu les lire, l'auraient rassurée sur un point... et fortement ébranlée sur un autre : toutes étaient tournées vers la merveilleuse apparition qu'il n'avait hélas pas revue, faute de temps. Il maudissait les jours, les semaines et les mois qui défilaient sans qu'il ait tenu sa promesse : « Nous nous reverrons, Félicienne... »

Pas plus qu'il ne trouvait une heure, une minute pour revoir la jeune fille, il n'accordait une seconde aux sollicitations diverses et variées de Genny.

— Une journée à la plage, Maximilian, cela vous tente ?

— J'ai des places pour le théâtre de verdure du Bosquet, m'accompagnerez-vous ?

Peu habituée à ce qu'on lui résiste, Eugénie n'était pas loin de baisser les bras. De plus, elle n'avait pas bien saisi les manœuvres de son grand-père. Une petite incursion aux Fontanilles s'imposait pour y voir plus clair. Le tour que prit leur conversation ne lui permit pas d'entrer dans les visées du filateur, ni même d'y adhérer. Alors qu'Auguste-César, facilement oublieux des sept années qui séparaient les jeunes gens – son union avec sa chère Alexandrine, de près de cinq ans son aînée, n'était-elle la preuve que l'âge ne faisait rien à l'affaire ? –, était en droit d'espérer que la conquérante Eugénie, appétissante jeune femme, bien qu'un peu trop moderne à son goût, séduirait habilement Maximilian Lorentz, héritier présomptif des fonderies Keller. Un petit-fils bien sous tout rapport. Il les voyait tout deux assurer l'avenir de La Bâtie Neuve et faire ainsi un pied de nez à cette tête de pioche de Bérangère.

Donnant le bras à son grand-père, Eugénie avait fait le tour des Fontanilles, puis avait longuement contemplé les raisins dorés, prêts à être cueillis, de la vigne qu'avait fait planter le filateur pour le plaisir de son épouse. Ils allaient sans parler, chacun dans ses souvenirs. Auguste-César fut le premier à rompre le silence.

— Descendons jusqu'à La Bâtie Neuve, veux-tu ?
J'y vais si rarement à pied.

À la réponse cinglante d'Eugénie, Auguste-César sut que ses visées étaient compromises.

— Bon sang, grand-père, vous ne vous êtes pas encore décidé à la vendre ? À votre âge, il serait temps.

Puis, devant le vieillard perplexe, elle avait poursuivi :

— Moi, à votre place, c'est ce que je ferais. Mais je n'y suis pas… enfin, pas encore !

Du jour au lendemain, on n'avait plus revu Genny aux Fontanilles. Ses visites à La Térébinthe s'espacèrent jusqu'à ce jour gris de novembre où elle vint faire des au revoir en forme d'adieu.

— J'ai un amoureux aux États-Unis qui se languit de moi.

L'hiver 1925, qui s'était voulu jusqu'alors clément, lançait en ce début du mois de février son offensive. Le souvenir des froideurs alsaciennes était-il pour quelque chose dans la décision de Maximilian Lorentz ? Éprouvait-il une certaine latitude après sept mois d'une intense activité ? Le ronronnement régulier et sans à-coups de la fonderie le rendait-il plus attentif aux doux épanchements de son cœur ?

Très chère Félicienne,
Voulez-vous que nous nous retrouvions dimanche prochain à 15 heures sur l'esplanade ? Nous pourrions faire une promenade le long de la Cèze, nous réchauffer avec un chocolat chaud et puis je vous ramènerai chez vous. Vous ferez de moi un homme heureux, si vous dites oui.

Celui qui rêve d'être votre chevalier servant,
Maximilian Lorentz.

Aux tressautements endiablés de son cœur, Félicia eut l'impression que la roue du bonheur venait de tourner en sa faveur.

*   *

*

Matthieu Brugère avait de bonnes raisons de se moquer du vent glacial qui bousculait la vallée de la Cèze. Tout juste releva-t-il machinalement le col de son pardessus et enfonça-t-il un peu plus son feutre mou qui le grandissait encore de dix bons centimètres.

De bonnes raisons qui allaient, à son appréciation, crescendo. Confirmé dans sa fonction de pasteur de l'Église réformée – ce n'était pas une surprise – il venait de s'installer dans sa première paroisse, celle de Saint-Jean-de-Maruéjols, distante de dix kilomètres de Saint-Ambroix. Il ne pouvait rêver mieux, et la surprise qu'il préparait à Félicienne venait couronner le tout.

Une intense rééducation accompagnée de douloureux massages, consécutifs à une nouvelle chirurgie reconstructrice pratiquée à Montpellier et sur laquelle il avait gardé le silence afin de ne pas être déçu ni de décevoir, lui avait rendu, outre l'usage total de sa main droite, qui avait retrouvé son aspect originel hormis trois sillons imperceptibles s'entremêlant à ses lignes de vie.

Il lui tardait d'arriver chez Félicienne. Il lui avouerait son amour, son désir de l'épouser, sa promesse de la rendre heureuse.

Il lui dirait aussi qu'il avait cru longtemps ne pas la mériter, qu'elle avait été son étoile inaccessible ! Et comme il lisait en elle à livre ouvert, il saurait aussitôt s'il allait atteindre le nirvana. Les yeux de Félicienne ne mentaient jamais et si, par hasard, elle lui disait oui uniquement par amitié, il ne lui en voudrait pas. Il l'aimerait toujours et attendrait que son amour soit partagé.

Elle n'était pas à son logis. Il ne s'en étonna guère, la jeune contremaîtresse lui ayant écrit combien elle était redevable à madame Georges – tu sais, le hérisson ! avait-elle précisé – de son ascension à La Bâtie Neuve et qu'à ce titre, elle lui tenait parfois compagnie.

Et puis il la vit. Ou plutôt, il les vit. Elle, légère quoique enroulée dans une longue écharpe de laine bordeaux, son cher visage en partie dissimulé sous un coquin béret assorti. Lui, très grand, la dépassant d'une tête qu'il inclinait vers elle. Il avait passé son bras droit sur ses épaules et la serrait contre lui tandis que sa main gauche emprisonnait la sienne. Leur penchant mutuel ne faisait aucun doute.

Fuir ! S'évanouir dans la nature ! Se soustraire à leur vue. Matthieu ne songea qu'à cela. Il glissa le long du mur de La Masson, atteignit enfin l'angle qui le mettait à l'abri de leur regard et resta là, le temps que s'apaisent les tumultes de son cœur.

Mal lui en prit. Le vent d'hiver lui apportait leurs chuchotements.

—Me donneras-tu un baiser, Félicienne ? quémanda le géant blond. Toutes les nuits je rêve de tes lèvres sur les miennes.

La réponse de Félicienne se perdit dans le vent... à moins que la bouche gloutonne de son amoureux ne l'en ait empêchée.

Matthieu leva les yeux vers le ciel qui se parsemait d'étoiles. La prière qu'il adressa à l'Éternel claquait comme un défi.

—Que le blondin la rende heureuse, ô Seigneur, sinon il ne mérite pas le diamant qu'est ma merveilleuse Félicienne !

25

1925-Juillet 1926

Tandis que, mois après mois, Félicienne et Maximilian cultivaient leur amour naissant et s'extasiaient qu'il grandît chaque jour davantage, Auguste-César Roustan des Fontanilles amorçait la dernière ligne droite de sa longue existence.

Un grave malaise, survenu à la date anniversaire du décès de son fils Antoine, le laissa tout un mois affaibli au point de lui faire rater, par extraordinaire, la célébration de la Nativité. Le temple de Saint-Ambroix n'avait pas été ébranlé par son timbre unique de baryton qui chavirait le cœur et faisait vibrer l'âme quand il entonnait :

Peuple debout, chante ta délivrance !
Noël, Noël voici ton rédempteur !

Sa défaillance, comme une traînée de poudre, avait sonné la population saint-ambroisienne, et Félicia, tenant à en informer personnellement madame Georges, s'était à peine étonnée que la vieille dame fût, peut-être par mimétisme, elle aussi indisposée.

« Ces deux-là, par leur même passion de La Bâtie Neuve, sont décidément en osmose en toutes occasions », se dit la jeune fille, dans l'ignorance du lien plus puissant encore qui entrait en jeu.

D'un commun accord, le couple en gestation que Félicienne et Maximilian formaient convenait qu'il était prématuré d'officialiser leur amour, plus encore de présenter la jeune fille au cercle réduit de la mère et de la marraine du jeune homme. Bien qu'ils se le jurassent éternel, précipiter les choses et faire fi des convenances n'entrait dans le caractère ni de l'une ni de l'autre. D'autant que l'état de santé du filateur, bousculant les rituels familiaux, avait vu débarquer Bérangère aux Fontanilles où elle n'était pourtant pas en odeur de sainteté.

Ses responsabilités de contremaîtresse, augmentées en raison de la déficience de monsieur Auguste, obligèrent Félicia à décliner la toujours chaleureuse invitation de sa marraine, tout en regrettant l'occasion manquée de retrouver son cher ami Matthieu dont elle ignorait qu'il exerçait son sacerdoce à quelques encablures de Saint-Ambroix.

De plus, elle avait à cœur de ne pas laisser madame Georges seule un jour de Noël. La vieille dame, émue, se récria lorsqu'elle la vit déballer un panier de victuailles et installer un petit repas de fête.

— Rien de mieux qu'un *cocido* pour requinquer une convalescente. C'est en tout cas ce que prétendait ma chère maman.

Le pot-au-feu de fête, queue de cochon, jarret de veau, carottes, poireaux et navets, fut suivi d'un dessert aux saveurs andalouses, encore une recette de Milagro.

— Des *tocinillos del cielo*, madame Georges, un nuage de délice pour vos papilles que ces flans travaillés aux seuls jaunes d'œuf, au sucre et au lait.

La vieille dame en pleura de bonheur et Félicia put partir, en fin d'après-midi, à son rendez-vous d'amour, l'esprit serein : elle avait fait sa bonne action de Noël. La rencontre des amoureux fut courte, tout juste une entrevue, un bref baiser et une séduisante promesse :

— L'état de santé de monsieur Roustan inquiète grandement ma marraine. Tu me comprends, Félicienne, si j'ai moins de temps pour nous deux. Nous nous rattraperons pour l'Épiphanie, je t'emmènerai au restaurant dans un cadre que mérite ton charme envoûtant.

Elle était devenue cramoisie sous le compliment qu'elle devinait sincère, puis se replia sur elle-même comme à l'époque pas très lointaine de son involontaire timidité.

— Pourquoi cet air sombre, soudain, ma petite chérie ?

— Le restaurant... le beau monde... ce n'est pas pour moi, une modeste fileuse...

— Mademoiselle la contremaîtresse, s'il vous plaît ! se moqua-t-il gentiment.

Ils éclatèrent de rire en même temps. L'élan joyeux de la jeunesse rattrapait les deux jeunes gens dont la vie avait si vite basculé dans le monde des adultes.

Un dernier baiser et les voilà repartis chacun de leur côté.

Alors que madame Georges, entourée des bons soins de Félicia, se refaisait une santé, Auguste-César

Roustan des Fontanilles commençait fort mal l'année de ses quatre-vingt-huit ans. Les malaises ressentis précédemment ne faisaient que préfigurer l'attaque cérébrale qui le terrassa un matin de janvier 1926 alors que Bérangère assistait à son petit déjeuner. Le bol qu'il affectionnait, un Haviland à anse aux motifs patinés, lui échappa ; sa tête s'inclina sur sa poitrine tandis que son buste bien calé sur les oreillers s'affaissait lentement sur le côté.

— Père ! Père ! Que vous arrive-t-il ? Répondez-moi, papa !

Bérangère releva la tête de son père. Il respirait, Dieu merci ! Pour autant, ses yeux sans expression la fixaient sans la voir. Elle crut y lire de l'incrédulité, celle d'un homme jusqu'à ce jour indestructible et que le destin, aujourd'hui, rattrapait. Elle courut au cordon pour rameuter le personnel. Un comble pour ce pionnier de la modernisation industrielle que ce système vieillot en guise de sonnette !

Pierrot téléphona au médecin, réflexe qui avait échappé à Bérangère dans son affolement. Thérèse et la cuisinière vinrent à son secours pour changer les draps souillés par le petit déjeuner renversé et par Auguste-César, trahi par son corps.

Le diagnostic du médecin tomba tel un verdict de cour d'assises :

— Appelez cela comme vous voudrez. Apoplexie cérébrale. Thrombose vasculaire. Attaque. Plusieurs dénominations pour une pathologie déconcertante, chère madame. Les jours et les nuits qui vont suivre seront déterminants pour espérer une amélioration, à moins d'une récidive.

«Une maladie sans traitement. Décidément, mon père ne peut rien faire comme les autres!» s'irrita-t-elle injustement, beaucoup plus anéantie qu'elle ne le montrait.

— Voulez-vous que je vous fasse assister par une garde-malade?

Bien décidée à s'installer aux Fontanilles, Bérangère déclina la proposition du docteur, lequel partit avec un air entendu. Dans ces cas-là, les familles y venaient toutes, du moins celles qui pouvaient se permettre ce luxe. Elle donna ensuite des ordres pour qu'on aille chercher ses affaires à La Térébinthe puis se ravisa aussitôt.

— Non, non, attendez, Pierrot! Je vais appeler madame Mathilde, je préférerais ne pas être seule ici. Enfin, vous comprenez, je veux dire sans compagnie.

Puis quelques minutes plus tard:

— Vous pouvez aller la chercher, Pierrot. Faites vite!

Pour enfin le rappeler sur le pas de la porte:

— Restez ici, Pierrot, je pourrais avoir besoin de vous de toute urgence...

— Et madame Mathilde, alors?

— Son fils va s'en charger.

Organiser la vie autour du malade fut une chose à laquelle se dévoua sans compter Bérangère, l'esprit libre quant à la bonne marche de la fonderie; Maximilian avait les cartes en mains, à lui maintenant de piloter ce beau vaisseau sur la vague porteuse de la sidérurgie. Alors que rien n'était réglé en ce qui concernait le fonctionnement de La Bâtie Neuve.

Bien que jamais Bérangère ne s'y intéressât, et que Maximilian ne connût rien des rouages d'une filature de soie, ils ne pouvaient faire comme si elle n'existait pas. Dans un premier temps, ils réunirent la contremaîtresse et les quatre surveillantes qui leur assurèrent avoir suffisamment de matière première pour tenir tout un mois.

— Nous avons également un programme d'expédition de soie filée, avec les quantités et les destinataires. Tous seront approvisionnés, les rassura Félicienne avec un sens aigu du profil commercial de La Bâtie Neuve qu'apprécia Maximilian.

La jeune fille attendit que les surveillantes soient priées de quitter la pièce pour proposer avec tact et modestie :

—Je peux assurer, après ma journée, un peu de secrétariat en ce qui concerne La Bâtie Neuve, préparer les bulletins de salaire à la fin du mois… Pour les factures également, je…

— Ce ne sera pas nécessaire, mademoiselle. Vous pouvez disposer !

Le ton agacé et hautain de la veuve Keller ne lui ressemblait pas. Maximilian en resta interloqué. Fallait-il que sa marraine soit inquiète pour son père ! Félicia aussi accusa le coup. Lui revint en mémoire l'humilité de sa mère, Milagro, et sa déférence exagérée qui faisait rougir la fillette qu'elle était. C'était donc elle qui était dans le vrai ? Rien ne sert de vouloir s'élever au-dessus de sa condition, lui avait-elle tant de fois recommandé. Il ne lui restait plus qu'à s'excuser et prendre congé. Maximilian l'en empêcha.

—Non, non, ne partez pas, mademoiselle Etcheverría. Vous avez fait des études de secrétariat, n'est-ce pas ?

— J'ai également un CAP de comptabilité, balbutia-t-elle, sans autre prétention que d'informer Maximilian, tout en redoutant une nouvelle rebuffade.

Elle garda pour elle les travaux de bénévolat qu'elle effectuait au sein de la paroisse protestante, en particulier dans la gestion des camps de vacances pour jeunes louveteaux.

Les yeux de Maximilian s'illuminèrent. Qu'elle était étonnante la fillette d'antan, aujourd'hui son amoureuse et demain il le voulait, il l'espérait, sa compagne pour toute une vie !

— C'est bien ce que je pensais, mademoiselle Félicienne, nous allons avoir grandement besoin de vous ! Voulez-vous que nous nous retrouvions… disons demain vers 18 h 30, ou plutôt 19 heures dans le bureau de monsieur Roustan ?

— J'y serai, promit-elle en s'éclipsant discrètement.

Cela étant réglé, il ne fut plus question que de guetter une imperceptible amélioration de l'état d'Auguste-César. Elle intervint au bout du quatrième jour et se manifesta tout d'abord par son regard qui parut moins atone, encore qu'il gardât une fixité confondante.

— Je ne jurerais pas qu'il nous voit.

Pour contrer le pessimisme du docteur, Auguste-César voulut parler mais sa bouche, crispée sur un rictus, n'émit aucun son et si un semblant de mouvement fit trembler sa main droite, la gauche restait inerte, comme soudée à son tronc.

— Hémiplégie avec perte de la parole ! Par contre, je ne pense pas que le cerveau soit atteint.

Justement, dans le « cerveau pas atteint » d'Auguste-César se jouait un drame cornélien. Allait-il étrangler ce lourdaud de ses propres mains ou bien lui rabattre vertement le caquet? Hélas, l'une comme l'autre de ses violentes envies demeuraient à l'état de chimère, ce qui le faisait fulminer sans qu'il y paraisse. Et renforçait, ce qui n'était pas négligeable, sa volonté de recouvrer au moins la parole, au mieux l'usage de sa main droite. Le reste – la marche, la mobilité de tout son côté gauche –, il l'avait bien compris, demeurerait en l'état. Toutes les nuits, dans le silence de sa chambre, il s'efforçait à remuer les doigts, à faire se rejoindre le pouce et l'index, à imprimer des torsions à son poignet.

Les rendez-vous d'amoureux encore balbutiants de Félicienne et Maximilian se muèrent en rencontre de travail qu'ils jugèrent utile de renouveler toutes les semaines. Le samedi soir, le bureau de monsieur Auguste à La Bâtie Neuve restait éclairé assez tard afin que les deux jeunes gens travaillent aux affaires courantes de la filature et se réservent un temps de délicieuse intimité.

Ils avaient tous deux l'amour sage, bien que les baisers échangés leur fassent entrevoir d'intenses voluptés. Aussi évoquaient-ils leur avenir pour ne pas céder à la tentation.

— Veux-tu que nous nous mariions à la fin de l'été? Le temps de nous trouver un sympathique nid d'amour et hop, je t'enlève, ma brune Iseult, sans tambour ni trompette!

— Tu veux dire un mariage à la sauvette?

— Ne me dis pas que tu souhaites un grand tralala, toi, la modestie incarnée? Tu sais, je n'ai pas une grande famille à inviter, à part ma mère, ma marraine et monsieur Auguste s'il recouvre la santé. Toi non plus d'ailleurs, me semble-t-il?

— Je n'ai plus de famille, il est vrai, mais des gens que j'aime et qui me sont proches. Je voudrais tant qu'ils partagent la plus belle journée de ma vie!

— Alors, il en sera ainsi. Pardonne-moi d'avoir pensé en égoïste, de te vouloir pour moi seul. Je t'aime tant! Une belle noce pour la plus belle des mariées. Rassure-moi, pas plus de cent personnes, j'espère?

— Pas plus de dix, je te le promets. La famille Brugère au complet, six personnes… à moins que Matthieu ou ses frères aient une douce mie à nous présenter, madame Georges et peut-être la vieille Thérèse qui m'a bien soutenue au décès de maman, elle qui aurait tant aimé me voir heureuse au bras d'un si charmant garçon! Pour autant, tu n'aurais pas coupé à ses terribles mises en garde, du genre «*No haga nunca llorar a mi hija, sino…*».

— Traduction?

— Ne faites jamais pleurer ma fille, sinon… En fait, moi je veux bien pleurer de joie, la joie d'être ta femme, de te donner des enfants.

— Combien?

— Autant que tu voudras! Je t'aime.

Temps merveilleux des projets que rien ne vient contrarier! Temps béni des mots d'amour qui fusent comme des hymnes au bonheur! Temps de toutes les promesses, de tous les serments, de toutes les audaces!

Maximilian ne glissa-t-il pas, un soir plus enfiévré, un œil curieux, puis un doigt indiscret entre les boutons du corsage de Félicienne? S'en offusqua-t-elle ? Elle porta la main à sa bouche pour étouffer un petit cri d'effarouchement.

— Pardon ! Pardon, ma tendre aimée ! Je ne suis qu'un butor, un impatient, un fou d'amour.

Félicienne prit le parti de rire pour détendre la situation :

— Je doute que le bureau de monsieur Auguste soit habitué à de telles... occupations...

En fait, le geste audacieux de Maximilian en ce même lieu avait fait surgir de sa mémoire l'agression sauvage du détestable Victor Vésombre.

Un mois après ce qu'il fallait bien appeler une attaque cérébrale, Auguste-César Roustan des Fontanilles parvenait à s'alimenter sans troubles de la déglutition comme cela avait été le cas durant une semaine, provoquant le grand affolement de Bérangère. Oh, plus de repas raffinés qu'il prisait tant ! Des soupes épaisses et des compotes, des légumes en purée et des boissons lactées épaissies de farines « diastasées » constituaient l'essentiel de son alimentation. En d'autres temps, il aurait pesté contre ce succédané de nourriture ; aujourd'hui qu'il avait perdu toute notion de sapidité, seul lui importait l'apport nutritionnel qu'il représentait.

Les exercices auxquels il s'astreignait de jour comme de nuit et à l'insu de tous portaient enfin leurs fruits, il parvenait à soulever sa main droite pour désigner un objet, était capable de tenir un stylo et de calligraphier quelques mots pour peu qu'on ne lui demande pas un véritable travail d'écriture. Prête à s'enthousiasmer de ses progrès, Bérangère déchanta en décryptant le désir de son père :

« Partez. Les domestiques des Fontanilles me suffisent ! »

Une véhémente réitération, le lendemain, la convainquit d'obéir à la volonté paternelle de rester seul.

Une importante négociation concernant la filature et dépassant ses prérogatives obligea Maximilian Lorentz à consulter le vieux filateur. Là aussi, l'ingratitude du vieillard se manifesta d'abord par un grognement incompréhensible, puis dans l'incapacité de se faire comprendre oralement, par un explicite griffonnage :

« Laisse ! Je m'en occupe ! »

Chassé comme les marchands du Temple, les Keller et consorts ! Les Fontanilles retombèrent dans leur assourdissant silence jusqu'à ce qu'accoure, de son exil doré dans son Ardèche natale, Victor Vésombre, auquel Pierrot avait envoyé un télégramme à la demande de monsieur Auguste.

— Vous m'avez fait appeler, grand-père ? Si je peux vous être utile... vous savez, j'ai bien changé. J'ai passé l'âge des inconséquences, de même que celui de jeter mon bonnet par-dessus les moulins, d'ailleurs, je viens de me fiancer. Mais d'abord, comment allez-vous ?

Comme chaque fois qu'il était en présence de Vésombre, et cela datait depuis les épousailles de son fils avec la mère de Victor, Auguste-César vibra d'agacement, qu'il ne pouvait exprimer par des mots bien sentis. Il se contenta de montrer sur la table les courriers qui avaient posé problème à Maximilian. Vésombre buvait du petit-lait.

— Vous souhaitez que je reprenne en main La Bâtie Neuve ? jubila-t-il.

Puis, à la mine courroucée du filateur, il ajouta précipitamment :

— Juste le temps de vous remettre de cette attaque, bien entendu !

Plus encore que tout le personnel de la filature, Félicia déplora le retour de ce trousseur de jupons, dont la seule évocation la rendait indûment honteuse. Elle prit la précaution de se faire accompagner, chaque fois qu'elle devait le retrouver dans son bureau, par la prude madame Germaine, une de ses surveillantes. Par chance, il se trouva que Vésombre eut à cœur de ne pas faire de vagues. Il devait jouer finement s'il voulait être couché sur le testament de monsieur Auguste. S'il se doutait bien de ne pas faire partie des heureux élus à ce jour, eu égard à ses frasques passées, du moins espérait-il inverser la tendance par une conduite exemplaire… pour le temps que Dieu prêterait vie au vieux filateur.

« C'est l'affaire de quelques mois, une année, par miracle ! », se confortait-il en brimant ses impatiences.

Le miracle n'eut pas lieu, Vésombre ne s'était pas trompé. Monsieur Roustan des Fontanilles s'endormit par une nuit d'été. Tous ceux qui défilèrent devant sa dépouille mortelle, et ils furent nombreux, notèrent la sérénité qui se dégageait de son visage.

— Mon père avait perdu le goût de vivre.

Bérangère répétait mécaniquement cette phrase en recevant les condoléances dans le salon des Fontanilles à nouveau endeuillées.

Au nom des fileuses, Félicia vint apporter une plaque de marbre portant l'inscription « À notre patron regretté». Certainement pour la première fois de sa vie emprunta-t-elle la majestueuse entrée de la bâtisse bicentenaire, et cela lui parut étrange. Le bureau-bibliothèque transformé pour l'occasion en chambre mortuaire, dans laquelle elle pénétra avec appréhension, croulait sous une avalanche de gerbes, couronnes et bouquets qui mêlaient leurs fragrances dans une cacophonie de parfums. Elle songea à la filature et son odeur prégnante de cocons ébouillantés, de *babos* disait-on, que le patron n'avait jamais redoutée, peut-être même avait-il appris à l'aimer.

Toute sa jeune vie défilait dans cette demeure, accrochée au jupon de sa mère, puis devant la dépouille de son propriétaire qui en avait marqué les différentes étapes. À quel titre s'était-il immiscé dans son instruction, dans ses projets d'avenir, dans ses décisions contraires? Avait-il été l'altruiste devant lequel l'humble et zélée Milagro faisait allégeance?

Lui vint, en fixant ce visage marmoréen qui l'impressionnait bien moins que de son vivant, un verset de la Bible que lui avait cité Matthieu au cours de leur pèlerinage sur son «chemin de re-naissance»:

Dieu amènera toute œuvre en jugement
au sujet de ce qui est caché, soit bien soit mal[1].

Plus précipitamment qu'elle ne l'aurait voulu, Félicia quitta la pièce mortuaire; une pulsion insensée à laquelle elle avait résisté la poussait à poser un baiser sur le front d'Auguste-César. Elle en resta quelques

1. L'Ecclésiaste 12, 14.

secondes étourdie et troublée sur la terrasse écrasée de soleil.

De retour dans son petit appartement qu'elle avait rendu, au fil des ans, coquet à défaut de luxueux, le sentiment qu'il lui faudrait, à court terme, le quitter, la rendit mélancolique.

« Le départ de monsieur Auguste va chambouler beaucoup de choses », soupira-t-elle.

Encore ne croyait-elle pas si bien dire !

S'il avait fallu une nouvelle preuve que son cerveau n'était pas atteint, il n'était que d'assister aux funérailles d'Auguste-César, ordonnancées selon sa volonté et transcrites par l'indéfectible et vieil ami, le notaire Aristide Constant. Le maître mot : épater une dernière fois la galerie ! Tentures de velours noir à franges et brandebourgs d'argent à la porte du temple, même décorum sur le corbillard de cérémonie, *La Cévenole* chantée par la chorale et puis le long cortège en route pour le tombeau familial qui fit une halte devant la capitelle du premier des Roustan. Et là, comme un clin d'œil plein de sous-entendus à sa fille, le vieux filateur avait souhaité que le baron Servière lise un poème en *lenga nostra* d'Albert Arnavielle, extrait de ses fameux *Chants de l'Aube*.

... Es la soufranço, aro, a soun tour que fai vieure moun cor.
Que jamai te oublido ! ...[1]

---

1. Occitan : « C'est la souffrance, maintenant, à son tour, qui fait vivre mon corps. Que jamais je n'oublie ! »

Enfin rendu à sa dernière étape terrestre, Auguste-César Roustan des Fontanilles trouva une place parmi ceux avec qui il allait maintenant partager l'éternité. Plus de corps douloureux, déficient ou laid. Plus de temps compté, plus d'échéance à craindre, plus de mots qui font mal ni de regards qui tuent. Une communion d'âmes, une fusion des cœurs. Une vie éternelle.

Et pourtant, malgré le bel agencement d'une cérémonie propre à marquer les esprits, le temps n'était pas loin où l'on allait penser, dire ou crier haut et fort que le vieux filateur avait vraiment perdu la tête !

Le même courrier fut envoyé à ses quatre destinataires dans les jours qui suivirent.

Maîtres Constant, père & fils, vous prient d'assister à l'ouverture du testament de Monsieur Roustan des Fontanilles ce jeudi à 18 h 30.

La première réflexion de Félicia à sa réception fut teintée de regrets.

— Ainsi, comme je le redoutais, les jours de La Bâtie Neuve sont comptés, se désola-t-elle.

La deuxième la navra, plus de cent fileuses sur le carreau, sans parler du personnel d'entretien. La troisième se teinta d'une pensée de gratitude envers sa clairvoyante institutrice :

— Merci, mademoiselle Gaillard, pour m'avoir incitée à prendre ces cours du soir. Mon CAP ne sera pas de trop si je suis amenée à postuler pour un emploi de secrétaire. Dommage, la soie avait quelque chose de magique !

Enfin elle réalisa l'incongruité de cette convocation.

— Mais qu'ai-je à faire dans cette réunion strictement familiale ?

Des quatre personnes ayant répondu à l'invitation expresse de maître Constant, trois roulèrent des yeux interrogateurs à l'arrivée de Félicienne Etcheverría. Eugénie Roustan, épouse Richardson, accourue des États-Unis pour assister aux obsèques de son grand-père, avait totalement exclu de sa mémoire la fillette attachée aux pas de Milagro la lingère, qu'elle toisait de sa supériorité. Bérangère Keller, évincée des Fontanilles, aurait été bien en peine de répertorier le personnel de l'époque et ne voyait en elle que la contremaîtresse de la filature. Seul Victor Vésombre, fondé de pouvoir de sa mère empêchée par son état de santé, savait qui était cette jeune et charmante personne, sans pour autant comprendre les raisons de sa présence parmi eux.

Avec les mêmes égards, le fils Constant fit installer chacune des personnes convoquées face au bureau derrière lequel son père était déjà assis.

— Mesdames, monsieur, je vais vous lire les dispositions testamentaires de mon ami Roustan. J'ai, en personne, reçu et consigné ses dernières volontés que je vais vous lire dans un instant. Permettez-moi d'insister sur une remarque personnelle que je tiens à faire : mon ami a pris ces dispositions en toute clarté d'esprit et après d'intenses et délicates réflexions, quoi que vous puissiez en penser à l'énoncé de ce qui suit.

Aristide Constant fit sauter à l'aide d'un coupe-papier le cachet de cire qui scellait le carton, en sortit un premier dossier et lut :

Moi, Auguste-César Roustan des Fontanilles, sain d'esprit et par le droit qui m'est donné de disposer de mes biens à ma guise, j'ai décidé de les partager ainsi.

À ma fille Bérangère, veuve Keller, que j'ai plus admirée qu'elle ne le croit, je lègue ma maison de ville La Romance en pleine jouissance et propriété. Cela avait été son vœu de l'habiter, qu'elle en fasse le meilleur usage.

À ma petite-fille Eugénie, fille de feu mon fils Antoine, parce qu'elle n'aime pas la soie mais prise le bon vin, une qualité héréditaire que je lui concède volontiers, je lègue mes vignes de coteau tant sur la commune de Saint-Ambroix que celles sises à Rochegude, pour en tirer, si elle le désire, la quintessence, ainsi que La Masson qu'elle pourra transformer en chai auquel elle aura à cœur, j'ose l'espérer, de donner le nom honorable de notre famille.

À ma bru Gabrielle, veuve de mon fils Félix, je lègue un portefeuille d'actions ouvert à son intention pour lui constituer un douaire et qui s'est généreusement étoffé depuis vingt-trois ans, pour en disposer comme bon lui semblera.

À Félicienne Etcheverría, qui s'appellera désormais Roustan des Fontanilles par un acte d'adoption plénière ci-joint, je lègue le reste de mes biens. À savoir, le domaine des Fontanilles pour installer son logement et La Bâtie Neuve afin qu'elle continue à faire fructifier l'œuvre des filateurs Roustan.

Je n'ai pas, dans ces choix, réglé des comptes, comme vous pourriez être tentés de le croire, mais souhaité me mettre en règle avec ma conscience, réparer une faute et transmettre à qui de droit dans le respect et les aspirations de chacun. Si mes dispositions vous choquent, vous révoltent même, sachez qu'elles sont irrévocables.

Fait aux Fontanilles, le 25 février 1926

Suivait un paraphe qui avait demandé un effort colossal au filateur.

En d'autres circonstances, il eût été plaisant d'examiner les visages déconfits, bouleversés, abattus, renfrognés, abasourdis ou carrément grimaçants qu'offraient les héritiers d'Auguste-César Roustan des Fontanilles. Une palette d'expressions qui trahissaient les caractères, un échantillon imagé de la nature humaine.

En dépit de ce qu'il affirmait dans ses présentes dernières volontés, le règlement de comptes du filateur n'était pas exclu, c'est ce qu'en déduisait Bérangère, encore qu'elle se satisfît que La Romance tombât dans son escarcelle. Sous son voile de deuil – combien en avait-elle porté! – elle s'autorisa un petit sourire désabusé en songeant: «Père, au moins, connaissait mes goûts, bien qu'il n'eût que faire de mes dérélictions.»

C'est aussi ce que déplorait Eugénie, dont la mère était la grande oubliée de cette distribution. Son grand-père, à l'évidence, n'avait pas digéré la petite phrase qui les avait amenés à la brouille définitive.

«Pour sûr que je l'aurais vendue, *his damned silk factory*[1]!» rageait-elle en s'agitant sur sa chaise.

Mais le plus atterré, incontestablement, était celui qui n'était pas en droit d'attendre quelque chose d'un homme qui n'avait aucune estime pour lui, pas une once de sympathie, à peine un soupçon de reconnaissance pour ses dévoués intérims. C'est pourtant lui qui s'indigna le premier.

---

1. Anglais: «sa satanée filature de soie.»

— Êtes-vous certain des termes de ce testament, maître ? Je veux dire, de la cohérence des dispositions de ce pauvre monsieur Roustan ? À quelle date avez-vous enregistré ce testament ?

— Je vous l'ai dit, monsieur : le 25 février.

— Il n'avait pas toute sa tête, voyons ! Et vous le savez bien !

— Monsieur Roustan, je veux dire, mon ami Roustan, avait prévu cette réaction. J'ai en ma possession une attestation du médecin qui veillait sur lui, elle confirme la pleine santé mentale du testateur. L'ont cosignée deux serviteurs, Pierrot Portal et Thérèse Chambonnet.

« Voilà de quoi clouer le bec à ce petit coq de village », se dit maître Constant avec un plaisir à peine dissimulé.

Restait alors au trio lésé à se retourner vers Félicienne qui ne savait si elle était en train de vivre un rêve, un cauchemar ou tout simplement une déstabilisante réalité. Les trois paires d'yeux braqués sur elle, étonnés, méprisants, indignés, la ramenèrent sur terre, dans cette étude notariale où elle s'était demandé, et se demandait encore, les raisons de sa présence.

— Je... je ne comprends pas...

Du regard du notaire qui la considérait avec bienveillance, ses yeux croisèrent ceux de Bérangère, puis ceux d'Eugénie, enfin ceux de Victor Vésombre qu'elle se força à soutenir. Aux deux premières, elle répéta, abasourdie :

— Non, vraiment, je ne comprends pas... je ne sais...

— Nous non plus, nous ne comprenons pas ! déplora Bérangère, la bouche pincée sur un rictus mauvais.

— Ma tante a raison, c'est un non-sens, une aberration ! intervint sèchement Eugénie qui demanda abruptement au notaire : Pouvons-nous, maître, contester ce testament ?

— Eugénie, tu n'y penses pas ! s'insurgea Bérangère, outrée que l'on ose désavouer son père.

— Oh, toi, ma tante, il serait temps que tu saches que nous ne vivons plus au Moyen Âge ! Les femmes ont leur mot à dire.

Maître Constant joua l'apaisement tout en restant habile conseiller.

— Vous le pouvez, mais je vous assure que vous serez déboutés. Notez que vous avez tout à fait la possibilité de refuser les legs vous concernant.

Avant que Victor ou Eugénie réagissent, Bérangère se leva et décida d'un ton ferme qui s'adressait plus à sa nièce et à son neveu par alliance qu'au tabellion :

— Nous n'en ferons rien, maître. Les Roustan des Fontanilles n'ont jamais été des parjures, je m'en porte garante pour ma nièce et pour ma belle-sœur. Simplement, je voudrais savoir si mon père a laissé une lettre, disons personnelle, pour justifier sa volonté.

— Je vous remercie, madame Keller, j'apprécie votre attitude, celle qu'attendait mon ami Auguste, celle d'un Roustan, un vrai. Je n'ai hélas aucune lettre à vous remettre, sinon à chacun les titres de propriété. Je vous demanderai aussi une petite signature et vous pourrez disposer.

Félicienne fut la première à se lever, elle avait hâte de quitter cette pièce qui suait la rancœur, la colère et le rejet de sa jeune personne.

— Pas vous, mademoiselle Etcheverría... pardon, mademoiselle Roustan. J'ai d'autres documents à vous remettre. Je vous demanderai de patienter un peu.

Il interpella son fils et le pria de conduire Félicienne dans la pièce voisine et de lui servir un rafraîchissement.

Les oreilles de Félicia bourdonnaient, une migraine commençait à vriller douloureusement ses tempes tandis qu'elle attendait, un verre d'eau à la main. Elle n'en avait pu avaler une goutte.

— À nous deux, mademoiselle Roustan!

Aristide Constant invitait la jeune fille à regagner son bureau, elle s'exécuta machinalement et lui prêta, autant qu'elle put, son attention.

— Je ne vais pas vous demander, aujourd'hui, votre signature, chère mademoiselle, ni même vous abreuver de la liste fastidieuse de vos biens. Je conçois que vous soyez assez perturbée et je vous laisse le temps d'assimiler tout ce qui vous arrive. Je dois cependant vous remettre une lettre écrite pour vous de façon très laborieuse, comme vous pourrez le constater, par mon ami Roustan. Elle est strictement à vous destinée, il vous appartiendra d'en faire état si bon vous semble et à qui il vous conviendra. Vous n'avez à son sujet aucune obligation, sinon de la lire et d'en respecter tous les termes. Allez, je vous libère pour aujourd'hui, mademoiselle Roustan. Je vous attends... disons lundi à la même heure.

Regagner son logis. Calmer la folie de son cœur qui martelait ses tempes. Lire cette lettre qui lui brûlait la main à seulement la tâter, au fond de sa poche. Tout ce à quoi elle aspirait lui fut refusé : on avait forcé sa porte, vidé le petit logement d'une partie de son contenu qui gisait sur le sol. Genny et Harvey Richardson s'attaquaient maintenant à la bibliothèque.

— Attendez, je vous en prie ! s'écria-t-elle en se précipitant sur la photo de Niévès et la boule de neige magique de Milagro.

27

Juillet 1926

Le crépuscule rendait maintenant imprécise l'imposante et haute demeure des Fontanilles dont Félicia ne se résolvait pas à monter les quelques marches qui accédaient à la terrasse. Pour la première fois de sa vie, elle se sentait étrangère en ce lieu qu'on venait de lui annoncer sien et ne songeait qu'à le fuir.

Curieuse sensation quand, pour la première fois également, elle était de fait propriétaire. Un sentiment de découragement la laissait désemparée au point qu'elle n'arrivait pas à ordonner ses idées.

Ses cris et ses prières n'avaient eu aucun effet sur la colère vengeresse des époux Richardson. Elle avait juste pu sauver ses trésors sur lesquels elle s'était précipitée avant de voir jetés les livres pêle-mêle, rejoints en peu de temps par la bibliothèque aux portes arrachées, aux vitres cassées et toute sa structure démantelée, ramenée à un désolant tas de bois. S'emparant des planches qui en avaient constitué les étagères, l'Américain avait barricadé porte et fenêtre et puis, dans un démarrage sur les chapeaux de roues, la petite-fille de monsieur Auguste et son publicitaire d'époux avaient quitté La Masson, laissant Félicia se débrouiller avec toute la vie de ses grands-parents, de sa mère, et une belle partie de la sienne éparpillées sur le sol.

Pour cela, et seulement cela, elle se mit à pleurer, à sangloter même, de tristesse et de rage.

— Mes pauvres chers grands-parents! Ma pauvre chère maman! Comment ose-t-on vous faire mourir une seconde fois? Et pire, nier votre existence? Qu'avez-vous fait pour mériter cela?

Combien de temps était-elle restée, brisée, à soliloquer, à s'interroger sur les raisons de cette haine tournée vers sa famille disparue? Tout entières aux siens, ses pensées refusaient d'aller vers l'évidence : c'est elle qui était en question! Pas Milagro ni Ramón, pas Niévès non plus, mais elle seule, l'usurpatrice! Non, elle n'en avait pas encore pris conscience.

La fuite quotidienne et irréversible du soleil derrière la colline de la tour Guisquet lui fit prendre conscience de l'heure vespérale et de l'urgence qu'il y avait à ramasser au mieux ses affaires. Elle descendit en courant à La Bâtie Neuve où elle savait trouver pléthore de cartons vides et en rapporta de toutes sortes. Elle dut faire plusieurs voyages et, en remontant les derniers, elle rapporta le diable pliant dont se servait le roulier. Devant l'amoncellement de cartons, elle émit son premier sourire de la soirée : elle ne se croyait pas si fortunée! Une fortune qu'elle devait mettre à l'abri au moins pour la nuit; elle, elle irait frapper à la porte de madame Georges qui ne lui refuserait pas l'hospitalité.

Ayant charrié tout son bric-à-brac hétéroclite dans la cour d'entrée des Fontanilles, elle se décida enfin à gravir les marches et sonner; on ne lui refuserait pas la possibilité de l'entreposer dans un hangar ou une cave.

— Ah, c'est vous, mademoiselle Félicia… Eh bé…
entrez !

Pierrot le cocher avait déverrouillé la porte et
restait ballot devant la jeune demoiselle dont on lui
avait pourtant annoncé la possible venue. Aristide
Constant, en vieux briscard, savait déjouer les
entourloupes des héritiers déçus, vengeurs et parfois
dangereux. Il avait dépêché un saute-ruisseau pour
apporter un pli au personnel des Fontanilles.

*Je vous informe que la propriétaire des Fontanilles
est désormais mademoiselle Etcheverría. Cela peut vous
surprendre mais monsieur Roustan l'a décidé ainsi. Je
vous recommande de ne laisser entrer personne, sinon
ladite propriétaire.*

Depuis ce pli qu'il avait lu à Thérèse et à la cuisinière, ils débattaient tous trois des raisons – ou de la
déraison – qui avaient conduit le vieux filateur à se
comporter ainsi.

— Monsieur Pierrot, est-ce qu'il me serait
possible de ranger mes affaires ? Dans le garage de
monsieur Antoine, par exemple, s'il n'y a plus sa
voiture ?

— Non, elle n'y est plus. Madame Antoine l'a
vendue. Où elles sont, vos affaires ?

— Là ! dit Félicia en étouffant un sanglot et désignant ses cartons que la nuit, maintenant, enveloppait.

Pierrot fit jouer un commutateur et la terrasse
s'éclaira *a giorno.*

— *Boudiou !* Mais qu'est-ce que vous voulez faire
de tout ça ?

— Mais c'est à moi ! Tout ce que j'ai, tout ce qu'il me reste !

Et de narrer sa porte forcée, la mise à sac de son logis et les drôles de scellés apposés par les Richardson.

La vieille Thérèse arriva à tour.

— Té, mais je t'attendais à la porte de service, petite !

Pierrot la foudroya du regard.

— Oh pardon ! Il paraît que tu es la patronne, c'est vrai ? Et qu'on doit t'appeler mademoiselle Roustan. J'y comprends rien. Et toi non plus, Pierrot. Pas besoin de me faire les gros yeux.

Ils étaient là, à se chamailler, et Félicia sentait ses jambes s'amollir, le sol se dérober et, sa migraine se réveillant soudain, elle porta la main à son front avant de s'effondrer dans les bras du cocher.

— Vite, amène-la au salon !

Quand Félicia rouvrit les yeux, trois soupirs s'exhalèrent.

— Té, vous voyez, Thérèse, que ma cartagène de dix ans d'âge fait encore son effet !

— C'est sacrément fort, voyons ! J'ai cru que vous vouliez la tuer.

— Allez, vous deux, donnez-lui plutôt à manger et puis préparez-lui sa chambre, moi je vais ranger ses cartons dans le garage. On y verra plus clair demain.

— Sa chambre ? Quelle chambre ?

— Est-ce que je sais, moi ?

— Je vous en donne du tracas ! soupira Félicia.

Elle n'avait pas osé céder à la tentation de la baignoire qui lui faisait d'aguichants clins d'œil et s'était lavée comme d'habitude. D'ailleurs, elle était vide de toute pensée, de toute décision et s'était laissé conduire, comme une feuille au vent, de la cuisine où on lui avait servi un repas auquel elle avait peu touché, jusqu'à la chambre, celle de mademoiselle Bérangère, lui avait précisé Thérèse.

Après avoir enfilé une chemise de nuit dépliée sur le lit par la servante, elle entreprit de ranger ses affaires pour le lendemain. Elle secoua sèchement sa jupe qu'elle posa sur le dossier d'une chaise, scruta la netteté de son chemisier de crêpe rose puis, satisfaite du résultat, se saisit de la veste, une sorte de saharienne ceinturée qui marquait sa taille fine et l'arrondi de ses hanches. Maximilian lui en avait fait compliment l'année dernière.

Maximilian. Elle ne parvenait pas, non plus, à penser concrètement à son cher amoureux qui jouait l'Arlésienne depuis trop longtemps. Elle lissa du plat de la main le tissu en lin si aisément froissable et rencontra une résistance dans la poche plaquée. La lettre ! La lettre de monsieur Auguste qui lui était totalement sortie de l'esprit. Bien sûr, la réponse était là, dans cette lettre dont la lecture remettrait tout à plat, ferait le lien entre sa vie d'avant et celle de demain. Vraiment, elle n'en pouvait plus de voguer depuis des heures dans une non-existence.

Auguste-César Roustan des Fontanilles avait tenu à consigner lui-même son ultime et importante confidence à défaut d'être une confession.

Il te faudra faire un sacré effort pour me déchiffrer, petite, hélas, je ne peux faire mieux. Petite, eh oui, je t'ai toujours appelée ainsi. Prête-moi l'intention, à travers ce « petite », d'une marque affectueuse. Alors oui, tu as le droit d'être surprise, le mot est faible, mais c'est une réalité à laquelle tu devras t'habituer, tu portes désormais le nom de Roustan des Fontanilles par acte d'adoption. Je ne fais, avec ce geste, que réparer une terrible injustice qui a trop perduré. Sois fière de porter ce nom ; à ce sujet, j'ai une exigence, je te demande expressément de le donner à tes enfants, tes fils j'espère, car tu en auras, comme tu auras un époux à qui tu demanderas ce petit sacrifice. Madame Lorentz-Roustan des Fontanilles, par exemple, ça sonne bien, n'est-ce pas ?

Un conseil maintenant : ne te sépare pas tout de suite de ce détestable Vésombre, je sais ce dont il est capable, mais je sais aussi que tu seras sur tes gardes. Il te guidera dans les rouages des échanges commerciaux de la filature, son entregent avec les banquiers n'est pas négligeable. Et quand tu sauras voler de tes propres ailes, n'aie aucun scrupule à lui signifier son congé définitif.

Écoute-moi encore. Mon choix de faire de toi l'héritière des Fontanilles et de la filature n'est pas dû au hasard, il est mûrement réfléchi. J'ai confiance en toi pour continuer l'œuvre de toute ma vie. Puisse-t-elle être celle de la tienne. Auguste-César Roustan.

Exigence. Conseil. On ne pouvait douter que cela émanât du vieil homme. Quant à un éclaircissement sur cette surprenante adoption, hormis une générosité hors du commun, Félicia comprit qu'elle devrait s'en passer et la terrible injustice à laquelle il faisait allusion resterait le grand mystère de sa vie. Tous les termes de la lettre avaient beau tourner en une incessante sarabande dans son crâne enfiévré, il était impossible à la jeune fille de lire entre les lignes. Le sommeil la terrassa alors qu'elle s'abîmait dans une autre relecture.

Elle était dans son lit et gémissait ; son corps tendu comme un arc cherchait à se dégager d'un poids. Elle fit un effort surhumain pour ouvrir les yeux et le vit, sa bouche hideuse à peu de distance de la sienne. Il roulait des yeux fous de haine à moins que ce soit d'un désir pervers. Elle n'en voulait pas. Non ! Pas lui ! Et le lui dit avec force :

— Non ! Vous ne m'aurez pas, monsieur Vésombre !

Surpris par ce refus véhément, Vésombre grimaça, son visage se tordit dans une espèce de rictus mauvais, puis se troubla jusqu'à se diluer, disparaître et enfin se reformer sous d'autres traits que Félicia n'eut pas de peine à identifier.

— Non ! Non ! Pas vous, monsieur Auguste ! hurla-t-elle.

Mais monsieur Auguste ne l'entendait pas et se penchait sur elle. Or, il n'avait aucun poids et elle n'eut aucune peine à se dégager de cette bouche qui cherchait la sienne et de ces mains qui caressaient son corps. Elle vit alors, de l'éther où elle flottait, une toute jeune fille allongée à sa place, ses yeux étaient dilatés d'effroi et d'une voix paniquée qui s'étranglait dans sa gorge, elle suppliait :

— Pas vous, monsieur Auguste !

À cet instant, Félicia la reconnut et cria à son tour :

— Niévès ! Maman !

Son cri la réveilla. Toute tremblante, elle chercha la poire au-dessus de son lit pour éclairer la chambre. Elle avait fait un cauchemar, un épouvantable cauchemar, un cauchemar révélateur : monsieur Auguste était le suborneur de Niévès, de Niévès qui se refusait à lui et le plus terrible, c'est qu'il était son père !

Son père, ce trousseur de jeune fille sage ? Elle n'en voulait pas ! Ni de son nom ni de son héritage, et irait le dire tout net à ce monsieur Constant qui lui faisait déjà des courbettes.

— Lundi, je redeviens Félicia Etcheverría ! lança-t-elle aux murs, à cette maison, à cette chambre, à ce testament qu'elle refusait.

Thérèse frappa trois petits coups et annonça à travers la porte :

—Je peux entrer, petite ? Je t'apporte ton petit déjeuner.

— Mon petit déj... Mais vous n'y pensez pas, Thérèse ! Je finis de me préparer et je descends.

Thérèse hocha la tête d'un air entendu et redescendit le plateau tout en grommelant après la cuisinière :

—Je m'en doutais qu'elle ne voudrait pas être servie au lit. On devient pas une princesse du jour au lendemain, pfutt !

Félicia dévala l'escalier et fit irruption aux cuisines, son visage défait témoignait de la nuit tourmentée qu'elle venait de passer. Elle ne prit pas la peine de s'asseoir pour avaler péniblement un peu de café. Une boule de nerfs lui nouait l'estomac.

— Merci, madame Robert, merci, Thérèse, ne m'attendez pas à midi, je reste à la filature.

Dès qu'elle eut passé la porte, la cuisinière qui ne désarmait pas prit Thérèse à témoin :

— Vous l'avez vue ? Elle vient manger aux cuisines pour mieux me surveiller. Les nouveaux riches, c'est les pires !

— Croyez-moi, madame Robert, vous persistez dans l'erreur. Cette petite, c'est de l'or. Oui, une pépite comme vous en avez jamais vu.

Rien ne transparaissait dans le travail de la contremaîtresse, ni dans son attitude à l'égard des surveillantes et des fileuses, du grand chambardement qui tourmentait sans cesse son esprit. Pas plus de son nouveau statut quand d'autres qu'elle l'auraient affiché, pleines de suffisance. Félicia savait maintenant qu'elle refuserait en bloc l'héritage et l'adoption, même s'il fallait pour cela intenter une action en justice. Ce qui ne l'empêchait pas de frémir à l'idée de déballer cette sordide histoire devant des étrangers.

« En fait, que j'accepte ou que je refuse, les gens ne vont pas se gêner pour déblatérer sur mon compte », se consolait-elle.

Lorsque la sirène retentit, annonçant la fin de la journée et de la semaine, et que tout le personnel quitta La Bâtie Neuve en se souhaitant un bon dimanche, Félicia comprit combien il lui serait long d'attendre lundi ; elle fut tentée d'aller passer le dimanche à Chamborigaud pour s'épancher sur l'épaule de Jeanne. Sa marraine avait-elle eu quelque soupçon dont elle n'avait jamais osé parler ? Elle était très réservée, peut-être même un peu prude, les jeunes filles de son époque parlaient si peu de ces choses-là.

Elle y renonça, elle aussi atrocement confuse, presque honteuse à seulement évoquer la scène qu'elle avait vue en rêve. De même qu'elle renonça à aller ouvrir son cœur à madame Georges. La réaction de la vieille contremaîtresse aurait la véhémence d'une reine outragée. Elle l'imaginait montant sur ses grands chevaux :

— Monsieur Auguste, un vieux beau abusant des jouvencelles ? Tu devrais avoir honte que de telles pensées te viennent ! Un si honnête homme ! Je ne veux plus entendre de telles choses, jamais, tu m'entends, vilaine ingrate !

Oui, elle tiendrait exactement ce langage, sourde à toute calomnie visant son cher monsieur Auguste. Félicia rentra sans se presser aux Fontanilles où elle partagea le repas du soir avec Pierrot, Thérèse et madame Robert, cette dernière toujours sur la défensive.

— Voulez-vous que je monte vos cartons à votre chambre, mademoiselle Félicia ? demanda Pierrot.

— N'en faites rien, monsieur Pierrot, j'ai suffisamment de vêtements. Le reste, ce ne sont, pour la plupart, que des livres et je ne saurais où les mettre.

— Ah, pour ça, les livres ici ne manquent pas !

Félicia eut un sourire entendu. Elle gardait le souvenir de l'imposante bibliothèque de monsieur Auguste, du non moins impressionnant arbre généalogique – c'est elle, studieuse élève, qui avait appris à Milagro à nommer les ancêtres que la lingère appelait *los antepasados* Roustan – qui semblait toiser ceux qui étaient admis en ces lieux par leur propriétaire.

Pourquoi ne pas aller chercher un livre ? Mieux valait lire toute la nuit plutôt que s'endormir et retomber dans l'horrible cauchemar de la nuit précédente. L'arbre généalogique lui parut moins majestueux que dans son souvenir tandis que les livres exerçaient à nouveau sur elle la même fascination qu'en son enfance. Elle tendit la main vers un ouvrage broché, *Méditations*, un recueil de poésie de Lamartine et allait s'en saisir quand elle crut entendre une voix familière s'écrier :

— Touche pas, *chica* ! Tes mains sont peut-être sales !

Milagro, toujours elle, faisait partie de la vie des Fontanilles comme de la sienne, à jamais ! Et instinctivement, elle regarda ses mains. Les jugeant propres, elle s'empara du volume, il s'ouvrit seul à la page du poème *L'Automne* où était glissée une photo, celle d'un beau jeune homme tout de blanc vêtu, pantalon à pont, vareuse et col marin. Dans cet uniforme se percevait l'élégance innée du militaire, un sourire ébloui étirait sa bouche charnue. Ses yeux de velours ressemblaient à des caresses.

« Un acteur de cinéma américain, sans doute ? Je ne pensais pas Eugénie férue de poésie », se méprit Félicia.

Avec la bordure de la photographie, elle suivit les lignes et lut à haute voix, simplement pour la musicalité des mots et des phrases qu'elle avait appris par cœur.

Salut ! bois couronnés d'un reste de verdure !
Feuillages jaunissants sur les gazons épars !
Salut, derniers beaux jours ! Le deuil de la nature
Convient à la douleur et plaît à mes regards !

Elle fit amende honorable. Non, cela ne ressemblait pas à Eugénie de priser ce genre de littérature. Mais convenait parfaitement aux états d'âme de monsieur Auguste. Prononcer mentalement son nom la fit frémir, l'image de Niévès le repoussant accélérait les battements de son cœur, se dire qu'il était son père lui ôtait toute compassion. Elle replaça la photo entre les pages et le livre sur son étagère. Sa main tremblait, il fallait qu'elle se calme.

« Au plus profond de ton tourment, la Bible est là pour apaiser tes craintes ; à chaque page, les Évangiles t'apportent la paix du cœur. »

Comme tout à l'heure la voix de Milagro, celle de son cher ami Matthieu intervenait à point nommé pour guider sa lecture.

— Quelle chance que tous les gens qui m'aiment soient toujours là pour moi, par leur présence ou par leur pensée, murmura-t-elle, émue, en même temps que son regard parcourait les rayonnages à la recherche d'un gros ouvrage à tranche dorée comme elle avait pu en voir au temple.

Celui qui accrocha son regard n'était certes pas un incunable, mais en avait tout l'air. Sa reliure en basane, à cinq nerfs, qu'on aurait crue piquetée de moisissures, était en fait marbrée, ses écoinçons en métal patiné renforçaient les angles et le colophon, en quatrième de couverture, se limitait à un symbole graphique frappé en creux.

Elle fut surprise par la légèreté de cette bible au moins bicentenaire.

« Elle a dû connaître le Désert », se dit-elle, se souvenant de cette noire période de clandestinité vécue par les protestants cévenols peu désireux de renier leur foi.

Elle n'eut pas à feuilleter le livre, il s'ouvrit de lui-même à une page marquée à nouveau, non par une photo, mais par une lettre. Elle ricana :

— Une manie de vieil homme que de marquer les pages !

Autant elle avait tout naturellement observé le cliché du livre précédent, autant était-elle prise de scrupule à lire une lettre qui ne lui était pas destinée. Elle lut la page ainsi marquée, un Évangile de Luc, mais ne parvenait pas à se concentrer, attirée par cette enveloppe où une écriture qu'on aurait dite enfantine mentionnait le destinataire : «Monsieur Félix Roustan des Fontanilles. Saint-Ambroix. Gard.»

Félix, un prénom qui échappait parfois à Milagro. Et toujours avec des sanglots dans la voix. Le plus jeune fils de monsieur Auguste qu'elle avait aimé comme son enfant. Elle avait une façon à elle de le prononcer, si douce, si caressante… Feliz… il s'en fallait de peu qu'elle dise Félicia… La tentation était trop forte, elle ouvrit l'enveloppe qui n'était pas collée et sortit un vilain feuillet sur lequel courait cette même écriture malhabile.

«Tant pis pour vous, monsieur Auguste ! Moi aussi j'ai mes défauts, bien moins graves cependant que les vôtres !»

Sa façon à elle, bravache, de se dédouaner de sa curiosité. Et elle lut.

Tu sais quoi, mon Félix ? Tu vas être papa et moi, je vais guérir pour mettre au monde notre enfant. Tu sais, je vais mieux, tu pourras venir me voir et nous choisirons le nom du bébé. En fait, j'ai déjà choisi.

Oh que ces mots étaient touchants ! Elle imaginait une jeune femme, tout auréolée du bonheur d'être bientôt maman et communiquant sa joie à l'homme qu'elle aimait. Sublime estampe de la maternité. Sans l'ombre d'une hésitation, elle poursuivit sa lecture :

Quelle affaire que de se procurer une enveloppe, un timbre et du papier ! J'ai dû avaler deux bols de koumys ce matin, le mien et celui de ma voisine de lit qui ne veut plus de ce lait écœurant. En échange, elle m'a donné son nécessaire d'écriture du mois. J'aurais dû te l'annoncer plus tôt mais j'étais trop mal en point et je n'avais pas de forces. Depuis que j'ai senti l'enfant bouger, je veux vivre. Si c'est un fils, on l'appellera Félix…

La vue de Félicia se brouillait de larmes d'attendrissement, il y avait tant d'amour dans ces mots simples, spontanés, naturels !

… et une fille Félicienne. Je le veux !

La lettre échappa aux mains de Félicia tant elles tremblaient. Une pareille coïncidence, était-ce possible ? Et si c'était une certitude ? Elle frissonna, le cœur en chamade. L'humble feuillet pouvait être une simple et belle lettre d'amour comme le maillon manquant à sa quête. Brûlant d'impatience, elle ramassa la lettre, ses yeux toujours embués coururent à la signature :

Ta Niévès pour la vie.

Le premier siège venu reçut son corps qu'elle sentait englouti dans les flots, ballotté par la puissance d'un mascaret, submergé par une lame de fond puis roulé sans fin, insignifiant grain de sable, avant de s'échouer sur une plage de lumière. Combien dura cette étrange immersion, cette douloureuse descente dans la mort, suivie d'une éblouissante résurrection ? Longtemps, très longtemps certainement. Plus un bruit de pas, plus un son de voix, toute vie avait disparu des Fontanilles où elle était seule à replacer enfin la pièce manquante du puzzle de sa naissance.

— Niévès et Félix ! Félix et Niévès !

Elle se gargarisait de ces prénoms, heureuse de réunir dans son esprit et dans son cœur les deux amants qu'avaient été ses parents alors qu'une cascade de sentiments la submergeait.

Le soulagement et la joie exaltante d'être une enfant de l'amour et non le fruit d'une relation brutale et imposée. L'apaisement de sa colère tournée contre monsieur Auguste qui réparait, comme il le disait dans sa lettre, tardivement certes et à sa façon, l'injustice d'une enfance sans père. La libération du sentiment affectif qu'elle lui portait sans le savoir et qui prenait, par cet acte, sa légitimité. Mais alors, Milagro, Ramón étaient les grands oubliés de cette déferlante ? En aucune manière ! N'étaient-ils pas les sages, les fous d'amour, les humbles protecteurs qui avaient supporté le fardeau du secret sans le vouloir percer ?

Pleurant et riant à la fois, elle voulait lire en son entier la plus belle lettre d'amour qu'elle venait de découvrir et qui dormait dans ce livre depuis sa naissance. La main de monsieur Auguste l'avait placée là, dans l'Évangile de Luc où le verset 37[1] lui sauta aux yeux, non pas au hasard mais à bon escient.

Tu me manques, mon Félix, tes baisers, tes mains sur mon corps. Oh que de temps perdu à cause d'une bronchite! Des fois, je me demande si les infirmières ne me mentent pas, il y en a qui sont vraiment très malades ici, heureusement que moi, ce n'est pas grave parce que je t'ai, je t'aurai toujours et je te prépare un bébé.
Ta Niévès pour la vie.

Les joues de Félicia, déjà enflammées par l'émotion, s'empourprèrent de plus belle à entrer ainsi dans l'intimité charnelle de ses parents en même temps que cela l'éclairait sur l'étroite communion de ces deux êtres pourtant séparés. Lire et relire cette lettre de femme-enfant lui était aussi doux et vivifiant que boire à la Font de Sé[2] que Mélusine aurait sucrée à outrance.

Le point de l'aube la surprit, qu'elle devinait à travers les interstices des persiennes. Sa nuit de rêve s'achevait, bienvenue après la précédente qui avait été une nuit de cauchemars, réduits maintenant au pressentiment d'une révélation imminente. Curieusement, elle n'avait pas sommeil, ne se sentait nullement lasse, au contraire pleine d'allant et prête à réviser sa décision prise à la suite de son délire inhibitoire.

---

1. « Ne jugez pas et vous ne serez pas jugés. Ne condamnez pas et vous ne serez pas condamnés. Pardonnez et vous serez pardonnés. »
2. Fontaine de la soif.

L'être humain a parfois des exigences qui manquent de logique. Alors que Félicia était restée pendant plus de vingt ans dans une ignorance qui servait de bouclier aux souffrances d'enfance, la nouvelle Félicienne n'était pas encore rassasiée de vérités. Elle eut vite fait le tour des personnes susceptibles de lui parler des amours de Niévès et de Félix.

Jeanne sa marraine, elle en était convaincue, lui avait dit tout ce qu'elle savait. Elle n'en apprendrait pas plus de sa bouche. Le personnel, somme toute réduit, des Fontanilles? Elle n'en tirerait guère plus que des ragots de cuisine!

Restait alors Bérangère Keller. La fille de monsieur Auguste, la sœur aînée de Félix, ne lui refuserait pas un entretien, elle qui s'était montrée, et de loin, la plus arrangeante chez maître Constant. C'était dit, elle irait lui rendre visite le lendemain même. Du diable si elle lui fermerait sa porte! De plus, elle était persuadée d'y trouver Maximilian. Qu'il serait bon de partager avec son amoureux – mais l'était-il encore, lui qu'elle ne voyait plus? – son nouveau statut.

Avant toute chose, et bien qu'elle n'attende de lui aucun renseignement sur son père, elle devait écrire une lettre à Matthieu. Il méritait d'être le premier informé du jour qui s'était fait et du poids de l'ignorance dont elle était délivrée. À lui plus qu'à tout autre, lui qui était à l'origine de ce qu'elle appelait sa renaissance, elle se devait d'apprendre sa résurrection. L'héritage, Les Fontanilles, La Bâtie Neuve n'auraient pas sa place dans ce courrier, ils n'étaient pas pour l'instant sa priorité.

Où écrire à Matthieu, sinon chez son père à Chamborigaud? Cela faisait si longtemps qu'elle n'avait pas de ses nouvelles! Il lui avait pourtant promis de l'avertir lorsqu'il serait en charge d'une paroisse et elle n'avait rien reçu de lui hormis les vœux de nouvel an qu'ils avaient échangés, message informel dans sa banalité, encore que la démarche épistolaire de Matthieu ne fût jamais banale. Elle se souvenait d'une phrase délicieuse qui clôturait sa courte missive et qu'elle se répétait souvent en s'endormant : « Le bonheur est en toi, petite Félicienne, ne permets à personne de te le confisquer. »

Elle chiffonna trois feuilles de papier avant de trouver enfin des termes assez mystérieux pour titiller sa curiosité, assez subjectifs pour qu'il devine à demi-mot – ils étaient si naturellement en union de pensée ! –, pas trop cependant pour qu'il accoure à toute vitesse partager sa félicité.

Les Fontanilles se réveillaient enfin sur des bruits rituels qui allaient devenir familiers à la nouvelle propriétaire. Pierrot rabattait volets et persiennes contre les façades, en cuisine madame Robert ne ménageait pas les ustensiles et la vieille Thérèse, un plumeau à la main, caressait les objets précieux amassés par des générations de Roustan.

— Alors, c'est vrai, petite ? Tu ne veux pas prendre tes repas dans la salle à manger ?

— Je ne vais pas refuser la chance d'être en compagnie de vous trois à la cuisine, tout de même ? Et puis, ça vous fera du travail en moins.

Thérèse lança une œillade à la cuisinière. « Vous voyez bien, sous-entendait-elle, qu'elle n'a pas de vice, cette gamine ! »

— Et pour vos cartons, mademoiselle Félicia ?

Pierrot revenait à la charge. Félicia eut une idée.

— Certains contiennent quelques ustensiles de cuisine. Si vous voulez bien les monter ici, madame Robert pourrait choisir ce qui l'intéresse.

— Faut voir, grogna la cuisinière, toujours sur ses gardes.

Félicia avait soigné sa toilette, une légère robe de cotonnade à petits carreaux, manches ballon et col claudine, avant de se coiffer d'un chapeau de paille qu'elle enfoncerait jusqu'à ombrer son regard, comme c'était la mode, sur sa chevelure sagement retenue par deux pinces latérales. Après avoir trouvé Pierrot, elle lui recommanda :

— Ne fermez pas la porte, Pierrot, il se peut que je rentre tard et je ne voudrais pas coucher à la belle étoile.

— Vous partez... mais... mais je n'ai pas attelé...

— N'en faites rien. J'irai à pied.

À peine terminait-elle sa phrase qu'une voiture, passant devant La Bâtie Neuve, montait aux Fontanilles.

— Té, mais c'est la voiture de mademoiselle Bérangère... euh enfin je veux dire de madame Keller ! C'est bien chez elle que vous alliez ? fit remarquer le cocher.

Félicia ne l'écoutait pas, elle allait au-devant de la voiture dont elle avait reconnu le blond conducteur. Maximilian arborait un visage grave alors que celui de Bérangère était serein.

Quelle attitude adopter ? Félicia redoutait une âpre discussion, elle se sentait de force à l'affronter, se sachant désormais légitime.

— Voulez-vous que nous entrions, madame Keller, monsieur Lorentz ? proposa-t-elle, affable.

— Volontiers ! lui répondit Bérangère. Il fait si chaud sur la terrasse.

— Moi je préfère rester dehors, déclina Maximilian, fuyant le regard de Félicienne. Je vous attendrai à la voiture, marraine.

Félicia, déroutée par cette attitude, lui adressa un regard interrogateur ; il déroba le sien et lui tourna le dos. Ainsi, son amoureux la considérait lui aussi comme une usurpatrice ? Cela ressemblait si peu au tendre Maximilian.

Il ne restait plus aux deux femmes que d'entrer dans la maison, ce qu'elles firent, puis elles se dirigèrent d'un même pas vers le bureau-bibliothèque d'Auguste-César.

— Je tenais à vous exprimer mon...

— Je m'apprêtais à venir vous rencontrer...

Elles avaient parlé toutes deux ensemble et s'étaient arrêtées pareillement dans leur élan. Elles esquissèrent un même sourire contrit.

— Laissez-moi parler, je vous prie. Je vous dois des excuses, insista Bérangère.

— Prenez le temps de vous asseoir. Moi aussi, j'ai des choses à vous dire, invita Félicienne.

— J'ai été très injuste avec vous, Félicienne. Vous n'êtes pour rien dans les amours ancillaires de mon père. Mais cela a été un véritable choc pour moi, je n'avais jamais soupçonné de sa part une quelconque liaison, encore moins avec sa lingère, et ma réaction n'était pas dirigée contre vous. Je pensais à ma mère, bafouée par-delà la mort et qui sait, peut-être de son vivant. Enfin, sachez que j'apprécie le geste, un peu tardif, de mon père. En vous adoptant, il remonte dans mon estime.

Les mains de Bérangère s'étaient agitées pendant qu'elle parlait. L'émotion qu'elle essayait de contenir se révélait dans son attitude fébrile, ses mains qu'elle pressait l'une contre l'autre.

— Gardez toute votre affection et tout votre respect à votre père, madame Keller, il en est digne. J'ai une lettre à vous montrer, elle va vous soulager. Tenez, lisez.

Félicia tendit l'enveloppe destinée à Félix et contenant la lettre de Niévès. Ce fut au tour de Bérangère d'accueillir ce message d'amour en rosissant. La lettre n'était pas censée être lue par d'autres personnes que son destinataire et cependant elle s'imposait comme la pièce manquante capable d'abolir les rancœurs, les doutes, les préjugés.

— Niévès ? La petite Niévès Etcheverría ? s'étrangla Bérangère, parvenue à la signature.

Sa voix était rauque d'émotion.

— C'est bien elle. Vous la connaissiez ?

— Bien sûr ! Enfants et même adolescents, Félix et elle étaient inséparables. Le jeudi, ils venaient parfois goûter à La Romance. Une jolie fillette brune, à la peau mate, mutine et souriante. Savez-vous que vous lui ressemblez ?

— C'était ma mère !

— Bien sûr, suis-je sotte !

— Regardez, je n'ai que cette photo d'elle, une coupure de journal. Et celle-ci, s'agit-il de mon père ?

— Félix ! Mon petit frère ! Mon pauvre petit frère ! Où l'avez-vous trouvée ? Mon père ne tolérait plus une seule photo de lui après le drame.

— Quel drame ?

Maximilian Lorentz n'en pouvait plus dans la voiture écrasée de soleil au milieu de la cour des Fontanilles. Qu'avaient-elles donc à se dire ? Cela faisait deux heures qu'il patientait. Trois de plus s'écoulèrent avant que Bérangère et Félicienne reparaissent, bras dessus, bras dessous, bavardant comme deux amies d'enfance.

— Excuse-moi, Max, si tu savais comme cette jeune fille est délicieuse ! La décision de mon père ne manque pas de panache. Un jour je t'expliquerai... avec la permission de Félicienne, bien sûr.

Sans daigner répondre, Maximilian démarra en trombe, les roues arrière du véhicule éclaboussant d'une pluie de gravillons les vases d'Anduze qui décoraient la cour.

28

Juillet, août 1926

Une dualité de sensation exaltait et accablait alternativement Félicienne. Elle bénissait son amour des livres qui lui avait permis de trouver la lettre de Niévès, une lettre qui remettait de l'ordre dans la confusion de ses origines, tout en lui laissant le goût amer d'un destin inachevé.

Elle n'avait pu s'empêcher d'interrompre le récit de Bérangère quand celle-ci en était venue au mariage de Félix et de Gabrielle.

— On dit les hommes volages. À l'évidence, mon père ne faisait pas exception à la règle ! avait-elle fait remarquer d'un ton acerbe où l'on sentait de la déception.

— Il ne faut pas juger trop vite, Félicienne. Je sais, par expérience, qu'il était pratiquement impossible de résister aux décisions de notre père. Félix n'a pu passer outre, d'autant que l'on disait la petite Etcheverría perdue, le temps qu'elle est restée à l'hôpital de Saint-Ambroix. Après son départ pour le sanatorium, j'avoue que peu de personnes étaient au courant de l'évolution de sa maladie.

Le récit de l'accident de métro, – Bérangère avait gardé plusieurs articles de journaux parisiens qu'elle se promit de lui montrer – plongea la tante et la nièce dans le même chagrin rétrospectif, ce même refus d'une mort injuste, au point qu'elles tombèrent dans les bras l'une de l'autre pour consoler mutuellement leur peine.

— Ainsi, mon père sera parti sans lire le courrier de ma mère. Quelle tristesse ! avait déploré Félicienne, les bras ballants de désolation.

Après un long moment de réflexion, Bérangère avait offert un visage plein de bienveillance à sa nièce et lui avait laissé espérer :

— Ce n'est pas dit. Bien sûr, cette lettre est arrivée aux Fontanilles, mais père avait pour habitude de faire suivre le courrier de Félix. Aussi bien, mon frère a été en possession de cette lettre, qui sait ? Quand nous fut rendu le corps de ton père dans un cercueil blindé, un carton contenant ses affaires personnelles fut donné à mon père. Et lui, c'est sûr qu'il a été en possession de cette lettre.

— Ah ça, j'en suis persuadée, et cela explique beaucoup de choses, répond à nombre de questions que je me suis posées.

— Ne t'en pose plus, Félicienne. Et jouis du nom qui t'était dû, de l'héritage auquel tu as droit sans arrière-pensée. J'étais venue m'excuser, certes, mais j'avais toujours la rage au cœur à cause de mon père ; toi, tu m'as réconciliée avec lui. Merci, ma nièce.

Félicienne, pourtant, se disait qu'elle n'en avait pas terminé avec les mises au point et que toutes ne se régleraient pas avec la même communion de pensée. Surtout en ce qui concernait Victor Vésombre. Son grand-père souhaitait, lui imposait même, une cogestion de la filature, du moins jusqu'à ce qu'elle en maîtrise tous les rouages. Là aussi, une ambiguïté de perceptions la laissait perplexe. Tout son être se révulsait à l'approche de cet être immonde qui n'avait été que mépris, grossièreté dans ses paroles et abomination dans ses gestes. Elle en tremblait encore.

Mais comment ne pas rester humble quant à la gestion de La Bâtie Neuve, une manufacture de plus d'une centaine d'employés, des fournisseurs à qui il fallait tenir tête pour ne pas subir les récurrentes augmentations des mouliniers qui, à l'inverse, ne tendaient qu'à faire baisser les prix, sans parler des âpres négociations qui se jouaient avec les banquiers, piliers indispensables d'une trésorerie constante?

Elle ne devait pas laisser traîner la situation et décida, dès le lundi matin, de pousser la porte du bureau que Vésombre s'était arrogé.

Elle descendit très tôt à la filature et s'étonna de voir la porte dudit bureau grande ouverte.

—Je vous attendais, mademoiselle Roustan des Fontanilles!

Vésombre avait surgi de la pièce, un sourire mielleux lui fendait le visage, ses yeux plissés de fausse modestie. Il avait soigné sa toilette, un costume trois-pièces sombre à fines rayures verticales, les trois rangs de sa chaîne de montre barraient son abdomen qui accusait un petit relief, celui de la trentaine fine gueule et du manque d'activité physique… excepté ses dispositions pour la bagatelle.

Il s'avança la main tendue. Félicienne garda les siennes derrière son dos, une attitude d'écolière dont elle était consciente et qu'elle se promettait de bannir. Pour l'heure, cela l'arrangeait bien.

— Bonjour, monsieur Vésombre. Vous êtes en avance.

— Du travail par-dessus la tête ! expliqua-t-il, dépité que son attitude avenante ne portât pas les fruits attendus.

— Avant toute chose, je voulais vous signaler que vous avez oublié des affaires, dans une chambre aux Fontanilles et que...

— Je ne voulais pas vous déranger hier et...

— Cela m'arrangerait, au contraire, que vous veniez m'en débarrasser au plutôt. Disons à la pause de 11 heures. Pierrot est avisé de votre venue, madame Thérèse aussi.

Bon sang, mais elle avait du cran, la bâtarde ! L'argent n'avait pas tardé à lui monter à la tête. Il se contint.

« En douceur, tout en douceur, Victor, et tu n'auras qu'à cueillir le fruit quand il sera mûr à point », s'encourageait-il alors que son sang nerveux bouillonnait dans ses veines.

— Eh bien, 11 heures, c'est parfait.

— J'ai commandé un maçon, il viendra dans la matinée. Je vous demanderai de me faire appeler dès qu'il se présentera.

— Un... maçon ? Vous envisagez des travaux dans l'atelier ? Il ne me semble pas que monsieur Auguste...

— Des travaux pour le bureau que nous allons devoir partager quelque temps encore. Néanmoins, je vous promets d'être attentive à vos conseils, de faire de mon mieux afin de vous libérer au plus tôt de cette charge qui s'ajoute, si je ne m'abuse, à celle de votre atelier de moulinage.

— Mais... mais... le bureau, il n'est pas mal, non ?

— Je crains, voyez-vous, d'avoir la nostalgie de la filature. Alors, je vais faire remplacer ce mur maçonné par une paroi et une porte vitrées, ce qui me permettra d'être plus près de mes fileuses.

« Et en quelque sorte, sous leur protection », se disait Félicienne.

Vésombre ravala les réflexions qui lui brûlaient la langue. Faire patte de velours, c'est à cette aune que son entreprise de séduction aboutirait, il devait se mettre cela dans la tête et n'y pas déroger. Et de flatter la donzelle sur ses bonnes idées, faute de pouvoir s'égarer sur des flatteries qui, à coup sûr, seraient mal perçues.

— Mais c'est génial ! J'enrage de ne pas y avoir pensé. Bah, j'aurais eu beau suggérer cette idée à mon grand-père… pardon, à monsieur Auguste, je doute qu'il l'ait agréée.

— Il ne sert à rien de prêter aux autres nos pensées, monsieur Vésombre ! Surtout lorsqu'ils ne sont plus là pour les contester. Je tiens à vous remercier du temps que vous voulez bien accorder à La Bâtie Neuve. Je vais, tout d'abord, me doter d'une remplaçante, ensuite elle formera à son tour la surveillante qui va lui succéder et, les travaux étant j'espère terminés, je pourrai prendre la mesure de mes nouvelles responsabilités.

Elle débitait tout cela d'un ton qu'elle souhaitait le plus neutre possible afin que Vésombre sache à quoi s'en tenir et ne prenne pas des initiatives à sa place.

— Vous avez songé à qui, pour vous remplacer ? demanda maladroitement Victor. Maryvonne Roux me semble la plus…

— Pour avoir passé dans cet atelier dix heures par jour depuis huit ans, je pense n'avoir besoin de l'opinion de personne. En tout cas, pas de la vôtre, monsieur Vésombre.

Félicienne eut une pensée pour monsieur Auguste – elle peinait encore à l'appeler grand-père – et jugea qu'il devait être content d'elle. Elle croyait même l'entendre dire : « Elle se comporte comme une vraie Roustan des Fontanilles. » Elle pénétra dans la filature et soupira tel un ballon de baudruche qui se dégonfle. Elle n'aurait jamais cru pouvoir tenir jusqu'au bout de l'affrontement avec son tourmenteur, or il s'était habilement dérobé, et elle soupçonnait une nouvelle manœuvre de sa part.

« Comptez sur moi pour ne pas baisser ma garde, monsieur Vésombre ! »

Elle avait encore du temps avant que les fileuses et les surveillantes arrivent et prit plaisir à embrasser du regard ce lieu si familier qu'elle n'aurait jamais imaginé un jour lui appartenir. Elle s'y trouvait bien, certainement parce qu'ici elle se sentait proche de Niévès ; elle y était à sa place par l'exemple d'humilité que lui avait montré Milagro. Et elle allait devoir abandonner tout cela pour en devenir la patronne. Quelle ironie du sort !

Elle enfila avec une émouvante volupté la blouse uniforme de la filature Roustan. Pour une semaine encore, elle serait Félicia !

Elle n'ignorait pas cependant que, dès qu'elle aurait instruit les filles de son nouveau statut, il ne s'écoulerait pas une nuit avant que toute la ville et même les villages satellites en soient informés. Elle songea qu'on rapporterait tout et n'importe quoi à madame Georges, ce qui la chiffonna. La vieille contremaîtresse méritait mieux qu'un ragot de commère. Elle griffonna un petit billet à son intention, lui demandant de ne pas fermer sa porte ce soir car elle viendrait tard. Elle avait une grande nouvelle à lui apprendre. Une fileuse courtaude et replète, surnommée la Petite Lucette malgré la trentaine bien sonnée, serait la factrice idéale : elle logeait à deux maisons de madame Georges.

Félicia se croyait prête, maintenant, à exposer la nouvelle donne. Elle attendrait, s'était-elle promis, que chacune soit à son poste pour demander à ce qu'on aille chercher le personnel d'entretien, rouleurs et autres arpètes. Rien ne se déroula comme elle l'avait si bien organisé. Et ce, de son propre fait. Une sorte de panique s'était emparée d'elle, un vent mauvais lui soufflait que tout cela n'était qu'un rêve, le fruit d'une ambition dévorante, le besoin malsain de prendre sa revanche sur la vie. Elle s'entendit formuler d'une voix mal assurée :

— Allons, allons, mesdames, mesdemoiselles, au travail ! Ne traînons pas !

Déjà les petits nuages de vapeur familiers se formaient au-dessus des cuviers, les aspes amorçaient leur valse lente avant de s'emballer dans une contre-danse endiablée. Les lampes qui descendaient comme des lianes du plafond formaient un halo de lumière au-dessus de chaque fileuse en attendant que l'astre du jour incendie les baies vitrées. Non, rien n'avait changé, tout était comme hier, et même comme avant-hier, du temps de Niévès Etcheverría.

Et pourtant non, ce n'était pas un rêve !

— Le maçon est là, mademoiselle Félicienne.

Victor avait consciencieusement frappé à la porte, puis, sans réponse, l'avait poussée et, un mouchoir sous le nez, il hélait Félicia.

Elle descendit de sa petite estrade en même temps qu'elle atterrissait de son flottement onirique.

—Je suis… j'arrive, monsieur Vésombre !

Elle avait failli dire, émergeant de sa rêverie : «Je suis à vous, monsieur Vésombre.» Une phrase malheureuse que ce goujat aurait pu prendre pour argent comptant. En larges enjambées, elle se hâta à la rencontre de monsieur Rossi, un Italien que monsieur Auguste faisait travailler pour des menus travaux comme pour ceux d'envergure ; il avait réalisé, entre autres, l'aménagement de La Masson quand il s'était agi d'en faire une maison de convalescence.

Rendossant, avec plus d'aisance qu'elle ne l'eût cru, sa prestance de patronne, elle expliqua à l'artisan les travaux qu'elle entendait faire.

— En toute sécurité pour le bâtiment dans son ensemble, bien sûr ! ajouta-t-elle. Pouvez-vous me confirmer que cela est possible, chiffrer le montant des travaux et me fixer un délai ?

— *Eh bé, lé boureau* il gagnera pas en insonorisation ! fit remarquer l'Italien en ébouriffant ses cheveux, signe chez lui d'intense cogitation.

— L'atmosphère de la filature est joyeuse, autant que la direction en profite, n'est-ce pas ? se défendit Félicienne.

Peu convaincu par cet argument, le maçon chercha l'approbation de Victor Vésombre qui se fendit d'une flatterie digne de Dorante du *Bourgeois gentilhomme* :

— J'approuve tout à fait mademoiselle Félicienne. Fileuses ou préposés à la gestion, ne formons-nous pas une grande famille ?

— Alors, monsieur Rossi ? s'irrita Félicienne. Possible ou pas ?

— Eh, possible, pardi ! Je commence demain à monter une cloison en bois pour protéger le *boureau* de la poussière...

— De l'autre côté, la cloison, monsieur Rossi, il est préférable de protéger la soie. Au bureau, on s'accommodera vaille que vaille.

— Moi, ce que j'en dis... Bon, je commande le vitrage à Alès[1], c'est le plus long...

— Le devis, monsieur Rossi ?

— *Domani...* Demain, vous pouvez compter sur moi.

Voilà une affaire rondement menée et qui avait eu pour effet de replonger Félicienne dans la réalité. Elle prit néanmoins le parti de ne pas en faire état ce jour. Demain, il serait temps quand elle aurait enfin signé les actes officiels !

La journée s'écoula, semblable aux autres, avec ses fatales anicroches – fils cassés ou défectueux, bouchons de frisons, blocages des aspes –, avec ses inévitables bobos – écorchures, lumbagos et, en cette période torride, coups de chaud et vomissements –, avec aussi ses chansons, en particulier celle qui avait le vent en poupe et que toutes les fileuses connaissaient par cœur :

---

1. En cette année 1926, Alais reprit sa graphie initiale d'Alès, perdue en 1629.

Elle avait de tout petits petons, Valentine, Valentine…

Une journée ordinaire, en fait, qui se clôtura par la confirmation de ce dont, l'espace de quelques minutes, elle avait douté.

Maître Constant l'accueillit avec un sourire bonhomme.

— Eh bien, mademoiselle Roustan, vous êtes remise de vos émotions ? Je vous sentais diablement mal à l'aise et je vous comprenais, ma foi. Il y avait de quoi, face à ces trois forcenés.

— Ils avaient d'excellentes raisons de m'en vouloir. Mais j'ai eu l'occasion de m'expliquer avec madame Keller et il n'y a plus de malaise entre nous. Sa nièce est plus retorse, elle m'a proprement jetée de mon logis, le vidant de toutes mes affaires.

— J'avais donc bien fait de prendre les devants et d'avertir le personnel des Fontanilles. Mais voilà, j'ai manqué de discernement en ce qui concernait votre ancien logement, je vous prie de m'en excuser, chère mademoiselle. Alors, on signe ?

Félicienne fit oui de la tête. En une demi-heure, tout fut réglé, ce qui la réjouit : elle serait en avance chez madame Georges. Tant mieux pour la vieille dame qui avait l'habitude de se coucher comme les poules.

Très éprouvée par la mort de son patron, on aurait pu croire qu'elle en portait le deuil si elle avait jamais porté autre chose que des vêtements noirs. Ses yeux rougis, comme au soir des obsèques que Félicia était venue lui conter par le menu, attestaient d'un chagrin qui n'allait pas s'atténuant.

— Qu'est-ce que c'est que cette histoire ? Tu te fais annoncer, maintenant, comme un plénipotentiaire ? J'ai failli ne pas ouvrir ma porte à la Petite Lucette qui lorgne partout avec ses yeux de fouine.

— Ne prenez pas la mouche, madame Georges, écoutez plutôt ce que j'ai à vous dire. Le testament de monsieur Auguste a été ouvert et j'étais convoquée chez le notaire.

Félicia fit une pause, cherchant chez son interlocutrice un étonnement qui ne venait pas.

— Et alors ?

— Alors, asseyez-vous, madame Georges, vous risquez de tomber de haut. Par un acte d'adoption, monsieur Auguste m'a donné son nom et fait de moi l'héritière de La Bâtie Neuve et des Fontanilles.

Madame Georges exhala un profond soupir :

— Il en a mis du temps !

— Comment ça, il en a mis du temps ? Du temps pour quoi ?

La vieille contremaîtresse s'emberlificotait dans des suppositions. Que savait en fait la petite ?

— Du temps... du temps... pour comprendre que tu étais capable. Et même la seule capable de faire tourner la boutique. Parce que tu as accepté, j'espère ? Et tu vas leur montrer que tu es à la hauteur du choix de monsieur Auguste ?

— Oui, oui, j'ai accepté, mais là n'est pas la question. Rien ne vous surprend de tout cela, vous trouvez normal que mon patron, d'un coup, décide de m'adopter, puis de faire de moi son héritière en déboutant sa propre famille ? Rien qui vous choque dans tout ça ?

— Oui, bredouilla la vieille femme. On peut en effet se poser des questions, mais monsieur Auguste avait certainement ses raisons...

En comédienne consommée, elle porta une main à sa tempe, ferma les yeux, fit mine de vaciller.

— Tu me mets la tête à l'envers avec tes questions qui n'auront jamais de réponse !

Fallait-il qu'elle soit embarrassée ou sacrément rouée ! Félicia n'en tint pas compte.

— Moi j'en ai des réponses ! Mais je vous avoue qu'elles ne m'ont pas été servies sur un plateau, ah ça non ! Disons que c'est plutôt le hasard et les hasards qui m'ont fait découvrir que Niévès Etcheverría était ma mère et depuis hier seulement je sais qui était mon père. Pas vous, madame Georges ?

L'interpellée, afin de ne pas faire mentir ses lèvres, fit non de la tête.

— Un amour bien caché alors. C'est à Félix Roustan et Niévès Etcheverría que je dois le jour. Monsieur Auguste était donc mon grand-père !

— J'ai toujours pensé que monsieur Auguste était un homme bon !

Pas un mot de plus ne franchit les lèvres de la vieille dame qui pleura longuement dans les bras de l'héritière.

Toute la semaine, le maçon Rossi et son ouvrier avaient travaillé à l'ouvrage commandé sans que les fileuses soient gênées dans leur travail, ce qui n'était pas le cas de Vésombre. Il prenait sur lui pour ne pas s'en plaindre, quoiqu'il fulminât intérieurement. Le vendredi soir, tout ce qui était vitrage – porte et cloison – avait été livré et Rossi avait assuré que, si on lui permettait de venir travailler dimanche avec une équipe plus étoffée, il promettait l'achèvement des travaux pour le lundi. Cela convenait à Félicienne qui avait eu toute une semaine pour affiner son choix de remplaçante et nommer une nouvelle surveillante.

Le samedi, alors que la cloison de bois séparait encore le bureau de la filature, elle fit arrêter le travail un quart d'heure plus tôt et réunit tous les employés dans la filature, se gardant bien de convier Vésombre.

— Pour des raisons qui sont strictement personnelles, monsieur Auguste, après m'avoir légalement adoptée, a fait de moi l'héritière de La Bâtie Neuve et des Fontanilles. Sans nier mon incompétence en matière de gestion, ni l'écrasante responsabilité de poursuivre l'œuvre des Roustan, j'ai accepté de relever ce défi et je compte sur vous tous et toutes pour m'aider dans cette tâche et faire honneur à celui qui m'a donné son nom.

Elle libéra son public attentif qui n'avait qu'une hâte, faire des apartés et supputer toutes les bonnes et mauvaises raisons qui avaient motivé monsieur Auguste.

Félicienne avait retenu deux jeunes filles, Nathalie et la Petite Lucette. Natalia Boureieva, fille de réfugiés russes, avait d'autorité francisé son prénom, de même qu'elle refusa d'aller travailler au triage du charbon, comme sa mère avant elle, comme ses frères et sœurs, et de céder à ce qu'ils considéraient comme une fatalité. Son père eut beau lui tanner le cuir plus d'une fois, elle résista et prouva, chaque jour, qu'elle avait eu raison de le faire. Fileuse experte et soigneuse, elle avait été nommée surveillante deux ans avant Félicia.

— Nathalie, je te propose de me remplacer au poste de contremaîtresse avec le salaire et les responsabilités qui vont avec.

Le visage aux hautes pommettes de la blonde Nathalie se fendit d'un large sourire d'acquiescement. Puis ce fut au tour de la Petite Lucette d'être promue surveillante à la place que tenait Nathalie.

— De lundi à jeudi, je compte sur toi, Nathalie, pour former ta remplaçante. Dès jeudi, ce sera à moi de te passer le relais en douceur. Mesdemoiselles, vous allez faire des envieuses, prenez sur vous pour endurer quelques coups bas ou remarques perfides qui iront diminuant rapidement. J'y veillerai, croyez-moi.

— Vous nous soulagez d'un grand poids, mademoiselle Félicia... euh... on peut continuer à vous appeler ainsi ?

— Je vous le demande ! Alors, quel était ce grand poids ?

— Des bruits couraient que La Bâtie Neuve allait être vendue et que son nouveau propriétaire était un fabricant de biscuits.

— Eh bien, je vous assure que je ferai tout mon possible pour qu'on travaille toujours la soie en ce lieu. Ce qui ne m'empêche pas d'aimer les biscuits.

Le trio se sépara sur ce trait d'humour de la nouvelle patronne. Dans le bureau, à travers la cloison de bois provisoire, Victor n'avait rien perdu des décisions de Félicienne et enrageait. N'avait-il pas promis le poste de contremaîtresse à Maryvonne, une des surveillantes aux formes généreuses qui avait déjà payé, et généreusement, de sa personne cette utopique promotion ?

Le lendemain, après une brève visite à la filature pour s'assurer que Rossi tenait sa parole, après le culte qui l'unissait de cœur et d'esprit avec son cher Matthieu, elle avait pris son repas avec les domestiques des Fontanilles qui n'en faisaient plus une affaire d'État. Madame Robert allait même s'adoucissant.

— Vrai, elle gagne à être connue, votre protégée, Thérèse !

— Ah, quand je vous disais !

— Eh, doucement, c'est tordu quand même cette question d'héritage et d'adoption ! Qui sait les manigances qu'il y a là-dessous ?

— Il n'y a pas de manigances, et vous le savez bien ! Sauf que les grandes familles comme celle de monsieur Roustan, elles étalent pas leurs péchés de jeunesse… tant que le remords ne leur chatouille pas les pieds. Moi, la petite, je la changerais pas pour cette pimbêche d'Eugénie.

— Pour ça, je suis d'accord avec vous. Et toi, Pierrot, tu dis rien. Tu n'en penses pas moins, c'est ça ?

— Moi, ce que j'en dis ? J'ai passé plus d'un demi-siècle aux côtés de monsieur Auguste, je l'ai connu chagrin, aigri, puis tourmenté et enfin, les derniers mois de sa vie, il était apaisé ; alors, je dis qu'il a bien fait de donner son nom et sa filature à Félicia, c'est tout !

Félicienne était attendue, dans l'après-midi, à La Térébinthe, où Bérangère avait promis de rechercher les coupures de journaux relatives à l'accident de métro dans lequel son père avait trouvé la mort, et la jeune fille se préparait avec hâte et appréhension.

Hâte de renouer avec ce passé qui avait précédé de si peu sa venue au monde et de retrouver cette tante qui lui tombait du ciel et avec qui elle soupçonnait d'avoir des affinités.

Appréhension en ce qui concernait Maximilian dont le mutisme et la mine renfrognée le dimanche précédent, suivis de son assourdissant silence durant toute la semaine, la déconcertaient. Elle comprenait qu'il soit surpris, qu'il s'interroge, n'avait-elle pas été dans le même état d'esprit? Mais prendre une telle attitude de recul sans la moindre explication méritait qu'elle éclaircisse la situation. Aussi, la proposition de Bérangère, le matin même au téléphone, d'envoyer son filleul pour la chercher en voiture lui offrait-elle une belle occasion.

— Tu verras, Félicienne, j'ai une belle surprise pour toi! avait, de plus, ajouté la veuve Keller en tenant dans ses mains tremblantes une photo, celle du mariage d'Antoine et de Lorraine où Niévès, une adorable fillette de sept ans, donnait le bras à Félix, un charmant adolescent de six ans son aîné.

Absorbée par le choix de sa toilette qu'elle voulait sombre et sobre, eu égard à un deuil qu'elle pouvait considérer familial, et cependant suffisamment élégante afin de ne pas déparer avec sa tante et, du moins le supposait-elle, avec la mère de Maximilian, elle ne vit pas la silhouette élancée, dans un costume de lin beige et chapeautée d'un canotier à large gros-grain couleur châtaine, qui montait en trois enjambées les marches accédant à la terrasse.

Elle entendit, en revanche, le heurtoir et dévala en trombe l'escalier, pas assez vite cependant. Ce fut Pierrot qui ouvrit.

— Vous demandez, monsieur?

— Mademoiselle Félicienne.

— Matthieu ! Oh Matthieu, c'est toi ! Quelle chance !

Elle était déjà dans ses bras, levait vers lui ses yeux de velours noir et lui, ébloui comme à chaque fois par sa lumineuse beauté, se penchait vers elle et lui baisait tendrement les deux joues.

— J'ai eu ton courrier et je suis accouru, murmura-t-il, ses lèvres dans ses cheveux.

— Je savais que tu viendrais au plus tôt mais j'ignorais quand, ne sachant où trouver mon cher pasteur Matthieu Brugère.

— On m'a donné la paroisse de Saint-Jean-de-Maruéjols, murmura-t-il en rougissant.

— Depuis quand ? demanda la jeune fille, soupçonneuse.

— Cela va faire huit mois, avoua-t-il en baissant encore le ton.

— Huit mois et tu ne m'avais rien dit ? Et tu n'es jamais venu me voir ? Qu'ai-je fait, Matthieu ? Je ne suis plus ton amie, ton amie la plus chère ?

Matthieu la serra encore plus contre lui afin de lui dissimuler son regard embué. Que répondre à ces reproches fondés ? Qu'il l'aimait ? Il n'avait pas le droit de ternir le bonheur qui enfin lui faisait signe.

— Une première paroisse, c'est lourd, très lourd, et cela demande beaucoup de temps et d'énergie pour être à la hauteur des attentes de mes ouailles, bredouilla-t-il, la voix rauque d'émotion.

— Tatata, à d'autres, monsieur le pasteur ! Nous avons à éclaircir bien des choses, me semble-t-il.

Déjà à l'aise avec cet objet de malheur, dixit monsieur Auguste, qu'était le téléphone, elle demanda le numéro de madame Keller, tout en désignant à Matthieu le Chesterfield bordeaux aux accoudoirs élimés. Ayant enfin sa tante au bout du fil, elle s'enquit de savoir si Maximilian Lorentz avait pris la route. La réponse ayant l'air de la satisfaire, elle s'excusa de devoir renoncer à se rendre à La Térébinthe.

— Je vous le promets, ma tante, rien ni personne ne m'empêchera de vous visiter dimanche prochain. Je vous demande bien pardon pour me décommander à la dernière minute.

Après un moment de silence, Matthieu l'entendit confirmer :

— Oui, oui, une personne très importante dans ma vie, une personne très chère dont la visite me comble de joie. Encore pardon et à dimanche, ma tante.

Lorsqu'elle raccrocha le combiné, plus rien ne paraissait sur son visage de cette fausse réprobation qu'elle avait affichée en apprenant les cachotteries de Matthieu. D'un geste engageant, le jeune pasteur l'invita à venir le rejoindre sur le canapé. Sans le moindre calcul – c'est dire si la reconstruction de sa main était une totale réussite – il lui avait tendu la droite que Félicienne fixa, sidérée.

— Ta main ! Ta main est guérie, Matthieu ! Oh mon Dieu, que je suis heureuse. Mais par quel miracle ?

— La chirurgie réparatrice, ma chère, accompagnée d'une bonne pincée de patience et une forte dose de volonté pour presser, malgré la douleur, une quantité inouïe d'oranges. Un exercice recommandé par le chirurgien. Je crois avoir bu, durant trois mois entiers, assez de jus de ce fruit pour en être écœuré à vie.

— Mais ça a marché, alors, vive les oranges !

Elle s'était emparée de sa main et la couvrait de baisers. Des frissons de désir couraient dans le dos de Matthieu qui opta pour la plaisanterie.

— Sont-ce les habitudes des demoiselles Roustan des Fontanilles, ou bien innovez-vous, chère mademoiselle ?

Et tous deux d'éclater d'un rire franc pour dissimuler leur émotion.

— Alors, petite fille, c'est maintenant à toi de raconter. J'ai quitté Cendrillon et je retrouve une princesse en pantoufles de vair.

— Oh toi, il faut toujours que tu exagères ! Ni Cendrillon ni princesse, mais bien mieux que cela, une orpheline qui sait maintenant qui étaient ses parents. Et crois-moi, il a fallu que le destin s'en mêle pour me guider jusqu'aux indices de ce véritable jeu de piste.

Une pendule lyre en bronze doré émit six fois son tintement cristallin et les deux amis étaient toujours là, à bavarder, à nourrir, pour l'une son amitié et pour l'autre son amour secret, de leurs paroles, de leurs regards, de leurs effleurements instinctifs, bien vite réprimés, qui les mettaient soudain mal à l'aise.

— Six heures ! Tu as le don de faire perdre la notion du temps, ma douce Félicienne. Eh, c'est que je n'ai pas de véhicule, moi, comme j'ai cru comprendre qu'en avait un certain Maximilian…

Et voilà ! Ils avaient parlé de tout, du ministère de Matthieu qu'il exerçait avec fougue et ferveur, de la nouvelle vie de Félicienne et des responsabilités qu'elle allait pleinement assumer dans les jours à venir, de ce satané Vésombre qu'elle craignait comme la peste mais à qui elle comptait bien tenir la dragée haute, de la famille Brugère au grand complet, en particulier d'Héloïse, presque adolescente, que

Félicienne se promit d'inviter aux Fontanilles. Mais il n'avait jamais été question des amours de la jeune fille.

— Au fait, qui est-il, ce mystérieux Maximilian ?

— Tu… tu sais ? Je veux dire, tu le connais ?

— C'est toi qui en as parlé au téléphone, alors moi je suis un peu curieux des amis de ma meilleure amie.

Elle n'y coupait pas, Matthieu voulait tout savoir et s'il lui fut aisé de raconter le banc d'école partagé, les trajets de concert dans le train qui les menait à Alès, et les en ramenait, l'attraction amoureuse qu'ils s'étaient découverte lui donna plus de mal.

— Lorsque nous nous sommes revus, c'est un peu comme si on se redécouvrait. Enfin, moi, j'ai eu cette impression et il me semble qu'il a éprouvé la même chose, confia-t-elle en rougissant.

Elle se dit que le silence de Matthieu attendait une suite alors qu'il n'était que torture et maîtrise de soi.

— Il m'a donné rendez-vous et… enfin, tu comprends, Matthieu !

Bizarrement, elle retenait sa fougue à lui avouer cet amour révélé qu'elle aurait voulu crier à la face du monde.

Matthieu saisit-il cette réserve ? Ou bien cela lui pressait-il de clore le sujet ? Il attira Félicienne contre lui et murmura :

— Tout ce que je comprends, c'est que tu es heureuse, ma belle et douce amie. Cela seul compte.

Il la sentit se raidir dans ses bras. Il l'éloigna de lui et glissa un doigt sous son menton pour relever sa tête qu'elle tenait baissée.

— Mais tu n'es pas heureuse, c'est ça ?

— Si ! Non ! Enfin, je ne sais plus. Depuis la mort de monsieur Auguste… en fait depuis la maladie de monsieur Auguste, il me fuit. L'ouverture du testament, loin d'arranger les choses, en a fait un étranger. J'espérais aujourd'hui une discussion qui m'éclairerait sur son attitude et sur ses sentiments à mon égard. Tu sais, trois clans se sont immédiatement formés chez le notaire, celui de ma tante, celui d'Eugénie ma cousine et celui de Vésombre représentant sa mère. Si avec la première tout est clair maintenant, je n'en dirais pas autant des deux autres. Maximilian a-t-il rejoint un de ces deux camps et me tient-il, lui aussi, pour une usurpatrice ?

— Si c'était le cas, il ne mériterait pas ton amour ! lança Matthieu, péremptoire.

Il se reprit, honteux d'avoir cédé à la jalousie, au besoin mesquin de dénigrer son rival et, redevenant le Matthieu philanthrope, il n'eut de cesse de rassurer l'amoureuse chagrine :

— Tout va s'arranger avec une bonne et franche explication. Tu mérites d'être heureuse, Félicienne, et s'il t'aime, ton Maximilian ne peut l'ignorer. Tiens-moi au courant, ma douce, maintenant que tu sais où me trouver.

— Et toi, ne joue plus à cache-cache avec moi. Nous avons passé l'âge ! répliqua-t-elle, mutine, en le menaçant du doigt.

*   *

*

Voguant encore sur son petit nuage d'amitié, Félicienne aborda la semaine de tous les changements avec sérénité.

Rossi le maçon avait respecté le délai imparti pour les travaux qu'elle avait souhaités et le résultat était à la hauteur de ses espérances, une cloison vitrée parfaitement intégrée entre deux murs de pierre qui ne séparerait plus patronne et ouvrières. Oh, bien sûr, chacun y verrait ce qu'il voulait y voir, une surveillance accrue pour les unes, une communion d'efforts physiques et intellectuels pour d'autres, une façon pour la nouvelle patronne de dire aux fileuses qu'elle était des leurs pour les plus sentimentales et, en ce qui concernait Victor Vésombre, un sacré camouflet à ses velléités d'insupportable cacique de province.

Elle souriait, maintenant, de sa réticence stupide à parler de Maximilian à Matthieu. Ne l'avait-il pas, avec son sens inné de l'âme humaine, confortée dans le besoin d'une mise à plat des événements? Comme il lui tardait, sans appréhension, d'arriver à dimanche!

Félicienne se disait qu'elle avait fait le bon choix. La Petite Lucette fit la preuve de ses capacités, ce qui étonna Nathalie.

— Mademoiselle Félicia, elle est surprenante, cette Petite Lucette. L'estrade est la bienvenue pour compenser sa petite taille, mais elle n'a besoin de rien pour s'imposer, rapporta Nathalie, fière d'avoir formé sa remplaçante en deux jours.

Elle ajouta avec modestie:

— Je ne sais si j'aurai la même promptitude à être en mesure d'exercer votre fonction.

Félicia la rassura d'un encourageant sourire:

— Je t'ai vue à l'œuvre et je sais que tu ne me décevras pas.

Ni l'une ni l'autre ne firent allusion au regard torve et à la bouche amère d'une certaine Maryvonne qui voyait s'écrouler ses rêves de grandeurs entretenus par son amant, lequel dans son aquarium – ainsi nommait-il le nouveau bureau – avait pris le parti de boire le calice jusqu'à la lie en attendant son heure.

Il ne se passait rien à Saint-Ambroix et même on pourrait dire à dix lieues à la ronde, qui ne soit perçu dans la filature comme si les filles avaient un sixième sens. On était vendredi, un groupe d'entre elles revint de la pause de 11 heures, excitées telles des puces.

— Il est arrivé quelque chose, peut-être aux mines du Martinet ou de Mercoirol.

— Peut-être à l'usine des tubes de Bessèges.

— Non, non ! C'est dans la vallée de l'Auzonnet !

— Oui, oui, des explosions en chaîne ce matin et depuis, des ambulances à n'en plus finir. Il doit y avoir du grabuge !

La nouvelle contremaîtresse devint blême.

— Ça ne va pas, Nathalie ?

— Mon père, mes frères, enfin ma famille, ils sont au puits de Rochessadoule.

Félicienne s'enquérait de la pâleur de Nathalie alors qu'elle-même n'en menait pas large. La vallée de l'Auzonnet ! La fonderie dont Maximilian avait la responsabilité n'y était-elle pas implantée ?

— Monsieur Vésombre ! appela-t-elle. Allez aux nouvelles, je vous prie. Le téléphone ! Oui. Téléphonez à la caserne des pompiers !

Elle ne pouvait rester dans cette incertitude et, de ce fait, comprenait qu'il en soit de même pour Nathalie et pour d'autres fileuses qui descendaient de cette vallée.

Il revint au bout d'un moment qui parut à toutes une éternité.

— Une explosion aux forges Keller, suivie d'émanations de monoxyde de carbone. On évacue toute l'usine. Il y a des morts et des grands brûlés. Des intoxiqués aussi.

Félicia sentit le sol se dérober sous ses pieds.

29

Automne 1926

Que faire sinon attendre ? Attendre que le reste de la journée s'écoule, que le téléphone de La Térébinthe se libère enfin.

— Occupé ! ne cessait de répéter la standardiste aux appels réitérés de Félicienne.

Dans l'atelier, le travail avait repris après que toutes les fileuses avaient exhalé un très compréhensible et néanmoins égoïste soupir de soulagement. Pas une qui ait un membre de sa famille employé aux forges Keller.

Il était 21 heures quand Félicienne se décida, quoique avec quelque hésitation en raison de l'heure indue, à appeler une nouvelle fois sa tante qui, enfin, lui répondit. Il avait suffi d'un accident aux allures de catastrophe pour que Bérangère Keller, la maîtresse des forges, redevienne la bonne dame de l'Auzonnet, ne songeant qu'aux trois ouvriers morts, aux neuf grièvement brûlés, à ceux qui avaient inhalé ce maudit gaz et s'en trouvaient gravement incommodés, à toutes ces familles dans la peine.

— Un miracle que mon filleul ne soit que légèrement blessé, soupira Bérangère. Les pompiers sont unanimes, Maximilian s'est comporté en héros, s'oubliant pour porter secours au mépris du métal en fusion qui gagnait rapidement le vaste périmètre des hauts-fourneaux. J'espère que le personnel n'oubliera pas son altruisme et cessera de le considérer comme un intrus. Sais-tu, et c'est notoire, qu'on le nommait en aparté l'Alsacien, quand ce n'était pas l'Allemand?

Après ce conciliabule qui s'était résumé à un long monologue exutoire de la veuve Keller, Félicienne se sentit doublement apaisée : Maximilian n'avait que quelques ecchymoses superficielles qui avaient pu être traitées sur place et son attitude des jours, des semaines et même des mois précédents trouvait un début d'explication. Elle n'en demeurait pas néanmoins chiffonnée par la dernière phrase de sa tante.

— Tu comprendras aisément que, vu les circonstances, je n'ai pu me mettre à la recherche des articles de presse dont nous avions parlé. Dès que j'aurai mis la main dessus, je te le ferais savoir.

« Autrement dit à la Saint-Jamais ! » se résigna Félicienne que surprenait cette volte-face.

Eugénie avait-elle pu la circonvenir au point que Bérangère, naguère émue d'apprendre qu'elle était la fille de Félix, décidât de prendre ses distances ? Elle chassa bien vite cette crainte, accordant à sa tante des sagesses et des frilosités de sexagénaire à réveiller ainsi la mémoire des disparus. Elle n'en resta pas moins chagrinée de ne pouvoir montrer ouvertement son soulagement au sujet de Maximilian, et surtout lui communiquer ses vœux de prompt rétablissement.

Cela faisait maintenant près de deux mois que Félicia passait ses journées dans l'aquarium, assise à son bureau, qu'elle avait pris soin d'installer dans l'angle opposé à celui de Vésombre dont elle appréciait cependant la capacité de travail et la longanimité dont il faisait preuve à son égard.

— Confirmez-moi, monsieur Vésombre, je vous prie, c'est bien à monsieur Deubray que j'envoie ce courrier?

— Deubray n'est que le fondé de pouvoir de la banque Charaix, c'est donc à son directeur, monsieur Lagarde, qu'il convient de l'adresser, mademoiselle Félicienne. De même si vous souhaitez un rendez-vous. Comme je dis toujours, il vaut mieux s'adresser au bon Dieu qu'à ses saints!

Bien qu'elle jugeât ces propos empreints d'arrogance, la jeune fille se promettait de faire siens ces préceptes en y mettant les formes que lui dictait sa délicatesse de femme.

Victor, lui, sans se départir d'une obséquieuse politesse, pensait avancer ses pions. Faute d'avoir pu s'octroyer les faveurs passagères de la craquante fileuse, il songeait maintenant à faire son épouse de l'héritière qu'elle était devenue, en dépit des zones d'ombres autour de l'adoption opportune de monsieur Auguste.

«Bah! se disait-il, La Bâtie Neuve en vaut la chandelle. Et puis, que diable, il y a plus repoussant que ce tendron à glisser dans mon lit! En particulier cette demoiselle Maurantain que ma mère considère un peu prématurément comme sa bru. J'enrage de devoir lui laisser cette marquise que j'ai glissée un peu hâtivement à son doigt.»

Il devait pousser ses feux, ne pas laisser passer sa chance, surtout ne pas se faire brûler la politesse, encore qu'il soit rassuré à ce sujet: il ne connaissait pas d'amoureux à Félicienne, sinon une passion pour La Bâtie Neuve, en bonne héritière d'Auguste-César Roustan des Fontanilles. Il se décida après une nuit dans les bras de Maryvonne, à qui il devait une compensation en nature.

— L'échange de courriers entrouvre les négociations, mademoiselle Félicienne, les repas d'affaires les concluent. Que diriez-vous que nous rencontrions monsieur Lagarde autour d'un repas fin? Je me charge de réserver un cabinet particulier au Grand Café de France? La semaine prochaine?

— N'est-ce pas du temps perdu? J'ai un besoin urgent de l'accord de principe, la finalisation est moins pressée.

— Dîner avec un banquier n'est jamais une perte de temps. Laissez-moi faire, voulez-vous?

Dans un soupir désabusé, elle acquiesça. Puis, en fin d'après-midi, elle s'étonna que, fort de son accord, Vésombre n'ait pas pris le téléphone illico. Ce n'était donc pas aussi pressé qu'il voulait bien le dire. Il ne s'attarda pas au bureau, ce soir-là, et, pour la première fois seule dans les lieux après le départ des fileuses, elle en apprécia le silence, propice au travail et à la réflexion. Propice aussi à l'exploration de tiroirs et autres rangements qui contenaient en chiffres, contrats et factures, toute l'histoire de La Bâtie Neuve, depuis la première pierre posée jusqu'à l'installation électrique, version Énergie industrielle qui avait pris le relais, l'année de la disparition de Milagro, de la Société électrique d'Alais, son précédent fournisseur.

On aurait dit que monsieur Auguste faisait grandir et avancer sa filature au même rythme qu'il prenait de l'âge. Et afin de confirmer cette impression, il avait usé et abusé de la photographie dès ses balbutiements.

Ainsi, un portrait du biologiste Louis Pasteur à sa descente du train en gare d'Alès était-il inséré dans un dossier : «Maladies du ver à soie».

Un autre cliché, daté de 1880, représentait La Bâtie Neuve comme elle ne l'avait pas connue ; il était suivi de nombreux autres, jaunis, montrant la progression des travaux du nouveau système de chauffage, la chaudière Duquesne près de laquelle posait, en conquérant, un fringant quadragénaire. Et les factures, au montant aujourd'hui ridiculement bas, voisinaient avec toutes ces images.

Félicienne jeta un coup d'œil à la pendule de gare de l'atelier.

«J'ai encore du temps ! » se réjouit-elle, peu désireuse de faire attendre la tatillonne madame Robert.

Elle aurait été peinée de devoir quitter tous ces dossiers-souvenirs, sans savoir en expliquer la raison. Peut-être à cause de l'intitulé poétique de celui qui suivait. Que venait faire dans ce concentré de travaux de toutes sortes «La Fée électricité»? Il s'agissait en fait du contrat avec la Société électrique d'Alais. Monsieur Auguste avait fait, ou demandé que l'on fasse, un cliché d'ensemble des cent vingt lampes qui pendaient du plafond au-dessus des bassines. Sur quatre rangées, dans un parfait alignement, la lumière était diffusée de façon uniforme. Félicienne sourit à ce bel ordonnancement, puis ses sourcils se froncèrent au cliché qui suivait. C'était elle, devant sa bassine, la bassine 48, on voyait distinctement le chiffre. Elle, dans sa blouse bordeaux ! Ses yeux qu'elle trouvait plus vifs qu'à l'ordinaire – le flash à la poudre explosive de la photo, certainement –, sa bouche, son menton volontaire, jusqu'à ses cheveux noirs et bouclés qu'elle devinait enfouis sous le foulard.

— Je ne me souviens absolument pas de ce moment. Et pourtant, je regarde l'appareil. Et cette fille derrière… mais… ne dirait-on pas…

Sans lâcher la photo en dépit de sa main qui tremblait, elle chercha la date du dossier : 1902 !

— Niévès ! Maman ! C'est toi ! Et là, à côté, c'est marraine !

Elle riait et pleurait à la fois sur cette maman qui lui était révélée dans son aspect physique criant de vérité par la ressemblance. Pourquoi avoir tant cherché ce qu'elle avait dans son miroir ? Niévès et Félicienne, copies conformes hormis les yeux, mais sa tante Bérangère ne lui avait-elle pas dit qu'elle avait le regard de son père, ces yeux de velours noir à nuls autres pareils ? Son album de famille s'étoffait pour son plus grand bonheur.

— Niévès ira rejoindre Félix dans un cadre double sur la cheminée du salon, je suis sûre qu'ils seront heureux d'avoir la plus belle place.

Un nouveau coup d'œil à la pendule. Elle devait rentrer dare-dare aux Fontanilles !

*   *

*

Tout naturellement, Victor Vésombre avait proposé à Félicienne de la prendre en voiture pour se rendre à ce repas d'affaires qui paraissait tant lui tenir à cœur, et tout naturellement aussi elle avait refusé. Il n'avait pu retenir une grinçante remarque :

— Je vois, le brougham de monsieur Auguste a toujours ses adeptes !

« Ça m'apprendra à prêter le flanc aux critiques ! » se reprocha-t-elle aussitôt.

— Pas moi ! répliqua-t-elle un peu vivement. D'ailleurs, je vais le mettre en vente ainsi que le cheval.

Elle avait répondu un peu vite, mais à la réflexion cela lui parut une excellente idée ; elle ne se voyait pas se pavanant dans cette antique voiture trop solennelle à son gré. Pour autant, avait-elle le droit de priver Pierrot de son travail ? À moins qu'il ne soit pas loin de la retraite. Elle se promit d'en discuter avec lui.

Et comme Vésombre semblait attendre qu'elle lui dévoilât par quel moyen de locomotion elle se rendrait à Alès et à quelle heure elle le rejoindrait au Grand Café de France, elle s'obligea à une explication :

— Je prendrai le train des fileuses, puis ferai quelques achats avant de retrouver notre invité au restaurant qui se trouve… ?

— Près de la cathédrale, sur la haute place Saint-Jean. Vous ne pouvez pas le manquer. Je vous assure, vous ne serez pas déçue, mademoiselle Félicienne, je connais le chef Brès, il va nous régaler.

En parfait jouisseur des plaisirs terrestres, Vésombre salivait en pensant au menu, tout comme il savourait d'avance la fin de la soirée.

En ce mois d'octobre finissant, une chaleur orageuse accablait encore la capitale des Cévennes, qui somnolait jusqu'à ce que le soleil rasant se couche derrière la colline de l'Ermitage. La ville alors se trouvait assaillie d'hommes et de femmes au sortir des bureaux, des usines, de la mine, et les boutiques et magasins resteraient ouverts jusqu'à la nuit tombée, jouant le jeu d'une vie à la mode espagnole. Les cafés, eux, étalés en terrasses débordant largement sur la rue, attendraient, pour certains, la fin du film des cinémas de plein air, pour ceux de la place de la Mairie, les spectateurs toujours nombreux du théâtre de verdure du fort Vauban.

Félicia arriva à l'heure devant le Grand Café de France qu'elle n'avait eu aucune peine à trouver, face au double escalier menant de l'évêché à la cathédrale Saint-Jean. Avec sa lourde bâche à rayures qui barrait sa façade vitrée et la rangée de platanes qui courait devant elle, sa terrasse avec ses fauteuils en paille tressée et ses guéridons de marbre avait la faveur des consommateurs las de flâner.

Un garçon de café, en long tablier blanc qui frôlait ses chaussures, vint à elle en demandant :

— En terrasse ou au bar, la jolie demoiselle ?

La flatterie, plutôt que de l'enjouer, l'irrita. Elle pinça les lèvres et s'embrouilla.

— Je suis attendue... enfin... nous avions réservé...

— À quel nom, je vous prie ?

Plus de familiarité, le serveur était presque au garde-à-vous.

— Etchev... Pardon, je voulais dire Roustan.

La mine perplexe de son interlocuteur lui suggéra :

— Vésombre !

— Suivez-moi, mademoiselle.

Il s'était retourné très vite afin de dissimuler son visage hilare à la demoiselle qui, d'après ses triviales déductions, n'allait pas tarder à «passer à la casserole». Il connaissait trop bien le beau Victor, un habitué aux pourboires généreux, pour envisager une fin de soirée différente.

Le coup d'œil égrillard de Vésombre, habilement dissimulé, n'en était pas moins appréciateur de l'élégance discrète de Félicienne, dont la silhouette, naturellement racée, aurait sublimé la plus banale des toilettes.

De son côté, la jeune fille remarqua l'allure plus désinvolte du moulinier, mais se morigéna aussitôt d'avoir porté un quelconque intérêt à cet être détestable.

— Je suis en avance? demanda-t-elle pour rompre le silence gênant.

— Nous aurons le temps de prendre un apéritif, détourna Vésombre. Que prenez-vous, mademoiselle Félicienne? Martini, muscat. Oh, je sais, un beaumes-de-venise. Garçon!

— Pas pour moi, monsieur Vésombre, je ne prends pas d'alcool. Et puis, je pense qu'il serait incorrect de ne pas attendre monsieur Lagarde. Il ne saurait tarder, j'espère.

Félicia s'était assise au bord de la chaise et s'abîmait dans la contemplation de ce cabinet particulier au décor d'inspiration Art déco avec une profusion d'arabesques murales, des appliques Tiffany, des meubles de bois sombre aux lignes épurées. Une surcharge qui ne laissait aucun repos à l'œil et une atmosphère qui l'oppressait sans qu'elle se l'explique. À moins que ce ne soit ce sofa en palissandre qu'elle trouvait dérangeant dans une pièce réservée aux agapes?

Vésombre nourrissait la conversation de banalités qui tombaient à plat, Félicia se composant une rigidité de maintien pour bien marquer ses distances. Le temps semblait s'être figé sur l'attente du troisième convive qui jamais ne venait.

Un serveur fit son entrée dans le cabinet, se pencha vers Vésombre pour murmurer. Vésombre se leva et s'excusa auprès de Félicienne:

— Je vous prie de m'excuser deux minutes, on me demande au téléphone.

Et il sortit à la suite du larbin à qui il glissa un pourboire dans la main en lui disant:

— Merci, Jules. Vous avez été parfait, comme toujours.

Il revint, cinq minutes plus tard, affichant une mine déconfite.

— Monsieur Lagarde nous prie de l'excuser, il est désolé mais une réunion importante l'oblige à partir pour Paris par le train de nuit.

Une pensée fugitive traversa l'esprit de Félicia: «il ment» qu'elle repoussa aussitôt, honteuse de son jugement téméraire.

— Eh bien, ce ne sera que partie remise. Rien ne pressait, en vérité.

Elle repoussa sa chaise et allait se lever quand Victor la saisit fermement au poignet en se récriant:

— Ce banquier nous prendrait pour des quémandeurs, il n'agirait pas avec une telle désinvolture à notre égard, c'est que j'ai déjà commandé les repas, moi! La prochaine fois, s'il y en a une, faites-moi penser à le faire lanterner, Félicienne.

Cette soudaine familiarité lui fit froid dans le dos, elle chercha des yeux son sac et son écharpe dont le serveur l'avait débarrassée. Ne voyant pas ses affaires dans le cabinet, elle devint fébrile :

— Appelez le garçon, monsieur Vésombre, je veux partir !

— Vous n'y pensez pas, Félicienne ! Je viens de vous le dire, j'ai passé commande d'un plateau de fruits de mer. Tenez, il arrive !

Comme dans une pièce de boulevard où les portes s'ouvrent et se ferment à bon escient, celle du cabinet particulier laissa place au serveur suivi du sommelier.

À moins de faire un esclandre en réclamant son sac à cor et à cri, Félicia se sentit piégée quand, le plateau posé au centre de la table et leurs verres remplis d'un beau liquide blond, Vésombre demanda :

— Qu'on ne nous dérange pas ! Les huîtres se dégustent en silence, tout comme les ortolans.

D'une voix blanche, Félicia énonça :

— Monsieur Vésombre, je ne tiens pas à me faire remarquer, pas plus que vous, j'espère, ne souhaitez passer pour un malotru. Alors, faites apporter mon sac, que je rentre chez moi !

En comédien consommé, Vésombre tomba à genoux devant elle, lui enserra les jambes pour mieux la retenir et joua la grande scène du repentir avant celle de la déclaration :

— Félicienne, par deux fois je me suis conduit avec vous comme un cuistre et aujourd'hui je m'en repens. Votre beauté me rendait fou, votre résistance attisait mon désir et pour tout cela, je le sais, je suis impardonnable. Et même je vous remercie de m'avoir repoussé, cela m'a fait comprendre combien était avilissante, pour vous comme pour moi, mon ignoble conduite. Et surtout, elle m'a montré le chemin de l'amour. Car je vous aime, Félicienne, mon adorée ! Je veux faire de vous ma femme, la mère de mes enfants. Je vous veux, Félicienne !

Félicia hésitait entre le comédien et l'homme de bonne foi. Incapable de trancher, le plus urgent était qu'il se relevât de cette posture ridicule autant qu'inconfortable pour elle qui redoutait de tomber.

— Relevez-vous, monsieur, c'est vraiment trop grotesque !

— L'amour n'est jamais grotesque quand il est sincère !

— Encore faudrait-il qu'il soit partagé ! Lâchez-moi !

— Pas avant que vous m'ayez donné un baiser !

— Je n'embrasse que ceux que j'aime, monsieur, et je ne vous aime pas ! Lâchez-moi, vous dis-je !

Sans jamais desserrer son étreinte et toujours avec une voix de velours, il se faisait suppliant :

— Je vous apprendrai à aimer, petite fille. Je vous révélerai ce qu'est l'amour…

— Mais vous n'avez rien à m'apprendre, monsieur, je n'ai pas attendu après vous pour connaître ce sentiment que vous galvaudez. D'ailleurs, si mon amoureux vous trouvait à faire la roue comme un paon, il rirait d'abord du ridicule de la situation, puis vous mettrait son poing dans la figure !

La garce, elle aimait ailleurs ! Vésombre ne se contint plus, il culbuta Félicienne sur le sofa qui en avait vu bien d'autres et, la bloquant de son corps, il s'empara de sa bouche, lui imposa un baiser salace tandis que de ses mains, il fouillait sous sa jupe. Des éclairs fugitifs traversaient le crâne prêt à exploser de Félicia : madame Georges, Maximilian, Matthieu, ses anges gardiens l'abandonnaient ? Ses bras battaient l'air pour prendre de l'élan et se dégager du corps pesant de Vésombre. Sa main rencontra un objet opportun, une lampe Gallé au lourd pied de bronze. Elle s'en saisit par l'abat-jour de verre, l'éleva au-dessus de la tête de son agresseur et lui asséna un grand coup avec la base.

Restait à se dépêtrer d'un Vésombre assommé sous lequel elle avait vécu une nouvelle honte. Il fallait qu'elle fasse vite, d'une plaie au sommet du crâne de son agresseur commençait à ruisseler un sang rouge qui, si elle n'y prenait garde, souillerait sa robe avant de tacher irrémédiablement le Ghoum en laine bleu à décor floral qui recouvrait élégamment le sol.

Bien que son sort l'indifférât, elle entendit geindre le blessé alors qu'elle quittait, sans précipitation, le cabinet maudit, demandait son sac et son foulard et sortait dignement de l'établissement. Mécaniquement, elle se dirigea vers la gare et attendit un long moment avant de monter dans le dernier train pour Saint-Ambroix où elle se retrouva seule dans un compartiment. C'est alors seulement qu'elle s'abattit sur la banquette et pleura tout son saoul, les sanglots secouant son corps au même rythme que les soubresauts de la voiture, et ne se calma qu'en gare de Saint-Ambroix. Là, toujours désemparée, elle regretta de ne pouvoir se rendre jusqu'à Saint-Florent-sur-Auzonnet pour trouver du réconfort dans les bras de Maximilian. Elle se retint, ne pouvant débarquer là où elle n'était pas attendue.

Les Fontanilles, plongées dans les ténèbres, dormaient d'un profond sommeil lorsqu'elle en poussa la porte. Elle se dirigea vers la cuisine pour boire un grand verre d'eau car sa bouche était sèche, amère, souillée par celle de Vésombre; elle eut un haut-le-cœur en évoquant pour la millième fois la scène. Un mot en évidence sur la table l'avertissait que madame Keller l'attendait un de ces prochains dimanches qu'elle lui préciserait ultérieurement. Elle avait, disait encore le mot griffonné par Pierrot, des photos à lui montrer.

Sa tante, Dieu merci, n'avait pas prêté oreille aux malveillantes sirènes!

«J'en ai, moi aussi, et qui ne manqueront pas de l'étonner!» se réjouit Félicia en se glissant avec lassitude dans ses draps.

Une journée à mettre aux oubliettes, comme autrefois les gens méchants ou supposés tels qu'elle expédiait dans la chambre de l'oubli. Une autre se profilait au cours de laquelle elle devait prendre des décisions difficiles, mais nécessaires.

Elle eut beau s'endormir en rêvant de Maximilian qu'elle allait revoir bientôt, c'est Vésombre qui s'invita toute la nuit dans le plus détestable des cauchemars.

*   *
*

Par chance, le lendemain, Vésombre ne s'était pas présenté au bureau qu'elle avait pris soin de fermer à clé, recommandant de plus au personnel d'entretien de ne pas le laisser entrer. Elle apprit, dans les jours qui suivirent, qu'il trimbalait un fameux pansement sous son chapeau de feutre mou au Grand Hôtel des Fumades où il disait se remettre d'une malencontreuse chute. En son absence, elle se surprit à gérer habilement les affaires courantes, mais s'avoua que quelques mois de plus à travailler sous son égide n'auraient pas été superflus.

— Avez-vous des notions de jardinage, monsieur Pierrot?

Félicienne s'attaquait au problème délicat qui consistait à se séparer de l'attelage de monsieur Auguste avec le moins possible de dégâts collatéraux. Aussi s'y hasardait-elle sur la pointe des pieds.

Dieu sait pourtant qu'elle allait être amenée à en traiter un autre de plus grande importance puisqu'il s'agissait d'évincer ce maudit Vésombre de la filature où elle avait été soulagée de ne pas le voir réapparaître au lendemain de sa déplorable tentative de séduction. Et ce, en dépit des conseils préconisés dans la lettre qu'il lui avait écrite.

Pierrot roula des yeux étonnés à cette question saugrenue.

— J'ai toujours vu mon père et ma mère penchés sur la terre pour en tirer le meilleur et tout jeune ils m'ont mis le sarcloir dans la main; pourtant, ils n'ont pas insisté pour me garder au mazet quand j'ai voulu me placer aux Fontanilles.

La question que lui posa Félicienne éclaira quelque peu sa lanterne:

— Est-ce indiscret, monsieur Pierrot, de vous demander votre âge? Je sais, pour avoir eu en main vos états de service, que vous officiez ici depuis environ quarante ans et que...

— Ah, j'ai compris! Vous voulez que je prenne ma retraite.

— Oui et non, monsieur Pierrot. Votre retraite de cocher, par exemple, fait partie de mes vœux. Je vais mettre en vente l'attelage.

— Pauvre ! Le brougham de monsieur Auguste ! Enfin, j'ai bien compris que vous ne le prisiez guère ! Oui, mais moi j'ai pas l'âge !

— Justement ! Si jardiner vous intéresse, il y a de quoi faire au parc des Fontanilles laissé à l'abandon. Et même y prévoir un potager qui ferait la joie de madame Robert. Et soyez assuré que si la fonction diffère, votre salaire logé nourri ne changera pas.

— Topez là, mademoiselle Félicienne ! Je suis votre homme. Y a pas de sot métier, pas vrai ? C'est votre papa… enfin… Ramón qui s'en chargeait à l'époque !

Son père… son grand-père… Ramón… en voilà un qui lui restait encore bien mystérieux. De plus, elle n'avait de lui aucun souvenir. Qui sait ? Un jour peut-être ? Le hasard faisait si bien les choses que Félicia n'en fit pas une affaire et décida de lui accorder sa confiance.

Elle se réjouissait de cette entente à la satisfaction des deux parties, au point de prendre Pierrot comme confident d'un projet qui venait de jaillir dans sa tête :

— J'ai bien envie d'apprendre à conduire, savez-vous ! Une petite voiture comme j'ai pu en voir à Alès ou à Saint-Ambroix me serait bien utile.

Sans lui répondre parce qu'il suivait ses propres pensées, Pierrot se frappa le front :

— J'y pense, demoiselle ! Je crois que j'ai un acquéreur pour le brougham, la bête et tout le fourbi ! Je me charge de tout !

— Vous aurez votre commission, Pierrot! promit Félicia en le quittant pour descendre à La Bâtie Neuve où elle passait désormais le plus clair de son temps.

Elle s'était replongée dans les archives de la filature pour constituer un dossier qu'elle voulait montrer à Bérangère, mais comptait bien remettre toutes les photos à leur place; aussi notait-elle les dossiers auxquels elles correspondaient et remerciait-elle mentalement monsieur Auguste – comme il lui était malaisé de l'appeler grand-père! – pour le soin qu'il avait pris à raconter à sa façon l'histoire de la famille Roustan étroitement liée, de siècle en siècle, à la soie.

La conduite d'une voiture demandant un long et sérieux apprentissage, Félicia renvoya cette idée aux calendes grecques et fit l'acquisition d'une bicyclette afin de ne plus être à la merci des trains qui voyaient leurs passages diminués le dimanche. Elle pédalait donc avec vélocité en direction de La Térébinthe, ses documents bien rangés dans une sacoche et un cake aux fruits confits qu'elle avait fait confectionner par madame Robert, tout heureuse d'être sollicitée pour préparer le dessert favori de mademoiselle Bérangère.

— Comment vous l'avez su? s'était étonnée la cuisinière. Elle vous l'a dit?

— Pas du tout, j'ai songé au côté pratique pour le transport, le hasard a fait le reste.

L'automne maintenant bien installé offrait un paysage en pleine métamorphose, le feuillage des arbres jaunissait, celui de la vigne devenait pourpre, seuls les oliviers, immuables, affichaient leur vert argenté. Félicia s'était fait expliquer où se trouvait le domaine de madame Keller et, au point précis que lui avait indiqué Bérangère, elle quitta la route pour emprunter un chemin de terre au bout duquel se tapissait timidement La Térébinthe qui n'avait pas fait mentir, naguère, l'adage «pour vivre heureux, vivons cachés». La demeure élégante et discrète ne se révélait qu'une fois franchis les deux piliers qui montaient la garde.

Le cœur de la jeune fille battait à se rompre à la pensée de revoir Maximilian après une si longue période de silence déconcertant. Qu'en serait-il aujourd'hui de son attitude? Fuyante, indifférente, courroucée, méprisante? Elle ne pensait pourtant n'en mériter aucune, ses sentiments envers lui n'avaient pas changé, les projets qu'ils avaient faits représentaient toujours les plus beaux espoirs de sa vie.

— Ah, te voilà, ma chère Félicienne! Bienvenue à La Térébinthe.

Bérangère lui ouvrait ses bras, après lui avoir ouvert sa porte. Félicienne lui rendit sa chaleureuse étreinte qui valait une affiliation pleine et entière à sa nouvelle famille.

— Mathilde, je te présente ma nièce, la fille de mon petit frère Félix qui nous est, après tant d'années, révélée. Nous avons, elle et moi, beaucoup de temps perdu à rattraper.

Mathilde Lorentz, pâle et effacée quinquagénaire, accusait largement son âge au point de paraître l'aînée de Bérangère, qui la précédait pourtant d'une dizaine d'années. Elle tendit une main mollassonne à Félicienne.

— Une famille bien éprouvée, geignit la mère de Maximilian.

Sans se départir d'un gracieux sourire, Félicienne répliqua :

— Celle de maman n'a pas été épargnée non plus !

Le ton était donné ; l'après-midi s'écoula dans l'évocation des souvenirs de Bérangère que Félicienne buvait comme à une source régénératrice, les photos circulèrent d'une main à l'autre. La jeune demoiselle Roustan détenait en fait le plus récent cliché de Niévès, celui qui se voulait un portrait de fileuse à la bassine et sa tante hésita, par délicatesse, à lui montrer le dernier de Félix : il s'agissait d'une photographie en studio le jour de son mariage avec Gabrielle. C'est Mathilde, étourdie, qui le poussa malencontreusement sous les yeux de Félicienne, qui eut une grimace mélancolique.

Bérangère excusa l'absent :

— Si Félix avait su !

— Le destin l'a voulu ainsi, ma tante. Il me suffit de savoir que ma mère et mon père se sont aimés, que je suis le fruit de leur amour, de leurs promesses... même si elles n'ont pu être tenues. *La mala suerte*, disait Milagro ma grand-mère, le mauvais sort !

— Le mauvais sort, en effet ! confirma Bérangère dans un soupir. Tiens, je te confie les coupures de journaux qui relatent l'accident de métro.

Le temps s'écoulait, le thé allait être servi et Bérangère s'extasiait devant le cake aux fruits confits, lorsqu'un discret bruit de porte transfigura le visage fermé de Mathilde Lorentz.

— Mon fils a fermé ses livres de comptes, enfin ! Maximilian, c'est bien toi ?

— C'est moi, maman, lui répondit une voix étouffée.

Celle de Bérangère, au contraire, était enjouée quand elle l'appela :

— Maximilian, viens donc que je te présente Félicienne !

Le jeune homme s'avança en tendant courtoisement la main.

— Nous nous connaissons, marraine ! Mademoiselle Etcheverría – il appuya sur le nom – nous avait apporté son concours en matière de secrétariat au tout début de la maladie de votre cher papa. Vous vous en souvenez ?

Les premiers mots de Maximilian avaient rendu l'espoir à Félicia que seraient balayés les doutes et incompréhensions, mais la suite la fit déchanter. Le ton du jeune homme était impersonnel, presque glacial, ce qui ne laissait rien augurer de bon.

Il partagea la collation avec ces dames, participa du bout des lèvres à la conversation, puis manifesta le désir de s'éclipser, ce qui amena Félicienne à s'inquiéter de l'heure.

— Oh, il fait déjà sombre ! remarqua-t-elle en jetant un regard à travers le bow-window.

— Tu ne vas pas rentrer aux Fontanilles à bicyclette ? s'affola sa tante. Je vais te faire préparer une chambre.

— Non, non, n'en faites rien, ma tante ! Ma bicyclette est équipée d'une dynamo qui éclaire un phare à l'avant et deux cataphotes à l'arrière.

— Mais cela ne vous protégera pas de la pluie qui s'est mise à tomber dru ! fit remarquer Mathilde.

Ranimée comme une ampoule de cent volts par la présence de son fils, elle n'avait pu s'empêcher d'ajouter son grain de sel. Il fallait prendre une décision, ce que fit Bérangère sans détour.

— Maximilian va te ramener avec la voiture. Vous mettrez ton vélo dans le coffre.

L'occasion! Enfin! Félicienne se garda bien de refuser malgré le peu d'enthousiasme manifesté par le sollicité.

Les deux veuves regardaient, derrière le bow-window, partir les jeunes gens sous une pluie battante. L'image, mais pas le son!

— Vous n'êtes pas trop trempée, mademoiselle Roustan?

C'est tout ce qu'avait trouvé Maximilian, appuyant de façon sardonique sur le Roustan, pour rompre le perturbant silence.

— On ne se tutoie plus? demanda Félicienne. Le nom en est la cause? Il serait donc plus aisé de dire «tu» à la petite Etcheverría, employée à la filature, mais le «vous» serait de mise pour s'adresser à mademoiselle Roustan, l'héritière. Belle mentalité!

— Belle mentalité, dites-vous? Qu'en est-il de la vôtre? Se faire adopter par son vieil amant libidineux pour hériter de ses biens est tout juste digne d'une machiavélique gourgandine.

La gifle qui s'abattit sur la joue de Maximilian lui fit donner un coup de volant tandis que Félicienne hurlait en se jetant sur la portière:

— Arrêtez-vous, mais arrêtez-vous donc! Je ne resterai pas une minute de plus à subir vos injures. Arrêtez ou je saute!

Elle l'aurait fait, furieuse, humiliée pour elle et pour monsieur Auguste au point d'en avoir la nausée.

Il se rangea sur le bas-côté du chemin. Félicienne, sans attendre l'arrêt complet de la voiture, s'enfuit dans la nuit. Maximilian ne bougeait pas, comme rivé à son volant, prostré, la joue cuisante, le cœur en miettes et le dégoût au bord des lèvres. Elle ne s'était pas défendue, c'était donc un aveu ! Perdu dans ses sombres pensées, il entendit un cri étouffé, puis un autre plus appuyé. De douleur ? De panique ? Il se mit à rouler au pas, pleins phares qui perçaient la nuit maintenant dense jusqu'à un éboulis sur lequel il vit une chaussure de femme. Ce tas de pierres, sur le bord du chemin, ébranlé sans doute par le fort ruissellement des eaux, était en fait un parapet qui bordait un fossé rocailleux au fond duquel, en s'y penchant, Maximilian discerna une robe claire. Félicienne gisait au fond, à demi dissimulée par les ronciers.

Maximilian contourna l'éboulis pour descendre plus facilement dans cet enchevêtrement de végétation inhospitalière. La jeune fille, le visage, les mains et les bras en sang, apprécia ce secours bienvenu et se laissa hisser tout en lâchant des petits cris de douleur.

— Je te fais mal, Félicienne ?

L'angoisse lui faisait oublier la réserve qu'il s'imposait.

— Ma cheville ! se plaignit Félicienne. On dirait qu'elle est cassée et je ne sens plus mon pied.

La panique s'emparait d'elle. Il fallait faire vite et la tirer de là. Ce qu'il fit, au prix d'un pantalon déchiré, boueux, alors que les vêtements de la jeune fille étaient en lambeaux. Avec mille précautions, il l'allongea à l'arrière de la voiture et partit en direction de l'hôpital devant lequel il s'arrêta en faisant crisser les pneus. Puis, avec un frémissement de tout son être qu'il retrouvait à seulement tenir ce corps si souvent désiré contre le sien, il la porta jusque dans l'établissement où leur intrusion ne manqua pas d'étonner.

— Un accident de la route? s'enquit une infirmière à la vue du sang dont l'un et l'autre étaient maculés.

Les dénégations conjointes des deux jeunes gens la convainquirent aisément, d'autant que les blessures de Félicienne corroboraient la chute dans la ravine creusée par les eaux de pluie.

— La prochaine fois que vous irez aux champignons, jeunes gens, ne vous laissez pas prendre par la nuit! recommanda l'interne goguenard qui était venu poser une attelle à l'entorse de Félicienne, tandis que l'infirmière désinfectait et pansait les multiples – et profondes pour certaines – égratignures sur le corps de la blessée.

La remarque prêtait à rire, mais le cœur n'y était pas.

Son état ne nécessitant pas de rester en observation pour la nuit, l'interne permit à Félicienne de rentrer aux Fontanilles à la condition expresse qu'elle ne pose pas le pied par terre, ce dont Maximilian se porta garant.

À nouveau seuls dans la voiture, une nouvelle gêne s'installa que rompit enfin le jeune homme en faisant gronder sa voix:

— Tu m'as fait une de ces peurs en te conduisant comme une gamine impétueuse!

— Et toi tu m'as fait si mal en te comportant comme un ignoble goujat! répliqua-t-elle avec virulence.

— Si nous nous expliquions? avança-t-il, moins faraud.

— C'est par là qu'il fallait commencer plutôt que de porter des jugements hâtifs !

— Eugénie était persuadée d'une manœuvre pour...

— Ah nous y voilà ! Eugénie ! L'oracle a parlé ! Ta marraine Bérangère n'avait-elle pas une autre version à te servir ?

— Raviver sa peine, sa honte ? Et puis, marraine est très secrète et tellement crédule !

— Tu vois, nous n'en sortirons pas avec tes a priori.

— Non, je suis prêt à tout entendre.

— Et moi, je ne suis pas une adepte du confessionnal.

30

Octobre 1926-Janvier 1927

Elle n'avait pas voulu cela. Oh non ! C'était un crève-cœur que de voir Maximilian secoué de sanglots, se fustiger de tous les noms d'oiseaux, s'abîmer dans une contrition qui faisait penser à un petit enfant implorant le pardon.

Un enfant ! Oui, c'était cela, un enfant et non plus un homme. Félicienne plaignait l'enfant, aurait voulu le prendre dans ses bras et le consoler, mais se sentait gênée par l'homme avili. Au point de rougir à sa place de son attitude pétrie d'un tel aveulissement.

Trempés, crottés, déchirés, ils n'étaient pas farauds en rentrant aux Fontanilles en pareil équipage.

— Mademoiselle Félicienne ! Mais que vous est-il arrivé ? Et votre bicyclette ? Vous êtes tombée, c'est ça ?

— Une chute, en effet, mais pas à vélo. Rien de grave, Pierrot, rassurez-vous, ce n'est qu'une entorse. Monsieur Lorentz a tenu à me raccompagner.

— Oui et j'ai promis de la porter jusqu'à son lit. Où est votre chambre, Félicienne ?

— Suivez-moi ! s'empressa Pierrot.

Félicia arrêta les deux hommes d'un geste.

— Je préfère que vous me déposiez sur le canapé, au salon.

Une fois installée selon son souhait, l'état lamentable des vêtements de la jeune fille incita l'ex-cocher à demander :

— Voulez-vous que j'aille réveiller Thérèse ? Elle vous aidera à passer des habits propres et…

— N'en faites rien, Pierrot, ça va aller. Vous pouvez disposer.

Pierrot s'esquiva et Maximilian n'était pas loin de faire de même, tant Félicia gardait un visage fermé. Elle ne lui avait pas adressé un mot depuis leur arrivée aux Fontanilles, si bien qu'il s'attendait à être congédié comme un larbin. Or, elle ouvrit enfin la bouche pour s'adresser à lui :

— Pouvons-nous avoir enfin l'explication qui s'impose ? Si nous sommes au terme de notre belle histoire, autant que nous nous quittions en connaissance de cause et peut-être bons amis.

— Tu veux qu'il en soit ainsi ? demanda Maximilian d'une voix blanche.

Mettre enfin des mots sur ces retraits de silence qui les avaient séparés, pour douloureux que cela soit, éclaircirait peut-être les données du problème. Même si cela l'effrayait, il ouvrit les hostilités.

— Que voulais-tu que je pense d'une jeune orpheline de condition modeste sur qui tombe un héritage aussi important que celui que t'a légué monsieur Auguste ?

— Parce que toi, tu penses que la seule personne en cause est obligatoirement l'héritière ? Tu t'imagines en plus qu'elle ne se pose pas de questions à jouir d'un héritage qui lui tombe du ciel ? Et les raisons de monsieur Auguste, t'es-tu demandé quelles elles étaient ?

Maximilian baissait la tête et ne trouva rien à répondre. Déjà, sans aller plus loin dans la discussion, il se savait fautif d'avoir eu de mauvaises pensées à l'encontre de Félicienne. À la voir, si fragile sur ce canapé de cuir et si forte à maîtriser la peine qu'il lui avait faite, il réalisait combien il l'aimait, combien elle méritait son amour ! Et combien, lui, méritait son mépris !

Elle ne semblait pas tenir compte de son air de chien battu, embarquée dans une mise au point qu'elle avait à cœur de faire, ici et maintenant. Ne plus différer cette odieuse comédie !

— Je pourrais te montrer la lettre de monsieur Auguste écrite à ma seule intention, j'ai toute liberté d'en faire état à qui je veux, mais je ne le ferai pas. D'abord parce qu'elle n'éclairerait pas ta lanterne car il s'agit d'une quasi-confession qui n'intéresse que lui, moi et...

Sa voix se brisa, elle dut se reprendre pour continuer avec force.

— Oui, que lui, moi et les gens qui m'aiment assez pour ne pas me juger de manière hasardeuse. Dis-toi bien que je n'ai pas à me justifier de quoi que ce soit. Par contre, il en est une autre dont je te laisse volontiers prendre connaissance. Je t'en aurais fait part, de toute façon, si tu avais eu l'intention de m'épouser, car tu étais alors en droit de savoir qui étaient les véritables parents de ta future femme.

Félicienne avait fouillé dans son sac et extirpé d'une grosse enveloppe kraft la lettre que Niévès avait adressée à Félix. Elle la tendit à Maximilian qui recula, comme brûlé d'un fer rouge.

— Non, je ne veux pas... Tu ne me dois rien...

Elle insista :

— Ami ou ennemi, il est toujours bon de connaître ses origines !

— Tu n'es pas mon ennemie, Félicienne, et je croyais être beaucoup plus que ton ami.

— Moi aussi, Maximilian ! Moi aussi ! déplora la jeune fille, des sanglots dans la voix. Lis et finissons-en !

Désolé, Maximilian s'exécuta. Dans le silence pesant de la grande maison, Félicienne retenait son souffle. Quand il eut fini sa lecture, Maximilian n'était plus qu'une épave accablée de contrition que la jeune fille brûlait de consoler, d'apaiser par des caresses alors que, dans le même temps, elle déplorait sa vulnérabilité.

— Tu ne pourras jamais me pardonner... émit-il entre deux sanglots.

Ce n'était pas une question, mais un constat désespéré.

— On a toujours la possibilité de pardonner, lui répondit-elle gravement. Parce que, sans le pardon, on ne peut avancer. Matthieu me disait, lorsque j'étais enfant, combien il était important d'accorder son pardon. «Celui qui te blesse est plongé dans les ténèbres. Pardonner, c'est le remettre dans la lumière.»

— Tu me pardonnes, alors ? Qui est ce Matthieu à qui je dois tant de sagesse ?

Il se mordit la lèvre. D'une phrase où transpirait la jalousie, ne venait-il pas de tout gâcher ? Félicia, bouleversée par les sentiments qui l'assaillaient, n'avait pas relevé la pointe de causticité, elle lui répondit avec lenteur pour donner force à chaque mot :

— Je te pardonne, oui, et ce faisant, je m'apaise car rien n'est plus éprouvant que d'entretenir le ressentiment. Mais pardonner n'est pas oublier. Non, je ne suis pas près d'oublier les manœuvres et le comportement dont tu me croyais coupable.

— Je t'aime, Félicienne, et je veux passer le reste de ma vie à te le prouver. Donne-moi une chance de me rattraper.

Comme il aurait été facile de lui tendre la main, de l'attirer à elle ! Il se précipiterait sur le Chesterfield, la couvrirait de baisers, lui susurrerait des mots d'amour, des promesses d'adoration et de fidélité. Or, elle n'en éprouvait pas le désir violent, essentiel et se prit à penser, à nouveau, à Matthieu, à la récente visite qu'il lui avait faite, à sa confession de ses amours avec Maximilian, surtout à ses doutes depuis que son amoureux avait mis, entre eux, de la distance.

— Il y avait deux problèmes à éclaircir entre nous, Maximilian. L'après-testament est une chose, semble-t-il, réglée, l'avant reste encore dans le flou et rien ne me rebute plus qu'une girouette.

— Que veux-tu dire ?

Félicia eut un sourire triste.

— Tu veux que je te dise depuis quand tu me boudes ? Depuis le mois de février, exactement, lorsque monsieur Auguste a fait venir Vésombre pour diriger La Bâtie Neuve. Que vas-tu invoquer ? Le travail à la fonderie ?

— Je le pourrais, avoua-t-il, en fuyant son regard triste. Les ouvriers me mènent la vie dure, ils me reprochent de n'avoir eu qu'à enfiler les pantoufles du patron, c'est à moi d'endosser la perte d'un client important, l'usine Deflassieux dans la Loire.

— Il n'y a pas que ça, Maximilian ! Il ne peut y avoir que cela, enfin !

Toujours tête baissée, dans un murmure, Maximilian confessa :

— Vésombre se targuait d'avoir mis la moitié de la filature dans son lit, la contremaîtresse y comprise. Je répugne à répéter les qualificatifs qu'il t'attribuait.

— Tu as prêté l'oreille à ces insanités ? se révolta Félicienne, horrifiée.

— N'était-ce pas lui que tu recevais aux Fontanilles un certain dimanche où tu t'es décommandée à La Térébinthe ?

— Et tu l'as cru ! éructa-t-elle encore, mortellement blessée à l'âme, au cœur, elle ne savait plus.

— Tu as parlé à Bérangère d'une personne très chère...

— C'est donc que tu me croyais capable de jouer double jeu ?

— Je repoussais cette éventualité de toutes mes forces, mais...

— Et tu veux que je te donne une nouvelle chance ? Combien me faudra-t-il t'en accorder ? Va, laisse-moi maintenant.

— Félicienne, mon amour !

— Bonne nuit, Maximilian !

Dès le lendemain, un superbe bouquet de fleurs fut livré aux Fontanilles avec un seul mot : « Pardon. »

Les expéditions allaient se succéder. Fruits confits. Fleurs. Boîtes de chocolats. Mille petites attentions qui tireraient une grimace acide à sa destinataire et la feraient déplorer :

« L'amour ne s'achète pas, monsieur Lorentz, il se cultive chaque jour avec persévérance. »

*   *
*

Victor Vésombre avait toujours tenu son prochain pour quantité négligeable, la gent féminine en particulier, qu'il traitait par le mépris, la rabaissant au niveau d'objet de plaisir que l'on prend et l'on jette au gré de ses humeurs. Une conduite on ne peut plus abjecte au regard de ses malheureuses victimes.

Et voilà qu'un étrange et nouveau sentiment s'était emparé de lui qui avait nom la haine. Il grandissait en lui par vagues ravageuses qu'aucun raisonnement sensé ne pouvait arrêter. Il éprouvait d'ailleurs une sorte de jouissance à développer cette perception négative qui avait pris naissance à l'instant même où Félicienne, qu'il tenait enfin à sa merci, lui lançait au visage : « Je n'ai pas attendu après vous pour connaître ce sentiment que vous galvaudez ! » La traîtresse !

Depuis ce sombre jour, il ruminait sa haine. Or, la haine trouve son assouvissement dans la vengeance, dans le désir de nuire plus fort que tout, dans un besoin vital de laver l'affront subi. C'était dit : il frapperait l'impudente et rétive Félicienne, non dans sa chair – il voulait posséder son corps tel qu'il le rêvait chaque nuit – mais dans ses sentiments. Éliminer son rival faisait partie du plan machiavélique grâce auquel il sortirait gagnant sur tous les tableaux. Faire souffrir Félicienne dans ce qu'elle avait de plus cher, c'était la rendre vulnérable, donc consolable. À lui la fille et surtout à lui l'héritage !

Son plan ourdi dans les grandes lignes, restait à le peaufiner dans ses moindres détails. Pour cela, il choisit l'éloignement. Se faire oublier, certes, mais tout en gardant de précieuses antennes en terrain pas encore conquis.

Ce n'était pas la première fois qu'il se livrait, par personne interposée, à l'espionnage malsain des faits et gestes de la jeune héritière. Bien avant qu'elle le soit, en réalité ! En fait, outre le besoin qu'il avait de la mettre dans son lit, la curiosité le titillait depuis son retour à La Bâtie Neuve. Comment monsieur Auguste avait-il pu choisir cette presque gamine pour remplacer l'indétrônable madame Georges ?

Amadouer Maryvonne, une surveillante au regard aguichant, la séduire et lui tirer des confidences sur l'oreiller ne furent qu'un jeu d'enfant. Confidences au demeurant banales. Maryvonne ne lui connaissait pas de galant.

— Pas étonnant avec sa tête de sainte-nitouche ! commenta-t-elle, ce qui lui valut une tape sur sa croupe rebondie qu'elle jugea flatteuse.

Depuis l'héritage, Vésombre avait intensifié son réseau. Il marchait sur des œufs en tentant de circonvenir Rossi le maçon, tout dévoué à la nouvelle patronne de la filature.

— Mademoiselle Félicienne est bien seule dans cette grande maison que sont les Fontanilles. Vous

venez dimanche travailler à la filature, ça me rassure-
rait, monsieur Rossi, que vous surveilliez les parages.

— *Ye souis pas oun carabinieri* !

Le ton était jovial. Vésombre enfonça le clou :

— C'est pas à vous que je vais apprendre qu'une
riche héritière fait des envieux de tout poil, hein, mon
brave Rossi ? Moi, mon rôle est de la protéger, *capito* ?

Le lendemain, Rossi lui apportait sur un plateau :

— Un monsieur est venu voir la *signorina*, il est
resté jusqu'au soir. *Un bell'uomo.*

Il n'en avait pas fallu plus pour que Vésombre
fasse son enquête qui le mena jusqu'au pasteur de
Saint-Jean-de-Maruéjols, un homme tout dévoué à ses
ouailles.

«Une visite de courtoisie, doublée certainement
d'un devis pour la réparation du temple. Ils se disent
tous hommes de Dieu mais ne crachent pas sur les
biens terrestres», s'était-il rassuré d'un jugement
méprisant.

Il revint en force vers Maryvonne à qui il promit
à nouveau monts et merveilles et lui enjoignit de
pousser plus avant ses investigations.

— Tiens, c'est pour toi ! lui dit-il en glissant dans
sa main un petit coffret à bijoux… vide.

Elle lui lança un regard noir.

— Il se remplira en fonction de tes découvertes.
Voilà mon adresse à Largentière. Je serai bientôt de
retour.

*   *

*

Félicia évoquait avec nostalgie la dernière visite de monsieur Auguste dans sa filature ; plus de huit mois s'étaient écoulés depuis que son fauteuil d'osier avait été roulé entre les travées par un Victor Vésombre qui se serait bien passé de cette balade matinale dans l'antre du cocon ébouillanté. Huit mois au cours desquels la vie de la jeune contremaîtresse avait connu de sacrés bouleversements en même temps que s'éclaircissaient les mystères qui entouraient sa mère et son père. Et voilà qu'aujourd'hui, par une froide journée d'automne qui succédait à deux jours de pluie continue, Pierrot poussait ce même fauteuil où elle avait pris place jusqu'à La Bâtie Neuve.

Le fidèle serviteur qui avait troqué sans apparente nostalgie sa tenue de cocher pour des vêtements plus adaptés à sa nouvelle fonction de jardinier rejoignait Félicia dans ses pensées, comme le confirmait son verbiage.

— Si on m'avait dit que je ressortirais cet engin ! Notre pauvre monsieur détestait ce témoin de sa dépendance.

— Croyez-vous qu'à mon tour cela me réjouisse ? J'enrage de ne pouvoir me mettre sur mes jambes avant quinze jours ! Une sacrée galère aussi pour vous, mon pauvre Pierrot, qui devrez venir me chercher ce soir.

— Vous ne rentrerez pas à la pause ? s'étonna Pierrot.

— Je me suis entendue avec Thérèse, elle me descendra un repas froid.

Ne pas laisser passer un jour, un seul, sans s'occuper de La Bâtie Neuve, tel était le credo de Félicia, confortant en cela les espoirs de monsieur Auguste !

Mais, au contraire de son grand-père, ne pas laisser la gestion de la filature grignoter graduellement les devoirs et petits plaisirs de l'amitié. Déjà, ne lui avait-elle pas dérobé l'amour?

Elle avait passé des nuits blanches à ressasser l'explication édifiante qu'elle avait eue avec Maximilian. Plusieurs vagues de sentiments l'avaient assaillie depuis. Elle s'était sentie salie par les soupçons de son amoureux, puis touchée par son repentir sincère et enfin déçue par une attitude qui s'apparentait à de la veulerie. Comment l'amour pur et sincère qu'elle lui avait donné sans restriction pourrait-il renaître après cette tempête?

Comme cela avait été le cas par deux fois au cours de cette soirée de tous les aveux, Matthieu faisait souvent irruption dans ses pensées. Il ne s'y invitait pas pour lui servir de guide, fût-ce spirituel, mais de comparatif dont Maximilian sortait irrémédiablement perdant.

«Jamais celui qui se veut mon ami le plus cher n'aurait nourri de tels doutes à mon sujet! Jamais! Et celui qui disait m'aimer, qui le jure encore, n'était que suspicion et mauvais jugements? Comment pourrais-je répondre à son attente et lui donner une seconde chance sans détour ni rancœur?»

Félicia soupira: ne pas grignoter le temps dévolu à la filature par ses problèmes personnels. Une autre facette de son credo! D'ailleurs, La Bâtie Neuve ressemblait à un enfant gâté, exigeant, en permanence insatisfait, dont il fallait panser les bobos, cuviers fêlés, guindres récalcitrantes et mille autres remplacements d'objets indispensables. C'était un ogre insatiable qu'il était indispensable de sustenter, mais c'était aussi un chérubin reconnaissant qui tapissait de fil d'or les cartons d'emballage expédiés, le samedi soir, dans un wagon spécial ajouté au train des fileuses. Trois mille kilos de soie filée, la moyenne hebdomadaire, allaient subir l'épreuve du moulinage dans des ateliers principalement ardéchois.

Alors, après quoi soupirer. Après ses amours déçues ? Il serait temps cette nuit. Au travail, Félicia !

Il lui fallait s'adjoindre sans tarder un commercial, une fonction qui échappait totalement à la nouvelle propriétaire de La Bâtie Neuve. Cela avait été la responsabilité de monsieur Antoine, qui faisait de nombreux déplacements. À sa mort, son père avait tenu la barre sur les acquis du fils, ce qui n'était plus permis à Félicienne Roustan, au risque de perdre des marchés juteux.

Rappeler Vésombre ? Hors de question ! Elle ne voulait plus le voir, ni en figure ni en peinture. Glaner quelques conseils auprès de Bérangère Keller, veuve Méchain, et à ce titre introduite dans le milieu des soyeux lyonnais ? De trop douloureux souvenirs à remuer pour sa tante ! Lagarde le banquier ? Bonne pioche, il n'avait rien de l'infatué que lui avait décrit l'odieux Vésombre et fut de bon conseil.

— Pourquoi ne pas faire appel à un courtier indépendant, chère mademoiselle Roustan ?

Les yeux interrogateurs de Félicienne attendaient une explication que Lagarde s'empressa de lui donner.

— À quoi bon employer à plein temps une personne dont la fonction ne se justifie que ponctuellement ? Un indépendant vous facturera certes plus cher ses interventions, mais ramenées aux douze mois de salaire que vous seriez tenue de lui verser, vous serez gagnante. D'autant que vous ferez jouer l'obligation de résultat. Je peux vous recommander deux ou trois noms en toute confiance.

Affaire classée! Laurent Savinier fit son entrée à La Bâtie Neuve aux premiers jours de janvier 1927 et l'on aurait pu croire, aux gloussements et caquètements qui avaient remplacé les chansons dans la volière qu'était l'atelier, qu'un superbe coq venait d'être introduit dans le bureau vitré de la patronne.

À vrai dire, Savinier n'était pas mal de sa personne, encore que tout fût moyen chez lui. Taille moyenne et corpulence idem, le cheveu ni rare ni trop dru, l'œil commun, le nez droit surplombant un épais trait de moustache, la bouche bien dessinée toujours entrouverte sur des dents qui rayaient le plancher.

Car tout était là, dans ces dents de carnassier que n'avait pas encore jaunies une copieuse consommation de cigarettes. L'index et le majeur de sa main droite, en revanche, révélaient ce travers qui n'en était pas un à l'époque. Si l'on ajoutait à ce trait physique hautement révélateur, une aisance de rhéteur couplée à une faculté d'écoute peu commune, on ne prenait aucun risque à parier que ce fils de quincaillier porterait dignement le nom de Savinier dans le monde de la finance. Peut-être un futur ministre. Qui sait? Il en avait l'étoffe.

Maryvonne Roux se dit, in petto, qu'elle avait là de quoi alimenter joliment son coffret à bijoux, lequel s'était déjà enrichi d'une bague, d'une broche et d'un bracelet que lui avaient valu les cadeaux affluant aux Fontanilles.

Rien ni personne ne montait au domaine sans être repéré depuis la filature. Les jours qui suivirent l'accident de Félicienne, fleuristes et pâtissiers livrant quotidiennement leurs présents n'avaient pu passer inaperçus aux yeux de la pétulante Maryvonne. Elle s'était attelée à signaler les noms et adresses des fournisseurs à son amant qui lui avait répondu :

— Ce qui m'importe c'est de savoir qui les lui envoie !

Gracieuse comme une belle garce, il lui fut aisé de faire parler un à un les commerçants et le verdict tomba : ils étaient unanimes, les commandes venaient toutes d'un monsieur Lorentz qui payait rubis sur l'ongle. Futée, elle distilla une après l'autre ces informations qui lui valurent les bijoux longtemps enviés.

Or, depuis plus d'un mois la manne s'était arrêtée ; en fait, Félicienne avait mis le holà assez rapidement à un comportement qu'elle jugeait ridicule. Par un courrier explicite envoyé à Maximilian à la fonderie Keller, elle ne lui laissait que peu d'espoir.

Je ne serai donc toujours, à tes yeux, qu'une personne vénale ? Sinon comment expliquer ces cadeaux qui ne riment à rien ? M'en faisais-tu aux temps heureux de nos premiers rendez-vous ? Non, et cela ne me manquait pas, j'étais heureuse alors. Mets-toi dans la tête que moi, je n'ai pas changé, mais que l'homme que tu es devenu n'a plus de place dans mon cœur, ni dans ma vie. Félicienne.

Et voilà que Laurent Savinier arrivait à point nommé pour relancer le petit commerce annexe mais lucratif de la surveillante. Il lui fut aisé, durant tout le temps qu'il travailla dans le bureau vitré avec

Félicienne, d'apprécier les regards gourmands qu'il posait sur elle à son insu, de remarquer l'écoute attentive dont la patronne faisait preuve avec cette attitude qui lui était particulière : la tête levée vers son interlocuteur légèrement inclinée sur la gauche, ses yeux avides de compréhension le fixant sans ciller.

— Comme vous avez pu vous en rendre compte, mademoiselle Roustan, les taux d'intérêt ont baissé, ce qui est nettement favorable à la reprise. Les salaires ne sont pas remis en question, j'espère ? L'effort consenti en janvier 1925 sous l'impulsion du gouvernement Herriot était nécessaire, certes, mais considérable.

— La journée de huit heures, surtout, a été applaudie.

— De plus, Poincaré vient d'asseoir le franc, notre monnaie est solide et je m'en réjouis. Bon, pas de hausse de salaire en vue...

— J'ai un autre projet pour l'amélioration des conditions de travail de nos fileuses, mais cela ne concerne pas directement les finances. Je vous en parlerai ultérieurement.

— Vos marges, serait-il possible de les rogner en faisant un effort sur les prix ? Cela me permettrait de développer votre clientèle.

— Est-ce faisable sans mettre en danger l'équilibre financier de la filature ?

Laurent Savinier prit un crayon et expliqua par un graphique :

— Les clients sont sensibles aux prix, vous vous en doutez. Si vous faites un effort en diminuant vos marges, l'augmentation d'activité qui en découlera viendra largement compenser. Votre entreprise y sera gagnante. Vous me suivez, mademoiselle Roustan ?

— Parfaitement, monsieur Savinier. J'ai hâte de voir les résultats qui feront plaisir à mon grand-père. Vous savez, il a pris des risques en misant sur moi.

— Des risques modérés si j'en juge à votre sagacité, mademoiselle.

Elle rosit sous le compliment. Il était l'heure de prendre congé, elle lui tendit la main qu'il garda plus que de raison en lui promettant les résultats escomptés.

Maryvonne exulta, elle avait son info de première et cela valait bien un collier de perles !

Un clou chasse l'autre, écrivit-elle à Vésombre. *Il s'appelle Laurent Savinier et la demoiselle est déjà sous son charme.*

*   *

*

Le courtier avait approuvé le projet qui tenait à cœur à Félicienne et qui favorisait les avancées sociales de la filature qu'elle appelait de ses vœux.

— Il faut vraiment qu'elle en ait bavé pour avoir de si bonnes idées ! s'attendrissait Thérèse.

— Taisez-vous, vieille pie ! On va crouler sous le travail !

— Vous n'avez pas honte de parler ainsi, madame Robert ? Depuis qu'elle est aux Fontanilles, la petite, avouez que vous vous roulez les pouces, non ?

— Et pas vous, peut-être ?

— Si, mais je le reconnais et suis favorable à son idée.

— Demandez à Pierrot si ça le fait rigoler ?

— Eh bé oui, je lui ai demandé et il est heureux comme un pape ! Il n'y a que vous à toujours ronchonner. Puisqu'elle a dit qu'elle vous trouverait une souillon pour trier les légumes et faire la vaisselle, vous devriez être contente.

— Pardi que je lui suis ! C'était juste pour parler.

Le potager de Pierrot, semé à l'automne, produisait déjà ses légumes d'hiver. Poireaux et céleris, cardons et raves, carottes et navets atterriraient bientôt dans la cuisine de madame Robert avec une telle profusion que, sans la mise en place d'une cantine offerte au personnel venant de loin travailler à La Bâtie Neuve, la cuisinière s'en trouverait débordée.

Le concept s'était quasiment imposé à la nouvelle propriétaire des Fontanilles le jour où Thérèse avait installé son couvert dans la vaste salle à manger, capable de contenir plus de cinquante personnes. Félicia l'avait laissé mûrir lentement jusqu'à ce que Pierrot, fier comme Artaban, les régale de ses premières salades.

— Ne vous en privez pas, elles vont bientôt monter. J'ai vu un peu trop grand dans mes semis.

— Avec ce que je compte mettre en marche le plus rapidement possible, vos semis feront des heureux, Pierrot ! le rassura Félicienne, quoique de façon énigmatique.

Et aujourd'hui, tout était prêt pour une grande première qui allait faire grand bruit chez les concurrents. La salle à manger, vidée de ses meubles imposants remisés sous les combles, avait été remeublée, non pas de longs et tristes plateaux de réfectoire, mais de tables rondes nappées du linge de maison des Fontanilles qui avait si souvent passé entre les mains de Milagro. Leur achat, comme celui de chaises pliantes, avait été financé par les économies de Félicia.

Pour l'occasion, la jeune fille avait décidé de partager le repas de ses employés qui devaient se considérer, en ce lieu, des hôtes bienvenus à qui elle faisait l'honneur de sa maison.

Ceux et celles qui habitaient le cœur de ville n'avaient pas souhaité déroger à leur habitude de rentrer chez eux pour prendre leur repas. Les autres, tous ceux et celles qui grignotaient leur fromage ou leur saucisson sur une tranche de pain, applaudirent tant à l'initiative de la patronne qu'aux talents de la cuisinière.

Félicia avait établi le menu avec elle : une soupe de légumes qui s'imposait en hiver, une fricassée de porc aux cardons et une compote de pommes.

Madame Robert ne put s'empêcher d'y aller de ses jérémiades :

— Les légumes, c'est bien joli, on n'en manquera pas avec Pierrot, mais la viande, *boudiou,* ça pousse pas dans le jardin. Ah ça non ! C'est pas dit que vous en ayez tous les jours.

Mais que croyait-elle, l'innocente ? Celles qui en mangeaient tous les jours se comptaient sur les doigts de la main et, en dépit de quelques râleuses, dans leur grande majorité, les hôtes de Félicia jurèrent qu'un repas chaud avec ou sans viande mettait du cœur à l'ouvrage.

Et puis, une première main se leva, celle d'Aline, une jeune fileuse qui faisait chaque jour plus de sept kilomètres pour descendre de Courry.

— Mon père va à la chasse dans le bois de Montredon qui ne manque pas de garennes. Les prochains seront pour vous, madame Robert, je m'y engage.

— Toutes nos dindes n'ont pas trouvé preneur à Noël. La mère veut les abattre et les mettre au sel. Elle ne vous en refusera pas une bonne fricassée! lui succéda sa voisine de bassine.

Les deux filles généreuses avaient donné le ton, les doigts se levaient pour demander la parole et chacun annonçait la promesse d'une poule, d'œufs, de raisins en automne, de champignons au printemps et de cerises au mois de juin qui feraient de bons clafoutis.

Félicienne se dit que La Bâtie Neuve lui apportait sa première satisfaction, elle devait la partager avec une personne qui saurait apprécier cette démarche à sa vraie valeur. Elle retint, d'un mot, la Petite Lucette.

— Pourras-tu rouler mon fauteuil, ce soir, jusque chez madame Georges?

— Avec plaisir, mademoiselle Félicia! Je vous ramènerai aussi, vous n'aurez qu'à me fixer l'heure.

— Pardonnez-moi d'avoir tant tardé à venir vous voir, madame Georges. Chaque jour, je devais remettre au lendemain et le lendemain m'apportait son lot d'empêchements.

— La Bâtie Neuve est exigeante! soupira béatement la vieille femme.

— Mais elle recèle aussi des secrets que je découvre quotidiennement. Regardez, je vous ai apporté une photo de Niévès.

— Je m'en souviens comme si c'était hier. Elle date de novembre 1902, juste avant que…

— Juste avant que? Que quoi?

— Quoi? Je ne sais plus, je m'embrouille. C'est la vieillesse.

— Et ce portrait, madame Georges, il vous dit quelque chose?

— Ce pauvre monsieur Félix! Qu'il était beau!

— C'était lui mon père, l'amoureux de Niévès. De sacrés cachottiers, mes parents, n'est-ce pas?

— Qui te l'a dit, petite?

— Cette lettre. Lisez.

La vieille contremaîtresse lut, écrasa une larme et murmura:

— Tu sais tout maintenant…

Perspicace, Félicia devinait cette réflexion incomplète. Elle attendait une confession qui ne vint pas, puis se résigna en se disant que ce n'était pas encore son heure.

Il ne fut plus question, ensuite, que de la filature. Madame Georges, ragaillardie, voulait tout savoir, elle approuvait, commentait, conseillait, se récriait et en un mot admirait la transformation de Félicia, sa force, son ingéniosité, sa ténacité et le courage dont elle avait fait preuve face à l'odieux Vésombre.

— J'espère qu'on n'en entendra plus parler, de celui-là! Tu l'as bien mouché en lui faisant croire que tu avais un amoureux.

— Je ne le lui faisais pas croire.

— Pas possible ? Tu as vraiment un amoureux ? Méfie-toi, ils seront nombreux à vouloir courtiser mademoiselle Roustan des Fontanilles.

— J'avais un amoureux, madame Georges, mais il ne méritait pas mon amour.

— Prends ton temps, petite, mais pas trop. La vie est courte !

Et c'est elle qui disait ça, à soixante-dix-huit ans !

La dévouée Petite Lucette roula le fauteuil de Félicia jusqu'aux Fontanilles où Pierrot attendait pour l'aider à gravir le plan incliné en bois et accéder au perron.

— On vient d'apporter un télégramme pour vous, mademoiselle Félicia. Tenez, le voici.

Télégramme. Dans l'esprit de Félicia, télégramme ne pouvait rimer qu'avec drame. Aussi est-ce avec des mains tremblantes qu'elle s'empara du pli que lui tendait Pierrot et le déplia avec appréhension.

Elle avait bien pressenti.

Laurent Savinier victime accident... stop... décès intervenu en cours de transport hôpital... stop... enquête en cours... stop...

On pouvait imputer un autre défaut à La Bâtie Neuve, elle savait se révéler terriblement cruelle. Le courtier était mort pour elle, en sortant d'un rendez-vous d'affaires où il avait négocié en sa faveur.

31

Janvier -Juillet 1927

Celui à qui l'on prédisait unanimement une belle carrière n'eut droit qu'à de simples entrefilets noyés dans la rubrique des faits divers, qu'elle soit du *Courrier de Lyon* ou du *Progrès*. Le premier faisait état d'un « homme apparemment pris de boisson qui, divaguant sur la voie publique, avait été happé par le tramway ».

Le second, guère plus flatteur et tout aussi tendancieux, mentionnait « le suicide, ou qui paraissait tel, d'un homme d'une trentaine d'années qui avait attendu le passage du tram pour se jeter sur les rails ».

Il fallait se procurer *L'Éclair*, une gazette montpelliéraine, pour qu'un article plus étoffé rende hommage à un enfant du pays.

« La quincaillerie Savinier en deuil », titrait-il, non pas à la une mais en pages réservées aux villes et villages satellites de la grande agglomération.

Le fils cadet des très respectés quincailliers de notre cité balnéaire a trouvé la mort dans des circonstances non encore définies. Ce jeune et brillant courtier sortait d'un immeuble cossu de Lyon après une réunion de travail. Selon des témoignages pour le moins contradictoires, il se précipitait, les uns disent vers un taxi, et d'autres vers l'arrêt du tram, quand il fut projeté sur la chaussée. A-t-il dérapé sur le trottoir rendu glissant par la pluie ? L'a-t-on poussé, comme l'a suggéré un témoin qui s'est depuis rétracté ? Le choc, d'une rare violence, n'a laissé aucune chance au malheureux garçon. À la famille éplorée, notre journal adresse ses plus sincères condoléances.

Félicienne n'hésita pas une seconde à se rendre aux obsèques de son courtier qu'elle n'avait certes que peu côtoyé, mais qui lui avait fait une favorable impression. Il lui fallut cependant attendre une dizaine de jours avant que le corps autopsié du malheureux Laurent Savinier soit rendu à sa famille. Un corps qui n'avait pas parlé, mais qui avait dédouané la victime de cette supposée ébriété. L'enquête auprès des personnes avec qui il avait traité quelques minutes auparavant confirma la tempérance du courtier, de même qu'elle permit d'écarter toute présomption de suicide, l'homme n'étant ni dépressif ni abattu et se rendant à un autre rendez-vous.

Le froid rapport de police fut confirmé et surtout heureusement compensé par le témoignage de ses relations commerciales lyonnaises qui firent le déplacement pour accompagner ce brillant financier à sa dernière demeure. Un sacré réconfort pour la famille du défunt ! Une occasion pour Félicienne – encore qu'elle se défendît de mêler travail et affliction – de rencontrer ses futurs acheteurs, ce qu'ils eurent plaisir à lui confirmer après lui avoir été présentés.

Elle n'était pas à la veille d'embaucher un nouveau courtier. Après monsieur Savinier, tous les postulants lui paraîtraient fades. Elle s'y résoudrait, pourtant, il fallait en passer par là, mais un peu de temps lui était nécessaire. Tout allait si vite dans sa vie depuis quelques mois, les bonnes choses comme les mauvaises. Elle en avait parfois le vertige.

— Maryvonne, pourrez-vous venir dans mon bureau à la fermeture?

D'ordinaire, la pulpeuse surveillante aurait planté son regard plein d'audace dans celui de Félicia et lui aurait tenu tête en laissant tomber: «Je me demande bien ce qui pourrait m'être reproché.»

Or, elle déroba justement ce regard qui trahissait ses émois. Elle baissa la tête et acquiesça du bout des lèvres.

— Bien sûr, mademoiselle Félicia.

Rien n'échappait à Félicia, comme rien, en son temps, n'avait échappé à madame Georges. Surtout pas ce manque de pétulance qui distinguait Maryvonne d'une Germaine, d'une Lucette ou d'une Noémie. Certes, elle lui aurait voulu moins de morgue, mais son ascendant la plaçait au-dessus du lot. Elle l'avait surnommée d'ailleurs, en aparté, sa locomotive. Et voilà que la locomotive devenait poussive alors qu'elle roulait en terrain plat.

Comme autrefois madame Georges avait tenté de confesser Niévès – mimétisme, quand tu nous tiens! – Félicia se faisait fort d'obtenir les confidences de Maryvonne. Si seulement elle avait su!

— Un coup de fatigue, Maryvonne? Je ne vous reconnais plus.

La surveillante tenta une rébellion:

— Vous avez à vous plaindre de moi, mademoi-selle ? Pourtant, il me semble que…

— Il vous semble bien ! Le travail n'a rien à voir avec votre mine… disons… morose et ça ne vous ressemble pas. Loin de moi l'outrecuidance de m'immiscer dans votre vie privée, pourtant je ne…

— Je n'en ai pas, de vie privée ! Et si j'en avais une…

— Cela ne me regarderait pas ! Oui, vous avez raison. Ne me voyez pas comme une ennemie.

Maryvonne ne put retenir un ricanement. La patronne s'était-elle mise dans la tête de devenir son amie ? Cocasse !

Devant le mutisme de son interlocutrice, Félicia comprit qu'elle ne devait pas insister. Elle joua cependant la politique de la main tendue.

— Sachez, en tout état de cause, que vous aurez en moi une oreille attentive. C'est valable pour toutes et tous mes employés. Au revoir, Maryvonne, et à demain.

— À demain, mademoiselle Félicia.

Rentrée chez elle, Maryvonne s'enferma dans sa chambre et sortit son coffret à bijoux. Le collier désiré était là, somptueux. Elle le mit à son cou, puis le retira d'un geste rageur. Valait-il la mort d'un homme ? Ou bien accusait-elle à tort son amant ? Il lui tardait de le savoir étranger à cette malheureuse histoire.

*   *

*

Il avait fallu dix longs mois afin que Félicienne sorte la tête de l'eau. Dix mois qu'elle travaillait d'arrache-pied et sur tous les fronts. Dix mois de lourds soucis et de petites satisfactions. Dix mois pour faire d'elle la patronne de La Bâtie Neuve, ainsi que l'avait souhaité Auguste-César, son grand-père.

Elle était persuadée que le vieil homme avait accompagné chacun de ses pas dans sa nouvelle fonction, approuvé chacune de ses décisions, et ne doutait pas qu'il continuât à le faire à l'avenir.

Parce qu'elle sentait la filature sur de bons rails, elle avait pour but de s'accorder désormais le dimanche, ce qui ne lui était pas arrivé depuis bien longtemps. Passer toute une journée avec sa tante Bérangère, par exemple, faisait partie de ses projets. Elle l'inviterait aux Fontanilles, bien qu'elle redoutât sa réaction en découvrant les bouleversements de la salle à manger.

La nièce et la tante ne passaient pas une semaine sans se téléphoner, chacune prenant des nouvelles de l'autre, mais cet intermédiaire d'ébonite ne comblait pas totalement leurs attentes.

Aller à La Térébinthe c'était prendre le risque de rencontrer Maximilian. Elle ne craignait pas de raviver un sentiment totalement éteint, mais ne savait dans quelles dispositions il était à son égard.

«Il a compris qu'il ne faisait plus partie de ma vie, j'espère? Et moi je souhaite ardemment ne plus faire partie de la sienne.»

La main sur le combiné pour demander d'être mise en relation avec madame Keller, elle sursauta. Le téléphone sonnait et la voix pleurnicharde de Mathilde Lorentz, reconnaissable entre toutes, lui annonçait que Bérangère lui avait fait une énorme frayeur.

— Nous étions au salon, elle avec un livre dans les mains et moi à ma tapisserie, et tout à coup, un bruit sec, elle avait laissé tomber son livre, puis un bruit mou, votre tante gisait sur le tapis. La peur de ma vie ! J'ai crié pour qu'on vienne la relever, qu'on appelle un médecin, les minutes étaient des heures...

« Au fait ! Au fait ! » s'impatientait muettement Félicienne.

— Enfin on la mit dans son lit où elle revenait tout doucement à elle. À peine consciente, elle fut prise de vomissements et de sueurs froides, j'ai cru sa dernière heure venue...

— C'était hier, dites-vous, madame Lorentz ?

— Non, il y a de cela quatre jours... euh non trois... non quatre, oui.

Quatre jours et l'émotion ne l'avait pas quittée ? Dieu ! Quel manque d'énergie !

— Pourquoi ne pas m'avoir appelée aussitôt ? reprocha avec tact Félicienne, alors qu'elle brûlait de secouer l'indolente.

— Bérangère me l'interdisait, elle vous savait accaparée par la filature. Maintenant qu'elle est un peu mieux, quoique très faible encore, elle a consenti à ce que je vous informe.

En jeune femme de son temps, Félicienne n'avait pas renoncé à l'achat d'une voiture, mais ne s'était pas encore dégagé un espace de liberté pour prendre des leçons de conduite. Sa bicyclette, après tout, lui rendait le même service. Elle pédala donc, et avec énergie, jusqu'à La Térébinthe pour découvrir une petite fille pelotonnée au fond de son lit. C'est du moins l'impression que lui fit sa tante, ses cheveux épars autour de son visage au teint laiteux, son corps menu gonflant à peine le couvre-lit et ses mains fines dépassant d'une liseuse en plumes de cygne.

— Un malaise vagal, a diagnostiqué le médecin. C'est bien la première fois que j'entends parler de cela. Tu connais, toi?

Félicienne éluda.

— Avez-vous eu quelque contrariété, ma tante? Des angoisses inexpliquées?

— Pas plus ni moins que d'habitude, soupira Bérangère.

Âme sensible et altruiste, Félicienne oubliait ses propres soucis pour ne songer qu'à ceux dont Bérangère avait été accablée depuis plus d'une année. Il y avait eu la maladie de ce père redouté et cependant chéri, sa mort et le grand bouleversement qui avait suivi à la lecture de son testament et, pour couronner le tout, l'accident à la fonderie qui l'avait touchée par la mort de deux ouvriers et les graves blessures des brûlés, dont l'un ne pourrait jamais reprendre son poste. Tout cela représentait beaucoup de tourments pour cette personne d'apparence fragile que Félicienne avait décidé d'aimer sans conditions.

La bonne dame de l'Auzonnet le lui rendait bien. Oh, bien sûr, rien n'était venu tout seul, mais des liens s'étaient tissés au fil du temps sans que les deux femmes aient eu besoin de se voir tous les jours. Une nièce à aimer sans qu'une once d'amour ne soit distraite à son filleul, ce cher Maximilian qui continuait l'œuvre de son si regretté Martial! Du plus, cette nièce, qui n'était pas tombée du ciel mais sortie d'un oubli, d'un secret comme en tricotent tant de familles, ne reprenait-elle pas, elle aussi, la relève du vieux filateur ? Et si l'on ajoute qu'elle était la fille du tant aimé Félix, la tendresse de Bérangère ne pouvait que lui être acquise.

De son côté, Félicienne s'accrochait à cette seule parente – si l'on exceptait sa cousine Eugénie au si odieux comportement – parce qu'elle l'émouvait tout en forçant son admiration, et peut-être aussi parce que cela lui donnait une certaine légitimité.

— Je reviendrai vous voir, ma tante, lui promit-elle au bout d'un long moment passé à bavarder comme deux amies.

Elle revint en effet chaque fois qu'elle en trouvait le temps, toujours avec un cake aux fruits confits préparé par madame Robert, avec un livre dès que Bérangère eut repris quelques forces et toujours une profusion de tendresse à lui distiller, si merveilleusement exprimée par le velouté de ses yeux d'encre.

*   *

*

Ces mêmes yeux d'encre, si attentifs, si perspicaces, n'avaient pas manqué de percevoir le changement qui s'opérait chez Maryvonne Roux. La surveillante retrouvait, après une période de flottement, son impétuosité, son autorité sur les fileuses, sa morgue en général.

Félicienne s'en félicitait. Bien qu'elle n'ait jamais eu un penchant pour ce genre de personnalité – ne lui avait-elle pas préféré Nathalie pour la remplacer ? – elle aimait mieux à tout prendre voir s'effacer la

Maryvonne éteinte, tracassée, accablée d'un fardeau inconnu au profit d'une fougueuse locomotive.

Elle s'en serait moins réjouie si elle en avait connu la cause.

La liaison de Maryvonne Roux et de Victor Vésombre avait retrouvé un second souffle après l'explication orageuse qu'ils avaient eue dans une chambre d'hôtel, toujours la même, à la station thermale des Fumades.

La surveillante, sonnée comme une domestique, était allée au rendez-vous impératif, son coffret à bijoux dans son sac, bien décidée à le rendre à son amant. L'or, les améthystes et les grenats, après l'avoir ravie, puis éblouie, maintenant lui brûlaient les doigts; sa conscience ne trouvait pas de repos.

— Reprends tout, ça me dégoûte!

Il avait d'abord ri, la sachant si vénale, puis son insistance avait eu raison de sa patience.

— C'est fini, cette comédie?

— Ah, ça te va bien de parler de comédie! Moi, je dirais plutôt une tragédie à laquelle tu m'as mêlée à mon insu.

— De quoi parles-tu? Les bijoux t'ont monté à la tête, roulure!

Sous l'insulte, Maryvonne devint hystérique:

— Une roulure et un criminel, quel beau couple!

Vésombre s'était rué sur elle, l'avait frappée au visage avant de la jeter sur le lit, de lui arracher ses vêtements et de la posséder avec la sauvagerie qui le caractérisait. De sa bouche vorace, il avait étouffé ses cris qui, au gré de sa fougueuse chevauchée s'étaient transformés en râles de plaisir. Maryvonne était vaincue.

— Alors, tu es calmée ? La baise, il n'y a rien de mieux pour les viragos dans ton genre ! Qu'est-ce que c'est que cette histoire de criminel ?

Il ne resta plus, à l'ignoble Vésombre, après l'aveu des doutes qui assaillaient sa maîtresse, que de lui jurer ne jamais avoir vu le malheureux courtier, de n'avoir jamais eu l'intention de le tuer et de plus, de n'avoir jamais été à Lyon à cette période.

— Tu le jures ?

— Sur la tête d'une future contremaîtresse ! Sur ta tête, idiote !

— Alors, pourquoi ces questions sur les hommes que voit la patronne ?

— T'occupe et continue de m'informer !

— Mais pourquoi, à la fin ?

— Pour qu'elle comprenne que c'est à moi de diriger La Bâtie Neuve, pas à tous ces paltoquets qui gravitent autour d'elle. À moi, tu entends ! Rien qu'à moi ! Allez, file et reprends ton coffret, il n'est pas encore plein.

Au mois de juin, pimpante et à nouveau sûre d'elle, Maryvonne Roux arborait au revers de sa veste légère une broche en or. Huit jours auparavant, elle avait informé son amant que la patronne avait dû renouer avec Maximilian Lorentz, vu qu'à ses moments de liberté, elle partait à bicyclette vers la vallée de l'Auzonnet.

*   *
*

La Bâtie Neuve venait de se doter d'un nouveau courtier, un homme blanchi sous le harnais, lui aussi chaudement recommandé par Lagarde le banquier.

— Prosper Chavron ne paye pas de mine, mais il vous épatera par sa connaissance affûtée du monde des affaires.

C'est vrai qu'il n'avait pas la prestance de feu Laurent Savinier, un homme qui misait sur son physique autant que sur ses capacités. Chavron ne possédait pas le premier des atouts, petit, râblé, le crâne dégarni, mais compensait ce manque d'attraits par un air bonhomme, un air de père de famille sur qui on pouvait compter. Il surprit Félicienne par sa connaissance des filatures et en particulier de La Bâtie Neuve, il avait bien potassé son dossier. De même que la sagacité d'une aussi jeune personne qu'était mademoiselle Roustan des Fontanilles lui sauta aux yeux.

— Je ne mets pas en doute que nous ferons du bon travail ensemble, mademoiselle, lui assura-t-il.

Puis il ajouta, prudent dans ses prévisions :

— Pour autant que la France continue à se démarquer des autres puissances mondiales et qu'elle reste «une île heureuse préservée de la dépression générale», une aspiration que l'on pourrait attribuer à Charles Maurras, le prince des écrivains. Et pour ce qui nous concerne, n'en déplaise aux fabricants de soie artificielle, le Gard tient le haut du pavé, premier pourvoyeur de cocons aux quarante-huit filatures qui restent dans la course.

Quelques jours après la prise de fonctions du nouveau courtier, Maryvonne Roux arrivait à la filature coiffée d'un coquin chapeau de paille en forme de galette, griffé Madame Virot. L'information sur le nouveau courtier de La Bâtie Neuve ne valait pas plus. Pas moins non plus !

Madame Georges avait un rendez-vous qu'elle ne pouvait ni ne voulait différer. À vrai dire, elle attendait depuis longtemps cette convocation et y serait partie le cœur léger, mais sa conscience, si lourdement chargée, freinait son impatience.

— Qu'est-ce que j'en ai bavé avec elle ! se souvenait une ancienne fileuse, mère et grand-mère qui avait eu vent d'une détérioration soudaine de sa santé.

— Pardi, saint Pierre va passer un sacré moment à la confesser avant de lui ouvrir les portes de son paradis ! en rajoutait sa voisine.

— S'il veut bien les ouvrir ! Ne rencontre pas Dieu le Père qui veut, lui répliqua sa comparse apparemment férue des pratiques de l'au-delà.

Rencontrer le Seigneur ? Madame Georges ne s'était même pas posé la question. La seule personne qu'il lui importait de retrouver, c'était monsieur Auguste et nulle autre. Monsieur Auguste avec qui elle partageait tant de choses ; en tout premier lieu, quelques gouttes de sang qui leur avaient donné un caractère bien trempé et une volonté sans limites, et puis une vie dédiée à la soie, celle qui sortait, blonde et douce, de La Bâtie Neuve. Mais leurs vies parallèles obliquaient justement dans le grand mystère de la rencontre avec Dieu, ce dont l'ancienne contremaîtresse doutait fort, alors que monsieur Auguste y croyait fermement.

« La foi ? Un grand fatras bien pratique pour cacher la merde au chat ! » Voilà ce qu'elle en pensait, même au seuil de la mort, mais elle se gardait bien de le dire.

Preuve que le doute chez elle persistait. Et douter, n'est-ce pas déjà croire ?

— Voulez-vous un pasteur, madame Georges ? murmura Félicia qui passait de longs moments à son chevet.

Elle voyait la vieille dame s'agiter comme si elle cherchait quelque chose ou quelqu'un et, illuminée d'une pensée soudaine, jugea que Matthieu Brugère était le plus à même de trouver les mots qui aideraient la vieille femme à franchir les portes de l'au-delà.

— Que viendrait-il faire ? grogna la mourante.

— Une prière, lire une page d'évangile, réciter un psaume, tout ce qui permet d'être en communion avec le Seigneur, de lui parler.

— Je parle à ceux à qui j'ai quelque chose à dire.

Félicia comprit à la détermination de la vieille dame, à son corps crispé sur une vie qu'elle devait encore retenir quelques instants, à cette main qui emprisonnait la sienne de ses dernières forces et à ses yeux fermés sur des larmes qui ne pouvaient pas couler, que l'heure des aveux était arrivée.

— Je savais tout, Félicia.

Félicia eut un pauvre sourire.

— En fait, il n'y avait que moi pour ignorer que Milagro n'était pas ma mère.

— Chut, laisse-moi parler. Quand je dis que je savais tout, c'est tout. Niévès et Félix sont tombés amoureux le jour où elle a été élue reine des fileuses. Elle était folle de lui, inconséquente, enflammée. Et moi j'avais peur pour elle, pour l'avenir. Je lui ai dit entre quatre yeux que leur amour rencontrerait des barrières, elle m'a ri au nez. Elle retrouvait son amoureux tous les soirs à La Romance et je redoutais le jour où elle aurait un gros ventre. Les enfants ne méritent pas d'expier toute leur vie la faute de leurs géniteurs.

— Pourquoi dites-vous cela, madame Georges? osa l'interrompre Félicia.

— Parce que je suis une de ces enfants, issue de la liaison de ma mère, une fileuse, avec le père de monsieur Auguste. Chut, petite! Eh oui, monsieur Auguste était mon demi-frère. Je crois bien qu'il le savait mais nous avons tous deux respecté le secret. Je ne l'ai jamais regretté. Pourtant si, j'en avais un, regret, celui de n'être jamais entrée aux Fontanilles et toi, sans le savoir, tu m'as fait le plus beau des cadeaux en m'y invitant. Tu te souviens, c'était guère après que tu en as pris possession. J'exultais, ce jour-là, j'étais une Roustan!

Des larmes perlèrent enfin aux paupières scellées de la vieille contremaîtresse, Félicia était elle aussi submergée d'émotion. Elle pria la mourante de se reposer.

—Je vais vous laisser afin que…

—Ne pars pas! Tu ne connais pas ma faute, ma terrible faute! Prise d'une colère que je n'ai pu contrôler, j'ai plongé la tête de Niévès dans sa bassine. Elle m'a soufffletée et s'est enfuie dans la nuit et le froid, c'est monsieur Félix qui l'a retrouvée évanouie dans la capitelle. Dès lors commença sa descente aux enfers jusqu'à ce jour maudit où Ramón et Milagro recevaient un télégramme du sanatorium où leur fille les réclamait pour un dernier adieu et surtout leur confier ta vie.

Maintenant, elles pleuraient toutes deux, mais le temps pressait pour madame Georges et elle n'était pas au bout de sa libération.

— Milagro et Ramón ne vivaient que pour toi, mais dans un état d'esprit différent. L'une acceptait le sort, la fatalité, Ramón n'était que haine envers moi car il était au fait de mon geste imbécile, envers cet inconnu qui était ton père et qu'il cherchait désespérément à identifier. En dehors de cela, ils se retrouvaient tous deux dans la même reconnaissance qu'ils avaient envers monsieur Auguste, lequel avait fait en sorte que ta mère reçoive les meilleurs soins.

— Il savait lui aussi?

— Bien sûr qu'il savait, mais il ne se doutait pas que Niévès était enceinte avant que Milagro et Ramón te ramènent de Briançon. Je te l'ai dit, Ramón n'était que haine, et moi je l'ai tué.

Madame Georges eut un hoquet et Félicia crut qu'elle partait sur cette incongruité. Il n'en était rien car, avec des phrases hachées, spasmodiques, comme si elle les vomissait, la vieille dame libéra vingt années d'un remords qui hantait ses nuits.

Félicia, d'une extrême pâleur, résuma:

— Mon grand-père est mort d'avoir trop aimé! Il aimait sa fille, m'aimait sans pouvoir me le dire et vouait à son patron une admiration proche de l'adulation. Non, vous ne l'avez pas tué, madame Georges, c'est le trop d'amour qui l'a étouffé. Et vous n'êtes pour rien dans son geste désespéré.

Avait-elle entendu cette conclusion qui la réhabilitait? La main de madame Georges avait lâché le bras de Félicia et de ses yeux toujours clos coulait une fontaine.

Un an, jour pour jour après son demi-frère, madame Georges rendait son âme enfin apaisée à ce Dieu qu'elle avait feint d'ignorer.

32

Juillet 1927-Octobre 1927

« Une détresse incommensurable dans ces beaux yeux troublés », remarqua Matthieu Brugère, venu officier aux obsèques de madame Georges.

Rien de ce qui touchait Félicienne, son élue, son rêve inabouti, son étoile idéalisée, n'échappait à son regard pénétrant et surtout à l'ardent souhait de la savoir heureuse.

Un chagrin exprimé par des larmes sincères ne l'aurait pas surpris ; au-delà de son empathie naturelle aux misères humaines, Félicienne était très attachée à la vieille contremaîtresse à qui elle avait succédé. Or, pour ce sondeur d'âmes inné, le désarroi de la jeune fille était autre, il demandait à être exprimé, au risque, dans une situation de non-dits, d'agir comme une épine dans la plante des pieds.

Félicienne avait été heureuse que Matthieu fût pressenti pour remplacer son homologue saint-ambroisien absent. Elle voyait si peu souvent son ami le plus cher ! Même s'ils s'écrivaient souvent, comme au temps où elle était sa marraine de guerre, échangeant sur le même ton les anecdotes de leur quotidien et faisant silence sur leurs joies ou leurs peines. Ils éprouvaient tous deux une absurde pudeur à confier au papier leurs secrets et leurs états d'âme. Ainsi, Félicienne avait-elle tu à Matthieu l'explication qu'elle avait eue avec Maximilian, les viles pensées qu'il avait nourries pour celle qu'il disait aimer et leur rupture consommée.

D'ailleurs, Matthieu s'étonna, au temple comme au cimetière, que Félicienne ne fût pas accompagnée, soutenue, réconfortée comme il se doit par son amoureux. Et s'en désola.

De même que Félicia eut à se désoler de la défection de tout un peuple qui, pourtant, baignait encore dans la soie, la voix de Matthieu résonnait dans un temple quasi désert. Un immense soupir de satisfaction lui échappa en arrivant dans le cimetière de Saint-Brès où avait souhaité être inhumée la femme du cordonnier. Tout le village était là, autour de l'humble tombe qui croulerait bientôt sous une avalanche de fleurs. Seule Félicia savait que la vieille dame avait un penchant pour l'œillet à l'odeur entêtante qui cachait idéalement celle des *babos*.

— Veux-tu que je te ramène, Félicienne?

Matthieu ne voulait en aucun cas éblouir son amie en lui désignant une récente acquisition : une Peugeot Quadrilette de 1922 qui n'accusait pas son âge. Carrosserie impeccable d'un joli bleu saphir, coussins de tweed gris, capote de ciré noir et roues à rayons, Matthieu avait fait une belle affaire en rachetant la voiture du curé d'Anduze. On n'était plus au temps des guerres de religion, que diable ! L'hésitation de la jeune fille l'amena à penser qu'elle attendait son chevalier servant.

« Cela m'apprendra à émettre des hypothèses saugrenues », se gourmanda-t-il alors que Félicienne faisait tomber à plat « l'hypothèse saugrenue » en acceptant avec un doux et triste sourire :

— C'est agréable de se retrouver... Dommage que ce soit en de si tristes circonstances !

— Dommage, en effet, murmura-t-il en lui rendant son sourire.

Un lourd silence s'installa entre eux tout le long du trajet. C'est seulement dans la cour des Fontanilles que Félicienne demanda précipitamment :

— Tu rentres quelques instants ? S'il te plaît, reste un peu.

Qu'elle était touchante avec son air de petite fille aux abois ! Si différente de la Félicienne, non moins émouvante, qui, découvrant une à une les pages tenues secrètes de sa vie, les faisait siennes comme un bienvenu assouvissement !

Matthieu était à la torture, sa douce aimée avait un criant besoin de s'épancher qu'il ne pouvait, dans l'instant, satisfaire. Il secoua négativement la tête, la mine désolée.

— Je ne peux pas maintenant. D'autres obsèques m'attendent à Thérargues dans une demi-heure, suivies d'une rencontre au presbytère avec des jeunes gens pour la préparation de leur mariage. Je peux venir ce soir, assez tard, si ça ne t'ennuie pas ?

— M'ennuyer alors que je te le demande ? Oh, Matthieu, j'ai besoin de ta présence réconfortante, de tes paroles qui éclairent et même de tes silences qui valent autant qu'un long discours. Jamais je ne me suis sentie si seule qu'en ce jour.

— Je reviens, ma précieuse amie, c'est promis, et en quatrième vitesse.

La cloche avait sonné, les fileuses s'étaient envolées comme des hirondelles ; ne restaient à La Bâtie Neuve que la contremaîtresse et trois surveillantes – Germaine, la seule à avoir travaillé sous les ordres de madame Georges, avait pris sa demi-journée pour assister aux obsèques – à qui Félicia avait donné les consignes de rangements et d'expéditions.

— Je ne reviendrai pas à la filature après l'enterrement. Je compte sur vous pour ne rien changer à sa bonne marche, leur avait-elle précisé afin que Nathalie, toujours aussi consciencieuse, n'attende pas en vain le passage quotidien de la patronne.

Elles s'étaient sans doute étonnées de cette voiture bleue qui ramenait leur patronne, mais le furent encore plus lorsque cette même voiture emprunta à nouveau la côte pierreuse, autrefois et désormais obsolète allée cavalière menant aux Fontanilles. Une paire d'yeux s'attarda plus que les autres à l'aspect, un peu flou avec la distance, de l'homme qui en descendait. Son allure sportive, qui le fit gravir quatre à quatre les marches de la terrasse, le classait dans une petite trentaine. L'accueil que lui fit Félicienne, entrouvrant la porte et le happant à l'intérieur, trahissait leur familiarité. Maryvonne se promit d'être vigilante. Ne rêvait-elle pas d'un poste TSF, tout pareil au Radiola qui trônait dans le fumoir du Grand Hôtel des Fumades ?

Les mots se bousculaient dans la tête, puis sur les lèvres de Félicienne sans qu'elle parvienne à les ordonner clairement. Cela faisait trois nuits qu'elle ressassait le douloureux déballage de madame Georges et, si elle avait réfléchi posément, elle en aurait conclu que rien de nouveau, la concernant personnellement, ne lui avait été révélé.

— Mais elle savait, Matthieu ! Elle savait et n'a rien dit de tout ce temps ! ne cessait-elle d'opposer à la logique de son ami.

— Elle n'avait que toi, Félicienne, et craignait de te perdre. Songe que tu étais son reproche vivant et malgré cela, elle te chérissait.

— Elle aurait pu me dire tant de choses sur maman qu'elle avait tenté de protéger, à sa façon.

— Et toi, lui as-tu demandé de t'en parler après ta découverte à la mort de Milagro ?

Félicienne resta perplexe et ne sut que répondre. Matthieu le fit à sa place.

— Ce que tu avais à cœur de découvrir, et qui est parfaitement compréhensible, c'est ton histoire intra-utérine avec ta maman, ta naissance et son acte d'amour qui consistait à te confier à tes grands-parents. Une courte mais essentielle tranche de vie et ce qu'avait vécu madame Georges avec Niévès en était une autre, totalement différente, tout aussi intime et peut-être tout aussi douloureuse.

Félicienne revenait toujours à son leitmotiv :

— Elle aurait pu me raconter maman, sa gaieté, son entrain, ses émois d'amoureuse qui ne lui avaient pas échappé, les premiers signes de sa maladie, tout quoi… Et maintenant, elle est partie…

— Avec ton pardon, j'espère ?

Le pasteur prenait le pas sur l'ami.

— Crois-tu que tes sages leçons spirituelles ne sont pas ancrées dans ma mémoire ? J'ai pardonné, Matthieu, mais jamais je n'oublierai.

La raison commanda à Matthieu de ne pas insister ce soir. Il se promit de revenir souvent jusqu'à ce que Félicienne reprenne confiance en la vie, que lui soit donné un regain de cette énergie qui faisait partie d'elle et lui était nécessaire comme l'air qu'elle respirait.

« Pourvu qu'elle ne succombe pas à ces funestes inspirations ! », s'angoissait-il alors qu'il ne l'avait pas encore quittée.

— Je reviendrai, Félicienne… Enfin si tu le veux…

Les yeux agrandis de la jeune fille cherchaient une explication à ce qui lui semblait une incongruité.

— Je… je ne voudrais pas prendre la place de qui que ce soit auprès de toi.

— Matthieu, comment peux-tu penser une telle chose ! Tu ne prends la place de personne et jamais personne, je te l'assure, ne prendra la tienne dans mon cœur !

Un élan de vérité et de tendresse qui ressemblait tellement à une déclaration d'amour !

Matthieu en fut bouleversé, il s'obligea à ralentir son rythme cardiaque qui s'affolait et se refusa à la pousser aux confidences qu'elle demeurait libre de partager ou non.

Elle calma la fougue qui s'était emparée d'elle et murmura :

— Reviens, Matthieu, aussi souvent que tu le peux, j'ai tant besoin d'une présence aussi réconfortante que la tienne.

Maryvonne Roux le tenait, son Radiola... ou presque! Elle savait même qu'il trônerait dans la salle à manger de ses parents et, si ces derniers venaient à s'offusquer d'une telle dépense, elle ne serait pas à court d'idées, de même qu'elle avait eu une explication à chacun de ses bijoux.

— Un cadeau de mademoiselle Félicia qui m'a à la bonne!

— Cette broche? Pfft, de la pacotille, du clinquant!

— Ah ça, le collier, c'est une triste histoire. Une de nos fileuses qui n'a d'autre issue que la vente des bijoux de sa famille pour payer les dettes accumulées par ses parents décédés. Je l'ai eue pour trois francs six sous.

Si l'on ajoute à ce tissu d'invraisemblables mensonges les escapades de Maryvonne au Grand Hôtel des Fumades, il n'est pas faux de penser que monsieur et madame Roux étaient de grands naïfs!

La crédulité des Roux était une évidence, tout comme la cupidité de leur fille était au moins égale à la haine absurde qui rongeait jour et nuit Victor Vésombre. Une haine alimentée par les rapports copieux de Maryvonne et qui ne pouvait trouver d'exutoire en dehors de la vengeance.

La voiture bleue est immatriculée 1922 FN5.

Il fut aisé à Vésombre d'identifier le propriétaire. À la liste de ses «ennemis» s'était ajouté un nouveau nom: Matthieu Brugère!

Une liste qu'il relisait avec satisfaction. Laurent Savinier: barré! Maximilian Lorentz: il hésitait encore à le rayer, Maryvonne n'ayant plus mentionné d'assiduité de sa patronne à le rencontrer. Prosper

Chavron : il n'en ferait qu'une bouchée. Il s'était renseigné, l'homme aimait les grandes balades pédestres dans le massif du Pilat où il avait rénové la vieille ferme paternelle. Rien de plus dangereux que ces randonnées en solitaire ! Matthieu Brugère : le pasteur ! Celui-là commençait à lui échauffer les oreilles.

Et il y avait de quoi ! Matthieu était désormais un habitué des Fontanilles où sa noble entreprise de reconstruction le menait deux à trois soirs par semaine. Le soir n'avait rien à voir avec une quelconque provocation des ragots malveillants, les deux jeunes gens n'y pensaient même pas et, cela les aurait-il effleurés, ils n'auraient pas pris la peine d'expliquer que le sacerdoce de l'un et les obligations gestionnaires de l'autre étaient seuls cause de leurs rencontres tardives.

Matthieu avançait à petits pas dans sa mission : réconcilier Félicienne avec son passé. Au cours de leurs longs conciliabules, il avait débusqué les raisons de son effondrement, qui étaient multiples. Aussi s'attachait-il à dénouer l'écheveau de laine embrouillé qu'était devenue son âme troublée. Immergée dans une quête de vérité à la mort de Milagro avec qui elle était fusionnelle, Félicienne n'avait pu vivre les étapes successives inhérentes à un deuil : révolte, refus d'accepter l'inacceptable, désespoir, chagrin et puis consolation.

— De même, avançait-il dans son analyse, la mort de monsieur Auguste, non seulement ouvrait la porte à d'autres révélations, à d'autres deuils à intégrer, mais aussi et surtout posait sur tes épaules une charge à laquelle tu ne t'attendais pas, pour laquelle il te fallait prendre des décisions, assumer dans l'urgence. Et je passe sous silence les boucliers qui se sont levés contre toi, qui ont pu mettre en doute ta légitimité. Des attitudes odieuses comme celle de cette Eugénie…

— Ce n'est pas elle qui m'a fait le plus de mal ! trancha Félicienne.

— Ta tante ? Vous avez heureusement rattrapé ce temps perdu, m'as-tu confié ?

— La première est partie dans la chambre de l'oubli et notre affection réciproque avec Bérangère est indéfectible.

— Mais alors qui ? osa insister Matthieu tout en devinant la réponse.

Si souffrance indicible il y avait, et il n'en doutait pas, autant crever l'abcès.

— Maximilian qui disait m'aimer prêtait une oreille complaisante aux plus abjectes médisances. Matthieu, crois-tu l'amour possible sans confiance ? Douterais-tu, toi, si tu aimais d'amour ?

— Jamais ! Comment pourrais-je douter de l'honnêteté de son regard limpide, de la sincérité de son cœur pur, de la véracité des mots prononcés par sa bouche adorée ?

Matthieu s'emballait, fou d'un amour qu'il sentait à nouveau à sa portée. Mais non, il ne profiterait pas de sa faiblesse par un aveu qui lui brûlait les lèvres et qui, peut-être, ajouterait à son trouble.

— Que t'a-t-il dit, que je le traîne à tes genoux pour qu'il implore ton pardon ?

— Des ordures, des saletés dont il faisait contrition en rampant à mes pieds, et j'avais honte pour lui.

Mais il ne m'a pas fait pleurer, Matthieu. Les larmes viennent du cœur et le mien ne bat plus pour lui. Oh, il a tout essayé pour que je lui donne une autre chance, mais si le feu peut reprendre de braises ou de tisons rougeoyants, jamais il ne revit sur un lit de cendres. Mais, rassurez-vous, monsieur le pasteur, je lui ai pardonné ! Et j'ai même oublié, c'est dire s'il est sorti de ma vie !

Ce soir-là, Matthieu regagna son presbytère le cœur joyeux.

Ne dit-on pas qu'en parlant du loup... Félicia préféra, à ce dicton équivoque, se souvenir d'un autre de Milagro qui, lui aussi, gardait son secret : *Hablando del Rey de Roma, por la puerta asoma*[1]. Elle écouta néanmoins poliment l'introduction hésitante de Maximilian dans le combiné du téléphone.

— Marraine m'a dit combien le décès d'une vieille employée de la filature t'avait plongée dans le chagrin. Ouvrirais-tu ta porte à un ami qui voudrait t'apporter son soutien ?

— S'il est sincère et sans arrière-pensée, je l'accepte volontiers.

— Comment pourrait-il en être autrement ?

Fort de cet agrément, Maximilian courut en trombe aux Fontanilles à la rencontre de Félicienne en caressant l'espoir que le temps avait fait son œuvre. Sa fougue amoureuse ravivée lui faisant perdre la notion de l'heure, c'est dans son bureau vitré de La Bâtie Neuve qu'il la trouva, penchée sur des chiffres en

---

1. Espagnol : « Quand on parle du roi de Rome, il se pointe à la porte. »

compagnie de Chavron son courtier, qui préparait ses démarchages d'automne.

— Je prends une semaine de congé dans mon Pilat natal avant la grande offensive. La randonnée me vide la tête, je suis un homme neuf après chacun de mes séjours en montagne, confiait-il à Félicienne. Et vous, vous accorderez-vous quelques jours de répit, mademoiselle Roustan ?

— Si la possibilité m'en était donnée en claquant des doigts, j'irais me ressourcer à Chamborigaud chez ma marraine que je n'ai pas vue depuis si longtemps ! soupira Félicienne. Je n'y ai que de bons souvenirs !

De l'atelier bruyant, Maryvonne ne captait que des bribes de leur conversation ; afin de compléter ses informations, elle usait de tous les prétextes pour entrer dans le bureau où son intrusion furtive et silencieuse n'interrompait nullement leur dialogue.

Le premier passage, dans un petit nuage de poussière, du véhicule de Maximilian montant aux Fontanilles, puis son demi-tour et son arrêt à La Bâtie Neuve intriguèrent les fileuses et firent froncer les sourcils à Félicienne. Quelle mouche le piquait de venir la déranger dans son travail ? Lui apporter son réconfort après le décès de cette pauvre madame Georges ? Plus d'un mois s'était écoulé depuis !

Elle sortit précipitamment sur la terrasse de la filature et tempéra son irritation avec un peu de courtoisie :

— Ce n'est pas encore l'heure de la fermeture. Remonte au domaine, je t'y rejoindrai et en attendant fais-toi servir un rafraîchissement par madame Robert.

Leur tête-à-tête se réduisit en un bref échange informel, chacun prenant des nouvelles de l'autre, s'enquérant de la bonne marche de leurs affaires respectives, au grand regret de Maximilian qui voyait s'envoler ses espoirs d'une reconquête. Après son départ, Félicienne s'étonna de l'indifférence qu'elle éprouvait pour lui, tout ce qui l'avait charmée lui parut fade, insignifiant. Peut-être souffrait-il à son tour et ce n'était pas dans son caractère de s'en réjouir? Pour autant, elle ne se sentait aucunement en empathie avec ses souffrances et ses regrets.

Il en était une qui se frottait les mains, son petit commerce ne pourrait qu'être florissant lorsque son amant recevrait la lettre qu'elle s'empressa de lui écrire le soir même.

En plus de l'entretenir des projets de vacances du courtier Chavron, Maryvonne se fit un plaisir d'insister sur le devenir des Fontanilles, «un repaire de coureurs de dot où les prétendants prennent bien garde de ne pas se croiser».

* *

*

Un tout autre accueil était réservé à Matthieu Brugère dès qu'il s'annonçait chez Félicienne. Les heureuses habitudes sont très faciles à prendre, les visites de Matthieu étaient de celles dont elle ne pouvait plus se passer. Qu'ils parlent à bâtons rompus ou qu'ils restent silencieux à respirer le même air sur la terrasse des Fontanilles, à contempler les étoiles, parfois à se tenir la main pour communier aux mêmes pensées, tout leur était bonheur.

Un bonheur si fragile que Matthieu redoutait qu'il ne fonde comme neige au soleil s'il déclarait sa flamme. Attendre et espérer. Oui, espérer qu'elle partage ses sentiments et attendre qu'elle les découvre. La patience faisait partie de ses qualités.

Deux mois après le départ de madame Georges et le bouleversement qui avait suivi, Félicienne semblait sur la voie de la réconciliation avec la morte. Elle ne ressassait plus les regrets qu'elle avait à ne pas avoir provoqué plus tôt une confession.

Ainsi que l'avait prédit Matthieu, elle parcourait une à une les étapes du deuil, à la différence, chez elle, qu'il s'agissait de deuils groupés, de deuils de personnes inconnues qui avaient quitté ce monde avant qu'elle ne prît connaissance de leur existence.

— Si je résume, Matthieu, en un an j'ai perdu toute ma famille. Milagro ma grand-mère, Niévès ma mère, monsieur Auguste mon grand-père paternel, Félix mon père, Ramón mon grand-père maternel et madame Georges, ma demi-tante... de la cuisse gauche !

— Certains diront que les épreuves de la vie sont des étapes nécessaires pour en comprendre la valeur. Sacrées étapes que tu as dû franchir, ma Félicienne ! D'autres que la merveilleuse jeune femme que tu es ne s'en seraient pas sorties, alors que toi, avec le formidable courage dont tu as fait preuve, tu m'as épaté.

— Grâce à toi, Matthieu, mon cher, très cher Matthieu ! Tu ne m'as jamais abandonnée. C'est rare un amou… heu… une amitié comme la nôtre. Rare et tellement précieux.

Il y crut, un instant, à cette révélation qu'il appelait de tous ses vœux, mais Félicienne s'était reprise et il avait retenu le geste qu'il s'apprêtait à faire, la prendre dans ses bras et fermer sa bouche d'un baiser.

— Mais alors, si tu es guérie, tu n'as plus besoin de moi ! se désola-t-il en feignait une grimace comique.

— Méchant ! Tu sais que je ne suis pas à l'abri d'une rechute ? Et puis, j'aurai besoin de toi. Tiens, justement, pour quelque chose qui me tient à cœur.

— Quoi donc ?

— Viens, allons à la bibliothèque. Voilà, tu vois ce bel arbre généalogique dont mon grand-père était si fier, moi je trouve qu'il est incomplet. Mais franchement, me vois-tu griffonner des noms sur cette œuvre d'art ?

— Bon sang, Félicienne, je connais un enlumineur de talent ! Il te fera un travail soigné, ses doigts sont magiques.

— C'est toi qui es un magicien, Matthieu ! s'exclama Félicienne en se jetant au cou de son ami.

Damiano, un ouvrier imprimeur, enlumineur à ses heures de loisir, fit son entrée un soir aux Fontanilles, amené par Matthieu, et y revint à d'autres reprises – une manne pour cette insatiable Maryvonne – et, au final, l'arbre généalogique des Roustan des Fontanilles s'était étoffé de deux noms supplémentaires. Sur la même ligne qu'Auguste-César avait été ajouté Marie-Claire, épouse Georges, 1849-1927 et au-dessous de Félix Roustan, Damiano avait tiré un trait pour annoncer sa descendance, à savoir Félicienne, née le 25 août 1903.

Tout était à sa place dans le cœur de Félicienne comme sur l'arbre généalogique de la famille Roustan.

* *

*

Malgré ses bonnes résolutions de ne pas étouffer Félicienne par ses trop fréquentes incursions aux Fontanilles, les visites de Matthieu ne s'étaient pas espacées, il avait trouvé à cela une bonne raison : la présence de sa petite sœur, Héloïse.

Félicienne avait enfin trouvé le temps et la motivation d'inviter sa filleule et ce n'était pas sans l'arrière-pensée de rendre à la famille Brugère un peu de tout ce que, depuis ses plus jeunes années, elle lui avait apporté. L'adolescente avait passé son certificat l'année précédente et, celle-ci n'ayant manifesté aucune disposition ni intérêt à poursuivre ses études, ses parents s'étaient gardés d'insister.

— Laissons-lui le temps de trouver sa voie, avait indulgemment suggéré le pasteur à son épouse.

Loin de voir une route toute tracée devant elle, Héloïse avait emprunté de tortueux chemins à coups de périodes probatoires infructueuses : aide aux soins à la maison de convalescence de Ponteils, assistante à l'école enfantine de son village, serveuse à l'auberge de Régordane de Génolhac, autant d'essais pour lesquels elle ne présentait aucune disposition et qui, de plus, n'emballaient pas ses parents.

Tenue au fait des errances de leur filleule par Matthieu, Félicienne proposa spontanément à l'adolescente de venir à Saint-Ambroix où elle l'initierait aux rudiments du secrétariat.

Et pourquoi ne te proposerais-je pas, au terme de quelques mois de formation et si tu trouves un intérêt à ce travail, un emploi définitif et correctement rémunéré ? Les Fontanilles et moi nous réjouissons de ta venue et La Bâtie Neuve ne ferme jamais ses portes aux jeunes personnes pleines de bonne volonté, le tout bien sûr avec l'accord de tes parents que je serai heureuse de recevoir dans ma nouvelle demeure, bien trop grande pour moi, mais qui, heureusement, fourmille de souvenirs…

Sensibles à la délicate proposition de Félicienne, les époux Brugère n'avaient pas résisté longtemps à l'enthousiasme d'Héloïse que trois pôles attiraient, Saint-Ambroix, bourg vivant et animé, sa marraine Félicienne et son frère aîné, vivant non loin de là. La formation de secrétaire, venant en quatrième proposition, revêtait également un certain attrait et l'adolescente promit à ses parents de prendre à cœur la chance qui lui était offerte. Jeanne, sa maman, y était allée d'une larme nostalgique en préparant ses bagages.

— La Bâtie Neuve ! Sais-tu, Héloïse, que j'y ai passé quatorze années de ma vie ? Oh, je ne te dirais pas que ce furent les plus heureuses de mon existence, ça non… encore que celles partagées avec Niévès, la maman de ta marraine, restent à jamais inoubliables. C'était ma seule amie, une amie très chère !

— Les temps ont changé, maman, et il y a une grande différence entre nous ; toi, c'est ton passé qui est là-bas, moi, je le sens, c'est mon avenir.

Ingrate jeunesse qui effaçait d'un coup d'éponge le tableau en demi-teinte de la quadragénaire !

— Héloïse! Quelle belle jeune fille tu fais! Tourne un peu.

Félicienne se souvenait des longs et raides cheveux de sa filleule qu'elle avait plaisir à brosser longuement, puis à tresser en leur entremêlant des rubans de couleurs, et ne les voyait plus. Les avait-elle ramassés sur sa nuque en chignon?

Coquette et coquine, l'adolescente s'exécuta, attendant la réaction de Félicienne. Ce qui ne manqua pas.

— Et voilà, encore une qui a sacrifié à la mode! applaudit sa marraine. Je t'avoue être tentée par cette décision… radicale…

— N'en fais rien, je t'en prie, marraine! trancha la pétulante Héloïse. Mon frère en serait désolé.

— Ton frère? Lequel? pouffa la jeune fille, s'étonnant qu'un des garçons Brugère ait le souci de sa coiffure.

— Matthieu, bien sûr! Il a été le seul de la famille à dénigrer ma coupe de cheveux. Je m'appliquai à lui prouver combien le coiffage en était plus pratique, il en convint, mais ne put s'empêcher de soupirer, désolé: «Tu n'aurais pas eu à le faire si tu avais eu la chevelure de Félicienne!» Toujours avare de compliments, mon frère aîné, du moins avec moi!

Un instant troublée par la réflexion de la petite, Félicienne fut vite emportée dans le tourbillon qu'elle créait, sautant du coq à l'âne dans sa conversation puis, arrivée aux Fontanilles, s'extasiant sur la maison qu'elle appelait château, ses extérieurs boisés et cultivés par un Pierrot qui s'était découvert une nouvelle passion, celle de ses aïeux.

— La Bâtie Neuve! Quand me feras-tu visiter la filature?

— Quelle impatience ! Ma foi, c'est de bon augure. Tu oublies cependant qu'elle est fermée le dimanche. Une pause bien méritée par nos fileuses, crois-moi, et que moi-même j'apprécie.

Au cœur de l'après-midi, la Peugeot bleue de Matthieu Brugère fit crisser les gravillons de la cour, Héloïse s'envola sur le perron pour se jeter dans ses bras. Le reste de la journée fila entre les doigts du trio. En les quittant, Matthieu lança une invitation :

— Dimanche prochain, je vous attends toutes deux à Saint-Jean-de Maruéjols. Nous serons le 2 octobre et c'est le culte de rentrée, suivi d'une kermesse où ventes et jeux se disputeront la vedette. J'espère ne pas faire jaser si je convie en ma paroisse les deux plus ravissantes jeunes filles que je connaisse.

— Pour une au moins tu aurais une bonne excuse, je suis ta sœur ! lança la vive Héloïse, laissant son frère et Félicienne dans un embarras bien vite dissipé par une question de cette dernière :

— Serait-ce te faire offense, Héloïse, de te demander si tu sais monter à bicyclette ? Dans ce cas, je connais une personne qui pourra m'en prêter une pour toi.

— Alors, tout est parfait, mesdemoiselles. À dimanche prochain ! Et toi, jeune fille, ne fais pas enrager Félicienne sinon tu auras de mes nouvelles !

Matthieu n'avait nul besoin de se mettre en peine, sa jeune sœur savait se montrer studieuse et volontaire autant que primesautière et parfois étourdie. Elle possédait naturellement un sens méthodique, une excellente mémoire et le don inné de l'orthographe, trois propriétés qui ne s'enseignent pas et qui sont cependant indispensables à une bonne secrétaire. La grosse Underwood lui parut plus rébarbative, mais elle demanda à Félicienne la possibilité de s'exercer sur cette machine à écrire pendant tous ses moments libres.

Aussi la vit-on dans l'aquarium – la dénomination de Vésombre était restée – avec une méthode Pigier fournie par Félicienne qui l'avait sauvée du bric-à-brac engendré par les époux Richardson.

Le dimanche suivant, à la kermesse de son frère, elle exultait :

— Félicienne assure que je suis douée ! Si, si ! Et moi, ça me plaît drôlement, c'est varié, c'est… c'est ce que je veux faire !

— Nous en reparlerons dans quelque temps, la tempéra Matthieu, craignant que son enthousiasme fût de courte durée, encore que Félicienne confirmât les assertions de la gamine.

— Ta sœur est surprenante, Matthieu, et ne me dis pas que je fais du favoritisme…

— Bien sûr, tu as si bon cœur que tu te laisses abuser par l'affection que tu portes à Héloïse. Ne la ménage pas…

— Je ne vais tout de même pas la décourager pour te donner raison ! Je te dis qu'il lui faudra peu de temps pour se révéler indispensable, alors crois-moi sur parole.

— Je ne demande que cela, Félicienne.

Sa voix s'était adoucie – une caresse, songea la jeune fille –, son regard ébloui l'enveloppait tout entière. Quand trouverait-il le bon moment, le lieu idéal pour mettre son cœur à nu puisqu'elle ne venait pas à lui comme il l'attendait désespérément ?

Ce matin-là, Héloïse dépouillait le courrier comme le lui avait appris Félicienne : une pile pour les factures, une autre pour les relevés bancaires, une troisième pour les lettres lambda.

— Celle-ci émane d'une madame Chavron, commenta à haute voix l'adolescente.

— Monsieur Chavron. Monsieur Prosper Chavron, veux-tu dire ? la reprit Félicienne.

— Non, non, c'est signé Justine Chavron. Tiens, regarde !

Assaillie d'un sombre pressentiment, Félicienne s'empara un peu brusquement de la missive et en fit la lecture à haute voix :

Mademoiselle Roustan,
Je vous envoie ce pli à la demande expresse de mon époux qui, ayant enfin recouvré l'usage de la parole après plusieurs jours d'un sommeil comateux après une chute vertigineuse dans le chirat de Maupas, m'adjure de vous rassurer sur les transactions que vous lui aviez confiées et qu'il a menées à bien, heureusement avant sa mésaventure. Tout cela vous sera confirmé dans les jours qui viennent.

Suivaient une formule de politesse et un numéro de téléphone que Félicienne s'empressa de composer après avoir demandé l'inter. Elle eut tout d'abord madame Chavron, qui lui passa son époux, non sans lui recommander de ne point trop le fatiguer.

— Il est encore sous le choc, voyez-vous ! prétexta-t-elle.

Il n'y paraissait guère à la voix de Chavron qu'elle devinait gesticulant comme à son ordinaire.

— Que vous est-il arrivé, monsieur Chavron ? Je vous croyais à Lyon, vous m'aviez parlé d'octobre pour rencontrer vos...

— Bien m'en a pris de changer mes plans ! la coupa-t-il dans le grésillement du combiné. Tout cela en raison du temps exécrable qu'il a fait en septembre dans les monts du Pilat. De la pluie tous les jours ! Au bout d'une semaine à scruter le ciel en quête de mansuétude pour l'infatigable randonneur que je suis, j'ai abandonné la partie. Les cieux étaient contre moi.

— Vous n'y avez pas renoncé tout à fait, au dire de votre épouse qui m'a parlé d'une chute dans un chirat, ce me semble... avança Félicienne.

— Un chirat, oui. Une sorte de coulée de pierres qui avoisine le kilomètre. Je suis donc parti à Lyon, Roanne et Saint-Étienne où j'ai bien travaillé pour vous. Vous allez recevoir les contrats de commandes, je suis content de moi.

— Mais votre chute, monsieur Chavron ?

— J'étais à Saint-Étienne quand le beau temps est revenu. Je n'allais pas me priver. Il ne me manquait qu'un compagnon de marche car il n'est jamais prudent de partir seul. Par chance, je rencontrai un compère à La Jasserie et nous avons cheminé ensemble jusqu'à l'accident. C'est lui qui a dérapé le premier alors que nous amorcions la descente, glissant pieds devant sur moi qui le précédais et il me propulsa dans le chirat. Après, ce fut le noir total. Au bout de deux jours enfin, les secours arrivèrent grâce à un chercheur de champignons qui m'avait repéré au fond d'un vallon, plus mort que vif et sans connaissance.

— Tu t'excites, Prosper, rends-moi ce combiné !

Félicienne comprit le souci de madame Chavron.

— Passez-moi votre épouse, monsieur Chavron, et prenez soin de vous. Je reprendrai de vos nouvelles la semaine prochaine.

— Excusez-moi, mademoiselle Roustan. Prosper n'est pas raisonnable. Il faut le surveiller comme un enfant.

— Je comprends vos angoisses, madame Chavron. Les blessures de votre époux sont-elles graves?

— Un traumatisme crânien heureusement résorbé, le bassin et une jambe fracturés. Je vous passe les nombreuses ecchymoses et l'état de faiblesse dans lequel il a été retrouvé. Pensez, deux jours et deux nuits sans boire ni manger!

— Monsieur Chavron est de forte constitution, c'est ce qui l'a sauvé, tenta de conclure Félicienne.

— Je dirais plutôt que mon mari est un mécréant et que Dieu n'en avait que faire.

La conversation téléphonique se clôtura sur ce trait d'humour de madame Chavron qui voulait surtout exprimer sa frayeur rétrospective.

Décidément, mademoiselle Roustan des Fontanilles n'avait pas la main heureuse pour choisir ses collaborateurs, ou bien ceux-ci manquaient cruellement de chance.

33

Octobre-Novembre 1927-Janvier 1928

— Un souci, mademoiselle Félicia ? Une flotte défectueuse qui aurait échappé à ma vigilance ?

La mine chiffonnée de sa patronne avait mis en alerte Nathalie la contremaîtresse, que Félicia rassura aussitôt.

— Rien à voir avec le travail effectué à La Bâtie Neuve, du moins directement. Il n'empêche que nous jouons de malchance, et plus encore ceux qui travaillent pour nous. Après la mort tragique de ce pauvre Laurent Savinier, voilà monsieur Chavron victime à son tour d'un accident de montagne. Dieu merci, il n'est que blessé, mais il a frôlé la mort de peu, comme me l'expliquait son épouse.

Personne ne remarqua la pâleur subite de Maryvonne Roux qui n'avait rien perdu de la conversation des deux femmes. Encore que la finaude Petite Lucette, la voyant tituber, demanda en la taquinant :

— Tu te trouves mal, Maryvonne ? T'es sûre de pas être enceinte, toi ? Tu es pâle à faire peur.

Piquée au vif, Maryvonne se ressaisit et la rabroua sèchement :

— Quand j'aurai besoin de toi, Lucette, je te sonnerai. Pour le moment, occupe-toi de tes affaires.

L'escarmouche échappa à Félicia et Nathalie, qui commentaient l'accident de Chavron, pourtant montagnard confirmé selon ses propres termes.

— Et pourtant, concluait Félicia, j'ai toujours entendu dire qu'il ne fallait pas attaquer la montagne en solitaire. Pour une fois, notre courtier aurait eu plus de chance à être seul que mal accompagné !

Durant toute une semaine, la mésaventure du courtier occupa les conversations des fileuses, puis un clou chassant l'autre, la Cèze et ses débordements tinrent le haut du pavé. Octobre s'était achevé dans la grisaille ; les lourds nuages noirs et bas, qui montaient de la mer poussés par le tant redouté vent du sud, avaient fini par crever, déchirés par la barrière de Portes et des mamelons du Rouvergue conjugués.

Des trombes d'eau firent grossir rivières et ruisseaux, et la Cèze, fantasque et indisciplinée, sortit allègrement de son lit, isolant quelques villages de la plaine, pénalisant les filles qui, pour les plus vaillantes, avaient dû faire un détour inouï pour venir à la filature.

La proposition de Félicia jaillit spontanément :

— Je vais vous faire préparer des chambres aux Fontanilles. Faites en sorte de prévenir vos familles que vous ne rentrerez pas tant que les ruisseaux n'auront pas regagné leur lit.

Saint-Jean-de-Maruéjols figurait au nombre des communes isolées et cela fit tout drôle à Félicienne de recevoir un courrier de Matthieu, alors qu'ils avaient maintenant l'habitude d'échanger de vive voix.

— Ton frère est sur la brèche du matin jusqu'au soir, résuma-t-elle sa lettre à Héloïse. Il loge une famille au presbytère, d'autres ont trouvé refuge chez le curé, certains à la mairie.

Ce petit vent de panique souffla durant plusieurs jours dans toute la région avant que de timides percées du soleil accompagnées d'un mistral bienvenu assèchent les routes et les terres et que tout rentre dans l'ordre.

Ce matin-là, un matin de décembre ensoleillé, mais venteux et froid, Maryvonne Roux manquait à l'appel.

— Elle ne pourra pas dire que les inondations en sont la cause ! ricana la Petite Lucette.

Préférant ignorer la pique, Félicia demanda à Nathalie :

— Elle ne t'a rien dit ? Maux de gorge ? Migraines ?

— Rien de tout cela, mademoiselle Félicia. Au contraire, je l'ai trouvée plus guillerette que d'habitude, comme si elle allait retrouver un galant.

Félicia regagna son bureau où Héloïse, maintenant rodée à l'Underwood, tapait des courriers avec frénésie, sans regarder le clavier. Elle allait terminer les trois mois d'essai proposés par Félicienne et n'avait qu'une hâte, être confirmée dans ce poste qui lui allait comme un gant. De plus, elle espérait en récolter deux beaux fruits au moins : la fierté de ses parents, ce qui n'était pas négligeable, et un salaire, même s'il était amputé pour son logement et sa nourriture, elle serait ferme là-dessus.

La porte du bureau – celle qui donnait sur le perron de la filature – s'ouvrit brusquement comme bousculée par une bourrasque. Une silhouette enveloppée d'une longue cape et coiffée d'un chapeau cloche enfoncé jusqu'aux sourcils tomba dans les bras de Félicia en débitant un charabia incompréhensible.

Félicia avait cependant reconnu Maryvonne, elle la poussa dans une arrière-pièce qui tenait lieu de vestiaire et de débarras, lui prit les mains et la fit asseoir sur une chaise.

— Calme-toi, Maryvonne. Calme-toi, je t'en prie.

— Pas le temps, pas le temps, articulait péniblement la surveillante.

Félicia lui ôta son chapeau. Ce fut pour découvrir un visage tuméfié, un œil fermé et bleu, des lèvres enflées et entrouvertes sur une bouche sanguinolente.

— Mon Dieu, mais tu as fait une chute?

— Non, non!

— Une agression? Qui t'a fait ça?

— Vésombre! Il va tous les tuer! Vite!

— Qui? Dis-moi! s'affola à son tour Félicia.

Au bord de l'évanouissement, Maryvonne crachait des mots, du sang, des noms, implorait le pardon de sa patronne en s'agrippant à elle. Félicia fit venir Héloïse, la somma d'appeler un médecin et de s'occuper de la surveillante, puis elle partit en courant chercher sa bicyclette aux Fontanilles.

Les yeux arrondis d'étonnement, toutes les filles regardaient la patronne dévaler le chemin caillouteux et pédaler à perdre haleine.

*　*
*

Victor Vésombre s'était mis au vert quelque temps à Largentière, après son périple dans le Pilat. De là, tout en contrôlant les comptes de son atelier de moulinage magistralement géré par le fidèle Pradal, il avait épluché les quotidiens de la Loire à la page des faits divers.

Fou de rage, il était revenu en Cévennes et, de son quartier général attitré, à savoir le Grand Hôtel des Fumades, il avait impérieusement demandé à sa maîtresse de venir l'y rejoindre. Il avait grand besoin de son corps lascif, de sa fougue incendiaire et même de son avidité à demander toujours plus de cadeaux, pour lui faire oublier sa déconvenue. Comme il s'en doutait, elle vint à la fin de sa journée, mais ne ressemblait plus à celle dont l'image le hantait.

Son regard dur, accusateur et sûr de son fait ne lui permit pas de nier quand elle l'accusa d'une bouche mauvaise :

— Tu as manqué ton coup cette fois, saligaud ! Avoue, mais avoue donc que tu as voulu tuer Chavron ! Avoue que tu as fait tuer Savinier ! Et pourtant tu m'avais juré ! Salaud ! Salaud !

Qu'elle était belle, déguisée en furie ! Il se jeta sur elle pour assouvir un désir qu'il ne maîtrisait plus. Elle lui résista comme jamais elle ne l'avait fait, le repoussant avec la force que lui donnait tout le dégoût qu'il lui inspirait. Elle jouait des mains et des pieds, giflant, griffant, tapant dans ses jambes et il la laissait faire, le temps que s'émousse son désir et que monte en vagues dévastatrices son besoin de violence. Il vint enfin et Maryvonne ne fut plus qu'un pantin sur lequel déferlaient coups de pied, coups de poing.

Elle ne criait plus, ne bougeait plus, ne lui lançait plus de mots accusateurs, il l'avait domptée. Peut-être tuée ? Non, elle respirait. Il sortit de la chambre, lui aussi avait besoin de respirer un autre air, celui de l'absinthe, cette fée verte aux pouvoirs anesthésiants, qui se cachait maintenant sous le nom d'Anis Pernod. Il s'en fit servir jusqu'à l'ivresse, puis demanda une bouteille qu'il monta dans sa chambre où gisait toujours Maryvonne incapable de fuir les lieux et recroquevillée sur ses souffrances.

Au bord du coma éthylique, Vésombre s'endormit d'un sommeil agité. Ses cauchemars bruyants clouaient Maryvonne au pilori, elle craignait une recrudescence de coups qui pourraient lui être fatals.

Les yeux fermés sur des images de sang, le visage déformé par la haine, Vésombre, que Maryvonne ne voyait pas du sol où elle gisait, vociférait dans son sommeil :

— Je les tuerai tous. Un par un. Je les aurai. Il n'en restera qu'un, moi ! Moi et elle ! Je la veux !

Dieu que la nuit fut longue ! Maryvonne récupérait lentement quelques forces, mais ne bougeait pas. Elle priait pour qu'il oublie sa présence et fut exaucée. D'ailleurs, la vit-il seulement, à même le sol entre le lit et la cloison quand il se leva d'un pas hésitant ? Peut-être même avait-il oublié son existence, seulement obnubilé par ses élucubrations nocturnes ?

Maryvonne qui ne bougeait toujours pas entendit la clé tourner dans la serrure, il l'enfermait en partant. Elle prêta l'oreille, pensa reconnaître le bruit de sa voiture, attendit encore un instant puis se mit à tambouriner à la cloison. On vint enfin lui ouvrir.

— Un taxi ! Je veux un taxi ! Vite ! articula-t-elle péniblement en raison de la douleur de son visage martyrisé.

— Un médecin est plus urgent, mademoiselle…

— Un taxi ! hurla-t-elle se soulevant sur un coude.

Elle ajouta en crachant une dent :

— Vous mettrez la course sur le compte de Vésombre.

Elle se hissa tant bien que mal dans la voiture demandée et pria le chauffeur de foncer à Saint-Ambroix.

Ainsi parvint-elle à La Bâtie Neuve peu de temps après l'arrivée des fileuses alors que, selon ses affirmations, Victor Vésombre avait entamé son œuvre d'extermination.

*   *
*

Félicienne n'avait pas hésité une seconde. Peut-être même son cœur n'avait-il entendu ou retenu qu'un seul nom : Matthieu !

Vésombre s'était mis en tête de tuer celui qu'elle aimait ? Elle ne le laisserait pas faire.

Elle pédalait aveuglément. Les côtes et les raidillons ne lui résistaient pas, les descentes ne lui permettaient pas de récupérer car elle pédalait toujours, le vent jouant dans sa jupe de lainage vert, tantôt la plaquant sur ses cuisses, tantôt la soulevant impudiquement. Elle n'y prenait garde, poussant sa machine jusqu'à lui donner des ailes. Elle ne pensait qu'à une chose, sauver Matthieu, son Matthieu, de ce fou furieux qu'était Vésombre. Saint-Victor-de-Malcap. Vite, un raccourci ! Belvezet ! Un chemin vicinal exécrable, tant pis !

Niévès courant à son rendez-vous d'amour avec le beau Félix? Félicia fonçant au secours de son bien-aimé? Mère et fille se confondaient dans l'élan amoureux qui les animait.

Saint-Jean-de-Maruéjols, enfin! La voiture bleue! Mais où est donc sa voiture bleue? Misère, il est déjà sur la route!

— Monsieur! Monsieur, s'il vous plaît! Le pasteur, il est parti par où? Barjac? Allègre?

— Parti? Mais où ça?

— Je vous le demande!

— Peuchère, j'en sais rien, moi. Attendez, je demande à Rosine. Eh, Rosine, tu sais où il est parti le pasteur Brugère?

— Parti? Mais non, c'est jeudi, il fait la catéchèse!

— Où ça? Où ça? la pressa Félicienne

— Au presbytère, pardi!

Dans sa folle course contre la mort – comme elle la définira plus tard –, Félicienne ne comprenait pas que Matthieu était hors de danger. C'était plus fort qu'elle, il fallait qu'elle le sauve à tout prix. Elle entra, le souffle chaud d'un poêle lui sauta au visage. Derrière une porte, elle entendit la voix chérie faire une lecture de la Bible. Elle ouvrit et courut se jeter dans les bras du pasteur en criant et riant à la fois:

— Matthieu, mon amour, tu es là, bien vivant! Oh merci, merci, mon Dieu. Tu es sain et sauf! J'ai eu si peur!

Matthieu ne comprenait rien, mais il tenait sa Félicienne dans ses bras et cela lui suffisait comme explication.

— Félicienne, ma chérie! Tu fais de moi le plus heureux des hommes. Je t'aime depuis si longtemps!

— Moi aussi, certainement. Il a fallu cette terrible menace pour que l'idée de te perdre me soit insupportable. Embrasse-moi, Matthieu, dis-moi que tu es bien vivant et que nous allons être heureux ensemble.

Il allait lui fermer la bouche d'un baiser, mais se ravisa.

— Le caté est terminé pour aujourd'hui ; à jeudi prochain, les enfants !

Enfin seuls ! Félicienne tremblait encore en caressant le visage de Matthieu pour se persuader qu'il était bien vivant.

— Je n'aurai pas supporté que tu me sois ravi, avoua-t-elle, la voix émue et chevrotante.

Il la fit taire d'un baiser qui, telle une baguette magique, eut l'heur de les transporter dans un éden jamais imaginé.

* *
*

Tout à la découverte de leur amour, pour l'une révélé, pour l'autre déclaré, ils oubliaient le temps et surtout la raison qui avait poussé Félicienne à laisser parler son cœur. Les yeux dans les yeux, ils plongeaient dans leur âme, véritable reflet des sentiments, en émergeaient éblouis de leur profondeur, de leur solidité, et ne doutaient pas de leur éternité.

— Je n'avais pas connu matin plus radieux ! soupira d'aise le jeune pasteur.

— Ni moi matin aussi physique, s'enjoua Félicienne en évoquant sa folle course à bicyclette.

D'une phrase, ils revenaient à la réalité.

— Pourquoi ce matin ? Pourquoi si précipitamment ? De quel danger imaginaire voulais-tu me sauver ?

— Bon sang ! Maximilian ! Vite, il faut empêcher ce fou de s'en prendre à lui !

Devant l'air abasourdi de Matthieu, la jeune fille prit l'initiative de l'action.

— Ramène-moi avec ta voiture à la filature, Matthieu. De là, je téléphonerai à ma tante. Vite, nous n'avons pas une minute à perdre. En route, je te raconterai.

Ce qu'elle fit, après que Matthieu eut chargé son vélo dans la Quadrilette. Au fur et à mesure de son récit, le jeune pasteur prenait la dimension du danger qu'il aurait pu encourir et qu'encourait peut-être en cet instant Maximilian Lorentz, à moins que ce ne soit Damiano l'artiste peintre, lui aussi dans le collimateur destructeur de Vésombre. Aussi accélérait-il en conséquence, les yeux rivés sur le compteur de vitesse et la tête pleine des soubresauts de cette matinée particulière.

La Bâtie Neuve ronronnait comme à son ordinaire, seuls les chants des fileuses s'étaient tus en raison des bouleversements de la matinée. Il faut dire qu'après le départ en ambulance de Maryvonne pour l'hôpital, où le docteur appelé par Héloïse avait jugé bon qu'elle soit admise, la contremaîtresse avait rétabli une certaine sérénité au sein du personnel qui ne pouvait s'empêcher d'y aller de son commentaire.

La sœur de Matthieu se précipita au-devant d'eux et, afin de ne pas troubler l'ordre rétabli par la poigne de Nathalie, pressa son frère et Félicienne d'entrer dans le bureau.

— Ta tante vient d'appeler, Félicienne. Elle était très agitée et a paru contrariée de ne pas t'avoir en ligne. Veux-tu que je compose son numéro?

Tout en pressentant un drame, Félicienne apprécia la pondération de la jeune stagiaire. En trois mois, Héloïse avait gagné en maturité, en anticipation quant à la gestion de son travail et surtout, ne sursautait plus à la sonnerie stridente du téléphone qu'elle avait fini par apprivoiser. Sur un signe d'assentiment de Félicienne, elle demanda le numéro de La Térébinthe.

— Allô! Allô! Félicienne, c'est toi?

— Oui, ma tante. Que vous arrive-t-il?

— À moi, rien, mais il s'est produit un terrible accident.

— Aux fonderies?

— Non, un accident de la route. Maximilian marquait un arrêt pour sortir de notre chemin et emprunter la route lorsque sa voiture fut violemment percutée par un véhicule lancé à une allure folle.

— Votre filleul est m… bredouilla Félicienne d'une voix blanche.

— Non, Dieu merci! Si la voiture est en bouillie, lui n'est que blessé, une fracture ouverte à la jambe et une luxation de l'épaule. Le conducteur de l'autre véhicule a eu moins de chance, lui. Il a fini sa course contre un platane et a été tué sur le coup!

Félicienne ne sut que répondre, il y avait la mort d'un homme, mais cet homme n'était-il pas un criminel? Un récidiviste en puissance?

Dans l'ignorance des faits précédents, Bérangère poursuivait:

— C'est un peu notre famille qui affronte un nouveau deuil. Le malheureux chauffard était Victor, le fils de ma belle-sœur Gabrielle. Je l'ai connu tout gamin, il venait souvent à La Térébinthe avec Eugénie. Quel triste destin !

Triste destin aussi, que celui qu'il réservait à ses rivaux !

*   *

*

Les obsèques de Victor Vésombre se déroulèrent à Largentière et, seule, Bérangère y assista. Avec Gabrielle, elles pleurèrent beaucoup sur tant de vies brisées qui jalonnaient les leurs. Ni l'une ni l'autre ne connaissaient les travers du malheureux Victor. Les auraient-elles soupçonnés, l'amour aveugle d'une mère et l'affectueuse tendresse d'une tante dépourvue d'enfant les auraient lavés à jamais.

Au même moment, une petite délégation traversait les couloirs de l'hôpital-hospice de Saint-Ambroix. Bouquets de fleurs et pâtisseries encombraient les bras de Félicienne et d'Héloïse, si bien que Matthieu se faisait le portier de ces demoiselles et toquait à la première chambre, celle de Maryvonne.

La pauvre fille enfouit son visage arc-en-ciel sous le drap à la vue de ses visiteurs.

— Allons, allons, Maryvonne, ne joue pas la coquette avec nous, plaisanta Félicia.

— Ce n'est pas coquetterie de ma part, mademoiselle, mais grande, très grande honte, répliqua une voix étouffée.

— Sors de là, taquina Héloïse, j'ai un message des filles pour toi.

— Elles ne veulent plus me voir, c'est ça? demanda Maryvonne en soulevant un coin du drap.

— À toi de voir, il tient en trois mots: Reviens-nous vite!

Au nom de toutes, elle lui plaqua un bisou sur la joue.

Les larmes de résipiscence coulaient sur le visage de Maryvonne. Trop émue pour dire un mot, Félicia la serra dans ses bras et murmura un merci inaudible à son oreille.

Matthieu lui prit la main et d'un ton à la fois ému et solennel, il s'adressa à la convalescente:

— Je ne vais pas user de mes prérogatives de pasteur, mademoiselle Roux, et vous faire un sermon sur la montagne. Non, je vais laisser parler mon cœur et vous remercier car je vous dois doublement la vie. Ma vie de chair et de sang qui était en danger et le but de ma vie d'homme, aimer et être aimé.

D'un bras, Matthieu entourait tendrement les épaules de sa douce Félicienne et de l'autre main, il secouait énergiquement celle de Maryvonne, éperdue de reconnaissance.

— Ces quelques fleurs, Maryvonne, pour te dire que nous pensons à toi. Reviens-nous bientôt.

— La semaine prochaine! promit la surveillante.

Si Félicienne abordait la visite suivante avec séré-nité, animée du seul sentiment de compassion que lui inspiraient ses blessures, et si seule la curiosité poussait Héloïse, Matthieu était assailli de quelques réticences. Non qu'il considérât encore Maximilian comme un rival, mais parce qu'il avait en mémoire la peine par lui infligée à sa précieuse aimée. Il suivit néanmoins les deux jeunes femmes et, toujours courtois, les introduisit dans la chambre.

Le teint naturellement peu coloré de Maximilian Lorentz affichait une pâleur qui s'accentua à l'entrée de Félicienne. Il se força, cependant, à la plaisanterie :

— De quel exécrable conducteur votre grand-père vous avait-il pourvue, mademoiselle Roustan ? J'en frémis pour tous ceux qui montaient dans sa voiture.

— Mon grand-père, monsieur Lorentz, ne songeait en ce choix qu'à l'avenir de La Bâtie Neuve sans imaginer que Victor Vésombre puisse influer sur mon avenir. En cela, il me faisait confiance et s'il a pu arriver qu'un jour je me fourvoie, je peux vous assurer aujourd'hui que j'ai trouvé mon âme sœur.

Puis, tendant une main engageante à Matthieu resté en retrait, elle ajouta, rayonnante :

— Permettez que je vous présente Matthieu Brugère, mon futur époux.

Matthieu s'emparant de la main de sa belle la porta à ses lèvres et toute rancœur envers Maximilian, à l'instant, s'envola.

— Permettez, monsieur Lorentz, que je joigne à ceux de ma future épouse mes vœux de prompt et sincère rétablissement.

On avait un peu oublié Héloïse dans cette conversation en demi-teinte. C'était pourtant rare que la pétillante sœur de Matthieu passât inaperçue. Elle avait une bonne raison pour cela. Subjuguée par le charme exotique du blond Alsacien, elle béait, puis se reprit et bredouilla :

— Au revoir et bonne... bonne santé, monsieur Max... monsieur Lorentz. Ah, j'oubliais, on vous a apporté des petits-fours.

Et elle ouvrit dans le mauvais sens le petit carton pâtissier, étalant sur le lit, tuiles, madeleines et langues-de-chat, inconsciente que sa maladresse avait détendu l'atmosphère.

— Félicienne! Matthieu! Vous avez vu ses yeux? On dirait ceux de Charles Dullin!

— Qu'est-ce que tu racontes? Et de qui parles-tu? la rabroua son frère.

L'adolescente ne se démonta pas:

— D'abord, je m'adresse à Félicienne, ensuite je parle de Maximilian Lorentz, enfin, je veux dire, de Charles Dullin. Nous sommes allées voir un film dans lequel il jouait, *Le Secret de Rosette Lambert*, tu te souviens? Les mêmes yeux, je te dis.

Félicienne se contenta d'acquiescer d'un bref et dubitatif haussement d'épaules, tandis que Matthieu contrait sa jeune sœur qu'il trouvait un peu trop délurée pour son âge:

— Une gamine comme toi, tu n'y connais rien en matière de beauté des yeux. Je peux t'assurer qu'un regard de velours noir comme celui de Félicienne n'a pas son pareil!

— Si, celui de Greta Garbo!

*   *

*

— J'ai oublié les gants beurre-frais, la jaquette et le gibus qui seraient de mise pour demander la main de mademoiselle Roustan des Fontanilles. Et pourtant, j'ose. J'ose affronter ceux qui m'accuseront de briguer la main d'une riche héritière. Veux-tu de moi comme époux, mon amour, pour te chérir, t'adorer, te… ?

La mine sérieuse de Félicienne l'interrompit dans sa tirade.

— Tu crois tout savoir de moi et sur moi, mon chéri, mais il y a une exigence de monsieur Roustan qui peut freiner ton enthousiasme.

— Il n'en existe pas qui me ferait renoncer à toi.

— Veux-tu lire son testament spirituel ?

— Dis-moi, simplement.

Félicienne répéta mot à mot :

— «Sois fière de porter mon nom ; à ce sujet, j'ai une exigence, je te demande expressément de le donner à tes enfants, tes fils j'espère, car tu en auras, comme tu auras un époux à qui tu demanderas ce petit sacrifice, ajouter à son nom celui de Roustan des Fontanilles.» Que dites-vous de cela, monsieur mon futur époux ?

— Félicienne Brugère-Roustan des Fontanilles, je vous aime et je vous épouse, quand bien même il faudrait ajouter, à la mode espagnole, de Mora y Etcheverría !

Saint-Christol-lez-Alès, le 25 août 2016

PERSONNAGES

Famille Roustan des Fontanilles

Auguste-César, maître-filateur
Alexandrine Couderc, son épouse
Leurs enfants :
Bérangère
Antoine
Félix

Ulysse Méchein, premier époux de Bérangère
Lorraine Lefebvre, épouse d'Antoine
Martial Keller, second époux de Bérangère
Gabrielle veuve Vésombre, épouse de Félix

Eugénie, fille de Lorraine et d'Antoine
Harvey Richardson, publiciste américain, époux
d'Eugénie

Collatéraux
Victor, fils du premier mariage de Gabrielle Vésombre
Maximilian, fils des époux Lorentz et filleul des époux Keller

Famille Etcheverría
Ramón, homme à tout faire à la filature et jardinier aux Fontanilles
Milagro, son épouse, lingère
Niévès, leur fille, fileuse
Félicienne, dite Félicia, petite-fille de Ramón et de Milagro

Famille Brugère
Jeanne, fileuse et amie de Niévès
Le pasteur Brugère, son époux
Matthieu, Siméon et Paul, les fils d'un premier mariage du pasteur
Héloïse, fille de Jeanne et du pasteur, filleule de Félicienne et de Matthieu

Achevé d'imprimer
à Noyelles-sous-Lens
pour le compte de France Loisirs,
31, rue du Val de Marne
75013 PARIS

Imprimé en France
Dépôt légal : octobre 2018
N° d'édition : 93326